Giancarlo De Cataldo, magistrat à la cour de Rome, est l'un des écrivains de tout premier plan de sa génération en Italie, devenu aussi une grande signature de la presse et un homme de télévision apprécié. Il est notamment l'auteur de *Romanzo criminale* et de *La Saison des massacres*.

DU MÊME AUTEUR

Romanzo criminale
Prix du polar européen « Le Point » 2006
Métailié, 2006
et « Points », nº P1679

Petits Crimes italiens
(nouvelles réunies et préfacées par)
Grasset, 2007
et « Points », nº P2536

La Saison des massacres
Métailié, 2008
et « Points », nº P2256

La Forme de la peur
(avec Mimmo Rafele)
Métailié, 2011

Le Père et l'Étranger
Métailié, 2011

Les Juges
Trois histoires italiennes
(avec Andrea Camilleri et Carlo Lucarelli)
Fleuve noir, 2012

Giancarlo De Cataldo

LES TRAITRES

ROMAN

Traduit de l'italien
par Serge Quadruppani

Éditions Métailié

TEXTE INTÉGRAL

TITRE ORIGINAL
I Traditori

ÉDITEUR ORIGINAL
Giulo Einaudi editore s.p.a., Turin, 2010

ISBN 978-2-7578-3363-6
(ISBN 978-2-86424-851-4, 1re publication)

Les personnages du roman

VIOLET COSGRAVE : lady inquiète, descendante de corsaires.
STRIGA : créature des forêts.
JANET CORRIGAN : passionaria irlandaise.
ESTHER : la fille de l'usurier.
ROSIE WEXINGHAM : la sous-maîtresse.
LORENZO DI VALLELAURA : noble vénitien sans patrie.
MARIO TOZZI : républicain romain.
TERRA DI NESSUNO : guerrier sarde.
MICHELE LIBERATO DI VILLAGRAZIA : baron sicilien.
PAOLO VITTORELLI DE LA MORGIÈRE : chef des services secrets piémontais.
RUDOLF VON ASCHENBACH : fonctionnaire des services secrets autrichiens.
SALVO MATRANGA : mafieux.
LORD JEROME CHATAM : un aristocrate exténué.
CALABROTTO : chef de bande calabrais.
DON TOTÒ 'O MESCHINIELLO : camorriste.
DON TORE DE LORENZO : 'o Masto – le grand chef de la camorra.
GRIFFIN MCCOY : reporter américain.
LUSSARDI : trafiquant d'enfants.
DON CALÒ : chef mafieux.
SARACENI : juge bourbonien.
SOLOMON : rabbin.
COLE : pasteur protestant.

TURREY : un homme arrogant.
LE TRÉVISAN, *ER BERVA* (LA BÊTE), PERRY LE RAT, MICKEY TÊTE DE MORT, FRANK LE JABOT : coupe-jarrets.

Les personnages historiques

GIUSEPPE MAZZINI : le Maestro.
CARLO PISACANE : le socialiste.
CAMILLO BENSO COMTE DE CAVOUR : le ministre.
GIUSEPPE GARIBALDI : le Général.
VICTOR EMMANUEL II : le roi.
NAPOLÉON III : l'empereur.
MASSIMO D'AZEGLIO : le marquis.
LUIGI CARLO FARINI : médecin et dictateur.
BETTINO RICASOLI, dit BET-BEY : baron florentin.
LUCIEN BONAPARTE : prince de Canino. Aspirant homme d'État.
CICERUACCHIO : héroïque tonnelier.
SIR CHARLES BABBAGE : pionnier de la science informatique.
ADA LOVELACE : mathématicienne, fille de Lord Byron.
GIOVANNI CORRAO : le garibaldien.
FRANCESCO CRISPI : le révolutionnaire.
FELICE ORSINI : le terroriste.
SIMON-FRANÇOIS BERNARD : le nihiliste.
ALGERNON CHARLES SWINBURNE : le poète.
DANTE GABRIEL ROSSETTI : le peintre.
THOMAS CARLYLE : le réactionnaire clairvoyant.

Chronologie

1815 : Après la chute de Napoléon et le Congrès de Vienne, l'Empire d'Autriche-Hongrie va gouverner la majorité des États italiens, soit directement en Lombardie et en Vénétie, soit par l'intermédiaire des archiducs de Parme, de Modène et de Toscane. Au royaume de Naples (dit aussi des Deux Siciles) qui couvre le sud de l'Italie et la Sicile, l'Autriche soutient la dynastie des Bourbons. Dans ses états pontificaux, le pape pèse en faveur du statu quo.
À travers d'innombrables complots et insurrections, invariablement réprimés, le XIXe sera le siècle de la longue bataille pour l'unification italienne, le *risorgimento.* Deux forces se disputent la direction de ce mouvement : le Royaume de Piémont-Sardaigne et les sociétés révolutionnaires démocratiques, dont le principal animateur est Mazzini.

1834 : Échec d'une *tentative d'insurrection* dans le royaume de Piémont-Sardaigne. Mazzini a projeté la mort du roi et il est condamné à mort. Il se réfugie en Angleterre.

1844 : Avec le soutien de Mazzini, une *expédition de dix-sept personnes* sous les ordres des frères Bandiera et avec l'appui apparent d'un brigand calabrais débarque près de Cosenza sur les terres du royaume des Deux Siciles. Elle est rapidement vaincue et les chefs sont exécutés.

1848 : Lors du *printemps des peuples* qui touche aussi bien Paris que Vienne, des mouvements insurrectionnels ont lieu à Messine, Palerme, Milan. Les Autrichiens sont chassés pour un temps de cette dernière ville ainsi que de Venise et Côme. Mais ils reviendront en force, après la défaite des troupes piémontaises qui avaient attaqué l'Autriche.

1849 : *République romaine*. À Rome le pape est déchu de ses pouvoirs temporels par une assemblée constituante. Mazzini est à la tête du triumvirat qui gouverne Rome et écrit une très moderne constitution laïque et démocratique. La Deuxième République française envoie un corps expéditionnaire pour rétablir le pouvoir pontifical. Malgré la résistance des troupes commandées par Garibaldi, la République romaine est abolie.

1852-1857 : *Tentatives de soulèvement* inspirées par Mazzini : Mantoue (1852), Milan (1853), Gênes et Livourne (1857).

1857 : Un *corps expéditionnaire commandé par Pisacane*, socialiste libertaire, débarque à Sapri, dans le royaume des Deux Siciles. Mal accueilli par les paysans, il est rapidement défait.

1858 : le 14 janvier, attentat de Félix Orsini rue Lepelletier, à Paris, contre Napoléon III. 8 morts, 140 blessés. L'empereur en sort indemne mais comprend que les révolutionnaires italiens ne le laisseront pas en paix tant qu'il ne fera pas quelque chose pour l'indépendance italienne.

1859 : *Guerre entre l'empire autrichien et le royaume de Sardaigne*. Ce dernier l'emporte, grâce à l'appui des armées de Napoléon III. Des plébiscites entraînent la réunion de la Toscane, de la Romagne, de Parme, de

Modène et d'une partie de la Lombardie au royaume de Piémont-Sardaigne.

1860 : Révolte de Messine et de Palerme, matée par les Bourbons. *Expédition des Mille* : le 11 mai, Garibaldi, à la tête de mille volontaires venus de toute l'Italie, débarque à Marsala, en Sicile, conquiert l'île, passe en Calabre et remonte vers Naples, abandonnée par le roi des Deux Siciles.

1861 : *Annexion du royaume des Deux Siciles.* Victor Emmanuel II, roi de Sardaigne, prend le titre de « roi d'Italie ». Dans le Sud, révolte paysanne endémique (appelée « brigandage ») contre cette unification. Venise et ce qui reste des États pontificaux restent en dehors de l'Italie.

1866 : Victor Emmanuel II profite de la guerre austro-prussienne pour *s'emparer de Venise.*

1871 : Rome et les États pontificaux étaient restés sous protection française. Après la défaite de Napoléon III lors de la guerre franco-prussienne, les troupes italiennes s'emparent de la « Ville Sainte ». En juin, *Rome devient capitale de l'Italie.*

1872 : 10 mars, à Pise, mort de Mazzini, seul et oublié, assisté par les Nathan, des amis juifs.

Prologue

Carini, Palerme

Le maître de journée introduisit Salvo Matranga dans la bicoque. De grossières toiles de chanvre bouchaient les fenêtres. Quatre hommes à l'air sévère attendaient dans la pénombre, à peine dissipée par la lueur d'une chandelle. Trois d'entre eux étaient debout : le chef jeune et deux hommes d'honneur de Villagrazia nommés depuis peu. Don Calò, le chef ancien de la Société siégeait à une table sur laquelle étaient posés les objets nécessaires à la *punciuta*, le « piquage » : un calice d'or contenant une hostie consacrée, trois balles de pistolet peintes en noir, une petite image de la Vierge des Douleurs, la chandelle, un poignard, six cigares noirs et tordus. En croisant le regard de l'important personnage, Salvo inclina la tête en signe de respect. Don Calò apprécia d'un sourire à peine esquissé. Puis il fit signe au chef jeune de commencer la cérémonie. Le chef jeune se plaça devant Salvo et commença l'interrogatoire.

– Sage compagnon, pardon, qu'avez-vous reçu de la Société ?

– J'ai reçu de la Société un baiser et une poignée de main pour chaque compagnon, plus un baiser du chef jeune.

– Pardon, sage compagnon, où vous ont-ils remplacé et comment vous ont-ils remplacé ?

– Un beau samedi matin le soleil apparaît et n'apparaît pas. D'un cavalier je me sens appelé. La première fois je ne me suis pas retourné et la deuxième fois je me suis retourné. De la main droite il m'a fait signe de m'approcher de lui : je m'approchai, il m'embarqua sur le cheval, m'emporta au bord de la mer sur laquelle j'ai vu une barque d'or avec trois vaillants marins. Ils m'ont embarqué et me conduisirent au milieu de la mer où il y avait une belle petite île appelée Favignana : alors, ils m'ont débarqué, ils ont formé et ils m'ont remplacé.

– Pardon, beau compagnon, avec votre belle permission… n'y avait-il pas des poissons qui vous ont empêché de naviguer, les requins ?

– Grand et beau compagnon, sachez bien que les requins se firent petits et les petits se firent gros : ils se sont transformés.

Le chef jeune regarda vers le *don*, qui lui fit signe de poursuivre. Le chef jeune prit les cigares et les distribua, un à chacun. Quand ce fut le tour de Salvo, au lieu de lui donner le cigare, il le fixa droit dans les yeux et recommença à le questionner.

– Sage compagnon, savez-vous me dire quels dons vous a donnés la Société ?

– Sage compagnon, à moi la Société a donné sept belles choses.

– Pardon, vous savez me dire lesquelles ?

– Humilité, sérieux, politique, force politique, papier, couteau et rasoir.

– Pardon, beau compagnon, qu'en faites-vous, de l'humilité et du sérieux ?

– Moi, je dois être humble et sérieux avec mes sages compagnons et avec les personnes dignes et méritantes.

– Et de la politique, qu'en faites-vous ?

– De la politique, j'en parle avec mes sages compagnons et avec les personnes dignes et méritantes.

– Pardon, et de la force politique, qu'est-ce que vous en faites ?

– Compagnon, vous le savez bien qu'avec la force politique je parle avec les mouchards et les comédiens.

– Que faites-vous du papier et à quoi vous sert-il ?

– Avec le papier, je dois traiter avec l'argent, centimes et millimes.

– Pardon, sage compagnon, votre Société est si pauvre qu'elle compte les centimes et les millimes ?

– Grand et beau compagnon, ne vous permettez pas de le dire ! Sachez bien que ma Société compte les centimes et les millimes pour ne pas laisser surgir la Camorra. Sachez que ma Société d'une main traite les droits, les centimes et les millimes, et de l'autre dispose de papiers de mille !

– Sage compagnon, pardon, que faites-vous du rasoir ?

– Le rasoir me sert à couper le visage à tous les mouchards et les comédiens.

– Et vous n'avez pas le couteau ?

– Beau compagnon, vous savez bien qu'entre le couteau et le rasoir, il y a une belle différence !

– Grand et beau compagnon, savez-vous me dire quelle différence il y a entre le couteau et le rasoir ?

– Beau compagnon, sachez-le bien : cela vous sert à enseigner que le couteau est fer mais que le rasoir est fer amer, et quand on coupe un mouchard avec un rasoir, on lui empoisonne le sang et il meurt comme un chien, ainsi qu'il le mérite.

Le chef jeune remit enfin à Salvo aussi le cigare, en hochant la tête. Puis il s'approcha de la table, prit les trois balles et les renferma dans son poing gauche.

Enfin, il ouvrit le poing. Les trois balles roulèrent sur le plan de la table. Leur course s'arrêta contre la main ouverte de don Calò.

Don Calò fit signe au jeune homme de s'approcher. Salvo obéit sans hésiter, en regardant l'autre droit dans les yeux. Don Calò fit rougir la pointe du poignard sur la flamme de la bougie. Salvo roula la manche de sa chemise blanche et tendit le bras. Don Calò leva le poignard. Salvo s'obligea à garder les yeux bien ouverts.

De la pointe du couteau, don Calò pratiqua une incision légère à la hauteur du poignet de Salvo. Quelques gouttes de sang coulèrent, qui allèrent mouiller l'image de la Vierge des Douleurs. Le chef jeune se tourna vers le maître de journée qui avait suivi, immobile comme les autres, les phases du rite.

Don Calò hocha la tête.

Salvo se sentait la gorge serrée par la solennité du moment. Il allait devenir un Homme. Un Homme de don Calò, l'intendant du baron de Villagrazia.

– D'une main, j'allume la lampe et de l'autre je fais jour, un calice d'or très fin et une hostie consacrée, parole d'omerta moulée sur ce Corps de Société. Puis, certainement, résultat des règlements, des baisers reçus de la Société et toutes les règles qui existent, et donc ce jeune homme est fait et doit être respecté comme un frère et être aimé et aidé en toute question qui se trouve et suffit !

La cérémonie était terminée, le rite célébré. Salvo Matranga était enfin un Homme. Les toiles furent ôtées de la fenêtre. Une lumière aveuglante qui sentait le printemps précoce envahit la maisonnette de campagne. Tous se tournèrent vers Salvo, l'étreignirent et l'embrassèrent trois fois sur les joues. Le maître de journée lui tendit un mouchoir de soie pour essuyer le sang. Don

Calò déboucha une bouteille de Malvasie noire et accorda à Salvo l'honneur de la première gorgée.

– Tu t'es bien comporté avec le chevrier, Salvo.
– J'ai fait ce qui devait être fait, don Calò.

I

CALABRE, 1844.
QUATRE ANS AUPARAVANT.

Le prêtre a la soutane tachée et le regard enflammé de folie. Il brandit le cierge, hurlant des phrases incohérentes dans un latin approximatif mêlé de l'âpre accent guttural du lieu. Il invoque son dieu, pense Lorenzo avec une pointe de mépris, ou peut-être le diable. Des paysans armés de fourches font écho aux hurlements par un murmure étouffé. Écrasée contre la porte de l'église, une pauvre église de campagne, attachée à un poteau improvisé, sur un tas de fagots secs, la fille aux cheveux roux a sa veste blanche déchirée, des chaussures de corde effilochée aux pieds, et elle fixe le ciel avec un sourire vague. Mais la nuit est noire, il n'y a pas d'étoiles et seul le reflet dansant du cierge illumine une scène qui évoque Goya et les nocturnes des peintres flamands. Dans l'obscurité qui protège les patriotes, les yeux sarcastiques de Calabrotto lancent des éclairs inquiets. Le guide fait le signe de la croix et crache par terre.

– Je vous l'avais dit que San Rocchino est un lieu maudit. *Ccà 'nci sunnu sulu malacarni*, ici il n'y a que des scélérats.

– Que font-ils ? s'informe Lorenzo, et entre-temps il laisse glisser le mousquet de la bandoulière.

– *'bbrúscianu 'na strega*, ils brûlent une sorcière !

– Parle italien !

– C'est une sorcière, celle-là.

– Et toi, qu'est-ce que tu en sais ?

– Elle a les cheveux roux. C'est le signe du démon.

Lorenzo fait un signe au natif des Marches qui a déjà le pistolet à la main. Ils se jettent sur le prêtre, ignorant l'imprécation suffoquée de Calabrotto. Les autres suivent. Trente-trois hommes armés occupent la place. Un cri aigu s'élève du groupe des paysans.

– Les brigands ! Les brigands !

Lorenzo écarte les bras et s'efforce de dominer sa colère. Ils ont débarqué depuis deux jours, et partout la même chanson. Partout à leur passage places désertes, maisons abandonnées, fermes vidées de toutes victuailles. Et ce cri obsédant : les brigands. Les brigands. Où sont les mille cinq cents insurgés qui, d'après ce qu'ils avaient lu, se trouvaient sur le *Mediterraneo* de Malte ? Où sont les Fils de la Jeune Italie qui auraient dû les attendre sur la crête de Santa Roccella ?

– Nous ne sommes pas des brigands. Nous sommes des patriotes ! Nous sommes venus libérer la Calabre de la domination oppressive du roi bourbon ! Nous sommes là pour vous donner la liberté, frères calabrais ! proclame-t-il, et une pointe de méfiance affleure dans son jeune parler vénitien.

Les paysans reculent, retirant leurs fourches. Un seul reste immobile. L'index pointé vers Calabrotto. Calabrotto qui pose une main sur l'épaule de Lorenzo.

– Il est inutile que vous perdiez du temps avec ceux-là, baron, dit-il en dialecte. Ou on leur tire dessus tout de suite, ou on s'en va !

Le paysan crache par terre. L'index se déplace vers Lorenzo et revient vers Calabrotto.

– *Chiddu è 'u Calabrotto*, celui-là, c'est Calabrotto, dit enfin, doucement, le paysan, comme s'il s'agissait d'une simple constatation. Et vous ? Vous êtes des brigands ! poursuit-il en dialecte.

– *Chi vi dissi*, qu'est-ce que je vous disais ? Tirez-leur dessus et finissons-en.

Le paysan lâche un autre crachat et rejoint ses compères. Le brouillard les avale, ils disparaissent rapidement, sans un bruit.

– Le prêtre ! hurle quelqu'un.

Cinq, dix mains se tendent vers le prêtre, qui est en train d'essayer de mettre le feu au tas de fagots. Mais il se débat, lutte, bave et saute, psalmodie et chante, se libère des assaillants, jusqu'à ce que Lorenzo l'étende à terre d'un coup de poing à la tempe. Une étincelle atteint le bois aride. Le feu jaillit. Lorenzo se jette sur la fille. D'un coup de poignard il lacère les cordes qui la retiennent. Il la soulève et la porte loin des flammes. Elle s'est évanouie. Il la dépose sur une couche de feuilles sèches, s'assure que son cœur bat encore, essaie de la forcer à boire une goutte d'eau. La fille ouvre les yeux. Elle a le regard perdu.

– Tu es en sécurité, maintenant, murmure Lorenzo.

Elle sourit. Lorenzo lui passe une main dans les cheveux. Ils empestent la chèvre. Plus tard, on met au vote l'exécution du prêtre.

– Nous sommes des combattants, pas des assassins, s'insurge Lorenzo.

La proposition est refusée à l'unanimité. Ils décident de le laisser libre. Seul Calabrotto est perplexe. Il crache, se roule un cigare.

– *'A strega porta malocchiu*, la sorcière porte le mauvais œil, commente-t-il, fixant Lorenzo de travers.

Ils dorment sur la place, se partageant les tours de garde. Au matin, des yeux narquois les regardent partir. Ce n'est que dans l'après-midi qu'un fermier, revenant du pâturage, découvrira le corps du prêtre qui se balance à la branche d'un châtaignier.

Le premier à tomber est l'Irlandais. Une balle lui réduit le front en bouillie. Lorenzo se le retrouve dans les bras, stupeur dans les yeux verts, pureté qui s'éteint dans la rigole de sang, adieu frère, a-t-il le temps de penser, tu rêvais de voir ta terre libérée des Anglais, mais il n'y a pas de place pour les rêves, pas même pour le nôtre. Lorenzo étend sur le sol son compagnon tombé et regarde autour de lui. Ils tirent de la crête, ils tirent de la sapinière, ils tirent de toutes les directions. Nuages de fumée et détonations sèches, continues, couvrent ordres, cris, chants. Un compagnon tombe, foudroyé au cœur, il en tombe deux autres. Lorenzo arme le mousquet. Ils les attendaient. Ils sont tombés dans un piège. L'entreprise est terminée avant même de commencer. Il est sur le point de viser lorsqu'il se sent agrippé. Il se retrouve dans le fourré, le visage écorché par les ronces. C'est la fille. Lorenzo s'en libère d'une poussée. Elle s'agrippe au mousquet, serre fort le canon, le pointe vers le bas, tenace, têtue.

– Laisse-moi y aller !

La fille se démène. Elle ne lâche pas prise. Deux garçons de Bergame se replient à l'extrémité du vallon, partez, partez, ils hurlent, tandis que le Peintre, un cigare au coin de la bouche, essaye de mettre à l'abri ses précieux dessins. Lorenzo fixe la fille, lui parle lentement, avec douceur.

– Pars, pars, tu peux arriver à reprendre la vallée du Neto. C'est à deux pas. Pars, pars. Ici, on meurt !

Mais la fille secoue la tête. Des poussières blanches et des moucherons s'envolent de ses cheveux filasse. Son odeur sauvage couvre un bref moment l'odeur âcre de la poudre. Lorenzo essaie encore de l'éloigner.

– Va-t'en ! J'aurais dû te laisser aux mains de ces bêtes, tu es une bête toi aussi, comme eux !

La fille dégringole, s'arrête contre une ronceraie en fleurs. Dans son regard, maintenant, une lueur indéfinissable : vexée, peut-être, ou, Dieu sait pourquoi, amusée.

– C'est un piège, Lorenzo. Nous avons été trahis.

Le natif des Marches a la veste déchirée, des filets de sang au milieu des poils noirs de la barbe.

– Calabrotto ?

– Disparu après Monasterio. Il a dit qu'il allait en reconnaissance. On ne l'a plus revu.

– Ils l'ont peut-être pris.

– Ou peut-être qu'il n'était pas celui qu'il disait être.

Le mousquet pend inerte de la bandoulière de l'homme des Marches, cassé à la hauteur de la crosse. Des armes misérables pour une misérable entreprise. Il aurait dû écouter le Maestro. Le Maestro avait déconseillé l'expédition. Le Maestro n'avait accordé aucun crédit aux rumeurs de paysans en révolte et de curés en fuite. Il aurait dû se fier au Maestro. Au Maestro et à son instinct. Mais désormais il était trop tard pour réparer. Entre la poussière et les hurlements, les soldats de Sa Majesté et les agents descendent en tirant furieusement le long de la pente. Dix compagnons ont improvisé un carré. Lorenzo tire à l'aveuglette, puis jette son arme. Il extrait le stylet qu'il emporte partout depuis l'époque de Venise et le passe à un compagnon.

– Ça veut dire que nous irons à la mort avec dignité.

Le natif des Marches acquiesce.

– Vive l'Italie.

– Vivat !

Son compagnon se lève de toute sa haute stature, et avec un rugissement se lance contre l'ennemi. Lorenzo se précipite à sa suite. Il trébuche. Tombe lourdement. Des ronces qui le cinglent, du sang sur le menton. La fille se tient accroupie, de ses lèvres scellées semble partir un chant étouffé. La fille a noué les lacets des brodequins. Elle ne veut pas entendre parler de le laisser mourir. Lorenzo s'emploie à défaire le nœud. Elle est en train d'entailler une canne de rivière. Elle doit encore être en train de faire un de ses damnés pipeaux. Lorenzo est debout, dans la poussière qui commence à se dissiper. Les soldats contrôlent les survivants. Une quinzaine sont indemnes. Un officier retourne le cadavre du natif des Marches, le cou plié sous un angle bizarre. Lorenzo retourne s'accroupir. La fille indique le fond de la faille. Lorenzo la regarde sans comprendre. La fille dessine avec la pointe du couteau une roche et, dans la roche, une fissure. Elle lui suggère une voie de sortie. Mourir en martyr de la révolution, ou sauver sa peau pour d'autres entreprises plus nobles ? Tout à coup, un vacillement dans ses yeux à elle le fait tourner brusquement.

– *Ccà 'n autru, ci nn'è*, ici, il y en a un autre ! crie un agent à l'air exalté.

Un lieutenant pâle, courts cheveux sombres, avance prudemment vers Lorenzo, braquant un pistolet à canon court. La fille est dans son dos. L'officier ne l'a sans doute pas encore remarquée. Peut-être peut-elle encore se sauver. D'un geste décidé Lorenzo se place devant le lieutenant et lui tend le mousquet.

– Je m'appelle Lorenzo di Vallelaura. Je suis votre prisonnier.

L'autre le scrute, l'air ironique.

– Piémontais ?

– Vénitien.

– *Ah, ti xe de Venexia*, ah, tu es de Venise ? ricane le lieutenant en imitant le dialecte vénitien. Puis, sans raison, il le frappe à la tempe avec la crosse du pistolet.

Toutes les chèvres ont quatre pattes, quatre les cabris, quatre les petites brebis et quatre les chiots. Et quatre les loups qui descendent des monts, les femelles devant pour suivre la piste, les jeunes mâles sur les côtés pour délimiter de leurs éclaboussures les clairières du pâturage. C'est l'harmonie de la création. Le maître dit : les bêtes blanches s'appellent Blanchette, les noires s'appellent Noirette. Chaque créature a un nom, même les arbres et les tiges d'herbe. Pas la fille. Elle n'a pas de nom. Je t'appellerai Fille, lui avait dit le chanoine. La fille n'a pas de nom et n'a pas de voix. Elle s'est réveillée un jour dans les collines, il n'y avait pas un avant, mais il y aurait toujours un après. Toutes les chèvres ont quatre pattes. Le troupeau compte trente-six chèvres. Il y a, donc, cent quarante-quatre pattes. Les nombres ne mentent pas, les nombres ne trahissent pas. Puis, un jour, une Blanchette reste empêtrée dans un piège pour les loups et perd une patte. Il y a, donc, cent quarante-trois pattes dans le troupeau. Pendant un seul jour, vingt-quatre heures, parce que ensuite Blanchette meurt et les pattes deviennent cent quarante. Il ne pouvait en être autrement. Les nombres n'aiment pas les anomalies. Tu aimes les nombres, dit le chanoine, en lui caressant la gorge, quand c'est le coucher du soleil, et de chaque bergerie s'élèvent la fumée des foyers et le chant nocturne des bergers. Le chanoine la caresse plus bas, entre les jambes, et lui offre un livre. Il est rempli de tableaux et de chiffres. La fille ne sait pas lire, mais elle apprend vite à relier les nombres entre eux. Ce ne sont que les symboles, reportés sur le papier, de la même harmonie de la création. La séquence des feuilles sur le pin loriqué, les élytres des insectes qui volent en rase-mottes sur le Neto, les bords lisses des cailloux qui ricochent si tu les lances avec une certaine inclinaison. La fille ne sait pas si derrière tout cela il y a Dieu, mais certaines nuits de pleine lune son cœur se gonfle d'une peine secrète. Existe-t-il un monde au-delà de sa vallée ? Y a-t-il des hommes différents de ceux courts et noirs qui lui donnent des ordres et la frappent avec la verge si elle ne s'exécute pas comme il faut ? Et pour ces autres hommes le nombre a-t-il la même signification que pour elle ? Le chanoine lui apporte un missel. La fille comprend que, pour les lettres, ça fonctionne comme pour les nombres. Ça fonctionne à travers les symboles. C comme chevrette, D comme le bon Dieu, E comme éléphant, F comme la fanfare de la fête de San Rocco. Mais aussi C comme le chien qui soigna les blessures du saint, D comme le diable qui fait hurler le chanoine la nuit et lui fait confesser son péché, E comme l'expiation que la communauté attend du chanoine, F comme les fourches avec lesquelles ils la prennent en chasse, le chanoine en tête de tous, pour la brûler contre la porte de l'église, pour que le bûcher chasse du village, enfin, le diable et sa *Striga*, sa Sorcière. La fille court et, en courant, compte ses pas. Sept cent cinquante depuis l'endroit où ils ont pris le soldat blond à la crevasse de la roche, et de la crevasse à la rive du Neto mille six cents, et pour guéer le fleuve vingt-quatre pas sur autant de cailloux, et depuis l'abord de la caverne où elle passera la nuit soixante-six pas. Soixante-six comme les jambes des étrangers qui avaient débarqué de nuit entre la mer et l'embouchure du fleuve. Calabrotto les avait conduits au village. Ils étaient tous sur la place, devant l'église. Le chanoine avec la torche à la main, le regard exalté, la bave aux lèvres, qui hurlait des litanies. La fille regarde les étoiles avant de s'envelopper dans la peau de chèvre. Elle regardait les étoiles cette nuit-là aussi, attachée à la porte de l'église. Elle regardait les étoiles qui ne voulaient pas se montrer et elle se demandait quel pouvait être ce péché pour lequel ils voulaient la brûler. Le soldat blond s'était approché du chanoine et l'avait envoyé par terre d'un revers de main. La fille compte trois cent vingt-cinq étoiles à travers la bande opaque de la voie lactée. Elle erre pendant longtemps, cherchant du regard la dernière étoile, parce que ce nombre asymétrique la blesse. Elle a lu dans les livres du chanoine certains noms qui résonnent dans sa tête : Cassiopée, l'Alpha du Centaure, la Grande et la Petite Ourse… chaque lettre a un son différent, la somme des lettres fait un mot, mais les sons ne font pas que s'additionner, le résultat final est un son différent, un nombre différent, Cassiopée est une chanson, Cassiopée plus l'étoile du Centaure un autre son, Striga commence à reproduire les nombres sous forme de sons, elle s'amuse à jouer avec, il en résulte des harmonies qui dérangent l'oreille, seules certaines chèvres un peu bizarres et les rats semblent les comprendre, les rats qui s'arrêtent pour l'écouter, ravis, lorsque Striga joue du pipeau de roseau, droits sur leurs pattes arrière, les moustaches immobiles, leurs yeux qui semblent communiquer avec les siens… Quand elle décide d'imaginer la dernière étoile, et elle le décide parce qu'elle sait que cette étoile, quelque part, existe, et elle le sait parce que les nombres n'ont pas une fin et un commencement, à ce moment-là et juste à ce moment-là le visage de la nuit se confond avec celui du soldat blond, et la fille comprend qu'il n'y a qu'une chose à faire : retourner auprès de lui. Mais à peine a-t-elle franchi le seuil de la grotte qu'elle se sent agrippée. Une puanteur de pourri lui provoque un haut-le-cœur. Elle se débat, lance des cris muets, mais l'étreinte est puissante, elle la suffoque, ne laisse pas d'issue.

– Où tu t'en vas, sorcière ? demande, d'une voix railleuse, Calabrotto.

Lorenzo revient à lui sous un jet d'eau glacée. Ils sont attachés deux par deux, avec des cordes très serrées aux poignets et enchaînés par les pieds. À lui, le sort lui a dévolu le Peintre. L'homme serre dans ses mains la boîte de couleurs. Dieu sait comment il a réussi à la sauver.

– Aïe, Lorenzo ! Si je réussis à en réchapper, je fais un joli tableau avec le bûcher de la sorcière… Bien sûr, si tu avais attendu un moment pour la sauver…

– Mais que dis-tu !

– Une scène caravagesque. Dieu sait quand une autre occasion comme celle-là se présentera à moi.

– Tu sais où nous allons ?

– À Cosenza. Il paraît qu'il va y avoir un procès.

– Ils feraient mieux de nous fusiller tout de suite.

– Ce n'est pas dit. Le roi Bombe* est imprévisible. Pour peu qu'il soit de bonne humeur, on s'en tire avec trente ans à Montefusco.

– Et entre-temps la révolution nous aura libérés, non ?

Un soldat à l'air très jeune et effrayé s'approche, hurlant quelque chose en dialecte.

* Surnom donné à Ferdinand II, roi des Deux Siciles (capitale : Naples) après le bombardement de Messine durant la répression des révoltes siciliennes de 1848.

– Putain, qu'est-ce que tu veux, hein ? Je ne te comprends pas ! Parle en italien ! hurle, à son tour, Lorenzo.

Le jeune soldat lève son mousquet, prêt à frapper. Le Peintre dit rapidement quelque chose dans un dialecte qui rappelle celui du militaire. Le jeune soldat recule, abaisse l'arme et fait le signe de la croix. Le Peintre éclate de rire et parle encore. Le jeune soldat s'enfuit.

– Mais qu'est-ce que tu lui as dit ?

– *Ti pittu comu a 'n diavulu e 'u diavulu ti mancia.*

– Comment ?

– Je te peins comme un diable… et le diable te mange.

– Tu parles le dialecte ?

– Quand il y a besoin…

Ensuite arrive le lieutenant, celui qui l'avait frappé, ils les mettent debout à coups de pied, en les bousculant, et la marche commence.

Le voyage vers Cosenza dure une semaine. Ils reçoivent un quignon de pain et une gamelle d'eau toutes les six heures. Un Napolitain a une blessure au flanc, il se plaint de la douleur, tombe tous les deux pas, entraînant avec lui son compagnon de chaînes. Lorenzo demande au lieutenant de le laisser monter sur un cheval ou sur un mulet. Le lieutenant crache par terre. Lorenzo jure qu'il se souviendra de lui, le moment venu. Si jamais il arrive, le moment venu. Le Napolitain meurt durant la halte nocturne. Ils appellent en vain pendant toute la nuit. À l'aube, le lieutenant constate le décès, il hoche la tête plusieurs fois, puis il libère le compagnon du mort et ordonne de repartir.

– Vous ne l'enterrez pas ? Vous le laissez là comme un chien ?

– Tu as la langue trop pendue, Vénitien, siffle le lieutenant, remercie la Sainte Vierge que je ne puisse pas te toucher, parce que si ça dépendait de moi…

Dans la voix du lieutenant, une nuance presque exotique. Français, peut-être Suisse, estime Lorenzo. Un de ces nombreux mercenaires de l'armée de Sa Majesté. Lorenzo ne se rappelle plus dans quel livre ou article du Maestro il a lu que les armées mercenaires sont destinées à s'effriter sous la poussée des hommes de foi. Bon, le Maestro faisait sûrement référence à une autre armée. Ce Bourbon-là ne semble résister que trop bien au choc. Ou, devrait-il plutôt dire, à la piqûre d'aiguille... De toute façon, les paroles du lieutenant le torturent. Que voulait dire cette allusion, « je ne peux pas te toucher » ? Son père a été mis au courant ? Et alors ? Il n'a jamais demandé son aide. Quand il a essayé de discuter de l'Idéal, il a reçu en réponse un anathème sans recours. Il est perdu, et il le sera pour toujours. Il mourra dans ce coin d'Afrique livré par le hasard à l'Italie, exécré, seul, mais avec orgueil. Et avec dignité.

En cours de route, un bataillon de chasseurs de la réserve rejoint la compagnie. À sa tête, le juge royal Saraceni, un petit homme pâle au sourire mielleux. Il convoque les prisonniers et les exhorte à l'espoir. La grâce du souverain est infinie pour qui est disposé à admettre ses propres fautes. On lui rit au nez. Le juge pousse un soupir d'hypocrite compréhension. Lorenzo demande audience. Il lui raconte la mort du Napolitain. Le juge hoche la tête, grave. Le lendemain, le lieutenant monte à cheval et disparaît, escorté par deux hommes d'armes. Avant de s'en aller, il s'arrête pour fixer Lorenzo d'un regard enflammé de haine. Ils traversent des villages occupés par d'autres bataillons. Le bleu des uniformes royaux se confond avec celui du ciel. La chaleur est infernale. Chaque fois le juge les fait s'arrêter sur la place et harangue une petite foule de paysans et de bergers, tandis que les bourgeois écoutent depuis les balcons de leurs hautes maisons.

– Par la volonté de Dieu et la grâce de Sa Majesté ont été capturés ces dangereux brigands commandés par le tristement célèbre Calabrotto...

Les bourgeois applaudissent. Lorenzo se rappelle le manifeste qu'ils s'étaient proposé de distribuer après le débarquement. Ils avaient mis deux semaines à le rédiger. Les semaines de Corfou, dans la Grèce ionienne finalement libérée de l'oppression, où les vieux parlaient encore le dialecte de la Riva degli Schiavoni.

> Nous vaincrons ou nous mourrons avec vous, ô Calabrais ! Nous crierons, comme vous avez crié, que l'objectif commun est de constituer l'Italie et ses îles en nation libre, une et indépendante… continuez, ô Calabrais, dans la voie généreuse que vous avez montré vouloir uniquement suivre, et l'Italie, rendue grande et indépendante, appellera votre terre bénie entre toutes les siennes, le nid de sa liberté, le premier terrain de ses victoires…

Cécité, improvisation, folie. Lorenzo croise le regard d'un jeune paysan. On dirait le frère de celui de San Rocchino. Il est curieux, et froid en même temps. Il semble vouloir lui dire : je serais de ton côté, si seulement tu montrais que tu sais y faire. Mais, dans ces conditions, pourquoi devrais-je risquer ma peau ? Pour ajouter une autre défaite à l'infinie théorie de défaites de mes gens ? Cécité, improvisation, folie. Le magistrat lance son « Vive le roi ! » Les bourgeois reprennent, enthousiastes. Pour arracher un cri de la bouche des paysans, les soldats jouent de la baïonnette. Le jeune s'éloigne. Ces gens-là ne sont pas contre eux, mais ils ne seront jamais avec eux. Ces gens-là seront toujours avec le plus fort.

À Cosenza, ils le déposent dans une vaste cellule. Depuis les lucarnes on aperçoit un bout du ciel pâle d'un après-midi de soleil voilé. Lorenzo pense à la fille. Elle, au moins, est en sécurité. Jusqu'à ce qu'un autre prêtre ignorant, un paysan superstitieux, un brigand aigri décide qu'il n'y a pas de place pour elle dans ce monde. Pas même dans cette indéchiffrable Calabre, que, fous qu'ils sont, ils voulaient « libérer »…

Conduit à l'interrogatoire le sixième jour, Lorenzo interrompt les formalités d'un geste décidé.

– Je demande à ne pas être appelé baron. J'ai renoncé à mon titre depuis des années, vous devriez le savoir.

L'inquisiteur plisse le front et passe une main dans ses cheveux raides.

– On ne peut renoncer à ce qui provient directement de Dieu, baron.

Le juge n'est pas pressé. Il pose les questions avec calme, des questions articulées, qui, souvent, contiennent les réponses. Lorenzo admet ce qui ne peut pas être nié : les rencontres à Corfou, l'enrôlement des volontaires, le débarquement, la marche à l'intérieur de la Calabre, et même l'idée d'allumer la révolte.

L'enquêteur paraît satisfait de la conduite de l'accusé. D'un geste auguste, il pose ses lorgnons sur le dossier, va à la porte, l'ouvre, dit quelque chose à un secrétaire. Quelques minutes plus tard apparaît un domestique, avec un pot de vin liquoreux et des *taralli** saupoudrés de sucre.

– Servez-vous, je vous en prie, baron.

* Biscuits (sucrés ou salés) en forme d'anneaux. *(Toutes les notes sont du traducteur.)*

Lorenzo refuse. Le juge se verse un verre de vin, mord dans un *tarallo*, sourit, compréhensif.

– Ne méprisez pas les produits de notre terre, baron. Ils sont faits avec amour par nos paysans.

– Ils les ont déjà goûtés, vos paysans, que vous traitez comme des serfs attachés à la glèbe ?

Le juge soupire.

– Mais qu'est-ce que vous en savez, vous, au fond, de notre terre ? Votre arrivée a peut-être été accueillie par de grandes manifestations populaires, des cris de joie ? Quand vous passiez de village en village, les rangs de votre bande ont peut-être été grossis par des légions de volontaires prêts à verser leur sang pour… – Le juge fouille dans les papiers, prend un document, le parcourt de son doigt potelé, trouve finalement le passage et lit. – Voilà, pour l'égalité des droits et des devoirs, des peines et des récompenses… Peut-être bien que tout cela est arrivé, baron ? Si cela était arrivé, permettez-moi de recourir à une façon de parler de chez nous… si cela était arrivé, vous seriez maintenant le couteau et moi la viande, et au contraire…

Lorenzo se tait. Presque inconsciemment, sa main court vers le petit plateau, attrape un *tarallo*, le porte à sa bouche. Le juge approuve, satisfait.

– Non, tout cela n'est pas arrivé. Cette plèbe que vous vous proposez de délivrer de sa condition de servage, cette plèbe est si enthousiaste de votre secours qu'elle vous appelle « brigands », « bandits », « assassins ».

Lorenzo repose le *tarallo* entamé. Il se lève, essayant de conférer à sa réplique le ton le plus fier possible.

– Vous savez tout, à ce qu'il semble, Excellence. Je ne saisis pas le sens de cet interrogatoire.

– Asseyez-vous, je vous en prie, l'invite le juge, conciliant. Je vous parle comme un père, soyez compréhensif.

Lorenzo, à contrecœur, obéit. De cet homme émane une sorte de force tranquille qui est en train de lentement s'insinuer dans ses défenses. Le juge met ses lorgnons et se penche sur ses papiers. Il les compulse quelques instants, puis revient se concentrer sur Lorenzo. Son ton devient grave, presque hiératique.

– Tout n'est pas perdu. Je nourris l'espoir fondé que le procès qui va avoir lieu puisse se conclure d'une façon… acceptable pour les deux parties. Mais vous, vous devez m'éclairer sur une circonstance essentielle pour la reconstitution de l'événement. Et vous devez convaincre vos compagnons que votre futur, votre honneur, votre vie dépendent de cette affaire, pour nous essentielle.

Lorenzo se tait. Il sent que l'entretien est en train de se rapprocher du point crucial. Il ne veut rien concéder. Il a déjà été trop complaisant. Le juge se penche sur l'austère table de noyer. Sa voix, maintenant, est presque un murmure.

– Je désire que vous m'informiez sur le rôle du célèbre conspirateur Mazzini dans l'expédition.

C'est donc cela, le nœud de la question. Mazzini. Il n'y a pas au monde un homme que les autocrates et les agents craignent plus que Mazzini. Il n'y a pas de tête couronnée, en Europe, qui ne désire pas assister à l'exécution capitale du prophète qui a juré la destruction des royaumes et des empires. Lorenzo soutient, déterminé, le regard de l'inquisiteur.

– Mazzini était depuis le début opposé à cette expédition. Vos espions ne vous l'auraient pas dit, par hasard ?

Une moue de déception apparaît sur le visage du juge.

– Vous, baron, vous ne voulez donc pas comprendre ! Je n'ai pas la moindre considération pour ce que me rapportent les espions. C'est votre parole qui fait foi. Vous…

– Je ne comprends que trop bien, Excellence, coupe Lorenzo en se levant. À partir de cet instant, je ne répondrai plus à vos questions.

– Je pense que nous aurons de toute façon l'occasion d'en reparler. Vous pouvez partir. Les agents vous raccompagneront dans votre cellule.

Les vieux disent que l'œil de sorcière est le mauvais œil et qu'il n'y a qu'un seul remède pour la paix de l'âme : le feu. Mais Calabrotto ne croit pas les vieux. Il a de grands projets pour cette créature de la nuit. Calabrotto mesure à pas concentrés l'étroite cellule dans laquelle il a été « provisoirement » enfermé dans l'attente de la bulle royale. Lussardi, le Florentin, celui qui se croit l'homme le plus rusé du monde, paiera au moins dix florins pour un tel morceau. Il n'essaiera pas de le convaincre qu'elle est encore vierge : le prêtre se l'est déjà faite, et lui a fait pareil, et il y retournera avant de la livrer. Dix florins du Grand-Duché, presque une fortune au change. Ce qu'il faut pour éviter les ennuis et mener une vie de seigneur. Calabrotto se demande si le baron blond se l'est faite aussi. Non, conclut-il. Le baron est un seigneur de naissance. Les seigneurs ne raisonnent pas comme ceux du peuple. Les seigneurs traitent les femmes, y compris les plus gourgandines, avec des gants de velours. Et puis ce baron est un seigneur, certes, mais c'est aussi un fou. Parce que seul un fou peut avoir l'illusion qu'il peut débarquer en Calabre avec quatre petits jeunes qui tètent encore leur mère et renverser Sa Majesté le Roi, seul un fou peut désirer abandonner le luxe de Venise pour venir mourir dans une cellule crasseuse de

Calabre. D'ailleurs, pendant tout le temps écoulé avec ces misérables, avant que les gendarmes et les agents ne se présentent au rendez-vous, entre ces deux-là il ne s'est rien passé. On voit bien que les seigneurs et les sorcières ne se prennent pas, rit le brigand. La nuit, quand tous le croyaient endormi, il l'a observée longtemps. Striga dormait très peu, en gardant un œil toujours ouvert. Une fois, se faisant comprendre par gestes, elle s'était fait donner par le Peintre une feuille blanche et elle y avait écrit… des nombres. Rien d'autre que des nombres. Les vieux disent que si on touche une feuille écrite par une sorcière, « juste en la touchant, compère, les mains d'un chrétien se gangrènent ». Bavardages, légendes. Calabrotto s'estime homme du monde. Quelle autre définition employer pour quelqu'un qui a traversé en long et en large la Calabre, de la mer de Tropea aux cimes du Pollino, et a appris les rudiments de la lecture d'un professeur napolitain que la bande de Vassagnuzzo avait enlevé en 1839 ? Le seul danger c'est que Striga finisse dans d'autres mains. Mais c'est un danger révolu. La fille est dans la grotte de Passo di Lupo, en sécurité, gardée à vue par deux de ses hommes les plus fidèles. Il sait qu'ils ne toucheront pas un seul de ses cheveux. Il sait que, même si le respect qu'ils lui portent et la peur du châtiment ne suffisaient pas, la peur de Striga suffirait à les maintenir loin d'elle. Oui, ses hommes la craignent, ils touchent à son passage l'image pieuse de San Rocco, baisent la médaille de la Vierge, sur leurs lèvres desséchées affleurent des litanies plaintives. Il n'y a rien de mieux que la peur pour tenir les hommes à leur place. Striga n'apporte pas plus le malheur que n'importe quelle autre femme. Et, à lui, elle lui apportera beaucoup de florins. Du Pollino saupoudré de neige au golfe de Squillace, il n'y avait jamais eu, il n'y aurait jamais brigand plus rusé et plus sage que

Calabrotto. Des poches de son trois-quarts il sort un mégot de cigare, frotte un silex, aspire deux ou trois bouffées voluptueuses et s'étend pour méditer sur le lit de camp crasseux. Ils appelaient Vassagnuzzo ainsi à cause de sa petite taille. C'était un chef des brigands petit et féroce auprès duquel Calabrotto avait fait, pour ainsi dire, ses classes, à l'aube de son honorable carrière de coupe-jarrets. C'était Vassagnuzzo qui l'avait ramassé, la nuit où il errait avec la serpe encore mouillée du sang du fermier qui avait déshonoré sa pauvre sœur. Et de celui de la déshonorée, bien sûr, parce que, au déshonneur, un seul remède existe. Il était entré dans la bande par la force des choses, « *distinu, figghiju meu*, le destin, mon fils ». Et il avait appris, d'abord par les légendes qui entouraient Vassagnuzzo, et ensuite de sa propre bouche.

– *Eu mi curcai cu 'na strega*, moi, j'ai couché avec une sorcière. Et je me suis baigné dans son sang. Ensuite je l'ai brûlée, continua-t-il en dialecte. C'est pour ça que je suis invincible et immortel !

Invincible, il l'avait été, Vassagnuzzo, pendant un temps. Quant à l'immortalité, c'était une autre histoire, et c'était le couteau de chasse au sanglier qui l'avait racontée, un soir que Vassagnuzzo avait trop bu et s'était laissé aller à des confidences hors de propos sur le trésor caché dans l'abbaye. Et même s'il s'était avéré que le trésor n'existait pas, Calabrotto avait quand même hérité de la bande, du chapeau à plumes du chef et d'un grade intermédiaire dans la 'Ndrangheta* de maître Filiberto Potí, qu'il avait dignement honoré jusque-là. Mais Striga n'avait rien à voir avec la légitime succession de Vassagnuzzo. Son sang ne rendait peut-être pas immortel, mais la baiser n'envoyait pas pour autant à la mort. Ni directement dans les bras du diable.

* Mafia calabraise.

Calabrotto l'a eue, il l'aura encore et ensuite il la vendra au Florentin. Pas question de brûler ce qui rapporte de l'argent.

– Lisanti Domenico, dit Calabrotto…

Il est tellement pris dans ses pensées qu'il ne s'est même pas rendu compte de l'arrivée du juge. Il se lève d'un bond, et en signe de respect enlève son béret. Le juge hoche la tête, fronce le nez à la puanteur de la cellule, agite un papyrus avec des caractères alambiqués.

– Lisanti, tu es libre. En raison des services rendus lors de la capture des conspirateurs, Sa Majesté, que Dieu ait son âme…

– Que Dieu ait son âme, psalmodie avec obséquiosité Calabrotto.

– T'accorde, reprend le juge, la grâce pour tous les délits commis dans le passé.

Le cœur gonflé d'orgueil (jamais on ne vit de brigand plus puissant et plus intelligent, jamais), Calabrotto saisit la bulle des mains du juge et la parcourt. Parce qu'on ne sait jamais, quand on a affaire avec des gentilshommes, rois et empereurs en tête. Et, effectivement, ce qu'il lit et relit, pour être sûr que sa culture incertaine ne l'a pas trompé, ne lui plaît pas du tout et son visage s'assombrit, et d'un geste sec il rend le papier au juge.

– Qu'est-ce que cela signifie, Excellence ?

– Cela quoi, Lisanti ?

– Il est écrit là que je dois partir en exil.

– Bien. Je vois que tu sais vraiment lire, dire que je ne t'avais pas cru… sa Majesté, Dieu ait son âme, te fournira un passeport et cent écus.

– Mais ce sont mes terres, Excellence ! Je n'ai jamais quitté la Calabre, je vais où, comment…

– Tu comprendras, Lisanti, que tes… entreprises des dernières années ont suscité un certain mécontentement parmi la population. Voudrais-tu, tandis que tu te promènes, tranquille, un dimanche matin, peut-être à la sortie de la sainte messe, que le fils ou le neveu d'un de ces malheureux que toi ou ta bande avez massacrés à Abbadia vienne prendre sa juste vengeance ? Ou tu préfères que je te rappelle le rapt du marquis Sposíto, ou l'attaque du relais de poste de San Vincenzo à Marerosso…

– Excellence, les conditions n'étaient pas celles-ci.

– Tu peux toujours refuser la grâce, Lisanti. C'est ton droit… Dans ce cas, tu affronteras le procès, comme les autres. Et tu seras mis en cellule avec les autres. Qui seront heureux d'apprendre de vive voix les circonstances de la trahison…

Les deux hommes se font face. Si je voulais, pense Calabrotto, en deux temps, trois mouvements je t'arracherais les yeux des orbites, je te ferais avaler le verre des lunettes, je t'ouvrirais la poitrine et je déchirerais ton cœur pourri d'Excellence et je le mangerais devant tout le monde, cru et plein de sang. Je le parie : il aurait le même goût que celui de n'importe quel autre être humain. Sûrement plus amer, plus fielleux. Oui, je pourrais faire tout cela. Et après ? Les tenailles ? L'échafaud ? Le bandit baisse doucement le regard. Il y a celui qui naît à un endroit, et on l'appelle Excellence et monsieur, et celui qui naît dans un autre endroit, et on l'appelle brigand : ça a toujours été ainsi, et ce sera toujours ainsi.

Calabrotto baisse la tête. Acquiesce. Reprend la bulle et l'empoche. Le juge se voit déjà dans ses appartements, dans un baquet plein d'eau chaude, à se purifier de cette honteuse négociation. Mais Calabrotto le fixe à nouveau. Un sourire roublard apparaît sur les lèvres charnues, sensuelles. Le juge sent une puanteur d'haleine de reptile à travers les dents pourries lorsque le brigand s'approche et lui murmure :

– Une grâce, Excellence…

– Dites, concède, brusque, Saraceni.

– *M'abbisogna 'nu jornu*, j'ai besoin d'un jour. Un jour seulement pour prendre toutes mes affaires, et ensuite vous n'entendrez plus parler de moi.

– Six heures. Tu n'auras pas une minute de plus.

– Je les ferai suffire, Excellence.

La veille de la lecture de la sentence, deux sbires viennent chercher Lorenzo. Les poignets serrés dans des menottes, les chaînes aux pieds, ils l'escortent hors de la prison. Le soleil de juillet l'aveugle presque, il vacille, titube, les sbires le soutiennent, empressés, obséquieux même.

– Courage, baron, tout va s'arranger.

– Il y a des nouvelles importantes.

Lorenzo se demande s'il s'agit du respect des humbles, des serfs envers un seigneur, ou si quelque chose va arriver. Pendant la dernière semaine, de manière tout à fait inattendue, le juge Saraceni a suspendu les interrogatoires. Après les avoir harcelés, en reposant de façon obsessionnelle la même question et la même proposition de négociation à chacun d'eux – trahir Mazzini, dans les faits –, l'inquisiteur a fait irruption dans la cellule, brandissant une feuille, une obscure revue française dans laquelle, selon ses dires, était rapportée la « revendication » de Mazzini. Ils ne l'ont pas cru. Et la faible conviction qui filtrait des paroles de Saraceni les a convaincus qu'eux tous, y compris l'inquisiteur, n'étaient que des pions dans un jeu qui s'était décidé ailleurs. Et qui se conclura dans l'hécatombe. Ils ne se font aucune illusion sur la sentence. L'avocat, un vieux libéral napolitain, s'est limité à un tiède souhait :

que la clémence illumine le Souverain. Ils sont, donc, condamnés. Et justement pour cette raison, une étrange exaltation s'est emparée de chacun. Que le martyre serve au moins à secouer les consciences ! Certains en sont absolument sûrs. Le roi nous tue, mais notre sang rejaillira pour l'éternité sur lui, l'Histoire l'a déjà tué, a rendu sa sentence. Après avoir scruté les yeux des bergers et des paysans, Lorenzo n'a plus de certitudes. S'il n'y avait pas la foi pour les soutenir, cette foi aveugle, damnée, cette foi obtuse dans l'Idéal, auraient-ils le même courage pour affronter la mort ? Par conséquent, il s'est bien gardé d'ôter leurs illusions à ses compagnons, et il a écrit, comme eux, des lettres déchirantes à sa famille et aux compagnons du comité de Londres. Un compagnon pleurait en repensant à son épouse à la chevelure fauve, à ses trois enfants condamnés à l'abandon. Quant à lui, il ne laissera derrière lui qu'exécration et haine, et tout sentimentalisme est donc déplacé.

– Voilà, baron, c'est ici. Nous sommes arrivés.

Avec une grande stupeur, il se retrouve dans le hall d'une maison de maître. De beaux meubles en bois, des tableaux aux murs, des hommes à l'air austère, des femmes en vêtements traditionnels du Sud, des scènes de chasse avec des chiens tachetés qui saisissent entre leurs crocs un sanglier poilu. Saraceni vient à sa rencontre, souriant.

– Si vous me donnez votre parole d'honneur que vous ne tenterez pas de bêtise, je vous ferai enlever les menottes.

– Pourquoi est-ce que je suis ici ?

– Oh, vous le verrez, vous le verrez bientôt.

Ils le conduisent dans une salle de bains où, sous le regard attentif et vaguement amusé des deux argousins, il se glisse dans un baquet débordant d'eau tiède et parfumée. Depuis quand ne lui a-t-on concédé le luxe d'un bain ? Il se découvre reconnaissant de la sensation de bien-être qui se fraye un chemin à travers chaque fibre de son corps. La blessure contractée dans les dunes de Syrie est une microscopique trace opaque, une cicatrice estompée. Il repense à l'uniforme qu'il portait en ce temps-là, l'uniforme de la marine impériale autrichienne. Il repense à la fierté avec laquelle son père avait accueilli la nouvelle du premier sang versé à la guerre par le fils unique. À la manière dont il avait minimisé : « Une simple escarmouche avec les Turcs… » Il repense aux larmes de Lisette, sa première conquête campagnarde, à celles de Margherita de Saint-Pierre, sa fiancée, qu'il ne reverra jamais plus…

– Allons, rhabillez-vous, baron. Ils vous attendent en bas.

Il revêt des vêtements frais, repassés, qui sentent la lessive. Des vêtements bourgeois. Il accorde un regard plein de regret à l'uniforme déchiré imprégné de la puanteur de la prison. Le long du grand escalier qui conduit en bas, il croise une jeune fille qui porte une robe de satin violet. Elle baisse pudiquement le regard, mais Lorenzo a eu le temps de saisir la lueur intriguée de deux yeux très noirs. La fille du juge ? Une servante ?

Une porte s'ouvre. Il est dans le bureau du juge. Raide, bombant le torse au centre de la pièce, son père le fixe du regard. Marco Antonio di Vallelaura porte le haut uniforme de lieutenant-général de la marine impériale de Sa Majesté l'Empereur d'Autriche et de Hongrie. Sur un signe du juge, les argousins disparaissent. Saraceni invite père et fils à s'asseoir. Mais ils restent debout. Le lieutenant-général Marco Antonio di Vallelaura fixe un point indéterminé devant lui. Tout, tout, plutôt que de me regarder, n'est-ce pas, père ? Pourtant, il doit réprimer un mouvement d'affection, ravaler les premières paroles, douces et chères, qui lui viennent aux lèvres, s'imposer de garder lui aussi un silence obstiné, père, cher père, et il voudrait se jeter à ses pieds, être, enfin, reconnu…

– Vous préférez que je vous laisse seuls ? hasarde, avec respect, le juge.

Père et fils hochent la tête à l'unisson. L'inquisiteur sort, refermant doucement la porte derrière lui.

Lorenzo fait un pas vers son père.

– Arrête-toi.

Lorenzo observe l'homme qui lui a donné la vie. Son modèle pendant les premières, les heureuses années. Comme il lui avait semblé grand et imposant, à cette époque, dans son uniforme de cérémonie. Et quels frissons, quelles émotions il avait éprouvés lorsque, à sept ans, il avait été admis pour la première fois au rite de la montée du drapeau sur la goélette *Leopoli*. Pendant combien d'années avaient-ils été un corps et une âme ? Et Lorenzo, Lorenzo qui frissonnait de fierté et de joie à chacune de ses plus insignifiantes manifestations d'affection, n'aurait jamais pu penser que les choses puissent en arriver là. Va et sois maudit, lui avait-il écrit, lorsque Lorenzo l'avait informé qu'il n'accepterait pas le pardon de l'Empereur et qu'il ne restituerait pas le *Leopoli* que lui et d'autres braves avaient dérouté vers les îles grecques. Et il ne s'était écoulé qu'une misérable année. Maintenant, son père lui semblait un homme ridicule. Gonflé, dans sa modeste stature, par l'uniforme de parade. Un homme pathétique, rigide, hostile. L'incarnation des vieilleries. Le symbole de tout ce dont la jeune Italie se débarrasserait un jour.

– Tu es venu assister à mon exécution ?

– Je suis venu sur la prière de ta chère mère.

– Tu pouvais t'épargner le voyage.

– C'est ce que je lui ai dit, mais elle a insisté.

– Et donc ?

– L'Empereur a intercédé personnellement auprès de Sa Majesté le Roi de Naples.

– Quel honneur !

– Évidemment sans que je l'aie sollicité.

– Je n'avais aucun doute à ce sujet, père.
– N'utilise pas ce nom. Je n'ai plus de fils.
– Comme tu es théâtral !
– Écoute-moi. Tu auras la vie sauve. En échange, tu seras enrôlé comme agent irrégulier au service direct de la chancellerie de Vienne.
– Je devrai devenir un espion ? Un traître ?
– Tu es déjà un traître, Lorenzo. Tu as trahi ta famille, l'uniforme que tu avais juré d'honorer…

Et pourtant. Pourtant il y a une authentique douleur dans le rappel de son prénom – c'est la première fois depuis le début de l'entretien, et ce sera la dernière – et une vibration de pitié qui resserre sur Lorenzo une morsure d'angoisse. À nouveau affleure ce désir de… de toucher l'homme qui lui a donné la vie. Une étreinte, peut-être même juste une caresse. Sentir une dernière fois sa main rêche et protectrice sur son épaule.

– Tu as jusqu'à demain.
– Et mes compagnons ? Qu'en sera-t-il d'eux ?
– Sa Majesté décidera.

Lorenzo vacille, le cœur en tumulte. Vivre ! S'offre à lui la possibilité de vivre. Vivre la vie merveilleuse. Mais oui. La merveilleuse vie du renégat, du traître. D'un pas décidé, il se dirige vers la porte, l'ouvre grand. Le juge est dans l'attente, inquiet.

– Reconduisez-moi en cellule, je vous prie.

Les deux pères restent seuls. Libéré de la présence du jeune homme, le lieutenant-général cède au désespoir. Il implore, s'humilie. Une lourde bourse pleine de ducats s'abat sur le bureau de Saraceni. Le juge se cabre, feint un sursaut d'indignation, mais ses yeux étincellent d'avidité. Il met fin à l'entretien d'un geste brusque. Quand le père sort, la bourse avec les ducats est encore là. Le juge la soupèse, pensif. Il va encore falloir inventer quelque chose.

La sentence tombe à midi. La mort. Pour tous. Décision sans appel. L'exécution est fixée au lendemain. La mort. Pour tous. Ils écoutent debout la formule d'usage, lue d'une voix ferme et implacable par le même Saraceni. Avant d'entrer dans la chambre du conseil, le juge complote avec les sbires. Quand ils viennent les enchaîner, Lorenzo se retrouve séparé des autres. Il essaie de protester, mais un des argousins lui tord le bras derrière le dos et le pousse plus loin. Le juge, pendant ce temps, offre une limonade fraîche à un galantin parfumé. C'est un adjudant, il vient de Naples, il amène les dernières décisions de Sa Majesté, que Dieu l'ait dans sa sainte gloire.

– Vous avez fait votre devoir, dit l'adjudant, qui avec un claquement de langue semble apprécier la boisson, glacée à point.

– J'ai simplement obéi aux ordres de Sa Majesté, que Dieu l'ait en sa sainte gloire.

– Sa Majesté, proclame l'adjudant, a décidé pour neuf…

Le juge soupire.

– Neuf condamnés ou neuf graciés ?

– Neuf condamnés. Graciez les autres.

– Que sa volonté soit faite.

Le juge repense à l'entretien qu'il a eu, ce matin même, avec sa fille. Assunta Marianna lui a dit qu'elle a l'intention de retourner à Paris, de reprendre ses études, d'abandonner pour toujours « un royaume dans lequel la vie humaine n'a aucune valeur ». Le juge a cherché à répliquer mais sa fille unique a été catégorique. Le père a autorité pour lui enlever tout soutien, les papiers, tout espace de vie, et même pour la faire enfermer pour désobéissance, et il est prêt à le faire. La contagion se répand dangereusement. Les nouvelles idées se répandent comme une épidémie et menacent la stabilité millénaire si péniblement rétablie après l'aventure napoléonienne. Les jeunes sont fatigués, impatients. Bientôt, des vents de guerre souffleront sur toute l'Europe. Sa Majesté a été trop clémente : seule une impitoyable répression permettra à l'ordre de l'emporter sur le désordre. Mais les questions de fond peuvent attendre. Il y a quelque chose de plus urgent à vérifier.

– Qui sont les… élus ?

L'adjudant lui tend une liste. Le juge la parcourt d'un air insouciant. Le nom de Lorenzo di Vallelaura ne fait pas partie de la liste des graciés. Il est considéré comme l'un des chefs de la révolte. Il paiera pour cela. Le juge soupire.

– S'agit-il d'une liste… irrévocable ?

L'adjudant lui jette un coup d'œil perplexe. Le juge soulève la bourse pleine de ducats et la soupèse d'un air sournois. L'adjudant se penche sur le bureau.

– Il n'y a rien d'irrévocable dans ce monde, excepté la mort.

Le juge ouvre la bourse, y prélève un petit tas de ducats et les dépose devant lui.

L'adjudant plisse le front. Le juge ajoute quelques ducats au petit tas. L'autre sourit, boit une dernière gorgée de limonade.

– Vraiment excellente. Ce sont les citrons de vos propriétés d'Amalfi, cher ami ?

– Ils viennent de la villa de Capri de la pauvre Concepita…

Le juge, avec des manières distraites, ajoute un dixième nom sur la liste. L'adjudant plisse le front.

– Neuf, Excellence, ils doivent être neuf. C'est un ordre, ne l'oubliez pas.

Le juge hoche la tête et efface un nom au hasard. L'adjudant se lève, empoche les ducats, fait le salut militaire.

Plus tard, le juge Saraceni reçoit une visite, et plus tard encore, vers la fin du jour, escorté par deux agents, il rejoint la prison et entre dans la cellule où il a fait isoler Lorenzo di Vallelaura. Le jeune homme semble tout à coup vieilli de plusieurs années. Il a les yeux cernés, le regard dans le vague, le visage creux, une grimace presque hébétée déforme ses belles lèvres. Le juge laisse échapper un ricanement de triomphe. Durant ses vingt ans de carrière comme fidèle exécuteur des ordres des souverains, il en a rencontré beaucoup des comme lui. Héros de fer-blanc et de carton, impavides dans la chance, vils devant la mort concrète. Oui, vils. Le juge sait lire les âmes, cela fait partie de son métier. Il sait que ce jeune homme naïf, pendant le temps qui le sépare de la fin, a regardé à l'intérieur de lui-même. Et il a lu le dégoût pour les rêves qui se transforment en poussière, la commisération pour son propre destin, il a lu la colère, colère et fureur aveugle contre le Maestro qui envoie les jeunes à la mort et contre ces autres jeunes qui se laissent envoyer à l'abattoir au nom d'une idée abstraite et vaine, il a lu l'horreur de la balle qui lui fendra le crâne, qui effacera les pensées, le souvenir des femmes qu'il a eues et le désir de celles qu'il n'aura jamais plus. Le jeune homme est prêt, et moi je serai un homme riche, pense le juge, et il répète, d'un ton léger, la proposition de la trahison.

– Je n'ai rien à vous dire. J'accepte la sentence. Qu'il arrive ce qui doit arriver.

La réponse de Lorenzo le prend par surprise. Le juge a un mouvement de colère. Pendant un instant il pense s'être trompé. Peut-être que son expérience, pour une fois, l'a trahi. Peut-être que le jeune Vallelaura est un révolutionnaire convaincu, un martyr conscient de la cause. Une pensée l'effleure : il a fait ce qu'il a pu, il serait sage d'abandonner la partie, mais c'est une pensée intolérable. Il y a de grandes parcelles autour de celle, modeste, où il a édifié sa maison, qui attendent la bonne offre. Il regarde le jeune homme avec davantage d'attention, et il se rassérène. Il s'agit juste d'insister, de trouver la bonne clé. Le jeune homme n'est pas prêt. Il faut encore un petit effort. Du reste, à qui veux-tu le faire avaler, petit ? Tu es trahi par la légère hésitation d'un soupir, le frémissement d'une lèvre, l'éclair qui a sillonné tes yeux clairs veinés de paillettes dorées, des yeux de jeune femme plus que de soldat. Tu résistes parce que tu t'es glissé dans un rôle qui ne t'appartient plus. Tu veux vivre. Tu veux férocement vivre, avec l'énergie féroce de ton âge féroce. Et tu vivras, par Dieu, tu vivras… Et moi je serai un homme riche. Le juge fait un signe aux deux agents. Des gens habitués à obéir sans poser de question. Des gens de confiance. Des gens préparés. Ils coûteront quelque chose, mais c'est nécessaire. Les hommes saisissent Lorenzo et le traînent hors de la cellule. Ils traversent un bas couloir, débouchent sur la place éclairée par la pleine lune. Un autre signe du magistrat, et Lorenzo est jeté contre un mur.

– Ceci est contraire aux règles ! L'exécution est fixée pour demain ! Vous ne pouvez pas…

– C'est moi qui décide des règles, cher jeune homme. Allons, exécution !

Ils lui lient les mains. Il essaie de se débattre, ils le frappent, l'immobilisent. Un bandeau noir lui obscurcit la vue. Lorenzo tombe à genoux, il se contorsionne, les deux suppôts le soulèvent à nouveau, le remettent à sa place, contre le mur. De la gorge du jeune homme sort un jappement de chien. Le juge, inflexible, donne l'ordre d'épauler les mousquets. Lorenzo a les jambes libres, il voudrait fuir mais la terreur le paralyse. Il perçoit le claquement des fusils qu'on arme, dans une tiède somnolence il perçoit le dernier commandement du juge. C'est la fin. Une salve part. Ce n'est pas la fin. Le juge s'approche, le libère du bandeau. Les deux agents rient à s'éclater la panse. Le juge les fait taire d'un signe impérieux. Lorenzo a de nouveau glissé à genoux. Le juge se penche sur lui, sa voix est un raclement de gorge, menaçant et mélodieux en même temps.

– Tu as compris maintenant, jeune idiot, combien la vie est importante ? Alors, décide ! Les prochaines balles ne seront pas à blanc…

Ils le conduisent à l'exécution à l'aube. Ils ont choisi une clairière avec peu d'arbres, pour attacher les condamnés les agents doivent planter de rudes planches et des poutres dans l'herbe sèche. Conformément au troisième degré de l'exemple public, qui est réservé aux crimes capitaux, les condamnés sont pieds nus, habillés de noir, et un voile leur couvre le visage. Le Peintre, gracié, dessine la scène. Le juge Saraceni n'a pas soulevé d'objection à la requête d'un citoyen étranger (le Peintre est piémontais) en attente d'expulsion du Royaume. Les autres graciés pleurent, et le Peintre aussi, tout d'abord, a pleuré sur le sort des condamnés. Mais maintenant il regarde autour de lui. Les collines qui entourent la clairière, exception faite de deux fonctionnaires royaux, d'un prêtre qui offre, dédaigneusement repoussée, l'extrême-onction, de trois bergers et d'un fou avec le pantalon baissé, sont désertes. Les patriotes avancent en silence, les soldats s'ennuient et ont hâte d'en finir. Ce n'est pas un sujet qui puisse intéresser un artiste de son calibre, et autant de désolation offenserait la mémoire même des martyrs. L'art prévaut sur l'émotion, le devoir de la propagande révolutionnaire sur l'émotion. Le Peintre reconstruit la scène : les collines sont bondées de gens, paysans aux traits fiers, bergers qui fixent avec dédain les sbires, enveloppés dans une aura d'universel mépris, femmes en larmes qui pleurent la fine fleur de la meilleure jeunesse italienne. Sous le toucher habile de ses doigts, cette cérémonie mélancolique et solitaire devient une fête populaire agressive, et tandis qu'il exécute les esquisses, frénétique, le Peintre imagine qu'un chœur puissant se lève de la foule, « celui qui meurt pour la patrie… a beaucoup vécu », et que les cris de « Vive l'Italie » et « Vive la République » s'entremêlent, excitant les âmes, les poussant à de nouvelles, de formidables entreprises. Et il imagine Terenzi, ou peut-être Ludovisi, inciter les soldats hésitants, abasourdis par tant d'amour du peuple, à tirer, parce que « les ordres doivent être exécutés, nous aussi sommes des soldats, tirez, donc, et visez le cœur ! » Il est tellement absorbé par son œuvre que le bruit de la décharge le saisit par surprise. Il lève les yeux de sa feuille. Les compagnons sont abattus, certains, pas encore morts, s'agitent, tordus par la souffrance. Le Peintre réprime un élan pour se rapprocher et saisir les détails les plus horribles. L'officier à la tête du peloton inflige aux moribonds le coup de grâce. Même Lorenzo assiste à la scène : manquer ce rendez-vous aurait pu susciter des soupçons justifiés, et être au-dessus du soupçon, lui a expliqué Saraceni, est la meilleure arme d'un espion. Dans la poche de sa veste, généreusement donnée par le juge, il garde la lettre d'enrôlement de la chancellerie. Son esprit est éteint, ses lèvres serrées, pas une larme ne mouille ses yeux. Le Peintre remplace sa froideur par une exemplaire dignité : l'esquisse du patriote inflexible dans sa détermination révolutionnaire fera, dans les années à venir, le tour des exilés, contribuant à alimenter la réputation de pureté cristalline de Lorenzo. Sur un ordre du juge, la compagnie de la bonne mort, composée des nobles du village, ramasse les cadavres. Déposés sur les chariots, ils seront enterrés chrétiennement, à la plus grande gloire de la pieuse bienveillance de Sa Majesté. Le Peintre peint le juge Saraceni. Il essuie la sueur de son front, se passe un mouchoir sur la figure. Le Peintre a l'impression qu'il jette un coup d'œil en direction de Lorenzo, sans doute pendant un instant l'ombre d'un soupçon l'effleure-t-il, mais bientôt il se concentre sur le visage de l'inquisiteur : comment rendre tant d'horreur, tant d'hypocrisie sans tomber dans le banal ?

Plus tard, écartant un pan de la tenture du carrosse qui, escorté par six agents, conduit les graciés au port de Naples, d'où ils rejoindront la France et enfin Londres, Lorenzo croit apercevoir le petit visage amaigri de la fille. Si c'est elle, elle est en compagnie d'un grand type, à l'air distingué. D'un bras il lui entoure les épaules, d'un geste affectueux et protecteur, et de l'autre il tient une cage dans laquelle s'agite quelque chose. Une sensation de vague déchirement lui traverse la poitrine, puis le carrosse heurte une pierre, le rideau retombe, l'image s'évanouit.

– Nous deviendrons amis, dit le Florentin Lussardi à la fille qu'il vient juste d'acheter, à prix d'or, à Calabrotto. Striga, c'est comme ça que le brigand l'appelle. Il lui a tout raconté d'elle, sans dissimuler aucun détail, et ils ont ri ensemble, en hommes du monde, des idiotes superstitions des paysans. Nous deviendrons amis, nous ferons un beau trio, toi, moi et Codino !

Codino est le rat albinos qui s'agite dans la petite cage. À Londres, Lussardi se procurera une flûte et il lui apprendra à en jouer. Petit à petit ils dresseront la bestiole, et à la fin, il en tirera bien quelque avantage. Dans le pire des cas, il pourra toujours la revendre à quelque riche noble dépravé. Certains Anglais sont fous des petites filles italiennes, et également des « gosses », que Dieu leur pardonne, graines de sodomites sans foi ni loi. Même Striga semble un peu grandelette pour des gens avec de tels goûts… Eh oui, elle a dû en voir passer, la fillette. Dans tous les cas, lui, Lussardi, ne posera jamais la main sur une fille qui a été baisée par cette bête de Calabrotto. La fille a vu passer son soldat blond, et il lui a suffi d'un simple regard pour voir qu'il n'était plus le même qu'avant. Chaque créature a à l'intérieur d'elle-même une certaine réserve de nombres. Et de leur équilibre dépend l'harmonie de chacun. Striga sait lire cette harmonie secrète, c'est un don qui vient de Dieu sait où mais c'est aussi une malédiction. Parce que Striga comprend quand l'harmonie a sauté, et elle sait combien il est difficile de la recomposer. Il y en a qui n'y réussiront plus jamais. Le soldat blond est l'un de ces malheureux. Il a perdu l'harmonie pour toujours. Et où il n'y a pas d'harmonie, c'est la peur qui domine. Le règne des nombres impairs a gagné, et Striga a peur. Peur de l'homme à la voix insinuante et de son rat, peur de ce qu'elle a laissé derrière elle, peur du futur. Elle voudrait s'arrêter ici, creuser un trou de six pieds sur six et se laisser mouiller par la terre humide de vers puis sécher au soleil puis pâlir aux sons harmonieux des étoiles. Mais l'homme la pousse à avancer. Ils ont rendez-vous avec quelqu'un, ils vont prendre un vapeur, puis un autre, et ensuite qui sait. Il n'a peur, en revanche, de rien ni de personne, le brigand Calabrotto. Il est sur la route pour Itri, accompagné des trois hommes qu'il a choisis pour le « séjour temporaire » dans la partie méridionale de l'État pontifical (y a-t-il un autre endroit pour un brave chrétien, dans ce monde ?), occupé à soupeser les florins extorqués au Toscan (il marchandait, le bâtard, et il a fallu la menace de la serpe pour le ramener à la raison) lorsqu'il tombe sur deux voyageurs. Calabrotto se sent de bonne humeur et se contente de les dépouiller de leurs biens, pas de gorge coupée dans sa nouvelle vie, sauf si c'est strictement nécessaire, et il leur indique, avec grande courtoisie, comment rejoindre le relais de poste le plus proche.

II

Londres. 1847-1848.

Lorenzo cacheta le pli et sortit dans l'après-midi londonien. Un ponton avançait lentement sur la Tamise gonflée de pluie. Il pensa que Londres avait quelque chose de sa Venise : toutes les deux villes d'eau, elles partageaient quelque chose de mélancolique et d'indéterminé. Mais ça dépendait peut-être de la pluie. Sous la pluie toutes les villes finissent par se ressembler.

Il rejoignit le bureau de poste le plus proche et remplit un formulaire d'expédition. La lettre rejoindrait l'adresse de couverture et de là serait transmise sans délai au maréchal Radetzky. Lorenzo espionnait Mazzini. Dans ses lettres, il faisait référence à lui avec la simple initiale, « M. ». Une fois par mois, il recevait une dépêche codée avec des ordres souvent contradictoires. Il venait à peine de débarquer à Londres qu'on lui avait demandé de faire son rapport concernant les réactions de M. face à l'échec de l'entreprise calabraise. Consternation, avait-il communiqué d'une formule lapidaire. Avec un sens de l'humour inattendu, ils lui avaient demandé justement à lui de faire courir le bruit de la présumée trahison d'un affilié. Lorenzo avait hésité. Il venait juste de s'approcher de l'entourage de M. Il avait compris tout de suite que c'était un homme difficile : habitué à être suivi par les polices du monde entier, il se déplaçait avec une extrême circonspection, il était terriblement réservé et avare de confidences. La manœuvre pouvait apparaître trop brusque, alimenter le soupçon. L'ordre avait été confirmé en des termes péremptoires. Lorenzo avait abordé le sujet avec précaution. M. s'était renfrogné. Des traîtres parmi nous ? Ce ne sont que des Italiens. « Les Italiens sont des putains. Je n'ai jamais eu foi en eux. Maintenant moins que jamais. Ils hurlent, et c'est tout. » À Vienne, ils avaient apprécié et relancé : il fallait répandre la rumeur que quelques conspirateurs étaient enclins à la sodomie. Lorenzo, cette fois, avait fait mine de rien, ça aurait été vraiment exagéré. Mais, à Vienne, ils avaient tendance à exagérer. Ils semblaient éprouver un grand intérêt pour les commérages et les racontars. Les rapports dans lesquels Lorenzo s'étendait sur les activités proprement conspiratrices de M. étaient moins considérés que les comptes rendus de vie quotidienne. M. partageait sa très active journée entre les révolutionnaires de toute l'Europe, la récolte des fonds pour la cause, les articles qui le faisaient vivre, l'école populaire qu'il avait installée pour donner une instruction aux enfants des immigrés pauvres et le cénacle de Thomas Carlyle. L'amitié entre un écrivain réactionnaire cher à la reine et un révolutionnaire du calibre de M. paraissait inexplicable. Même Lorenzo avait été surpris de l'affection qui liait deux hommes aussi différents. Dans un de ses messages, il avait hasardé l'hypothèse d'une alliance franc-maçonnique de point de vue anti-habsbourgeois. Il lui avait été ordonné de ne pas se mêler de « haute stratégie ». Lorenzo parsemait donc ses notes de détails insignifiants, ou même, inventés de toutes pièces. M. jouait Paganini à la guitare, et parfois chantait, accompagnant les notes de sa voix rauque de fumeur invétéré. M. avait une relation avec une prolétaire, et une autre avec sa maîtresse historique, la conspiratrice Giuditta Sidoli. M., quand il était détendu, arrivait même à être amusant. Il aimait les chats, dont il ne perdait pas une occasion de louer l'indépendance et l'esprit de liberté, et il tolérait les chiens. Lady Carlyle était en froid avec M. parce qu'elle en était amoureuse et que d'autre part M. lui avait fait clairement comprendre qu'il ne trahirait jamais l'ami et protecteur, d'où le ressentiment de la femme. La maîtresse officielle, Mme Tancioni, n'était jamais invitée aux rencontres chez Carlyle. Comme elle était d'origine prolétaire, ils ne la considéraient pas comme digne de s'asseoir parmi eux : amis de démocrates et de révolutionnaires, mais trop vieille Angleterre, trop attachés à l'étiquette et à une rigide séparation entre les classes pour l'accepter. Il se disait que Mme Tancioni avait reconnu un fils de M. Ceci était un authentique mensonge. Le fils n'avait rien à y voir du tout ; le fils était de Dieu sait qui, et elle avait été accueillie et soutenue par M., qui était un homme généreux. Cette dernière observation, évidemment, Lorenzo l'avait gardée pour lui : elle ne pouvait bien sûr pas être rapportée dans une correspondance dont le seul but était de dénigrer M.

L'employé lui rendit le récépissé, Lorenzo remercia en s'inclinant légèrement. Pour les communications ils utilisaient un code chiffré qui changeait tous les six mois… De toute façon, personne n'intercepterait jamais ces lettres. Que Dieu bénisse la reine et la poste anglaise. La traditionnelle réserve anglo-saxonne interdisait aux polices plus ou moins secrètes de violer la correspondance. L'interdiction était encore plus absolue depuis les événements de 1844. Encore une fois, à cause, ou grâce à M. On avait découvert, en effet, qu'une partie de la correspondance entre M. et les rebelles de Calabre avait fini dans les mains de l'Empire grâce à la connivence des services secrets de Sa Majesté. Quand cela était venu à la connaissance de M., il avait élevé de vibrantes protestations. Carlyle avait jeté dans la mêlée le poids de son autorité indiscutée. Moralité : le gouvernement avait été contraint de s'excuser pour avoir interféré avec l'activité révolutionnaire de celui qui voulait renverser d'autres gouvernements. Lorenzo abaissa sur sa tête le large feutre et affronta Tottenham. Une bande de jeunes enfants déguenillés le prit d'assaut. Certains portaient une souris dans une cage, d'autres chantaient une chanson en s'accompagnant d'un harmonica, une minuscule brunette se nettoyait la morve du nez en tendant une main décharnée et sale. La puanteur qui s'élevait de leurs corps était comparable à celle provenant des rues de périphérie, authentiques décharges à ciel ouvert le long desquelles une plèbe agressive et damnée jetait ses ordures, matérielles et morales. Un jeune garçon à peine plus grand que les autres, et en apparence moins sous-alimenté, basané, frisé et au regard très vif, improvisa à la flûte *Adio bela Venexia, adio laguna...* Adieu belle Venise, adieu lagune... Une pointe de poignante nostalgie piqua le cœur de Lorenzo. Il se mit à chantonner, sur le tempo décousu du jeune chanteur, la vieille villanelle qui remonte aux Croisades :

Adieu chères petites filles vénitiennes
je vais me mesurer à la lune
je vais faire peur aux sultanes
mais je reviendrai honoré et avec une grande fortune
*à ces portes, à ces rives, à ces cavane**
et je reviendrai encore vous dire : filles,
je vous aimerai plus, si vous devenez plus belles !

Est-ce qu'il reverrait jamais ses ruelles et le clocher, est-ce qu'il écouterait le chant aigu du gondolier retentir dans les nuits de pleine lune ? Il distribua quelques pièces, caressa les cheveux du jeune garçon.

* Garage maritime des embarcations de la lagune de Venise.

– *My lord*, monsieur… je sais aussi faire « *e tiorte i remi e voga / che femo 'sta calà…* »

– Ça va, ça suffit.

– Mais non, pourquoi ? Vous avez une voix remarquable, Lorenzo, et le petit est si mignon, dit une femme, dans son dos.

Lorenzo se retourna. Lady Violet Cosgrave le fixait de ses grands yeux sombres, se protégeant de la pluie sous une ravissante ombrelle couleur lilas. Lady Violet était la dernière arrivée dans le cercle des Carlyle. Et elle était si belle ! Les jeunes enfants prirent d'assaut la jeune femme en réclamant une piécette, « *A penny, please, madam, a penny…* » Lorenzo sentit qu'il s'enflammait de honte à cause du spectacle de misère que ces enfants italiens offraient.

– Ouste, allez-vous-en !

– Ne soyez pas si brusque. Je veux absolument entendre une autre chanson.

Le jeune garçon frisé, comme s'il avait compris, ou en tout cas, deviné, emboucha sa flûte. « *E tiorte i remi e voga…* » Lorenzo entonna, d'abord hésitant, puis de plus en plus convaincu, le chant des pêcheurs de Chioggia. Les autres enfants assistaient, écartelés entre l'envie pour le privilège échu à leur compagnon et l'espérance de nouveaux pourboires.

Quand le numéro fut terminé, Lady Violet caressa le petit.

– Comment tu t'appelles ?

– Moi, je suis le Mestrino, pour vous servir, *my lady*.

– Ça te dit, une glace ?

Lussardi traîna Striga au centre de la grande pièce et lui administra une gifle. Striga resta debout, orgueilleuse, rebelle. Lussardi la frappa encore et encore, jusqu'à ce qu'elle tombe à genoux et qu'elle couvre son visage ensanglanté. Le Florentin se nettoya les mains sur sa veste sale. Dix petits diables se serraient contre les murs, les souris, les grenouilles et les petits chatons s'agitaient dans les cages. Les yeux pleins de terreur et d'espoir lui firent comprendre que, malgré toutes les difficultés, il avait encore le contrôle de la situation. Eh oui, parce que la terreur de ses esclaves était que la leçon s'étende à eux aussi, coupables de complicité pour avoir favorisé la fuite de Mestrino, et d'omerta pour la lui avoir tue pendant deux jours. Quant à l'espoir, il résidait là : que le patron se passe les nerfs avec la folle et laisse tomber pour les autres. Après tout, c'était elle l'âme noire de la compagnie.

Lussardi avait d'autres plans.

– Toi, ordonna-t-il à un gamin hâve et teigneux qui faisait courir ses doigts épais sur le clavier d'un énorme accordéon. Viens ici, Museau de Lièvre.

Le gamin se leva, hésitant, posa l'instrument et rejoignit le patron en baissant la tête.

– Frappe-la.

Le gamin hésita. Lussardi grinça des dents.

– Tu veux être le prochain ? Allez, vas-y !

Le gamin décocha un petit coup de pied à Striga.

– Plus fort !

Le jeune garçon s'exécuta. Lussardi hocha la tête, satisfait. Puis il regarda vers les autres.

– Tous ensemble !

Les gamins se ruèrent sur Striga et la frappèrent à tour de rôle, qui d'un coup de pied, qui d'un coup de poing. Lussardi observait, prêt à intervenir si les petits exagéraient. Striga avait besoin d'une leçon, parce que c'était elle sans aucun doute qui avait encouragé Mestrino à la fuite, un de ses meilleurs « enfants », c'est-à-dire celui qui rapportait le plus d'argent à la fin de chaque journée. Ça faisait presque trois ans qu'il la nourrissait et qu'il l'habillait, cette petite pute ingrate, et il n'était pas encore rentré dans ses frais.

– Ça suffit. Et que ça vous serve de leçon. La parole de Lussardi ne se discute pas. Qui est-ce qui commande ici ?

– Le patron, répondirent en chœur les gamins.

– Ce soir, en punition, seulement pain et eau pour tous, et seulement eau pour Striga. Demain matin, toi, Museau de Lièvre, tu vas l'emmener au fleuve et la laver. Il faut qu'elle soit prête à retourner au travail. Que diraient vos parents, s'ils savaient comment vous vous comportez ? Vous êtes des ingrats, voilà ce que vous êtes, avec tout ce que je fais pour vous !

Plus tard, tandis que les gamins dormaient enlacés aux instruments ou aux animaux, Lussardi se glissa hors du hangar encastré dans le cœur malfamé de Shoreditch et se dirigea, à pied, vers les docks de Liverpool Street. En vérité, il aurait pu se permettre une voiture. Et il y avait même pensé : la nuit il était déconseillé de s'aventurer par certains chemins, sans parler des mauvaises rencontres que l'on pouvait faire le long du fleuve. Mais ces derniers temps les choses ne tournaient pas rond. L'époque était sombre, d'un moment à l'autre pouvaient se produire des événements impensables, le flux des gamins d'Italie avait déjà subi un lourd ralentissement, les parts que les curés exigeaient pour fermer un œil, et parfois les deux, étaient de plus en plus exagérées. D'ailleurs, il avait toujours son poignard avec lui. La destination était une taverne de matelots, le Nag's Hook. C'était là qu'il espérait rencontrer Lord Chatam. Et lui vendre Striga. Cette fille avait été la pire acquisition de sa vie. Il l'avait mise à faire l'aumône avec la souris, et elle, le premier jour, elle avait libéré l'animal. Avec la flûte, ce n'était pas mieux : du brut instrument de roseau qui, aimait dire Lussardi, constituait la « dotation » de l'apprentie mendiante, Striga tirait des mélodies si absurdes que les gens ou se mettaient à rire ou se sauvaient, sentant la puanteur du démon. Il avait réussi à la placer comme domestique dans une famille de propriétaires terriens, à trente lieues de la capitale, et elle avait fait tomber à l'eau une chasse au renard en sauvant la bête des gueules des chiens. Il lui avait trouvé un emploi, toujours comme domestique, auprès d'un hobereau du Surrey. Elle avait tenu trois mois, puis ils l'avaient chassée après l'avoir surprise en train d'accomplir un geste inouï : lire un traité de mathématiques.

– Vous comprendrez, *esquire*… une domestique qui sait lire et écrire, c'est contraire aux règles !

Il avait alors misé, en dernier recours, sur le trottoir. Mais, même comme chair à plaisir, Striga ne valait pas un radis. Elle avait presque déchiré une oreille au premier client en le mordant. D'autres fuyaient une créature qu'ils trouvaient trop étrange et inquiétante pour ces rapides instants d'oubli qu'un homme demande à une fille. Il ne restait donc plus qu'à s'en remettre à quelqu'un qui soit justement à la recherche de sensations étranges et inquiétantes. Lord Chatam. Le dernier recours. Parce que celui qui finissait chez Lord Chatam ne revenait pas en arrière. Ah, il y en aurait eu des histoires à raconter sur ce pervers ! Mais en tout cas, quand il payait, vraiment un grand seigneur. Lussardi se considérait comme un bienfaiteur. Les enfants qu'il achetait pendant ses voyages en Italie étaient soustraits à un destin de misère, pellagre, typhus encore pire que celui qui, à première vue, semblait les attendre à Londres. Les plus habiles, après tout, trouvent toujours un moyen de s'en sortir : il y avait beaucoup d'usines et de teintureries et d'élevages d'animaux qui avaient besoin de bras robustes à employer, avec une paie convenable (en tout cas c'est ce que soutenait la presse gouvernementale) et des conditions de vie acceptables. Certes la mortalité était élevée, mais les plaintes des âmes pieuses ne devaient pas émouvoir plus que ça : c'était une loi de la nature, qui est dessus reste dessus et qui est dessous doit lutter pour en prendre la place. Lussardi lui-même – improprement dit florentin, alors qu'il était carrarais pur sang – n'était-il pas né d'un carrier qui était parti à trente ans les poumons mis en miettes par les poussières de ce marbre qui embellissait les luxueuses demeures de tant de lords et baronnets… et d'une femme aux métiers incertains… et ne s'était-il pas hissé plus haut, plus haut, le plus qu'il avait pu (d'autre part, ne jamais poser de limites à la divine providence) grâce à son habileté et à son absence de scrupules ?

Lord Chatam était assis à une table au fond de la taverne. Quand son regard se posait sur la masse d'ivrognes et de femmes débauchées des autres tables, le jacassement s'éteignait, le ton se faisait plus léger. Petit peuple grossier et lâche : ils craignaient Lord Chatam, son pouvoir, sa richesse. Et lui aimait se salir dans des lieux indignes comme le Nag's Hook. Lussardi alla à sa rencontre et s'inclina en signe de soumission et de respect. Le seigneur sembla apprécier. Ses yeux étaient des lames de glace. Lord Chatam n'accordait jamais de deuxième chance, la négociation devait donc être menée avec le plus grand scrupule. Il ne serait sans doute pas remboursé des dix florins lâchés au Calabrotto et de ses dépenses, mais de toute façon il n'en sortirait pas les mains vides.

– Qu'est-ce que tu m'apportes, cette fois, mon bon ami ? demanda le Lord, avec une amabilité inattendue, en invitant le Toscan à prendre place à côté de lui.

– Une authentique sorcière, *my lord*. Elle semble sortie d'une représentation médiévale.

Sur le visage émacié du noble se peignit une moue de mépris.

– J'espère que ce ne sera pas une nouvelle déception, comme la précédente.

– Vous en serez ravi, *my lord*. Sur mon honneur.

– Tu n'as pas plus d'honneur que moi, et moi, comme tu le sais, je n'en ai pas.

Et c'est pour cela, mon ami, pensa amèrement Lord Chatam, en avalant un bonbon d'opium, c'est pour cela que toi et moi nous sommes complices.

Quand Lorenzo et Lady Violet firent irruption dans le hangar de Shoreditch, accompagnés de Mestrino et de trois agents en civil, un terrible spectacle s'offrit à leurs yeux. Il y avait neuf, peut-être dix gamins, d'une maigreur impressionnante. Dans de petites cages étaient hébergés de petits animaux agités. Certains enfants avaient un instrument de musique. Tous avaient des vêtements déchirés. La puanteur était insupportable. D'abord terrorisés par l'invasion des inconnus, puis rassurés par la présence de Mestrino, ils se serraient autour de l'ami retrouvé, l'assaillant de questions. Et Mestrino répétait à chacun ce que Lady Cosgrave lui avait juré devant une délicieuse glace à la crème, sous les yeux apparemment indifférents des garçons hautains du Queen's Royal Garden : il n'y aurait plus ni maîtres ni coups, pour toi et tes amis, mais seulement des mains tendres qui prendront soin de vous.

L'histoire de Mestrino avait ému l'impétueuse Anglaise. Lorenzo l'avait vue rougir et serrer les poings d'indignation tandis qu'il lui traduisait l'interrogatoire du gamin. Lorenzo l'avait même vue pleurer, et avec une pointe d'ironie il avait pensé que, le lendemain, les salons de Belgrave auraient de quoi causer : l'excentrique, jeune, très belle Cosgrave dans un club privé avec un étranger, un de ces révolutionnaires, et avec un morveux mendiant, et comme si cela ne suffisait pas, elle avait pleuré, pleuré en public, comme une quelconque souillon.

– Je m'appelle Mestrino parce que je viens de Mestre, près de Venise.

– Quel âge as-tu ?

– Tu veux connaître le vrai ou celui que dit le maître ?

– Le vrai. Et ne l'appelle plus maître. Tu n'as plus de maître, à partir de maintenant.

– Mon âge véritable, c'est quinze ans. Mais je dois dire onze. Comme ça ils me donnent plus d'argent.

Mais qu'ils disent, qu'ils cancanent donc, pensait Lady Violet, tandis qu'elle distribuait caresses et bonbons en incitant les enfants à monter dans la voiture qui les conduirait à l'école italienne. Elle était Lady Cosgrave. Elle avait dix-neuf ans. Une richesse considérable dont elle ne devait rendre compte à personne. Richesse mal gagnée : des aïeux corsaires et rompus à toutes les trahisons. Il lui appartenait de la racheter à travers un avenir d'entreprises nobles. Lady Cosgrave avait un seul phare comme guide : retourner le monde, en faire un lieu différent et meilleur.

On avait perdu la trace de Lussardi. Sans doute quelqu'un, peut-être même un policier soudoyé, l'avait-il averti à temps.

Mestrino tardait à monter dans la voiture. Ses compagnons le réclamaient à grands cris. Lorenzo retourna dans le hangar pour le chercher.

– Il manque une de mes amies.

– Qui ?

– Striga.

Plus tard, Museau de Lièvre raconta que Lussardi, deux jours plus tôt, l'avait vendue à un monsieur anglais. Un homme très méchant, ajouta-t-il en faisant le signe de la croix.

Lord Cosgrave barra la route à sa fille, déjà prête à sortir. C'était un dimanche matin d'octobre. L'hiver s'annonçait impitoyable sur Londres.

– Où vas-tu ?

– Tu le sais bien. Au numéro 5 de Greville Street.

– Tu sais que je désapprouve.

– Et toi tu sais que j'ai l'habitude de n'en faire qu'à ma guise.

Lord Cosgrave soupira. Il perdait la tête pour cette fille de l'amour. De l'unique amour de sa vie désordonnée. Pour elle il avait dérogé à plus d'une des règles rigides de son monde. Il l'avait faite riche. Il avait pensé à son avenir, sachant bien que, le jour où il n'aurait plus été là, il lui aurait manqué sa protection, et le reste de la famille aurait mis en pièces la « métisse », jamais acceptée, jamais aimée. Il lui avait consenti une éducation refusée à tant d'autres femmes, même de la haute société. Il aurait tout fait pour elle. Mais c'était aussi son devoir de père d'intervenir. Cette affaire de l'école populaire de M. Mazzini était en train de devenir chaque jour plus embarrassante. Cela lui avait été signifié à plusieurs reprises, avec discrétion mais fermeté, par des membres influents de son cercle. Lady Violet était sur toutes les lèvres.

– Tu sais que dans ton… école on forme de jeunes révolutionnaires ?

– Allons, père ! Nous enseignons un peu d'anglais et de mathématiques, un peu d'art et d'italien, un peu d'histoire et un métier à de petits esclaves qui sans nous…

– Vous enseignez « *'riting, reading, 'rithmetic and revolution* », d'après quelqu'un.

– Quelqu'un qui ? Tes amis esclavagistes et réactionnaires ?

– En réalité, la phrase est de ton ami Carlyle.

– Carlyle est quelqu'un de bien, mais parfois il sait être encore plus insupportable que toi.

D'un baiser affectueux, Lady Violet crut mettre un terme à la conversation. D'habitude, cela se passait comme cela. Une cajolerie, une câlinerie et le bourru mais tendre lord rendrait les armes. Mais Lord Cosgrave était particulièrement sombre ce dimanche-là. Il saisit sa fille par le bras et l'obligea à fixer ses yeux aqueux, enflammés d'une lumière presque ardente.

– Pareilles initiatives risquent de miner à la base notre civilisation, Violet. Et elles font souffrir notre économie.

Lady Violet s'enflamma.

– Tu n'as pas l'impression d'exagérer ?

– Ces enfants que tu veux soustraire à leur destin naturel…

– Destin naturel ? Quel destin naturel ? Celui d'être vendus comme esclaves par des familles dans la misère à un marchand de chair humaine, jetés dans la rue à jouer de la flûte et faire danser une souris ?

– Ce n'est que l'apparence du phénomène. J'ai parlé avec des personnes bien mieux informées que toi et moi, certainement exemptes de la propagande de ton ami Mazzini, et je peux te dire que la plus grande partie de ces petits Italiens trouvent un emploi digne dans nos fabriques et dans les teintureries.

– Fabriques, teintureries… Mais tu y es déjà allé dans un de ces endroits, père ? Tu as déjà vu comment sont traités les enfants ? Sans lumière ni eau pour se laver, avec des surveillants qui les fouettent, atteints de tuberculose, contraints de dormir à vingt dans des taudis infâmes. Je ne peux pas croire que toi…

– Une grande nation exige des sacrifices, parfois.

– Non. Tu es en train de me dire qu'une grande nation exige des esclaves. C'est autre chose.

– Nous ne pouvons pas tous être diplômés, Violet. Si nous étions tous diplômés, qui ferait tourner les entreprises, qui cultiverait les champs, qui…

Lady Violet se libéra de l'étreinte de son père. Un geste sec, irrité, inhabituel chez elle. Le lord la fixa, un regard de stupeur et d'orgueil blessé.

– Violet, je t'interdis d'aller dans cette école !

Lady Violet sentit qu'elle était à deux doigts de franchir une ligne. Un point de non-retour. Les divergences avec son père et son monde n'avaient pas manqué. Jamais, néanmoins, sous une forme aussi explicite. Qu'arriverait-il si elle dépassait vraiment cette ligne ?

– Je suis désolée. J'ai déjà décidé.

– Pour l'amour de Dieu, Violet ! Il va arriver quelque chose ce matin. N'y va pas…

Tout était de sa faute à lui, réfléchissait amèrement Lord Cosgrave tandis que de la fenêtre il la voyait monter en carrosse. L'Italien blond, avec une courbette, s'offrit de l'aider. Violet le repoussa d'un geste sec. Malgré lui, Lord Cosgrave sourit. Quel tempérament ! Ce ne sera pas facile de dompter la jeune femme. Ce ne le sera pour personne, tout révolutionnaire ou tout pair d'Angleterre qu'il soit. Peut-être qu'un jour, à la Haute Cour, il se retrouverait à voter une motion socialiste. Peut-être même présentée par son impétueuse fille ! En attendant, il y avait des choses plus urgentes à faire. Lord Cosgrave envoya à l'école deux valets de confiance, armés de bâtons et de pistolets. Avec ordre d'intervenir, en cas de besoin.

La voiture abandonna les quartiers du centre battus par la pluie et prit la route endommagée qui menait au faubourg italien de Hatton Garden. Lady Violet était enflammée. Empourprée par une rougeur de passion qui éclairait son visage, elle apparaissait encore plus désirable aux yeux de Lorenzo.

– Qui n'a pas vécu à Londres ne peut pas imaginer ce que sont la misère et la souffrance. Nous nous vantons de notre démocratie tant célébrée et la misère frappe à nos portes. Mais nous faisons semblant de ne pas la voir. M. Carlyle et son cercle… d'excellentes personnes, pour l'amour de Dieu ! Mais il semble qu'ils n'aient jamais lu Dickens. M. en revanche… je n'ai jamais connu, et je crois que je ne connaîtrai jamais, un homme comme lui. Son effort pour améliorer les conditions de vie du peuple, l'éduquer, lui donner une âme, vous comprenez, Lorenzo ? Une âme.

– Vous en parlez comme une femme amoureuse.

Lady Violet rit.

– Je sais distinguer l'admiration et le désir, mon ami, répondit-elle, en lui effleurant une main comme par mégarde. Et puis, les prétendantes ne manquent pas à monsieur M.

Lorenzo frémit à ce contact. Violet. Si belle. Si pleine de vie et d'imagination. Si passionnée et enthousiaste. Grande comme une Anglaise, mais brune et avec des yeux profonds de forme orientale. Le bruit courait qu'elle était le fruit d'une liaison entre Lord Cosgrave et une princesse indienne. Lord Cosgrave avait en effet commandé une caserne de cipayes* à Madras, et la ressemblance entre Lady Violet et son anguille desséchée de mère se limitait au nom commun. Mais le sujet était tabou dans les cercles qui comptent. Du reste, ayant appris à connaître le caractère rebelle et effronté de la jeune femme, Lorenzo n'avait aucun doute sur le fait que, s'il y avait fait allusion, elle n'aurait pas lésiné sur les explications. Et elle se serait peut-être proclamée fière de son métissage. Par ailleurs, elle s'était déjà exprimée à plusieurs reprises en faveur de la parité des droits entre homme et femme. Elle arborait des pantalons d'homme et fumait en public. Elle avait participé en habits d'homme à une autopsie, bravant l'interdiction pour les femmes de s'approcher de l'art médical.

– Les gamins sont très contents des familles qui les hébergent. Et moi je suis très contente d'eux. Museau de Lièvre fait des progrès continus en anglais, et Mestrino a un vrai talent avec les couleurs. M. Rossetti soutient que s'il était un tout petit peu plus ordonné il pourrait le prendre, comme vous dites vous autres Italiens, en apprentissage. Ce dégoûtant marchand de chair humaine, Lussardi, est encore introuvable, et je soupçonne nos valeureux agents du Yard de ne pas avoir très envie de lui mettre la main dessus. Après tout, selon mon père, instruire le peuple signifie causer du tort à l'économie. Mais vous ne dites rien, Lorenzo ?

– J'écoute l'enchantement de votre voix.

– Si vous n'étiez pas un révolutionnaire sérieux et cohérent, je dirais que vous êtes en train de me courtiser comme un quelconque amoureux transi.

* Soldats indiens.

Si tu savais qui je suis vraiment, pensa Lorenzo, en s'assombrissant, si tu pouvais seulement le deviner…

Un grand bruit, comme celui d'une foule en tumulte, le détourna de ses sombres pensées. À l'entrée de Greville Street, un policier en uniforme bloqua la voiture. Il y avait un rassemblement menaçant juste devant l'école des Italiens. Un cordon de police isolait la zone. On ne pouvait pas avancer.

Lady Violet se pencha par la fenêtre et ordonna au policier de dégager le passage. Celui-ci la reconnut et se mit de côté, avertissant qu'il déclinait toute responsabilité sur ce qui pouvait arriver.

La voiture avança jusqu'à l'édifice où se trouvait l'école. Lorenzo et Lady Violet descendirent du véhicule. Une foule d'une cinquantaine d'individus lançait des cris menaçants en direction de l'école. Prêtres et femmes échevelées, Italiens et Anglais hurlaient : « Mazzini dehors », « Rendez-nous nos enfants ! », « Pain, Christ et travail ». Une autre foule, plus modeste, peut-être dix, quinze personnes, dos à la porte barricadée de l'école, faisait face aux manifestants. Lorenzo reconnut le jeune peintre Rossetti et d'autres visages amis. Les policiers cherchaient à éviter que les deux groupes entrent en contact. Tout le monde criait. La confusion était à son comble.

– Ce n'est pas prudent de rester ici, Violet. Ça sent l'affrontement.

– Ne cherchez jamais à me donner des conseils, et encore moins des ordres, Lorenzo. Ou nous ne serons plus amis.

Lady Violet s'élança contre les manifestants. Lorenzo la suivit en soupirant. Ils se frayèrent un passage en jouant des coudes, dépassèrent le cordon de policiers et rejoignirent la porte. Lorenzo s'informa auprès d'un jeune Italien et expliqua à Lady Violet que la manifestation était née d'une protestation des curés.

– Ils nous accusent de donner aux gamins une éducation athée. Ils disent que nous avons enlevé leurs enfants, que nous leur interdisons de fréquenter les écoles catholiques.

– Sottises, s'insurgea Lady Violet. C'est un coup monté. Ils sont payés pour mettre la pagaille. Le problème est économique. Les écoles catholiques sont une escroquerie. Les prêtres prennent de l'argent aux patrons des usines, font semblant d'inscrire les enfants et les envoient travailler à l'usine. Depuis qu'il y a notre école, les prêtres perdent leur recette et les patrons des usines, leur main-d'œuvre bon marché, et ils s'emportent. Voilà tout.

– Tout à fait d'accord, observa Lorenzo, mais, à ce qu'il semble, les policiers n'ont pas du tout l'intention d'intervenir…

Lady Violet était sur le point de répliquer, et peut-être de se lancer tête baissée contre les manifestants, lorsque la porte s'ouvrit grand et que sur le seuil apparut Mazzini. À la vue de cet homme de modeste stature, sec, renfermé dans un austère costume sombre, un grand silence se fit tout à coup. Mazzini embrassa la scène d'un regard ironique et d'un pas calme se dirigea vers l'officier de police le plus gradé.

Ce soir-là, à l'Old Avon Club, tandis qu'il sirotait un whisky en sa compagnie, Lord Cosgrave s'entendit répéter par un vieux pair, vétéran comme lui de la campagne indienne, le même récit qu'il avait écouté, quelques heures plus tôt, de la bouche des valets.

– Une chose inconcevable, ce qui est arrivé aujourd'hui à l'école populaire. On a vu M. Mazzini ordonner… tu comprends, mon ami… ordonner à un officier de police de déblayer la place. Et l'officier lui a obéi. Mazzini devant, la police anglaise derrière, et les prêtres qui s'en retournent chez eux la queue entre les jambes. Inouï, inouï !

Lord Cosgrave convint, avec des phrases de circonstance, de la dangerosité croissante des révolutionnaires et de l'inconcevable bienveillance que la couronne semblait leur accorder. Il ne put retenir, néanmoins, un petit sourire en repensant aux phrases avec lesquelles Mazzini, après coup, avait commenté le déblayage de la place, phrase qui lui avait été rapportée par Violet.

« Qu'ils ne viennent pas nous casser les couilles là où c'est nous qui commandons ! » avait dit Mazzini, en s'allumant un cigare, tandis que les prêtres et les figurants payés par les entrepreneurs battaient en retraite.

Quelques jours plus tard, Lorenzo et Lady Violet se revirent dans une galerie à West Ham, à l'exposition de Dante Gabriel Rossetti. Le très jeune peintre exposait ses œuvres pour la première fois.

– Encore trop jeune mais prometteur, s'exclama un soi-disant critique, enchanté par le son de sa propre voix.

Il y gagna une réponse désobligeante de Lady Violet, fascinée par un autoportrait qui montrait un jeune homme aux cheveux rebelles, avec l'air courroucé de celui qui défie le monde et qui est par trop conscient de pouvoir le conquérir facilement. Lorenzo éprouva une pointe de jalousie. Dante Gabriel Rossetti était aimable, tranchant dans ses définitions iconoclastes de l'art contemporain, patriotique jusqu'à la moelle en revendiquant le plus haut héritage de Dante et de Giotto, l'universalité du génie italien.

– Est-ce que le Saint Georges terrassant le dragon qui parade sur la livre sterling d'or de Sa Majesté la Reine n'est pas le fruit du talent de Benedetto Pistrucci, un Romain ?

Quelqu'un fit noter l'absence de M., absence étrange pour un grand amateur d'art comme lui, qui plus est ami personnel de Rossetti.

On se remit, ainsi, à parler de M., centre obsessionnel du cercle.

– Sa maison est trop éloignée de West Ham.

– Il économise sur la voiture. Mais pas parce que, comme le veut la légende, les Génois sont avares. C'est parce que M. vit pauvrement. Le moindre de ses biens est destiné à la cause.

– Mais oui. J'ai entendu dire que, quand Carlyle le veut comme invité, il envoie un carrosse le chercher.

– Oui, je l'ai entendu moi aussi, mais je sais également que, pour ne rien coûter à son ami, il préfère faire la route à pied plutôt que d'accepter un don qui, à ses yeux, apparaît comme une humiliation.

– Il n'y a qu'un vice sur lequel il ne transige pas : les cigares. Il en fume une quantité énorme. Je ne me souviens pas de l'avoir vu sans un de ses très puants cigares.

Lady Violet prit Lorenzo à part.

– Mais pourquoi Mazzini est-il toujours vêtu de noir ?

– Parce qu'il porte le deuil. Lorenzo détourna le regard et ajouta plus bas : le deuil de l'Italie divisée.

Le visage de Lady Violet s'éclaira d'admiration. Lorenzo lui prit une main. Elle ne la retira pas.

– Violet !

Une femme laide à l'air intelligent venait de surgir.

– Je vous présente Ada Lovelace, dit Lady Violet en retirant sa main en toute hâte, la fille de Lord Byron. Mais elle n'a pas hérité de son père la passion conspiratrice. Elle vit pour les nombres, Lorenzo.

Et elle expliqua qu'Ada et le célèbre mathématicien Charles Babbage travaillaient à une machine pour le calcul différentiel qui révolutionnerait le monde.

– C'est l'art qui révolutionnera le monde, intervint avec arrogance Dante Gabriel Rossetti. Que pensez-vous de mes tableaux ?

Les deux femmes le couvrirent d'éloges. Le peintre fixa Lorenzo, qui était resté silencieux, d'un air interrogatif.

– Ils sont très beaux, dit-il, doucement.

– C'est clair. Vous ne comprenez rien du tout à l'art. Écoutez, je sais que vous recherchez une femme. Striga, il me semble qu'elle s'appelle…

– Vous savez quelque chose à son sujet ?

– Peut-être. À Londres, mon ami, convergent le meilleur et le pire du monde. Mais si ce que je crains devait se révéler vrai, pour votre amie il n'y aura pas d'espoir.

Lorenzo se sentit pris de vertige. Amie ? Striga n'était pas une amie. Striga était un bout de son passé qui ne s'effacerait jamais. Il comprit que, où que le mènent les caprices du destin, il ne serait jamais à sa place. Un exilé, un renégat, une moitié d'homme. L'éclat de rire chaud, profond, de Lady Violet retentit. Un flot de désir le traversa. Lady Violet le fixa pendant un instant qui lui parut éternel, puis elle détourna son regard et prit par le bras le jeune peintre.

Dans sa poche, Lorenzo avait la lettre pour la chancellerie. Elle lui rappelait qu'au fond, il n'était qu'un espion.

Lord Jerome Chatam aimait mettre ses jeunes proies à leur aise. Il voulait qu'elles se sentent aimées, révérées et respectées. Qu'elles croient également que la chance leur avait accordé une aide inespérée, les avait soustraites à un destin de misère, élevées au rang de vestales d'un joyeux ordre présidé, en qualité de grand-prêtre, par lui. Le coup final devait arriver inattendu, soudain, et d'autant plus apprécié que longtemps convoité par son auteur, d'autant plus fatal pour la proie. Lord Chatam aimait se définir comme un démiurge des destins. Il n'élaborait jamais de plan précis, dans la phase aurorale de ses entreprises. Il y avait des proies qui jouissaient d'un apanage mérité dans de dignes petites maisons à Wimbledon et d'autres qui servaient d'épouses dévotes à d'obscurs régisseurs de campagne. Et naturellement, des sépultures dans le vaste jardin de sa propriété du Kent qui garantissaient une paix éternelle à celles à qui avait été réservé un sort différent. Ce qui comptait vraiment, pour Lord Chatam, c'était le contrôle total et absolu de ses proies. La jeune fille italienne, par exemple. Déjà trop développée à son goût. De carnation rosacée, sèche comme une Anglaise, bien éloignée du type méditerranéen que Lussardi lui avait procuré d'autres fois. Pourtant dotée de formes, à sa façon. Elle n'empestait pas assez, malgré la négligence hygiénique, mais à cela on pouvait trouver un remède. Intéressant objet d'étude, quoi qu'il en soit. Elle comprenait l'anglais, et semblait même capable de lire et écrire. Avec lui elle avait, les premiers jours, gardé une attitude qui oscillait entre le détachement et la résignation. Il avait beau se forcer à paraître rassurant, dans le fond elle se méfiait. Il y avait, en plus, comme un courant obscur qui provenait d'elle. Une force mystérieuse qui évoquait des racines anciennes, des pratiques barrées aux communs des mortels, un mélange de raison et de magie, de perversion et d'innocence qui n'avait pas manqué d'exercer une puissante attraction sur le Lord. Un après-midi, il l'avait conduite à la bibliothèque et lui avait montré le volume de Sir Walter Scott sur la sorcellerie.

– Tu vois, lui avait-il dit, indiquant l'illustration d'une sorcière brûlée. Tu es comme elle. À une autre époque tu aurais fini sur le bûcher, aujourd'hui tu es entre mes mains. Et ton destin dépend exclusivement de moi.

Striga avait souri. Quel sens y aurait-il eu à lui dire qu'elle avait déjà vécu cette scène, là-bas, en Calabre ? Il la croirait encore plus folle, et il en tirerait un motif d'excitation ultérieur. Et il n'y avait pas besoin que le lord anticipe son destin, ou alimente de vagues espoirs. Elle pouvait lire dans son âme. La sienne était tordue, asymétrique, désespérée. Le lord était le chanoine qui fouillait sous sa robe. Il était Calabrotto, il était Lussardi, il était tous les visages du Mal qu'elle avait appris à connaître durant ses années de vie. Dix-sept. Âge impair. Elle serait sauve seulement si elle arrivait à dix-huit. Elle se désintéressa du livre sur les sorcières. Il y avait bien mieux, dans la vaste et très fournie bibliothèque de Lord Chatam. Elle écrivit sur une feuille : « *May I take another book?* »

– Mais bien sûr, ma chère, concéda le lord.

Striga parcourut du regard les étagères pleines de livres disposés dans un ordre obsessionnel. Elle en calcula à l'instant le nombre : trente mille sept cent vingt-sept. Encore un nombre impair. Elle choisit un traité d'algèbre et s'immergea dans la lecture.

Quelques jours plus tard, le lord fit donner par les domestiques des coups de bâton à Lussardi, qui avait eu la hardiesse de se présenter au portail de l'austère immeuble de Grosvenore Square en avançant des exigences et en menaçant de représailles. Ce pou n'était même pas en mesure de l'agacer mais il avait réussi à provoquer en lui une certaine nervosité. Il ordonna à Striga de prendre un bain sous ses yeux. Elle s'exécuta sans sourciller. Le lord décida qu'il organiserait un des tableaux vivants pour lesquels il était justement célèbre dans tout Londres. Tandis que la jeune fille s'immergeait dans une vasque pleine d'eau chaude, il se promit à nouveau d'inviter Dante Gabriel Rossetti. Son autoportrait était merveilleux, il distillait, en dépit des intentions de l'artiste – un honnête libertin aux goûts sexuels par trop prévisibles et attendus –, une excitante sensualité, malsaine. Rossetti avait réussi à capturer l'essence de cette dépravation que Lord Chatam poursuivait depuis toujours. Peut-être que l'offre de vingt livres sterling d'or le persuaderait d'immortaliser pour la postérité son profil errant et perpétuellement irrité ?

III

1848

Milan, avril

Un jeune homme patrouillait dans les douves du Château des Sforza. Il venait de Sardaigne. Il était petit, musculeux mais agile, il avait les cheveux courts et frisés et de surprenants yeux bleus, héritage de l'une des nombreuses invasions qui avaient mêlé les sangs de l'île. On l'appelait Terra di Nessuno. On l'appelait assassin. Un jour, le roi de Turin avait émis une loi clôturant ces pâturages qui pendant des millénaires avaient été le libre patrimoine de tous les bergers, de tous les paysans. En une nuit, quelques avides spéculateurs étaient devenus les maîtres de la terre. Mais la terre est à tout le monde, avait hurlé son père, épaulant le mousquet. Son père avait combattu pendant sept longues années contre cette inique *legge delle chiudende*, loi des enclosures. Il était devenu un bandit légendaire. Soldats, carabiniers, prêtres et mouchards l'avaient pris en chasse de manière impitoyable. Il allait de village en village, incitant le peuple à combattre les seigneurs qui suçaient le sang de la Sardaigne : des inscriptions, avec la devise de sa bande, « *La terre est à tous* », apparaissaient sur les petits murs de pierres sèches des maisons de paysans les plus perdues et sur les murs des casernes de l'armée royale, et étaient parfois tatouées en lettres de sang sur les corps des renégats. Son père était tombé dans une embuscade un matin d'avril. Cerné par les agents de police, il avait choisi de se donner la mort. Le jeune homme était encore un enfant lorsque, sur la petite place de Tonara, on lui avait montré le corps suspendu la tête en bas.

Un lieutenant de la maison de Savoie avait craché sur les pauvres restes.

– Il disait que la terre est à tous, avait-il hurlé, tourné vers la foule d'hommes silencieux et de femmes muettes vêtues de noir qui ne se seraient jamais abaissés à verser une larme. Regardez-le maintenant : il est *terra di nessuno*, terre de personne.

Il avait à peine sept ans. Cette même nuit il se présenta aux soldats de garde et dit qu'il voulait prendre dans ses bras le corps de son père une dernière fois. Les soldats le laissèrent faire. Ils étaient nerveux, ils craignaient des incidents. Depuis des heures les bergers battaient les cloches des troupeaux : un chant funèbre en honneur de son père, le bandit. Il s'empara du couteau que son père dissimulait dans une botte. Il avait décidé que son nom serait Terra di Nessuno. Il avait décidé que la vengeance serait le but de sa vie. Le destin, toutefois, en avait décidé autrement. Sa mère devina son intention et le confia à un parent en ville. Le parent le fit entrer au séminaire. Il fugua. Il fut repris et puni. Il fugua encore, fut repris et puni plus durement. Il comprit que, s'il voulait mettre à exécution ses résolutions, il devrait feindre d'être soumis. Grandir, se fortifier, saisir la première occasion qui se présenterait.

Dix ans plus tard il était pour tout le monde un jeune homme sage. La nuit cependant, quand personne ne le voyait, il s'exerçait à frapper des cibles de boue et de paille. Le jour de son dix-huitième anniversaire, il informa le prieur de son intention d'entrer en religion. Le prieur pleura d'émotion et le voulut à ses côtés pour la procession de l'Assomption. Terra di Nessuno baisa sa robe. La procession traversa les rues centrales de la ville, saluée par la foule. Terra di Nessuno marchait majestueusement, calme et pénétré, soutenant une icône de la Vierge, et pendant ce temps il explorait les visages, il inspectait les physionomies, il scrutait les profils. Il cherchait l'homme qui avait craché sur le cadavre de son père. Il le vit, debout sur l'estrade des autorités. Il avait grossi, gonflé, il soupirait et suait, engoncé dans un uniforme trop serré. Il avait été promu colonel. Quand la procession défila devant l'estrade, Terra di Nessuno se détacha pour s'approcher de l'officier. Avec une demi-courbette, il tendit l'icône à l'homme. Tandis que celui-ci, surpris, acceptait le don, d'un rapide mouvement il dégagea le couteau de sa tunique et lui trancha la gorge. Il ne chercha même pas à fuir, et pourtant, dans l'énorme pagaille, il aurait pu le faire. Il se rendit. Il fut menotté, frappé. On l'interrogea. Son calme glacial impressionna les enquêteurs. Un important médecin dit qu'il était fou et que, en tant que tel, il ne pouvait pas être condamné à mort. Ils l'emprisonnèrent dans un fort humide, avec les chaînes aux pieds et un lourd collier en fer. Les autorités ecclésiastiques soulevèrent un conflit de juridiction. Les Piémontais, qui l'auraient fusillé sur place, durent affronter une bataille judiciaire sophistiquée.

Il s'enfuit trois mois plus tard, tandis qu'on le conduisait sur le continent. Il trouva à embarquer en tant que mousse. Lui, homme de terre, dut s'adapter aux lois de la mer. Il se dit : ce sera pour quelque temps. Il oublia vite sa résolution. Il apprit des langues inconnues, aima des femmes qu'il ne reverrait jamais. Le couteau prit quelques vies, sauvant la sienne. La mer savait être âpre et douce. Il apprit à l'aimer. La mer ne connaissait pas de limites. La mer assouvissait sa soif de liberté. Il rencontra des Italiens à Caracas, à San Francisco, dans les escales les plus infâmes de l'Afrique du Nord. Tous lui parlaient de soulèvements vaincus, de la répression, d'un certain Mazzini. Tous fuyaient quelqu'un ou quelque chose. Lui, désormais, se sentait en paix avec lui-même et avec le monde. Les nouvelles sonnaient à ses oreilles distraites comme une musique ironique et agréable. Et puis, deux mois plus tôt, à Marseille, quelqu'un avait dit qu'en Italie on respirait un air de révolution. Un nom courait sur toutes les lèvres : Garibaldi. Lui aussi marin sans patrie, héros prédestiné d'après beaucoup, aventurier qui avait fait du trafic d'esclaves selon d'autres. Il y avait des marins slaves qui écoutaient sceptiques et des Hongrois qui s'enflammaient, criaient que la liberté des Italiens était également leur liberté. En un battement de cils, deux factions se créèrent. Une rixe éclata. Terra di Nessuno était instinctivement du côté des Hongrois. Les Slaves furent mis en fuite. On demanda quand on embarquerait pour aller libérer l'Italie. Quand, et non pas si. Il sentit que quelque chose mourait et que quelque chose d'autre renaissait en lui. Il revit son père accroché la tête en bas, caressa le couteau, décida.

Il rejoignit Milan quelques jours après l'expulsion des Autrichiens. Il demanda à rencontrer Mazzini. On se moqua de lui. Mazzini est à Londres, ou à Paris, ou à Lugano, en sûreté, loin des sabres et des mousquets… un républicain se prit de sympathie pour lui.

– Si tu as tellement envie de combattre, jeune homme, va frapper chez les Piémontais. Le roi Charles Albert a besoin de chair fraîche pour sa conquête.

Mais il ne porterait jamais l'uniforme des assassins de son père. Il se joignit, plutôt, à une brigade de volontaires, en majorité des étudiants toscans. Des garçons pleins des meilleures intentions, les yeux enflammés par le rêve de la cause, mais sans cette méchanceté qui, dans l'action, vous sauve la vie. Ils avaient pris leurs cantonnements à Milan. L'action tardait. Chez Terra di Nessuno grandissaient l'intolérance et l'ennui. Il avait décidé de quitter Milan pour Venise où l'avocat Daniele Manin résistait impavide au siège des Autrichiens, quand la rumeur se répandit que Mazzini allait arriver d'un moment à l'autre. Le jour où Mazzini entra dans Milan, il était prêt, comme quiconque, à l'accueillir avec orgueil, prêt à empoigner la lame et à verser le sang. On lui ordonna, au contraire, de surveiller certaines rues autour du Château : Milan était libérée, mais les Autrichiens étaient en train de se réorganiser, et un coup de main était toujours possible.

C'est ainsi, tandis qu'il parcourait le périmètre des douves le fusil en bandoulière, que Terra di Nessuno rencontra Lorenzo et que sa vie changea.

Milan, avril

Pour recevoir son dernier rapport ils avaient envoyé un type à l'air féroce. Il se faisait appeler le Trévisan, il arborait une grande barbe de patriote et gagnait sa vie en faisant des petits boulots sur commande. La gamme de ses prestations comprenait vol, vol à main armée, viol et, au besoin, homicide.

Lorenzo en avait déjà entendu parler, et il n'eut aucune difficulté à le reconnaître quand ils se rencontrèrent à quelques pas des douves du château. Milan était aux mains des insurgés. Le risque était très grand. Lorenzo demanda au Trévisan de baisser son gros pistolet et lui remit sans autre formalité la lettre dans laquelle il racontait le retour triomphal de Mazzini dans sa patrie et l'accueil sous les acclamations qu'on lui avait réservé, à peine quelques heures plus tôt.

– *Quanta pressa, sior*, quelle hâte, m'sieur ! Qu'y a-t-il, tu as peur qu'en restant près du Trevisan tu te chopes le mal français* ? lui demanda-t-il en dialecte.

Les dents pourries, la puanteur qui émanait de la silhouette enveloppée dans un manteau… tout était dégoû-

* La syphilis était appelée autrefois mal italien en France et mal français en Italie.

tant chez ce brigand. Le métier d'espion était dégoûtant. Sa vie était dégoûtante, pensa Lorenzo. Mais c'était la seule qu'il avait, et trahir était le prix qu'il payait jour après jour pour la garder.

– *Ti xe stà a Venexia*, tu es déjà allé à Venise ?

– Bien sûr, m'sieur, lui répondit-il en dialecte. La ville file un mauvais coton. Elle est finie. Si ce n'était ce fou à lier de Manin, ils se seraient rendus depuis un bail. Moi je les tuerais tous, m'sieur…

Venise. Sa Venise. Une plaie ouverte. Comment réagirait Mazzini s'il lui demandait d'aller à Venise ? Pourtant, il sentait qu'il devait faire quelque chose pour sa ville. Il savait qu'il pouvait le faire.

– Est-ce que tu apporterais un message de ma part à la chancellerie ?

Le Trévisan le scruta d'un coup d'œil rusé.

– Ça dépend.

Lorenzo fourra la main dans sa poche et en sortit quelques pièces d'or. L'autre rafla l'argent et le fit disparaître sous les plis de son manteau.

– *S'ciavo vostro, sior. El me comanda.* Je suis votre esclave, m'sieur. À vos ordres.

– Dis-leur que je me propose d'aller à Venise. Je convaincrai Manin de se rendre. Je dirai que c'est une décision de Mazzini en personne. Tu feras cela pour moi ? demanda-t-il en dialecte.

Le brigand toussa et laissa échapper un crachat dense et verdâtre.

– Et vous croyez qu'ils vous écouteront ? répondit-il en dialecte. Eux, ce sont des Allemands, et ils s'en battent les couilles de nous… Ils nous utiliseront tant qu'on leur sert et après… Et puis ils paient mal, une misère, m'sieur. Si je ne pouvais pas compter sur mon beau pistolet, à l'heure qu'il est, je serais mort de faim… Écoutez, m'sieur, j'ai vu que vous aviez l'escarcelle bien fournie… ça veut dire que les patriotes paient bien, mieux que ces autres-là… nous autres, finalement, qui nous oblige ? Avec ce que nous savons, toi et moi… Pourquoi on n'irait pas voir ton M. Mazzini, on lui dirait qu'on a trouvé la liste des espions, on la lui remet, on se fait une belle provision d'argent et on envoie tout promener, hein ?

Un traître. Un double traître. Un ver prêt à vendre sa propre mère. Il avait partie liée avec ces sortes de gens ! Lorenzo comprit que son message n'arriverait jamais à la chancellerie. Et la lettre ? Si le Trévisan la vendait aux patriotes… La main courut d'instinct au pistolet à un coup qu'il avait dans sa poche gousset.

– Tss… j'ai entendu des pas, dit le Trévisan. La ronde tourne par ici. Cache-toi là, je vais vérifier. Comme ça, ensuite, on pourra parler tranquillement de notre petite… affaire.

Lorenzo se cacha. Le Trévisan s'éloigna de quelques pas et disparut derrière un virage des remparts. Lorenzo le suivit. Le Trévisan devait avoir l'ouïe très fine. Il y avait un jeune homme mince, petit, armé d'un mousquet. Il surveillait les douves, tournant le dos au Trévisan. La ronde. Le bandit avançait silencieusement, braquant son arme. Lorenzo se saisit du pistolet, visa la nuque du Trévisan, fit feu. L'homme s'abattit sans une plainte. Terra di Nessuno se tourna brusquement, prêt à tirer. Il vit venir à lui Lorenzo, les mains en l'air et le pistolet bien en vue, il vit le corps du Trévisan et son arme, comprit tout immédiatement, pâlit, se maudit d'avoir été pris par surprise, enfin il abaissa son mousquet et alla vers Lorenzo.

– On dirait que je vous dois la vie.

– Je déteste les personnes qui tirent dans le dos.

Terra di Nessuno hocha la tête. Il s'approcha du cadavre qui gisait face contre terre et le déplaça avec sa botte.

– Qui était-ce ? Un voleur ?

Lorenzo se pencha sur le corps, feignit une recherche rapide, remit à Terra di Nessuno la lettre, sa lettre.

– Sûrement pire. Un espion.

Et c'est à ce moment-là seulement que Terra di Nessuno se décida à tendre la main à Lorenzo.

Milan, avril

Le lieutenant Paolo Vittorelli de la Morgière attendait depuis vingt minutes dans l'antichambre de l'hôtel Bella Venezia. M. Mazzini se faisait attendre. Tandis qu'il comptait pour la énième fois les carreaux fleuris sur les murs, tirant des bouffées nerveuses sur sa pipe de bruyère calabraise chargée avec du tabac hollandais, le lieutenant se demandait si le mystérieux « agent 51 » qui divulguait tant de précieuses informations aux Autrichiens n'était pas justement ce jeune Vénitien blond, bien élevé et très digne, sûrement d'origine noble, qui l'avait introduit dans l'antichambre en le priant d'attendre. Il en avait toutes les caractéristiques, à bien regarder. Il était admis dans le cercle des plus étroits collaborateurs de Mazzini. Il avait suivi le Maestro pas à pas de Londres à Paris et de là à Milan. Question quoi qu'il en soit intéressante, qui un jour, le Savoyard n'en doutait pas, serait brillamment résolue. Mazzini tardait encore. L'hôtel était en pleine effervescence. Les plus audacieux conspirateurs y étaient chez eux. Ennemis jurés de sa Majesté jusqu'à hier, et aujourd'hui alliés. Ironie de l'Histoire ! L'armée de Savoie était entrée à Milan depuis deux jours. Conseillé par ses généraux, experts et vieux, Charles Albert, roi de Sardaigne, avait donné l'ordre d'attendre. Grave erreur stratégique, pensait le lieutenant Paolo Vittorelli de la Morgière. Il fallait profiter de l'effet de surprise, attaquer les Autrichiens, démantibuler les défenses précaires de l'ennemi, conclure des accords immédiats avec les Vénitiens, enrôler dans les milices les bandes garibaldiennes, leur laisser les mains libres pour équiper la guérilla. Tout, pourvu qu'on pénètre les imprenables forteresses autrichiennes du Quadrilatère. Gagner. Et puis, au bon moment, régler les comptes avec les républicains. Il fallait, en d'autres termes, *s'en ficher**, des stratégies recommandées dans les vieux manuels de guérilla. Mais le lieutenant Paolo Vittorelli de la Morgière, le plus jeune officier au service personnel du roi, n'avait ni l'âge ni l'autorité, ni, surtout, la volonté pour s'opposer aux desseins des commandants. Crétins patentés, certes, mais pour autant toujours chefs. S'agiter habilement en coulisse, voilà qui ferait de lui, et rapidement, un homme influent. Il s'était donc porté volontaire pour la mission qui tenait tant à cœur à Charles Albert. Une considérable dose de chance lui avait permis de mettre la main sur les archives autrichiennes. En pratique, Vittorelli disposait de la carte entière des espions que Metternich et Radetzky avaient infiltrés dans les rangs des patriotes. Il s'agissait de sigles, cela va de soi dans le monde des espions, de chiffres. Mais remonter des chiffres aux noms n'était pas impossible. Il fallait seulement du temps et de la ténacité. Qualités qui ne faisaient certes pas défaut au jeune Paolo Vittorelli de la Morgière. S'il repensait à comment les choses s'étaient passées, il avait envie de rire. Ces couillons de patriotes étaient assis sur le trésor et ils se l'étaient fait piquer. L'archiviste chargé de

* Tous les mots en italique suivis d'un astérisque sont en français dans le texte.

conserver la correspondance des espions de Metternich avait rédigé, avec un scrupule habsbourgeois, de minutieuses fiches dans un ordre maniaque. S'orienter dans les archives de Milan était une des choses les plus faciles au monde. 51 était un sujet intéressant. Moins rhéteur et servile que ses pairs, tous occupés à complaire au souverain en lui faisant parvenir, en substance, ce qu'il aimait s'entendre raconter. Les rapports de 51 oscillaient entre la critique et l'admiration, entre élans guerriers et réflexion politique. Ne pouvait-il s'agir d'un ex-patriote converti à la cause habsbourgeoise ? Mais alors, qu'est-ce qui l'avait conduit à passer de l'autre côté ? L'argent ? Ou quelque obscur secret ? Oui, 51 était un type vraiment intéressant. Un Italien. Et, en tant que tel, écartelé entre abnégation et opportunisme. Charles Albert, lui ou un autre, quiconque réaliserait le rêve d'unir le pays aurait du travail avec un peuple aussi ambigu, fondamentalement ingouvernable. De toute façon, ils se rencontreraient, tôt ou tard, lui et 51. Le lieutenant en était plus que certain. Le roi Charles Albert l'avait invité à Milan, en grand secret, pour sonder Mazzini. En cas de victoire, est-ce qu'il serait disposé à appuyer une monarchie savoyarde étendue au royaume d'Italie tout entier, ou à ce qui pourrait être conquis ? Le mystérieux 51 en était convaincu. Ou il se trompait. Ou c'était un agent double. La très fine habileté de M. à tisser des trames était connue, et légendaire sa liste de contacts insoupçonnables jusque dans les plus hautes sphères de la partie adverse. Le sale tour de Rome était encore bien présent dans les esprits des puissants de toute l'Europe : moins d'un an plus tôt M. avait été capable de faire retrouver au pape Pie IX une lettre autographe sur le siège du carrosse pontifical. Pratiquement, sous le cul du pape, ricana Vittorelli de la Morgière. Oui. Mettre la main sur les archives avait été un véritable coup de chance. Grâce à un garçon qui l'avait arrêté sur une des dernières barricades. Il n'y avait plus grand-chose à défendre, vu que les Autrichiens s'étaient enfuis à toutes jambes depuis deux semaines déjà et que le drapeau tricolore se détachait sur chaque immeuble de Milan. Mais les braves citoyens avaient décidé que de toute façon un minimum de sécurité était le bienvenu et ainsi, tandis qu'il essayait de regagner l'hôtel qui allait l'héberger incognito, il s'était vu braquer sous le nez une carabine tenue par les mains tremblantes d'un très jeune patriote.

– Halte ! Qui es-tu ?

– Je suis un patriote, vive Pie IX, avait-il répondu, espérant qu'entre-temps les instructions qui lui avaient été communiquées n'avaient pas changé.

– Mot d'ordre.

– Augusto Anfossi.

Le garçon s'était détendu.

– Tu n'es pas d'ici.

– Je suis piémontais.

– Vive Charles Albert !

– Vive !

– Où vas-tu ?

– Au Regina.

– Alors, il te faut couper par le Château. Dis que c'est moi qui t'envoie, Luigino il Martinitt, et ils te feront passer par l'intérieur.

Par l'intérieur, c'était rien de moins que par l'intérieur de la branche informative de la chancellerie. Une mine d'informations abandonnées par les Autrichiens dans leur fuite précipitée.

La porte du bureau de Mazzini s'ouvrit, et le jeune blond passa la tête à travers l'embrasure.

– M. Mazzini vous attend.

Tandis qu'il franchissait le seuil avec un large sourire sur les lèvres, Vittorelli se demanda si, comme geste de bonne volonté, il serait utile de livrer à Mazzini la liste des espions. Mais ensuite il trouva face à lui le lugubre tuberculeux qui enflammait les exaltés du monde entier, et il changea d'avis. Qu'adviendrait-il de l'Italie dans de pareilles mains ? Certains secrets, il valait mieux les remettre entre de bonnes mains. Celles d'un gentilhomme. Les siennes. Et, du reste, Charles Albert en personne lui avait ordonné d'y aller prudemment avec ce sujet piémontais sur la tête duquel pendait toujours une condamnation à mort.

Il le lui avait ordonné, *cela va sans dire*[*], en français.

Londres, mai

Dante Gabriel Rossetti ne plaisait pas à Lord Chatam. Le jeune peintre était resté indifférent à la vue de la magnificence de son palais. Il avait froncé un sourcil devant les plus fines estampes japonaises de la période Edo, selon ses dires excessivement redondantes, et il s'était même permis un commentaire méprisant sur les colonnes de marbre installées dans le vestibule. Et, comme si cela ne suffisait pas, la rumeur courait que le jeune Rossetti composait même des vers : vocation, aux yeux du gentilhomme, extrêmement inconvenante. Son accompagnatrice, la pouliche de Cosgrave, plaisait encore moins à Lord Chatam. Ses airs de suffragette, la franchise de son langage indisposaient le lord. Son insistance à obtenir sa signature au bas de Dieu sait quelle pétition était franchement irritante. S'il y avait eu au moins, entre ces deux-là, une quelconque tension érotique… mais allons donc. La jeunette incarnait ce dangereux type de femmes accoutumées à choisir l'homme, si ce n'est à le dominer. Le genre mante religieuse ou femelle du scorpion, pour être clair. Le peintre et apprenti poète, au moins, ne semblait pas le prototype du soumis. De surcroît, avec un grave mépris des convenances, Lady Violet s'obstinait à l'appeler « Chatam », omettant son titre : sa condition de fille d'un pair le lui aurait, en théorie, permis ; son sexe le lui interdisait catégoriquement.

– Enfin, Chatam, vous la signez ou non cette pétition ?

– Je crains de n'avoir pas saisi complètement les termes de la question.

– Il s'agit d'une petite fille de douze ans. Rosie Wexingham. Elle a été condamnée à mort, vous comprenez, à mort, pour le vol d'un lapin…

– Ce devait être un animal bien gras, *my lady*…

– Plaisantez, plaisantez donc. Mais un jour à vous aussi nos lois apparaîtront dans toute leur cruauté et vous vous convertirez à mes positions.

– À moi les lois vont très bien, *my lady*. Je me contente simplement de les ignorer.

– Donc, à votre façon, vous êtes vous aussi un révolutionnaire…

Lord Chatam finit par céder. D'un paraphe ennuyé il signa la pétition. C'était le seul moyen de faire taire cette femme impétueuse et de se concentrer sur la question qui lui tenait à cœur : le portrait. Mais Dante Gabriel Rossetti hésitait.

– Il me sera impossible d'effacer le pli cruel de vos lèvres, Lord Chatam.

– Personne ne vous demande de le faire, Rossetti. Au contraire, je vous donne un conseil : mettez-le en évidence.

– Vous voulez que tout le monde dise que vous êtes un homme cruel ?

– Je n'en ai jamais fait mystère.

Mais Lady Violet aussi avait quelque chose qui lui tenait profondément à cœur. Un secret qu'elle partageait avec Dante Gabriel et qui avait finalement conduit le peintre à accepter l'invitation du lord, après des refus réitérés. C'est quand un domestique apporta un plateau avec le porto que la jeune femme laissa échapper la question, d'un ton d'apparente indifférence.

– On m'a dit que vous aviez une nouvelle *protégée**.

– Les rumeurs vont vite à Londres…

Sur un ordre du lord, ils firent entrer Striga.

La jeune fille lança un coup d'œil interrogateur et rencontra le regard du peintre et la stupeur de Lady Violet. C'était donc elle, la créature à moitié sauvage dont lui avait parlé Lorenzo. Bien plus belle qu'elle ne lui avait été décrite. Ils avaient été amants, Lorenzo et elle ? Violet éprouvait-elle de la jalousie ? Elle n'avait pas de nouvelles de lui depuis qu'il était parti avec Mazzini pour libérer l'Italie. Parfois elle pensait au jeune Vénitien avec affection, d'autres fois avec une pointe de nostalgie. Mais son cœur ne battait jamais très fort. Pas même en ce moment.

Striga portait une robe rouge, elle avait les cheveux ramassés en chignon sur la nuque, cheveux roux, carnation diaphane. Elle semblait une petite Anglaise, une Anglaise comme il faut, conclut pour elle-même Lady Violet. Le dernier jouet de Lord Chatam ne s'en sort pas si mal, pensait pendant ce temps Dante Gabriel Rossetti, on dirait presque que sa grâce mystérieuse a réussi à apprivoiser, si ce n'est à dominer, la bête.

– Joue-nous quelque chose, très chère, ordonna le lord.

Striga abandonna la pièce avec une révérence, pour y revenir, tout de suite après, avec une flûte. Elle regarda encore les personnes présentes, porta l'instrument à sa bouche, attendit un imperceptible signe de Lord Chatam et commença à jouer. Lady Violet n'en croyait pas ses oreilles. Mais quel genre de musique était-ce là ? Des Italiens qui, on le sait, sont de grands musiciens, on s'attendait à la mélodie de Bellini, à la force explosive de Donizetti, à la gaieté rebelle de Rossini, à la majesté de Verdi, et au contraire…

Harmonies disharmoniques, fausses notes manifestes, un méli-mélo incompréhensible et impudent de notes. Elle se serait même contentée d'une chanson populaire jouée avec sérénité, d'ailleurs il s'agissait toujours d'une… Mais oui, mais qui était vraiment cette Striga ? Lorenzo lui avait raconté qu'il l'avait sauvée d'un prêtre exalté. Elle avait ensuite réapparu au milieu des « enfants » de Lussardi, et maintenant… Et elle ne simulait pas ! Elle maîtrisait l'instrument à la perfection, les notes, à les considérer isolément, étaient bien prises, nettes, elles ne traînaient pas. C'était l'ensemble qui dérangeait profondément. Il y avait là quelque chose de malsain, quelque chose de diabolique, et en même temps on devinait une structure consciente. Lord Chatam savourait les yeux fermés, le visage inhabituellement rasséréné. Quant à Dante Gabriel, il était littéralement ravi par Striga. La musique prit fin. Dante Gabriel applaudit, frénétique. Le lord sortit de sa torpeur et ordonna à la jeune fille de s'éloigner.

– Je crois que je ferai votre portrait, Lord Chatam, dit le peintre, décidé, mais cela pourrait vous coûter très cher.

– L'argent est le dernier de mes soucis, mon cher et jeune ami.

– Ce n'est pas d'argent que je suis en train de vous parler, *my lord*.

Curtatone-Goito, mai
Milan, juin

Si le peuple italien avait été composé d'étudiants et de professeurs, l'Italie serait libre depuis un bon moment. Mais étudiants et professeurs ne sont qu'une infime minorité. Et le peuple, le vrai, est d'un autre côté. Il est à la fenêtre. Il regarde, il attend de voir qui va gagner, il se prépare à accourir au secours du vainqueur. Terra di Nessuno n'avait pas oublié l'enthousiasme des Milanais, leur goût pour la lutte, l'air de liberté qui se respirait, pour un bref moment, à l'ombre du Dôme. Mais l'élan initial s'était vite embourbé dans les disputes entre les chefs de la révolte. De vrai peuple, à Curtatone, à Montanara, sur le Mincio et à Goito, où l'on combattait, on n'en avait pas vu. Abondaient, en revanche, les officiers hautains et veules, l'improvisation dominait, on les envoyait à l'abattoir avec dix malheureux canons et quelques mousquets mal en point. Et pourtant. Ils avaient résisté pendant une journée entière à l'une des plus formidables armées du monde. Ils avaient attaqué avec inconscience, par vagues, remplissant les vides de la première file décimée entre un hymne estudiantin et une citation homérique, ignorant les craintifs ordres de service des galonnés, se fiant seulement à des vieux professeurs transformés en meneurs improvisés aux yeux injectés de sang. Vers le milieu de l'après-midi, Terra di Nessuno, deux Livournais et trois Pisans s'étaient retrouvés bloqués par un détachement autrichien qui occupait une ruine en haut d'une basse colline. Basse, mais dominant quand même le peloton italien protégé de manière précaire par un petit tas de pierres. Et permettant d'éliminer un homme à la fois, grâce à un tir mortel venu d'en haut.

– On ne peut pas rester ici à se faire plomber comme des pigeons ! dit un Livournais.

– Mais on ne peut pas non plus sortir à découvert, objecta un Pisan.

Terra di Nessuno les contempla. On lui avait confié ces gamins, peut-être parce qu'il était à peine plus vieux qu'eux. Donc, il en était responsable. Il connaissait à peine leurs noms. Ils avaient la langue bien pendue, mais quant à la pratique militaire, courage à part, c'était un désastre. S'il y avait un homme capable de les sortir d'embarras, c'était bien lui, Terra di Nessuno. Tandis qu'il se levait brusquement et qu'il fonçait, en zigzag vers la position autrichienne, il pensa que, au fond, il était l'unique homme du peuple au milieu de tant de diplômés, et s'il devait finir ici, dans cette plaine padane de paysans je-m'en-foutistes, eh bien, qu'il finisse. Les étudiants mirent quelques secondes à réagir. Ils se demandaient ce qui lui avait pris à ce fou de Sarde. Ils hurlèrent, pour chercher à le raisonner : celui-là allait droit à une mort certaine, et sans lui qu'allait-il advenir d'eux ? D'abord, un Pisan bougea. Et puis, ensuite, tous les autres. De leur position, les Autrichiens virent avancer un désespéré qui criait, tirait, criait, rechargeait et tirait, rechargeait, criait et tirait de nouveau. Le lieutenant qui commandait le détachement rit et promit une bonne récompense à celui qui l'abattrait le premier. Il tomba, au contraire, tandis qu'il visait, terrassé par une balle adressée à sa gorge avec un savant talent. Maintenant, derrière le fou, il y avait d'autres hommes, et tous avançaient en hurlant et en tirant. Un sergent major, le plus haut gradé après le lieutenant, arma le mousquet, visa le fou, fit feu. Un écart du corps, au dernier moment, et le tir fut perdu. Les autres soldats tiraient aussi, mais le paroxysme déviait les coups, ou peut-être que le diable en personne protégeait le fou, qui était maintenant à vingt mètres, quinze mètres, dix mètres… Un caporal fut le premier à lever les bras, laissant tomber son mousquet. Les autres, un par un, suivirent son exemple. Certains firent le signe de la croix. Puis, en dernier, le sergent se rendit aussi. Quand il atteint la ruine, Terra di Nessuno les trouva agenouillés : ils priaient à mains jointes, ils imploraient d'avoir la vie sauve. Terra di Nessuno ravala un cri de triomphe et se sentit envahir par un mélancolique flot de pitié. Les étudiants le rejoignirent. Une dispute éclata au sujet du sort à réserver aux Autrichiens vaincus. Il y avait ceux qui penchaient pour une exécution sommaire et ceux qui voulaient les attacher et les ramener au commandement comme butin de guerre. La discussion se poursuivit quelques minutes. Quand commencèrent les citations des philosophes classiques, Terra di Nessuno perdit patience et tira un coup de mousquet en l'air. Tous se turent. Terra di Nessuno demanda à ses compagnons si l'un d'eux parlait allemand. Un Livournais s'avança. Le plus acharné partisan de la ligne sanguinaire.

– Dis-leur qu'ils rendent les armes. Ensuite, ils peuvent s'en aller.

– Mais…

– Dis-leur !

Le Livournais, plutôt contrarié, traduisit. Les Autrichiens n'en croyaient pas leurs oreilles. Le sergent se répandit en remerciements. Il voulait absolument connaître le nom de son sauveur. Terra di Nessuno lui fit signe de se dépêcher. Le sergent indiqua le cadavre de son commandant. Terra di Nessuno hocha la tête. Deux Autrichiens prirent le corps et l'emportèrent, suivis par les compagnons d'armes. Le Livournais écumait de rage.

– Pourquoi tu les as laissés partir, Sarde ? On pouvait les échanger contre des nôtres.

– Et on pouvait tous y laisser notre peau. Nous devons avancer et retrouver l'arrière-garde. Et il faut le faire vite. Ces misérables auraient ralenti notre marche.

– C'est pour ça qu'il fallait les éliminer ici !

Terra di Nessuno fixa durement le Livournais. L'autre baissa la tête. Une heure plus tard, ils retrouvèrent le gros de la troupe. La bataille était finie. Ils avaient perdu, mais en combattant valeureusement. Ils avaient, tout du moins, retardé l'avance de l'ennemi. Deux jours plus tard ils étaient à Goito et, avec les fantassins de Charles Albert, ils prenaient une revanche retentissante. La route pour la Lombardie était libre. Il fallait seulement avancer. L'ordre de se replier sur Milan arriva, inattendu. Les étudiants protestèrent. Quelques-uns se mutinèrent. « Ses » Livournais et « ses » Pisans, désormais inséparables, voulaient séquestrer le héraut royal et lui donner une bonne leçon. Terra di Nessuno attrapa par le col l'habituel Livournais.

– Mais tu vas apprendre à te comporter comme un soldat, pour l'amour de Dieu ?

Le héraut fit volte-face et s'éloigna au grand galop. Terra di Nessuno et les siens rejoignirent le quartier général à Porta Ticinese après trois sinistres jours de marche.

La nouvelle des mutineries avait fait le tour des troupes. Les réguliers regardaient les volontaires avec suspicion. Terra di Nessuno croisa sur l'esplanade d'instruction militaire un lieutenant piémontais et passa outre. L'officier se raidit et lui lança une insulte en français. Terra di Nessuno le fixa, calme.

– Si tu veux m'insulter, fais-le au moins en italien.

– Je veux ton nom, ton grade et ton matricule… immédiatement !

– Dans la guerre que je mène, moi, il n'y a ni noms, ni grades, ni matricules. Il n'y a que des combattants et des fainéants. Toi, à quelle race tu appartiens ?

L'officier devint écarlate. Sa main bondit vers le sabre qu'il portait au côté. Terra di Nessuno empoigna la *pattadesa** mais se contenta de la montrer à l'irascible Piémontais. Ce couteau, semblait dire son ricanement narquois, a déjà bu le sang de ceux de ton espèce. Tu veux être le prochain ?

L'officier se dégonfla, cherchant refuge dans le sarcasme.

– Oh, un volontaire… Bien, bien, mon cher, j'ai peur que vous ne soyez bientôt démobilisés.

– Nous avons déjà été démobilisés, Excellence, siffla Terra di Nessuno, sur le même ton, le 15 mai. Nous, nous combattons *gratis et amore dei*. Pardonnez-nous si nous avons versé le sang sous vos drapeaux. Mais ne vous inquiétez pas : même avec notre aide, cette maudite guerre, vous allez quand même réussir à la perdre !

* Couteau de Pattada (Sardaigne).

Milan, juin

La veille de partir pour Venise, Lorenzo vit pleurer Mazzini. Il berçait dans ses bras, comme un enfant malade, un jeune chat agonisant, les yeux rongés par la septicémie, et soupirait, raclant sa gorge éraillée par la fumée et la souffrance. Il n'avait pas été aussi profondément ému lorsque deux mois plus tôt, après onze années d'exil, il avait pu embrasser à nouveau sa mère.

– Le fait est, Lorenzo, que nous les hommes savons donner une explication à la douleur, s'en faire une raison, l'accepter. Pour les animaux c'est différent. Pour eux la douleur est incompréhensible. C'est pour cela qu'ils ne peuvent pas la supporter. Et tout cela, même si cela fait partie des desseins de Dieu, est injuste.

Après beaucoup d'insistance, le Maestro avait accédé à sa demande de rejoindre Manin. Lorenzo sortit de l'entretien en proie à une grande confusion. Mazzini pleurait pour un chat, mais était prêt à envoyer mourir un millier de jeunes gens. Mazzini approuvait finalement la mission vénitienne et lui confiait des lettres compromettantes pour Daniele Manin, il lui recommandait d'éviter le danger mais l'exhortait, en cas de capture, à suivre l'exemple du jeune Ruffini, qui s'était coupé la gorge en prison pour ne pas devenir délateur.

Mazzini jugeait les vies – humaines et animales – sur la base de critères qui échappaient au plus grand nombre. Il était fraternel, œcuménique et compréhensif et, en même temps, déterminé et sanguinaire.

Lorenzo empocha les deux passeports qui, avec les lettres, lui garantiraient – en tout cas il l'espérait – la bienveillance des Autrichiens ses maîtres. Revoir Venise était une urgence douloureuse. Il était prêt à tout. Après la mort du Trévisan, les contacts avec Vienne s'étaient interrompus. Lorenzo se sentait libre de prendre des initiatives. Et, dans son cœur, il croyait sincèrement pouvoir conjurer l'inévitable massacre.

Le soir, Griffin McCoy lui demanda de le prendre avec lui. Griffin était un journaliste américain, envoyé à Milan par un groupe de quotidiens de la côte ouest avec mission de raconter l'exaltante révolution patriotique italienne. Il était grand, blond, athlétique et optimiste. Il estimait Mazzini, mais il perdait la tête pour Garibaldi, qui était à ses yeux un véritable mythe incarné.

– Un grand homme. Un vrai Davy Crockett. À Boston mes lecteurs seront fous de lui. Et puis, c'est un frère maçon.

– Ça ne devrait pas être une information confidentielle ?

– Pour vous Européens, peut-être, mais chez nous en Amérique, les choses se passent autrement. Si vous n'êtes pas franc-maçon, il vous sera difficile de devenir président.

– Et Mazzini ? Comment le voient tes lecteurs, Mazzini ?

– Comme Georges Washington, comme Benjamin Franklin… l'homme qui fera l'Italie avec la tête tandis que ses jeunes gens se démènent pour la faire avec le cœur.

L'idée de forcer le blocus autrichien représentait pour l'aventureux Américain l'occasion à ne pas manquer de rencontrer Manin, un révolutionnaire encore plus radical que Mazzini. Cet homme était capable de miner le campanile et de noyer la cité entière dans le canal plutôt que de la livrer aux Impériaux.

Lorenzo s'était opposé de toutes ses forces. Son plan était déjà en soi grossier et téméraire, et il n'y avait aucune garantie de réussite : les Autrichiens pouvaient ne pas se fier à ses lettres de créance, ou quelque patriote zélé pouvait le fouiller avec soin et trouver les preuves de la trahison. Ou il pouvait finir au milieu d'une escarmouche entre groupes armés et prendre une balle perdue. Un journaliste fouineur, et qui plus est étranger, était la dernière compagnie dont il aurait rêvé.

– Ce n'est pas une bonne idée. Le blocus est impénétrable.

– Et toi, comment tu le passeras, alors ?

– Avec un peu de chance, Griffin.

– Ça, on n'en manque jamais, nous les Américains.

– Ce n'est pas un jeu, maudite tête de mule. À Venise je suis condamné à mort. S'ils nous prennent ensemble, je finis au mur comme traître, et toi comme espion.

– Sottises ! J'ai un passeport américain, je peux aller partout.

– Tu as trop confiance dans les soldats de l'Empereur.

– Non, j'ai confiance en l'Amérique. Et, de toute façon, je pourrai t'être utile.

– Ah oui ? Et de quelle manière ?

– Je te ferai passer pour mon assistant.

– Allons, Griffin ! Ça ne peut pas marcher.

– Pourquoi ? Tu es grand comme moi, blond comme moi, et tu as même les yeux clairs d'un homme du Nouveau Monde. Il suffit que tu raccourcisses cette barbe et que tu parles le moins possible. Ton accent est trop marqué, ils pourraient avoir des soupçons. Le reste, je m'en occupe.

– Hors de question, coupa court Lorenzo.

Palerme, juillet

Ruggero Settimo, président du parlement sicilien, et le baronnet de Villagrazia sortirent ensemble du palais du gouvernement. Avec eux il y avait l'avocat Francesco Crispi, l'âme de la révolte sur l'île. Salvo Matranga fit un signe à Tore et à 'u Siccu, et ils se mirent à suivre le trio, avec discrétion. Don Calò avait été clair : rien ne devait arriver à ces trois grands. De leur sécurité dépendait la vie même des hommes de la Société. Les erreurs n'étaient pas tolérées. Ils se relayaient dans la surveillance par équipes de trois, impliquant toutes les « dizaines » de la Société. Palerme semblait tranquille, après les mouvements de janvier et l'invasion des paysans qui, les mois suivants, avaient sérieusement mis en danger les propriétés des « personnes dignes et méritantes ». Celles que la Société avait juré de protéger.

En principe, le baron, et avec lui tous les hommes de la Société, était du côté du vieux roi. Leur devoir était de préserver un ordre qui était en train de s'effriter sous l'avancée impétueuse des « libéraux ». Puis les barons s'étaient divisés. Certains étaient restés loyaux à l'ancien ordre, d'autres s'étaient rangés du côté du nouveau. « Son » baron était devenu un étroit collaborateur du gouvernement révolutionnaire : sur l'insistance de son fils. Michele Liberato di Villagrazia avait étudié des systèmes avancés d'irrigation et les cultures « à l'anglaise ». Le baronnet piaffait, dans l'attente de prendre la place du baron père et de conduire la tradition familiale vers des territoires inexplorés et aventureux…

Donc, Salvo était, à toutes fins utiles, un « libéral ». Pour autant que cela puisse l'intéresser. On avait chassé un roi ? Il reviendrait. Ou on en mettrait un autre à sa place. Les puissants changeaient ? Le monde ne changeait pas : il y avait ceux qui étaient au-dessus et ceux qui étaient au-dessous. C'était toujours et seulement une question d'argent. Quant à lui, il avait une mission, et il la remplirait.

– *Che facemu, Salvu'*, qu'est-ce qu'on fait, Salvo ?

Les trois étaient en train de se séparer. Settimo et l'avocat Crispi montaient dans un carrosse, le baronnet avait pris la route qui conduisait au dangereux quartier de l'Albergheria.

– *Vui pigghiati 'u fiaccheru*, vous, vous prenez le fiacre. Le baronnet, je m'en occupe.

Le baronnet avançait à pas lents. Comme goûtant d'avance les moments que, peu de temps après, il allait passer entre les seins voluptueux de la chanteuse Chantal Chérie. Dont on disait qu'elle était française.

« Française de Charybde et Scylla, cette très grande pute », s'était exclamé, disait-on, presque étouffé par le fou rire, M. le baron père, quand les surveillants l'avaient informé de l'identité de la dernière flamme de son fils. Un sacré beau bout de femme, sans aucun doute. Le baronnet avait beau être libéral, il tenait à certaines traditions des seigneurs, et comment.

Le problème, s'il y en avait un, était autre. En proie à ses frissons érotiques, le baronnet avait pris une direction dangereuse. Couper par l'Albergheria lui faisait gagner un bon bout de chemin, mais l'exposait à des risques d'un bien autre genre. Le baronnet était connu comme l'un des chefs de la révolte. Et dans le peuple, depuis des mois maintenant, couvait une révolte rampante contre la révolte. Le risque d'agression était élevé : le blocus bourbonien avait mis la Sicile à genoux, les hésitations du roi Charles Albert, *'u piemuntisi*, le Piémontais, rendaient incertains le sort de la guerre et, avec elle, celui du jeune gouvernement de Palerme. La plèbe était une bête indocile, qu'on ne commandait pas juste avec de belles paroles et des promesses. Le baronnet affichait la foi la plus absolue dans le progrès qui balayerait l'ancien ordre. Salvo l'avait entendu dire de ses propres oreilles. Mais le progrès ne nourrit pas les ventres, et la liberté encore moins. Salvo se tenait sur le qui-vive.

Non loin des bastions de la ville espagnole il croisa maître Balduccio Salemi, le régisseur du baron. L'homme se lança en une révérence plus que respectueuse, onctueuse. Salvo se contenta d'un signe sec de la tête. Depuis qu'il avait été « baptisé », il apprenait, comme tous les Hommes, à économiser les gestes et, surtout, les mots. Le régisseur, tête baissée, reprit son chemin. Un homme mesquin et vil. Mais sans lui, à cette heure, Salvo ne serait rien d'autre qu'un de ces nombreux désespérés qui battent la campagne pour un quignon de pain, un esclave, une merde de chien. Et au contraire, grâce à maître Balduccio et au berger, maintenant il était un Homme.

Ce berger avait manqué de respect à une fille de maître Balduccio. Le régisseur était allé s'en plaindre auprès du baron, qui avait renvoyé la tâche à son contremaître. Don Calò avait mis à disposition le jeune Matranga, le fils de la Sciancata et d'un soldat napoléonien qui était resté au service du général Guglielmo Pepe après la révolte de 1820. Salvo Matranga savait que son avenir dépendait de l'issue de sa mission. Il savait qu'il n'avait pas été choisi par hasard. De nombreuses années plus tôt il avait guetté don Calò, devant la villa du baron, et, quand il avait vu son visage massif, il s'était jeté à ses pieds.

– *Fatemi Uomo, pigghiàtimi 'nta Sucità, per carità di Dio*, faites-moi Homme, prenez-moi dans votre Société, pour l'amour de Dieu !

– En temps voulu, avait répondu don Calò, lapidaire. Et don Calò tenait toujours parole.

Le berger était un homme grand, fort, méprisant le danger. Le bruit courait que l'outrage n'avait pas été consommé, non à cause de l'héroïque résistance opposée par la fille du régisseur mais à cause de l'exact contraire : le refus du berger de coucher avec cette femme possédée. Comment les choses s'étaient passées était une question qui n'intéressait pas Salvo. Histoires de chefs et de barons : à lui, une seule chose lui tenait à cœur. Entrer dans la Société. Le reste n'avait pas d'importance. Puisqu'il ne possédait pas d'arme à feu ni les sous pour se la procurer, et vu qu'il n'avait aucune intention de recourir à des aides extérieures, il avait décidé de se débrouiller tout seul. Il avait affronté le berger face à face, tandis qu'il conduisait les bêtes au pâturage sur un chemin de halage non loin de Carini. Il l'avait copieusement insulté, jusqu'à lui faire sortir les yeux de la tête, et ensuite, au lieu de se battre, il avait pris la fuite. C'était un jeune homme maigre et agile, Salvo Matranga, et il connaissait le moindre renfoncement de ces maudites terres. Le berger, plus gros et fort que lui, mais aussi plus lent, s'était vite éreinté. Il était en train de revenir sur ses pas quand Salvo l'avait attaqué par surprise et d'un seul coup lui avait coupé la gorge. Il avait jeté le corps dans un ravin. Personne ne l'avait vu, et même si quelqu'un l'avait vu, personne ne parlerait. En tout cas, il hurla, au bénéfice d'éventuels spectateurs, ou peut-être au vent chaud du printemps, ou peut-être pour laisser sortir l'orgueil qui lui obstruait sa poitrine, la phrase sur laquelle il s'était mis d'accord avec don Calò.

– Ce saint coup de poignard, c'est don Calò qui vous l'envoie pour le compte du baron de Villagrazia.

Les jours suivants, les chanteurs ambulants raconteraient l'acte de justice dans toute la Sicile. Son nom courrait sur toutes les lèvres. Lui devait se contenter, d'après les règles, de rester muet et de laisser dire. Respect et prestige grandiraient de jour en jour. Comme il convient à un Homme.

Il était maintenant sur la place de San Nicolò quand il se rendit compte que, plongé dans ses souvenirs, gonflé de son stupide orgueil, il avait perdu de vue le baronnet. La place était inondée de soleil et déserte. Il croisa le regard d'une femme. Elle avait le visage gonflé, défait par la chaleur. Elle étendait de pauvres vêtements à la corde tendue entre deux étroits balcons. Il entendit un piétinement, une exclamation étouffée. La femme rentra précipitamment, abandonnant sa lessive. D'autres bruits, comme d'une bagarre. Ils provenaient de l'arrière du palais Giallongo di Fiumetorto, dans la très proche place de San Nicolò. Il porta la main au couteau, partit très vite. S'il était arrivé quelque chose au baronnet…

Il contourna le palais. Les bruits augmentaient d'intensité. D'autres cris étouffés. Quelqu'un se battait. Il tourna dans une petite rue, puis dans une autre. Tout à coup il les vit devant lui. Ils étaient trois. Ils lui tournaient le dos. Le baronnet, écrasé contre le mur, agitait une cravache en guise de bâton.

– Je peux vous aider, compères ? dit-il en avançant d'un pas.

Les trois se retournèrent à l'unisson. Têtes de paysans, de pêcheurs. Têtes creusées par la faim. Ils étaient à mains nues. Pauvres, et désespérés.

– Nous cherchons du pain, se justifia presque l'un d'eux.

Salvo agita le couteau.

– *E 'u circati a 'stu cristianu*, et vous le cherchez sur cet homme ? Vous ne savez pas que c'est le baronnet de Villagrazia ? Et qu'il vous commande tous autant que vous êtes ?

– *Siddu era puru Gisucristu*, quand bien même il serait Jésus-Christ… commenta un autre.

Et ils se jetèrent sur Salvo. Lui fit un écart sur la gauche et d'un coup de poignard entailla le bras du premier assaillant. Celui-ci lança un hurlement et s'arrêta, hébété, pour observer le sang qui jaillissait de la blessure. Ses compagnons aussi se bloquèrent, interdits.

– *Turnativinni a' casa, picciotti, ca megghiu è*, rentrez chez vous, les gars, ça vaut mieux…

Le blessé avait commencé à se lamenter avec des sanglots étouffés, presque une litanie. Les deux autres continuaient à affronter Salvo, mais on voyait qu'ils ne savaient pas quel parti prendre. Salvo avança d'un pas et pointa le couteau sur le ventre de l'un d'eux. Du coin de l'œil il avait l'autre sous contrôle.

– *Mi capisti, malacarne*, t'as compris, vaurien ?

Les deux compères ramassèrent le blessé et s'enfuirent, lâchant derrière eux un chapelet de jurons. Salvo nettoya le couteau et le remit dans sa poche. Il alla vers le baronnet, le visage sérieux. Michele Liberato di Villagrazia était pâle, mais ne tremblait pas. Il avait courageusement tenu tête à ses assaillants, lui donnant le temps d'intervenir. *Omu era*, c'était un homme.

– Tout va bien, Excellence. Le danger est passé. Ce n'étaient que trois misérables.

Le baronnet se passa une main dans les cheveux.

– Ils demandent du pain, et ils ont raison. Si nous ne mettons pas fin à cette misère, la révolution n'aura pas d'avenir, commenta-t-il pour lui-même, tristement.

– Si vous permettez, je vous accompagne à… où vous devez aller, Excellence.

Le baronnet hocha la tête, puis lui demanda son nom.

– Salvo Matranga, Homme de la Société du baron de Villagrazia votre illustre père, à vos ordres, Excellence.

Le baronnet hocha encore la tête, puis se remit en chemin.

Campagne vénitienne, juillet

Venise se rapprochait.

La voiture s'arrêta au premier avant-poste autrichien. Avec une sûreté affichée, McCoy tendit à l'officier de garde, un lieutenant aux traits fades, son propre passeport. À la fin, Lorenzo avait accepté d'être accompagné par l'Américain. Au fond, il se montrait utile. L'officier consulta le document et demanda quelque chose en allemand. Lorenzo, que son père partisan de l'Autriche avait obligé à apprendre la langue de Goethe, raconta la version sur laquelle ils s'étaient mis d'accord et remit à son tour son passeport. Un petit triangle dans la marge gauche de la dernière page était le signe conventionnel de la chancellerie. L'officier empocha les deux documents et lança un ordre à ses subalternes. Cinq hommes braquèrent les mousquets et ordonnèrent aux occupants de descendre du carrosse.

– Putain, qu'est-ce qui se passe ? grogna l'Américain.

– Je te l'avais dit que ça ne pouvait pas marcher.

– Dis à ce crétin que je vais me plaindre auprès de mon gouvernement…

– Reste tranquille. Laisse-moi faire.

Ils descendirent du carrosse. Lorenzo demanda à être conduit auprès de l'officier le plus gradé. Le lieutenant hocha la tête et jeta un regard interrogatif à l'Américain.

– C'est un journaliste. Il ne sait rien. Je m'en suis servi pour apporter un message urgent à la chancellerie.

Le lieutenant hocha encore la tête. Il ordonna que les deux soient séparés. Trois hommes prirent en charge Griffin McCoy et le cocher. Tandis qu'ils l'emmenaient, l'Américain continuait à brailler, insultant les soldats dans sa langue. Lorenzo suivit le lieutenant dans la modeste casemate où le peloton avait ses quartiers. Plus tard ils l'escortèrent à Fusina. Après une nuit passée sur une paillasse rêche, peu après l'aube il fut introduit en présence d'un capitaine de l'armée autrichienne. C'était un Croate. Il lui offrit un café d'orge, l'invita à s'asseoir et commença à l'interroger en italien. Lorenzo présenta les lettres de créance, remit les passeports qu'il avait eus de Mazzini – pour qu'ainsi ils puissent les étudier à Vienne – et essaya d'exposer les détails de sa mission. Le capitaine ne le laissa même pas commencer.

– Je dois vérifier. Nous en reparlerons plus tard.

Ils l'enfermèrent de nouveau en cellule. Ils lui donnèrent du pain et une triste bouillasse, de l'eau et des vêtements propres. Vers le soir du deuxième jour, ils le conduisirent de nouveau auprès du Croate. Cette fois le capitaine était décidément plus cordial.

– Il y a eu un échange de dépêches avec Vienne. À ce qu'il semble, vous êtes réellement qui vous soutenez être.

– Je vous l'avais dit.

– Votre ami américain…

– Lui ne sait rien. C'est juste un rêveur, un ingénu.

– Nous en sommes conscients. D'ailleurs, en ce moment il est déjà sur la route du retour. Et vous allez bientôt le rejoindre.

– Je ne retournerai pas à Milan.

– Ah non ? Et comment cela ? Mazzini est à Milan, donc c'est là que vous devriez vous trouver, en ce moment. Pourquoi avez-vous abandonné Milan ? Les ordres qui vous avaient été donnés étaient clairs : vous devez observer et relater ce qui concerne le conspirateur Mazzini.

– Des ordres ? Quels ordres ? Ça fait des mois que personne ne me donne d'ordres. Vous savez vous aussi comment vont les choses, capitaine.

– Dans ce cas, c'est le dernier ordre reçu qui compte. Vous devez surveiller Mazzini.

– Les choses ont changé.

– Ça, ce n'est pas à vous d'en juger.

– À Venise, je pourrai être plus utile. Laissez-moi entrer. Je pourrai faire cesser la résistance. Semer la discorde entre les patriotes. Laissez-moi au moins essayer !

Le Croate alluma une pipe en écume.

– Qui me garantit que, une fois entré à Venise, vous ne changerez pas encore de bannière ? Après tout, vous avez déjà trahi une fois…

Lorenzo rougit. Ainsi c'était ça qui se cachait derrière l'apparente cordialité du Croate. Le mépris. Et cela l'accompagnerait pendant toute sa vie. Il baissa la voix, tentant de feindre un ton humble.

– Je vous en prie ! Je ne peux pas retourner à Milan. Qu'est-ce que je vais raconter à l'Américain, aux autres…

– Oh, quant à cela… dites que vous vous êtes enfui en sciant les barreaux, que vous avez drogué les gardiens… D'ailleurs, le mensonge est votre pain quotidien.

– Je ne vous permets pas ! Vous ne pouvez pas…

– Je peux, baron di Vallelaura. Je peux vous faire fusiller à l'instant comme espion ou comme déserteur. Ou comme espion et déserteur, si vous préférez. Donc, vous feriez mieux de ne pas élever la voix avec moi. Dans tous les cas, la décision ne relève pas de moi, mais de Vienne.

– Alors, laissez-moi parler avec Vienne.

– Désolé. Vienne a déjà décidé. Je vous ferai raccompagner. C'est tout.

Lorenzo baissa la tête. Il pensa jouer les lettres de Mazzini comme dernière chance. Mais le capitaine les aurait confisquées sans rien concéder en échange : ces lettres, dans sa vision du monde, appartenaient à l'Empire. Tout comme son âme même appartenait à l'Empire. Lorenzo pouvait lui sauter à la gorge, serrer jusqu'à lui faire éclater les veines, lui arracher les yeux. Ce n'était pas la force qui lui manquait, ni le désespoir. C'était seulement l'honneur. Lorenzo baissa la tête parce qu'il savait qu'il ne réagirait pas. Dans les paroles du Croate retentissait le raclement de gorge sarcastique du juge Saraceni. Le sifflement de la balle qui lui fendrait le crâne. La peur. La maudite peur. Mais il pouvait encore faire quelque chose pour prouver qu'il était un homme. Tandis qu'ils l'escortaient au carrosse, il se fit donner un cigare et du feu. Il attendit que les portes soient condamnées de l'extérieur et que le véhicule démarre. Puis il décousit la poche intérieure de son gilet, sortit les lettres de Mazzini et les brûla, l'une après l'autre, aspirant l'âcre odeur de la fumée et son incomparable goût de défaite.

À son retour à Milan, la guerre était déjà finie. Ils avaient perdu.

Londres, décembre

Lord Chatam fêta Noël avec pour seule compagnie une bonne dose d'opium et un petit vin mousseux français. Il détestait les fêtes, les rassemblements, la chaleur qui se développait au contact des corps. Peu avant que ne sonne minuit, il alluma sept bougies et il s'attarda à contempler le portait qui trônait dans le salon de réception. Dante Gabriel Rossetti avait tenu parole. La reproduction était, si c'est possible, plus cruelle encore que le modèle. Combien lui avait coûté ce portrait ! Une fois l'œuvre livrée, l'artiste n'avait pas attendu une seule minute pour exiger sa récompense. Et lui, il avait laissé Striga s'en aller avec la même robe blanche qu'elle portait la première fois qu'ils s'étaient rencontrés. À cette heure, se dit-il, consultant la pendule sur le point de sonner l'heure de Notre Seigneur, à cette heure ils couchent ensemble. La piqûre amère d'un sentiment qu'il ne savait pas identifier – jalousie ? Était-ce possible ? Jalousie d'une… de cette… – lui rendait le vin amer comme le fiel. Ah, Striga, Striga… Apparut un laquais. La petite Rosie demandait audience à sa grâce. Lord Chatam ordonna au domestique de s'en occuper. Comme chaque bonne action est inexorablement récompensée, Lord Chatam avait été nommé tuteur légal de

Wexingham, la petite fille que la pétition de Lady Violet avait finalement sauvée de la potence. Lord Chatam trouvait les bonnes actions détestables et pour cela s'en était abstenu toute sa vie. Le cas de la petite fille ne faisait pas exception. Wexingham était une créature sale, infecte et déjà condamnée depuis la naissance. Elle avait cherché à le séduire – elle devait plutôt être experte du trottoir, la morveuse – et avait déjà été surprise en train de tenter de voler un candélabre. Le laquais apparut de nouveau. Rosie demandait la permission d'assister à la messe de minuit. Elle rejoindrait la petite église adossée à l'Old Bailey, siège de l'historique cour de justice du Royaume, avec sa mère dénaturée, une ivrogne tuberculeuse – il lui semblait sentir son odeur de cordes pourries – et d'autres « parents » de la même espèce.

– Emmène-la en carrosse, attends la fin, distribue quelques souverains, puis tu la ramènes ici. Veille à ce que personne ne fasse usage de violence, et toi le premier, garde tes mains dans tes poches ou je te ferai fouetter.

Il lui constituerait une rente viagère et il la confierait à nouveau à sa mère. Il avait l'autorité pour le faire. À Lady Violet, il dirait la vérité : que, malgré tous ses efforts, la jeune fille était irrécupérable. Lord Chatam s'enfonça dans son fauteuil préféré et attisa la pipe à eau que, encore très jeune, il avait gagné au pharaon à un Byron plus jeune encore. Il aspira deux bouffées d'opium et ferma les yeux. Adieu, Striga. Pour égayer la soirée, il avait convoqué deux jeunes hommes mais après les avoir observés longuement et minutieusement, il s'était senti pénétré d'un profond sentiment de dépression. Il les avait payés avec générosité et les avait congédiés sans les avoir effleurés d'un doigt. Adieu, Striga. De tous les projets que j'avais pour toi, il ne reste qu'un amas de cendres. Et le portrait, naturellement. Quand il rouvrit les yeux, devant lui dansaient des ombres confuses. Il lui parut reconnaître celles de son père et de sa mère, morts dans l'incendie de l'ancestrale demeure qu'il avait lui-même provoqué, quand il avait seulement treize ans. Plus tard, d'autres ombres s'ajoutèrent aux ombres agitées de ses parents. C'étaient les enfants qu'il avait enterrés, et ceux dont il avait profité. Ils restaient muets et gênés, avec leur air triste et résigné. Adieu, Striga, je ne me relèverai plus jamais de ton enchantement.

Une lumière froide émanait des fenêtres. Lord Chatam pensa, pour la première fois de sa vie, que seule la mort pourrait enfin lui donner ce qu'il poursuivait depuis toujours. Et parce que Lord Chatam pensait que l'action devait immanquablement faire suite à la pensée, il décida, à ce moment-là, de se tuer. Il monta dans sa chambre, théâtre, en d'autres temps, de mémorables performances qui maintenant lui apparaissaient incompréhensiblement sales, et, après avoir farfouillé dans un précieux coffre vénitien, il trouva ce qu'il cherchait : le ruban de satin turc avec lequel, quelques années auparavant, il s'était amusé à amener au bord de l'étranglement un des plus délicieux gamins avec lesquels il ait jamais fait commerce, Billy de Chesterfield. Qui, à cette heure, profitait d'une nichée de joyeux marmots dans la demeure du Yorkshire qui lui avait été remise avec bienveillance par sa Grâce…

Lord Chatam tâta la consistance du ruban, la jugea compatible avec le projet, et, hochant la tête, se dirigea vers la cave, vaste et bien fournie. Il choisit une bouteille de porto, la déboucha et en but une abondante moitié à la régalade. Le vin et l'opium commençaient à faire effet. La somnolence était sur le point de prendre le dessus. Mais s'il avait cédé, il aurait manqué à sa résolution. Et cela ne pouvait, ne devait pas arriver. Sur un des épais murs était mis en évidence un anneau de fer : en d'autres temps, la cave avait été transformée en lieu secret de torture par l'un de ses ancêtres dépravés. Lord Chatam avait innové, vu qu'il avait eu la chance de vivre à une époque où un homme aisé pouvait se permettre de pratiquer la torture à la lumière du jour. Il prit un tabouret et y monta. Il fit passer le ruban dans l'anneau et confectionna un nœud coulant. Il y enfila le cou et serra. Il ferma les yeux et, d'un coup de pied, il se libéra du tabouret. Poussé par le contrecoup, le ruban se tendit. Lord Chatam ressentit une furieuse secousse, un spasme terrible, puis le ruban se cassa et Lord Chatam s'écrasa au sol. Avec une douleur insupportable au cou et la conscience encore vive et de nouveau lucide. Il se remit debout, chancela. Le cou lui pendait d'un côté. Il essaya de le redresser mais la douleur était insupportable. Il vomit. Il tomba sur son propre vomi. Il vomit encore. La douleur ne semblait pas décroître. Lord Chatam se massa le cou, puis, avec un immense effort de concentration, il s'agrippa le cou des deux mains et essaya de le redresser. Un autre haut-le-cœur le secoua violemment. Il se souleva à nouveau. Et à ce moment-là, du fond de son âme, partit un fou rire irrépressible. Donc, le poids de sa bonne action avait été suffisamment prépondérant pour annuler les effets d'une vie entière de scélérat. Ou c'était Striga qui lui barrait les portes de l'enfer ? Mais s'il était écrit qu'il devait vivre, si même la mort ne voulait pas entendre parler de lui, n'était-ce pas le moment de retourner à sa vieille, chère vie de toujours ?

IV

1849

Janvier

Mario Tozzi a les cheveux noirs et bouclés, et des yeux rebelles qui, parfois, s'allument d'une innocente cruauté. Du pont du bateau il voit se rapprocher le port de Marseille. Dieu sait s'il réussira à rencontrer Mazzini en personne et à lui remettre les lettres du comité révolutionnaire romain. Rome : enfin libérée du pape et des prêtres !

Les prêtres, Mario, les a vus aller et venir dans la maison depuis l'époque où il était haut comme trois pommes et tout le monde l'appelait Mariolino et disait qu'un jour il prendrait la place de papa. Les Tozzi commercent avec les prêtres depuis des générations. Il n'y a pas d'église dans l'Urbs qui ne resplendisse des tentures luxuriantes amoureusement cousues par les couturiers et les apprentis dans les caves sombres de la fabrique de la famille, à Borgo Pio. Il n'y a pas de pape, cardinal, évêque ou humble prélat qui ne soit passé, au moins une fois, entre les mains du sieur Bartolo, père exemplaire, parfait *pater familias* et éminent *paternostraro** aux yeux des soutanes qui se sont dépecé Rome, très

* Celui qui fabriquait les chapelets de rosaire en enfilant une à une les graines de caroube. Par dérision, celui qui enfile les *Notre Père*.

grand fils de pute de l'avis des cercles ouvriers. Un dévot, très dévot, le sieur Bartolo. Dévot au point de se mettre en deuil lorsque, deux ans auparavant, par une funeste décision, Pie IX avait décidé d'ouvrir grand les portes du ghetto, mettant fin à la séculaire ségrégation des juifs. Et puisque le pape, n'importe quel pape, même celui qui est le moins proche de ta vision du monde, est, quoi qu'il en soit, de droit divin, assisté par le dogme de l'infaillibilité, force avait été, pour le croyant Bartolo, d'attribuer aux autres la responsabilité de l'infamie : aux cardinaux mollassons, aux intrigues des banquiers pris à la gorge par les juifs *ganavimme*, c'est-à-dire usuriers, et naturellement, au mauvais génie des mazziniens.

– Ils se nichent partout, ces damnés ! avait-il l'habitude de répéter à ses proches, participants à des orgies d'agneau de lait et de vin des Castelli*, et occasionnellement de porc-épic, l'épineuse que la noblesse chassait avec acharnement dans les forêts de la Ciociaria. Partout ! Prêts à frapper dans l'ombre avec leurs poignards, des gens sans foi ni loi, des diables qui te capturent l'âme d'un regard et, une fois qu'ils te l'ont prise, tu es foutu, foutu pour toujours !

Le navire accoste. Mario Tozzi pense à son père, pauvre sieur Bartolo. Quand il a appris que son fils s'était mis avec les sans foi ni loi, il a manqué s'étouffer, et ensuite il voulait mettre la main à la ceinture, et Mario la lui a arrachée d'un seul coup et a même cherché à le convaincre.

– Rome mérite mieux que ces papes gâteux et ces prêtres qui se gavent.

Mais il n'y avait pas eu moyen de lui expliquer qu'eux tous, à bien regarder, auraient à y gagner, à la cause. Et sieur Bartolo avait aussitôt fermé la baraque, il

* Vin blanc des collines de Rome.

avait licencié les travailleurs et les domestiques, il avait chargé armes et bagages sur le carrosse avec les armoiries vulgaires de la famille – aiguille, fil et la clé de saint Pierre – et avait suivi Pie IX dans son exil à Gaeta. Mario les avait vus partir avec un certain soulagement. Au moins ils étaient en sécurité. Et, après la victoire, ils reviendraient. Il s'en occuperait, lui, de les protéger. Quand, avec ses compagnons, ils seraient devenus les nouveaux maîtres de Rome.

Mario est devenu républicain à quinze ans. À force d'être près des prêtres, il y avait un certain prêtre qui s'était approché de trop près de ce jeune homme à la beauté rebelle. Et celui-là portait encore sur la joue la marque du coup de son premier petit couteau, ce débauché. Depuis ce moment-là, Mario avait commencé à regarder les prêtres d'une autre façon. Ils mangeaient, ils buvaient, ils baisaient et ils s'en foutaient, mais le dimanche ils prêchaient, ils prêchaient, et gare si on contredisait leurs prêches. Ils étaient pleins de sous, et le peuple souffrait de la faim et de la misère. Une personne qui avait un peu de cœur, dites-moi, vous, de quel côté elle devait être ? Il s'était lié aux révolutionnaires les plus enflammés. Il avait excité les ouvriers de son père. Il passait ses soirées avec le meneur Ciceruacchio et ses fils, et avec les autres conspirateurs. Moins de deux mois auparavant ils avaient trinqué ensemble à la mort du ministre Pellegrino Rossi. Même s'il n'avait pas été, selon l'opinion commune, refroidi par un poignard révolutionnaire, mais par des agents piémontais ou des violents isolés, eh bien, il l'avait bien mérité et, une fois qu'on l'avait supprimé, la voie vers la République était dégagée.

Un jeune homme grand et blond se tient sur le môle pour l'accueillir. Il se présente comme Lorenzo di Vallelaura. Il a l'air sombre, le regard fuyant typique des gens du Nord. Mario essaie d'échanger quelques mots mais ce Lorenzo continue à se taire, renfrogné. Mario se demande si l'humeur maussade est une habitude répandue chez les mazziniens : si c'est cela, les Romains doivent faire exception, parce que même dans les moments les plus sombres, même quand tout semblait perdu et que le pape Pie, cet infâme, trahissait un espoir après l'autre, même à ce moment-là il y avait toujours quelqu'un qui faisait retomber la tension avec une plaisanterie, qui mettait sur la table un peu de fèves et de pecorino, qui te rappelait, en somme, que la vie peut être un grand bazar mais qu'elle est aussi, surtout, une et une seule. Une, une seule et savoureuse, et d'un goût que, si tu ne le cueilles pas tout de suite, tu te le perds pour toujours. Autre chose que des diables et des eaux bénites.

La rencontre avec Mazzini est brève, et pour tout dire, un peu décevante. Mazzini est exactement comme il s'y attendait : grave et solennel, de peu de paroles. Mario présente au Maestro ses condoléances pour la mort de son père, qui l'a si durement touché, et lui remet les lettres. À l'intérieur, entre autres choses, il y a l'annonce de son élection comme député de la nouvelle assemblée constituante. Mario lui raconte son histoire, celle du prêtre pervers, et Mazzini l'exhorte à ne pas confondre l'Église avec Dieu, le pape avec la foi, les imperfections humaines avec l'harmonie de la création. Tu vois un peu le prêche ! Chaque évocation de l'assassinat de Pellegrino Rossi est balayée d'un geste entre l'indifférence et la douleur. Et quand, finalement, Mario lui dit qu'il a mission de l'escorter jusqu'à Rome, Mazzini, laconique, réplique qu'il est tôt, puis lui tend la main et disparaît, suivi par ses gens. Bah, pense Mario, c'est tout ? Il ne reste que le blond à l'air lugubre. Mario demande des renseignements. Le Vénitien explique que ce ne sont pas ses affaires, il lui conseille un bon hôtel. Mario décide de repartir. Il sera plus utile à Rome (et il se sentira moins con). Le blond hoche la tête et lui fait comprendre que la conversation, en ce qui le concerne, est terminée.

Le soir, au port, Mario se lie d'amitié avec un autre compagnon. Un Sarde au nom curieux, Terra di Nessuno. Ils se découvrent tous deux impatients de l'action, ils exhibent l'un la *pattadesa*, l'autre le couteau à cran d'arrêt, en vantant les mérites respectifs de leurs armes.

Le Sarde est vraiment un type à la coule. Il réussit même à convaincre Mario d'engloutir des moules et autres mollusques, ces produits de la mer qui pour un vrai Romain sont du poison. Le Sarde raconte les campagnes de 1848, les marches dans la nuit, le sang autrichien bu par les baïonnettes.

– Tout semblait perdu et en fait tout recommence, s'exalte-t-il, et tout, dit-il de nombreuses fois, tout dépend du Maestro.

Mario comprend que Mazzini est, pour lui, comme le père qu'il a perdu quand il était encore enfant. Un père qui veut changer le monde.

– Objectif ambitieux, commente Mario en lampant l'énième cruche de ce petit vin rosé et allègre qui monte légèrement à la tête.

Le Sarde semble mal le prendre, irrité par l'ironie de Mario.

– Pourquoi ? Il y a une autre raison de faire la révolution ?

– Moi je me contenterais de supprimer quelques prêtres et quelques vieux casse-couilles et de vivre un peu mieux…

Le Sarde le regarda bizarrement.

Mario s'empresse d'ajouter :

– Naturellement, la cause est tout !

Mais l'autre est peu convaincu.

– Ce n'est pas un jeu, Romain. Mets-toi-le bien dans la tête.

Non loin de là, dans une petite chambre illuminée à grand-peine par deux bougies qui s'étiolent, Lorenzo finit d'écrire deux lettres qu'il expédiera le lendemain matin. Dans la première il annonce à la chancellerie que Mazzini va bientôt retourner en Italie et demande des instructions. Dans la deuxième, qui lui a coûté des jours et des jours de tentatives et d'abandons, il confesse à Lady Violet qu'il est éperdument amoureux.

Lady Violet a une nouvelle amie. Janet Corrigan. Janet est irlandaise. Son père a fait fortune en brassant de la bière. Janet a les cheveux roux et a déjà été « signalée » aux autorités pour son activisme dans le mouvement pour les droits des femmes. Il est normal qu'elle cherche à l'impliquer dans son grand projet : une récolte de fonds et d'armes pour les patriotes italiens, décidés à reprendre la guerre contre l'envahisseur.

– Tu finiras par financer aussi la cause irlandaise, dit son amie en riant mais elle accepte tout de même la proposition.

Sur la nappe d'un salon de thé à Chelsea le plan est tracé : lancement de la souscription, implication des sympathisants et tentative d'extorsion de fonds (bénévole) auprès de vieux nobles qui s'ennuient et sont disposés à se laisser (bénévolement) séduire par deux avenantes jeunes filles. Du genre Lord Chatam, pour être clair. Acquisition des armes. Emballage des susdites. Affrètement d'un transporteur de confiance, à recruter par le biais d'un cercle socialiste quelconque. Et, enfin, départ à bord d'un paquebot.

– Départ ? Tu veux aller en Italie ?

– Nous pourrions y aller ensemble… Si nous décidons de le faire, rien ne pourra nous en empêcher.

– Et ton père ?

– Je ne dépends plus de son autorité, tu devrais le savoir !

– Tu me caches quelque chose, Violet !

Violet rougit. Janet a quelques années de plus qu'elle : Violet espère ardemment qu'elle a plus d'expérience dans le domaine des sentiments. Elle ose penser, même, qu'elle l'a déjà fait, qu'elle s'est déjà donnée à un homme. Qu'elle sache lui expliquer, en d'autres termes, ce qu'est, ou ce que peut être, l'amour. C'est ainsi qu'elle lui montre la lettre de Lorenzo. Janet lit ces pages débordantes de passion et de désir, et, quand elle rend la missive, elle a elle aussi les joues empourprées et le regard enflammé.

– Alors ? demande Violet, sur des charbons ardents.

– Il est fou amoureux.

– Ça c'est clair, mais toi tu en penses quoi ?

– Comment juger un sentiment par lettre ? Comment est-il ? Parle-moi de lui.

– Il est… sombre. Tendre, mais sombre.

– Tu l'aimes ?

– Je ne sais pas.

– Est-ce que tu le désires au point de te réveiller au cœur de la nuit trempée de sueur et avec la fièvre ? Tu sens que ta chair hurle quand il s'approche ? Tu rêves qu'une balle ennemie l'emporte et le matin, au réveil, tu es décidée à devenir nonne ?

– Janet ! Mais comment peux-tu penser…

– Et encore, je m'en tiens à la surface. Comme tu l'auras remarqué, je n'ai pas encore sorti le sujet enfants, famille, robe blanche…

– Janet, je t'en prie…

– De toute façon, ma chère, il n'y a qu'une seule façon de résoudre ce dilemme : aller en Italie.

– Alors, tu viendras ?

– Je ne me déroberais pas pour tout l'or du monde !

Février

Finalement, Mario Tozzi y est retourné, à Rome. Pourquoi serait-il resté à Marseille, alors que le Maestro était perpétuellement enfermé en grand conseil avec ses plus proches fidèles, et que les jours passaient et que les rumeurs de l'entrée en guerre des Piémontais s'intensifiaient ? Le Sarde, Terra di Nessuno, a embarqué lui aussi. Peut-être que Mazzini lui a confié une mission, ou peut-être qu'il a juste envie de se bagarrer.

Le voyage paraît interminable à Mario. Le mal de mer le tourmente. Quand le Sarde lui offre fromage et pain sec, il lui vomit sur les pieds. Le Sarde rit et le force à engloutir une bouchée après l'autre.

– *E bulívisi fare 'a guerra !* commente le Sarde, sarcastique. Mario le regarde, interdit. Le Sarde traduit : tu voulais faire la guerre et tu te fais mettre au tapis par quelques vagues… C'est le genre d'offense qui, du côté du Borgo, se lavent à la lame. Mais entre frères – parce que celui qui est prêt à verser son sang pour la cause est exactement cela : un frère – il faut laisser courir. D'un autre côté, le traitement du Sarde fait son effet. Mario rote, et la nausée peu à peu s'atténue jusqu'à disparaître. Ainsi, Mario remercie le Sarde de lui avoir sauvé la vie.

– Souviens-t'en le moment venu, répond l'autre, sombre tout à coup.

Frères, Italiens, pense Mario, d'accord, mais *ammàzzate*, bon sang de bonsoir, comme nous sommes différents !

À Rome, Mario rappelle les quinze ouvriers du père.

– Je rouvre l'usine !

Ceux-là le prennent pour un fou. Avec le pape au loin et les quelques prêtres terrés dans les presbytères par peur des sacro-saintes vengeances, qui veux-tu qui s'achète les tentures et les décorations, les chasubles et les tuniques ?

– Pas de chasubles ni de calottes, mes frères. À partir de maintenant nous ne produirons que des vêtements de civils et des uniformes pour les soldats.

– Et avec quel tissu, Marioli' ? s'informe, sceptique, un vieux couturier aux yeux dévastés par des années de travail dans la sombre pénombre des magasins de sieur Bartolo. Ton père a même embarqué les ciseaux.

– Ça, je m'en occuperai.

Il conclut un accord avec l'assemblée qui maintenant commande Rome, en clair il devient le fournisseur officiel. En échange, ils lui garantissent un prêt, mais ce n'est pas suffisant pour embaucher tous ceux que Mario a rappelés au travail. En renvoyer certains ? Et comment ? Et de quoi il aurait l'air, le républicain solidaire ? Alors il les réunit et il les convainc d'accepter une paie réduite. Il promet que, quand la situation sera consolidée, les choses s'amélioreront pour tout le monde. Il demande d'avoir foi, offrant un projet, diffusant des idéaux. Beaucoup acceptent, quelques-uns se défilent. Parmi eux, un balafré appelé *er Berva*, la Bête : pour sa légendaire habileté dans le maniement du couteau et parce que, selon le jugement unanime, c'est un homme qui n'a jamais eu de cœur ou qui a vite oublié qu'il en avait un.

En refusant l'accord, er Berva laisse échapper une phrase qui pique la curiosité de Mario.

– En ce moment, un homme qui a des couilles va chercher la fortune à Ancône.

– Pourquoi, Berva, qu'est-ce qu'il y a de différent à Ancône ?

– Certaines questions, il vaut mieux ne pas les poser, Marioli'…

Mario y réfléchit un peu, puis en réfère à l'assemblée. Deux ou trois gros bonnets promettent qu'ils enquêteront. Le Sarde aussi vient à l'apprendre. Et, selon sa nature impulsive, au lieu de poser des questions, il remplit sa giberne et se met en route.

De sa grotesque tentative de suicide de Noël il lui est resté un signe indélébile. Le cou tordu, qui ne veut pas entendre parler de reprendre sa place naturelle. Ainsi nous avons un nouvel Anglais estropié, après le pauvre Byron, a commenté Lord Chatam devant l'énième, vaine et douloureuse intervention du médecin personnel de la reine. Un collier orthopédique, récente invention d'un Allemand – ou Russe, va savoir – lui permet, quand il est en société, d'adopter une posture moins ridicule. D'ailleurs, personne, en société, n'oserait rire de Lord Chatam. D'autre part, pour tout dire, Lord Chatam s'abstient depuis un moment désormais de cette foire des divagations et du laisser-aller que ses contemporains appellent « société ». Les deux derniers mois, il a essayé par tous les moyens de reprendre son ancienne vie, sa chère vie. Il a organisé une orgie après l'autre, lançant les proxénètes les plus accrédités de Londres à la recherche de délices exotiques. Dans l'ancestrale demeure ont transité des sœurs siamoises, des nains aux appendices monstrueux, des Vénus à la peau noire et aux yeux en amande, deux condamnés à mort, un parricide et un voleur de biches de la couronne, contraints de s'accoupler à tour de rôle, en échange de la grâce, avec le cadavre d'une noyée devant une élite sélectionnée d'invités. Six filles de campagne du Yorkshire ont été achetées par un marchand de chair humaine, attachées, confiées aux soins de quelques Nord-Africains et forcées à se nourrir de leurs excréments. Rien à faire. L'ennui, le dégoût ont désormais pris le dessus. Les figurants ont été généreusement récompensés, les filles de campagne plus que quiconque. Le marchand de chair humaine a reçu des coups de bâton des domestiques et il lui a été interdit de remettre les pieds en Angleterre. Mais même les bonnes actions n'ont pas eu le moindre effet sur l'ennui de Lord Chatam. Un ingénieux Français a montré des images pornographiques en mouvement, inspirées de l'œuvre du marquis de Sade, avec un appareil de son invention. Lord Chatam s'est endormi à la moitié du spectacle. Il a doublé sa consommation d'opium. Il voulait s'étourdir, il s'est découvert insensible aux doses progressives de drogue. Une malédiction pèse sur lui : le Bien et le Mal l'oppriment de façon égale, jour après jour une prison infranchissable le prive d'air, et la condamnation a le goût douloureux de l'éternité. Lady Violet et une plantureuse femme de sang irlandais viennent le voir. Elles demandent de l'argent pour une des nombreuses causes qui enflamment les cœurs impétueux. Lord Chatam laisse tomber un des *bons mots** qui l'ont rendu célèbre.

– De l'argent à des gens qui l'utiliseront pour venir ici, chez moi, me faire la peau et tout brûler ? Cela me semble une excellente idée, Lady Violet.

Le ton avec lequel il le prononce n'a rien de l'esprit mordant d'autrefois. On dirait la bienveillante réprimande d'un curé de campagne, la condescendante bénédiction d'un père bourru. Pendant un bref instant on voit à la place de Lord Chatam le « père-conservateur-qui-feint-de-contester-la-fille-révolutionnaire-puis-faitexactement-ce-qu'elle-veut ». Un inoffensif ex-méchant converti. Finira-t-il abbé dans un monastère ? Protecteur des orphelines ?

– Prenez et fichez le camp, rugit-il presque, accordant aux « révolutionnaires » un coffret plein de bijoux, comme si sa grossièreté pouvait chasser les nuages sombres qui oppriment le ciel de son âme.

– Lady Lovelace me charge de vous envoyer ses salutations. Ce soir il y aura une réception dans sa maison d'Holborn. Lady Lovelace apprécierait beaucoup de vous compter parmi ses invités, hasarde l'Irlandaise.

– Il paraît que Striga jouera ses dernières compositions, ajoute Violet avec une suave perfidie.

Lord Chatam décide de relever le défi. Lady Lovelace l'accueille comme un invité d'honneur. Lord Chatam est comme toujours acide, odieux et impeccable, malgré la singulière posture à laquelle l'oblige son cou tordu. Striga se montre vers minuit. Cachée par un *séparé** éclairé de derrière par une lanterne qui ne projette que les vagues contours de son ombre sur l'étoffe opaque, elle donne inutilement ses merveilleuses harmonies à un public ennuyé.

– Un truc *à la chinoise**, commente son actuel mentor, Dante Gabriel Rossetti.

Seuls Lord Chatam et Lady Lovelace semblent entrer en syntonie avec cette musique que tous jugent abstruse. La mathématicienne remarque l'intérêt avide avec lequel Lord Chatam suit les notes.

– Ce sont des nombres, lui explique-t-elle. J'ai ma théorie. J'essaie de la vérifier.

– C'est tout simplement sublime ! s'enthousiasme Lord Chatam.

De timides applaudissements de politesse saluent l'exhibition. Striga ne se montrera plus. Chatam est déçu, amer. Il provoque Rossetti, qui se pavane avec un éventail japonais, entouré d'une foule de vieilles fardées.

– Et vous, vous n'irez pas libérer l'Italie, maître Rossetti ?

– J'ai donné ma contribution, et naturellement je suis de leur côté, ils représentent, à mes yeux, le neuf qui déblayera les vieilleries de notre monde pourri. Mais je me sens désormais beaucoup plus anglais qu'italien, et après tout je suis un artiste, pas un guerrier. Je préfère le rouge de la chevelure d'un modèle à celui du sang d'un blessé…

Rossetti est amaigri, décharné. Il a les yeux rougis et les pupilles dilatées de l'opiomane. Lord Chatam se demande si Striga l'aime encore. Si tant est qu'elle l'ait jamais aimé. Au fond, le peintre l'a achetée en échange d'un portrait. Il pourrait le tuer et se la reprendre. Mais une pudeur inhabituelle, un sentiment de honte le retient de s'embarquer dans une énième scélératesse. C'est cet état de suspension dans lequel il sombre, sa condamnation. Il ne peut rien y faire, si ce n'est en souffrir.

Mars

Dans la villa du Vascello, sur le Janicule, un pianiste à l'air inspiré joue Bellini pour le délice de deux octogénaires desséchées. Lorenzo se laisse caresser par la mélodie, et quand une mélancolie sans issue l'envahit, il sort sur le balcon qui donne sur Rome. Sous lui, dans un vaste jardin éclairé par une myriade de torches, est cantonnée, au milieu des bustes des anciens empereurs, une escouade de cinq cents *bersaglieri** que Luciano Manara a enlevés sous le nez de son commandant, La Marmora. C'est la garde qui attend impatiemment l'arrivée de l'invité le plus prestigieux : Mazzini. Au-delà de l'horizon, on entrevoit les lueurs des « lumignons » allumés par le peuple pour fêter le carnaval. Dans son dos retentit un rire féminin.

– *Oh, this wonderful Roman night!*

Lorenzo se tourne brusquement, plein d'espoir. Si c'était Lady Violet ? Mais il se retrouve face à une parfaite inconnue, surprise par son air mi-ahuri mi-passionné.

– *I beg your pardon. I was looking for a friend.*

* Soldats italiens de la troupe d'élite de l'infanterie de montagne piémontaise créée par La Marmora en 1836.

La jeune femme rentre dans la maison, titubante, papillon niais. Lorenzo s'allume un petit cigare, tire deux bouffées amères, aspire l'air de la nuit : elle a un parfum de terre brûlée, de poussière, du souffle du fleuve, avec un fond puissant de printemps avide de floraison. À Rome depuis une semaine, il n'a pas de nouvelles de Lady Violet. Ses lettres n'ont jamais reçu de réponse. Les rendez-vous qu'il lui a fixés n'ont pas été honorés. Les débats des patriotes le laissent indifférent. Dans sa tête et dans son cœur il n'y a de place que pour Lady Violet. Pour son rêve qu'il sent, douloureusement, de plus en plus près de se briser. Où, où s'est-il trompé ? À moins qu'il se soit seulement bercé de l'illusion de lui plaire, alors que... alors qu'il ne compte pour rien à ses yeux ?

Lorenzo rentre dans le salon. Lucien Bonaparte, prince de Canino, ronde et tonitruante parodie au seizième de son illustre aïeul, est en train d'exposer en désordre à un petit groupe de bourgeois son énième plan révolutionnaire : gonfler une centaine de montgolfières, y faire monter des hommes prêts à tout, armés jusqu'aux dents, et bombarder d'en haut les troupes autrichiennes. Des serveurs en livrée font passer des plateaux avec des tartines à la française et des verres d'alcool. Le consul américain prend Lorenzo par le bras. Griffin McCoy lui a parlé de lui, de sa folle entreprise vénitienne. Lorenzo est obligé de raconter pour la énième fois l'entrée de Mazzini dans Rome. Un télégramme laconique et heureux du poète Goffredo Mameli – « Rome. République. Venez » – a vaincu ses dernières résistances. Le Maestro est entré par la Porta del Popolo l'après-midi du 5 mars 1849.

– C'est comme si une décharge électrique était sur le point de me foudroyer, a-t-il murmuré.

Lorenzo et deux autres ont dû le soutenir, pour éviter qu'il ne s'effondre, là, devant tout le monde. Ça n'a été qu'un bref moment. Les feux d'artifice ont commencé. Une foule qui l'ovationnait l'a porté en triomphe.

Le consul, satisfait, laisse Lorenzo libre et se consacre à une combative vieille noble. Lorenzo lance un regard plein d'appréhension aux deux laquais chargés d'introduire les invités. Entre un couple élégant. Une cascade de cheveux noirs lui provoque un coup au cœur. Mais c'est une autre erreur, énième mirage. Ce n'est pas elle. Ce n'est pas Lady Violet. Terra di Nessuno attire son attention d'un signe et lui montre un jeune officier à l'air inspiré. Beaucoup de femmes le dévorent des yeux.

– Je te présente le lieutenant Carlo Pisacane.

L'officier se raidit dans son salut puis tend à Lorenzo une main douce et manucurée.

– Vous pensez vous aussi, comme notre ami sarde, que la situation à Ancône est vraiment catastrophique ?

– J'ai entendu des bruits, répond Lorenzo, en restant dans le vague.

– Il faut intervenir sans délai ! insiste Terra di Nessuno.

– J'en parlerai au Maestro, conclut Pisacane.

Lorenzo s'éloigne avec une excuse. Esprit délié, le Sarde. Il a bien compris comment vont les choses. Avant de quitter Livourne, un coursier lui a remis la dernière dépêche chiffrée. La chancellerie lui a ordonné de se rendre, justement, à Ancône et de « fomenter ». À Vienne, ils avaient décidé d'encourager les actions « désagréables » d'une combative minorité de délinquants de droit commun prêtés à la cause républicaine. Lorenzo a décidé d'ignorer l'ordre. Si Lady Violet continue à se refuser, ou pire, si elle lui dit qu'elle ne l'aime pas, il se tirera une balle dans la tête. Il est las de toute cette misère, de la fange de la trahison.

Mario Tozzi, le jeune « tailleur » officiel de la République, lui tend du vin acidulé des Castelli. Lorenzo lui-même porte une de ses créations, un élégant costume gris trois pièces style anglais, enrichi par un gilet couleur noisette, ni trop affecté ni trop austère.

– Cette fête est vraiment à mourir d'ennui ! commente le Romain, en soupirant.

– Nous attendons tous qu'Il arrive…

Mario ne répond pas. Lorenzo le voit tressaillir, s'empourprer. Il voit ses yeux, encore un moment auparavant noyés d'ennui, devenir tout à coup vigilants. Il suit la direction de son regard et il la voit. Lady Violet. Elle salue Terra di Nessuno. Ce joli cœur de Pisacane lui fait un impeccable baisemain. Lady Violet est étrangement pâle, comme souffrante. Elle s'appuie au bras d'une plantureuse jeune femme aux cheveux roux. Lorenzo a un vertige. Mario Tozzi le saisit par le bras.

– Vous la connaissez ? Cette femme ? Vous devez absolument me la présenter, mon ami…

Lorenzo se libère de l'étreinte et essaie de se faire voir d'elle.

– Le voilà, chuchote Lady Violet, tournée vers Janet, c'est lui.

– Le blondinet ? Beau jeune homme. Félicitations.

– Ne me laisse pas !

– Ah, non, tu dois te débrouiller toute seule, ma chère. Tu lui dois une explication, pauvre jeune homme.

Janet s'aventure vers Pisacane. Terra di Nessuno s'éloigne de quelques pas avec une courbette un peu maladroite. Lorenzo et Lady Violet sont face à face. Seuls.

– Vous n'avez pas répondu à mes lettres. Vous n'êtes pas venue aux rendez-vous.

Lady Violet baisse la tête. Elle n'arrive pas à soutenir la passion brûlante qui sourd de sa voix, de ses yeux à lui.

– Vous… commence-t-elle à balbutier, puis sur ses lèvres affleure un sourire triste. La vérité, c'est que je ne sais pas quoi vous dire, Lorenzo.

– Vous ne devez me dire que trois mots : je vous aime !

Lady Violet sent l'air lui manquer.

– Sortons, voulez-vous, propose-t-elle, et d'un geste délicat elle lui effleure l'avant-bras.

Du jardin fusent d'impérieux coups de trompette. Les invités se précipitent sur le balcon.

– Mazzini est arrivé ! hurle quelqu'un.

Un feu de salve explose. Les *bersaglieri* présentent les armes. Les premiers hourras fusent. La foule rentre dans la villa. Tous se pressent à l'entrée. Bonaparte envoie des coups de poing dans tous les sens, il se fait de la place avec sa complexion trapue, il hurle et il braille, il ne renoncerait à aucun prix au privilège d'être le premier à serrer la main du Maestro. Et Mazzini, enfin, apparaît. Un tonnerre d'applaudissements l'accueille. Mazzini lève la main pour calmer l'enthousiasme. Les laquais apportent une chaise, haute, capitonnée. Mazzini s'assoit. Tous se placent autour de lui en demi-cercle. Dans la grande salle tombe un silence religieux.

– Violet…

– Lorenzo, je vous en prie. Écoutons Mazzini. Nous parlerons après…

Mazzini s'éclaircit la gorge. Lorenzo retient un rugissement de fureur, serre les poings, hoche la tête. Mario Tozzi a manœuvré pour se retrouver derrière la jeune femme. Une légère pression contre sa main à elle la fait se retourner. Lady Violet se retrouve devant un inconnu. Il est brun, frisé, pas très grand. L'homme le plus beau que Lady Violet ait jamais vu. La voix de Mazzini s'élève, rauque, puissante. Il n'a pas le temps de terminer sa première phrase qu'un hurlement effroyable explose du jardin. Mazzini se tait : il n'a pas l'habitude d'être interrompu. Une porte s'ouvre grand. Luciano Manara apparaît en grand uniforme.

– Charles Albert a rompu la trêve. Le Piémont est en guerre contre l'Autriche.

Mazzini se lève d'un bond. Une pagaille indescriptible, une agitation fébrile s'emparent de chacun. Des cris montent, des proclamations sont lancées, des bouchons de bouteille sautent. Tous entourent Manara. Mario saisit une main de Lady Violet et la serre entre les siennes. Elle laisse faire, submergée par une vague de chaleur. Lorenzo ne s'est rendu compte de rien. Janet, en revanche, a suivi toute la scène.

– *Poor guy…*

Un matin le vieux majordome Clarence, qui est ce qui se rapproche le plus d'un ami pour Lord Chatam, fait irruption, excité et empressé, dans la chambre à coucher, ouvre grand les lourdes tentures et, irrespectueux des bonnes règles, annonce d'une voix sèche :

– Elle est revenue. Elle est dans la bibliothèque.

Lord Chatam enfile une robe de chambre, oublie le collier orthopédique et, la barbe hirsute et l'odeur de la nuit encore sur lui, il se précipite dans la bibliothèque. Au début il a du mal à la reconnaître. Qui lui a imposé ce maquillage de morte vivante ? Qui lui a imposé cette mièvre petite robe de poupée ? Son amant, sans doute, ce maudit peintre ! Il est en train de se faire une renommée immortelle avec un modèle de femme malade, complaisante et subtilement perverse… Lord Chatam formule sur l'instant un commentaire mordant, mais il meurt sur ses lèvres quand elle se lève, et avec ce sourire que le lord ne pourrait jamais effacer de son âme, aussi longtemps que puisse durer son tourment, elle se rapproche et pose une main sur son cou. Lord Chatam ressent une secousse, perd l'équilibre, doit se retenir pour ne pas tomber. Pendant un moment interminable il se perd dans les yeux de la jeune femme. Il voit défiler des images d'une mer en tempête qui, peu à peu, s'apaise.

Une grande paix descend sur son cœur. Maintenant Lord Chatam est dans la mer. C'est un énorme, immense cétacé qui palpite de bonheur animal. Puis le battement même de milliards de petits organismes qui se fondent dans la matière cristalline des vagues… Et plus encore, il est la mer elle-même, la mer qui…

L'exclamation suffoquée de Clarence le ramène à la réalité.

– *My lord*, votre cou est… votre cou s'est remis en place !

Lord Chatam bouge la tête, incrédule. Oui, tout est revenu comme avant. Mais il n'a pas le temps de s'étonner, parce que Striga le prend par la main et le conduit à la table de lecture. Elle a apporté un livre, plein d'étranges dessins. Chaque page est divisée en deux parties : d'un côté, les mains d'un homme, les différentes positions que les doigts peuvent prendre. De l'autre, les lettres correspondantes. Lord Chatam lance un coup d'œil interrogatif à Striga. Clarence s'éclaircit la voix et intervient.

– Si vous permettez, *my lord*…

– Alors ?

– Il s'agit des tables qui expliquent le langage des personnes qui ne peuvent pas parler. C'est un système pour communiquer avec elles.

Plus tard, Striga lui enseigne comment composer son propre nom, L-O-R-D C-H-A-T-A-M. Lord Chatam s'exécute. Striga approuve. Lord Chatam est heureux. Avant de s'en aller, Striga compose un message. Lord Chatam n'arrive pas à comprendre. Striga le dessine, avec son trait précis, géométrique. Resté seul, Lord Chatam se met à interpréter les signes. Il refuse l'aide de Clarence et essaie et essaie encore jusqu'à ce qu'il réussisse à le déchiffrer.

« Vous ne devez plus être malheureux », est-il écrit.

Avec la République romaine désormais en guerre, l'usine de Mario tourne à plein régime. Tous les jours, les commandes se multiplient, tous les jours arrivent de nouveaux ouvriers, de nouveaux projets, de nouveaux idéaux. Mais on ne se remplit pas le ventre avec les projets ni avec les idéaux. La République demande beaucoup, fatigue, abnégation, désintérêt, et bientôt elle demandera aussi le sang de ses enfants. La République demande tant et ne donne rien en échange. Certains commencent à hasarder que le fils du sieur Bartolo est pire que le père : avide comme lui et qui plus est, avec tous ces bavardages sur la cause et l'idéal, hypocrite. Le vieux, au moins, était un fils de pute et il ne s'en cachait pas. Mario insiste : ils partageront les profits.

– Profits ? Moi, je ne vois que des toiles d'araignée, bougonne un des plus agités.

– Mais vous ne voulez pas comprendre que dans trois, quatre mois, quand nous aurons gagné, nous deviendrons la plus grande usine de Rome ?

Inutile. Ou les anciennes conditions sont rétablies, ou l'usine, le petit pisseux, il peut faire une croix dessus. Mario décide de recourir aux juifs. Terra di Nessuno et Lorenzo l'escortent. Les juifs restent terrés dans leurs taudis, tandis que les trois avancent dans les vieilles petites rues derrière le Cenci et le Campitelli. Une petite femme vêtue de noir, en les voyant apparaître devant elle, referme précipitamment sa porte. Terra di Nessuno perd patience.

– Mais vous avez compris que vous êtes libres, pour l'amour de Dieu ? hurle-t-il en mettant des coups de pied dans la porte. Sortez ! Les choses ont changé ! Personne ne vous chassera…

– C'est du temps perdu avec ceux-là, commente Mario, indolent, ce ne sont que des juifs !

Terra di Nessuno le prend mal.

– Juifs, gentils, quelle différence ça fait ? Ce sont seulement des gens apeurés… ça fait deux mille ans qu'ils se cachent.

– Voui, voui. Tu ne sais pas comment ils sont faits à l'intérieur. Ils font les pauvres et à la maison ils ont de l'or.

Pour la énième fois depuis qu'il l'a rencontré, Terra di Nessuno se demande quel genre de révolutionnaire peut bien être ce Romain. Un curieux amalgame d'arrogance, d'astuce, de générosité et de préjugés. Et, une fois de plus, il se demande si Mazzini ne nourrit pas trop d'illusions sur la nature humaine. Si le grand dessein de libérer l'Italie n'est pas destiné à périr dans les mains des Italiens libérés. Lorenzo, en revanche, reste sombre et silencieux. Lady Violet n'a jamais repris la discussion les rares fois où ils se sont croisés, presque par hasard, elle a continué à l'éviter. Lorenzo a décidé qu'il l'affronterait, de force si nécessaire. Il avouera sa trahison. Il remettra sa vie entre les mains de la femme de sa vie. Ou il perdra cette vie qui devient, d'heure en heure, de plus en plus lourde.

– Oh, voilà, on y est !

La maison de David le *ganavimme* regorge de décorations, chandeliers à sept branches, lins, étoffes précieuses, ors, montres. Il y a même une curieuse figure, un singe sculpté qui, mû par d'invisibles engrenages, bouge ses jambes poilues et joue quelques notes sur un petit orgue rudimentaire. À côté du vieux David, qui porte le traditionnel couvre-chef et arbore une barbe digne du plus acharné patriote, il y a une jeune fille d'une invraisemblable beauté. L'usurier la présente comme sa fille Esther. Terra di Nessuno se perd dans ses grands yeux noirs, suit la ligne bizarre du nez impertinent, cherche avec une obstination provocatrice le profil de son sein. Elle lui décoche un regard glacial et s'arrête sur Lorenzo, puis se retire avec une digne révérence.

Terra di Nessuno se sent brûler de désir. Depuis quand n'a-t-il pas touché une femme ? Le désir, impérieux, explose, engourdi depuis qu'il a abandonné la vie libre de la mer. Il veut une femme. Il veut embrasser une peau tendre, se perdre dans cette odeur inégalable de plaisir, parfum et sueur. Le *ganavimme* n'en finit pas de marchander. Il est méfiant, et il ne s'en cache pas. Bien sûr, si ça avait été son honoré père M. Bartolo qui avait formulé une telle requête, mais dans les conditions présentes… Et si la guerre finissait mal ? Et si le pape revenait ? Sa Sainteté pourrait ne pas apprécier et annuler tous les contrats stipulés durant l'interrègne.

– Il ne vous est jamais venu à l'esprit que nous pourrions réquisitionner tous vos avoirs ? éclate Lorenzo.

Mario est abasourdi. Terra di Nessuno lui intime de se taire : Mazzini n'approuve pas certaines méthodes, à Rome, en plus ! Là, il ne s'agit pas de réquisition mais de droit.

– Que la volonté de saint Benoît soit faite !

Le juif est effrayé. La menace a fait effet. L'accord est scellé d'une poignée de main.

– Et il appelle ça un accord, bordel ! blasphème Mario, quand le pâle soleil de février les accueille dans les rues, encore et toujours désertes, du ghetto. Il soupèse la bourse avec son maigre butin tintinnabulant – et il s'est engagé à vie pour ces quelques malheureux deniers ! – et il est sur le point de se lancer dans une philippique contre la sale race des juifs lorsque apparaît, furtive, la belle fille de l'usurier. D'un geste rapide elle lui tend un papier.

– Tenez. Et gagnez. Que Dieu soit avec vous.

Puis elle dit quelque chose à l'oreille de Lorenzo et disparaît.

– Alors, demande Mario, qu'est-ce qu'elle t'a dit ?

– Rien. Qu'est-ce que c'est ce papier ?

Mario l'ouvre. C'est une lettre de crédit pour Mario Tozzi pour l'énorme somme de mille paoli, payables au porteur auprès de la Banque de Saint Esprit. Terra di Nessuno est rayonnant. Il essaie de faire partager son enthousiasme à un Mario soudain pensif. L'avenir semble assuré. Il pourra rembourser l'emprunt à l'usurier. Agrandir l'usine. Embaucher de nouveaux ouvriers. Réduire la journée de travail. Mario hoche la tête, mais est en train de suivre une autre pensée. Mille paoli ! Les empocher le soir même, le lendemain matin au plus tard. Mettre la main dessus. C'est le moment de réfléchir avec froideur à la guerre, pense-t-il. D'analyser les possibilités de victoire et de défaite. D'un côté de la balance, la gloire, de l'autre la fortune. Vingt-quatre ans, toute une vie devant lui. Paris… l'Amérique… Londres… Avec mille paoli en poche et le cerveau plein d'idées, l'Italie semble, comme dit l'autre, une expression géographique. Mario rouvre les yeux. Le Sarde le scrute, soupçonneux. Mario donne une tape dans le dos de Lorenzo.

– Dis, le blond, j'ai l'impression que tu lui as tapé dans l'œil !

Ils se séparent à peine sortis du Borgo. Lorenzo s'accorde un bain chaud, se promène inquiet au coucher du soleil à la Trinité des Monts. Enfin, passant à l'action, il se fait emmener en carrosse au palais Grazioli, où logent Lady Violet et son amie. Devant le palais stationne un autre carrosse. Le voiturier somnole assis sur son siège. Des gardes armés et un portier incorruptible lui barrent le passage. Lorenzo obtient qu'on remette un message de sa part. Il attend, dans un crescendo d'impatience, méditant l'irruption, rêvant d'arracher l'explication qui ne peut plus être reportée. Miss Janet apparaît, une grimace douloureuse sur le visage.

– Elle ne vous recevra pas. Vous feriez mieux de retourner chez vous.

– Pourquoi est-elle aussi cruelle avec moi ? laisse-t-il échapper.

Miss Janet effleure ses cheveux blonds dans une caresse qui a quelque chose de maternel.

– Il ne s'agit pas de cruauté, mais de passion.

– Qui est-ce ?

Miss Janet indique du regard le carrosse en arrêt devant la grande porte.

– Partez, je vous en prie, ajoute-t-elle, et elle rentre rapidement sous le porche.

Lorenzo réveille le voiturier, lui fourre dans la poche une poignée de pièces, lui extorque le nom. Il accueille la révélation la mort dans l'âme.

Vingt minutes plus tard il est dans la pièce que l'assemblée a mise à sa disposition au palais Campitelli. Il serre dans sa main droite le petit pistolet avec lequel, il y a un siècle, il a tué le Trévisan. Il le soupèse, le pointe sur sa tempe, laisse glisser le doigt sur la détente. Voilà. Il devrait le faire tout de suite, maintenant. Sans laisser de temps aux revirements. Il hésite, au contraire. Encore une fois la scène de la feinte fusillade envahit son esprit, chasse toutes les autres pensées. Ils arment le peloton. Ils lui bandent les yeux. Le juge donne l'ordre de tirer. La balle qui lui éclatera le crâne roule hors du canon dans un nuage de gaz. Lorenzo abaisse le pistolet. Il n'a pas le courage de le faire. Il ne l'a jamais eu. Lady Violet a raison de ne pas vouloir entendre parler de lui. C'est un damné. Et pour les damnés, il n'y a pas de paix dans ce monde.

Cette même nuit, après avoir demandé l'autorisation à Mazzini, Lorenzo part pour Ancône.

Avril

Striga retourne souvent le voir. Elle n'annonce jamais ses visites à l'avance mais Lord Chatam, comme s'il existait entre eux une mystérieuse forme de correspondance, sait toujours quand ce sera le moment. Et il se fait trouver prêt : rasé, sobre, avec sur lui des vêtements discrets et jamais outranciers. Le temps de l'attente, il le passe en étudiant et en réétudiant le langage des sourds-muets. Au bout de trois séances, ils sont capables de communiquer même les concepts les plus difficiles. Un jour Striga lui dit quelque chose qu'il ne réussit pas à comprendre.

– Pardonnez-moi, je suis en train de vous épuiser.

– Vous ne pouvez pas savoir à quel point votre présence m'est indispensable, répond-il en espérant que l'émotion ne l'ait pas induit en erreur.

Striga rougit, se lève d'un bond et s'en va. Il vit des journées d'angoisse. Il craint de l'avoir offensée. Il a la terreur de l'avoir perdue. Mais Striga revient, et les conversations reprennent, et la paix règne de nouveau sur le cœur indéchiffrable de Lord Chatam. Un autre jour, il perçoit sa tristesse. Et il le lui dit.

– Les nombres sont en train de perdre leur harmonie, explique Striga.

– La vérité est tout autre. Vous n'êtes pas heureuse avec lui.

Le sourire qu'elle lui offre est le plus beau que Lord Chatam ait jamais vu. Les ondes d'énergie qui se déversent des lèvres fermées de Striga l'investissent avec la force d'une avalanche. Lord Chatam redevient un enfant. Un petit être sombre et malheureux. Un flot de larmes l'inonde. Le flot se fait fleuve, le fleuve une mer dans laquelle Lord Chatam nage avec l'innocence d'une créature primordiale. Clarence le réveille à la nuit noire. Les bougies sont consumées. Lord Chatam est seul. Le sourire de Striga flotte dans l'air, avec son parfum ténu, impalpable.

Mazzini est en fureur. Aucune nouvelle de Lorenzo : il semble s'être évanoui à Ancône. Dans la presse révolutionnaire, des nouvelles inquiétantes de viols, vols à main armée et même de meurtres commis dans cette ville « au nom de la République ». Mais la République n'a rien à y voir. Les désordres d'Ancône sont l'œuvre d'écervelés, de la racaille vermineuse qui s'installe au sein de toute révolte. Ou, pire, d'agents provocateurs. Felice Orsini, un Romagnol sanguin à qui Mazzini accorde toute sa confiance, est convoqué et nommé au pied levé proconsul avec les pleins pouvoirs. Terra di Nessuno l'accompagnera dans la mission qui devra nettoyer Ancône et rendre son honneur à la République.

La veille du départ, Terra di Nessuno dîne seul à la taverne de la Porta del Popolo, rendez-vous des plus acharnés républicains, quand Ciceruacchio fait irruption. C'est une légende vivante, l'âme de Rome. C'est un tonnelier gros et jovial qui a fait ses études chez les curés de Sant'Apollinare, qui donc les connaît bien, et qui les hait beaucoup. Il laisse entendre que l'assassinat de Pellegrino Rossi a été de son fait. Il bénit des mariages, assiste aux enterrements, organise des cliques.

On dit qu'à Rome, pas une feuille ne bouge sans que Ciceruacchio le veuille. Sa parole peut davantage que celle de Mazzini. La populace l'adore. Quand la massive silhouette du tribun se découpe dans l'encadrement de la porte, un grand silence se fait. Ciceruacchio avance lentement jusqu'au centre de la salle, conscient de son charisme, et d'une voix caverneuse il annonce :

– Les *froci* sont arrivés !

Un bourdonnement croissant s'élève de la foule des soldats de la garde civile en permission, volontaires, gazetiers, serruriers, chaisiers et ferblantiers qui s'amassent entre les bancs robustes et les arômes de sauce, de viande et de vin des Castelli.

– Que dit Mazzini ?

– Quelles intentions ont-ils ?

– Combien sont-ils ?

– Ils ont déjà débarqué ?

– C'est vrai que Garibaldi est aussi sur le point d'arriver ?

Ciceruacchio, d'un geste hiératique, impose le silence, commande une *coda alla vaccinara** et un litre de vin blanc, et il va s'écrouler à côté de Terra di Nessuno.

– Tu as compris, Sarde ? répète-t-il, en se passant une main dans ses cheveux clairsemés. Les *froci* sont arrivés !

Un rire grossier parcourt l'auditoire.

Terra di Nessuno dépose avec soin dans l'écuelle la côtelette d'agneau de lait, il s'essuie les lèvres avec un morceau de pain et réplique, sérieux :

– Si tu parlais italien, de temps en temps, je comprendrais moi aussi. C'est qui, ces… *froci* ?

* Plat typique de la cuisine romaine : ragoût de queue de bœuf à la tomate et au vin blanc.

– Bon sang, Sarde, *so' tre mesi che stai a Roma e ancora nun te sei 'mparato*, ça fait trois mois que t'es à Rome et t'as encore rien appris ! raille quelqu'un.

– Sarde, explique patiemment Ciceruacchio, révélant un des innombrables mystères de cette langue dense et sarcastique qui dans ses doubles sens ruisselant de grossièreté et de désenchantement unit la noblesse et la plèbe, *froci* vient de « français », mais *frocio* veut dire aussi « pédéraste », c'est-à-dire *'n omo che va coll'omini*, un homme qui couche avec des hommes… mais ce n'est pas qu'ils sont vraiment tous pédés, continue-t-il en dialecte, au milieu d'eux il y a plein de gens avec des couilles… c'est à cause de cette manière de faire, comment est-ce que je peux t'expliquer, disons affectée, ça va ?

– Et alors ?

– Et alors quoi, Sarde ?

– Toi, qu'est-ce que tu en penses ?

– Des *froci*, pardon, des Français ? Qu'au fond ils jouent leur rôle. C'est une représentation. Ils menacent beaucoup mais à la fin ils ne trahiront pas l'esprit de la République. Louis-Napoléon est un vieux conspirateur. Il a combattu à Modène en 1831. À cette époque il était affilié aux carbonari. *Mica 'n omo pò veramente cambia' cosí*, un homme ne peut quand même pas changer à ce point-là ! On va trouver un accord.

– Tu en es sûr ?

– Eh bien, grommelle le meneur, c'est l'opinion du Maestro… *Che, ci hai quarche cosa da di'*, quoi, tu as quelque chose à y redire ?

Terra di Nessuno baisse la tête et ne répond pas. Encore une fois, pense-t-il, désolé, encore une fois Mazzini a confiance en la nature humaine. Et encore une fois il se trompe.

Ancône est une décharge électrique et acide de violence bénéfique. Ancône est la palingénésie, la résurrection. Ancône est comme doit être la vie : comme le monde veut qu'elle soit. Une course, tantôt comique, tantôt tragique, vers une insaisissable ligne d'arrivée. La mise en jeu est unique : retarder la mort. Lorenzo se promène nerveusement devant sa cachette : un entrepôt abandonné encombré de poutres pourries, haubans rouillés, voiles dévorées par d'innombrables légions de gros rats qui empestent. Les ombres d'une nuit sans lune dansent, sinistres, entre les eaux vaseuses du port, à peine mues par le roulis des quelques embarcations échappées au blocus naval avec lequel Autrichiens et Français essaient d'interdire le ravitaillement à la détestée République romaine. Deux nuits de suite, er Berva, son agent à Ancône, a manqué au rendez-vous quotidien. Il n'y a qu'une seule raison qui a pu l'en empêcher. La République a finalement décidé d'affronter la situation. La mission, se dit-il avec une pointe de regret, la mission touche à sa fin. Lorenzo revoit les entreprises scélérates de cette dernière période. Séquestration et mutilation – un bout de l'oreille droite – du notaire Spadoni. Viol de la fille mineure du fonctionnaire papal Delre. Extorsion au détriment du chanoine Videtta. Séquestration et assassinat du riche propriétaire Porrighi, le second ayant été rendu nécessaire suite au refus du frère de l'otage de payer la rançon. Une étincelle de lumière darde de la partie opposée du môle, suivie par le bruit de pas lourds. D'instinct Lorenzo s'accroupit derrière un tas de bois pourri et porte la main à son pistolet qu'il garde dans sa poche gousset.

– Commissaire…

– Berva. Tu es en retard de deux jours !

Er Berva a un museau de souris, une grosse barbe hirsute qui tend vers le blond, la poitrine creusée secouée de fréquents accès de toux, legs des heures passées dans l'humide sous-sol de l'atelier de couture de Mario Tozzi au Borgo.

Il est effrayé et ne s'en cache pas.

– *Commissa'*, ici les choses se goupillent mal. Un certain Orsini est arrivé, avec lui il y a un pisseux sarde, un avec une figure de fils de pute… il dit qu'ils doivent ramener l'ordre…

Lorenzo allume une cigarette et prend son temps. Oui, c'est vraiment fini. Et félicitations à Mazzini. Il a choisi les hommes qu'il fallait. Terra di Nessuno est le soldat le plus loyal qu'il ait jamais rencontré : il aurait plu à son père, le lieutenant-général de la marine royale.

Quant à Orsini, il est agité, souvent confus, mais déterminé et dépourvu de scrupules : depuis que, petit garçon, il a tué un serviteur pour des motifs futiles et que pour échapper à la juste punition il a juré de se faire prêtre, pour être ensuite gracié par l'intervention de sa famille.

– *Commissa'*, dites quelque chose, au nom du Christ !

– Et qu'est-ce que je dois te dire ? Fin de la partie. En tout cas pour toi. Tu es sûr de ne pas avoir été suivi ?

– Absolument sûr.

– Personne ne sait que tu es ici ? Aucun de tes compagnons, je veux dire…

– *Commisa'*, à quoi on joue ? Vous le savez bien que vous pouvez vous fier à moi…

– Bravo, bravo, Berva, tu verras que tout va s'arranger.

L'autre le fixe avec des yeux ronds. Lorenzo lui a fait croire qu'il avait été envoyé comme commissaire extraordinaire par Mazzini en personne. But de la mission, du reste ultra secrète : semer la terreur révolutionnaire. En fait, il a transformé une poignée de bandits en agents secrets de la juste cause. Et, en dehors de Berva, personne ne connaît son nom, personne ne l'a jamais vu en face.

– *Tutto s'aggiusterà cor cazzo*, tout va s'arranger mon cul ! La moitié des compagnons ont déjà fini en taule, et moi ils vont me rechercher par monts et par vaux…

– Ah, la situation en est donc là.

– Et même pire ! Écoutez, commissaire, il faut que vous alliez lui parler, à cet Orsini, et que vous lui expliquiez la situation, parce que j'ai l'impression que celui-là a d'étranges idées en tête…

– Je crois que c'est trop tard…

Er Berva laisse échapper un rugissement. Lorenzo lui pose une main sur l'épaule, et de l'autre empoigne le pistolet prêt à faire feu.

– Qu'est-ce que ça veut dire « c'est trop tard » ? Mais putain c'est qui cet Orsini ?

– Le représentant du gouvernement, Berva.

– *Ma nun sète voi er rappresentante de Mazzini*, mais ce n'est pas vous le représentant de Mazzini ? Vous vous êtes foutu de ma gueule pendant tout ce temps ?

– Les choses changent, mon ami, coupe court Lorenzo, et il lui colle une balle dans le front.

Er Berva s'affale, terrassé, une expression de stupeur irritée sur la figure. Lorenzo repose l'arme, regarde autour de lui, traîne le corps sur le seuil du magasin. Il n'éprouve aucune pitié pour sa dernière victime. C'est un assassin, un traître, un renégat. Et il se découvre heureux de l'être. Il fait nuit noire n'importe où dans ce monde, et un abîme sans contour et sans lumière nous enveloppe tous. Alors qu'il sombre dans cet abîme, qu'il en devienne une partie, et une partie active. Parce qu'il n'existe pas de lumière et qu'il n'y a pas de choix. Juste la mort. Mais ça, se dit Lorenzo en riant tandis qu'il arme de nouveau le pistolet, c'est un choix que j'ai déjà fait. Je ne veux pas mourir, et je ne veux plus souffrir. Lorenzo pointe l'arme sur sa jambe, vise avec soin et fait feu. Il a tout calculé. La balle l'atteint de biais, une brûlure, une chaleur soudaine, une rose de sang pour maintenant, peut-être demain un peu de fièvre. Suffisamment pour justifier l'héroïque mensonge qu'il va vendre à ses chers compagnons révolutionnaires. Il abandonne le pistolet sur le corps de Berva et lance un hurlement, puis un autre. Il continue à hurler jusqu'à ce qu'une lumière incertaine se manifeste au début du môle, et des pas précipités annoncent la ronde. Alors il se jette sur le cadavre et feint de s'évanouir, ravalant un sourire de triomphe.

Mai

Mario revient d'une séance houleuse de l'assemblée. La ligne de Mazzini s'est avérée un retentissant fiasco. Les négociations avec les Français ont échoué. Garibaldi a pris position à la villa Savorelli pour organiser les dernières défenses. La guerre est dans l'air. Personne n'espère sérieusement s'en tirer face à une armée puissante et organisée comme celle de Louis Bonaparte. On a le choix entre une reddition honorable et la résistance à outrance. Mazzini est intransigeant. La seule chose sensée est de se réfugier à Londres, avant qu'il ne soit trop tard. Mario se demande comment exposer la situation sans passer pour un lâche. Violet a mis un costume d'homme qui lui va extraordinairement bien.

– Je sors, lui dit-elle, avec un rapide baiser, ne m'attends pas, je rentrerai très tard.

– Je peux savoir où…

– Je vais rencontrer une prostituée, répond-elle, sincère, tranquille.

– Quoi ?

C'était une idée de Cristina di Belgioioso, la princesse qui se bat pour la cause depuis toujours. Elle et Violet sont devenues de grandes amies. Elles partagent la même intolérance pour les limites imposées aux femmes par l'oppression des hommes. Elles croient fermement que « Révolution » ne veut pas seulement dire chasser l'étranger, mais aussi libérer l'individu, quel que soit son sexe, de toutes les formes d'oppression. Idées dangereuses, fruit d'un extrémisme du moment que, espère Mario, le temps et la sagesse réduiront à un plus doux parti. Mais en attendant…

– Écoute-moi, s'enflamme Violet, il va y avoir la guerre !

Et la guerre signifie des morts et des blessés. Et si pour les premiers il faut des prêtres et des litanies (mais on ne voit pas une soutane dans l'Urbs, fût-ce à prix d'or, tous cachés à Gaeta sous les jupes de Sa Sainteté, les serviteurs du Christ !), les blessés ont besoin de soin et d'assistance tant dans le corps que dans l'âme. Donc la princesse propose de recruter les prostituées romaines comme corps auxiliaire de la charité : infirmières, en somme, vu que du corps, les « malheureuses » ont bien dû se faire une certaine pratique, en tant d'années d'honorable profession.

– Quoi ? Vous voulez transformer les putes en infirmières, s'insurge Mario, incrédule. Toi et ton amie, vous êtes deux folles ! Et, en tout cas, je t'interdis…

Violet l'arrête d'un geste impérieux. Glaciale, elle lui tourne le dos et se dirige vers la porte. Mario comprend qu'il a été dangereusement proche de franchir une limite. La limite. Il devra avoir recours à beaucoup de patience, beaucoup d'ironie, beaucoup d'esprit s'il veut dominer la femme de sa vie. Un autre faux pas et il risquera de la perdre, pour toujours.

– Attends, lui dit-il en la saisissant par un bras, je viens avec vous.

– Pas besoin, merci.

– Mais deux femmes seules…

– Ciceruacchio nous accompagne. C'est lui qui a fixé un rendez-vous avec une certaine Rosa Monticiana.

Mario laisse échapper le bras et involontairement rougit. Rosa Monticiana. Il repense à certains après-midis d'été, au petit portail discret dans Subure, à une grosse femme aux seins impétueux et à la bonne humeur contagieuse qui lui ébouriffait les cheveux en l'appelant « *er fijo der sor Bartolo nostro*, le fils de notre sieur Bartolo ».

– Tu la connais, n'est-ce pas ?

Mario baisse la tête et ne répond pas. Violet rit.

– Je ne souffre pas de jalousie pour le passé, trésor. Mais c'est mieux si ce soir tu restes à la maison.

Plus tard, Rosa Monticiana s'engage, comme première volontaire, dans le corps auxiliaire des infirmières de la République.

– Et les autres feront comme moi, soyez-en sûre, princesse. *Ma quatrini nun ne volemo*, mais on ne veut pas de sous. Si on doit le faire, continue-t-elle en dialecte, on le fait pour les hommes, on a besoin qu'ils soient en forme, et avec toute l'artillerie qui fonctionne. Et puis, si on peut la mettre dans le cul aux prêtres et aux monseigneurs qui nous maudissent le jour et viennent mourir la nuit entre nos cuisses…

Après l'incident de l'Albergheria, à Palerme, entre Salvo Matranga et le baronnet Michele Liberato di Villagrazia était né quelque chose d'assez proche de l'amitié. Le baronnet avait choisi Salvo pour son escorte, et Salvo était devenu son ombre, son confident, celui qui le tenait constamment informé des sentiments du peuple envers la Révolution. Au contact de Michele Liberato, Salvo avait commencé à donner un sens à ces formules – la « politique » et la « force politique », par exemple – qu'il avait répétées par cœur, sans en comprendre grand-chose, quand ils l'avaient affilié.

Un jour, le baronnet lui avait offert le café et lui avait demandé :

– Salvo, mais toi, pourquoi tu es de notre côté ?

– Parce qu'ils me l'ont ordonné, Excellence.

– Alors, pour toi, un côté vaut l'autre ? S'ils t'ordonnaient de passer du côté des Bourbons tu le ferais sans y penser ?

– Excellence, moi je suis ignorant. Ces choses-là sont des choses de seigneurs.

– Maintenant je vais t'expliquer…

Salvo, qui était analphabète mais d'esprit vif, avait cherché à interpréter à sa manière la harangue du baronnet.

Il y avait les seigneurs de toujours, les barons pour s'entendre, et ces « libéraux » qui rêvaient de devenir les seigneurs de demain. Presque tous les barons, et le roi en tête, avaient pris les armes contre ce dessein, qu'ils considéraient comme contraire à l'ordre naturel des choses. Seuls quelques-uns, dont le baron père, avaient décidé que la meilleure façon de rester barons, et donc de conserver justement cet ordre naturel des choses, était de se mettre d'accord avec les aspirants nouveaux seigneurs et de se partager le gâteau. Les premiers réagissaient avec la « force politique », qui est réservée aux infâmes et aux traîtres ; les seconds avec la « politique » qui sert à trouver l'intérêt réciproque avec les personnes « dignes et méritantes ».

– Je me trompe, monsieur le baron ?

– Pour l'instant, les choses sont comme ça mais rappelle-toi que rien n'est éternel, à part la mort.

– Et ça veut dire quoi, excusez-moi ?

– Ça veut dire que mon père a ses idées, et moi les miennes. Ça veut dire que j'irai jusqu'au bout. Et l'avocat Crispi et tant d'autres voient les choses comme moi.

Ah, pensa Salvo, c'était tout un jeu de donner et d'avoir. Mais un jeu aussi de *futticumpagnu** : les barons se faisaient « libéraux » pour baiser les libéraux, les libéraux s'appuyaient sur les barons pour les baiser. Michele était avec ces derniers.

* Littéralement : baiser les copains.

Salvo avait compris autre chose. Le baronnet savait très bien qui était Salvo et ce qu'il représentait. Ici, toutefois, leurs chemins se séparaient. Quand Michele Liberato avait cherché à le convaincre que la « politique » et la « force politique » pouvaient être mises au service d'une autre cause qui ne soit pas celle de la Société, ou mieux, que la Société devrait changer et se faire elle-même instrument de « dignité et de changement », il avait été déçu. Dans la partie entre barons et libéraux, la Société était au milieu ou, pour mieux dire, des deux côtés. Quel que soit le vainqueur, ils seraient toujours là. Parce que des choses éternelles, dans ce monde, il n'y en a pas qu'une, mais deux : la mort et la Société. Comment était-il possible qu'un homme de tant de valeur ne comprenne pas une vérité aussi élémentaire ? Toutefois, Salvo avait de toute façon fait son profit de certains enseignements. Il s'était mis à apprendre l'alphabet avec entrain et, en quelques semaines, avec l'aide d'une institutrice amie du baronnet, une *demoiselle** française qui lui avait montré une remarquable sympathie, il avait fait des progrès impressionnants. Un soir de décembre, il avait ébloui le baronnet en lisant à voix haute le titre du *Monitore*.

« Louis Bonaparte élu président des Français. »

Le baronnet l'avait félicité.

– Bravo, Salvuzzu ! Tu sais lire ! Dorénavant, en plus du couteau, tu as une autre arme. Beaucoup plus puissante.

D'étranges idées commencèrent à tourner dans la tête de Salvo. Une arme plus puissante que la lame. Une arme qui pouvait le conduire partout où il voulait. Pour le moment, les bonnes paroles que Michele avait lâchées à qui de droit, la résonance de l'amitié qui était née entre eux, la familiarité avec laquelle il le traitait, y compris en public, avaient considérablement joué sur sa position au sein de la Société. « *Amicu d'u signurinu,* ami du petit seigneur », l'apostrophait souvent et volontiers don Calò sans aucune ironie.

En définitive, même si certaines choses essentielles de la vie lui échappaient, le baronnet était un grand homme, et Salvo lui en était reconnaissant et fidèle. Du coup, quand vint le moment de lui communiquer la douloureuse décision, il se porta volontaire : ils étaient sur le point de causer à ce grand homme un profond chagrin, ils étaient sur le point de donner un coup mortel à sa cause, il était juste que ce soit un ami qui s'en occupe. On en avait beaucoup discuté, avant d'arriver à la solution. Don Calò avait patiemment démoli la résistance du baron père.

– Je vous le dis et je vous le répète, avec tout le respect que je vous dois, monsieur le baron : cette terre ne peut pas rester sans roi, et comme vos amis libéraux ne réussiront pas à trouver meilleur roi que Ferdinand, préparons-nous à accueillir dignement le retour de Sa Majesté !

Le baron père avait opposé au moins un embryon de résistance. Depuis le début de cette aventure il s'était senti réformateur de sa terre et prophète de ses gens, il s'était vu, chaque fois, gouverneur général, vice-roi, ambassadeur à Londres, au pire, et renoncer à des rêves d'une aussi grande ampleur était vraiment douloureux.

– Et soyez certains que le roi est généreux, certes, mais il a la mémoire longue et, au moment opportun, il saura se souvenir qui a fait le bon choix.

Que les choses aillent mal, en Italie et en Sicile, et à Palerme en particulier, le baron l'avait clairement à l'esprit. Le roi Ferdinand, déposé l'année précédente, avait lancé un ultimatum que le parlement insulaire avait dédaigneusement repoussé. La bataille finale était imminente. Il était vain de nourrir des illusions sur son issue. Qu'est-ce qui restait d'autre à faire, si on voulait sauver ce qui pouvait être sauvé ? Fallait-il courir le risque de sanctions lourdes, d'une arrestation, d'une – Dieu nous en garde – confiscation ? Que seraient devenus, alors, ces grandioses projets réformateurs ? Le baron céda à la logique urgente de l'Homme de la Société. Et il se contenta de recommander à Salvo de rassurer son fils de la manière la plus chaleureuse et convaincante possible, qu'il s'agissait seulement d'une retraite temporaire, que la foi n'était pas en cause, que des temps meilleurs allaient venir.

Salvo surprit le baronnet dans le centre de Palerme, en contemplation désolée devant ce qui avait été un temps la riche et gourmande vitrine du plus élégant café de la via Maqueda et qui, maintenant, dans la ville mise à genoux par le blocus naval et l'hostilité des souverains du monde entier, exhibait des plateaux vides et de la poussière.

– Monsieur le baron votre père me charge de vous présenter ses salutations, Excellence.

Michele, encore une fois, le surprit. Il lui avait suffi d'un coup d'œil pour deviner.

– Ils ont décidé, n'est-ce pas ? Mon père se retire ? Il a accepté l'ultimatum du roi ?

Malgré ce qu'on lui avait enseigné sur les règles de la Société, Salvo se sentit pénétré par ce regard profond et amer, et baissa la tête. Il lui manqua même le courage de rapporter l'autre partie du message. Que le baron père se débrouille, ça, après tout, c'était une guerre de seigneurs, et qui plus est entre père et fils en conflit, il ne voulait pas y fourrer son nez. Lui, en tant qu'Homme, avait joué son rôle.

Tandis que le baronnet hochait la tête, sombre, il sentit qu'il devait faire une dernière chose. C'était une chose qui lui venait du cœur, et parfois il faut obéir au cœur.

Salvo tendit la main et, à mi-voix, il dit :

– Je suis honoré de vous avoir connu, Excellence.

Michele saisit la main et la lui serra fort.

Juin-août

À Rome c'est la guerre. L'ambassadeur français Lesseps a conclu un pacte avec Mazzini, mais le lendemain son gouvernement l'a démenti. Les Français ont attaqué et ont été repoussés. Une fois, deux fois, dix fois. Mais les prodiges de valeur de Garibaldi ne peuvent pas grand-chose contre des ennemis aussi supérieurs en nombre et en armes. On brûle des piles de cadavres. Les blessés gémissent dans les hospices improvisés au Pellegrino, amoureusement soignés par les dames nobles et les prostituées rapprochées par la même piété révolutionnaire. Lady Violet occupe un lit de camp dans un angle de la vieille prison des Mantellate. Elle est amaigrie, négligée. Mario n'arrive presque plus à lui parler. La situation est désespérée, la guerre est perdue, d'un moment à l'autre les Français opéreront une percée. Personne ne sera épargné. Il ne reste que la fuite, mais Violet ne veut pas entendre raison. Mario la surprend tandis qu'elle récite à un moribond un tercet de Lord Byron.

« *For freedom's battle once begun,*
bequeath'd by bleeding sire to son,
though baffled oft is ever won. »*

* Parce que la bataille de la liberté une fois commencée / transmise du père ensanglanté au fils héritier / même si elle est perdue à la fin sera gagnée.

Tu parles d'une consolation, pour ce malheureux ! Pour échapper à la première ligne, Mario s'invente un travail après l'autre, une livraison urgente après l'autre. Barricadé avec quelques ouvriers fiables de l'usine du Borgo, il se fait coincer par l'appel général dans lequel Mazzini rappelle aux armes tous les hommes valides de plus de seize ans. Il abandonne à contrecœur ses aiguilles, son fil, les factures que personne ne réglera mais qui redeviendront utiles si jamais un jour quelqu'un lui demandait des comptes sur l'état de ses finances. Cousue dans une petite poche de son justaucorps il garde la lettre de crédit de cinq cents paoli. Il a divisé en deux la somme accordée par la fille de Davide le *ganavimme* : moitié pour la cause et moitié pour l'avenir. S'il y a un avenir. Avant de rejoindre l'escouade à laquelle il a été assigné, avec un vieux mousquet et une giberne pleine de galettes moisies, il passe saluer Lady Violet. Elle le prend dans ses bras, l'embrasse avec passion. Émue de le voir en uniforme, elle ôte de son cou un pendentif avec un étrange diadème et lui impose, d'un geste théâtral, de toujours le porter sur lui.

– C'est un svastika, le symbole du soleil. Il te protégera des balles des ennemis comme il a protégé mon père en Inde.

Mario va à la bataille la mort dans l'âme. Il n'a qu'une seule pensée en tête : Londres. Il croise Mazzini sur la route qui mène aux contreforts du Janicule, où Garibaldi continue, imperturbable, à massacrer les tuniques bleues. Le Maestro, comme d'habitude vêtu de noir, exhibe une canne au pommeau d'argent. Il se déplace de quartier en quartier, stimulant ceux qui hésitent, consolant les veuves et les affligés.

– Nous devons donner à tous le sentiment d'une vie normale, démocratique, libre, explique-t-il. Aujourd'hui il y a la guerre, mais la paix l'emportera à nouveau !

Dans sa recherche du plus fort de l'affrontement, attiré par l'odeur des poudres et des décharges de mitraille, dans lequel beaucoup lisent le vol gracieux des abeilles attirées par le miel, Mario l'épuisé devine plutôt la mouche posée sur la merde. À Londres, marmonne-t-il pour lui-même, à Londres !

Aux côtés du Maestro avance Lorenzo. Il accorde à Mario l'ébauche d'un sourire, lui souhaite bonne chance, le congédie d'une poignée de main. Il s'est expliqué avec lui à son retour d'Ancône. Il a souffert pour Lady Violet mais il ne lui en tient pas rancune. Il souhaite au couple un avenir lumineux. Il a fait envoyer à Lady Violet une précieuse orchidée accompagnée d'un mot doux. Il attend, froid, l'occasion propice, tandis que personne ne soupçonne le gel qui le dévore. Sa vie n'est que simulation, ténèbres, mensonge. Un plaisir pervers croissant se répand là ou quelque temps auparavant il y avait passion et douleur. Quant au Maestro, il a pris pour argent comptant la version que Lorenzo avait inventée sur les événements d'Ancône. Mais tandis qu'ils s'embrassaient, ostensiblement, devant les autres, Lorenzo n'avait pas manqué de remarquer une lueur ironique dans les yeux de Mazzini.

Striga ne mange pas, ne boit pas et ne dort pas depuis trois jours. Elle erre, spectrale, dans la nouvelle, vaste et lumineuse demeure de Dante Gabriel Rossetti, dévorée par une inquiétude sans soulagement.

Le peintre est enfermé dans l'*atelier** depuis des semaines. Il aime ainsi définir, à la française, la mansarde au toit en pente dans laquelle il mélange les couleurs dans une tentative désespérée de récupérer un minimum d'inspiration. Il consomme des doses croissantes d'opium et de haschich d'un narguilé dont il a personnellement peint la bouteille. L'ennui et l'épuisement le tiennent éloigné de la toile. En groupes, montent dans l'atelier de jeunes modèles, créatures ambiguës au sexe incertain, farouches fournisseurs orientaux de la matière première des rêves. Depuis un moment, déjà, il ne lui adresse pas un regard, il ne lui accorde aucune attention. Striga est indifférente. La raison de son trouble est d'un tout autre genre. Striga peut tolérer la trahison des hommes, mais pas celle des nombres. Striga cherche une erreur. Ou essaie de se persuader qu'il ne peut pas exister d'erreur. Une erreur dans l'inflexible logique des nombres. Elle se cache quelque part, cette erreur, mais Striga ne l'a pas encore découverte. Et se retrouver incapable de découvrir l'erreur est comme admettre d'avoir été trahie par les nombres. Lord Chatam, qui va la chercher tous les jours, est renvoyé chez lui par la domestique, qui fut elle aussi modèle un temps, aujourd'hui tombée en disgrâce à cause d'une ignoble maladie de la peau qui lui défigure les traits. Lord Chatam a changé. Le peintre a changé. Le soldat blond qui l'avait arraché aux flammes a changé. Striga elle-même a changé, et si profondément, depuis le temps où elle comptait les pattes des chèvres sur les montagnes de Calabre. Postuler que les nombres pairs modèlent l'ordre et les nombres impairs le désordre est peut-être, réfléchit Striga, une illusion primitive injustifiée. Si à chaque être humain est assignée une séquence numérique, et si les êtres humains se modifient, évoluent, progressent, se dégradent, les nombres aussi se modifient, évoluent, progressent, se dégradent. L'ordre céleste ne peut donc se refléter dans une immobilité originellement imposée, il est devenir. Mais le devenir n'est-il pas proche du chaos ? Quelle cause du changement ? Un mouvement incontrôlable du devenir ou bien une nouvelle séquence, déterminable à l'avance, ou bien reconstructible a posteriori ? Tout le mouvement n'est-il pas énergie ? Mais de cette énergie ne pourra-t-il, ne devrait-il pas exister une trace quelconque ? Enfin : le chaos qui freine nos existences ne peut-il pas être freiné ? Pouvons-nous faire l'hypothèse qu'un jour on puisse « commander » les nombres et non être commandés par eux ?

Lady Ada Lovelace surprend Striga devant la large fenêtre grande ouverte sur les jardins de Kensington. Elle a dû payer la domestique pour s'introduire dans la maison, mais après le premier mouvement d'agacement Striga est contente de revoir son amie.

– Lisez là, l'invite Lady Ada, en lui tendant une feuille sur laquelle sont écrites à la main des séquences de chiffres séparées d'espaces blancs.

Striga lit et relit. Une modeste rougeur se répand sur son visage.

– Vous la reconnaissez, n'est-ce pas ? demande Lady Ada.

Striga hoche la tête. Lady Ada entonne une mélodie dissonante. Striga ferme les yeux.

– C'est votre musique, explique doucement Lady Ada, ce sont vos nombres. Vous mettez en musique des séquences numériques, je l'ai d'abord deviné et ensuite j'ai aussi déchiffré la clé. Dites-moi : pourquoi ?

Striga ne sait pas répondre. Parce que c'est ma façon de mettre en ordre le chaos, aurait-elle répondu, encore une semaine plus tôt ; parce que la musique est harmonie au-delà de ce que nous imaginons être l'harmonie codifiée par les musiciens de toujours, et le nombre est à la base de la structure de chaque harmonie. Enfin, parce que le nombre est tout. Mais pas en ce moment. Pas alors qu'elle se sent aussi fragile, aussi dépourvue d'ancrage.

– Venez. Il y a une personne que je veux vous faire connaître, l'invite Lady Ada, et elle la prend par la main.

La villa Pamphili et la villa Valentini sont perdues, tombées dans les mains françaises après une nuit d'affrontements furieux. Entre les cadavres non enterrés des miliciens sont réapparus les religieux, corbeaux voletant aimantés par une hypocrisie noire à la suite du général Oudinot.

– Bâtards de prêtres, tonne Ciceruacchio, en crachant une chique de tabac marron, puis il arme son mousquet et terrasse, presque sans viser, un franc-tireur imprudent qui s'était penché un peu de la tourelle du pavillon Algardi. Ils ne bénissent que leurs morts et ils leur donnent une sépulture chrétienne, et les nôtres restent à pourrir au sol !

Luigi, le fils de Ciceruacchio, treize ans, sert d'infatigable estafette entre le quartier général de la villa Savorelli et le Janicule, où la première ligne résiste encore. Garibaldi a accouru à Testaccio, il a chargé sous un intense feu d'artillerie et a repoussé l'avant-garde française. Les cinq cents *bersaglieri* de Manara, à San Pietro in Montorio, tiennent tête à dix-huit mille hommes d'armes. Les nouvelles rassurent les avant-postes, une vague de « hourra » s'élève. On crie « Vive Mazzini, vive Garibaldi, vive la République ! » Ciceruacchio mastique du tabac et abat des Français comme des poulets sur le comptoir du boucher.

– *E intanto il capoccia loro, 'sto grandissimo fijo de 'na mignotta de La Marmora, ha bombardato Genova*, et en attendant leur chef, ce grand fils de pute de La Marmora, a bombardé Gênes. Mais tu sais que tu as raison, Lore', poursuit-il en dialecte, il fallait faire place nette tant que nous étions encore dans les temps, maintenant c'est trop tard.

Lorenzo hoche la tête et décharge son mousquet dans la poussière âcre d'un horizon indistinct, voilé par un soleil malade et implacable. Mazzini s'est opposé à son projet de mettre le feu aux églises et aux confessionnaux, et de pendre les derniers prêtres restés en ville. À peine deux jours plus tôt il a écrit au pape en lui renouvelant l'invitation à revenir à Rome, l'assurant qui plus est de « toutes les garanties nécessaires pour son indépendance dans l'exercice de son autorité spirituelle ». Et Mazzini a toujours ordonné de célébrer en grande pompe les fêtes religieuses, ouvrant au peuple, surpris, basiliques et sacristies.

– C'est une folie, s'est insurgé Lorenzo.

– La folie serait de se couvrir de honte en outrageant Dieu, a tonné Mazzini.

D'heure en heure, la guerre prend des aspects surprenants. D'un côté l'assemblée négocie ; de l'autre on verse le sang en invoquant un revirement du pape. D'un côté on sort des lois égalitaires, laïques et progressistes, de l'autre on organise des *Te Deum* pour solliciter la divine protection sur l'entreprise. On sombre, en somme, dans un chaos que Lorenzo sent bénéfique et complice. Terra di Nessuno arrive. Les défenseurs du Janicule le saluent avec un élan qui évoque l'affection et l'odeur de la mort mille fois défiée ensemble. Dans le vif de la bataille, Terra a gagné ces galons qu'aucun commandant, pas même Garibaldi, qui lui aussi l'honore de sa familiarité, rêverait jamais d'officialiser. Simple soldat, il est plus écouté et craint qu'un chef. Son mépris du danger est légendaire. Sa générosité sans intérêt l'a hissé dans le cœur de Mazzini. Voilà un homme droit et décidément meilleur que moi, médite Lorenzo. Si nous devions survivre tous les deux à l'entreprise, ses qualités morales pourraient se révéler assez utiles à mon jeu. Un idéaliste, un pur : sur quel meilleur allié pourra jamais compter un renégat ?

– Nous devons percer. Ordre du Général !

Les combattants restent perplexes. Ils défendent depuis des semaines la roche délimitée par l'enceinte de la villa du Vascello, convaincus que, quand ils en seraient finalement chassés, Rome indubitablement tomberait. Les armes, les munitions et le ravitaillement commencent à manquer. Une sortie est affaire d'inconscients.

– Nous sommes à la fin, commente Ciceruacchio, chargeant son arme, prêt à obéir sans hésitation. *Vordi' che stasera annamo tutti a spala' carbone all'inferno*, ça veut dire que ce soir on ira tous pelleter le charbon en enfer !

Mais Terra di Nessuno n'aime pas la mort. Quant à Garibaldi, il ne supporte pas plus de perdre avec honneur. Si on attaque, c'est seulement pour gagner.

– L'avant-poste est affaibli par les pertes, explique-t-il, les arrières ont été envoyés à toute allure à Saint-Paul-hors les murs, où deux bataillons français sont pris au piège sous notre feu. C'est le bon moment. Nous les repousserons et nous gagnerons quelques jours de calme.

Les hommes se préparent. Parmi eux il y a aussi Mario. Il a le visage terreux, le fusil tremble dans ses mains. Lorenzo l'a étudié avec soin, dans ces jours de règlements de comptes. Il peut lire dans son âme. C'est un lâche. Il médite une fuite qu'il n'a pas le courage de mettre en acte parce qu'il sait qu'il perdrait pour toujours Lady Violet. Lorenzo se demande si l'imminente bataille ne pourrait pas lui offrir l'occasion qu'il cherche depuis longtemps. Il se met à côté de Mario, l'encourage d'une phrase affectueuse, jouit de la terreur qui s'élargit dans ses yeux, de sa pâleur, de son tremblement.

Le clairon sonne la charge. Ciceruacchio redouble avec un hurlement sauvage et un blasphème. Terra di Nessuno est le premier à se lancer à l'assaut. Lorenzo saisit Mario par le bras et le pousse hors du refuge précaire, vers le feu. Pendant un instant il pense que ce serait comique de tomber ensemble, côte à côte, dans les bras l'un de l'autre. Mais une nouvelle assurance le soutient, depuis qu'il a embrassé la foi du renégat. Il ne mourra pas à Rome. Les Français, disséminés entre les plantes et les ruines de villa Pamphili, sont surpris par l'assaut. Les premières lignes vacillent sous le feu de la fusillade. Terra di Nessuno et deux compagnons chargent à la baïonnette trois officiers qui laissent tomber leurs armes et se rendent. Ils vont vers le fond de la villa. Des silhouettes en veste bleue se profilent derrière les troncs massifs des marronniers d'Inde. Les Français sont en déroute. C'est du tir à la cible. Hurlements, poussière, gémissements se mêlent au son du clairon français qui sonne la retraite.

– Suivons-les, hurlent les plus nombreux, grisés par le succès facile.

– Personne ne bouge, ordonne, impérieux, Terra di Nessuno. D'abord on consolide la position.

Mario a tiré un ou deux coups dans le tas, maintenant il est appuyé à un tronc et il éponge sa sueur. Lorenzo est à côté de lui.

– Allons-y. La victoire est à nous !

– Mais le Sarde a dit…

– Le Sarde nous suivra.

Mario n'a aucun soupçon. Il est trop apeuré pour s'opposer. Lorenzo le pousse sur les traces des Français. Il le déroute habilement vers le fond d'un bosquet, tout ce qu'il lui faut c'est un petit avantage, cent, deux cents mètres.

– Mais où allons-nous ? Les Français sont descendus par là-bas.

– Et nous, on les contourne. On les attaquera quand ils s'y attendront le moins.

Voilà. Voilà le moment. Lorenzo ralentit, laissant à Mario quelques pas d'avantage. Il épaule son fusil. À cette distance il n'y a pas besoin de viser. Et le bruit des branches écrasées par leurs lourdes chaussures couvrira le bruit sec de la détonation.

– Mais qu'est-ce que vous faites ?

Lorenzo abaisse précipitamment l'arme. Mario se retourne et ouvre grand les bras.

– Ah, Sarde, l'ami, là, dit que nous devons aller chasser les *froci*…

Terra di Nessuno a une lueur indéchiffrable dans le regard tandis qu'il se plante face à Lorenzo et qu'il le dévisage sévèrement.

– J'avais donné un ordre, il me semble.

– On était juste en train de gagner un peu de temps, réplique Lorenzo, soutenant le regard de l'autre. Puis, avec un léger ton de défi : on n'attaque plus ?

– Non. On rentre. Et plus de coup de tête, compris ? Chaque homme est précieux, souviens-t'en.

Mario les rejoint, soufflant, soulagé. Lorenzo les suit, suffoquant de rage.

Le professeur Babbage est un homme de moyenne stature, il a les cheveux gris et ondulés, l'air irritable et hautain. Il porte un frac de tissu, une chemise à la blancheur immaculée et un élégant foulard rouge. Il salue Lady Ada avec une certaine chaleur tandis que ses yeux froids transpercent Striga de part en part.

– Cette jeune fille est donc le prodige de la nature dont vous m'avez parlé, mon amie ?

– Vous verrez de vos propres yeux, Charles, affirme, conciliante et ironique, la noble dame.

Babbage hoche la tête, peu convaincu, et de la pile de papiers qui encombrent l'austère bureau dans son étude de la moderne et bizarre maison de Portland Place il soulève une feuille et, avec un certain air de condescendance, la tend à Striga.

– Commençons par quelque chose de simple. Puis, scandant bien les syllabes d'un ton de voix singulièrement haut, comme s'il s'adressait à une idiote ou à une enfant agaçante, il demande : que lisez-vous dans cette table ?

– Striga comprend très bien l'anglais, Charles. Et elle vous répondra avec le langage des sourds-muets.

– Que je ne comprends pas, grommelle Babbage. Donc, Ada, vous me servirez d'interprète. Alors, Miss Striga, ça vous dit quoi cette table ?

Striga plante ses yeux tranquilles dans ceux du grincheux mathématicien. Babbage est obligé de baisser les siens, parcouru par une décharge, que, s'il n'était pas le scientifique rationnel et éclairé qu'il prétend être, il attribuerait au surnaturel, sans l'ombre d'un doute. Striga, pendant ce temps, a lu dans ce regard l'obsession des nombres, l'angoisse du temps qui passe, la frustration de celui qui est conscient de porter une lumière que la mesquinerie humaine s'obstine à refuser. Puis elle baisse la tête sur la table et s'immerge dans ce méli-mélo apparemment indéchiffrable de lettres.

BCDEFGHIJKLMNOPQRSTUVWXYZ

BCDEFGHIJKLMNOPQRSTUVWXYZA

CDEFGHIJKLMNOPQRSTUVWXYZAB

DEFGHIJKLMNOPQRSTUVWXYZABC

EFGHIJKLMNOPQRSTUVWXYZABCD

FGHIJKLMNOPQRSTUVWXYZABCDE

GHIJKLMNOPQRSTUVWXYZABCDEF

HIJKLMNOPQRSTUVWXYZABCDEFG

IJKLMNOPQRSTUVWXYZABCDEFGH

JKLMNOPQRSTUVWXYZABCDEFGHI

KLMNOPQRSTUVWXYZABCDEFGHIJ

LMNOPQRSTUVWXYZABCDEFGHIJK

MNOPQRSTUVWXYZABCDEFGHIJKL

NOPQRSTUVWXYZABCDEFGHIJKLM

OPQRSTUVWXYZABCDEFGHIJKLMN

PQRSTUVWXYZABCDEFGHIJKLMNO

QRSTUVWXYZABCDEFGHIJKLMNOP

RSTUVWXYZABCDEFGHIJKLMNOPQ

STUVWXYZABCDEFGHIJKLMNOPQR

TUVWXYZABCDEFGHIJKLMNOPQRS
UVWXYZABCDEFGHIJKLMNOPQRST
VWXYZABCDEFGHIJKLMNOPQRSTU
WXYZABCDEFGHIJKLMNOPQRSTUV
XYZABCDEFGHIJKLMNOPQRSTUVW
YZABCDEFGHIJKLMNOPQRSTUVWX
ZABCDEFGHIJKLMNOPQRSTUVWXY

– Que diable cherche-t-elle à nous dire ? aboie presque Babbage quand, un instant plus tard, Striga s'adresse à Lady Ada en gesticulant.

– *God save the Queen*, précise la fille de Byron, avec un sourire séraphique.

Babbage pâlit, puis arrache la table des mains de Striga.

– C'est juste un sacré coup de chance. Ou, pire, la réplique soufflée d'une femme qui s'est entichée de…

– N'essayez même pas, Charles, dit Lady Ada, en riant, j'aime jouer loyalement, vous devriez le savoir.

– Bah ! Vous connaissez ma passion pour les codes chiffrés. Vous-même êtes capables d'interpréter les moins complexes. Qui plus est, vous saviez très bien ce qui était écrit sur cette table. Et de toute façon, je ne crois pas qu'il suffise de si peu pour crier au miracle. Même les chevaux, dressés de manière opportune…

Striga, à ce moment-là, enlève la feuille des mains du mathématicien. D'un pas léger elle se dirige vers le bureau, s'empare d'un crayon et écrit quelque chose sur une feuille blanche. Puis le tend à Babbage.

– Et ça, c'est quoi ? Ah, une autre table… Qu'est-ce que c'est, un défi ?

Babbage consulte la table, se met à chercher ses lunettes, puis saisit une autre table, la superpose à la première, commence à écrire quelque chose.

– Félicitations, susurre Lady Ada, serrant Striga par le bras, en un seul coup vous avez décrypté l'indéchiffrable table de Vigenère. Et vous avez envoyé dans les cordes le plus grand génie mathématique d'Angleterre !

– Chaque chèvre a quatre pattes, quatre les cabris… siffle Charles Babbage, émergeant du décryptage. Mais qu'est-ce que ça veut dire ?

– Que je vous ai apporté un génie, mon ami !

Pendant le reste de l'après-midi, Babbage soumet Striga au feu des questions. Il la provoque sur les nombres de Bernoulli, il hasarde des équations à trois inconnues, propose des opérations de plus en plus ardues. Striga les exécute en quelques fractions de secondes. Seuls une légère rougeur et son front qui, de temps en temps, se crispe, dénoncent son extrême concentration. Le soir tombe quand Babbage se rappelle qu'il serait de bon ton de faire servir le thé et quelques petits-fours rances. Et il fait nuit lorsque l'illustre mathématicien tombe à genoux devant Striga et la conjure de collaborer avec lui et avec Ada au grand projet de sa vie. Striga, d'une douce caresse, l'aide à se relever, et mime un message qu'Ada traduit fièrement.

– Je vous enseignerai la langue des muets, monsieur.

Babbage est conquis. Il prend Striga par la main et la conduit, à travers un froid couloir, dans le laboratoire. C'est un lieu vaste et glacial. À la lumière des candélabres portés par deux serviteurs solennels, il lui montre un énorme cylindre haut de douze pieds et large de six, enfermé dans une tour en bois de laquelle dépassent d'autres petits cylindres reliés entre eux à la verticale par des courroies de transmission sur lesquelles sont épinglées des cartes perforées en papier.

– C'est la « deuxième machine » de Babbage, s'exclame ravie Lady Ada, c'est l'avenir !

Striga, avec un frisson, comprend que peut-être, là-dedans, dans ce cylindre qui lui semble incompréhensible et que bientôt, elle en est sûre, elle réussira à dominer, il y a la réponse à toutes ses questions.

Rome est tombée.

Garibaldi est en fuite vers le nord avec son épouse Anita malade et une escouade restreinte de survivants, parmi lesquels Terra di Nessuno. Mazzini, poussé par l'insistance des patriotes, a accepté un passeport au nom de George Moore offert par le consulat américain, grâce aux bons offices de Griffin McCoy.

Mario Tozzi n'a pas laissé passer l'occasion et a suivi, traînant derrière lui une Lady Violet récalcitrante. Finalement, Mazzini a choisi l'exil, la vie sauve, la vie, donc.

– Ce sera un martyr, avait-il proclamé, à peine trois jours plus tôt.

– Et une résurrection ! lui avait fait écho Lorenzo.

C'était le mot d'ordre de la Jeune Italie.

Tandis que l'assemblée cherchait une voie de sortie diplomatique honorable qu'aucun pouvoir n'était disposé à concéder, le Maestro, toujours plus isolé et parfois en butte à une opposition ouverte, rêvait d'un bain de sang.

Si la guerre est perdue, il y a encore moyen de transformer la défaite en victoire, le martyr en résurrection. Il faudra se laisser massacrer. Rue après rue, maison après maison, hommes, femmes, enfants, tous à verser leur propre sang béni sur la pointe des baïonnettes des Français. Rome sera entièrement rasée comme au temps des invasions barbares. La très civilisée nation française perdra son honneur devant le monde entier. Le sang de cent mille victimes couvrira de honte la Marseillaise. Nous irons à l'abattoir en chantant, nous offrirons nos poitrines aux balles ennemies, et chaque décharge de fusillade élargira la déchirure qui s'ouvre dans l'hypocrisie des empires. Quand même le dernier lambeau de chair sera brûlé dans le bûcher de la République, le monde ouvrira enfin les yeux. Les martyrs seront honorés comme des héros. Rome sera libre. L'Italie une et indépendante. La papauté, une institution exécrée pour l'éternité.

Lorenzo soufflait sur les braises, incitait à l'holocauste, projetait l'extermination finale.

– Quand viendra le moment, nous nous enfermerons dans une église et nous nous tuerons l'un l'autre, comme les zélotes à Massada. Nous le ferons, Maestro, et mon poignard sera pour votre poitrine !

Et, bien entendu, son rôle était déjà écrit. Le rôle de Flavius Josèphe. Celui qui survit à une mer de morts, et retourne sain et sauf à la maison pour raconter l'histoire.

Mazzini laissait dire. Mazzini hochait la tête, bénissait, levait le bâton pour indiquer un point vague derrière l'horizon. Cherchant peut-être un contact direct avec Dieu dont il proclamait s'inspirer mais qui semblait se rire de son utopie. Ou peut-être, seulement, rêvait-il Rome déserte en une glaciale nuit de têtes de mort aux orbites vides : le dernier monument à sa gloire personnelle et éternelle.

Rome est tombée mais il y en a encore qui résistent dans les anciennes rues du Borgo. Ce sont les désespérés qui préfèrent rencontrer la balle fatale en combattant plutôt que finir les yeux bandés devant le peloton. Et avec eux les chacals, les avant-gardes de la restauration, les voleurs de rue. Et les renégats.

Lorenzo se dirige, les mains en l'air, vers une escouade de Français qui ratissent les petites rues autour du Portico d'Ottavia.

– Je suis un fonctionnaire de l'Empire autrichien, hurle-t-il en agitant les lettres de créance.

Une balle siffle dangereusement près de lui. Il s'arrête, renouvelle l'annonce, demande qu'on le conduise auprès d'un officier supérieur. Les soldats se consultent, perplexes. Surgit un lieutenant. Il a le regard glacial. Il consulte distraitement les papiers que Lorenzo lui tend, les jette par terre, s'adresse à ses hommes.

– Fusillez cet espion, ordonne-t-il dans un italien laborieux. Puis il se tourne, ennuyé, indifférent.

Les soldats le visent. Lorenzo saisit le lieutenant à la gorge et l'oblige à se tourner. Le fidèle pistolet à un coup est pointé sur la tempe de l'officier.

– Ordonne à tes hommes de se retirer ou tu es mort, siffle-t-il.

Les soldats sont surpris, déstabilisés. Le lieutenant hurle un commandement. Les soldats reculent.

– Ramasse mes papiers, idiot !

L'officier s'exécute. Lorenzo se fraye un chemin en avançant à reculons au milieu des soldats qui lui décochent des regards effarés. Il gagne dix, vingt, cent mètres. L'officier pleurniche, lui assure protection, il s'abaisse à offrir une somme d'argent en échange de la vie sauve.

– *Tais-toi, con** !

Lorenzo s'en débarrasse d'une poussée sous les grilles qui marquent le début du ghetto. Il commence à courir, sans destination, en maudissant son imprudence. Il devait attendre des moments plus tranquilles, le retour de la légation autrichienne, c'était à eux qu'il devait se rendre, pas à ces *froci* machinalement sanguinaires. Il avance, entre portes fermées et fenêtres que des mains invisibles condamnent sur son passage, sautant par-dessus les cadavres gonflés de gaz des compagnons et des hommes du peuple et les carcasses des animaux, entouré d'une puanteur inhumaine de désolation, de mort. Cris dans son dos. Les soldats apparaissent au détour d'un virage. Le lieutenant guide la charge en braillant. Lorenzo s'arrête brusquement, tire à l'aveuglette, les poursuivants font une embardée, il se remet à courir. Il ne peut pas recharger. Il met l'arme dans sa poche. Il regarde autour de lui à la recherche d'une grille mobile, d'une cave à charbon, d'une cave, d'un trou quelconque où se cacher. Mais le ghetto, immobile dans son obscure ségrégation, se rit de ses vaines espérances. Il a atterri dans une petite impasse, quand, d'un renfoncement du mur, une main se tend et l'attire à elle. Il perçoit un bruissement de vêtements, une odeur de pommes et de citrons à peine cueillis le pénètre, il devine un voile d'où s'échappent des cheveux noirs et bouclés, puis une porte se referme derrière lui. Une figure féminine le conduit en bas par un vieil escalier, jusqu'à une cantine qui a un parfum de vin et d'humidité.

– Là-dessous, vite, nous n'avons pas le temps !

Des coups furieux retentissent en haut de l'escalier. Hurlement en français, écho d'une détonation. Elle s'appuie de tout son poids contre une des jarres, qui bouge sur sa base, révélant d'autres petites marches. Lorenzo se baisse. La femme tourne le vase en sens contraire. Lorenzo est dans un réduit très étroit, une tombe verticale dans laquelle pénètre peu d'air. L'obscurité est totale. Il perçoit un bruit de bottes. Des ordres hurlés, puis le silence. Enfin une conversation, qu'à un autre moment, il aurait jugée irréelle.

– Il n'y a personne ici, monsieur le lieutenant, seulement notre vin.

– Vous mentez ! Vous dissimulez un rebelle !

– Et où, s'il est permis ?

– Dans les vases.

– Si c'était le cas, il serait bien noyé, monsieur… Venez, contrôlez par vous-même.

Bruit de ferraille. Le son d'un liquide qui tombe dans un récipient.

– Bon, et même, vraiment excellent. Bien que, comme vous le saurez, madame, le vin français ne craigne aucun rival.

– Nous faisons de notre mieux, monsieur le lieutenant. Si vous voulez vous faire plaisir, pour vos soldats également…

– Si cela ne vous dérange pas trop…

Les Français boivent, apprécient, font des compliments, le lieutenant d'abord s'excuse, puis se présente. Il a un nom doux, peut-être provençal. Rire féminin, profond, de gorge. Le lieutenant salue militairement, claquement de talons, pas qui remontent le vieil escalier. Silence. La jarre tourne à nouveau. Lorenzo émerge.

– Ainsi vous êtes revenu me voir… dit sa sauveuse en souriant.

Maintenant, maintenant seulement, Lorenzo reconnaît Esther, la fille du *ganavimme*. Et il se souvient de la phrase qu'elle lui avait susurrée à l'oreille quand, des mois plus tôt, il était descendu dans le ghetto à la recherche de financements pour l'entreprise.

« Vous reviendrez me voir. Et je serai là à vous attendre. »

Tu t'en vas, lui a dit Dante Gabriel Rossetti. Et ce n'était ni une question ni un regret. C'était une simple constatation. Je m'en vais, lui a-t-elle répondu, baissant la tête. Je t'appelle une voiture. Il n'y a pas besoin, Lady Ada m'a prêté la sienne.

– Tu vas me manquer. Ou peut-être que non. Je ne peux pas garder trace de tous les rossignols qui tombent.

Lady Ada, dans le carrosse, lui prend la main. Striga est rassurée, confiante. Elle essaie de lui expliquer que, à sa manière, le peintre a rejoint un nouveau stade d'harmonie. Il est, dans son monde, heureux dans son état d'hébétude ivre. Le soir, Striga essaie d'expliquer à Lord Chatam le grandiose projet de Babbage et de Lady Ada.

– Construire une machine du calcul universel ? Et pourquoi une machine serait-elle capable de développer des capacités qui appartiennent déjà à l'être humain ? Pour gagner un peu de temps qui fasse gagner davantage d'argent aux riches et rende les pauvres encore plus malheureux ?

– Il ne s'agit pas seulement de cela, *my lord*…

– Je déteste être appelé *my lord* par la seule amie que j'ai.

– Il ne s'agit pas seulement de cela. Oui, la machine que nous avons à l'esprit sera capable de résoudre des opérations complexes en peu de temps, mais… le fait est que… cette machine pensera… un jour, elle pourra se substituer à l'homme.

– Répète-le-moi plus lentement, ma chère. Quand tu es aussi passionnée, tes gestes sont trop rapides pour ma compréhension.

– Se substituer à l'homme.

– Oh, oh, alors j'avais bien compris. Ça me plaît. Une machine qui se substitue à l'homme. L'homme est une horrible altération de l'ordre de la création, mais pas suffisamment horrible pour être sublime.

– Vous êtes le devenir, Lord Chatam, dit-elle, sérieuse.

– Donc, tu admets l'idée que les hommes puissent changer.

– Vous en êtes la preuve vivante.

– Je voudrais avoir ta foi en la nature humaine, Striga…

Et il lui parle de la petite Rosie Wexingham, la petite fille que, dans un élan de générosité, ou peut-être pour ne pas être assourdi par la philanthropie de Lady Violet, il avait soustraite à la pendaison méritée.

– Je lui ai constitué une rente, juste pour m'en débarrasser. J'étais et je suis conscient de l'intrinsèque cruauté de cette irrémédiable créature. Je pensais qu'elle ouvrirait un magasin de modistes, ou quelque chose de similaire, mais… je me trompais. Maintenant Rosie gère le bordel qui s'est imposé à Londres sur tous les autres. Le « numéro » le plus prisé consiste en l'accouplement de la jeune fille et de sa grasse et crasseuse mère avec l'hôte du jour. Les rejetons de la noblesse, assidus clients de ce lieu amène, en sont enthousiastes.

Comme une piqûre d'épingle, l'expression douloureuse de Striga le frappe. Il voudrait la prendre dans ses bras, la consoler mais une torpeur inhabituelle le retient.

– Pourquoi vous me dites cela, monsieur ?

– Pour t'ouvrir les yeux sur le monde, mon amie.

Ou, peut-être, parce que personne ne peut gagner la guerre contre soi-même.

Esther rentre au ghetto avec deux poulets et les dernières nouvelles. La guerre est finie. Les *froci* déguerpissent, des Napolitains et des Autrichiens s'installent. Le ghetto respire à nouveau. Le ghetto ne sera pas fermé, peurs infondées de ceux qui craignaient Dieu sait quelle vengeance. Le pape a choisi la juste voix du milieu : inflexible avec les traîtres, généreux avec les indifférents. Les lois républicaines ont été abrogées, mais Sa Sainteté a apprécié l'attitude neutre des juifs de la ville. Le peuple romain assiste au retour en grande pompe des soutanes noires. C'est la paix, il faut faire la fête : dans les limites, bien entendu, du décorum papal. Quant aux irréductibles, qu'ils restent terrés au milieu des pourritures et des souris des caves et des décombres, misérables, pauvres, vaincus.

– J'y vais, annonce Lorenzo.

– C'est encore dangereux, proteste Esther.

– Je sais ce que je fais, la rassure-t-il, sombre et fier.

Elle lui décoche un baiser passionné. Il le lui rend sans enthousiasme. S'il était capable de l'aimer, il la laisserait à son destin. Ainsi sa vie et son innocence seraient-elles sauves. Mais il sait déjà qu'elle ne se laisserait pas abandonner. S'il était capable de la respecter, il fuirait comme un voleur dans la nuit. Il s'appuiera, au contraire, sur son amour inconditionnel. Il la contaminera de son angoisse dépravée. Il la souillera jusqu'à l'extrême, il en fera la complice de ses entreprises, il consentira à ce qu'elle franchisse, à ses côtés, le seuil de l'obscur.

Il affronte la canicule après un mois d'enfermement. La vue a du mal à s'adapter à la luminosité d'une merveilleuse matinée de fin août. Il porte une chemise blanche et un pantalon d'homme du peuple. Les cheveux très courts, la démarche indolente, il glisse le long des murs et des impasses directement jusqu'au consulat autrichien de Monte Cavallo. Le départ des Français devrait le mettre à l'abri de rencontres désagréables. Les seuls dont il pourrait avoir quelque chose à craindre sont les girouettes. Ils pourraient le dénoncer pour s'accréditer au nouveau pouvoir. L'idée de pouvoir être arrêté, lui, le prince des délateurs, à cause de la délation d'un quelconque misérable patriote lui arrache un sourire amer. Rome est une fête de messes, de rosaires, de *Te Deum*.

Chemin faisant, il écoute les rumeurs qui courent de bouche en bouche. On dit qu'Anita est morte dans les marais de Comacchio et que le Général a pleuré, mais qu'il est resté debout, parce que la lutte doit continuer. On dit que Ciceruacchio a refusé le bandeau sur les yeux, ainsi que son fils mineur, et un prêtre et un autre patriote qui étaient avec eux. On dit qu'il a hurlé aux Autrichiens de se dépêcher. On dit que la première salve les a laissés vivants, tant et si bien que le jeune garçon est resté debout, et l'officier qui commandait le peloton a dû personnellement pourvoir au coup de grâce, parce que même le plus bâtard des fridolins ne se sentait pas capable d'écrabouiller le crâne d'un enfant. On dit aussi que Ciceruacchio est parti avec un crachat et un souhait pour les morts de Pionono. Ils les ont tués à minuit, dans un coin perdu du delta du Pô. On dit que les Autrichiens ont été aussi cruels parce qu'ils ont été rendus furieux par la fuite de Garibaldi et de Mazzini. Lorenzo imagine la scène de la fusillade. La vraie scène. Probablement, Ciceruacchio s'est démené et a invoqué la grâce, et le jeune fils s'est mis à pleurnicher, et Anita, dans les spasmes de l'agonie, a maudit son José, si beau, héroïque et aventureux, et si défait et impuissant. Ensuite un peintre viendra, et il transformera le sang et la merde en mythe. Et d'autres naïfs croiront non pas à la réalité, mais à sa représentation. Plus sage est le peuple de Rome, qui de tout cela, désormais, parle sans hargne et sans passion, sans gloire ni rancœur. Ce peuple qui a connu la splendeur de la domination absolue, la dissolution de l'Empire, barbares, saccages, rois, ducs et très grandes putes, ce peuple éternellement égal à lui-même a déjà digéré Mazzini et ses désirs intenses, et se prépare à cohabiter, une fois de plus, avec l'immuabilité du pouvoir. Même le Pape, à Rome, est une entité transitoire.

Le consul Von Aschenbach a de doux yeux gris et des joues de *putto** sur lesquelles ont du mal à s'affermir les favoris imposés par la mode impériale. Il lui offre une eau-de-vie forte et une poignée de main molle. C'est une dépêche provenant de Venise qui lui annonce la mort de ses parents.

– Je comprends qu'en ce moment très douloureux pour vous…

Une balle perdue, tirée par les défenseurs de la Sérénissime, a tué le lieutenant-général, qui participait à l'assaut de sa ville. Sa mère, en revanche, a été emportée par le choléra. « Femme de nobles sentiments légitimistes, raconte le document, n'a pas eu la possibilité

* Terme architectural désignant un ange joufflu ou un jeune garçon nu figurant l'Amour.

de rejoindre son conjoint à cause de l'arrogance des rebelles, qui l'avaient séquestrée dans le palais de famille, transformé en siège des complots… »

Une main sur le visage, Lorenzo réprime le fou rire narquois qui le presse du fond de l'âme. Il n'y a plus de place, désormais, dans son cœur, ni pour la douleur de la perte ni pour la mélancolie du souvenir. Une autre pensée s'impose. Elle parle de liberté reconquise, de la vie qui reprend. Le consul l'observe, déconcerté. C'est vrai, il faut feindre, simuler, n'importe qui, à sa place, dans de telles circonstances… Lorenzo se passe une main sur le visage, feignant une moue de contrition.

– Ce n'est pas un déshonneur de pleurer, murmure le consul, et il s'approche, prévenant, avec une légère pression du bras qui ressemble davantage à une caresse qu'à une consolation.

Lorenzo remarque la main douce, parfaitement manucurée, et perçoit une odeur ténue de violette. Un pédéraste, sans aucun doute : *frocio*, mais pas français. Et encore ce fou rire, rusé, outrageant, qui pousse, réclame de se libérer.

– Est-ce qu'il m'est permis, maintenant que… que les choses ont changé aussi tragiquement… m'est-il permis de retourner à Venise ? Pour honorer mes chers défunts, s'empresse-t-il d'ajouter, craignant de s'être découvert outre mesure.

Von Aschenbach soupire. C'est un bel homme, ce jeune renégat, ce traître. Beau d'une beauté divine, tachée par la fureur de l'ange déchu. Il n'a pas pleuré pour sa famille détruite, il pense à la façon de retourner ce malheur à son avantage. C'est Lucifer, le ténébreux, auréolé d'une aura de séduisante cruauté. Von Aschenbach s'imagine entre ses bras, objet d'un plaisir rude, impitoyable, coupable et sans rémission. Nous sommes si semblables, nous deux, voudrait-il lui dire, nous sommes de la même race, mon ami, contraints tous les deux au mensonge et au subterfuge, toi le traître, moi qui rêve d'amours impossibles. Si de cette affinité pouvait naître un lien…

Le consul médite un mouvement extrême, mais au dernier moment se retire. L'Italien ne comprendrait pas, ou peut-être chercherait-il à tirer profit de sa faiblesse. Et ce serait, pour tous les deux, la perdition.

– Je veux sincèrement être votre ami, parce que je comprends votre condition… et je crois qu'à Vienne, parfois, ils sont trop exigeants avec ceux qui ont donné la preuve de leur loyauté. Mais ce que vous me demandez, baron, est impossible. Le bannissement de votre personne n'a pas été révoqué et je crains qu'il n'y ait pas de moyen, pour le moment, de le révoquer. Ce qui signifie que les propriétés de votre famille sont confisquées et annexées au trésor de l'Empire, et que votre… mission… doit se poursuivre.

Et la douleur, la colère de ce merveilleux amant qui ne le sera jamais… Von Aschenbach baisse la tête, incapable de soutenir le regard blessé de Lorenzo. Ses dernières paroles lui arrivent tandis qu'il essaie de dominer le tremblement qui s'est emparé de ses mains.

– Je demande un sauf-conduit pour une personne que j'ai l'intention d'emmener avec moi. J'espère que cela au moins, vous voudrez bien me l'accorder, monsieur le consul.

Novembre

Lord Chatam prend la main de Striga et la porte à sa bouche, y déposant un rapide baiser. Depuis leur dernière rencontre, des journées de solitude et de réflexion se sont succédé. Il est conscient de l'avoir blessée, il veut lui demander pardon, lui dire que sans sa compagnie il se sent vulnérable, dangereusement disponible pour l'abîme. Mais Striga ne lui en laisse pas le temps.

– Venez. Regardez ces merveilles, l'exhorte-t-elle, articulant avec émotion les lettres, aujourd'hui est un grand jour.

Lord Chatam se laisse guider, obéissant, entre des automates en cape de moines, de merveilleuses machines cylindriques, des modèles en bois d'obscurs dispositifs protégés par des étuis de verre. Autour de lui, Ada Lovelace commente pour la meilleure société londonienne l'Exposition de la science possible.

– Voilà le modèle de la Machine pour la lecture, inventée en 1572 par l'ingénieur italien Agostino Ramelli. Un seul lecteur, avec un rapide mouvement du pied, agissant sur un mécanisme relié à un rouleau transporteur, est capable de consulter jusqu'à deux cents livres en même temps.

– C'est magnifique, observe, ravie, une comtesse de York ou de Kent, en agitant son éventail.

– Deux cents livres, frémit le révérend Cole. Quel gaspillage ! L'homme, ma chère, n'a besoin que d'un seul livre : la Bible.

Babbage enlève Striga et la présente à un industriel du fer qui se pique d'avoir appris le langage des sourds-muets. Lord Chatam se tient à l'écart, évitant soigneusement de rendre le regard, plein d'espoir, du révérend, un réactionnaire notoire, hargneux. Lady Ada le prend par le bras et le pousse vers le modèle de la nouvelle créature de Babbage.

– La Deuxième machine différentielle… avec celle-là, nous pensons…

– … résoudre grâce aux nombres les problèmes de l'humanité. Je sais tout, Striga m'en a parlé.

– Et qu'en pensez-vous ?

– Rien, ma chère. L'acte de penser m'oppresse, vous le savez bien.

– Arrête de jouer avec moi, Chatam. Nous savons tous les deux que tu n'es plus le vieux bâtard d'autrefois.

– Cette maudite Striga parle trop, ma chère…

Lady Ada est sur le point de répliquer, quand une pâleur soudaine envahit son visage. Lord Chatam voit sa gorge gonfler, parcourue par un spasme qui semble pomper tout l'air autour d'elle. Ada chancelle, Chatam la soutient.

– Que se passe-t-il, Ada ?

– Rien, un malaise passager. Ça va déjà mieux, merci, mon ami.

– Tu as consulté un spécialiste ?

– Il n'y en a pas besoin. Excuse-moi, Lord Palmerston est arrivé.

Tous entourent l'homme d'État du moment. Lord Chatam en profite pour avaler deux verres d'un robuste porto. Il cherche Striga, il la voit s'élancer, légère, au milieu des dentelles et des doubles mentons, mais rencontre malheureusement le regard obtus d'un gandin.

– Cette mascarade est organisée dans le seul but de recueillir des fonds, mon ami. J'espère que vous n'allez pas tomber dans le panneau.

Le jeune Turrey. Arrière-petit-fils ou arrière-cousin ou diable sait quoi de la reine, vicomte de Tartempion, soi-disant héritier du Beau Brummell, dépourvu de la moindre étincelle de qualité, gras, pâle, débauché, le plus idiot des idiots. D'un regard aqueux il embrasse la compagnie et il émet un obscène bruit de gorge pour signifier son mépris de ce « carnaval humain ».

– En vérité, j'étais en train de penser à financer cette entreprise, réplique Lord Chatam, piqué par le goût de la polémique.

– Ce sont tes affaires… À propos, ton amie, comment est-ce qu'ils l'appellent ? *The Witch?*

– Striga, dit doucement Lord Chatam, tout à coup envahi par un pressentiment.

– Oui, elle… dis-moi, mon ami, c'est vrai qu'elle est aussi bonne qu'on le dit ?

– C'est un génie, Turrey.

– Que veux-tu que ça me fasse ! Un génie en jupette ! Moi, je dis…

C'est un de ces moments pendant lesquels Lord Chatam éprouve un aigu regret de son ancien « lui-même ». Le geste obscène avec lequel cet idiot de Turrey a accompagné son commentaire sur Striga appelle l'ancienne furie homicide. Serrer ses mains robustes autour de la gorge flasque de ce gandin, serrer jusqu'à ce que l'air manque, serrer jusqu'à la mort…

Une voix indignée résonne.

– Et moi je vous dis que votre proposition est un blasphème.

– C'est blasphème que de prétendre se faire l'interprète des desseins divins du haut de sa propre ignorance, révérend.

Sous le regard courroucé de Lord Palmerston, Babbage et le révérend Cole sont à deux doigts du duel. Lady Ada essaie de ramener le calme. Lord Chatam s'approche, après un dernier coup d'œil à Turrey – il n'imaginera jamais à quel point il a frôlé la mort, l'imbécile –, et d'un ton apparemment ennuyé, il demande des éclaircissements.

– Ces machines, cher monsieur, explique le révérend, l'œil torve, embrassant l'exposition d'un geste hiératique, nient l'existence de Dieu.

– Au contraire, s'insurge Babbage, elles la renforcent, parce qu'elles sont la preuve tangible de la puissance de l'intelligence dont Il a voulu doter la race humaine.

– Par race humaine vous voulez dire, intervient, sarcastique, Turrey, même cette demi-débile que vous traînez après vous ? Comment l'appelez-vous… Striga ?

Striga écarquille les yeux d'étonnement, dans son regard étincelle une question simple et terrible : pourquoi ? Pourquoi tant de méchanceté ? Puis, tout à coup, elle se retourne et s'enfuit. Lady Ada la poursuit, l'appelant à grands cris. Babbage se met en colère et le révérend lui-même semble touché par l'excessive vulgarité du jeune homme. Palmerston s'agite et appelle en toute hâte son laquais : qu'il lui apporte immédiatement son manteau, il ne manquerait plus qu'il doive servir de témoin dans un duel entre un noble et un scientifique, si ce n'est fou, pour le moins « original ». Les nobles, qui s'ennuient par statut, se préparent, au contraire, à jouir des développements de la querelle, qu'ils commenteront ensuite au club entre un porridge et une gorgée de whisky.

Turrey hausse les épaules.

– Je ne voulais pas vous manquer de respect, mais c'est un fait que cette jeune fille est considérée par tous comme un *idiot savant** …

Babbage laisse échapper une kyrielle d'insultes. Turrey avance d'un pas, prêt au défi. Lord Chatam s'interpose entre les deux hommes, arborant un sourire aimable.

– Allons, Turrey, cela ne fait honneur ni à votre rang ni à votre élégance de prendre tellement à cœur une question aussi insignifiante. Quant à vous, Babbage, j'ai décidé de financer la construction de la Deuxième machine. Que voulez-vous que je vous dise ? Les défis intellectuels me fascinent… Mais je pose une condition : que vous deux vous serriez la main, et que le révérend Cole soit l'arbitre de votre réconciliation.

Et c'est ce qui se passe, sous les regards amusés de l'assemblée.

La fête reprend. Lord Palmerston enlève son manteau. Babbage lui explique qu'un ingénieur italien, Luigi Menabrea, est en train de procéder à d'intéressantes expérimentations découlant de ses calculs différentiels. La politique semble tout à coup s'intéresser à la science. D'autres nobles, contaminés par l'exemple de Lord Chatam, ou peut-être par pure antipathie envers l'odieux Turrey, promettent de verser des fonds à l'entreprise. La fête reprend. Mais Striga ne revient pas. Lord Chatam l'imagine écrasée contre un mur, les mains autour des genoux, rétrogradée au rôle de victime sacrificielle. C'est une vision qui ouvre un passage à l'intérieur de lui, perce une armature qui semblait inattaquable, rejoint un point indéterminé que Chatam n'imaginait pas posséder. C'est le point où se concentre toute la douleur qu'un être humain peut éprouver pour l'insensibilité de ses propres pairs. Une fureur glaciale le pénètre. Turrey, décide-t-il à ce moment-là, est un chien mort.

Décembre

On dit que Mazzini est en Allemagne
on dit qu'il est revenu en Angleterre
certains le voient à Genève et d'autres en Espagne
certains le veulent sur l'autel et d'autres sous terre
dites-moi un peu, abrutis en grande cape
combien y a-t-il de Mazzini sur terre ?
Si vous voulez savoir où est Mazzini
demandez-le aux Alpes et aux Apennins
Mazzini est dans tous les lieux où l'on tremble
que l'heure suprême sonne pour le traître
Mazzini est dans tous les lieux où on espère
verser le sang pour l'Italie entière...

Ils s'amusent, les patriotes, ces farceurs, dans le dos des polices du monde entier. Mazzini par ici... Mazzini par là... la terre qui tremble... Mazzini est à Lugano. Secret de polichinelle, connu des mêmes polices qui, officiellement, s'épuisent dans la chasse au conspirateur. Mazzini est à Lugano, il fait son métier : ramasser des fonds pour l'acquisition des armes, affilier des désespérés, tramer, conspirer. Le problème n'est pas Mazzini, le problème ce sont les polices. Et, naturellement, les gouvernements qui les manœuvrent. La situation a été clairement exposée à Paolo Vittorelli de la Morgière par le nouveau Premier ministre piémontais, le marquis Massimo Taparelli D'Azeglio.

– Voilà votre brevet. Félicitations, capitaine. J'ai en supplément pour vous une délicate mission.

D'Azeglio : aristocrate zézayant, peintre, écrivain, inépuisable tombeur de femmes et, à sa manière, partisan de l'unité italienne. Bien entendu, sous les enseignes savoyardes. D'Azeglio est un homme dont l'intelligence politique est particulièrement fine, et il est surtout beaucoup moins antipathique et hargneux que le jeune comte de Cavour, qui ambitionnait la même haute charge gouvernementale. Heureusement pour le Piémont, le jeune roi Victor Emmanuel, successeur de Charles Albert, a finalement choisi D'Azeglio. Qui éprouve pour Mazzini une haine pathologique. Tandis qu'il se chauffe les mains avec le fourneau rougi de sa pipe, le nouveau capitaine Vittorelli de la Morgière repense à sa rencontre avec D'Azeglio. Et à sa mission.

– Une mission… délicate… Excellence ?

– Mazzini.

– J'ai été à deux doigts d'obtenir la liste de ses espions, Excellence. J'essaierai à nouveau, si vous m'en donnez les moyens.

– Les espions sont un problème secondaire. Moi, je dis Mazzini et je veux dire que je veux Mazzini. Par n'importe quel moyen.

– Par n'importe quel moyen, monsieur ?

– Vous avez bien compris, capitaine. Par n'importe quel moyen. Prenez Mazzini et apportez-le-moi ici enchaîné. Nous lui ferons un rapide procès et nous le pendrons. Même s'il est déjà condamné à mort. Un certain respect formel des procédures servira à faire taire les belles âmes.

Oui, D'Azeglio a les idées claires. Mazzini est juste un pion dans le grand jeu diplomatique conduit par les Anglais et les Français. Les premiers le protègent en raison de leur sentiment antifrançais. Ils savent que ses pathétiques tentatives insurrectionnelles ne produiront jamais aucun effet concret, mais en attendant ils l'utilisent comme épine dans le dos des détestés rivaux d'outre-Manche. Même les Suisses refusent de le livrer, invoquant la traditionnelle neutralité helvétique, ils s'accrochent à des prétextes formels, tout ce qui, s'il réussissait à l'obtenir en agissant par la voie diplomatique, serait un énième ordre d'expulsion, avec pour conséquence une nouvelle fuite à Londres. Quant aux Autrichiens, ils sont esclaves de règlements obsolètes et d'une mentalité extrêmement légaliste.

– Donc, nous, on lui fera un bel enterrement et puis on passera aux choses sérieuses !

Ce qui revient à dire : on se prendra l'Italie.

Par n'importe quel moyen, donc. C'est une soirée glaciale de fin décembre. La route de terre qui, tout autour du lac de Lugano, grimpe en serpentant vers Gandria, est surveillée par une petite équipe de valeureux collaborateurs personnellement recrutés par Vittorelli. Ils ont des armes et des lanternes sourdes pour signaler les mouvements de la proie. Malandrins, gens de couteau et de pistolet, habitués à se déplacer dans la zone grise, entre respect de l'ordre et affaires personnelles. Des gens avec qui il serait déplacé de s'attarder dans des conversations légères, mais indispensables quand il faut résoudre des problèmes avec une certaine détermination. Déjà dans d'autres occasions ils s'étaient révélés utiles et discrets. Vittorelli est prêt à jurer de leur fidélité. Au moins tant que les lires et les livres tournois ne manquent pas. Dans ce cas, grâce à la générosité de Son Excellence D'Azeglio, elles abondent. Le plan est simple et ne présente aucun risque. Mazzini a l'habitude de faire une promenade au lever du soleil, discrètement escorté par trois ou quatre accompagnateurs armés. Une attaque à visage découvert est impossible car elle comporterait un affrontement et des blessés, et l'inéluctable intervention de la gendarmerie tessinoise, qui, par contre, doit être maintenue dans l'ignorance de tout cela. Bien plutôt, il s'agira d'opérer un « prélèvement » avec « restitution » du conspirateur à la mère patrie : Mazzini sera pris, attaché, bâillonné, chargé dans une voiture et ramené en Italie avec la plus grande célérité. Pour cela, il faut le séparer de ses anges gardiens. Dans ce but, on a contacté un informateur sur place. Celui-ci, contre la promesse d'une généreuse souscription pour l'acquisition de carabines en vue de la prochaine insurrection, a organisé un rendez-vous secret en réclamant la présence du Maestro seul. Le rendez-vous est imminent. Le faisan est sur le point de tomber entre les griffes du renard. Un triple sifflet retentit dans la nuit brumeuse.

Guercio, d'en bas, signale que Portaluppi, placé à mi-chemin, a vu passer Mazzini. Vittorelli est le troisième homme. Cent mètres plus haut, à côté du carrosse, attendent impatiemment Calandra et Picolít. Vittorelli vide sa pipe et la repose dans une poche du grand manteau sombre qu'il a projeté d'enrouler autour du mince corps du révolutionnaire, il arme un pistolet qu'il espère ne pas avoir à utiliser et se prépare à l'action. Un nouveau triple sifflement, maintenant plus proche, retentit. Vittorelli goûte à l'avance la victoire, les félicitations, peut-être une nouvelle promotion, et une généreuse prébende en argent que d'affectueuses mains féminines s'empresseront de dilapider entre les cafés et les théâtres de Turin.

Une silhouette sort du brouillard. Vittorelli brandit l'arme et avance, certain d'être couvert par ses complices. Le personnage qui vient vers lui s'appuie sur une canne, comme Mazzini, et porte un manteau avec une cape qui lui couvre la tête. Vittorelli pousse un profond soupir et vise l'objectif, avec l'orgueil de celui qui est en train d'écrire l'Histoire.

– Monsieur Mazzini Giuseppe ? Au nom de Sa Majesté le Roi de Sardaigne, je vous arrête.

Le bâton, que la figure emmitouflée empoigne, vise, d'un coup, la gorge du capitaine turinois. Une lame très affilée jaillit du manche de la canne et appuie contre sa jugulaire. Un rire narquois, et la silhouette soulève la capuche. Ce n'est pas Mazzini. C'est un jeune homme blond aux yeux bleus, des yeux que Vittorelli a déjà vus, un an plus tôt, à Milan, quand Mazzini était un allié et lui…

– Jetez le pistolet ou je vous transperce de part en part.

– Vous êtes…

– Jetez le pistolet. Je ne vais pas encore me répéter.

Vittorelli laisse tomber l'arme. Le jeune homme – Lorenzo, il s'appelle, se souvient Vittorelli à ce moment-là, Lorenzo baron de quelque chose, qu'il soit maudit – se baisse, soupèse l'arme, l'empoche. C'est le jumeau de son fidèle pistolet : minuscule, mortel. Une arme d'espion.

– Si vous êtes en train de tramer quelque chose, le met-il en garde, en revenant piquer le Piémontais avec le stylet, regardez autour de vous.

De l'obscurité du bosquet qui longe la route surgissent Portaluppi et Calandra. Ils sont attachés, Calandra boite, perd du sang d'une cuisse, se plaint doucement. Quatre hommes vêtus de noir le poussent et le gardent dans leur ligne de mire avec leurs longs pistolets.

– Comment avez-vous fait pour…

– Vous avez sous-évalué Mazzini… dit le jeune homme blond en riant. Maintenant, retournez à votre voiture et à votre Piémont… Ah, et présentez au marquis D'Azeglio les salutations des patriotes italiens.

Un mouvement vif et imperceptible, une brûlure, une caresse maligne, sur la joue de Vittorelli s'ouvre une déchirure. Le capitaine gémit, vacille, porte une main à son visage, la retire barbouillée de sang. Un piétinement, et les agresseurs ont disparu.

Calandra s'effondre au sol, donnant des coups de pied et hurlant de douleur. Du fond de la route parvient un bruit de chevaux. C'est une escouade de la gendarmerie. Un officiel ordonne de s'arrêter. Trop tard pour fuir. Vittorelli lève les mains. Les gendarmes contrôlent les lettres de créance, les accompagnent à leur voiture, chargent le blessé et, sans faire de manières, les escortent jusqu'à la frontière. Picolít a disparu. Le doute s'insinue dans l'esprit de Vittorelli. D'Azeglio refuse de le recevoir, au bout de deux jours il est transféré dans le bureau de compagnie d'une caserne d'Orbassano. Il fait des recherches, actionne des leviers, graisse des pattes, et une semaine plus tard la certitude : Picolít est un patriote à la solde de Mazzini. Le plan a été suivi point par point tandis qu'il s'élaborait. Ils se sont fait prendre comme des pigeons. Mais par la faute d'un seul homme. D'Azeglio est un couillon prétentieux. Dans l'exil torride de l'avant-poste, entouré par les manœuvres des conscrits hébétés, Vittorelli caresse son estafilade et médite un retour éclatant, une vengeance sensationnelle. Seul l'espionnage peut sauver l'État.

V

1850

Février

Jamais été aussi belle et lumineuse, ma Striga, pensait Lord Chatam, en aspirant une prise de tabac. Il recevait en maître de maison accompli les invités qui rejoignaient par petits groupes le froid salon du numéro 5 de Greville Street. La foule hétérogène de messieurs londoniens et de révolutionnaires cosmopolites affluait dans l'école italienne pour les noces de Lady Violet Cosgrave et de M. Mario Tozzi. Des langues multiples, du polonais à l'allemand, du gaélique au français, se croisaient. On commentait avec de grands rires le récent guet-apens auquel Mazzini avait échappé à Lugano. Les jeunes Italiens proposaient des plateaux débordant de tartines, de verres de cidre et de vin bon marché. Quand il avait su que Cosgrave père avait décidé de ne pas participer, désapprouvant le choix de l'époux, Lord Chatam s'était offert pour payer de sa propre poche une cérémonie d'un niveau bien plus élevé. Striga l'en avait dissuadé.

– Lady Violet ne veut pas. Elle dit qu'elle est chez elle ici, au milieu des Italiens.

– Moi aussi, j'aime les Italiens. Oh mon Dieu, pas tous… mais ce n'est pas une raison pour jouer aux pauvres quand on ne l'est pas. Il ne me semble pas que Lady Violet ait été déshéritée.

– C'est elle qui a décidé de ne pas demander l'aide de son père. Elle et, naturellement, Mario.

Lord Chatam n'aimait guère Mario. Il affectait la simplicité et jouissait d'une réputation de révolutionnaire courageux. Et pourtant, si quelque chose des pouvoirs de Striga lui avait été transmis – et Lord Chatam n'en doutait pas, désormais –, s'il était vraiment en mesure de « lire dans les hommes », on ne pouvait que se méfier de ce petit monsieur. Certes, il était élégant, dans son costume cerise, inspiré par certaines intuitions passées du Beau Brummell et pourtant, à bien y regarder, sobre et viril. Nouvelle mode italienne, c'est ainsi que l'avait défini Mario lui-même, auteur du modèle et tailleur indépendant. Même la robe de la mariée, d'une couleur crème qui dédaignait le blanc de la tradition (et que les circonstances justifiaient), même celle-ci avait été conçue et réalisée par Mario Tozzi. Le ruban rose qui parcourait le buste était une trouvaille plutôt originale.

– Parce que vous, les Anglais, vous vous vantez d'être les plus élégants du monde, mais laissez-moi vous dire, Lord Chatam, que vous vous habillez d'une manière horrible !

– Vous auriez peut-être quelques idées pour remédier à ce manque de goût ? s'était informé le lord avec une pointe d'ironie.

– Je ne me limite pas aux idées, Lord Chatam. Je me suis lassé des idées sans corps. J'ai en tête un projet…

Lord Chatam s'était abstenu de poser d'autres questions. Mais, tandis qu'il observait l'entrée du couple, joyeusement salué par les invités, il ne pouvait s'empêcher de se demander si le projet était la cause de la mauvaise humeur qui transparaissait clairement sur le visage pâle, aux traits tirés, de la mariée, d'ordinaire beaucoup plus délicate et douce, et à travers les mouvements saccadés, presque hystériques, du marié. Ces deux-là se sont disputés. Belle manière de commencer. J'ai toujours pensé que le mariage était une institution délétère, se dit Lord Chatam en saisissant au vol un verre de vin épais au goût douçâtre, c'est pourquoi je m'en suis toujours tenu à l'écart. De tout mon passé, c'est une des rares décisions que je ne regrette pas. Mais que voulait dire le jeune Romain avec cette déclaration, « je me suis lassé des idées sans corps » ? Simple, conclut le lord, il en a plein le dos de la révolution et il veut devenir riche. De fait, il a mis la main sur l'une des plus solides fortunes d'Angleterre. Puis ses yeux rencontrèrent le regard brûlant et passionné de Striga, et Lord Chatam ressentit un peu de honte. Pourquoi ne savait-il pas lire le monde avec le regard pur de Striga ? Ces deux-là étaient jeunes, beaux et amoureux. Mais il n'arrivait pas à jouir de la fête. Après tout, il était sur le point de commander un assassinat.

Striga traversait la grande salle d'un pas vaguement titubant. Comme si elle était impatiente de rejoindre quelqu'un, mais craignait le moment de la rencontre. Lord Chatam remarqua deux jeunes gens au fond de la pièce. Un Américain typique, même en cette occasion il n'avait pas renoncé à l'affreux chapeau de la Frontière et au gilet à carreaux (après on dit que c'est nous, les Anglais, qui manquons de goût), et un garçon à l'air sombre, au teint foncé, aux cheveux bouclés, pas très grand, serré dans une veste usée. Striga le fixait. Lui soutenait son regard. Il avait les mêmes yeux que Striga. Lord Chatam eut un coup au cœur. Une pensée lui envahit l'esprit. S'il était un père, son père… Il posa le verre et s'approcha du garçon, précédant Striga.

Mario, pendant ce temps, s'était présenté sur le seuil pour accueillir Lady Ada Lovelace. Depuis quelques semaines, elle marchait en s'appuyant sur une canne. Elle était toujours plus mince et diaphane, presque desséchée.

– Babbage vous demande de l'excuser, il est à une conférence de la société darwinienne, à Manchester. Comment va la mariée ? Ne la bousculez pas trop, je vous en prie, dans son état…

Ainsi, pensa Mario en accompagnant Ada vers Violet, tout Londres sait que nous avons dû nous marier en toute hâte parce que Violet attend un enfant. Ben, qu'ils déparlent donc. Qu'ils critiquent notre cérémonie improvisée, l'avarice et le sang mauvais de Cosgrave père, et même qu'ils brodent dessus, qu'ils s'imaginent donc que c'est la pensée de son père qui attriste mon épouse.

Mario abandonna Ada à Jane Corrigan, qui la broya quasiment dans une puissante embrassade, se libéra en hâte du journaliste américain Griffin McCoy, qui voulait raconter l'héroïque résistance romaine, dont il avait été le témoin direct, et sortit à l'air libre. Il n'était guère convenable que le marié abandonne la fête, mais une pause le rafraîchirait. La nuit était froide et étoilée. Mario alluma un mince cigare et aspira avec volupté. Quelques minutes à peine avant de recevoir le pasteur pour le « oui » dans une très stricte intimité, elle avait été sur le point d'envoyer tout promener.

– Tu es en train de commettre une folie, Violet. Au fond, ton père demande…

– Mon père demande un acte de soumission. Et, de moi, il ne l'obtiendra jamais !

– Toi, tu l'aimes bien et lui, il t'adore. Pourquoi cette rupture ?

– Toi aussi, tu as rompu avec ton père, il me semble.

– Ce n'est pas la même histoire. Il m'a maudit et déshérité. Toi, au contraire…

– Moi, je devrais m'enfermer à Cosgrave Manor, renoncer à l'école, à la cause, et faire la maman à plein temps ? Voir mon mari à heures fixes, vivre sous un toit différent en attendant que Sa Grâce se décide à digérer l'idée que j'ai épousé un révolutionnaire italien et non pas le Lord Tartempion auquel j'étais destinée ?

– De son point de vue…

– Son point de vue est celui d'un réactionnaire qui ne veut pas, comme vous dites vous autres italiens, perdre la face. Perdre la face devant ses amis gâteux du club. Alors, il m'envoie en pénitence, il laisse passer le temps, et puis au bout d'une petite année il me représente en société et tout le monde a oublié.

– C'est un sacrifice insignifiant…

– Mais quel genre d'homme es-tu, Mario ? Tu ne comprends pas que c'est surtout pour toi que je lui dis non ?

Le pasteur, un vieil ami de la famille, était arrivé au bon moment. La discussion s'était éteinte. Statu quo : Lord Cosgrave avait coupé les vivres. Mario n'avait pas de travail et, avec sa condition de réfugié, l'espoir d'en trouver un convenable était vraiment maigre. Bien sûr, Lady Violet avait encore la rente viagère, intouchable. Cela suffisait, tant bien que mal, pour louer une maisonnette présentable de trois pièces à Haymarket, payer le trousseau et avec un nouvel être qui devait arriver… Malédiction, pourquoi était-elle si têtue ? Violet lui avait proposé un emploi de précepteur auprès d'une petite famille de fabricants de bière irlandaise, amis de Janet Corrigan. Mais qu'est-ce qu'il y connaissait, lui, aux marmots, aux mathématiques et aux belles lettres ? Son vrai travail était tout autre. Imaginer des modèles, projeter de nouveaux styles, couper, coudre, organiser. Sur ce terrain, il ne craignait personne. S'il pouvait seulement mettre un pied dans la mode ! Les Anglais s'habillaient mal. Un homme de talent saurait les conquérir. N'avaient-ils pas été conquis déjà par les poètes, les peintres, les artisans italiens ? Pourquoi devait-il être accueilli pour ce qu'il n'était plus – un révolutionnaire – et non pour ce qu'il était vraiment : un artiste du style ? Il y avait un modeste atelier à Savile Row, qui jouxtait celui de Henry Poole, le célèbre tailleur. Il s'agissait de mettre la main dessus et de commencer. Lord Chatam avait observé les modèles qu'il avait réalisés pour le mariage. Il avait lu l'admiration dans son regard. Commencer. Mais comment ? L'argent de Lord Cosgrave aurait été très utile. Mais son « beau-père » ne voulait rien entendre. Trois cent cinquante livres sterling. Trois cent cinquante maudites livres sterling. Les demander à Lord Chatam ? Il le connaissait peu. C'était un drôle de pistolet. Se servir de Striga comme intermédiaire ? Ça pouvait être une idée. Mais Striga était bizarre. Imprévisible. Et dire que, lui, ces trois cent cinquante livres sterling, il les possédait déjà. Ou plutôt, il possédait le titre de cinq cents paoli qu'il avait, pour appeler les choses par leur nom, volés à la République romaine. Ceux qu'il avait pris au juif du ghetto. Cinq cents paoli, échangés dans une banque, faisaient exactement trois cent cinquante livres sterling. Dommage qu'un condamné à mort ne puisse pas les échanger. Dommage que le seul banquier italien actif dans la City, M. Alessandro Bixio, fût le frère du bras droit de Garibaldi. Si Bixio avait eu ce titre entre les mains, il aurait immédiatement enquêté sur sa provenance. Et Mario ne pouvait pas se justifier. Il aurait été déclaré traître. Pire qu'un chien.

– Je vous demande pardon, monsieur, est-ce bien là l'école italienne de M. Mazzini ?

Un jeune homme grand, élégant, aux favoris parfaitement dessinés. L'accent anglais était parfait, mais trahissait ses origines.

– Oui, répondit Mario en italien, c'est là.

– Il y a un mariage, à ce qu'on m'a dit.

– Je suis le marié.

– Ah… Vous permettez que je me présente ? Je suis Michele Liberato di Villagrazia.

– Sicilien ?

– Italien.

En voilà un autre, pensa Mario avec une pointe d'amertume, un autre naïf. Il doit être arrivé depuis peu. Il a dû être invité par Violet, ou Jane, ou quelqu'un d'autre de l'infinie famille des fidèles du Maestro.

– Venez, je vous montre le chemin, dit-il dans un soupir, en serrant la main que l'autre lui tendait.

Lord Chatam étudiait le garçon qui avait attiré Striga. Il disait s'appeler Terra di Nessuno. *No man's land* : ça sonnait bien, en anglais. Il s'exprimait dans un italien nerveux et musical, riche de sonorités âpres. Il articulait de temps en temps quelques vocables anglais, en s'excusant de sa faible connaissance de la langue. Striga, passionnée comme Lord Chatam ne se rappelait pas l'avoir jamais vue, bougea frénétiquement les mains. Je t'apprendrai, moi, traduisit Lord Chatam, dans son italien défectueux.

– Je l'avais comprise, l'arrêta le jeune homme. Et tourné vers elle, dans le langage muet, il ajouta : j'ai appris à parler avec les mains en prison, pour ne pas me faire surprendre par les gardiens…

Il raconta la fuite de Garibaldi. Lord Chatam ferma à demi les yeux et s'abandonna aux sons, laissant tomber les mots. Il y avait un rythme, dans la voix du garçon, qui séduisait et inquiétait. Un groupe de révolutionnaires l'avait entouré et tous écoutaient le récit, en imaginant de manière presque tangible des images en mouvement, comme devant une lanterne magique. Ils s'étaient traînés dans la vallée de Comacchio, tandis que le guerrier pleurait son Anita bien-aimée ; on allait avec le groupe de valeureux qui réquisitionnaient une barque et filaient comme le vent sur les eaux traîtresses de la Méditerranée, en passant, sombres et accablés de douleur, entre les frégates napolitaines et les vedettes françaises.

Lord Chatam rouvrit brusquement les yeux. Le garçon semblait parler à tous, mais ses yeux étaient fixés dans ceux de Striga. Lord Chatam sentit le courant, serra les poings, s'éclaircit la voix, s'excusa auprès des présents, agrippa Striga par le bras et s'éloigna avec elle, sans se soucier de la surprise générale.

– Puisses-tu être heureuse, ma fille, dit-il en l'embrassant.

Et, enfin, il abandonna la fête. Il avait une mission à accomplir.

Lord Chatam rejoignit en carrosse le National Standard Theatre. Perry le Rat, Frank le Jabot et Mickey Tête de Mort montaient la garde devant une entrée secondaire.

– Tout se déroule comme prévu. Notre homme est à l'intérieur, *my lord*, dit le Rat.

– Mais ce putain d'opéra, il finit jamais ! ricana Mickey Tête de Mort.

– Rien ne presse, coupa Lord Chatam, glacial. Vous savez ce que j'attends de vous.

Il entra dans le théâtre et se fit conduire à sa loge.

À ce moment précis, Sims Reeves, le grand ténor anglais, le seul qui pût rivaliser avec les voix acclamées du mélodrame italien, attaquait *Come rugiada al cespite**. La foule qui se serrait sur les gradins du théâtre retint son souffle. La voix de Reeves s'éleva, douce et puissante à la fois. Sur les visages cireux des nobles dames les larmes commencèrent à rouler, dans la jeunesse londonienne les frissons se multiplièrent, d'alertes matrones, utilisant leurs éventails comme des stylets, arrachèrent à leurs songes goûteux leurs consorts emperruqués. Lord Chatam dévisagea Turrey. Il bâillait. Il voulait posséder Striga. Il aurait sa juste récompense.

* Air célèbre d'*Ernani*, de Verdi.

Un tonnerre d'applaudissements salua la dernière note de la romance. Des femmes exaltées aux décolletés généreux lançaient des roses au ténor qui, fièrement planté au centre de la scène, accueillait les hommages avec un léger ricanement ironique.

Turrey abandonna le théâtre.

– Lord Turrey ? *My lord* ?

À la place de son cocher, Turrey se vit accueilli par un type à l'air équivoque, une espèce de rat malodorant aux dents gâtées et aux cheveux filasse collants de crasse. Que lui voulait donc pareil avorton ?

Sa première impulsion fut de se réfugier dans le théâtre. L'autre sembla deviner son inquiétude, il écarta les bras pour monter qu'il était désarmé et dégaina un sourire tordu qui se voulait rassurant.

– Je vous demande pardon, monsieur, dit-il avec un accent qui dénotait une singulière maîtrise des niveaux supérieurs de la langue, je suis porteur d'un message de la part de la petite Rosie Wexingham.

– Il s'est passé quelque chose ?

– Oh, non, monsieur. Ou plutôt, si... Il y a une personne qui vous attend dans votre carrosse.

– Mon... carrosse ? Et elle ne pouvait pas venir ici ?

Le Rat lui fit un clin d'œil.

– Elle ne voulait pas être vue... C'est une question délicate... Ça ne vous dit rien, ce nom : Striga ?

Turrey eut une bouffée de chaleur.

– Tu veux dire que...

– Vite, *my lord*. Il n'a pas été facile de la convaincre. Elle pourrait encore changer d'idée.

– Mais toi, qui es-tu, mon ami ? Nous ne nous connaissons pas.

Le Rat s'inclina vers Turrey et lui murmura à l'oreille le surnom qu'on utilisait pour un de ses plus proches sous-fifres, Joe Penn, dit Faina Joe.

– Le vieux Joe et moi, on est cousins, *my lord*. Il est avec la fille, il la tient à l'œil.

– Alors, allons-y ! décida Turrey.

Tandis qu'il suivait le Rat dans North Shoreditch, Turrey pensait à sa bonne fortune. Finalement, donc, son message avait atteint son but. Finalement, donc, Striga était comme toutes les autres : une putain. Peut-être bien qu'elle aimait la douleur (après tout, elle était passée entre les mains de Chatam), ou peut-être préférait-elle une approche plus délicate. Dans tous les cas, ce n'était qu'une question de minutes.

Bercé par ces douces pensées, il avait à peine franchi l'entrée d'une venelle obscure et puante qu'il se retrouvait face à face avec Faina Joe. Deux hommes masqués avec des foulards de laine le tenaient par les bras. Faina Joe avait l'œil éteint et le front à moitié éclaté.

– Qu'est-ce que ça veut dire ? gémit Turrey.

Le soi-disant cousin écarta les bras et adressa un signe à ses deux complices.

– Qu'il ne faut jamais se fier à ses parents, *my lord*.

Les deux autres laissèrent tomber le corps de Faina Joe. Un ruisselet de sang alla se mêler aux purins de la ruelle crasseuse. Turrey fixait, fasciné, les eaux aspirées par une grille quand le premier coup de poignard le prit dans le dos.

Cette nuit-là, Lord Chatam but du whisky et fuma de l'opium jusqu'à l'aube, sans qu'une tenace, une rétive lucidité ne l'abandonne un seul instant.

Ce qu'il ne pouvait savoir, c'était que, durant ces mêmes heures, à l'hôpital de Saint-James, le chirurgien personnel de la reine luttait pour arracher à la mort le corps martyrisé de Turrey. Ses hommes avaient manqué leur coup. C'était le cocher, apprendrait-on par la suite, qui l'avait retrouvé privé de connaissance et couvert de sang dans une ruelle à quelques pas du

National Standard Theatre. L'homme, auquel un type à face de rat avait apporté un faux message de son maître, avait été pris de soupçon quand Turrey ne s'était pas présenté au rendez-vous à la « célèbre maison » de Miss Wexingham. La reine en personne priait pour le salut de son « ami adoré ».

Quant à Mario et Lady Violet, ils firent la paix devant un gâteau à trois étages que Carlyle avait imposé « sinon aux époux, trop imprégnés de morale révolutionnaire pour se laisser aller à de tels chichis, au moins à ma propre et gourmande personne ». Et tandis que les rois de la fête, submergés d'applaudissements et de cris de joie, dissipaient enfin toute tension dans un long baiser passionné, Terra di Nessuno et Striga, dans un débarras glacial encombré de livres, s'abandonnaient à la connaissance réciproque et joyeuse de leurs jeunes corps.

Juin

Mazzini était assis sur un banc dans le jardin lumineux d'une amie de Kensington qui s'était offerte pour l'héberger quelques jours. L'été régnait sur Londres ; la ville était étrangement douce et ventilée. Terra di Nessuno restait respectueusement debout.

– Tu voulais me parler. Je t'écoute, l'invita Mazzini de sa voix profonde, éraillée par le tabac, en s'allumant un cigare.

Terra di Nessuno prit sa respiration.

Si cet entretien avait eu lieu ne fût-ce que la veille, les choses seraient allées bien différemment. La veille, Terra di Nessuno n'avait que des certitudes. Il se serait présenté au Maestro et lui aurait dit : Lorenzo di Vallelaura est un espion. J'en suis sûr. Je le sens. C'est pour ça que je n'ai pas voulu le rencontrer quand il est revenu à Londres. C'est vrai, les preuves me manquent, mais réfléchissez, réfléchissons ensemble. Quand je l'ai rencontré, il venait juste de tuer un homme. Pour me sauver la vie, d'après lui. Moi je crois qu'il l'a fait pour se sauver lui-même et son sale double jeu. À Ancône, il a mystérieusement réapparu alors que tout le monde le croyait mort. Et il nous a convaincus avec une histoire invraisemblable. À Rome, je l'ai vu chercher la mort mais je l'ai vu aussi quand il cherchait à tuer Mario Tozzi. Et s'il l'avait fait, ça aurait été seulement par jalousie ! Il a été englouti par la répression pour resurgir ensuite sain et sauf, comme par miracle. L'argent ne lui manque jamais, et ne venez pas me dire qu'il jouit encore d'amitiés et de protections à Venise, parce qu'il est orphelin, il est banni… Un traître, oui, c'est un traître. Mais ensuite Striga lui avait raconté Lugano, le guet-apens, et comment le « soldat blond » avait trompé l'agent piémontais, sauvant la vie de Mazzini. Et alors, ses certitudes s'étaient effritées. Et maintenant il ne savait plus quoi dire au Maestro, qui l'exhortait, patiemment, à se dévoiler.

– Allons, courage…

– On dit que, il y a des années, vous avez fait exécuter deux traîtres…

Mazzini soupira.

– Une calomnie inventée de toutes pièces par la police française et par le gouvernement de cette nation.

– Donc, vous ne punissez pas les traîtres.

– C'est l'Histoire qui s'occupera d'eux. Le poignard est réservé au tyran.

– Donc, si vous aussi saviez avec certitude qu'il y a un traître parmi nous…

– Un seul ? dit Mazzini en lâchant dans un rire une bouffée de fumée.

Terra di Nessuno se tut, surpris. Mazzini hocha la tête, redevenant subitement grave.

– La trahison est une vilénie, mais si vous pouviez imaginer, mon ami, combien elle peut se révéler utile en certaines occasions…

– Un traître, donc, peut aussi être un allié ?

Mazzini le fixa au fond des yeux.

– Tu as un nom, mon fils ?

– C'est… ce n'est qu'un soupçon. Et peut-être même pas. Je ne suis pas en mesure d'accuser quiconque. Pardonnez-moi. Je vous ai fait perdre du temps.

Mazzini resta assis, le regard perdu dans le vide, la respiration sifflante et pourtant vibrante d'énergie.

– Certains pratiquent le mal et, sans le savoir, soutiennent, par leurs actions, les desseins du bien et du juste. Et certains autres, qui suivent la juste voie, peuvent involontairement provoquer les pires maux. Ne te torture pas avec de vains doutes. Ce n'est qu'à la fin de la journée qu'il est possible de faire le compte des pertes et des profits.

– Que voulez-vous dire, Maestro ?

Mazzini ne répondit pas. L'entretien était terminé. Le sourire vague qui était apparu sur ses lèvres minces, l'éclair de férocité qui avait brillé dans ses yeux continuèrent à le poursuivre. Tandis qu'il enseignait les rudiments de l'art militaire aux gamins de l'école italienne, en essayant de découvrir parmi ces visages concentrés le patriote de demain ; tandis qu'il aidait Babbage à construire une machine merveilleuse à laquelle il ne comprenait goutte, malgré les efforts de Striga pour l'introduire dans le royaume des nombres ; tandis qu'il se crevait les yeux en essayant d'apprendre la langue de Shakespeare sur de vieux dictionnaires... qu'est-ce qu'il avait voulu dire, Mazzini ? Qu'il savait, et laissait courir parce que cela soutenait ses desseins ? Mais qui était vraiment Mazzini ? Il lui semblait que de nombreuses âmes se disputaient la conscience et les actions de celui que la moitié du monde dépeignait comme l'apôtre de la liberté, et l'autre moitié comme un assassin assoiffé de sang. Il éprouva l'envie de tout raconter à Striga. Que vois-tu en lui, voulait-il lui demander, toi qui vois au-delà de nos corps, toi qui creuses dans l'âme ? Qui est Lorenzo ? Mais ensuite, comme toujours depuis qu'ils s'étaient unis, il se perdit dans la langueur de son regard, et ses pensées prirent une autre direction. Il rêvait, les yeux ouverts, des champs et des collines de son enfance, il sentait l'odeur piquante et bénéfique des bêtes, il revoyait le visage noble de son père…

Striga le ramena au présent d'une rapide pression de ses doigts magiques.

– Tu es en train de penser au soldat blond, lui communiqua-t-elle dans son langage.

– Plus maintenant, ma chérie.

– Il m'a sauvé la vie…

Alors elle lui raconta tout ce que durant les mois de leur passion naissante elle lui avait tu, éludant les questions, renvoyant les explications « au bon moment, au moment de la connaissance ». Terra pensait donc avoir à faire à un vil renégat, et il découvrait que, sans lui, il n'aurait jamais rencontré Striga. Il comprit qu'il avait encore beaucoup à apprendre : de Striga, de Mazzini, de Lorenzo lui-même, du monde, en somme. Et il comprit que ce qui l'attendait, à l'avenir, c'était une interminable théorie d'ombres çà et là percées de sporadiques lueurs. S'il savait les dominer, ces ombres, ou s'il apprenait au moins à vivre avec elles, il deviendrait un homme meilleur. Mais serait-il à la hauteur de la tâche ?

Le lendemain, de bon matin, Terra di Nessuno frappa à la porte d'une maison au cœur du vieux quartier juif d'Eruv, où on lui avait dit qu'il pourrait trouver Lorenzo. Une très belle jeune femme bouclée vint lui ouvrir.

– Je me souviens de vous, s'exclama-t-il, reconnaissant Esther, la fille du juif de Rome.

Esther l'accueillit avec un sourire chaleureux et lui offrit du thé. Elle expliqua que venir vivre dans le quartier juif avait été son choix. En quelques mots, elle raconta les circonstances de l'aventureux sauvetage de Lorenzo. Lequel, ajouta-t-elle, allait rentrer d'ici peu.

Terra di Nessuno fuyait le regard limpide d'Esther, en souvenir du désir qu'elle avait déchaîné en lui, lors de leur fugace rencontre romaine. Maintenant que son cœur était voué pour toujours à Striga, il avait honte de cet élan passager. Il aurait voulu se confier à elle, mais s'en sentait incapable.

– Il est chez le Maestro. Il va rentrer sous peu.

– Je l'attends dehors, dit Terra. Je ne veux pas déranger.

L'attente dura une heure. Quand il vit surgir Lorenzo derrière un couple de vieux Israélites, elle en grosse jupe noire gonflée, lui avec la kippa et une abondante barbe blanche, il alla à sa rencontre et lui tendit la main.

– Striga m'a tout raconté de ce que tu as fait pour elle, lui dit-il gravement en le fixant dans les yeux. Qui que tu sois, tu es mon frère.

Et avant que l'autre eût pu prononcer un seul mot, il s'éloigna à grandes enjambées. Lorenzo resta planté là à le fixer, le cœur serré dans une morsure de glace.

– Parce qu'un homme, si c'est vraiment un homme, quand le vié commande, il doit se soulager. Sinon, le sang tourne à l'aigre !

Le baronnet Michele Liberato s'arrangea le pantalon, jeta une poignée de piécettes aux deux prostituées et rejoignit Mario qui attendait derrière un grossier paravent.

– C'est ton tour, mon ami. Ah, j'ai déjà réglé ta part.

– Mais il ne fallait pas ! L'argent…

– Ça veut dire que tu m'offriras le déjeuner ! Allez, monte, mon gars, je t'attends ici, dehors.

Mario contourna le paravent qui assurait un minimum d'intimité à la clientèle populaire du misérable bouge d'Hackney. Les deux « dames » l'accueillirent avec l'habituel répertoire de minauderies : mère et fille, elles ne portaient qu'une jupe, d'une étoffe vaporeuse qui avait connu des jours meilleurs, et leur fard épais bavait. Moi aussi, j'ai connu des jours meilleurs, se dit Mario, avec une légère grimace de dégoût. Pourquoi continuait-il à fréquenter ce lupanar de basse catégorie ? Parce que la grossesse difficile de Violet l'obligeait à garder le lit toute la journée et qu'il eût été criminel de l'effleurer ne serait-ce que d'un doigt. Mais est-ce que les exigences de la bite, comme disait Michele Liberato, suffisaient à le justifier ?

– Alors, petit monsieur ?

– L'envie t'est passée ? Viens, on va te la faire revenir, nous.

Bah, il faut savoir s'adapter, conclut Mario, tandis que la fille lui prenait la main et la posait sur son sein et que la mère l'embrassait sur la bouche.

Plus tard, dans la gargote crasseuse de Middlesex Street, devant un bock de bière brune et chaude et les restes d'un pâté de foie et de pommes de terre, le baronnet lui parla du merveilleux bordel de Rosie Wexingham.

– J'y suis allé une fois. Autre chose que les deux poufiasses de Hackney ! Là, si tu le demandes, on t'organise même un *tableau vivant** avec seize filles et autant de coquins, et tu n'as qu'à mettre la main où tu as envie… Mais ça coûte cher, ce n'est pas un endroit pour de jeunes révolutionnaires désargentés. D'un autre côté, quand la bite appelle…

Mario sentait sur lui l'odeur pénétrante du sexe. Il se sentait las. Las de cette vie.

– Et toi ? Pourquoi tu ne te maries pas, comme ça, la bite, tu te la soulages à la maison… lança-t-il, inhabituellement agressif.

– *Ppi finiri comu a tia*, pour finir comme toi, que ta femme, elle te la montre à la lunette ? Non, merci, dit Michele en riant, nullement offensé. Et puis, moi, je me marierai chez moi, quand je rentrerai en Sicile. Et j'y retournerai comme un chef, je suis prêt à parier.

– Dans l'Italie libérée, ricana Mario, sarcastique.

Michele le fixa avec un sourire affecté, de galantin.

– Pourquoi, ce n'est pas ce que tu cherches, toi aussi ?

Mario se pencha par-dessus la mauvaise table et agrippa un bras de l'ami.

– Moi, ici, j'y resterais très volontiers, Miche'. Moi, Londres me plaît à *mori'*. Sauf que je peux pas faire ce qui me plaît.

– Et pourquoi ?

– Parce qu'il me manque les ronds, comme tu dis, toi.

– Et retour à la case départ, conclut le baronnet, satisfait. Les ronds, on en manque parce que nos vénérables géniteurs, que Dieu les inonde de Sa gloire, ils se les gardent bien serrés dans leur bourse. Mario, nous sommes le progrès, nous sommes l'avenir. Nous devons la gagner, cette guerre, même si elle devait durer des années. Et elle va durer des années… parce que c'est seulement quand nous aurons gagné que l'Italie deviendra grande. Nous rentrerons en vainqueurs et nous ferons les seigneurs, mais les seigneurs vrais de vrais. Et les ronds, ce seront eux qui viendront à nous et il y en aura beaucoup, beaucoup, des ronds…

– Mais toi, tu les as jamais dites, ces choses, au Maestro ? Comme ça, comme tu es en train de me les dire ?

Michele avala d'un coup sa dernière gorgée de bière et s'essuya de la manche de sa veste.

– Le Maestro est un grand meneur d'hommes. Mais c'est un homme qui démolit. Lui, il sait quand arrivera le moment d'abattre la vieille maison. Et l'Italie est une vieille maison. Mais ensuite…

– Mais ensuite ? Continue.

– Mais ensuite, sur les ruines, quelqu'un devra construire la nouvelle maison. Et ça, ce sera nous, mon ami. Bon, il s'est fait tard, allons-y. Il y a une réunion de la Société italienne.

– J’y vais pas.

– Mais tout le monde sera là…

– Violet…

– Me raconte pas de conneries ! Dis-moi la vérité, Mario. Toi, t’as quelque chose dans la cougourde qui te tourmente. Ben, crache le morceau, hein ? Les vrais amis sont là pour ça.

Mario réfléchit. Michele était-il vraiment un ami ? Peut-être que oui, mais jusqu’à quel point ? Ils partageaient la haine de leurs pères réactionnaires et obtus. Ils fréquentaient les mêmes femmes de mauvaise vie. Ils avaient combattu du même côté. Mais pouvait-il avoir confiance ? En même temps, désespéré comme il était…

– Il s’agit de ça, soupira-t-il. Et il lui remit la fameuse lettre de crédit.

Le baronnet examina le titre, poussa un bref sifflement admiratif, putain, cinq cents paoli de Sa Sainteté, trois cent cinquante, peut-être quatre cents livres sterling.

– Tu comprends, maintenant ? Mon père ne veut pas en entendre parler, Bixio oublions-le, qu’est-ce que j’en fais, moi de cet argent théorique ? Pour moi, c’est juste de la paperasse.

– Peut-être pas, frère, peut-être pas… dit le baronnet, méditatif. Puis, agrippant soudain le bras de son ami : tu me fais confiance ? lui demanda-t-il, brusquement excité.

– Je suis entre tes mains !

– Et alors, proclama Michele Liberato, en lui serrant fort la main, nous sommes associés !

Septembre

Une semaine après que Salvo Matranga lui eut communiqué la lettre de change de cinq cents paoli, arrivée de Londres par vapeur, le commandeur Filiberto Praticò le fit appeler et, l'air grave, lui annonça que le titre était faux.

– Comment cela, faux ? Vous galéjez ?

– *Fàusu è, fàusu* ! cria en dialecte le directeur de l'agence palermitaine de la Banque royale des Domaines royaux au-delà du Phare, ancienne Banque des Deux Siciles. Je vous le jure sur la très Sainte Vierge !

– Mais ce n'est pas possible, une personne d'honneur m'a dit *ca veru è*, qu'elle est vraie !

Le commandeur Praticò, un petit homme maigrichon, chauve, le visage gris orné d'imposants favoris, arbora une expression offensée.

– Vous ne me faites pas confiance, don Salvo !

– Non, je…

– Et pourtant vous savez que j'ai toujours été fidèle à la famille de M. le baron et… ajouta-t-il en baissant imperceptiblement la voix… à la Société que vous représentez ici dignement.

– Et il n'y a rien que vous puissiez faire, commandeur ? C'est une affaire qui me tient beaucoup à cœur…

Le commandeur secoua la tête, soupira, tira de son gilet un mouchoir de lin avec lequel il essuya son vaste front.

– Vous me demandez l'impossible. Sur la base du décret royal 249, je serais tenu de remettre le titre à la trésorerie de Sa Majesté, accompagné d'une relation dans laquelle – et là il reprit de nouveau le chuchotement – figurerait votre nom…

Salvo se raidit. Le commandeur leva les bras, alarmé.

– Naturellement, je ne ferai rien de tout cela, en raison de l'amitié qui nous lie… Vous pouvez en être sûr.

Le titre glissa dans un tiroir. L'entretien était terminé. Un sursaut d'orgueil obligea Salvo à se lever d'un bond, à prendre une pose fière et insouciante, en limitant à un imperceptible signe du menton les salutations et les remerciements auxquels le banquier s'attendait certainement.

Resté seul, le commandeur poussa un énorme soupir de soulagement. Il sortit du tiroir le titre papal, caressa le revolver qui, par chance, ne lui avait pas servi, ouvrit une portière invisible, dissimulée par la tapisserie à fleurs de son bureau, et, avec une courbette déférente, fit entrer don Calò.

– J'ai tout entendu, dit le chef de la Société des Hommes du baron de Villagrazia. *Ti purtasti bonu*, tu t'en es bien tiré, *cummendaturi*.

– Vous êtes trop bon, don Calò… Vous ne voulez pas vous asseoir ? Je peux vous faire servir un granité, un lait d'amande… On vient juste de me faire parvenir de Messine une *pignolata* à ressusciter les morts…

– Les ronds, ordonna sèchement le don, refusant l'offre.

Le commandeur ouvrit un autre tiroir et en tira une liasse de billets. Il s'apprêtait à les compter, quand le don l'arrêta d'un signe impérieux.

– Ça fait combien ?

– Sept cent cinquante tournois, au change le plus favorable.

– Très bien. Donnez-moi ça.

Avec un soupir résigné, le commandeur remit le butin à l'homme de respect, qui empocha et sortit, sans daigner lui accorder un regard.

Plus tard, au milieu de la matinée, alors que Salvo Matranga, le cœur débordant de pensées amères, surveillait la vendange au domaine Aricò, en veillant du haut de son cheval blanc à ce que les familles de paysans ne s'emparent pas du plus misérable grain du précieux raisin du baron, Peppe Scianca vint lui communiquer que le don souhaitait le voir.

– Je finis le travail et je vous retrouve où vous savez.

– Il a dit tout de suite.

– Il s'est passé quelque chose ? s'enquit Salvo, l'air sombre.

– Une chose *tinta*, mauvaise, confirma gravement Peppe.

Comme Peppe était à pied, Salvo descendit de cheval, attacha la bête à un poteau et se disposa à suivre le compère de la Société. Ils se mirent en route vers Villagrazia, qui se trouvait à quelques lieues. En chemin, Cicciu Petracca, Tore et 'u Siccu s'unirent à eux. Le visage sombre, ils portaient le mousquet en bandoulière. Durant tout le trajet, ils ne dirent pas un mot. Ils l'escortèrent jusqu'à la baraque où, dix-huit mois auparavant, il avait été affilié. Le don attendait, assis bras croisés, une carafe et un verre à demi rempli de vin posés sur la mauvaise table.

– Approche, approche, Salvu', assieds-toi là, *figghiu*, fils…

Salvo obéit. Le don claqua des doigts. Peppe Scianca prit une enveloppe dans un sac posé sur le sol et la remit au don. Lequel poussa l'enveloppe vers Salvo.

– Ouvre, ordonna-t-il.

Salvo écarta le papier gras et grossier. Il vit les tournois et comprit. Le titre. Il avait essayé de le négocier sans informer ni le baron père ni le don. Il l'avait fait parce que, ce titre, c'était une affaire entre le baronnet et lui. Une affaire d'amitié entre hommes, donc sacrée. Mais comment avait fait le don pour en avoir connaissance ? C'était le commandeur, évidemment. Il avait eu tort de se fier à ce bâtard. On l'avait trompé deux fois. Le titre était authentique. Et lui, il était un homme mort. Il avait surévalué sa force, son rôle dans la Société. Il avait joué la partie du mauvais côté. Et il avait perdu.

– C'est triste quand, entre un père et un fils, s'installe la discorde, commença à psalmodier le don. Et toi, soupira-t-il en pointant le doigt contre Salvo qui, malgré lui, baissa la tête, toi tu le sais que tu es comme un fils pour moi.

– J'ai fait une erreur, rétorqua-t-il en relevant fièrement la tête. Maintenant, faites mon procès.

– Un procès ? Y veut un procès ! dit le don en éclatant de rire.

Son regard embrassa les quatre gars. Eux aussi éclatèrent de rire, un rire forcé, un rire d'obéissance, et non de gaieté.

Donc, pensa Salvo, sentant renaître un mince espoir, donc, ils ne me sont pas hostiles. Il les fixa lui aussi dans les yeux. Peu à peu, durant la dernière année, ces quatre garçons, qui avaient vécu toute leur vie dans l'ombre de don Calò, étaient devenus ses amis et complices. Il se les était travaillés avec une habileté extrême, il en était arrivé à obtenir leur confiance, à comprendre qu'ils étaient insatisfaits de leurs misérables existences, qu'ils aspiraient à mieux. Et il avait soufflé sur les braises, alimentant le feu. Maintenant, peut-être…

– Il n'y aura pas de procès, tonna le don en abattant son poing sur la table, parce que le jugement est déjà prêt !

L'un après l'autre, les quatre gars hochèrent la tête et leur regard évita celui de Salvo. Non, il ne fallait pas compter sur eux…

– Très bien. Faites ce que vous devez faire et faites-le vite.

– Rien ne presse, laissa tomber le don, *è chistu 'u problema di vuàutri picciotti*, c'est ça le problème de vous autres, les jeunes… vous êtes pressés. Tu vois, Salvu', moi, je te comprends. Tu voulais donner un coup de main au jeune baron.

– C'est vrai, don Calò. Son père l'a déshérité. Et, à Londres, il meurt de faim. Ce n'est pas juste. Parce que c'est le sang de son sang…

– Ah là là ! dit don Calò en souriant. Vous êtes pressés… le baron est sage et voit loin. Nous tous, les vieux, nous sommes sages et nous voyons loin. Le jeune baron, lui, il croit voir loin, et en fait il ne voit pas plus loin que le bout de son nez. *Comu a tia, Salvuzzu, comu a tia,* comme toi, mon petit Salvo, comme toi…

Salvo voulut répondre, mais le don le bloqua d'un regard terrifiant.

– Toi, reprit-il avec énergie, tu t'en es allé vivre dans une belle maison à Palerme, pendant que nous autres, ici, on se gardait nos cabanes. Tu fréquentes les femmes de théâtre et tu t'habilles comme un petit monsieur… Et peut-être que c'est ça l'avenir, peut-être pas… Seul le temps peut le dire… Je suis encore fort, mais *haju i me' anni*, j'ai mes années, je ne suis plus tout jeune. Un jour, je devrai passer la main, et je pensais que, ce jour-là, je te la passerais à toi, la main… Alors, il suffisait d'attendre un petit peu, et cet avenir était à toi. Mais toi…

Encore une fois, Salvo essaya de dire un mot, et encore une fois don Calò l'en empêcha.

– T'es pressé, tu vois ? Qu'est-ce que je te dis ? Et laisse-moi finir, non, *figghiu* ? L'avenir, peut-être que l'avenir sera comme ci, mais peut-être qu'il sera comme ça… Peut-être que demain Notre Seigneur *Domineddio* nous rappelle à lui le père baron et que le baronnet devient le seigneur… Mais peut-être aussi que le fils meurt à Londres et qu'ici, on le revoit plus. Qui peut savoir ? Seulement le Père éternel ! Peut-être que, demain, moi je devrai te remercier pour avoir été fidèle à Michele Liberato, et peut-être pas… Mais tu m'as offensé, et tu as offensé la Société, parce que cet argent appartenait et appartient au baron père, et donc à la Société, pour la partie qui revient à la Société. Donc, *figghiu,* j'ai pensé à cette sentence…

Le don se leva, fit signe à Salvo de l'imiter, le prit par le bras et l'embrassa trois fois sur les joues. Puis, quand il se fut écarté de lui, les quatre gars encerclèrent Salvo.

Pendant une semaine, il resta dans la baraque, gardé à vue et amoureusement soigné par les quatre compères. Quand la blessure fut cicatrisée, ils lui ôtèrent les bandages. À la place de la main gauche, il avait un moignon noirci. Peppe Scianca, qui, comme les autres, n'osait croiser son regard, lui dit que, par ordre du don, il avait été rétrogradé au rang de gardien des cochons du baron. Que sa maison de Palerme devenait un bien de la Société. Qu'il retournerait dormir dans la vieille masure de la famille. Qu'il lui était interdit d'adresser la parole au don jusqu'à nouvel ordre. Qu'enfin, s'il devait arriver quelque chose au commandeur, qui s'était montré si loyal envers le baron, il en répondrait sur sa tête. Salvo Matranga pensa qu'on ne peut pas manger la figue de barbarie si on ne l'épluche pas d'abord. Et, avant d'apprendre à l'éplucher, il faut que tes mains saignent. C'était comme s'il avait avalé le fruit avec la peau. Il avait encore à apprendre. Mais don Calò avait commis une grave erreur. Il l'avait laissé vivre… Il l'avait fait par calcul et par intérêt. Parce qu'il pourrait l'exhiber, comme emblème de sa générosité et de sa perspicacité, si un jour les choses devaient changer, quand le baronnet aurait pris la place du père. Salvo se jura à lui-même qu'il remonterait la pente. Pas après pas, il remonterait au sommet. Il y retournerait, oui, mais plus fort et plus sage. Alors, et alors seulement, il savourerait la chair très douce de la vengeance.

Quelques jours plus tard, après avoir ramené les cochons dans leur porcherie, il se procura papier, plume et encre, et écrivit une lettre amère à Michele Liberato. En confessant son échec, il se proclama endetté envers lui de sept cent cinquante tournois et jura qu'il honorerait sa dette jusqu'au dernier centime. Ou qu'il le paierait de sa vie.

S'il avait vécu, l'enfant se serait appelé Giuseppe, comme Mazzini, et Ganesh, comme le dieu hindouiste du commencement. Mais il n'y aurait aucun commencement avec ce bébé venu au monde cyanotique et desséché, et aussitôt enlevé au monde au premier souffle d'air que ses poumons malformés n'avaient pas réussi à expulser. Lady Violet avait refusé aussi bien les sacrements que les funérailles religieuses. Bien qu'elle ne se fût encore remise ni de l'accouchement ni du malheur, elle avait voulu assister à la sépulture. Pâle, les cheveux en désordre, un manteau négligemment jeté sur une robe blanche, elle restait immobile, soutenue par Janet, devant la fosse creusée par les croque-morts du cimetière de Brompton, qui attendaient le signal convenu pour commencer. Par la volonté des parents, une boîte de bois contenait le petit corps promis au feu. Une communauté désolée se serrait autour du cercueil. Il y avait les garçons de l'école, en rangs muets, le visage pâle et l'œil humide ; il y avait des exilés, des conspirateurs et des gens du peuple qui conservaient dans le cœur le souvenir vivant de la générosité de Lady Violet et espéraient qu'un jour le sourire pourrait encore apparaître sur ses lèvres desséchées. Il y avait Thomas Carlyle et son cercle, et les Slaves, les Polonais, les Irlandais. Il ne manquait que Lady Ada Lovelace et Mazzini. La fille de Byron désormais malade au point de ne pouvoir quitter le lit. Le Maestro, officiellement indisposé, mais proche, avait-il assuré, en esprit. Bien sûr, en esprit, avait commenté Lorenzo, sarcastique.

– Mazzini est capable de pleurer sur les souffrances de l'humanité dans son ensemble, mais celles d'un seul homme et d'une seule femme, il ne sait pas comment les affronter. En tout cas, il vous a envoyé une lettre.

Lady Violet ne voulut pas la lire.

Esther entonna à mi-voix une cantilène hébraïque. Et Lorenzo, en embrassant sa femme, maudissait son cœur inerte : pourquoi même le spectacle déchirant de cette douleur ne parvenait-il pas à l'émouvoir ? Pouvait-il nier en son for intérieur avoir éprouvé un sentiment instinctif, léger, de revanche, quand il avait appris la nouvelle ? Pouvait-il nier en lui-même qu'il s'était dit : voilà, Violet, tu n'as pas choisi l'homme qu'il fallait, avec moi, ça ne serait jamais arrivé… Son âme était-elle vraiment si monstrueuse ? Il s'aperçut que quelqu'un l'observait. C'était Lord Chatam. Très élégant, comme toujours, et l'air vaguement ennuyé, le lord aspira une bouffée de sa courte pipe et le fixa de son regard glacial et pénétrant. Comme s'il avait lu en lui. Lorenzo se sentit nu et baissa la tête. Lord Chatam s'approcha de lui.

– Je vous comprends. Je trouve moi aussi que la sépulture est une pratique dégoûtante. La pensée de ce banquet des vers me fait horreur. De son côté, Lady Violet aurait préféré la crémation, vous savez, en raison de ses origines. Malheureusement, nos stupides lois ne permettent pas…

Lorenzo s'éloigna de quelques pas, aspira à pleins poumons, comme s'il manquait d'air. Il se trouva face à face avec Michele Liberato, qui allait d'un petit groupe à l'autre en demandant des nouvelles du père. Lorenzo haussa les épaules : il n'en savait rien. Le baronnet se dirigea à pas rapides vers l'esplanade des carrosses.

Terra di Nessuno s'agitait autour de Striga qui, depuis qu'elle avait appris la mort du nouveau-né, s'était enfermée dans un sévère mutisme. Et maintenant elle tournait le dos à la cérémonie, poings serrés, son regard se levant de temps à autre vers le ciel, presque comme un défi, ou une menace. Il y a quelque chose que les nombres ne peuvent expliquer, pas même avec les merveilleuses machines de Babbage et Lady Ada. C'est le mystère du chevreau qui un matin ne vient pas demander le lait à sa mère, et reste immobile quand elle le sollicite du museau, et n'agite pas la queue pour chasser les mouches et les taons, et ne relève pas l'œil vers la mère pour lui rendre son regard empressé, son bêlement anxieux. Et l'arc dessiné par le ventre de l'âne encerclé de chiens errants qui enfoncent leurs crocs dans les parties molles du cou et des pattes, pressés d'être repoussés par l'explosion des gaz qu'ils sentent se former dans le tumulte des bactéries, tandis qu'alentour se répand l'odeur douçâtre du corps inerte. Et si une harmonie existe, et si le nombre est à la base de ça, la mort est le zéro, le plus parfait des nombres, mais aussi le plus neutre, l'indéchiffrable. Mais quelle sorte d'harmonie peut donc éteindre le chevreau et faire exploser l'âne ? Quelle harmonie peut donc tolérer le sacrifice de l'enfant Giuseppe sans exploser, elle-même, de l'intérieur ?

Striga sentait que toute la sagesse, toute la force, tout l'équilibre qu'elle avait gagné à grand-peine ces dernières années vacillaient. Elle se trouvait incapable, non plus de trouver les réponses, d'affronter le mystère, mais de l'accepter. Donc, quand elle se retrouva devant le visage pur et aimé de Terra di Nessuno, avec une fureur qu'elle ne se savait pas posséder, elle le serra dans ses bras, puis s'écarta et, avec ses mains, frénétiquement, lui dit : « Jamais plus la mort, jamais plus la guerre, je veux un enfant de toi, je le veux maintenant. »

Le temps passait. Les croque-morts devenaient nerveux. On le descend, oui ou non, ce cercueil ? Pas encore. Pas avant l'arrivée du père. Mais est-ce qu'il arriverait jamais, Mario ? Michele Liberato était allé le récupérer tandis que, ivre mort, il essayait de renverser à coups de poing la porte des deux putains de Hackney, qui refusaient de lui ouvrir.

– Mais tu es devenu fou ?

– Je suis démoli, Miche'.

Michele Liberato se montra un vrai ami. En quelques mots, il le convainquit de reprendre sa place dans le « grand carnaval de l'existence ». De faire son devoir d'homme et de père. De ne pas céder à la douleur. Il le chargea sur le carrosse et le ramena au galop à Brompton. Quand ils arrivèrent, le soir approchait. Carlyle essayait de persuader les employés de ne pas abandonner pelles, pioches et cadavre pour rentrer chez eux : un souverain et une poignée de guinées accomplirent le miracle et la cérémonie put débuter.

Michele Liberato passa une main dans ses cheveux, qui commençaient à tomber par touffes. Il conservait dans sa poche la lettre amère envoyée de Sicile par Salvo Matranga. Ce n'était pas le moment d'en parler avec Mario. Ce n'était pas le moment de lui dire que la Société, à peine née, était elle aussi défunte. Les ombres du soir prenaient possession de la scène et la funèbre assemblée était sur le point de se dissoudre, quand un carrosse fermé, aux enseignes nobiliaires, s'arrêta au centre de l'esplanade. Un laquais en livrée ouvrit la portière. Un vieillard boiteux en descendit. C'était Lord

Cosgrave. Carlyle vint à sa rencontre avec une moue fière et renfrognée.

– Enfin, tu t'es décidé, vieille tête de lard !

Le lord l'ignora et se dirigea droit vers sa fille. Arrivé devant elle, il s'agenouilla et se découvrit.

– Pardonne-moi, dit-il.

Lady Violet passa une main dans les cheveux blancs et l'aida à se relever. Ils s'embrassèrent. Sans que nul ne le remarque, Striga glissa à côté de Lord Chatam et lui prit la main.

VI

1852

Londres

Le matin du jour où il devait rencontrer Von Aschenbach, Lorenzo passa encore une fois chez Mazzini. Et, une fois de plus, il ne fut pas reçu.

Depuis des jours, le Maestro n'acceptait pas les visites et ne répondait pas aux lettres. Depuis que Maria, sa mère, était morte, une douleur brûlante s'était emparée de son âme. L'accès à cette solitude sans remède était refusé même aux amis les plus intimes. Donna Maria était morte en lisant la dernière lettre de son Pippo, en s'exclamant, paraît-il, « *Me figghiu, me figghiu*, mon fils, mon fils… »

Seule Lady Violet avait réussi à le rencontrer brièvement. Découvrir que Mazzini pouvait éprouver, lui aussi, de la douleur, l'avait rapprochée du Maestro.

Tandis que Lorenzo se dirigeait vers le lieu du rendez-vous, en veillant à ne pas être suivi, les mots de Lady Violet résonnaient dans sa tête.

– Sa mère était pour lui le seul lien entre l'Italie et sa vie personnelle, Lorenzo. Maintenant, tout ce qui lui reste, c'est le Devoir. Mais le Maestro est le premier à savoir que le Devoir, sans sentiment, est décharné, pâle, n'est rien d'autre que le culte froid d'une idée…

Ces mots l'avaient profondément frappé. Lorenzo se demandait si lui aussi, un jour, en repensant peut-être à ce qu'il avait jeté étourdiment au vent de sa vie, il serait capable d'éprouver un regret semblable, une douleur si vive. Pour l'instant, son cœur restait impénétrable.

Von Aschenbach l'attendait dans un entrepôt abandonné des docks. Les salutations furent froides.

– À Vienne, on s'impatiente. Voilà longtemps que vous ne nous donnez plus de nouvelles. Que se passe-t-il ?

Lorenzo ignora le reproche. Von Aschenbach portait des vêtements comme en pouvait mettre un quelconque bourgeois aisé des hauts quartiers de Londres.

– Vous avez commis une imprudence en venant à Londres, colonel. Et une imprudence encore pire en insistant pour me rencontrer en personne.

– Bah, vous m'avez dit que personne ne vous a suivi, baron.

– Personne que je connaisse. Mais je ne puis exclure que…

– Personne, vous pouvez en être certain. J'ai mis à vos basques quelques-uns de mes agents…

Le fait est, insista Von Aschenbach, qu'à Vienne, ils exigent des résultats concrets. Ils savent qu'il y a quelque chose dans l'air, mais ils ne savent pas quoi. Et ils s'impatientent chaque jour davantage. Puis, plus doucement, il ajouta :

– Maintenant, si mon… si notre meilleur collaborateur lésine sur les nouvelles, nous avons quelques motifs d'être inquiets, vous ne croyez pas, baron di Vallelaura ?

L'Autrichien ne se trompait pas. Il se mijotait quelque chose de fort important. Mais ce n'était pas encore le moment d'en parler. C'était lui, Lorenzo, qui déciderait du moment. Parce que c'était lui qui menait le jeu, maintenant. Et cela lui donnait du pouvoir. Et le pouvoir procurait une joie sauvage. Cependant il faut toujours donner un os à ronger au chien, de temps en temps.

– Je vais vous faire faire bonne figure devant l'empereur, expliqua-t-il sur un ton sec en goûtant l'expression avide qui commençait à se peindre sur le visage effilé de Von Aschenbach. M. a acheté trois cents fusils Sharp Rifle grâce à un intermédiaire. Ils se trouvent dans un des dépôts de bière de Stansfeld, son ami député.

– Nous ne savons rien sur l'intermédiaire ?

– Non. C'est une affaire que M. a traitée en personne.

– Trois cents fusils, c'est une petite armée… Qu'est-ce que ça veut dire ? Une insurrection ?

– C'est probable.

– Mais où ?

– Ça, il n'y a que lui qui le sait.

– Vous devez essayer de le découvrir. À tout prix.

– J'essaierai.

– En tout cas, avec cette histoire d'armes, nous allons obtenir l'expulsion de M. d'Angleterre. Cette fois, la couronne ne pourra pas faire semblant de rien.

Lorenzo empocha les trente deniers et se força à reprendre un sourire moqueur. L'intermédiaire ? Griffin McCoy. Le financier ? Lady Violet Cosgrave. Avec l'argent de papa. L'insurrection ? À Milan, au début de février de l'an prochain. Il ne le dirait pas aux Autrichiens. Pas si les patriotes devaient gagner la guerre. Et cela pouvait arriver. Malgré la catastrophe de 1848 et la fin de la République romaine. Les patriotes avaient la foi, l'enthousiasme, ils étaient encore prêts à mourir pour l'idée. Mazzini expulsé ? Von Aschenbach se faisait des illusions.

– Vous savez quoi, baron ? hasarda Von Aschenbach, retenant entre ses mains celle de Lorenzo un peu plus longtemps que nécessaire. En d'autres temps, dans un contexte différent, j'aurais aimé être votre ami. Par exemple, nous aurions pu passer des heures joyeuses dans cette ville fascinante et mystérieuse…

Lorenzo s'en alla sans répondre.

Un lieutenant se présenta. Von Aschenbach lui ordonna d'abandonner la filature. Il avait obtenu ce qui l'intéressait. Sa mission à Londres avait été un succès. Le lieutenant demanda s'il avait besoin du carrosse.

– Vous pouvez y aller. Moi, je reste encore un peu ici.

– Vous êtes sûr, monsieur ? C'est une vilaine zone...

– Je suis armé et je sais me défendre. Allez donc !

Le temps d'attente commença. Si ses calculs étaient exacts, l'intermédiaire auquel il s'était adressé après avoir eu de solides assurances d'un des membres de son cercle viennois devait apparaître d'ici une demi-heure. Le temps suffisant pour rédiger un rapport officiel et le faire parvenir à la chancellerie. Il était plongé dans l'écriture quand on frappa à la porte de l'entrepôt. Von Aschenbach prit une bougie et se précipita pour ouvrir. Assez. Le devoir pouvait attendre. À présent, c'était l'heure à dédier à la nuit. Avec ses ténèbres et ses plaisirs. Trois silhouettes se découpèrent sur le seuil. L'intermédiaire avait amené deux garçons. Von Aschenbach contempla les vêtements usés, les chapeaux informes, les visages endurcis par le vice. Un frémissement d'impatience le parcourut. Il paya l'intermédiaire et montra le chemin aux garçons vers l'obscurité.

Mario et Michele ne réussissaient pas à l'admettre. Depuis des mois, ils se présentaient, comme on dit à Rome, en frappant à la porte avec les pieds, c'est-à-dire avec de l'argent sonnant et trébuchant en main, et demandaient en vain à acheter un immeuble. Les propriétaires les accueillaient poliment. Mario expliquait qu'il était le gendre de Lord Cosgrave et qu'avec son associé, un représentant de l'ancienne noblesse sicilienne – *you know, sir, esquire, Sicily, land of wonderful grapes and lemons... do you remember that sweet sweet wine* –, il projetait d'installer un atelier de tailleur pour revêtir d'habits de grand luxe les merveilleux habitants de Londres. On leur demandait un peu de temps, on contrôlait leurs références et, à la fin, on disait non. Au septième refus, ils consultèrent un avocat. L'avocat fit ses recherches et confirma que l'achat pouvait se faire. La législation anglaise n'interdisait pas l'acquisition de propriétés par des étrangers. Le nom de Lord Cosgrave était une garantie. L'argent était bel et bon. Il n'y avait, en somme, aucun problème légal.

– Et, alors, quel est le problème ?

– Peut-être, avait répondu l'avocat en empochant les honoraires avec une expression impénétrable, que votre tête ne leur revient pas !

Ce fut Lord Chatam qui leur fit découvrir le pot aux roses. Les deux associés le rencontrèrent dans la maison d'un baronnet ruiné qui, à Chelsea, organisait des parties de whist. Quand le lord s'assit à leur table, ils étaient en train de perdre beaucoup : une chance inouïe semblait servir leurs compagnons de jeux, des jumeaux, James et Earl quelque chose, eux aussi baronnets.

– Merci de m'avoir laissé une place, mon ami, laissa tomber Lord Chatam en s'installant sur le siège qu'Earl, ou James, lui avait cédé.

– À votre service, *my lord*, rétorqua celui-ci avec une grimace sombre.

Le jumeau ne bougea pas un muscle. Et il se dépêcha de distribuer la main. En une petite heure, ils avaient tout récupéré. Et comme Lord Chatam gagnait lui aussi, bientôt le jumeau se retrouva dans le rouge.

– Je crois que la chance m'a abandonné, messieurs. Si vous êtes d'accord, je vais me retirer…

Personne ne fit d'objection. La partie était finie. Lord Chatam distribua les gains, laissa un généreux pourboire et invita les deux Italiens à boire un verre dans une taverne sur les docks. Des marins soûls faisaient un vacarme d'enfer en chantant des chansons obscènes. Des personnages à l'air louche tripotaient les formes abondantes de poules fardées.

– Je ne pensais pas que vous fréquentiez des endroits pareils, observa Michele Liberato.

– Ah, le parfum de mon peuple sublime… Comment va Lady Violet ?

– Très bien. Elle est de nouveau enceinte, soupira Mario.

Lord Chatam soupira à son tour.

– La proverbiale virilité italienne… J'ai su qu'elle a généreusement contribué à l'emprunt national lancé par Mazzini.

– Ben, Violet sait bien quoi faire de son argent. Moi, en revanche…

– Nous, coupa Michele Liberato, si vous n'aviez pas été là, Chatam, à cette heure nous serions sous le pont des Black Frears à demander l'aumône…

– Eh oui, confirma Mario, non seulement vous avez une chance inouïe, mais vous avez aussi déteint sur nous !

Lord Chatam attendit que le serveur pose les bocks de bière, lâcha deux pièces d'argent, encaissa la courbette de l'autre et puis, après s'être humecté les lèvres, demanda :

– Vous êtes sûrs qu'il s'agissait de chance ?

– Que voulez-vous dire ?

– Les jumeaux Lexley sont deux habiles tricheurs, chers amis. Et vous étiez les pigeons de la soirée.

– Et donc vous…

– Oh, Earl savait bien que s'il avait tenté un de ses petits tours, ça se serait mal terminé pour lui. Que cela vous serve de leçon. Londres peut se révéler aussi surprenante qu'hostile, quelquefois.

La conversation tomba sur les vains efforts des deux amis pour lancer leur atelier de tailleur.

– Italian Style Fashion ? ironisa Lord Chatam, en soulevant un sourcil.

– C’est ainsi que nous pensions appeler notre société, se défendit Michele Liberato.

– C’est justement là l’erreur. Vous n’y arriverez jamais, mes amis. On vous dira toujours non, jusqu’à ce que vous en ayez assez, jusqu’à ce que vous jetiez l’éponge ou jusqu’à ce que vous n’ayez plus un sou. Vous êtes italiens, voilà le problème. Vous êtes étrangers et nous sommes dans une île. On vous permet d’être cuisiniers, charpentiers, teinturiers, fabricants de meubles, marchands d’épices, ténors, graveurs, professeurs d’art ou de musique, et même conspirateurs… Mais pas tailleurs. Le style est une affaire réservée aux natifs de la terre de Lord Brummell et de Sir Poole. Croyez-moi, laissez tomber. Aucun Anglais n’acceptera jamais d’être habillé à l’italienne… et par un duo d’Italiens, si géniaux fussent-ils. Un jour peut-être, mais sûrement pas aujourd’hui…

Les deux associés se fixèrent, consternés.

– Alors, il n’y a pas d’issue !

– Comment va monsieur votre père ? demanda Lord Chatam à Michele Liberato, apparemment pour changer de sujet.

– Vous savez qu’entre nous, les choses ne vont pas bien.

– Vous avez un ami fiable en Sicile ?

– Je l’avais… je l’ai peut-être encore… Pourquoi vous me le demandez ?

– J’étais en train de penser au vin. On m’a envoyé récemment une bouteille d’un vin liquoreux assez agréable. Marsala, je crois qu’il s’appelle.

– Marsala, confirma Michele, excité.

– Voilà, marsala. Il vient de Sicile, n’est-ce pas ? Je crois que vous devriez y songer. La mode est anglaise, la bière est anglaise… Mais le vin, mes amis, le vin… Le vin est français, portugais… et italien. Ou je me trompe ?

Sicile

Salvo Matranga se présenta à son nouveau chef de dizaine, un rien de rien fraîchement promu Homme pour avoir mis la main, suite à une fugue amoureuse, sur une nièce de don Calò, et lui demanda l'autorisation d'un entretien avec ce dernier.

– Et qu'est-ce que c'est, ce tracassin ? Un entretien ? Si tu as quelque chose à dire, dis-le-moi à moi, que je réfère. Et puis, tu le sais que *a tia*, toi, il ne veut pas te voir, que déjà t'as de la chance d'être encore sur c'te terre, manchot !

Salvo, tête découverte et baissée, dissimulant la fureur qui en d'autres temps l'aurait poussé à buter ce fumier d'un seul mouvement de couteau, tint bon. Suivant les règles de la Société, quand un subordonné demandait expressément à son supérieur direct à être admis en présence du don, le supérieur ne pouvait s'opposer à la requête et était tenu de la rapporter. Seule la plus haute autorité pourrait ensuite décider si elle devait recevoir le requérant, ou si elle devait déléguer la chose au subordonné. Donc, entre une insulte et un ricanement, Cicciu Capagrossa ne put faire autrement que d'en référer au don, lequel, à sa grande surprise, non exempte d'une certaine inquiétude, lui ordonna d'amener le porcher en sa présence.

Admis au bout d'un an d'exil dans le palais du don, une crasseuse baraque puant l'étable, Salvo apparut revêtu du seul costume décent qu'il avait réussi à soustraire à la « punition ». Au don, qui le contemplait avec un mélange d'intérêt et de méfiance, il expliqua tout de suite que, vu l'honneur qui lui était accordé, il avait pensé se présenter de la meilleure manière possible.

– T'as toujours été un gars malin à la langue bien pendue, Salvo. Et ces temps-ci, tu t'es bien conduit. Alors, écoutons, de quoi s'agit-il ?

Instruit par l'expérience, Salvo avait décidé de jouer cartes sur table. Debout, devant le don assis jambes écartées, sous le regard sombre de Cicciu Capagrossa, il raconta que le baronnet Michele Liberato lui avait écrit pour lui proposer une grosse affaire.

– Une affaire, don Calò, où il y a à gagner une part pour toute la Société… Pour vous, pour les gars, pour notre Sicile tout entière…

– Et *ppi tia, nenti*, et pour toi, rien ? dit le don en riant, admiratif tout de même devant le sang-froid et le ton respectueux de l'autre.

– Pour moi, il y a un bénéfice, don Calò, proclama Salvo avec un sursaut de l'ancienne fierté, parce que, moi, je sais que vous êtes un chef sage et vous me l'avez démontré en me remettant à ma place quand j'ai déconné. C'est justement parce que vous êtes un homme sage, que vous savez, comme je le sais, que mon destin n'est pas de faire le gardien de cochons…

Le don s'agita sur son siège. Cicciu Capagrossa, interprétant mal son attitude, avança et balança une gifle sur la nuque de Salvo.

– Putain, fais gaffe à toi, manchot !

Le don leva une main et fixa le chef de dizaine de ses yeux de glace.

– Quelqu'un t'a demandé quelque chose, Capagrossa ?

– Mais il vous a manqué de respect, don Calò !

– Ça, c'est moi qui le décide. Attends-nous dehors, va, que je te vois un peu *nirvusu*, nerveux.

Tandis que le chef de dizaine débarrassait le plancher, en jurant mentalement et en se traitant d'âne pour sa maladresse, Salvo comprit que la partie était gagnée. Et que le don, sans le savoir, était en train de creuser sa tombe de ses propres mains. Cependant, fidèle aux règles, il attendit que le chef lui adresse la parole. Mais son cœur chantait de joie.

– Et alors, ça serait quoi, cette affaire ?

– Du vin, don Calò. Une affaire de vin.

Salvo tira de son sac la bouteille que le baronnet lui avait fait parvenir de Londres et invita le don à en goûter une gorgée. Le don contempla l'étiquette et apprécia l'inscription en anglais. Même si elle avait été écrite en dialecte, lui, analphabète, ne l'aurait pas comprise. Il fit sauter le bouchon et but à la régalade. Il approuva d'un rot, s'essuya les lèvres de la manche de sa veste, puis hocha la tête.

– Assois-toi. Et explique-toi mieux.

Avec quelques concepts simples, Salvo exposa le projet de Michele Liberato, il vanta les connaissances illustres que le jeune baronnet, le meilleur fils de la Sicile, avait réussi à se ménager dans l'exil londonien, il s'attarda sur les avantages qui en découleraient pour la Société et, en tout premier lieu, pour le don. Lequel écouta, essayant vainement de masquer son intérêt croissant jusqu'à ce que, abattant son poing sur la table, il décida qu'il en savait assez.

– Très bien. Maintenant, retourne à tes cochons et fais attention de pas te chicorer avec ton chef de dizaine, cette tête d'âne. Moi, je te dis ni oui ni non. Je dois y réfléchir. Après, je t'enverrai chercher.

L'attente dura une semaine. Durant tout ce temps, Salvo ignora les provocations continuelles de Cicciu Capagrossa. Le chef se mourait d'envie de savoir de quelle sorte de combine il s'agissait, mais à toutes les questions, immanquablement, Salvo répondait : « Parles-en au don. » Et quand, enfin, le don l'envoya chercher et lui dit que sa proposition était approuvée et que sa part serait de cinquante pour cent mais qu'il serait versé à la Société une quote-part correspondant à vingt-cinq pour cent des bénéfices, en spécifiant que les dépenses initiales étaient entièrement à la charge du baronnet et de Salvo, il s'inclina et lui baisa la main.

Don Calò se félicita encore une fois lui-même. Un chef sage et perspicace, il s'était montré ! D'un seul coup de hache, il avait récupéré pour la société un jeune valeureux qui dorénavant resterait dans le droit chemin, en même temps qu'un gros paquet de tournois. Deux jours après Salvo faisait son entrée à Marsala, porte d'Orient, porte de l'infini. Et tandis qu'il contemplait le spectacle majestueux de la Méditerranée agitée par une légère brise du ponant, de la main qui lui restait, il écrivait au baronnet une missive laconique : « Tout va bien, envoyez instructions. Votre serviteur dévoué. S.M. »

Londres

Esther s'était mise à fréquenter la synagogue d'Eruv. Sur la base de certains signes conventionnels qu'ils avaient échangés à la fin du service religieux, le rabbin Solomon, qui la dirigeait, avait compris qu'elle connaissait quelques rituels de l'antique magie, d'ordinaire interdite aux femmes. Esther lui avait révélé une descendance en ligne maternelle du célèbre cabaliste Menahem Recanati.

– Ce qui ne justifie pas, ma fille, ta connaissance d'une pratique réservée aux hommes de manière exclusive.

– Avec tout le respect que je vous dois, rabbin… si nombreux que soient les interdits et les limites qui peuvent se trouver dans la Torah, il n'y est écrit nulle part qu'on doit tenir les femmes à l'écart de la connaissance.

Une jeune femme intéressante, cette Esther. Elle avait quitté Rome et la communauté la plus ancienne du monde après Jérusalem pour suivre un révolutionnaire avec lequel elle vivait dans le péché – mais n'est-il pas vrai que là où règne un amour authentique, il ne saurait y avoir péché ? Elle lui avait avoué que, par un choix de son compagnon, ils pratiquaient la conjonction charnelle de manière à éviter la procréation.

– Avec la vie qu'il mène, toujours exposée au danger, je le comprends, rabbin…

Cela aussi, à bien y regarder, était dur à digérer, pour une autorité religieuse comme le rabbin. Et pourtant… et pourtant le rabbin comprenait et, au fond de son âme, sympathisait. N'était-il pas lui aussi, au fond, en tant que fils d'Israël, un sans-terre ? Son peuple n'était-il pas persécuté et humilié depuis des millénaires ? N'étaient-ils pas appelés même par les Londoniens, si ouverts officiellement, si impeccables et si glacials dans leur cœur, « la race maudite » ? Ne viendrait-il pas un jour où, sous les ordres du Messie guerrier qu'ils attendaient depuis la nuit des temps, ils devraient prendre les armes et la conquérir, la Terre promise ?

Esther lui avait présenté Striga. Une créature singulière dépourvue de la parole et pourtant capable de communiquer, par écrit ou par gestes, avec une force inexorable. Striga était, elle aussi, une sans-terre, tout comme son compagnon, un soldat au regard limpide. Striga était maîtresse dans l'art des nombres. Même sans rien lui révéler des secrets réservés aux initiés, Solomon s'était amusé à la soumettre à quelques *gematriot* élémentaires. En quelques secondes, après avoir scruté les tables avec une extrême attention, Striga, en se servant d'Esther comme traductrice, lui avait dit :

– Ce sont là des lettres qui sont des nombres et des nombres qui sont des lettres. Le but est le dévoilement. D'un nom, d'un concept, d'un précepte, d'une idée. Le sens est caché dans les combinaisons infinies. C'est un système qui sert à masquer quelque chose qui doit rester secret…

Le rabbin avait morigéné Esther.

– Tu lui en as trop dit !

– Je vous jure que non !

Le rabbin Solomon avait dû se rendre. Il n'y avait pas de magie, pas de truc. Il n'y avait qu'une créature qui empruntait peut-être aux anges, et peut-être à quelque anomalie cérébrale. Une créature qui cachait une immense richesse.

Bon nombre de ses certitudes furent remises en question quand, dans les semaines suivantes, il fut présenté d'abord à Lady Ada Lovelace – une autre femme ! – et puis au professeur Babbage. La petite clique fascina le rabbin. Dans un débat public, Solomon, intervenant en défense du savant, objet des attaques furieuses du révérend Cole, hargneux réactionnaire, soutint que les « machines intelligentes » n'avaient rien de démoniaque. Elles représentaient éventuellement un défi du Très-Haut au génie humain. Des mots qui lui avaient jailli du cœur, au-delà de ses propres intentions, tandis qu'il se perdait dans le regard de Striga. Quand Cole se lança dans des imprécations contre la Torah, le rabbin Solomon entonna un psaume. La puissance du chant émut tout le monde et fit taire le champion du conservatisme protestant. Solomon conquit Babbage en affirmant que « même une machine intelligente, une machine qui imiterait la capacité d'élaboration de la pensée humaine », ne s'opposerait pas aux desseins divins. Cette affirmation aussi, que beaucoup considéreraient comme hérétique, avait été prononcée d'un air songeur. Comme si une force extérieure la lui avait dictée. Mais il avait beau enquêter, il ne réussissait pas à sentir une odeur de soufre. Pas de Démon, pas de Shaitan, pas de Grand Ennemi. Seulement un pas en avant. Au nom de Dieu. Au nom des inconnaissables et secrets noms de Dieu, si nombreux.

Un jour, le rabbin Solomon demanda à Striga, à Esther et à Babbage d'apprendre la science aux garçons qui fréquentaient la synagogue.

– Vous enseignez aux Italiens, pourquoi ne pas le faire aussi pour nous ? La science ne doit pas avoir de limites, tout comme les hommes…

L'offre fut accueillie avec enthousiasme.

Sicile

À Marsala, la Société n'était pas aussi forte et structurée qu'à Palerme et à Girgenti*. Il y avait deux ou trois malandrins, mais ils avaient leurs propres histoires et gagnaient leur vie à faire les gardiens, en se limitant, au maximum, à remettre dans le droit chemin quelques paysans impertinents. Salvo engagea comme gardes du corps Coppolastorta, « casquette tordue », et 'u Sciancatu, « le claudicant » – quel beau trio ils faisaient, avec un boiteux et un manchot –, et pour le reste, il dut tout faire lui-même.

Michele Liberato lui avait ordonné de repérer les terrains les plus adaptés pour planter des vignes. Salvo fit beaucoup plus. Il lui procura carrément une ferme, au baronnet. S'il avait commencé sur un terrain nu, il aurait fallu au moins quatre ans avant le premier vin passable. Et il lui en aurait fallu encore autant pour le faire devenir comme il fallait, le marsala. Pourquoi perdre tant de temps, quand on pouvait avoir tout et tout de suite ?

Il y avait un vieux comte capricieux qui faisait le marsala depuis toujours. Dommage pour lui qu'il se fût laissé dévorer le cœur et la tête par une cantatrice et par

* Ancien nom d'Agrigente.

les cartes. La cantatrice s'était évaporée comme cendres dans le vent aux premiers signes de la débâcle tandis que les cartes continuaient à le trahir avec la même implacable monotonie que l'artiste infidèle. Devant l'argent sonnant et trébuchant que Salvo fit tomber sur le guéridon rococo qui avait échappé à la saisie, le comte opposa une légère résistance. Mais il n'était pas en position de marchander, pas autant qu'il aurait voulu : en dix jours, le domaine dénommé Baglio del Conte, mas du comte, changea de main en vertu d'une vente notariée régulière.

À ce moment, surgissait le problème des créditeurs.

Paysans, cueilleurs et familles furent convoqués sur l'aire de la grande maison de ferme qui avait appartenu au comte. Salvo les harangua avec franchise : personne ne perdrait son travail et, même, tout le monde recevrait sa juste paie. Peut-être un peu réduite, étant donné que la ferme devait se remettre de la crise, mais avec ponctualité et sans perdre ne fût-ce qu'une semaine. L'offre d'une généreuse avance vainquit toute résistance et quand les gars distribuèrent les quelques sous qui, pour ces malheureux, dans la misère noire depuis des mois, représentaient le salut, des cris de jubilation montèrent vers Salvo, *'u novu patruni*, le nouveau patron, un vrai seigneur. D'autres créditeurs mineurs furent réduits au silence avec le paiement rubis sur l'ongle d'un tiers de la dette : bien reconnaissants eux aussi, à la fin, d'avoir récupéré des sous qu'ils pensaient perdus pour toujours.

Plus difficile à régler fut la question de Boccazza, « vilaine bouche », un type têtu et fourbe qui devait son surnom au coup de sabot d'un mulet rétif qui, en lui fracassant la mâchoire, avait rendu impossible la fermeture correcte de ses mâchoires. Autrefois homme de confiance du comte, ce Boccazza s'était peu à peu emparé d'une certaine quantité d'effets qui, s'il les faisait valoir, le rendraient propriétaire de tout. La somme qu'il exigeait pour liquider l'affaire était disproportionnée : si Salvo avait honoré la dette, il aurait dû se déclarer en faillite avant même de commencer.

Une première entrevue s'avéra inutile. Boccazza voulait son bien, et le voulait au plus vite.

Les gars trépignaient. Salvo temporisait. Il allait lancer une grande entreprise avec l'argent d'un exilé. Qui ne devait en aucune manière être mentionné. Tout le monde devait croire qu'il s'agissait du coup de génie d'un étranger – lui-même – qui avait des amis influents en Angleterre. Il fallait éviter d'attirer l'attention des autorités. À Palerme, il aurait suffi de deux ou trois incendies, de quelques dégradations, de la mise à mort d'un animal, disons même d'abîmer une jambe au chef de famille. Mais ici, ça ne se passait pas comme à Palerme. Cependant, Boccazza s'était montré rétif à comprendre le concept de « politique », donc le recours à la « force politique » semblait nécessaire. Au moins, dans une moindre mesure.

Salvo invita son rival à une *schiticchiata*, une ripaille.

– Passons un accord, proposa Salvo, quand ils en étaient déjà à la deuxième bouteille de vin.

– Un accord ? Et sur quoi on devrait s'accorder ? répondit l'autre, soupçonneux. Toi, tu me donnes ce qui me revient et tu te gardes les vignes, les pressoirs, les *quintane**, les magasins et tout le reste.

– Moi, je te donne la moitié et on devient associés.

– *Ju sociu cu tia*, moi, ton associé ? Mais qui te connaît ? Tu galèjes, Salvo Matranga !

– Et qu'est-ce que tu veux faire, Boccazza ? Vraiment, tu veux te prendre le domaine ?

– Et pourquoi pas ?

– Parce que toi, le vin, tu ne sais pas le faire. Et entre tes mains, cette terre pourrira encore plus que dans celles du comte.

* Énormes vases de terre cuite destinés à contenir de l'huile ou du vin.

– On verra… En attendant, tu as une *simaine* pour payer. Sinon… dégage !

Boccazza cracha par terre, comme pour mettre fin à l'entretien. Salvo leva sa main intacte et sourit.

– Encore un moment, s'il te plaît.

Les gars se placèrent dans le dos de l'obstiné Boccazza qui se retourna, inquiet. Salvo ne cessait de sourire.

– Un jour, attaqua-t-il paisiblement, un de mes amis, un grand seigneur, m'a parlé d'un livre. Dans ce livre, on racontait les entreprises d'un condottiere des temps anciens…

– Mais qu'est-ce que tu racontes ?

Les gars s'agitèrent. Salvo réprimanda Boccazza.

– Reste tranquille. La bonne éducation exige qu'on écoute quand quelqu'un parle…

Boccazza fit mine de se lever. Puis, devinant quelque chose, il resta immobile où il était.

– Bravo, reprit Salvo. Donc, ce condottiere, quand il voulait conquérir une ville, il se présentait sous les murs avec son armée et des drapeaux blancs. Il se faisait conduire devant le roi du lieu et lui disait : mon ami, si tu me donnes ta ville sans faire de manières, moi, je te sauve ta vie et les maisons. Il suffit que tu me dises oui, que tu paies le tribut et tout continuera comme avant… Donc, si le roi disait oui, tout allait bien. Tu me suis, Boccazza ?

– Et s'il disait non ? demanda l'autre, toujours plus inquiet.

– S'il disait non, le condottiere prenait poliment congé et s'en allait. Le lendemain, il revenait. Même armée, mais cette fois avec les drapeaux rouges. Il se faisait conduire devant le roi et lui disait : mon ami, hier, tu m'as dit non, mais moi, je suis quelqu'un de bien, une personne raisonnable… tu me suis, Bocca' ?

– Je te suis.

– C'est bien. Alors, disait le condottiere, aujourd'hui, les conditions ont changé. J'épargne ta vie. Mais comme tu m'as fait perdre du temps, maintenant, ta ville, je dois la détruire. À ce point, presque tous disaient oui. Presque tous…

– Et ceux qui disaient non ?

– Eh… le condottiere saluait et s'en allait. Le lendemain, il revenait avec sa bonne armée, mais les drapeaux étaient noirs : maintenant, tu m'as fait perdre patience, mon cher roi… maintenant, non seulement je te détruis la ville, mais je te prends aussi la vie… Je me suis fait comprendre, Boccazza ?

Boccazza regarda autour de lui. Les gars étaient immobiles. L'air lourd. Il maudit le jour où ce Palermitain arrogant avait débarqué à Marsala. Fut sur le point de céder. Mais, ensuite, il réfléchit : qu'est-ce qu'ils peuvent me faire ? Tout le monde sait qu'on se dispute pour le Baglio. Et tout le monde sait qu'aujourd'hui nous nous sommes rencontrés. Et même s'ils me tuent, les titres passeront à mes enfants. Donc, ça ne l'arrangerait pas. Il essaie juste de me faire peur.

– Oui, mais toi, tu l'as pas, l'armée, Salvo Matranga.

– Et toi, tu n'es pas roi, Boccazza. Va en paix. Pour l'instant.

Boccazza avait accordé une semaine. Pendant six jours, chacun de ses pas fut suivi par les ombres envahissantes du Sciancatu et de Capagrossa. Ils ne faisaient rien pour se cacher, ne bougeaient pas un muscle, ne parlaient pas. Mais, où que Boccazza aille, ils étaient là. Muets, raides, indifférents, le regard concentré sur leur cible.

Le dernier jour, Boccazza se traîna jusqu'à la maison de ferme. Il était pâle, sa mâchoire imparfaite tremblait d'indignation.

– Je t'amène à la garde, Salvo Matranga !

– Et qu'est-ce que tu vas leur dire, Boccazza ? Que t'as pas aimé mon banquet ?

– Tes gars…

– Ils sont libres d'aller se promener où ils veulent… ou je me trompe ?

– Maintenant, je sors d'ici et je porte les titres au tribunal. Et tu devras abandonner cette maison !

– J'en prendrai une à cent mètres. Ce n'est pas l'argent qui me manque…

Boccazza comprit qu'il ne pourrait pas résister à cette persécution. S'il avait bien compris qui était et ce que représentait Salvo Matranga, tôt ou tard, le coup partirait. Et puis, l'autre n'avait pas tort : pour quel crime aurait-il pu le dénoncer ? Non, c'était une guerre, ça. Et lui, qui ne savait même pas comment était fait un pistolet, il ne la gagnerait jamais.

– Très bien, dit-il dans un râle, j'accepte. Associons-nous.

– Désolé. Ça, c'était les drapeaux de hier. Les drapeaux blancs. Aujourd'hui est un autre jour. Les drapeaux sont devenus rouges.

Pour finir, Boccazza fut renvoyé avec vingt pour cent de la dette originale et un surplus pour la cession de la maison.

– Il n'est pas bon que tu restes à Marsala, lui expliqua Salvo Matranga, affable. J'ai pas aimé que tu craches chez moi.

Boccazza s'en fut pour la Calabre en maudissant sa propre couardise. Salvo déposa la nouvelle marque de la société : Baglio di Catafratto, d'après l'ancien nom du domaine. Le baronnet allait aimer ça. Et ce fut avec un orgueil mal dissimulé qu'il communiqua à Michele Liberato que l'aventure commençait. Grâce à Dieu, à un peu de « force politique », pas plus que le strict nécessaire, et à Tamerlan le Grand.

Londres

Lady Violet attendait un autre enfant. Esther ne voulait pas en avoir. Et Striga ne pouvait devenir mère. Les médecins ne lui laissaient pas d'espoir. Cette union ne donnerait pas de fruit. Inutile de chercher les responsabilités, avait décrété le rabbin. Ce n'était pas une question de responsabilité mais de destin, ou plutôt, de volonté divine. Si tu étais un de mes frères, avait-il ajouté à l'adresse de Terra di Nessuno, je te parlerais d'Ismaël, le fils de la servante. Et j'ajouterais : le choix t'appartient, mais moi, je ne changerais pas une union chère à Dieu contre le désir de dupliquer mon image et ma substance. Terra di Nessuno n'avait pas l'intention de courir l'aventure. Si le destin voulait qu'ils restent seuls, ils resteraient seuls. Rien ni personne ne pourrait jamais l'éloigner de Striga.

Aussi se consacra-t-il, avec une opiniâtreté redoublée, à la cause. Les fonds, et parfois les armes, affluaient sans trêve. Mais ni les premiers ni les secondes ne suffisaient jamais. La correspondance avec les patriotes restés en Italie s'alimentait de conflits, de polémiques, d'élans, de replis, de projets avortés. Jour après jour, le front des sceptiques s'élargissait. Les récentes défaites brûlaient, et faisaient de la terre brûlée. Mazzini continuait à parler de foi, mais les siens en perdaient une parcelle à chaque instant.

Terra di Nessuno était resté en contact avec Carlo Pisacane. Ils s'écrivaient tous les mois. Pisacane citait le *Manifeste* de Karl Marx et Friedrich Engels. Le révolutionnaire napolitain avait été littéralement séduit. Ce Marx était un gros philosophe allemand barbu. Il avait emménagé à Soho et commençait à se gagner des prosélytes parmi les travailleurs en prêchant non plus la Patrie mais une révolution prolétarienne absolue, radicale, messianique.

« Il ne pourra y avoir de révolution, s'il n'y a pas de révolution sociale », avait-il écrit sur un ton ferme et inspiré.

Terra répondit en citant un autre Manifeste, celui que Mazzini avait rédigé quelques semaines auparavant, en polémique directe avec Marx :

> La révolution sera sociale. Toute révolution l'est, ou elle périt, déviée par les traficoteurs de pouvoir et les embobineurs politiques. Et la Patrie commune ne peut davantage exister si l'ensemble des droits obtenus par les armes demeure, de par la survivance de l'inégalité, une ironie pour la classe la plus nombreuse du peuple – si ne se constituent pas des relations plus équitables entre le paysan et le propriétaire de terres, entre l'ouvrier et le détenteur des capitaux.

Pisacane commenta ironiquement :

> Parler de relations plus équitables entre paysans et propriétaires, entre capital et ouvriers n'admet que deux possibilités : ou bien Pippo croit possible de résoudre le problème social sans abolir la propriété, et alors il n'a pas étudié à fond la société présente ; ou bien Pippo parle ainsi pour ne pas intimider les propriétaires, et alors il simule…

Mais Mazzini ne simulait pas. Mazzini attaquait les socialistes avec violence :

> Je n'accuse pas la vaste idée sociale, qui est la gloire et la mission de l'époque, de laquelle nous sommes précurseurs. J'accuse les socialistes, les chefs particulièrement, d'avoir falsifié, mutilé, fait régresser cette grande pensée avec des systèmes absolus qui empiètent à la fois sur la liberté de l'individu, sur la souveraineté du pays et sur la continuité du progrès, qui est notre loi à tous… je les accuse d'avoir soutenu que la vie est la recherche du bonheur, alors que la vie est une mission, l'accomplissement d'un devoir. Je les accuse d'avoir fait croire qu'un peuple peut se régénérer en s'engraissant, d'avoir substitué au problème de l'humanité un problème de cuisine de l'humanité. D'avoir dit : de chacun selon sa capacité, à chacun selon ses besoins, au lieu de proclamer hautement à chaque instant : de chacun selon son amour, à chacun selon ses sacrifices.

Terra di Nessuno était en proie au doute. Il n'avait pas besoin de dévorer, comme le peuple londonien, les romans-feuilletons de M. Charles Dickens, pour voir monter, jour après jour, la masse des déshérités qui affluaient dans Londres, abandonnant les campagnes, à la recherche d'un misérable emploi. Il voyait se créer sous ses propres yeux une armée de désespérés prêts à tout pour ne pas succomber à la faim : vol, viol, meurtre, prostitution… Il pensait que cette masse turbulente et affamée ne s'enflammerait pas pour l'amour et le sacrifice, mais plutôt pour le pain et un toit chaud.

Mentalement il retournait à sa Sardaigne, sentait l'odeur des troupeaux, se rappelait la fureur des pasteurs devant le lait caillé, la haine dans leurs regards quand les soldats et les sbires des marquis violaient les femmes et égorgeaient les agneaux. Cette haine sentait la liberté, certes, mais surtout elle puait le besoin, la faim. L'idée qui émeut les cœurs et les consciences pâlissait devant la teigne et la dysenterie. La révolution était plus que jamais urgente et nécessaire : mais quelle révolution ? Celle de Mazzini, ou celle de Marx et de Pisacane ?

Ada Lovelace mourut le 27 novembre 1852. Quand elle s'en alla, elle était inconsciente depuis plusieurs jours, apaisée par des doses massives de laudanum et d'opium qui l'avaient doucement accompagnée en atténuant les douleurs atroces de la maladie. Striga lui tenait la main quand elle sentit la vie refluer. Un lieu inconnu, peut-être aucun lieu, attendait maintenant le souffle qui avait animé cette amie unique, irremplaçable. Babbage luttait contre les larmes. Le rabbin Solomon entonnait le kaddish : même s'il n'y avait pas dix juifs mâles d'âge pubère, même si le lieu était inadapté, même si la défunte aurait ironisé sur sa dévotion, même si, même si… Un Dieu juste et bon ne pouvait pas ne pas comprendre, et justifier. Ne priait-il pas, à sa manière, la manière terrestre d'un soldat sans ombre, Terra di Nessuno, n'était-ce pas une prière, ce qui affleurait sur ses lèvres serrées, tandis qu'il lançait des coups d'œil tempétueux à la morte et aux vivants, tandis que son regard revenait se poser à intervalles réguliers sur Striga, comme s'il voulait la protéger du monde entier ? Et ne priaient-ils pas leur Dieu, Michele Liberato et Mario Tozzi, et Lady Violet et Tabitha, la nourrice indienne qui berçait la fillette à peine née, qu'ils avaient appelée Cristina – comme la princesse de Belgioioso, et aussi Devi – comme la divinité hindoue ? Et même le révérend Cole ne priait-il pas, lui qui n'avait pas voulu manquer le spectacle et qui, pour une fois, ressentait peut-être une étincelle de pitié ?

Lord Chatam se sentait mal à l'aise. La mort est toujours horrible, pensait-il, mais certaines morts sont pires que les autres. Il avait laissé des instructions précises pour la sienne. S'il ne mourait pas sur le coup, s'il devait demeurer invalide, incapable de prendre soin de lui-même, à la merci de quiconque, dans ce cas, il faudrait convoquer une commission de trois amis médecins. Ceux-ci se prononceraient sur la possibilité de rémission. En cas de jugement négatif, il n'y aurait ni agonie ni douleurs. Un cocktail létal de médicaments avait déjà été confié à Clarence. Le vieux majordome s'occuperait personnellement de le lui injecter dans les veines.

Michele Liberato s'approcha furtivement de Mario et lui murmura quelque chose à l'oreille. Mario domina à grand-peine un sursaut d'allégresse. En Sicile tout allait pour le mieux. Les premières barriques de marsala seraient prêtes dans un an. Lord Cosgrave imposerait à la haute société londonienne le marsala du Baglio. Dans trois, quatre ans peut-être, la richesse affluerait. Et quand l'Italie serait à eux, ou plutôt « notre chose », *cosa nostra,* comme aimait répéter Michele Liberato…

Striga prit Babbage par le bras. Incapable de se retenir davantage, le savant fondit en larmes. Personne ne fit attention à l'absence de Lorenzo. Depuis quelques jours, il était parti, en grand secret, sur les traces de Felice Orsini. Mazzini était déjà à Lugano, d'où il comptait rejoindre Milan pour allumer l'insurrection. Comme l'avait deviné Lorenzo, la découverte du dépôt d'armes, non seulement n'avait pas ralenti le rythme de l'opération, mais elle n'avait même pas entamé le prestige de Mazzini. Sans parler de l'expulsion ! Quand on l'avait accusé de vouloir fomenter une révolution, Mazzini l'avait pris de haut et, loin de s'excuser, l'avait revendiqué : « Vu qu'en Italie, il n'y a pas de liberté, nous devons conspirer, nous procurer des bombes, utiliser de faux passeports, faire passer du matériel en contrebande et, si nous ne pouvons faire autrement, faire la révolution des poignards ! »

Lord Chatam invita tout le monde chez lui. Personne n'accepta. Ils resteraient veiller la dernière fille de Byron. Lord Chatam se retira avec une légère courbette. Les veillées funèbres le déprimaient, et le cadavre, en outre, commençait à puer. Chez lui, tandis qu'il l'aidait à se débarrasser de son manteau, Clarence lui annonça une visite inattendue. Il s'agissait du juge Taylor, une connaissance de sa précédente vie dissolue. S'il se souvenait bien, il aimait porter des couches de bébé et se faire fouetter par des prostituées déguisées en bonnes sœurs.

– À quoi dois-je l'honneur, mon vieux ?

– Il s'agit de Turrey…

– Il est encore vivant ?

– Allons, Jerome ! Il n'est pas seulement vivant, il est assoiffé de vengeance.

– Et alors ? Si je ne suis pas mal renseigné, il a mis un bon moment avant de se remettre de cet incident… Avec la moitié du corps paralysée, des difficultés à parler et un œil bandé, quel danger peut-il représenter pour moi ?

– Ben… en premier lieu, il a l'intention de te citer en justice.

– Et sur quelles bases ?

– Tentative d'homicide.

Clarence apparut avec une bouteille de marsala et deux verres. La conversation s'interrompit. Le juge Taylor savoura le vin et fit claquer sa langue.

– Excellent. Même si je continue à préférer le porto.

– Le porto vit ses derniers jours, Taylor…

– Jerome…

– Il y aura un procès ?

– Non. Il n'y a pas de preuves.

– Et donc ?

– Mais, à la cour, on est très irrité contre toi. Tu as dépassé les bornes, mon ami.

– Tu ne seras pas venu me faire la morale, j'espère.

– Il ne s'agit pas de morale, mais d'un bannissement.

– Un bannissement ?

– Pour tout te dire, la reine te veut les fers aux pieds. Tu n'es plus persona grata, ici, à Londres.

– Voyez-vous ça…

Taylor se pencha sur le fauteuil et agrippa un bras du Lord.

– Moi, je crois que la société ne versera pas une larme quand l'âme noire de Turrey retournera auprès de son vrai maître, Satan… Et je crois que tu as assumé la tâche d'interpréter de manière, disons, efficace, ce sentiment fort répandu. Cependant, tu as manqué ton coup, et je crois qu'une période de vacances dans tes domaines d'Islay te ferait du bien, mon cher…

– Tu es en train de me dire que c'est un ordre ?

– Je dirais plutôt un conseil… un conseil amical… mais très, très pressant, conclut le juge.

Terra di Nessuno était avec Mazzini quand, trois jours après les funérailles de Lady Ada Lovelace, arriva de Paris la nouvelle que Louis-Napoléon, par un audacieux coup de main, s'était emparé de la France, en s'autoproclamant empereur sous le nom de Napoléon III.

– Il trahit sa patrie comme il a trahi la nôtre, fut le commentaire laconique du Maestro, accompagné d'un sourire sinistre.

VII

1853-1856

Milan, février 1853

Lorenzo entre au palais Marino tandis que l'ordonnance de Von Aschenbach tourne la tête, en apparence distrait par l'arrivée d'une belle femme. La vérité est qu'il veut éviter d'échanger un salut avec l'espion. Tout le monde hait les espions. À plus forte raison quand ils s'avèrent inutiles. La soldatesque de garde se passe de main en main, à grand renfort de jurons, des bouteilles d'une grappa grossière. La mauvaise humeur est visible. Ici, comme au Château, et à Brescia, à Pavie, des milliers de soldats ont été appelés quand le bruit que les insurgés allaient attaquer s'est répandu. Certains avaient été surpris par l'alerte générale au moment où ils se préparaient à revoir leur famille pour leur premier congé, si désiré. Imprécations pittoresques et répliques vulgaires s'entrecroisent en croate, hongrois, transylvain, vénète, lombard et frioulan. Mazzini a raison quand il soutient qu'un tel agrégat d'ethnies différentes ne peut tenir longtemps sous le même drapeau sans le déchirer. Ou se déchirer. Mais il a tort, aussi, parce que, s'il y a une chose que Lorenzo a compris durant ces derniers mois passés à cheval entre les lignes impériales et les avant-postes patriotiques, c'est que pour beaucoup, énormément de gens, l'Empire est la Patrie, et l'Italie, une idée abstraite. C'est pourquoi Lorenzo, à la fin, a décidé de révéler le plan de l'insurrection. Parce qu'il sait que les patriotes, une fois encore, vont perdre.

Le plan est simple et hardi. L'organisation : un ensemble de noyaux, appelés décuries, regroupés par dix pour former le noyau supérieur, appelé centurie. Au sommet, le commandant du noyau d'action, responsable du commandement territorial : Mantoue, Milan, Brescia. La base : des gens du peuple et des bourgeois. Le système de communication : le chef de décurie seul correspond avec le chef de centurie, et le chef de centurie avec le commandant du noyau d'action. Le code : un système chiffré numérique basé sur le tercet dantesque du Comte Ugolin : « Bouche souleva du fier repas… » Peu d'armes : quelques vieux mousquets, pistolet à rétrocharge, poinçons effilés qui peuvent, au besoin, se révéler plus létaux que des munitions plus modernes. La saisie des Sharp Rifles a été un coup dur pour l'organisation. C'est aussi grâce à Lorenzo qu'ils en sont réduits aux poinçons. Certainement pas ce qu'il y a de mieux pour une guerre du peuple. Peu d'armes, beaucoup de foi, dans le style de Mazzini. Et, pourtant, ça pourrait marcher. Si l'attaque contre la garnison réussit, le facteur surprise étant garanti, les armes afflueront, soustraites aux défenseurs. Si le canon du Château tonne, le peuple comprendra que l'heure a sonné et se déversera dans les rues. Si, entraînés par le vent de la révolte, les *honved*, les soldats hongrois, qui supportent mal la domination autrichienne, s'insurgent, en massacrant leurs officiers détestés… Si… si…

Mais ça ne marchera pas.

Von Aschenbach l'accueille froidement.

– L'information était fausse. Il n'y a eu aucune attaque !

– Elle est seulement reportée.

– À moins que vous ne soyez le serviteur de deux maîtres, comme votre Arlequin…

– Maintenez l'état d'alerte. Si ça n'est pas pour aujourd'hui, ce sera pour demain, et si ce n'est pas pour demain, pour dans une semaine. Ne démobilisez pas, croyez-moi. Ils sont allés trop loin. Mazzini est à Lugano, prêt à prendre le commandement des opérations. Ils ne retourneront pas en arrière.

– Je veux encore vous accorder ma confiance, baron. Mais un autre insuccès pourrait être fort mal accueilli à Vienne.

Donc, seule l'indubitable sympathie que Von Aschenbach continue à lui témoigner l'a sauvé. Pour le moment. Mais ils le soupçonnent. C'est à cause de Mantoue. Il y a quelques mois, les Autrichiens ont découvert une conspiration qui se développait depuis des années. Avec un prêtre à sa tête. On dit qu'en apprenant la nouvelle, l'empereur avait fait le signe de la croix, frappé d'une terrible prémonition : si même un prêtre… alors… la partie serait-elle perdue ?

Aschenbach avait beau douter de lui, et à raison, Lorenzo ignorait ce qui se préparait à Mantoue. Mazzini continue à jouer sur plusieurs tableaux à la fois : il l'a envoyé agiter les eaux et contrôler le soulèvement milanais, mais il lui a caché Mantoue. Une conjuration de grande ampleur anéantie par une banale erreur de calcul : le pot aux roses a été découvert quand on a déchiffré le code des conspirateurs. Pour Mantoue, la clé était l'incipit du *Pater Noster*…

Comment, dans le même homme, peut-il coexister un tel talent révolutionnaire et semblable ingénuité ?

Lorenzo abandonne le palais Marino. Sa destination est l'Osteria del Monti, repaire des insurgés. Il se serre dans son manteau, qui le protège à grand-peine du vent glacé et de la neige fondue. De joyeuses bandes de bourgeois passent d'une fête à l'autre en braillant en chœur des chansons paillardes.

Il a été à un pas de l'arrestation. Tandis qu'il entre dans l'auberge, il jette pour la énième fois un coup d'œil dans son dos. On ne l'a pas suivi. Du moins, l'espère-t-il.

L'établissement est plein à craquer de conspirateurs. Lorenzo échange un signe de salut avec le rétameur Fronti, le teinturier Azzi, le chapelier Vigorelli. À une autre table sont assis le poète Carta, le comptable Strada, le major Brizzi et le professeur Piolti de' Bianchi. L'état-major de la révolte. L'aubergiste Monti, un maigrichon nerveux, lui sert du vin cuit et une cuisse de dinde. Tout le monde a l'air grave. La nervosité est palpable.

– Piolti a décidé que ce serait pour demain, annonce Brizzi.

– Où ? Quand ?

– On ne le sait pas encore.

Monti se joint au petit groupe. L'aubergiste est hors de lui.

– Quelle connerie, cette conjuration ! Il fallait agir ce soir, les prendre par surprise. Et puis, ça ne s'improvise pas. Comment on fait pour se lancer sans ordre précis ? Qu'est-ce qu'on leur raconte, aux autres ? Qu'on les envoie à la mort sans aucun plan ? Et toi… tonne-t-il en pointant l'index sur la poitrine de Lorenzo, est-ce que le Maestro s'est manifesté au moins auprès de toi ?

– Ça fait une semaine que je n'ai pas de nouvelles, se défend Lorenzo.

– De mieux en mieux ! aboie Monti en crachant par terre, dégoûté, puis, d'un regard de feu, il foudroie Brizzi. D'abord, on nous dit de nous tenir prêts, et puis on nous envoie les officiers et les docteurs pour nous dire de rester calmes… Mais comment vous la faites, la révolution, sans nous, sans le peuple ?

Certains acquiescent, d'autres protestent. Lorenzo se désintéresse de la dispute ; c'est une scène à laquelle il a déjà assisté d'innombrables fois, une pièce déjà écrite. Son attention est attirée par un groupe de nouveaux venus. Ils sont cinq, avec des visages marqués par la rue et des tatouages sur leurs bras musculeux. À leur tête, Pistrucci, un des plus fidèles mazziniens. Arrivé au centre de la salle, il les présente. Il récite des noms de bataille qui sentent la prison, la pègre, le fouet et les raids de brigands : le Turc, Bancal, Ramulàss (« raifort », en milanais), Fauxpied…

– Ce sont les chefs des cinq plus importantes bandes de la ville, murmure avec orgueil Brizzi à l'oreille de Lorenzo, je les ai personnellement recrutés avec Pistrucci. Ce sont de braves gens, ils nous donneront un coup de main.

– Mazzini est au courant ?

– Mazzini désapprouve. Il viendra sur nos positions après la victoire !

Tandis que bandits, gens du peuple et gentilshommes se scrutent avec méfiance, Lorenzo, en les observant, savoure la dernière goutte de vin cuit. Dans cette alliance forcée brille toute l'ambiguïté de Mazzini. Si le soulèvement réussit, les délinquants deviendront des patriotes. Dans le cas contraire, l'échec leur sera imputé et ceux qui les ont recrutés, contre la volonté du Maestro, seront accusés d'avoir pollué la pureté révolutionnaire avec des compromissions insensées. Mazzini est un grand politique, décide Lorenzo. Si on lui donnait les pleins pouvoirs, il réussirait mieux que quiconque. Mais le soulèvement va échouer et le manège recommencera à tourner.

Ils attaquent à deux heures de l'après-midi. Ils attaquent où personne ne l'attendait, au centre, devant l'église de San Pietro in Gessate, et ils attaquent là où c'était le plus prévisible, au Château. Repoussés, ils se replient sur la Grande Garde et, là, ils l'emportent. Ils s'emparent d'un canon et lancent le signal de feu sur la ville. Lorenzo s'en tirera, quelle que soit la suite. Le soulèvement a éclaté, comme il l'avait prévu. Lui demander exactement où il devait commencer était hors des capacités humaines : suivi de près par ses compagnons, il n'aurait pas pu s'en sortir sans éveiller les plus graves soupçons. Von Aschenbach s'est déclaré satisfait. La ville est en alerte, la guérilla est sans espoir.

Mais il y a plus de monde que prévu, le peuple est vraiment là, et cela, pour Lorenzo, c'est une surprise. Il se trouve avec les autres à San Pietro in Gessate, où sont accourus les miliciens de Porta Tosa. La rue est fermée par des barricades jusqu'à Porta Romana. Lorenzo se limite à tirer au hasard quelques coups de feu mais il est prodigue de paroles, de proclamations et d'incitations. Personne ne doute de lui.

Le vieux maréchal Radetzky mobilise un bataillon de vétérans. Soldats de premier choix, très fidèles à l'Empire, survivants de mille batailles. On combat la journée entière. À la fin, les Autrichiens doivent se replier. Un chœur de railleries monte des barricades de Porta Romana, saluant la retraite des uniformes blancs. La furie du peuple est irrésistible. La foi est solide.

Les estafettes apportent des nouvelles exaltantes. Des feux de guérilla s'allument partout, en ville et dans les autres provinces. L'enthousiasme explose. La victoire semble à un pas.

Lorenzo a les larmes aux yeux. Il doute de lui-même. Il vise soigneusement le dos d'un officier qui tente de retenir ses hommes. Le doigt appuie sur la détente. Il tire. Au dernier moment, il a imperceptiblement dévié le canon vers le bas. Un des brigands lui tape dans le dos.

– Tu tires comme un con, *barún* !

Puis tout se précipite.

Les Hongrois restent enfermés dans leurs casernes ; leur chef, le patriote Kossuth, a désavoué la révolte, il n'y a eu aucune mutinerie. Comme toujours, le peuple est seul.

Et tandis que les patriotes versent leur sang sur les barricades, les criminels qui s'étaient joints aux révolutionnaires font leur métier. Ils volent dans les maisons, détroussent les cadavres, dévastent les magasins.

Lentement, inexorablement, les tuniques blanches reprennent le contrôle de la ville. Vers minuit, les derniers désespérés se rendent. Cent cinquante soldats, deux officiers supérieurs et un nombre indéterminé de résistants sont tombés. Lorenzo passe la nuit chez Pistrucci. Le lendemain, il passe la Porta Tenaglia.

La vengeance se déchaîne immédiatement. Des gibets improvisés sont dressés sur les lieux de la bataille. Le maréchal Radetzky y fait pendre les gens du peuple. Quant aux chefs, ils réussissent à s'expatrier.

Lorenzo retrouve Mazzini à Lugano. Comme il l'avait prévu, le Maestro désavoue en partie le soulèvement et se l'approprie en partie : l'idée était bonne, l'exécution désastreuse, l'échec qui a suivi naturel.

Accompagné par des lettres de créance signées par le Premier ministre du Royaume de Sardaigne, Camillo Benso, comte de Cavour, un officier au visage balafré fait son entrée au siège du commandement autrichien. Il se présente en claquant des talons. C'est le major Paolo Vittorelli de la Morgière. Il offre à Von Aschenbach, en signe d'amitié, quelques lettres interceptées par la police savoyarde.

– On y fait allusion à une insurrection qui devrait éclater dans le Cadore. Mon gouvernement a pensé que votre gouvernement apprécierait le geste.

Von Aschenbach trouve l'homme détestable, avec ses manières hautaines et agressives à la fois. Mais les informations sont de première main.

– Mon gouvernement se demandera le motif d'une telle générosité, major.

Vittorelli observe avec un léger sourire ricanant ce galantin parfumé et empommadé qui se donne des airs de grand seigneur. Son instinct de flic le catalogue à l'instant parmi les pédérastes effrénés. Cavour l'a réintégré dans son rang et lui a confié le commandement des services de sécurité. Cavour est un homme au génie sublime. Cavour conquerra le monde, ou du moins l'Italie. Et les espions seront ses meilleurs alliés.

Vittorelli s'incline devant l'Autrichien, poli et sec. Le moment venu, mon cher, tout cela me sera utile…

– Il est temps que nos gouvernements redécouvrent la notion de bon voisinage, Excellence. En outre, nous avons un ennemi commun. La subversion. Et une coordination opportune de nos forces de sécurité nous aidera à le combattre plus efficacement. Le comte de Cavour, pour l'occasion, me charge de présenter à Sa Majesté l'empereur ses meilleurs vœux de santé et de prospérité…

Red House (Yorkshire), automne 1853

Pour l'exil doré dont on ne sait quand et s'il doit prendre fin, Lord Chatam a préféré, à la campagne dorée du Kent, l'âpre désolation du Yorkshire. Il a supervisé en personne les travaux de rénovation d'une vieille gentilhommière, l'a rebaptisée Red House, la maison rouge, parce que le rouge des murs, des tableaux, du mobilier et des tentures est la couleur dominante, unique antidote au gris uniforme de la bruyère.

Pour l'inauguration, il a invité les personnes qui lui sont chères. La personne qui lui est chère, plutôt. Striga. Qui, dans son amour insensé et œcuménique de ses semblables n'a pas manqué de traîner derrière elle la troupe bariolée des Londoniens. Ainsi Lord Chatam se retrouve en compagnie de Lady Violet et de la petite Cristina Devi, affectueusement prise en charge par une froide et digne brahmane qui répond au nom de Tabitha, « gazelle », en langue hindi. Absent excusé, le néo-*esquire* Mario Tozzi, aux prises avec sa nouvelle activité de marchand de vins nobles, sous les bons auspices de Lord Cosgrave père.

– Il t'envoie son bonjour, Jerome. Ils n'oublient pas, ni lui ni Michele Liberato, que sans ton sage conseil, l'entreprise ne serait jamais née. Et ils te prient d'accepter cet hommage.

Deux serviteurs déchargent les caisses du très réputé marsala de Baglio di Catafratto. Lady Violet s'éloigne pour veiller à ce que pas une bouteille du précieux liquide ne soit perdue. Le peintre ressuscité Dante Gabriel Rossetti, toujours aussi émacié, s'approche de Lord Chatam et lui souffle quelque chose à l'oreille.

– Vous voulez savoir le vrai motif de l'absence du petit arriviste ? Le bordel de Rosie Wexingham. Maintenant qu'il peut se le permettre, Mario est là à demeure…

Le nom de l'ex-enfant perdue, désormais légendaire *sous-maîtresse*, provoque un frémissement de Lord Chatam. Janet Corrigan, la fougueuse Irlandaise, dernier béguin du peintre, s'approche et le prend par le bras, en le réprimandant doucement parce que « Dieu sait quelle médisance tu as murmuré au pauvre Chatam, qui a déjà assez de peine pour son exil injuste ». Lord Chatam regarde le couple s'éloigner en direction d'une file d'arbustes souffreteux qui, on en jurerait, ne survivront pas au rigide hiver du Yorkshire et à la poussière des mines qui s'insinue partout. Au mieux, ils pousseront tordus et phtisiques comme les enfants loqueteux des bergers de la campagne. Janet a juré de « sauver » Dante Gabriel. Le peintre est bien disposé à laisser faire l'expérience, tant qu'il n'en aura pas assez et jusqu'à ce qu'il revienne à son vice, ou qu'il se voue à une nouvelle maîtresse. Sublime dévouement féminin à l'impossible rédemption des pervers !

Mais l'allusion à Rosie fraie sa voie dans l'âme inquiète de Lord Chatam. Tout a commencé par elle, ou, pour mieux dire, par un geste inhabituel de bonté. Un geste auquel il s'était résolu pour se débarrasser de l'insistant couple de suffragettes. Et pourtant, depuis qu'on l'a éloigné de Londres, dans la solitude du Shire, Lord Chatam s'est senti dangereusement déplacé. La sensation d'être poussé par une force extérieure a fait son chemin dans ses pensées. Il devrait prendre Striga à part pour lui en parler. Lui expliquer qu'il regrette le bon vieux temps, qu'il a pris contact avec un maquereau de Sheffield, lequel supervise un conséquent troupeau de damoiselles… Et que l'horreur et la fascination se disputent en lui.

Striga est prise par une conversation animée, par gestes, avec Terra di Nessuno et le rabbin Solomon. Terra est sombre et renfermé.

– Il traverse une mauvaise période, l'excuse Striga, quand enfin Lord Chatam réussit à la piloter vers un pavillon orné de plantes grimpantes des Amériques. Il est vexé que Mazzini ne l'ait pas impliqué dans l'insurrection de Milan. Mais je suis heureuse qu'il n'ait pas rejoint ces fous !

– Tu traites de fous les patriotes ? Ceux qui veulent libérer ton pays de l'oppression ?

– Leurs méthodes me déconcertent, Lord Chatam. On peut abattre un tyran, mais après ?

– À l'après, on y pense après, ma chère, tu ne crois pas ?

– Non… Il faut y penser maintenant. Former les consciences. Instruire le peuple. L'instruction est tout.

– Mais quelle bonne petite institutrice elle fait, ma Striga.

Et il le dit avec douceur, sans sarcasme. Striga le fixe, perplexe.

– Et toi, ma chère, quelle période traverses-tu ?

Un moment de confusion, explique-t-elle. La mort de Lady Ada a infligé un coup terrible à Babbage. Le mathématicien revient cent, mille fois sur les mêmes calculs, reparcourt des sentiers tant de fois tracés, fait et défait son éternelle toile de Pénélope. Il est indécis sur tout, paralysé.

– Je crois que nous ne la construirons jamais, cette machine merveilleuse…

– Peut-être que ce n'est pas le bon moment.

– Et peut-être que nous ne sommes pas les bonnes personnes… rétorque-t-elle.

Puis, d'un coup, le mouvement des doigts s'arrête, Striga plante des yeux scrutateurs dans ceux de Lord Chatam et, sans ajouter un mot, elle lui tourne le dos et s'en va.

Avec une pointe de déception, tandis que les serviteurs disposent les nappes sur la vaste table et que s'entrecroisent les commentaires sur le climat (est-ce qu'il va pleuvoir ? Avec ce soleil ? Tu connais l'Angleterre, ma chère, tu sais combien le climat est imprévisible, ici, chez nous), il la regarde s'éloigner. Pourquoi a-t-elle interrompu si brusquement la conversation ? Elle n'éprouve plus d'intérêt pour lui ? Peut-être a-t-elle deviné la tempête qui bouleverse son âme ?

Au déjeuner, Striga est taciturne, elle avale à peine une ou deux bouchées des spécialités françaises que le lord a commandées au seul cuisinier décent des environs. À la fin, c'est elle qui insiste, au coucher de soleil, pour que la compagnie retourne en ville, où elle pourra prendre le dernier train pour la capitale, refusant ainsi l'invitation de Lord Chatam à rester pour la nuit.

– Pourquoi tant de hâte à rentrer ? lui demande Terra di Nessuno en lui massant doucement le cou, quand ils sont déjà dans le wagon.

– J'ai senti le souffle du mal, répond-elle, triste.

Londres, printemps 1854

La maison de Rosie Wexingham, le plus célèbre bordel de Londres, occupe un édifice discret, deux étages anonymes à quelques pas de l'Old Bailey. Fréquenté, paraît-il, par de nombreux juges et avocats : *casa e putía, comu dicemu nuàutri,* logement et boutique, comme on dit chez nous autres siciliens pour dire que quelqu'un est là à demeure. C'est un serviteur nègre qui s'occupe de recevoir les visiteurs. Michele Liberato présente sa carte de visite avec le nom codé (les règles de la maison sont très sévères) et le nègre, avec une courbette, lui fait signe de s'installer. Dans le salon central, il y a un piano dont les touches, parfois, s'honorent d'être effleurées par des concertistes confirmés. Aux murs, des tableaux mythologiques à sujets luxurieux. Du salon, au moyen d'un vaste escalier, on accède à l'étage supérieur, dit des chambres de Réconfort. La chambre Rouge pour les amants réguliers ; la Grise pour les amoureux des gitons, la Noire pour les amants des liens et de la soumission douce, la Violette pour les amours de groupe hétérosexuelles, la Marron pour les amours de groupe homosexuelles, la Blanche pour les orgies à thème variable qui incluent travestis, hermaphrodites et autres plaisanteries de la nature : des *freaks* comme on les appelle par ici. Un autre escalier, plus étroit, conduit au souterrain. *Dungeon*, suivant l'appellation du cru. Ici, on accueille les fervents du Divin Marquis, les passionnés des passions cruelles, les adorateurs des vases de nuit, les fétichistes du vomi. Rosie Wexingham porte un domino noir qui découvre ses épaules et qui, à travers un pan de fourrure rouge qui se soulève, permet l'accès à son considérable postérieur. Quiconque l'aurait vue quelques années auparavant, quand elle était une enfant émaciée et sale qui volait des lapins dans les ruelles de Hackney, aurait peine à la reconnaître dans la putain sophistiquée d'aujourd'hui.

– Voilà longtemps qu'on ne vous a plus vu, sir !

– Tirez du lit ce dépravé que j'ai pour associé, je vous prie.

– Vous êtes trop sévère avec l'*esquire*… un de mes meilleurs clients.

– Bon, allez-y, je suis passablement pressé.

– Il vient juste de m'arriver des Indes occidentales une merveilleuse mulâtresse. Peau de velours, bouche de rêve, bas du dos élastique et moelleux… Absolument propre et prête à tout. Vous êtes sûr de ne pas vouloir lui accorder une pensée ?

– Absolument sûr.

– Comme vous voulez. Dans cinq minutes, l'*esquire* sera là.

Les yeux gonflés, le pas incertain, l'haleine âcre… Mario Tozzi est dans un état répugnant. Opium, décrète Michele Liberato, et peut-être aussi absinthe.

– Michele ! Qu'est-ce qui t'arrive ?

– J'ai dû payer trente guinées à l'inspecteur des douanes pour débloquer la dernière cargaison de marsala.

– Fan de pute, Miche' ! Après, on dit que les corrompus, c'est nous.

– Le problème n'est pas là, Mario. Je les ai payées de ma poche, les trente guinées…

Mario détourne le regard pour se concentrer sur un Zeus en taureau blanc qui poursuit une Europe dodue.

– Et tu sais pourquoi j'ai dû les payer, moi, Mario ? reprend Michele, implacable, parce que toi, ces trente guinées que tu avais prises dans la caisse commune, tu les as jetées par la fenêtre avec les putes…

– Michele, je…

– La société est dissoute, Mario.

– Mais tu te l'es fondu, *er* cerveau ?

– Au contraire. Je suis fatigué de te suivre. Je n'en peux plus. Le travail repose tout entier sur mes épaules, et moi, dans ces conditions, je ne me sens pas de continuer.

– Dissoudre la société ! Et où tu vas, sans argent ?

– J'ai ce qui faut pour te rembourser tes investissements initiaux et liquider ta part au prix maximum du marché.

– Tu rigoles…

– Je suis sicilien, ne l'oublie pas. Et les Siciliens n'ont qu'une parole !

La menace semble porter. Mario se reprend rapidement. Il promet de changer de registre. Il s'engage à réduire, sinon à cesser tout à fait, ses visites au bordel. Il jure qu'il sera plus présent au travail.

Michele Liberato le laisse dire, impavide. Il n'intervient qu'une seconde avant que les promesses tournent aux geignements.

– Bien. Je veux te donner une chance. Et il y a autre chose. Remets-toi sur le droit chemin. Violet mérite mieux.

– Quel rapport, Violet ? Je l'aime, ma femme. Si seulement elle était moins… Mais, sans femmes, je tiens pas.

– Tout le monde peut tenir. Il suffit de le vouloir.

– Tu en parles facilement, toi ! Depuis qu'on fait du vin, t'as l'air d'un putain de moine.

– Je ne comprends vraiment pas ce qui ne va pas avec Violet.

– Et *mo'*, maintenant, je vais t'expliquer ! Elle est encore enceinte… Mais, moi, je dis… Elle passe la moitié de son temps avec la petite… l'autre moitié avec la femme de chambre indienne et les comités révolutionnaires, le Parti d'action, la Société de prêt, la Société des amis des Italiens, la Société de mon cul… Et maintenant, voilà encore un moutard qui arrive. Et pour moi, qu'est-ce qui reste, hein ? Pour mes exigences d'homme, qu'est-ce qui reste, putain ?

Michele Liberato se demande s'il ne vaudrait pas mieux la dissoudre pour de bon, cette société.

– Un homme qui se laisse commander par son vié n'est pas un homme, conclut-il, méprisant.

Il y a une tête nouvelle à la réunion mensuelle du Council of the Society of Friends of Italy. Soixante-dix figures de la vie publique, éminentes, selon certains, et bas *demi-monde** londonien, selon d'autres, qui se rencontrent pour offrir un soutien concret à la cause et conspirent au grand jour dans un débarras du 10, Southampton Street, dans le Strand. La tête nouvelle est celle du docteur Simon-François Bernard. C'est un Français originaire de Carcassonne, maigre, l'œil pénétrant, avec des cheveux noirs et fins qu'il laisse retomber sur ses épaules étroites et asymétriques. Il s'habille en noir, comme Mazzini, mais ses discours incendiaires évitent soigneusement de citer le Maestro. Lorenzo sait que Bernard méprise Mazzini. Il le considère comme un prêtre exalté, ni plus ni moins. Terra di Nessuno, qui paraît sensible à la séduction du glacial Français, le lui présente comme « Bernard le célèbre clubiste ». Et il lui explique que, durant les journées de 1848 à Paris, Bernard animait les clubs jacobins en exhortant à la révolution la plus radicale, définitive, absolue.

– Un héritier de Saint-Just, donc, commente sèchement Lorenzo.

– Oh, se hérisse Bernard, moi, je n'aurais jamais commis les erreurs tragiques de l'Archange de 89… La vertu au pouvoir, ça me semble une aberration. Le pouvoir étant de par sa nature même anarchique, seule une identique dose d'anarchie opposée pourra le combattre efficacement. En outre, je me limite à apporter ma contribution aux nobles causes de notre temps… et à exercer la profession de médecin et d'orthophoniste.

– Orthophoniste ?

– Il apprend à parler aux muets, explique Terra di Nessuno.

– Souvent, confirme Bernard, le mutisme plonge ses racines dans un désordre psychique. Mes études en la matière sont passablement avancées. Et quelquefois, pas toujours bien sûr, les résultats sont surprenants.

L'idée que Terra di Nessuno a cultivée est que le fatidique docteur Bernard puisse rendre la parole à Striga. Lorenzo les accompagne dans le voyage de l'espérance.

Deux demoiselles trop maquillées les reçoivent au 28, Cornhill, où, dans un sombre immeuble puant la viande de boucherie, se trouve le cabinet du docteur. Bernard, surgi de derrière un paravent décoré d'un dessin du Fujiyama enneigé, leur présente Susie et Doris, « mes assistantes, infirmières et amies ». Les jeunes femmes ricanent. Lorenzo ressent un sentiment de malaise aigu. S'il ne se trouvait pas dans un lieu de science, il dirait qu'il s'agit certainement de prostituées. Mais Bernard n'est-il pas un théoricien de l'excès ? Ne considère-t-il pas les révolutionnaires comme une bande d'ennuyeux moralistes ? Le docteur passe une blouse blanche et brandit un curieux instrument, une espèce d'arc avec deux ronds métalliques aux extrémités.

– Cela sert à mesurer l'intensité de l'appareil auditif, explique-t-il en s'approchant de Striga.

Elle fait un pas en arrière. Bernard, l'air suffisant, lui agrippe une main.

Au contact de l'homme, le visage de Striga se déforme dans une grimace de douleur absolue. De sa gorge inerte sort un hurlement silencieux. Les filles cessent de rire. Bernard s'insurge.

– Vous voulez ou non que je guérisse cette pauvre folle ?

Terra arrache l'instrument des mains du docteur qui recule, offensé. Lorenzo essaie de ramener le calme. Striga a disparu. Terra se précipite dans la rue. Elle est là, qui court, en se tenant la tête entre les mains. Terra la rejoint, l'étreint. Striga se dégage. Lorenzo arrive. Peu à peu, la jeune femme se calme. Mais elle ne veut rien révéler.

Cette nuit-là, Striga glisse hors de chez eux. Elle gagne à pied la gare de Paddington, achète un billet de deuxième classe pour Sheffield et le lendemain, ayant loué une voiture, elle se présente à Red House. Le docteur Bernard est une épiphanie du Mal. Il est le mal présent. Et Lord Chatam est en train de retourner au Mal d'autrefois. Les chiffres sont bouleversés. Son esprit est bouleversé. Un orchestre malsain l'assourdit de ses rythmes incompréhensibles.

Clarence, le vieux majordome, a les yeux humides quand il lui annonce que son maître est parti pour un voyage sans but précis.

Striga sait que Clarence ment. Elle implore le serviteur de la laisser entrer. Lord Chatam est malade, et moi seule je peux le soigner. Clarence est inflexible.

– Dites-lui que je serai toujours sa Striga, dit-elle alors avec ses doigts, frénétique.

– Pardonnez-moi, madame, vous savez que je ne comprends pas votre langage.

Elle se fait donner du papier et une plume. Écrit ces quelques mots tandis que les larmes l'assaillent, irrépressibles mais vaines. Remonte en voiture. Clarence referme lentement la grande porte de Red House.

Lord Chatam a assisté à la scène depuis la fenêtre de sa chambre. Il retourne vers le lit, où une fille attachée et bâillonnée s'agite en gémissant. Il ordonne au garçon d'empoigner le fouet et de frapper « avec beaucoup de sévérité, au moins cinq fois ». Puis il s'installe dans un fauteuil, allume une pipe d'opium et se prépare à goûter la scène.

Trop tard, Striga. Il est trop tard. Il existe des bois tordus qu'aucune force ne pourra jamais redresser.

Sicile, automne 1854

– *E cu chista, su' dúdici*, et avec celle-là, ça fera douze !

'U Sciancatu balança dans la fosse la dernière caisse de vin, puis essuya sa sueur et fit signe à Mastru Pinu et aux cinq autres gars qui attendaient, une torche allumée dans une main, le pistolet à tambour dans l'autre.

– Allez-y, les gars !

Chacun à son tour, les six hommes jetèrent leur torche dans le trou. L'alcool prit feu. Une très douce odeur de marsala se répandit dans l'air. 'U Sciancatu se tourna vers le métayer De Luca et lui jeta un coup d'œil interrogateur.

– Vous voulez savoir, demanda ce dernier en dialecte, si cette fois mon patron comprendra la leçon ? Moi je dis que maintenant la terre est à vous !

'U Sciancatu hocha la tête, visiblement satisfait, et lui tira dans un pied.

– Je te demande pardon, compère. Mais fallait le faire.

Le soir, ils rapportèrent à Salvo Matranga que tout était réglé. Salvo les récompensa, en grand seigneur qu'il était, et que Dieu l'ait toujours en Sa sainte gloire, et accorda à chacun une journée de liberté.

Depuis trois mois on menait une guerre sans merci contre un autre producteur de marsala, un certain Parrini. Le Baglio di Catafratto, la marque du baronnet et du Romain, était en train de se faire un nom. Mais il y avait des concurrents dangereux et il fallait les arrêter. Parrini en était un. Le pire. Avec la destruction du dernier chargement, Parrini était maintenant à genoux. Question de jours, d'heures peut-être, et cette tête d'âne buté comprendrait que le marsala était pour lui terre brûlée. Pour fêter ça, Salvo Matranga se versa un verre de marsala Parrini. Un vin vraiment excellent. C'est justement cela qui avait déterminé la ruine de son rival. Comme d'habitude, Salvo Matranga avait commencé par les bonnes manières. Mais autant la première que la deuxième offre, quoi qu'extrêmement avantageuses, avaient été refusées. Ce Parrini était de la région, mais il avait étudié à l'étranger. Il parlait un peu comme le baronnet Michele, et s'il n'y avait eu en jeu la fidélité et les affaires, ils auraient pu finir par devenir amis. Dans une autre vie, peut-être. Dans celle-ci, Parrini était un obstacle à écarter. Donc la campagne systématique de sabotages avait commencé. Un puits qui s'assèche, une vigne qui prend feu, un groupe d'ouvriers agricoles qui soudain va travailler à moitié prix pour le Baglio di Catafratto... la chanson habituelle, en somme. Mais cela n'avait pas suffi pour faire plier l'orgueilleux Vito Parrini, qui avait refusé même la troisième offre profitable.

Et une fois encore, Tamerlan avait dû passer aux drapeaux noirs. Salvo s'était acheté la fidélité d'un subordonné de Parrini, il avait su ce qu'il y avait à savoir, et... un, deux, trois et quatre, et maintenant, cinq... les chargements finissaient en fumée. Et maintenant l'entreprise était toute à lui. Il en informerait en temps voulu le baron Michele Liberato, qui se trouvait, le bienheureux, à Londres, mais qui dans toutes ses lettres s'épanchait sur la terre bien-aimée de Sicile, sur ses parfums, ses odeurs, et ainsi de suite.

Plus Michele Liberato lui chantait la rengaine de la nostalgie et plus Salvo éprouvait des démangeaisons de voyage. Qu'est-ce qu'il en savait, lui, du monde ? Comment étaient les terres fabuleuses au-delà du détroit et plus loin encore, après la haute mer, en Amérique, par exemple, ou au Pérou ? Facile de parler pour quelqu'un comme le baron, qui avait parcouru le monde… facile de revenir après avoir vu. Mais si tu n'as rien vu, qu'est-ce que c'est cette putain de nostalgie ?

La terre de Parrini fut prise, par acte notarié régulier, une semaine après la destruction du dernier chargement. Fidèle à sa politique de douceur, Salvo paya un prix, vu les circonstances, plus qu'équitable et offrit même un travail à Parrini, puisque dans l'art du vin, c'était incontestable, il savait y faire, et comment ! L'autre refusa, indigné, et s'en alla ronger son frein à Palerme. Mais les techniciens, eux qui avaient rendu si particulier et incomparable le goût du marsala de Parrini, en les payant à prix d'or, Salvo réussit à se les garder. Pour compenser la dépense, il établit de réduire d'un quart le tarif journalier des cueilleurs, en commençant par les femmes et les enfants, qui pour ce qui était de besogner besognaient, mais qui rendaient moins qu'un homme jeune et valide. Au premier signe de protestation de la part de quelques gros malins, il envoya 'u Sciancatu et les siens casser quelques gueules, et la protestation s'éteignit. Salvo communiqua au baron l'issue heureuse de l'affaire et lui demanda si ce n'était pas le moment de s'attaquer aussi au marquis Florio. Sa société contrôlait soixante-cinq pour cent du marché et, s'il réussissait à la redimensionner, ce serait un beau coup. Le baron répondit vite, alarmé. Florio était INTOUCHABLE. Écrit en majuscules. Les Anglais ne permettraient aucune action contre lui. Et les Anglais étaient avec eux. Le baronnet donnait pour instructions qu'il s'occupe de sensibiliser les esprits en vue sur de « possibles initiatives politiques », puisque Mazzini en personne l'avait convoqué et lui avait demandé de « travailler pour la cause » en bas, en Sicile. Salvo convoqua une réunion de ses gars pour le lendemain soir, et gagna Palerme pour verser son pourcentage à don Calò.

– J'ai su que tu te pris une terre nouvelle, dit le chef de bande en l'accueillant, toujours dans l'éternelle baraque puante, et toujours entouré par Cicciu Capagrossa et ses hommes, toujours vêtus en miséreux, avec l'habituel air sinistre et l'odeur de la besogne sur eux.

– Une bonne affaire, ce fut, confirma Salvo tandis qu'il pensait : voilà comme on se retrouve à vivre toute sa vie attaché à la glèbe.

– Ben, ajouta don Calò, et on partage ça aussi, il me semble… Ou je me trompe ?

Salvo marqua une pause. L'affaire était une affaire nouvelle et donc, selon la logique et la justice, ne devait pas rentrer dans l'accord. Mais don Calò était trop avide pour laisser échapper l'occasion.

– Vous ne vous trompez pas, acquiesça-t-il enfin, avec toute l'humilité dont il était encore capable, je vins ici exprès pour vous en référer.

Don Calò, à son tour, marqua une pause. Il avait entendu dire que le garçon mettait sur pied sa propre bande. Qu'il se faisait appeler « don ». Peut-être qu'un jour, à l'avenir, il faudrait intervenir. Mais peut-être que, ce jour-là, tous deux se retrouveraient alliés. Et tant qu'il rapportait des picaillons…

– Très bien, très bien, continue comme ça… Écoute 'ne chose, ajouta-t-il sur un ton confidentiel et en dialecte pur, le baron père me dit qu'il lui est arrivé le bruit comme quoi le baronnet, à Londres, se porte bien…

– Ça me fait plaisir.

– Eeeh, à moi aussi ! Cette affaire du père et du fils fâchés doit finir. Toi, fais savoir au baronnet que son père pense toujours à lui… Si ce brave garçon se décidait à demander pardon au roi…

– Je le lui transmettrai, don Calò, répondit vivement Salvo, en pensant qu'il se battrait à mort pour conjurer pareille éventualité.

– Très bien, très bien, comme ça, tu me plais, *picciutteddu*, mon petit.

De retour à Palerme, Salvo expliqua aux gars de Marsala qu'à partir de cet instant, ils devenaient tous soldats d'une nouvelle armée.

– Une nouvelle armée ?

– Putain, c'est quoi ?

– Et qu'esse qui faudra qu'on fasse ?

– Pour l'instant, rien, sinon obéir à mes ordres.

– *Comu fìcimu sempri*, comme on a toujours fait…

– Exact. Et quant à l'armée, des patriotes, on est.

– Sainte petite mère de Dieu ! Patriotes, on devient ! Comme les libiraux… comme les jacoubins…

– Du calme, petits, de quoi vous avez peur ? dit Salvo en riant. Notre cause, c'est l'unité d'Italie. En guerre on est ! Et en guerre, conclut-il en prenant un ton soudain menaçant, pas de pitié pour les traîtres !

Sibiu (Hermannstadt), Transylvanie,
décembre 1854

Le dernier acte se joue ici, à Sibiu, en Transylvanie. Terre roumaine, ville roumaine, que les Allemands, avec leur manie de dominateurs, ont rebaptisée Hermannstadt. Le théâtre est un grand hôtel. Le rendez-vous est pour l'après-midi. Depuis le matin, des agents autrichiens en civil occupent le lieu, barrant toutes les voies de fuite. Felice Orsini se présente en haut de l'escalier, vêtu comme un galantin anglais, les cheveux très courts, la barbe flottante, qui figure dans toutes les fiches signalétiques des polices, sacrifiée au profit de deux imposants favoris. Il se fait appeler George Hernagh, se prétend commerçant suisse. Dans sa poche, il a une lettre de la main de Mazzini : « Rappelez-vous que la disparition des officiers supérieurs, c'est déjà les deux tiers de la victoire, et que quelques individus décidés peuvent la remporter, en observant, en étudiant les habitudes et les lieux. » Lorenzo se lève d'un bond du petit fauteuil rouge sur lequel il feignait de lire un journal français et pousse un hurlement.

– Fuis ! Nous sommes trahis !

Simulant la stupeur, les agents autrichiens se laissent renverser par Lorenzo. Leurs collègues se jettent sur

Orsini, l'entourent, l'immobilisent. Lorenzo s'enfonce, sans être inquiété, dans les petites rues du centre. Une demi-heure plus tard, il est dans le train, en sécurité. Dans sa poche il a le prix de l'énième trahison. Le prix de la fin du dernier projet de Mazzini : la compagnie de la mort.

Le plan prévoit l'entraînement, dans chacune des principales villes italiennes occupées par les Autrichiens, d'une petite équipe d'hommes d'élite, fidèles et prêts à tout. Ils seront recrutés parmi des individus jeunes, sains, sans passé judiciaire, de préférence seuls et sans liens stables, de manière que l'éventuel martyre, qui pourrait suivre la faillite de l'entreprise, n'ait pas à retomber sur des victimes innocentes. À chacun des sélectionnés sera confiée la tâche de suivre un officier supérieur autrichien de la garnison de la zone. L'homme devra devenir l'ombre de son officier. Il en étudiera avec un soin méticuleux les habitudes, les itinéraires, les horaires, l'armement, les particularités, les qualités et les défauts. Au signal convenu, tous les hommes d'élite, en même temps, dans toutes les villes, attaqueront et exécuteront leur officier. N'importe quelle arme conviendra à la besogne : du tristement célèbre poinçon au couteau de cuisine bien aiguisé, au poignard historié, jusqu'au revolver et à la carabine, sans exclure la possibilité d'emploi d'explosifs dans une mission suicide. De cette manière, d'un seul coup, les garnisons autrichiennes se retrouveront acéphales, privées d'ordres avisés et de coordination opératoire. Il sera alors facile aux hardis compagnons, d'un côté de semer la panique parmi les troupes dévastées par la décimation de leurs chefs, de l'autre d'attaquer et de conquérir sans peine les positions ennemies, et de là de soulever les éléments nationalistes présents dans l'armée autrichienne. Hongrois, Polonais, Slaves et Italiens s'insurgeront comme un seul homme. Et un bain de sang saluera l'unité d'Italie. Pour ce dernier rêve, Mazzini s'inspire des Vêpres siciliennes. Il berce son dernier bébé en l'appelant, justement, « mes Vêpres ». Il en parle sans arrêt à ses intimes, avec des accents excités, les yeux fiévreux. C'est un fait « presque religieux », a-t-il proclamé, dans un crescendo d'exaltation. Le vrai mystère, pour Lorenzo, c'est que Mazzini ait pu décider de confier un projet si complexe à quelqu'un comme Felice Orsini. Peut-être, ricane Lorenzo, le Maestro a-t-il décidé d'offrir le martyre au sanguinaire Romagnol, dans un accès d'humanité, en lieu et place des fréquentes crises dépressives auxquelles il est sujet.

Depuis cinq mois, Lorenzo suit Orsini à travers l'Europe. Durant la première partie du voyage, un voyage apparemment insensé mais qui a pour but unique de préparer les bases locales des « Vêpres », ils ont été carrément ensemble. À Bâle, Milan, Lausanne, Lodi, Bruxelles, Trieste, Mantoue et Florence, il l'a vu se confier à toutes sortes de conspirateurs, financeurs, jeunes imberbes, femmes avenantes et gibiers de potence. Avec tous, Orsini a utilisé le même langage exalté, surprenant et imprudent. Même avec des compagnons de voyage inconnus rencontrés dans les wagons de chemin de fer, il s'est abandonné à l'éloge de la révolution nationale italienne. Si les « Vêpres » devaient rester un secret, eh bien, entre les mains d'Orsini, c'est devenu un des secrets les plus partagés d'Europe. Combien des patriotes qui se sont succédé dans ce tourbillon sont-ils de vrais patriotes, et combien de soi-disant tels ? Lorenzo a cessé de se le demander. Quand Orsini a annoncé son intention de se rendre à Vienne, Lorenzo s'est refusé à le suivre. Trop élevé, le risque de se trahir.

– Je resterai entre la Suisse et la Lombardie, pour maintenir haute la bannière de l'espérance, a-t-il proclamé.

Et Orsini lui a immédiatement prêté foi.

Ainsi, Felice Orsini est tombé. Et maintenant l'attendent la prison, les interrogatoires, une condamnation à mort plus que prévisible.

Lorenzo arrive à Londres deux jours avant Noël. Quand il demande Mazzini, on le renvoie au polygone de Wembley. Mazzini est un tireur médiocre, l'homme à son côté ne rate pas un coup. Il lui est présenté sous le nom de Luigi Pianori, cordonnier, de Plaisance.

– Un frère qui fera beaucoup pour la cause, explique Mazzini.

En conversant avec Pianori, Lorenzo comprend que, une fois un rêve mort, Mazzini est déjà prêt à en fabriquer un autre. Cette fois, il projette un attentat. La victime : Napoléon III, empereur de France.

Londres, février 1855

Des malodorantes cellules de la prison de Newgate, un passage souterrain conduit aux gibets qui se dressent en face de l'austère cathédrale Saint-Paul.

Le bourreau de sa majesté travaillait avec entrain pour absorber la charge quotidienne de désespérés que les juges de Sa Majesté décidaient, d'un trait de plume et d'une formule hypocrite, d'effacer du nombre des vivants.

Un rituel obsessionnel accompagnait l'exécution. La veille de la pendaison, le condamné était obligé de participer à une répétition générale. Les gardiens venaient le chercher à l'aube et l'obligeaient à parcourir pieds nus le souterrain, à monter les marches, à passer son cou dans le nœud coulant. Les aides du bourreau vérifiaient la bonne tenue de la corde, le poids du corps, s'assuraient du fonctionnement du mécanisme à ressort de la trappe destinée à s'ouvrir sous les pieds du condamné. Le bourreau de Sa Majesté, de même que les juges de Sa Majesté, ne tolérait pas les erreurs. Puis le malheureux était reconduit dans sa cage. Quelquefois, on admettait à la cérémonie de préparation un prévenu en attente de jugement. Les gardiens appréciaient sa conduite, en tirant des conclusions sur son sort futur. Et puis, ils pariaient quelques shillings sur l'issue du procès. La tradition voulait que le dernier repas fût offert par l'administration de la prison. C'était un moment très attendu par les compagnons de peine. D'ordinaire, le condamné ne touchait pas la nourriture, et eux pouvaient enfin s'offrir un repas digne de ce nom : privilège fort rare. Ce soir-là, c'était le tour de Perry O'Hara. Le bon vieux Perry, connu dans le monde souterrain sous le nom de Rat en raison de son aspect desséché et répugnant, paraissait d'une singulière bonne humeur. Peut-être à cause de la bière de quatre sous que, depuis le début de l'après-midi, il avait commencé à tirer du baril et à s'envoyer derrière la gargoulette. À moins que ne lui fût monté au cerveau la fièvre qui partait de la blessure infectée d'une jambe gonflée de pus, au point d'empester l'atmosphère avec sa puanteur de gangrène. Tandis que ses compagnons s'empiffraient, en se lamentant à haute voix sur le sort du malheureux et en se réjouissant chacun dans son cœur d'y avoir échappé, Perry évoquait, sur un ton entre l'épique et le délire, les entreprises de sa vie scélérate.

– Envoyé à l'échafaud pour le vol d'un sac à main, moi, *the Rat*, moi qui ai violé des vierges, bâtonné des argousins, moi qui une fois ai déchiqueté au couteau Barbet l'Allemand, moi qui une fois ai même presque renvoyé un lord au créateur…

Les compagnons le laissaient dire, un peu par pitié, un peu parce qu'il vaut mieux un condamné à mort ivre que déprimé, et surtout parce que, tant qu'il parlait et buvait, buvait et parlait, eux étaient autorisés à rester éveillés et à se remplir la panse de lard, d'huîtres et de foie. Aussi le prièrent-ils, le conjurèrent-ils d'entrer dans les détails. Mais Perry s'assombrit d'un coup et, à l'énorme étonnement de tous, il se fit le signe de la croix. Et aucune exhortation ne parvint à lui faire reprendre son récit. Ce fut Ursus Leo, autrefois hercule de foire, assassin par jalousie d'une prostituée, condamné à vingt ans de prison dure, une bête recouverte de tatouages de ses muscles puissants à sa tête minuscule, qui eut une trouvaille.

– Il n'a jamais existé, ce lord dont tu parles, Rat. Tu n'as jamais été qu'un misérable voleur de poules. Tu connaîtras la fin que tu mérites !

Tous firent silence. C'était un truc vieux comme le monde, et pourtant ça marcha. Perry O'Hara se releva de sa paillasse, s'arrangea avec une grimace de souffrance sa jambe malade, s'éclaircit la voix et termina son récit.

– À cette époque, je travaillais avec deux compères, Frank le Jabot et Mickey Tête de Mort… Deux braves garçons, Dieu sait s'ils ont eu plus de chance que moi…

– Allez, continue, ne t'arrête pas.

– Ben, il y a ce lord qui se présente…

– Celui que tu as envoyé dans l'autre monde ?

– Non, non, celui qui m'a payé pour envoyer l'autre dans l'autre monde.

– Les noms ! Donne-nous des noms, Rat.

– Celui qui payait, vous le connaissez tous. C'est Lord Chatam…

Un brouhaha de respect et de terreur mêlés accueillit la révélation. Du fond de la chambrée, un individu de haute taille à l'air digne s'avança, sans être remarqué. C'était un étranger. Personne ne réussissait à prononcer correctement son nom, donc on l'avait surnommé l'Italien. Il purgeait une peine de sept ans pour trafic de mineures. Comme il savait lire et écrire, il était un des rares condamnés admis au travail dans la prison. Il ne se fiait à personne, mais se rendait utile en lisant et en écrivant les lettres pour ses compagnons de peine, et quand il recevait sa misérable paie de l'administration, il n'hésitait pas à la partager avec les autres. Un bon diable, en somme. Sinon aimé, du moins toléré. Il s'était bien gardé de participer à la fête d'adieu de Perry. Mais il se joignit à la compagnie tandis que le Rat se démenait pour expliquer que l'autre, la victime, était un type qu'il n'avait jamais vu ni connu auparavant.

– Et qu'est-ce qu'on lui a mis, avec Mickey et Frank !

– Mais il s'en est sorti.

– Et, visiblement, c'était le destin.

– Écoutez-moi ça ! Et peut-être que Satan te réduira d'un quart ta peine. Mais pourquoi Lord Chatam en avait-il tant après ce galantin ?

– Il paraît qu'il y avait une histoire de fille. Une demi-folle. On l'appelle Strega, la Strega, quelque chose de ce genre.

– Striga… murmura une voix.

Tous se tournèrent vers l'Italien. Il avait les yeux écarquillés, la mâchoire contractée. Personne ne l'avait jamais vu dans cet état.

– Oui, c'est ça, Striga… Alors, elle est italienne comme toi, observa le Rat.

– Eh oui, conclut sèchement Lussardi, le marchand de chair humaine, enregistrant l'information qui, il le savait déjà, s'avérerait un jour précieuse.

Automne 1855

Lorenzo traversait d'un pas décidé le parc de Kensingon, ouvert au public après l'Exposition universelle de 1851. Un soleil pâle avait du mal à se frayer un chemin dans la brume du milieu de la matinée. Des dames élégantes accompagnées de marmaille s'attardaient sur les bancs autour de la grande fontaine de l'Italian Garden. Dans le fond, vers les *commons* dont la négligence séculaire contrastait avec le raffinement du parc, les cochers baillaient aux corneilles près des voitures. Un petit jeune homme habillé comme un lord miniature s'amusait à nourrir de pommes vertes un imposant alezan attelé. À Vienne, on n'avait pas apprécié le ton de sa dernière dépêche.

« De manière incompréhensible, alors que je vous avais averti à temps des intentions du régicide Pianori, on lui a permis d'agir », avait écrit Lorenzo.

Diable, il avait pourtant vu de ses propres yeux le cordonnier de Faenza s'exercer au pistolet à côté de Mazzini, à Wembley ! Et il avait communiqué en temps voulu la date du départ et celle du débarquement présumé à Paris de l'auteur de l'attentat. Pourquoi Vienne n'avait-il pas informé l'empereur français ? Pourquoi Pianori n'avait-il pas été arrêté ?

Von Aschenbach avait répondu par un froid télégramme chiffré.

« Il n'est pas dans vos attributions d'exprimer des jugements de caractère politique, réservés à la Haute Autorité. Tenez-vous plutôt prêt à agir au plus vite de la manière la plus résolue. Vienne est en train de mûrir la décision de procéder à la liquidation définitive de l'affaire de votre connaissance. »

Donc, les Autrichiens étaient restés consciemment à la fenêtre. La Haute Autorité, à ce qu'il paraît, voulait la mort de Napoléon, autant que celle de Mazzini. Néanmoins, Pianori avait manqué son coup, il avait été arrêté, jugé et exécuté en moins de temps qu'il ne faut pour le dire. L'Europe avait tremblé, puis le tremblement était passé. Des détails, aux yeux de la Haute Autorité. Et pourtant, dans le même temps, ils évoquaient une action imminente. Ils méditaient peut-être de lui demander la tête de Mazzini ? Comment se comporterait-il, dans ce cas ? Tuer Mazzini… À peine quelques jours auparavant, il avait aidé le Maestro à remplir de boules d'opium un paletot destiné à Felice Orsini. Cela devait servir à endormir les gardiens et à favoriser sa fuite du château de Mantoue. Sauver Orsini était une priorité pour le Maestro, qui n'abandonnait jamais ses hommes.

Tuer Mazzini… Je ne veux pas y penser, se dit-il, pas maintenant. Il regarda autour de lui, gagna un banc isolé, protégé par un épais enchevêtrement d'arbres à haute futaie, tira de sa poche le briquet et brûla la dépêche de Von Aschenbach. Il observa les cendres qui se dispersaient en planant, légères, sur un tapis de feuilles mortes. Depuis que le réseau télégraphique s'était étendu à toute l'Italie du Nord, les communications étaient devenues plus aisées. Et le risque d'être intercepté s'était accru : comment exclure que dans les bureaux de poste on n'ait pas infiltré des espions, des conspirateurs ? Pour le moment, ils utilisaient le chiffrage autrichien. Lorenzo signait Elizabeth. L'identité féminine était un hommage à Mazzini qui, depuis des années utilisait ce stratagème, par ailleurs amplement connu.

Une balle roula à ses pieds. Lorenzo la ramassa et leva le regard. Une fillette aux yeux noirs le fixait, avec un peu d'inquiétude et un peu d'espérance. Il lui rendit la balle. Elle le remercia d'une révérence et s'enfuit en courant. Lorenzo la suivit du regard. Il la vit qui allait se réfugier entre les plis du sari jaune d'une jeune Indienne. Il reconnut Tabitha, la gouvernante de Violet. Il se leva d'un bond, contourna le banc, traversa les arbres pour se retrouver dans l'allée principale. Et se retrouva face à face avec son amour perdu.

– Lorenzo… cela me fait plaisir de te voir ! Il y a si longtemps que…

Oui, si longtemps que nous n'avons pas été seuls, toi et moi, mais c'est comme la première fois, aurait-il voulu dire. Je suis troublé comme alors, et je ne peux pas oublier.

– Violet… murmura-t-il en s'inclinant à peine.

– Que de manières ! dit-elle en riant.

Son rire profond, un rire de gorge, accrut le trouble de Lorenzo.

– Ce n'est que l'hommage dû à une dame…

– Viens, répondit Violet, tandis qu'une ombre de tristesse embuait ses très beaux yeux. Faisons quelques pas ensemble.

– Je suis déjà en retard, on m'attend au siège du Parti.

– Je voudrais y être moi aussi, répondit Lady Violet, pensive, mais une mère a aussi des devoirs. Je t'accompagne au moins jusqu'au portail, tu veux bien ?

Violet le prit par le bras. Lorenzo se laissait guider, raide, en alerte, désespérément résolu à ne pas céder à la crue des sentiments.

– J'ai entendu dire que les eaux sont très agitées autour du Maestro, dit Lady Violet.

– Nous en sommes à tous contre tous, Violet. La réunion d'aujourd'hui pourrait être décisive, dans un sens ou dans l'autre.

– Je voudrais que tu rapportes aussi mon opinion, et celle des personnes qui me sont proches.

– Ce sera fait.

– Ce n'est pas le moment de céder au découragement, et encore moins de chercher des raccourcis. Il faut avancer, sans hésitation, suivre la route indiquée par le Maestro. Tu es d'accord, j'espère…

– Absolument.

Ils arrivaient au portail. Le soleil semblait avoir remporté sa bataille contre la brume et la température se faisait plus douce de minute en minute. Pendant un instant, ils se fixèrent.

– Tu es heureuse ? osa Lorenzo, en se demandant d'où il avait tiré le courage d'une pareille question.

Lady Violet ne répondit pas.

– Va, va, ou tu seras en retard.

Lorenzo gagna à pied le siège du Parti d'action, deux locaux presque vides dans la zone de Earls Court. Une cinquantaine d'Italiens égarés, c'est comme ça que Lorenzo les voyait, hurlaient et se disputaient, enveloppés de denses volutes de fumée stagnante.

Le climat était enflammé. La fracture entre modérés et radicaux ne pouvait plus être comblée. On le devinait à la disposition des factions. Les modérés, plus nombreux et aguerris, avaient mis les radicaux dos au mur. Mazzini, taciturne et courbé, était assis dans un coin, protégé presque physiquement par les plus fidèles. Il est perdu, nota Lorenzo en interceptant le regard du Maestro, qui répondit à son salut par un signe renfrogné.

Un délégué vénète était en train de finir d'exposer la pensée de Manin.

– Nous disons, c'en est assez de la théorie du poignard, assez de l'assassinat et de la terreur comme bases du programme politique de l'Italie unie. L'activité conspiratrice incessante de Mazzini est en train d'attirer sur notre cause le discrédit du monde entier ! Sa complicité dans l'attentat de Pianori est si évidente que même ses amis anglais ne le défendent plus ! Il est temps de changer de route ! Si nous voulons vaincre, nous devons trouver une solution différente !

– Et ce serait quoi, cette solution ? hurla en réponse un mazzinien sans peur et sans reproche. Celle de Cavour ? Cavour qui a envoyé quinze mille *bersaglieri* mourir du choléra en Crimée pour pouvoir ensuite s'asseoir à la table des négociations et se prendre un petit bout d'Italie ?

– Pas un petit bout, l'Italie entière ! fit écho un autre radical.

– Pour avoir l'Italie entière, moi, je m'allierais même avec le diable ! s'insurgea un modéré.

– Tu es un ennemi de la cause !

– C'est Mazzini, le vrai ennemi de la cause !

On était sur le point d'en venir aux mains. Les radicaux se tournèrent vers Mazzini : qu'il intervienne, qu'il calme ou qu'il enflamme, mais qu'il prenne la parole, que diable ! Mazzini fit un signe de refus, le regard toujours plus voilé d'un mélange de tristesse et d'impuissance. Un délégué napolitain avança le nom du dernier descendant de Joachim Murat, le napoléonien fusillé à Pizzo de Calabre en 1815 pour avoir tenté de libérer le Sud.

– Les Français eux-mêmes ne pourront s'y opposer, si l'un d'eux doit prendre en main le sort de l'Italie.

Un chœur de commentaires submergea la proposition. Du front radical partirent les cris de « Vive la République ! » Les modérés eux-mêmes étaient divisés entre les philo-piémontais et les partisans de Murat. Sans dire un mot, Mazzini se leva et abandonna la réunion. Il sort comme le coupable, ou comme le Christ, se dit Lorenzo et l'épouvantable solitude du Maestro lui serra le cœur. En cet instant précis, il décida que ses mains ne se tacheraient jamais du sang de Mazzini. Il continuerait à le trahir, et peut-être serait-il remis, à cause de lui, au bourreau. Mais le tuer, jamais.

Turin, février 1856

Il appert à l'auteur de la présente, pour l'avoir appris de sources confidentielles dignes de la plus grande confiance, que le dénommé Von A. fut informé du projet d'attentat de Pianori par un de ses agents infiltrés dans le mouvement mazzinien. Ledit agent, de sexe féminin, répond au nom d'Elizabeth. Les communications entre Milan et Londres, où l'agent susdit opère, en tant que membre du cercle le plus restreint du bien connu Mazzini Giuseppe, s'effectuent au moyen du télégraphe. Von A. et son agent font usage d'un chiffre secret qui a été décrypté par un de nos collaborateurs. Il appert en outre à l'auteur de la présente, toujours grâce à la susdite source, que Von A. a informé Vienne en temps voulu du projet Pianori. L'hypothèse avancée par Votre Seigneurie lors de notre dernier entretien correspond donc à la vérité : quoique au courant du projet d'attentat, les Autrichiens se sont bien gardés d'en informer aussi bien les Français, directement intéressés, que notre Souverain. S'il m'est consenti d'ajouter une note personnelle, l'omission de l'information constitue une mauvaise manière évidente envers V.S., qui se conduisit toujours, eu égard à Von A., avec le maximum de loyauté collaborative. Quant au second profil sur lequel il m'a été demandé d'enquêter, en ce cas aussi, les soupçons avancés par V.S. ont été intégralement confirmés. Von A., comme V.S. l'avait effectivement deviné, est enclin aux amours sodomites. Il montre une préférence marquée pour les jeunes garçons du peuple, souvent liés à la pègre, par lesquels il aime se faire attacher, fouetter et posséder *modo pecudum*.

Vittorelli de la Morgière posa le rapport, classé « extrêmement confidentiel », et planta un regard amusé dans les yeux du commissaire Blasetti.

– *Modo pecudum* ?

– Excellence, il s'agirait… commença l'autre.

– Je le sais, ce que ça signifie, Blasetti. C'est seulement que je me demandais : de quelle autre manière ils pourraient le faire, deux *cupi* ?

– Pardonnez-moi, Excellence, mais je ne comprends pas.

– Comment vous dites, vous, deux *orecchioni*, deux pédés ? Comment diable, ils le font, deux *orecchioni*, si c'est pas comme des chèvres ? Bon, très bien, bon travail, coupa court Vittorelli, tu peux y aller.

Blasetti se raidit dans un salut militaire. Vittorelli attendit qu'il ait presque franchi le seuil pour le rappeler.

– Autre chose…

– À vos ordres !

– Les opinions personnelles, à l'avenir, jamais par écrit. Seulement de vive voix.

– Ce sera fait, Excellence.

Resté seul, Vittorelli alluma sa pipe, défit son col, se versa un petit verre de marsala Florio – voilà une bonne raison pour défendre l'unité de l'Italie ! – et étendit ses jambes sur le bureau, en se servant du rapport de Blasetti comme tapis. De toute façon, il serait bientôt brûlé, parce que dans le fond, ce qui comptait était déjà dans les archives, c'est-à-dire dans son esprit, et il était hors de question de laisser traîner des traces. Blasetti. Bon subordonné, le Napolitain, un flic né. En tout cas, onctueux et tortueux, comme tous ses hommes. Quand – Vittorelli s'attarda sur la conjonction : quand, et non pas si –, quand l'unité serait réalisée, les Napolitains deviendraient des sujets de Victor Emmanuel. Des sujets, même si formellement citoyens. La chose était claire pour la totalité de l'état-major piémontais, pour la cour, pour les militaires et les bourgeois qui collaboraient au projet de Cavour. « Quand », et non pas « si » ! Et « quand », on éclaircirait immédiatement qui commandait et qui obéissait, qui était dessous et qui dessus. Parce que l'unité était une grande idée dans l'esprit des exaltés comme Mazzini, mais elle n'avait un sens que si elle se transformait en une grande affaire. Von Aschenbach, donc, comme il l'avait soupçonné depuis le premier moment, était un pédéraste. Eh eh, mais quelle légèreté impardonnable de la part de l'Empire de Vienne ! Nul n'est plus contrôlable, nul n'est plus exposé au chantage qu'un homme esclave de ses propres passions. Surtout si cet homme ne sait pas se tenir dans le monde. Et ne sait pas choisir les bons alliés. Dommage. À sa manière, cette jaquette flottante avait du style, devait reconnaître Vittorelli. S'il avait seulement su saisir au vol la perche qui lui était tendue… En tout cas, maintenant, il s'agissait de provoquer le bon incident, et d'en tirer le maximum de profit. Vittorelli résolut d'en parler avec Cavour à la première occasion. Puis il avala une autre gorgée de marsala et brûla le rapport.

Londres, mai 1856

Le soir qui précéda sa perte de connaissance, Lord Cosgrave convoqua Violet à son chevet et lui révéla qu'il lui avait attribué une part majoritaire de ses biens.

– Comme cela, tes demi-frères ne pourront pas te les voler… Et ton mari non plus.

– Père…

– Ce Mario Tozzi ne me plaît pas. Il ne m'a jamais plu. Il te fait souffrir. Et l'argent, s'il ne peut compenser la peine, te rendra au moins libre.

Il mourut dans la nuit. Le dernier adieu à Lord Cosgrave eut lieu dans l'abbaye de Westminster, par un doux samedi de mai.

Le révérend Cole prononça un discours inspiré et, pensa Violet, totalement hypocrite. Dépeindre comme un champion de la morale chrétienne ce vieux bâtard libertin ! Si cela avait dépendu d'elle, il y aurait eu des chants indiens et une grande beuverie, scandée par les danses des femmes brunes qu'il avait tant aimées dans sa vie et par les coups de fusil des cipayes qui l'avaient honoré comme l'un des leurs. Mais ce qui la dérangeait le plus, c'était les larmes des demi-frères qui l'avaient toujours méprisé et les coups d'œil inquiets que s'échangeaient les belles-sœurs rongées par l'avidité et l'impatience : ça allait durer encore longtemps, ce pensum ? Quand est-ce qu'on se déciderait à l'ouvrir, ce bon Dieu de testament ?

Un interminable cortège de carrosses escorta le cercueil jusqu'à la monumentale tombe de famille. Puis, le révérend fit encore une homélie inutile, avant l'inhumation. Mario lui tenait la main, écrasé de chagrin comme il convient. Les bruits sur ses trahisons répétées s'étaient atténués. Mais Lady Violet commençait à éprouver un sentiment de déception envers cet homme : elle sentait qu'elle l'aimait encore, mais plus avec l'élan d'autrefois, elle n'était plus prête à se jeter au feu pour lui, à hululer comme un chien à la lune, à se laisser baigner par la rosée d'une nuit sans sommeil.

Le révérend Cole toussota discrètement. Lady Violet se reprit et jeta une poignée de terre sur le cercueil. Tous les hommes levèrent leur chapeau, quelques personnes pleurèrent. Emperruqués et libertins unis dans un dernier hommage à Lord Cosgrave. Tu as de quoi être fier, père !

Striga scrutait la foule, cherchant Lord Chatam. Elle était certaine qu'il avait reçu son billet. Mais il n'était pas venu. Il ne voulait plus la voir et donc, s'il n'était pas là, c'était parce qu'il continuait à ne plus vouloir avoir de rapport avec elle. Chaque fois qu'elle pensait à Lord Chatam, des séquences confuses tourbillonnaient dans son esprit. La disharmonie régnait en souveraine, les chiffres perdaient tout sens et toute structure. Elle avait désormais abandonné Babbage et sa toile de Pénélope. Elle partageait son temps entre les enfants de l'école italienne, les petits hébreux du rabbin Solomon et l'amour silencieux, fervent, de Terra. Mais la déchirure que Lord Chatam avait ouverte en elle n'avait été recouverte que d'un voile provisoire. Bientôt, il allait se passer quelque chose. La déchirure était destinée à s'élargir. Striga le ressentait avec une douloureuse conscience.

De retour des funérailles, Lorenzo dit à Esther que d'ici quelques jours il partirait pour l'Italie avec Mazzini, pour une mission secrète de laquelle, peut-être, il ne reviendrait pas. À Vienne, la décision avait été prise. Le décor avait changé. Un accord avait été passé avec les Piémontais. Il devait livrer Mazzini. La décision était irrévocable. Et puis il serait réhabilité. Libre de rentrer à Venise. Libre de reprendre sa vie.

– Et toi, Esther, tu es libre de ne pas m'attendre.

– Cela a de l'importance, peut-être ?

La réponse d'Esther le laissa interdit. Pour la première fois, elle lui apparut sous une lumière différente. Il avait été franc, avec elle, pour la récompenser de tout l'amour désintéressé qu'elle lui avait donné durant toutes ces années. Il s'était attendu à une crise de larmes, une demande d'y réfléchir ou une douloureuse et muette résignation. Il se retrouvait devant un regard fier, un ton irrité et des yeux froids et chargés de sarcasme.

– Tu crois que ça n'en a pas ?

– Je crois que tu ne m'as jamais aimée.

– Je n'ai jamais prétendu t'aimer.

– Le rabbin Solomon part. Il a l'intention de faire le tour de la communauté pour récolter des fonds pour la cause de la nation hébraïque. Il m'a demandé de le suivre. Je t'en aurais parlé, même sans ta…

– Tu en es tombée amoureuse ?

Esther détourna le regard.

– Le problème, ce n'est pas l'amour, Lorenzo. C'est la dignité.

Le soir même, Esther déménagea chez Striga. Quand, deux semaines plus tard, Lorenzo et Mazzini embarquèrent à Southampton, elle n'était pas là pour lui dire au revoir.

Turin, juin 1856

Immobilisé sur le sol de marbre noir, les mains et les pieds emprisonnés par de minces courroies de cuir, sa langue courant le long de l'extrémité des bottes de cheval, Von Aschenbach, dans un crescendo d'exaltation, implorait le garçon de se dépêcher d'utiliser la cravache. L'attente n'avait que trop duré. L'orgasme était proche. Mais le plaisir, pour être complet, ne pouvait se passer de la douleur. Pourquoi le garçon hésitait-il ?

– Allons, vite, dépêche-toi… exhorta Von Aschenbach, sa voix comme étouffée par un spasme de souffrance.

Le garçon avait des cheveux blonds répandus sur des épaules bien modelées, des lèvres charnues exaltées par un maquillage exagéré, un visage pâle couvert de poudre, de faux grains de beauté et un voile de sueur. On l'appelait Elisa l'Empoisonnée parce qu'on disait que son baiser pouvait tuer. Il venait des lointaines Pouilles, et c'était le prostitué le plus recherché de Turin. Il contempla avec un sursaut de pitié cet amant exigeant mais gentil qu'il s'apprêtait à trahir de la plus honteuse manière. Après tout, il s'agissait seulement d'affaires, et la protection de la garde royale était la meilleure affaire qui lui fût arrivée depuis qu'il avait commencé à vendre sa marchandise dans la capitale du Royaume. C'est pourquoi Elisa posa la cravache, sans prendre garde à la tonalité angoissée que prenaient les gémissements de désir de l'Autrichien, couvrit son membre en demi-érection d'un mouchoir violet et ouvrit grand la porte. Il échangea un signe d'entente avec les deux hommes qui attendaient dans l'antichambre de la maison du célèbre entremetteur Calaré et se mit de côté pour les laisser entrer. Le plus grand et autoritaire des deux, un homme sec au visage gâché par une cicatrice qui sentait le couteau, l'agrippa par un bras et indiqua Von Aschenbach, lequel ne cessait de se démener et de réclamer à grands cris « sa juste punition ».

– Détache-le, ordonna-t-il.

Le garçon s'avança sans se presser.

– Qui est là ? À qui est cette voix ? Que se passe-t-il ? cria Von Aschenbach.

Les courroies furent défaites. L'Autrichien se retourna, bondit sur ses pieds en massant ses membres endoloris. Et comprit que sa vie était finie.

– Fâcheuse situation, n'est-ce pas, mon ami ?

Avec une compréhension feinte, le major Vittorelli lui tendait l'élégant kimono au décor de grandes vagues marines qu'il avait promis en cadeau au garçon.

– Allons, rhabillez-vous. Nous devons parler.

– Je n'ai rien à vous dire, répondit sèchement l'Autrichien en agrippant le vêtement. Ceci est une maison privée, et vous n'avez aucun droit…

Le commissaire Blasetti, qui était resté dans l'ombre, fit un pas en avant et s'éclaircit la voix.

– En vertu de l'article 439 du code royal sardo-piémontais de 1839, vous êtes passible de sanctions pour avoir commis des actes libidineux contre nature.

– Je connais vos lois. Les actes contre nature, comme vous les appelez, ne sont pas punissables s'ils sont commis entre adultes consentants, à moins qu'il n'y ait scandale public. Et ici, à part nous…

– Le problème, observa Vittorelli, pensif, n'est pas le scandale public, mais le consentement…

Puis il fit un signe à Elisa l'Empoisonnée.

– Ce monsieur, attaqua le garçon, d'une voix bégayante et ennuyée qui trahissait, sur les finales, ses origines méridionales, m'a amené ici par tromperie. Il m'a contraint à fumer de l'opium et à boire jusqu'à perdre connaissance. Quand je me suis réveillé, j'étais nu et fardé comme une putain, et lui exigeait que je le fouette…

– Quel âge as-tu, mon garçon ? intervint Blasetti.

– Dix-neuf ans.

– Aïe, aïe, aïe, un mineur !

Von Aschenbach enfonça sa tête entre ses épaules. Il regarda le garçon, ses yeux ennuyés, sans trace d'avenir. Pauvre, stupide bâtard. Ils se serviront de toi tant que ça les arrangera et puis tu finiras dans une ruelle la gorge tranchée. Ou tu deviendras une vieille tante pathétique qui offre un peu de chaleur aux coins des rues. Ou bien la syphilis te tuera avant. Victimes, nous ne sommes que des victimes.

– Très bien. Que voulez-vous de moi ?

– Mettez-vous quelque chose de plus décent. Nous irons discuter dans un lieu peut-être moins confortable, mais décidément plus sûr que celui-ci.

Plus tard, quand il eut entre les mains la liste complète des agents autrichiens, Vittorelli la parcourut fébrilement, jusqu'à ce qu'il trouve ce qu'il cherchait. De merveilleux horizons s'ouvrirent à lui quand il lut ce nom. Il savoura le parfum de la vengeance et se prépara, l'âme allègre, pour l'interrogatoire de Von Aschenbach. L'Autrichien répondait aux questions d'une voix plate. Il raconta tout. Même ce qu'on ne lui demandait pas.

C'était un homme brisé, fini. Vittorelli était trop excité pour jouir à fond de son triomphe.

– Et maintenant ?… Vous comptez me dénoncer ? Il y aura un procès ?

– Mais jamais de la vie ! Je ne me suis pas infligé une corvée aussi déplaisante pour vous voir cloué au pilori. À vous de choisir, Von Aschenbach : ou bien présenter votre démission, vu que vos agents désormais sont tous brûlés, et vous avec eux. Ou bien continuer à travailler, disons, dans la branche de l'information… mais en accord étroit avec moi.

– Vous êtes en train de me demander de trahir mon pays !

– Vous ne seriez pas le premier. En outre, le moment n'est pas des meilleurs pour l'Empire de François Joseph. D'abord la fuite d'Orsini de Mantoue… le monde entier rit encore de vous, vous savez… Puis le chef des services secrets qui se fait pincer pendant qu'il se fait décoller la peau à coups de fouet par un… par ce garçon… Elisa l'Empoisonnée… Joli nom à faire courir dans les cours d'Europe…

– Vous ne craignez pas que je puisse tout raconter à mes supérieurs ?

– Non. Vous auriez trop à perdre. Les conséquences d'un pareil scandale ne vous frapperaient pas seulement vous, mais toute votre famille… votre patrimoine… C'est pourquoi, si vous l'avez décidé, démissionnez donc. En ce qui me concerne, je vous le répète, vous être libre. Adieu, Von Aschenbach, ou plutôt, au revoir…

Vittorelli fonça au palais Carignan. Un ascenseur, le premier installé dans la péninsule tout entière, conduisait au cabinet où Cavour avait l'habitude de traiter les affaires confidentielles. Le Premier ministre écouta son rapport en hochant la tête. Il fronça à peine un sourcil quand Vittorelli révéla que Von Aschenbach avait surgi à Turin parce que son meilleur espion allait lui livrer Mazzini.

– Écoutez, major…

Et tandis que Cavour dispensait à son collaborateur une salutaire leçon sur le rapport d'exclusion réciproque entre éthique et politique, Von Aschenbach, dans l'austère bureau qui lui était assigné par la légation de l'Empire, retirait du coffre-fort le précieux revolver Colt reçu en cadeau un an auparavant de l'ambassadeur américain. Il y aura un monde dans lequel on aura libre accès aux passions, sans hypocrisie ni simulation. Il y aura un monde où ceux comme moi ne seront pas obligés de se cacher. Il y aura un monde libre. Mais je ne le verrai pas. Von Aschenbach fit tourner le barillet, arma le canon, pointa l'arme sur sa tempe, ferma les yeux et fit feu.

Turin, juin 1856

La surprenante facilité avec laquelle l'homme le plus recherché d'Europe réussissait à passer les rigides contrôles des gendarmes piémontais stimula la curiosité de Lorenzo. Mazzini lui confirma que les passeports employés par la mission italienne étaient « authentiques ». Sans rien ajouter. De deux choses l'une, donc : ou les documents avaient été fournis directement par les fonctionnaires de Victor Emmanuel – hypothèse improbable, vu que sur la tête de Mazzini pesait pour l'heure une condamnation à mort –, ou bien le Maestro avait le bras assez long pour pénétrer jusque dans la bureaucratie savoyarde, lui permettant de disposer de faux parfaits. En tout cas, à part la coupe de sa barbe et un foulard à carreaux qui interrompait le noir lugubre de sa tenue, Mazzini n'avait pris aucune précaution particulière. Et il parcourait, apparemment tranquille et serein, le territoire ennemi.

À Gênes, ils furent les hôtes, pour un bref séjour, du marquis Pareto. Mazzini ne laissait percer aucune émotion en revoyant, après trente ans d'exil, sa ville. Il préférait confier ses sentiments aux lettres et aux journaux intimes, qu'il continuait de tenir à jour avec une application méticuleuse, remplissant feuilles sur feuilles de son écriture serrée et désordonnée. Une fois seulement, Lorenzo le vit frémir : quand le marquis lui demanda s'il entendait rendre visite à la tombe de sa mère.

– Je peux vous organiser un accompagnement sûr au cimetière de Staglieno.

– Non, il ne vaut mieux pas, c'est risqué, avait décidé Mazzini après une pause brève, intense.

Puis il se retira en s'excusant et en invoquant une improbable migraine. Une bonne partie de la nuit, les notes de sa guitare résonnèrent sous les voûtes du palais Pareto.

Mazzini souffrait.

Mais Lorenzo n'avait plus de temps pour les douleurs des autres. Il précéda le Maestro à Turin, où sa trahison pouvait s'accomplir.

Maintenant, il attendait avec une certaine inquiétude Von Aschenbach au café Fiorio, plaisamment appelé le « café des queues de cheval » parce qu'il était fréquenté par les dignitaires de la cour, les politiques fidèles au roi et les militaires de haut grade. C'était lui qui avait choisi le lieu. Il l'attirait. Comme une répétition générale de sa nouvelle vie. Il récupérerait son titre, ses terres, la place qui lui revenait dans le monde.

Mais Von Aschenbach n'avait pas répondu à son dernier message. Et le retard – une demi-heure, durée insolite – ne convenait pas à un rendez-vous aussi important. Il attendit encore quelques minutes puis paya le *bicerin* et le gâteau qu'il avait juste grignoté, et se leva d'un bond. Von Aschenbach ne viendrait pas. Il s'était sûrement passé quelque chose. Qui sait, peut-être Mazzini pourra m'expliquer quoi, pensa-t-il avec une ironie amère. Se pouvait-il que sa grande occasion dût s'évaporer encore une fois ?

Les deux hommes qui, du fond de la salle, ne l'avaient pas perdu de vue un seul instant, se levèrent eux aussi et le suivirent. Lorenzo s'avança sur la via Po et leva un bras pour appeler une voiture. Un véhicule noir tiré par deux robustes chevaux s'arrêta à un mètre de lui. Lorenzo donna au voiturier l'adresse de la modeste pension au bord de la Dora, où il était descendu sous l'identité de Pietro Stefano Maggioli, et monta à bord. Les deux hommes, très lentement, se hissèrent dans l'habitacle, fermèrent les portières, tirèrent le rideau de manière à interdire toute vision de l'extérieur. Lorenzo comprit qu'il était piégé et voulut prendre son pistolet. Le plus grand des deux intrus lui brandit sous le nez son arme à lui, puis le fouilla.

– Il est armé.

– Il l'était !

Puis ils cognèrent sur la paroi qui les séparait du cocher. Ce dernier fit partir les chevaux.

– Vous êtes autrichiens ? Piémontais ? Patriotes ? Qui êtes-vous ?

Aucune réponse. Rien qu'un ricanement du plus petit des deux, tandis que l'autre allumait un cigare bon marché, emplissant l'air d'une odeur pestilentielle. Lorenzo se rendit compte que toute demande serait inutile.

Après un parcours tortueux, la voiture s'arrêta. On lui banda les yeux. On lui ordonna de descendre. Un parfum pénétrant d'herbe mouillée et la brise fraîche du soir indiquaient qu'il se trouvait dans les collines. Soutenu par ses anges gardiens, il fut escorté dans un bâtiment. On lui ôta le bandeau. Il était dans une petite pièce dépouillée. Un siège de vannerie au centre, des murs nus, à l'exception d'une estampe de Victor Emmanuel à cheval, un modeste bureau avec un fauteuil de cuir, des lampes qui répandaient une faible luminescence verdâtre. Ils lui ordonnèrent, par gestes, de s'asseoir. Ils sortirent, fermant à clé. Resté seul, il regarda autour de lui. Il n'y avait qu'une fenêtre de dimensions étroites, clouée au mur. La porte était solide ; même attaquée à coups de pied, elle ne bougerait pas d'un millimètre. Aucune issue pour fuir, donc. Il ne restait qu'à attendre. Un temps indéfini passa, que Lorenzo essaya de tromper en effaçant toute pensée. L'unique certitude, qui dérivait de la gravure au mur, était de se trouver entre des mains piémontaises. Dans ce cas, il avait peut-être quelques cartes à jouer. La porte se rouvrit. Avec les deux hommes armés qui l'avaient interpellé via Po, il y avait un homme de haute taille, au visage marqué d'une cicatrice. Lorenzo le reconnut à l'instant. C'était l'agent turinois qui, à Lugano, avait essayé d'enlever Mazzini. L'homme que lui, Lorenzo, avait marqué.

– Bienvenue, agent Elizabeth !

Donc, son identité était démasquée. Lorenzo resta assis, sans bouger un muscle. Vittorelli se débarrassa d'un geste des deux subordonnés et s'adressa à l'otage sur un ton ambigu.

– J'aurais aimé vous transmettre les salutations de notre ami commun Von Aschenbach… mais malheureusement… il n'est plus parmi nous.

– Vous l'avez tué ?

– Il s'est tué. Et la chose, je dois l'avouer, m'a quelque peu surpris… de la part d'un pédé, je ne m'attendais pas à pareille manifestation de virilité… En tout cas, avant qu'il n'accomplisse ce geste insensé, nous avons beaucoup parlé de vous.

Vittorelli s'accorda une pause savante. Lorenzo restait immobile. Il attendait son moment.

– Vous ne dites rien ?

– Que devrais-je dire ? Vous croyez tout savoir.

– Oh, oh, dit Vittorelli en riant, que de sublime astuce dans ce « vous croyez »…

L'officier piémontais se rua sur Lorenzo et le prit au collet. Son haleine sentait la menthe et l'alcool. La cicatrice palpitait d'excitation.

– Vous êtes sur le point de me dire que Mazzini est attendu à Turin ? Je le sais déjà. Si vous pensez à un échange, vous êtes hors jeu.

Vittorelli se reprit, fit craquer les vertèbres de son cou, serra et ouvrit plusieurs fois les poings, comme pour dominer un nouvel accès de violence, alla occuper le fauteuil derrière le bureau.

– Mazzini a été convoqué par Cavour. Il verra le Premier ministre et il n'est pas exclu qu'il voie Sa Majesté. Vous ne pouvez rien me dire que je ne sache déjà.

C'était ça, alors, le but du voyage ! Tandis que les modérés croyaient l'avoir relégué dans les marges, Mazzini, par une de ses initiatives soudaines, les avait court-circuités… Et il traitait directement avec Cavour et avec le roi… Les passeports, alors, étaient vrais, pas faux. Et lui, il n'avait rien deviné, rien ! Il se sentit sale, coupable une fois de plus, misérable.

– Vous continuez à vous taire ? Et pourtant, si nous sommes ici, baron di Vallelaura, c'est aussi dans votre intérêt…

– Très bien. Que voulez-vous de moi ?

– La question… attaqua Vittorelli, mais ensuite il s'interrompit pour allumer sa pipe et ne reprit qu'après avoir aspiré deux denses bouffées… La question n'est pas ce que veut l'homme qui est assis devant vous. À cela vous arrivez seul, ajouta-t-il en caressant sa cicatrice, parce que, voyez-vous, cet homme… moi… moi, je ne compte pas. Ce qui a de l'importance, c'est mon rôle au service du Piémont. Donc, ce que je vais vous dire ne contient rien de personnel. Vous êtes prêt ?

– Finissons-en avec cette comédie. Vous voulez que je travaille pour vous ?

– Ooooh, enfin une étincelle ! Je commençais à me demander si, durant toutes ces années, je ne vous avais pas surévalué… Oui, à partir de maintenant, vous travaillerez pour le Piémont. Et, dans un certain sens, pour l'unité d'Italie.

– Mais ne me faites pas rire ! Le Piémont ne veut rien unir du tout. Le Piémont veut conquérir à bon marché un bon bout de terre !

– Vous voyez ? dit Vittorelli en riant. Vous voyez pourquoi Mazzini vous aime tant ? Parce que vous pensez comme lui. Ou, mieux, vous pensiez comme lui. Parce que, lui, il a changé d'idée. Maintenant nous sommes alliés, cher baron, alliés ! Quelle drôle de bête, la politique, pas vrai ? L'ennemi de hier devient l'ami d'aujourd'hui. Il n'existe vraiment rien de plus… friable que la politique.

– Admettons que j'accepte…

– Vous accepterez !

– Vous ne craignez pas que les Autrichiens soupçonnent quelque chose ?

– Je vous ai libéré d'eux. Cela fait partie de l'accord avec feu Von Aschenbach. Vous devriez me remercier.

Vittorelli aspira une autre bouffée de fumée.

– Donc, reprit-il, vous nous informerez en temps voulu de toute tentative de tuer Napoléon III, parce que lui aussi est notre allié, et que sans son aide, l'Italie ne sera jamais unie. Et telle sera votre consigne jusqu'à ce que les ordres changent. Parce que, après tout, on ne sait jamais… Vous recevrez des dispositions au moyen d'un chiffre que mes collaborateurs vous remettront. Vous êtes perplexe ? Et pour quel motif ? Pour vous, qu'est-ce que ça change ? Au fond, il s'agit seulement de substituer aux thalers de François Joseph les honnêtes lires italiennes. Vous ne trouvez pas ça… patriotique ?

D'un geste rapide, Vittorelli tira de sa poche une bourse pleine d'argent et la jeta aux pieds de Lorenzo.

– Ramassez-la. Désormais vous êtes à mon service. C'est un ordre.

Lorenzo se leva et écarta la bourse d'un coup de pied.

– Vous n'avez pas pensé qu'il pourrait y avoir une autre possibilité ?

– Et laquelle ?

– Je pourrais faire comme Von Aschenbach. Sortir de scène avec dignité…

– Mais ne me faites pas rire ! Si nous sommes ici, c'est parce que vous êtes un couard. Sinon, votre choix, vous l'auriez déjà fait en 1844… Allez, prenez votre argent et *'nduma*, allez-vous-en !

Lorenzo baissa la tête. Et d'un geste las ramassa la bourse.

Londres, automne 1856

En accord avec James Stansfeld, devenu un des ministres les plus écoutés de Palmerston, Lady Violet avait décidé d'investir une part de ses propres biens dans une fonderie du Sussex.

– L'entreprise, annonça-t-elle à Mario, est au bord de la faillite. Nous l'achèterons à des conditions avantageuses !

– Ça me paraît une bonne idée. Les fonderies rapportent, et nous en tirerons un beau paquet d'argent.

– *That's not the point*, Mario, répliqua Lady Violet qui, dans les moments critiques, recourait à sa langue maternelle. C'est une expérience. Pour commencer, nous n'emploierons que des hommes et des femmes d'âge adulte, pas d'enfants. À chacun sera garanti un traitement économique équitable, les jours de fête seront payés et il n'y aura pas de travail de nuit. En plus, nous pensons arriver graduellement à une forme de participation des ouvriers aux bénéfices, quand il y aura des bénéfices, bien entendu… Et, à l'avenir, nous voudrions impliquer les ouvriers les plus intelligents dans les choix fondamentaux.

– Impliquer les ouvriers les plus intelligents dans les choix fondamentaux ? Mais qu'est-ce que tu racontes,

Violet ? J'ai l'impression d'entendre Karl Marx ! C'est de la folie pure, tu parles d'affaires… Tu vas te ruiner !

– Il s'agit seulement d'un phalanstère démocratique, mon cher… Mazzini approuve. Ce sera un excellent banc d'essai pour les jeunes qui sortent de l'école populaire.

Mario, passablement sceptique, décida d'en parler avec Michele Liberato. Ce matin-là, le baronnet ne s'était pas présenté à la société. Et il n'était pas non plus chez lui, dans la belle maison qu'il avait pris en location à Bayswater. Miss Bridget, la gouvernante et femme à tout faire (mais vraiment tout, pensa Mario, en admirant les yeux gris et la complexion junonienne de la femme), lui dit qu'il était allé monter à Heathrow. Il aurait pu attendre le retour de Michele ou renvoyer la question au lendemain. Mais une étrange urgence, à mi-chemin entre le mouvement de rébellion et le très périlleux bilan existentiel de l'homme *nel mezzo del cammin**, le poussa à louer une voiture et à pousser jusqu'au lointain faubourg.

Michele Liberato et Crispi, qui s'étaient un peu perdus de vue les derniers temps, sirotaient un marsala à cette heure incongrue, au country club du manège de Manor's Green. Rien de mieux pour se débarrasser de la poussière de la promenade à cheval et pour en venir à la question qui leur tenait à cœur à tous deux. Bien entendu, c'était Michele Liberato qui payait : ce que Crispi appréciait par-dessus tout. Parce que pauvre comme Job, ainsi que la majeure partie des exilés, et parce que notoirement parcimonieux. À Michele, qui lui demandait pourquoi il avait réapparu après des mois de silence, Crispi répondit que cela dépendait du Maestro.

– Mazzini continue à regarder autant vers Naples que vers la Sicile. Sa pensée oscille entre deux extrêmes. Parfois, il se dit convaincu que l'étincelle partira de la

* *Nel mezzo del cammin di nostra vita* : « Au milieu du chemin de notre vie », premier vers du chant 1 de la *Divine Comédie* de Dante.

Campanie, d'autres fois il est prêt à miser sur Palerme. En ce moment, le pendule oscille plutôt vers Naples. En attendant qu'il s'arrête, nous continuons à avancer, même en Sicile.

– Alors, ce n'était qu'une interruption momentanée.

– Certes. Rosalino Pilo et La Masa sont déjà descendus, et travaillent du côté de Messine, Catane et Syracuse. Nous avons besoin d'éléments sûrs sur lesquels compter au moment opportun. C'est moi qui m'occupe d'Agrigente. Nous sommes un peu démunis à Palerme et à Trapani.

– Tu as essayé avec les séparatistes ?

– Foutaises ! rétorqua Crispi avant d'avaler une bonne moitié de verre. Les séparatistes sont des rêveurs. La Sicile est en Italie. Par contre, il y avait ces jeunes gens pleins de hardiesse qui, s'ils sont bien orientés… Tu sais de qui je parle, pas vrai ?

– Et comment, dit le baronnet en riant. J'en ai déjà certains entre mes mains, qui n'attendent que le signal.

– Qui peut savoir quand ce sera le moment ? soupira Crispi. Même Mazzini n'a pas le don de prophétie.

– Quand il viendra, nous serons prêts, l'encouragea le baronnet.

Mario arriva au country club à temps pour se joindre au dernier toast à l'Italie « une, libre et indépendante ». Dans sa hâte à se retrouver en tête à tête avec Michele Liberato pour lui exposer la question qui lui tenait à cœur, il paya de sa poche le voyage de retour à Crispi. Mais le baronnet liquida ses doutes par quatre arguments inexpugnables.

– Primo : les ronds sont ceux de ta femme.

– Et de cela, je dois remercier mon regretté beau-père…

– Qui fit bien, parce que, secundo : Violet est une femme de bon sens et elle ne court pas derrière des fantasmes, comme tu le fais parfois.

Londres, hiver 1856

Pour la première fois depuis qu'elle avait été admise en société, Lady Violet ne fut pas invitée cet hiver au grand bal annuel de Buckingham Palace. Par ordre express de la reine, l'entrée lui en était interdite, à moins qu'elle n'abjure publiquement son amitié pour Mazzini. Par solidarité avec son amie, Carlyle et son cercle décidèrent de boycotter le bal. Un petit scandale de cour, en somme, qui consterna surtout Mario Tozzi et Michele Liberato. Car la renommée dont jouissait le Baglio di Catafratto venait de la fréquentation de la haute société. Et les ventes de marsala dépendaient directement du niveau des relations publiques. L'hostilité des nobles pouvait conduire à brève échéance à la ruine. Les deux associés pensaient que, au fond, une insignifiante abjuration ne coûterait rien, à Violet. Laquelle, après tout, était anglaise, alors que c'était si nécessaire pour eux, les Italiens, de s'insurger, de protester, d'organiser des comités pour s'opposer aux conservateurs qui réclamaient à grands cris l'expulsion hors d'Angleterre du « terroriste » Mazzini. Ils durent garder leur opinion pour eux. Quant à Mario, ses rapports avec Violet ne cessaient d'empirer et, lui, il soupçonnait qu'au moindre signe de perplexité sa femme demanderait le divorce.

– Et tertio ?

– Tertio : si l'usine fonctionne, les ronds reviennent à la maison et donc il y a du bénéfice, et là où il y a du bénéfice, il n'y a pas de perte.

– On verra, avec les idées de cette fondue... Et quarto ?

– Quarto : le tailleur, tu retourneras le faire en Italie, après que nous aurons vaincu !

D'accord, il fallait céder. Mais Mario continuait, par-devers lui, à se ronger. D'accord, il avait cessé de fréquenter le bordel de Rosie Wexingham... de le fréquenter assidûment (un petit coup tous les deux, trois mois, on ne va pas en faire une histoire, allez) et suivait avec plus de concentration l'entreprise du marsala. Mais ce n'était pas sa vie. Sa vie c'était la mode, sa vie c'était la création d'habits fantastiques et originaux qu'il continuait à dessiner dans l'indifférence générale. Ah, si au moins il avait eu le soutien d'un homme de goût... que sais-je, un Lord Chatam... Mais Lord Chatam jouissait tranquillement de son exil doré dans le Yorkshire, ne répondait pas aux invitations, n'envoyait pas de messages et se fichait des vieux amis. Et le temps passait, les gamins grandissaient, Violet devenait un peu froide même au lit, et lui n'était ni plus ni moins qu'un gigolo de luxe. Il était donc la proie de pensées amères lorsque, sur le chemin du retour, il entrevit Lorenzo.

Solitaire, le col défait, il était assis à la table d'un café qui semblait passablement sordide. Devant une bouteille à demi vide. Ah ben dis donc, dans quel état il s'est mis, le Vénitien ! Il lui sembla impossible d'avoir éprouvé, à une époque, de la jalousie pour cet homme. De l'avoir même craint. Au moins avait-il évité que Violet finisse dans les bras d'un raté. Et il se demanda si, avec sa récente froideur, sa femme ne voulait pas, d'une façon obscure, lui faire sentir que lui aussi était un raté. Parce qu'on peut bien discourir sur les passions révolutionnaires, la cause, les nobles pensées… La femme est toujours la femme et, depuis que le monde est monde, la femme récompense les vainqueurs et se débarrasse des perdants. Et lui, il n'était pas un perdant peut-être ? Eux tous, avec l'esprit toujours à cette putain d'unité d'Italie, n'étaient-ils pas tous des perdants ?

De sa table d'angle, Lorenzo vit passer Mario en voiture. Il l'imagina entre les bras de Lady Violet, puis repensa à la tristesse qu'il avait lue dans ses yeux à elle quand, un an auparavant, ils s'étaient rencontrés dans les jardins de Kensington, et but le énième verre d'absinthe à la santé du passé à regretter et du présent à remâcher.

Il avait dans sa poche la dernière dépêche furibonde de Vittorelli, son nouveau maître. Mazzini, encore une fois, s'était moqué de tout le monde. À Turin, il avait rencontré Cavour. Cavour cherchait un prétexte pour déclencher un incident avec les Autrichiens et ensuite intervenir en soutien des patriotes. Mazzini l'avait assuré de son soutien, puis il avait disparu. À Milan, il ne s'était rien passé. Des soulèvements avaient eu lieu en Lunigiana, à Livourne, et même dans le Trentin, en territoire autrichien. Dans le même temps, un soldat de foi républicaine, un certain Agesilao Milano, avait essayé de trouer à coups de baïonnette les proéminentes tripes du roi de Naples. Y avait-il aussi derrière lui la main de Mazzini ? « *Facíteme tante casecavalle*, faites-moi du *cacciocavallo* de tout ça », avait tonné François Ferdinand, c'est-à-dire pendez ce Milano et ses acolytes, allongez-lui le cou comme au célèbre fromage. Le Piémont était au centre des critiques pour l'hospitalité qu'il offrait à de nombreux réfugiés politiques. Cavour était entré dans une colère noire. Il avait dénoncé l'accord. Il avait déclaré publiquement avoir l'intention de pendre Mazzini à un gibet de sa ville de Gênes. Durant ces jours-là, Mazzini était justement à Gênes. Caché, encore une fois, chez les Pareto. Les policiers

avaient perquisitionné la demeure du marqui
trouver. Puis ils avaient disposé une surveillar
rieure, vingt-quatre heures sur vingt-quatre.
s'était coupé la barbe et était sorti en plein
cigare toscan entre les doigts. Il avait demand
au commissaire qui dirigeait le peloton des assi
L'autre lui avait tendu le briquet. Mazzini avait
sement remercié et avait disparu pour réapparaît
semaines plus tard, à Londres. Vittorelli soupço
commissaire de l'avoir reconnu et d'avoir décid
pas l'arrêter. Par peur des rétorsions des patriote
ne pas passer à la postérité comme le bourreau d
lutionnaire ; parce que, dans son cœur, c'était un
de la cause. Va savoir. En tout cas, Vittorel
conclu que Mazzini était plus aimé et craint qu'
pensait. Et que l'agent Elizabeth avait été une trè
vaise affaire. Lorenzo répondrait en temps uti
dépêche. D'abord, laisser la tempête se calmer. Il
querait à Vittorelli que Mazzini n'avait pas confia
Cavour. Que si les troubles avaient éclaté là où l
lait le ministre, ce dernier serait intervenu pour les
mer et faire du Piémont l'unique puissance en r
de contenir les folies des extrémistes. Cavour v
l'utiliser ? Mazzini l'avait utilisé, lui. Entre les
hommes s'était déclenché un duel mortel. Quant
rôle d'espion, il avait été tenu à l'écart de tout. M
se méfiait donc de lui aussi ? Ou bien s'agissait
l'habituelle stratégie du diviser pour mieux rég
L'absinthe était finie. Lorenzo commanda une
bouteille. Le garçon lui fit observer qu'il était déjà
ivre et que peut-être il valait mieux arrêter. Lorenz
tendit deux ou trois shillings. La bouteille fut appo
Lorenzo observa le fond du verre. Dans le liquide
dâtre était en train de se composer le visage aim
Violet. Comme ça leur allait bien, à ces yeux, la
tesse !

Michele Liberato, de son côté, ne pouvait jouer sa réputation. Pas avec ce qui se préparait en Sicile. Mais que s'était-il passé, après tout, de si grave ?

Un vieux patriote des temps anciens, un certain Gallenga, avait écrit une volumineuse *Histoire du Piémont*. Parmi tant d'épisodes, il en narrait un remontant à vingt ans auparavant. C'était en 1833. Les patriotes étaient fous de rage contre le roi Charles Albert qui, trahissant une réputation imméritée de libéral, avait fait fusiller des dizaines de rebelles. Jacopo Ruffini, le plus grand ami de Mazzini, avait été incarcéré et s'était tranché la gorge pour ne pas trahir. Mazzini avait alors décidé de tuer Charles Albert. Gallenga, sicaire désigné, et volontaire, s'était retiré au dernier moment. Maintenant, Gallenga se faisait appeler Luigi Mariotti et était devenu député piémontais. Il soutenait avoir exhumé cette vieille histoire par amour de la vérité. Mazzini, loin de se défendre, avait revendiqué la chose à sa manière. Dans les cercles révolutionnaires et dans ceux des conservateurs, on se passait de main en main son apologie dans l'affaire Gallenga. Les premiers pour exalter l'incorruptible trempe du révolutionnaire, les seconds en espérant être tombés sur la bonne occasion pour libérer Londres de son encombrante présence.

> La chose, avait écrit Mazzini, devait s'accomplir dans un long couloir à l'intérieur de la cour ; le roi y passait chaque dimanche pour aller à la chapelle royale. Avec un billet de privilège, on admettait quelques sujets, juste pour voir passer le roi. Le Comité réussit à se procurer un de ces billets, et Gallenga alla avec celui-ci, sans armes, étudier les lieux ; il vit le roi et fut plus déterminé que jamais à le tuer, du moins c'est ce qu'il disait. Il fut donc arrêté que le dimanche suivant, il pourrait agir. Redoutant de se procurer, dans ces moments de terreur, une arme à Turin, ils

> m'envoyèrent un membre du Comité, Sciandra, un commerçant [...], me demander l'arme et m'avertir du jour fatidique. Sur ma table de travail, il y avait un petit poignard avec un manche de lapis-lazuli, un cadeau auquel j'étais très attaché, je le lui montrai, Sciandra accepta, le prit et partit. Mais moi, ne considérant pas cela comme faisant partie du travail insurrectionnel que je dirigeais, sans faire de calculs, j'envoyai à Turin Angelini, un des nôtres, sous un autre nom, pour mener à bien nos autres tâches. Angelini ignorait tout de Gallenga et de tout autre chose mais, à Turin, il prit un logement dans la même rue où, dans une petite chambre, logeait Gallenga. Il fut pris d'un fort soupçon quand, revenant à son logement, il le vit envahi par les carabiniers ; il réussit à s'éloigner et se sauva. Mais le Comité, quand il apprit la chose de lui, et qu'à deux portes de celle du régicide étaient descendus les carabiniers, et sachant que Angelini n'était pas au courant de l'attentat qui devait advenir, soupçonna le gouvernement d'avoir été avisé du projet et d'être à la recherche de Gallenga, le fit sortir de la ville et l'installa dans une maison de campagne hors de Turin, en lui disant qu'on ne pouvait rien tenter ce dimanche-là et, qu'au cas seulement où les choses se calmeraient, ils le rappelleraient pour un des dimanches à venir. Deux dimanches plus tard, ils voulurent le contacter, mais ils ne trouvèrent plus Gallenga ; il était parti. Très longtemps après, je le revis en Suisse.

En bref, Gallenga avait filé sans poignarder personne, et il n'avait pas fait bien belle figure.

Peu de gens et, parmi eux, Lorenzo à qui le Maestro avait conté l'épisode sur un ton léger, peu de gens savaient que les « certaines affaires » dont devait s'occuper l'autre agent mazzinien, Angelini, consistaient en un attentat contre le duc de Modène, en ces jours de passage à Turin. Mazzini méditait de tuer, en même temps, le roi de Sardaigne et le duc de Modène. Un éclatant « coup double » qui aurait changé l'histoire. Tout le monde savait, en fait, que le membre du comité qui avait soutenu Gallenga était l'actuel ministre Melegari. Qui, après les révélations de Mazzini, fut contraint à la démission. La guerre entre Cavour et Mazzini continuait. Cavour sortait Gallenga pour discréditer Mazzini et Mazzini clouait au pilori un ministre de Cavour.

Le soir du grand bal, tous les « proscrits » se réunirent dans la villa de Stansfeld. On fit de la musique, on but le marsala du Baglio di Catafratto, on formula des projets pour des lendemains qui chantent, on recueillit des fonds pour la cause.

Le même soir, après six ans et demi de prison dure, bénéficiant d'une modeste réduction de peine pour bonne conduite, Lussardi quittait la prison de Newgate. De tout son passé ne lui restaient que quinze livres sterling de paie, un manteau râpé qui tombait sur ses épaules amaigries, lui donnant l'allure d'un grotesque épouvantail, une inextinguible soif de vengeance et un nom lourd d'obsession et d'espérance : Turrey.

VIII

1857-1858

Turin, mars 1857

Felice Orsini est entré dans la légende. Il s'échappe du château de Mantoue en descendant sur les glacis avec une corde trop courte. Saute de dix mètres et se casse une jambe. Sans se soucier de la douleur, dans un effort héroïque, il se traîne, avec l'aide de mystérieux amis dont l'identité ne sera jamais révélée, jusqu'aux confins de la Lombardie-Vénétie. De là, en voiture, à cheval, en bateau, en train, à pied, il atteint une zone sûre. Le monde rit du géant autrichien tourné en dérision. Des portraits du héros dans une pose de tribun sont accrochés aux lampadaires à gaz des rues les plus élégantes de Londres. Ses conférences au Paul's Café s'emplissent de dames palpitantes couvertes de bijoux. Grand, le sourcil courroucé, plein d'allure, Orsini harangue les foules démocratiques en arborant sa jambe blessée : la blessure, en réalité, est amplement guérie mais un peu d'effet scénique ne gâte rien.

Réapparaît à son côté une vieille connaissance : Simon-François Bernard. L'orthophoniste est devenu son inséparable compagnon. C'est Bernard qui l'a convaincu d'écrire un livre de mémoires qui se vend comme des petits pains. Bernard qui l'a poussé à rompre avec Mazzini.

Mêlé à la foule qui emplit à craquer le Viking's Terrace, Lorenzo assiste à une sorte de parricide rituel. Orsini répand des paroles de feu contre son ancien Maestro. Mazzini, homme inepte et vil, Mazzini incapable d'organiser autre chose qu'une chaîne de pénibles échecs, Mazzini vaniteux et rétrograde, Mazzini responsable moral de toutes sortes de turpitudes. Orsini pose sa candidature de chef de la révolution italienne. Peut-être est-il même tenté par l'anarchie.

Le Maestro ne réplique pas, ne répond pas, souffre en silence et continue à recueillir des fonds pour la cause. Le Maestro a quelque chose en tête mais, comme toujours, il le garde pour lui.

Lorenzo s'empresse de rendre compte à Turin. Paolo Vittorelli, promu depuis peu au grade de lieutenant-colonel, transmet, préoccupé, les nouvelles à Cavour.

– Mazzini ne suffisait pas, Excellence. Maintenant, nous devons faire attention aussi à cet autre fanatique…

– Fanatique… dans certaines limites…

Cavour, avec un de ses sourires indéchiffrables, tend un document à l'officier. Vittorelli lit et n'en croit pas ses yeux. C'est une lettre d'Orsini. Il offre sa loyauté inconditionnelle à Sa Majesté, demande des contacts et des financements pour la cause de l'« Italie unie et de Victor Emmanuel », assure que, avec sa collaboration, le péril républicain sera affaibli.

L'incendiaire se fait pompier. Invraisemblable. Ou bien, c'est une escroquerie.

– Envoyons-lui un peu d'argent, décide Cavour, avec un geste mou et vaguement hystérique.

– Et ça ne pourrait pas être… dangereux ? Après tout, il reste un ennemi, un révolutionnaire.

– Orsini mine l'autorité de Mazzini, et, comme on dit, monsieur *le colonel**… l'ennemi de mon ennemi est mon ami…

Vittorelli bat en retraite, peu convaincu. Quelquefois, il lui arrive de penser que Cavour est fait d'une étoffe différente de celle des autres êtres humains. Une étoffe au fond pas si différente de celle de Mazzini. Mais certaines contorsions de l'esprit ingénieux du Premier ministre ne pourraient-elles s'avérer tordues au point d'effleurer la stupidité ?

En tout cas, même sans en avoir reçu l'ordre explicite, il avertira son agent de rester en alerte. Veiller, rapporter, anticiper si possible. Les fondements du métier, à ne jamais oublier, à aucun prix.

Londres, mai 1857

Quand Mazzini l'a impliqué dans la mission, Terra di Nessuno n'a pas hésité un instant.

Après huit ans d'inertie, le retour à l'action l'exalte, le réconcilie avec sa vraie nature, annule toutes les méfiances qui, avec le temps, se sont accumulées, efface les doutes subsistant encore sur la méthode insurrectionnelle, résonne dans son âme avec le fracas d'un crescendo rossinien. Vaincre, ou mourir.

Mais une pensée l'obsède. Striga. Aura-t-il le courage de lui en parler, ou ne préférera-t-il pas, plutôt, partir en cachette, comme un voleur dans la nuit, en laissant derrière lui une vaine lettre de justification ? Qu'est-ce qui la blessera le moins : une fuite soudaine ou l'attente de l'abandon ? Il n'a jamais été fort avec les mots, Terra, et une étrange peur grandit en lui au fur et à mesure que s'approche le moment de la révélation. Si elle lui demandait de ne pas partir, résisterait-il ou se rendrait-il ? Il se confie à Mazzini.

– Tu peux partir, ou pas.

– Maestro…

Mazzini l'arrête d'un geste hiératique.

– Trop d'ombres de compagnons morts hantent déjà mes cauchemars, Terra. On ne sert pas la cause seulement en versant le sang. Mais ce n'est pas moi qui puis effacer tes doutes. Quelle que soit ta décision, je te demande de garder le secret le plus absolu. La chose doit se savoir seulement quand elle sera advenue. Tout dépend de cela.

Terra décide qu'il partira. Et qu'il n'affrontera pas Striga. L'inutile lettre lui apparaît un mal mineur.

Mais le jour avant le départ, tandis qu'il abandonne l'atelier de l'école italienne, où il vient d'enseigner à un groupe de marmots vivaces la taille d'un modèle réduit de voilier, elle surgit devant lui.

– Emmène-moi avec toi.

– Où ? demande Terra, avec une stupeur feinte.

– Quand tu mens, tu rougis.

– C'est un secret.

– Des secrets ? Entre nous ?

– Je ne peux pas, pardonne-moi. Si je parlais, je trahirais tout le monde.

Striga le fixe, sereine. Et, dans le même temps, déterminée. Terra sait que de ces yeux émane une force mystérieuse, à laquelle on ne peut résister. Il ne peut détacher son regard. Le flux d'énergie l'assaille. Énergie qui déchire comme une flèche incandescente, qui brûle comme un feu dévastateur.

– Malédiction, Striga ! Je vais en Italie. Avec Carlo Pisacane. Nous attaquerons au Sud et remonterons la péninsule. Tout ou rien.

Terra argumente, dispute, justifie. Striga écoute ces paroles de destruction, de hardiesse et de mort. Terra est lucide, passionné. Construire l'Italie, tel est le rêve. Mais, avant de construire, il faut abattre le vieil édifice. Striga temporise. Elle a toujours cru que la construction était un acte de joie, une volition projetée vers l'avenir. Alors que la destruction est décombres, ruine, mort. Mais Terra est convaincant. On ne peut pas construire seulement, sans détruire auparavant.

Mais quels nombres, se demande Striga, quels nombres incarnent la construction, et quels nombres la destruction ? Qu'est-ce qui alimente la dialectique entre les deux extrêmes ? Et Terra… Soudain, la pensée qu'il puisse ne pas revenir, qu'une balle puisse éteindre ces yeux ardents, arrêter le battement de ce cœur contre lequel elle trouve chaque nuit la paix et duquel vient la passion, la pensée de le perdre annule toute autre considération. Elle oublie les nombres et les théories, et comme n'importe quelle autre créature souffrante, comme le cabri séparé de sa mère, comme l'agneau qui tremble entre les bras du berger, Striga pleure. Ce chagrin silencieux et absolu tourmente Terra au-delà de toute expression, outre la pensée de l'issue incertaine de l'aventure, il creuse un sillon dans son cœur. Pour la première fois, le Devoir lui apparaît comme un mur infranchissable et hostile. Et, pourtant, il sait qu'il ira.

Ils sortent ensemble de l'école italienne, en se soutenant comme des naufragés, sous les regards curieux des enfants. Ils ne font pas attention à l'ouvrier qui les observe tandis qu'ils montent dans une modeste voiture, au signe qu'il adresse à deux hommes assis sur le siège d'une calèche tirée par une rossinante émaciée.

Londres, juin 1857

Depuis cinq mois, Lussardi est l'artisan de la vengeance de Turrey. Depuis qu'il a réussi à se faire recevoir par ce grotesque débris humain et à lui rapporter ce qu'il avait appris dans les cellules de la prison.

Perry le Rat, de son vrai nom Perry O'Hara, a été pendu au bout d'une corde à Newgate, et il est donc désormais au-delà de la justice humaine. Mais c'est lui, Lussardi, qui a mêlé à la dernière bière de Frank le Jabot la dose létale de laudanum. Et c'est lui qui, trois jours auparavant, a tranché la gorge de Mickey Tête de Mort. Lussardi : le justicier. Lussardi : l'ange exterminateur. Lussardi : l'homme qui remet les choses à leur place.

Une bourse de souverains passe de la cassette de Turrey aux poches du Toscan. Le poids est considérable. Turrey ne regarde pas à la dépense avec qui le sert loyalement. Le problème, c'est que, si on s'en tient à l'accord initial, l'histoire devrait en finir là. Mais Lussardi n'a aucune intention de renoncer à sa poule aux œufs d'or. Lussardi sait comment maintenir vive la flamme de la vengeance.

– Avez-vous pensé à ma proposition, *my lord* ?

– Lord Chatam ? Je ne crois pas que tu réussirais à le frapper. Il est hors de ta portée.

– J'en conviens. Mais je ne parlais pas de cet individu.

– Et alors ?

– J'ai trouvé Striga.

Wesley, mi-secrétaire, mi-majordome, intermédiaire et homme à tout faire de Turrey, sait d'expérience qu'écouter à la porte du patron est plutôt dangereux. Une gouvernante y a perdu sa place pour avoir essayé. Donc, quand l'Italien sort en soupesant d'un air satisfait la lourde bourse de souverains, il s'arrange pour être assis dans le fauteuil au fond de l'antichambre, un livre d'Horace entre les mains, l'air faussement ennuyé.

– Je t'accompagne.

– Je connais le chemin, merci.

Lussardi est au milieu de l'escalier quand Turrey commence à agiter la sonnette. Pendant un instant, le Toscan se demande si ça n'a pas été une erreur de céder aux insistances du lord et de lui laisser la pièce à conviction. Il eût mieux valu s'en débarrasser, comme il avait fait la fois précédente avec la main de Frank le Jabot. Mais le lord a exigé, le lord a payé pour ça. Il s'inquiète de l'idée que Wesley soit mis au courant du pacte. Il demanderait sa part et, passons, ce serait toujours l'argent du lord. Le fait est que moins de gens sont dans le secret et mieux c'est. Un jour ou l'autre, conclut-il en montant dans une voiture comme un vrai monsieur, un jour ou l'autre il devra aborder avec Turrey le problème de son secrétaire. Ou s'en occuper en personne.

Wesley attend une bonne demi-heure puis, ouvrant avec son passe-partout, entre dans la bibliothèque. Lord Turrey ronfle, abandonné sur une *dormeuse**. Le masque d'argent est sur le tapis. La moitié difforme de son visage semble palpiter d'humeurs malignes. Mais ce n'est pas de là que provient l'odeur dégoûtante qu'il avait déjà perçue avant, quand il lui avait servi la mixture d'opium et de laudanum qui pendant deux ou trois heures calmera son angoisse. Wesley s'approche du paquet que l'Italien a laissé et l'ouvre. Un cri d'horreur lui échappe quand il voit la tête couverte de sang caillé. Une tête humaine.

Extraits du journal de Terra di Nessuno
Juin-juillet 1857

Gênes, 4 juin

Cette nuit s'est tenue la réunion décisive. Le Maestro et Pisacane nous ont informés des détails de l'opération. Nous partirons de Gênes, mêlés aux autres passagers, sur le vapeur *Cagliari* de l'armateur Rubattino. Le père d'Enrichetta, la compagne de Pisacane, est agent de la compagnie pour le Piémont. En haute mer, nous nous emparerons du bateau et le détournerons sur Ponza. Là, nous libérerons les prisonniers et, ensemble, nous poursuivrons vers Sapri, lieu prévu pour le débarquement. En route, nous serons rejoints par Pilo, un compagnon sicilien, qui nous fournira des armes. Nous débarquerons à Sapri, sur les côtes du Cilento. En même temps s'allumeront des révoltes à Gênes et à Livourne. Nous sommes forts, unis, conscients, impatients d'agir.

Gênes, 10 juin

De sombres nuées s'amoncellent sur l'expédition. La goélette chargée d'armes a été frappée par une violente tempête. La cargaison a fini à la mer. Charles (c'est le nom adopté par Carlo Pisacane) a rencontré deux fois Garibaldi. Le Général refuse d'adhérer à l'entreprise. Il ne bougera pas sans l'accord du gouvernement du Piémont. On ne peut imaginer des hommes aux tempéraments plus opposés. Pisacane est illuminé, généreux, quelquefois excessivement nerveux. Garibaldi est âpre, glacial, il aime l'humour de caserne, me semble peu disposé à prendre des risques. Le Maestro conseille la prudence, se dit prêt à tout annuler. Je ne sais quel parti prendre. D'un côté, l'urgence de l'action me presse ; de l'autre, une énième défaite pourrait être fatale à la cause. Pisacane a décidé de partir pour Naples, défiant la police qui lui donne la chasse comme déserteur de l'armée bourbonienne.

Gênes, 19 juin

Pisacane est revenu de Naples porteur d'excellentes nouvelles. Le Sud est prêt à s'allumer à la première étincelle. Les doutes se sont évaporés. Le départ est imminent. Le banquier Adriano Lemmi a remis à Charles vingt-deux mille lires. Mazzini a remis à la caisse commune dix-sept milles lires. Charles s'est enfermé dans son bureau et a écrit un « testament politique » qu'il a promis de me faire lire.

À bord du vapeur *Cagliari*, 26 juin

Nous sommes partis hier au coucher de soleil. Mazzini était sur le quai, mêlé aux femmes et au peuple, sans se soucier de la condamnation à mort qui pèse sur sa tête. Deux heures plus tard, en haute mer, au signal convenu, nous avons coiffé un bonnet rouge et au cri de « Italie, Liberté, République », nous avons saisi le navire, en le déclarant patrimoine de la cause. Daneri a pris le commandement. Ni le capitaine ni les autres membres de l'équipage n'ont opposé de résistance. Les voyageurs se sont montrés enthousiastes devant l'entreprise. Il y a ici à bord un gentilhomme anglais qui assure être journaliste. Nous avons échangé quelques mots dans sa langue. Il m'a fait noter, avec une certaine ironie, que le *Cagliari* appartient à Rubattino, et que Rubattino est associé du gouvernement de Turin. Il en conclut que Cavour est au courant de notre entreprise et nous envoie en avant, en attendant d'en tirer profit au cas où elle devait réussir, ou de la désavouer en cas d'échec. Charles, interrogé sur la question, n'a pas fourni d'explication.

À bord du vapeur *Cagliari*, 28 juin

Répartis en trois groupes, nous avons attaqué Ponza et libéré 320 prisonniers, qui sont maintenant à bord avec nous. J'ai participé à l'assaut aux côtés de Pisacane. Nous n'avons tiré que quelques coups de feu, tuant un officier qui ne voulait pas déposer les armes. Charles a rendu honneur à son courage. Pendant qu'on nous remettait les prisonniers, Charles saluait un de ses anciens compagnons du collège militaire de la Nunziatella. Il souriait à la pensée que lui, ex-officier du roi, était en train d'infliger au Bourbon cette humiliation en appliquant justement la stratégie apprise dans sa plus prestigieuse académie ! Les cœurs sont gonflés d'espérance tandis que nous mettons le cap sur Sapri. On dit que 2 500 hommes nous attendent. On dit que Naples est prête à se soulever. On dit qu'une armée de 12 000 patriotes est en train de partir de la Lucanie. La mer alentour est calme. Au coucher du soleil, j'ai vu jouer deux dauphins.

Sapri, 29 juin

Débarqué sur une plage déserte. Les environs déserts. Aucun comité d'accueil. Une chèvre tuée et dévorée, répartie entre tant de monde, trop pour la faim qui commence à se faire sentir. Dans le bourg, entrée à l'aube. Aucun mouvement de troupes. Rues vides, maisons vides, fenêtres barricadées. Un pêcheur nous informe que les gens sont à l'église. Ils prient pour l'âme du roi. Un pastoureau nous demande si nous sommes des brigands. Deux des détenus que nous avons libérés s'enfuient. Trois ou quatre autres défoncent une porte, en veine de pillage. Charles les arrête et les cravache. Une autre tentative de ce genre et ils seront fusillés, avertit-il. Peu après, eux aussi s'enfuient. On commence à se demander si cela a été une bonne affaire de libérer les forçats. Charles rassure la population : nous ne sommes pas des brigands, mais des patriotes. J'ai l'impression que les nobles paroles de sa proclamation sont accueillies dans l'incrédulité générale. Quand je cherche leur regard, bourgeois et gens du peuple détournent le leur. Un chanoine nous amène dans un magasin où sont conservés du pain et du fromage. Charles insiste pour payer : ce n'est pas encore le moment des réquisitions. J'ai réussi à me procurer un exemplaire de son testament politique. « Je crois, a-t-il écrit, que seul le socialisme [...], exprimé par la formule Liberté et Association, est l'avenir proche de l'Italie, et peut-être de l'Europe [...]. Je suis convaincu que les voies ferrées, les télégraphes, l'amélioration de l'industrie, la facilité du commerce, les machines, par une loi économique et fatale, tant que le fruit de la répartition du produit est fait par la concurrence, augmentent ce produit, mais l'accumulent toujours plus dans des mains très peu nombreuses et réduisent la multitude à la misère ; c'est pourquoi ce progrès tant vanté n'est que régression : et si on veut le considérer comme progrès, il l'est dans le sens qu'augmentant les maux de la plèbe, il la poussera à une terrible révolution, laquelle, en changeant d'un coup toute l'organisation sociale, mettra au profit de tous ce qui pour l'heure est au profit de peu. »

Idées admirables : mais seront-elles comprises de ces Italiens qui s'enferment dans leurs maisons ?

Casalbuono, 30 juin

Torraca et Fortino déserts. Disparus les libéraux sur l'appui desquels comptait Charles. L'hémorragie des condamnés continue, ils nous abandonnent désormais ouvertement, par bandes. Pour la première fois, je ressens l'échec de manière tangible. Et si personne ne bouge ? Nous crèverons. Nous nous réunissons en conseil. Nous pouvons nous diriger vers la Calabre, ou traverser la vallée de Diano, en attendant les insurgés de Lucanie. S'il existe des insurgés de Lucanie. À Casalbuono, des rues désertes. Les maisons des libéraux sont abandonnées. Ils fuient. Des couards. Ils craignent la vengeance du roi. Une pensée fait son chemin dans l'esprit de beaucoup. Abandonner l'entreprise. Se replier. La faim augmente. Bucci a volé dans une maison. Un conseil de guerre improvisé le condamne à être fusillé. Je m'y oppose, vainement. Je demande qu'on attende au moins le retour de Charles, absent en ce moment. On n'entend pas raison. Ils le tuent comme un chien, et c'était un frère qui avait cédé à un instant de faiblesse. Charles, revenu le visage sombre d'une mission inutile, ratifie. Droit révolutionnaire. C'est la première fois que je me sens en désaccord profond avec lui. C'est la révolution qui dévore ses enfants, je cherche à expliquer. Il me quitte sans répondre. Et pourtant il a écrit : « Je n'ai que mes affections et ma vie à sacrifier et je ne doute pas de le faire. Je suis persuadé que si l'entreprise réussit, j'aurai les applaudissements universels : si elle échoue, le blâme de tous. Ils me traiteront d'idiot, d'ambitieux, d'agité, et beaucoup qui n'ont jamais rien fait et passent leur vie à censurer les autres examineront minutieusement la chose, mettront à nu mes défauts, m'attribueront la faute de ne pas avoir réussi par manque d'esprit, de cœur, d'énergie. »

Combien d'erreurs, encore, avant la victoire ? Combien sera longue la nuit, encore, avant l'aube ?

Padula-Buonabitacolo, 2 juillet

À Padula, nous trouvons des vivres, un logement, la solidarité complice d'une terre gentille et d'âme libertaire. Je conserverai toujours dans le cœur, pour le temps qui me reste à vivre, le souvenir des bonnes gens de Padula. Un bataillon bourbonien nous attaque à l'aube. Nous avons peu de fusils, Charles dispose les hommes désarmés sur les collines, avec des bâtons, pour simuler une puissance de feu que nous n'avons pas. Une brève escarmouche nous décime. Nous fuyons en bas, sur la plaine. À Buonabitacolo, le baron Picinni Leopardi fait déployer la garde urbaine. Nous sommes 150, mal armés, fatigués, affamés, vaincus. Notre révolte farcesque est morte avant même de naître. Charles refuse d'engager la bataille. Le soir, le notable C. nous rejoint. Après notre fuite, les bourboniens se sont vengés de Padula. Ils en sont arrivés au point de tuer une femme et son enfant au sein. Victimes qui pèsent sur ma conscience.

Campagne aux environs de Sanza, 3 juillet

Un pastoureau promet de nous conduire au village. Mais après un trajet tortueux, nous nous retrouvons dans cette affreuse broussaille. Au-delà d'une vallée à la végétation serrée, il devrait y avoir Sanza. Mais qui a la force d'y aller ? Nous repoussons un premier guet-apens, les gardes sont peu nombreux et ont moins envie que nous de se battre, mais bientôt arrivera le gros de la troupe. Charles ordonne une heure de repos avant de reprendre la route vers le Cilento. Pour continuer à combattre. Pour continuer à espérer. Encore. Un oiseau lance un cri d'alarme. On a perçu un mouvement dans les feuillages. Une décharge de mitraille…

Londres, juillet 1857

Immense est l'écho de l'expédition de Sapri. « Pour nous qui préférons le martyre au succès, John Brown est plus grand que Washington, comme Pisacane est plus grand que Garibaldi », a écrit Victor Hugo. Même le *Times* rend hommage au révolutionnaire assassiné : « Pour nous, anglais, il est plus que jamais surprenant de voir cette énergie, ce courage indomptable et cette ferme ténacité dans le discours basés sur des rêves auxquels nous imaginons avec difficulté qu'on puisse croire sérieusement. » Mais le rêve n'a jamais été aussi vif, exaltant, populaire, vénéré qu'en ce moment où tout semble s'écrouler. Cavour s'est empressé de désavouer. La presse réactionnaire écume de rage. Le clérical *Armonia* tonne : « Pisacane [...], l'Italie, la liberté, ce sont des calembredaines. La guerre est ce qui est à moi et ce qui et à toi, contre les inégalités sociales qui laissent dans le monde des riches et des pauvres, des maîtres et des serviteurs, des sujets et un roi. On vise un changement total, c'est-à-dire la destruction des riches et des patrons. » Ils ne peuvent faire meilleur compliment à la mémoire des martyrs de Sanza. L'Italie unie est sur toutes les lèvres. Les Bourbons sont montrés du doigt dans le monde entier comme des bouchers. Cavour est en difficulté. Le parti des radicaux reprend son souffle. La presse anglaise publie des passages des œuvres de Pisacane : « Et si jamais notre sacrifice n'apporte aucun bien à l'Italie, ce sera toujours une gloire que de trouver des gens qui s'immolent volontairement à son avenir… » Voilà un exemple de défaite qui se transforme en triomphe. Mais qu'importe à Striga tout cela ? Les nouvelles d'Italie sont encore incertaines, filtrées par la censure. Personne ne sait combien de morts l'expédition a coûtés. Personne ne connaît le sort de Terra.

Lorenzo et Lady Violet activent leurs propres canaux d'information. Lady Violet tourmente les journalistes amis, accourus en Italie pour vérifier en personne ; elle en appelle, pour que la lumière soit faite, à la tradition d'indépendance de la presse britannique, sollicite la vieille haine de Palmerston pour les gouvernements réactionnaires ; quand on apprend que soixante prisonniers attendent leur jugement dans la prison de Salerne, elle rédige une pétition pour obliger la cour à intervenir et recommander la clémence. Lorenzo bombarde Vittorelli de dépêches. Il n'était pas informé de la mission. Il n'en savait pas plus qu'eux, à Turin, qui se sont laissé si tranquillement emporter un bateau de l'État sous le nez. Vous prenez ça trop à cœur, répond Vittorelli, cynique. Lorenzo insiste, se fait renard : donnez-moi le plus possible de détails à votre connaissance, cela servira à semer la discorde et le trouble parmi les réfugiés politiques. Vittorelli mord à l'hameçon, ou feint de le faire. Commencent peu à peu à affluer des détails horribles sur le massacre. Pisacane et ses fidèles les plus proches, cernés par une foule de soldats réguliers et de « volontaires », c'est-à-dire de malandrins et de brigands – sans exclure quelques-uns des bagnards libérés à Ponza par le généreux baron –, Pisacane et les siens déposent les armes et demandent à être jugés suivant la justice. Les assaillants ne s'en satisfont pas. Ils tranchent la tête à Pisacane d'un coup de sabre tandis qu'il tente de se réfugier dans une fosse. Parlez-moi des survivants, insiste Lorenzo. Vittorelli de la Morgière télégraphie une liste des patriotes qui attendent leur sentence en prison. Lorenzo peut courir auprès de Striga et lui dire que son homme est vivant. Poursuivi pour sédition et bande armée, il attend son jugement dans la prison de Favignana.

– Je veux aller près de lui, dit Striga.

Lady Violet s'offre pour organiser le voyage. Elle propose de mettre sur pied une délégation, en impliquant des membres du gouvernement anglais ou d'autres personnalités reconnues, et de porter en personne la demande de grâce au roi de Naples. Mais Striga veut aller près de son homme. Elle veut y aller tout de suite.

Lorenzo tempère ses ardeurs. Il est dangereux pour une femme d'affronter un voyage dans les Deux Siciles. Surtout s'il s'agit de la femme d'un rebelle. On l'arrêterait à peine débarquée du vapeur. Et, alors, de quel secours pourrait-elle être à son Terra ? Il faut d'abord enquêter, s'informer sur la situation. On pourra écrire à Terra : Michele Liberato, qui a de solides contacts en Sicile, s'occupera de transmettre la lettre. Que Terra sache qu'elle lui est proche, mais que ce soit lui qui décide si Striga devra affronter le risque du voyage. Striga cède. Elle attendra quelques jours. Lady Violet et Lorenzo s'entretiennent à part. Il lui prend une main. Pour la première fois depuis tant d'années, il se sent propre et digne. Violet lui pose un baiser sur la joue, puis retourne l'âme troublée à ses enfants, à son présent tourmenté.

Île de Favignana, août 1857

Dans la prison de Favignana, pas une feuille ne bouge sans que la Camorra le veuille. Dans la prison de Favignana, la Camorra dicte sa loi. Quiconque veut obtenir un traitement spécial, ou simplement purger sa peine en paix sans subir de chantages, d'extorsions ni de violences, doit passer un accord avec la Camorra. Quiconque. Même les *'ndrine* calabraises aguerries. Même les hommes de la Société : parce que Favignana est territoire sicilien, d'accord, mais Favignana n'est pas Palerme, où les bons gars et les parrains règnent. La Favignana, c'est autre chose. La Favignana est le lieu sacré de la Fondation, le mythique îlot où le chevalier Carcagnosso, apparition faite chair de Saint Michel Archange et de Notre Seigneur Jésus-Christ, posa pour la première fois, un beau jour où il y avait et où il n'y avait pas de soleil, les bases du clan des courageux appelés à gouverner, d'un poing de fer dans un gant de velours, la vie de la rue.

C'est pourquoi, pour remplir la tâche que le baronnet Michele Liberato lui a donnée, Salvo Matranga a passé un accord avec Totò 'o Meschiniello, le « Tout Petit », *crimine*, c'est-à-dire chef reconnu des camorristes de Favignana. Moi, je te donne une chose à toi et, toi, tu me donnes une chose à moi, c'est une pratique commune entre des hommes qui parlent le même langage. Et puis Favignana est terre de Trapani, et à Trapani, jour après jour, la parole de don Salvo Matranga compte de plus en plus.

L'accord est scellé par une poignée de main : Salvo, ça lui coûtera un peu de fraîche de mettre à son compte l'entretien des familles de certains condamnés et de fermer les yeux sur le passage de caisses d'armes et de munitions à travers des terrains de sa propriété, mais au baronnet davantage encore. En échange, le prisonnier Terra di Nessuno y gagne une lettre à consigner immédiatement et, chose bien plus importante, le statut d'homme de respect. Ce qui équivaut à dire prison commode, *cumparielli*, « compagnons », à son service et pas d'emmerdements, même avec les gardiens.

Mais, d'un coup, les eaux se troublent.

– Très bien, don Salvo. Et qui est ce nouveau *cumpariello* ?

– Il s'appelle Terra di Nessuno. Il est avec les politiques.

– Les politiques ? Ah, excusez, mais vous n'avez pas parlé clairement. Je regrette. On ne fait plus rien.

Ordres d'en haut, explique 'o Meschiniello, en restituant à contrecœur, mais avec une loyauté criminelle, les deux bidons de précieux marsala, la pipe et la bourse de tabac qui servaient à sceller l'accord.

– Avec les politiques, pas d'accord. Je suis désolé, c'est vrai. Mais ça, c'est une affaire du roi !

– Et de qui proviennent ces ordres d'en haut ?

– Ah, dit 'o Meschiniello en riant, *nuje simme tutti ommene 'e Dio, 'o sapite*, nous sommes tous des hommes de Dieu, vous comprenez ! Nous avons tous une foi, nous répondons à un chef. Notre chef et notre dieu, on peut même pas les anommer ! Il s'appelle 'o Masto, le Maître, *e nisciuno tene guapparia 'e ce met-*

tere ll'uocchie 'ncuollo, et personne n'a l'arrogance de lui poser l'œil dessus. S'il vous appelle pas, continue-t-il en dialecte, vous pouvez pas savoir où il est… et si vous cherchez à le découvrir, c'est la même chose : il y a la « nomination », pour ces choses… faites gaffe !

– Mais je ne demande pas à le rencontrer, réplique Salvo d'un ton suave, en poussant de nouveau les cadeaux vers le camorriste. Je vous demande seulement de lui faire parvenir un message de moi. Moi, je me fie à vous comme à un frère, don Totò. Et je suis sûr que vous saurez trouver les mots justes…

– Moi ? *Ma se v'aggio ditto ca*, mais si je vous ai dit que… Et bon, bien ! coupe Totò en raflant le marsala. Mais je peux rien vous promettre…

Après que les gardiens ont accompagné jusqu'à la sortie l'homme à qui il manque une main – un carlin à chaque argousin : ce gonze sicilien est homme d'honneur, ça se comprend comme il se conduit au milieu des braves gens –, don Totò écrit de sa graphie incertaine une lettre en argot au grand chef de Naples. De toute façon, pour avoir la conscience tranquille, il avertit ses lieutenants que, jusqu'à nouvel ordre, à ce gars sarde qui était avec ce cornard 'e Pisacane, il ne faut pas toucher un cheveu. Pas de pourcentage pour la lampe des Français, c'est-à-dire de pot-de-vin à verser aux *cumparielli*, pas de violence ni utile ni inutile, et cordon sanitaire face aux *surice*, aux rats, les gardiens haïs. Et aux plaintes des hommes – mais comment on fait avec les *surice* ? Ici, il y a l'accord de leur donner un peu de torture chaque jour, aux politiques – il assure qu'il en parlera avec le directeur et qu'il arrangera tout.

Donc donc, réfléchit don Tore De Lorenzo, 'o Masto, quand trois jours plus tard lui est dûment remise la lettre de Favignana. De retour d'une tournée d'extorsions aux quartiers espagnols, le chef des chefs confie à son secrétaire personnel le bâton d'ivoire, s'installe dans un fauteuil français, aimable cadeau d'un marquis pédé ruiné par les cartes, et se plonge dans la lecture.

Donc donc :

> Par la présente je vous fais dire qu'il est venu Matranga Salvo connu des Hommes de la Sucità de Marsala, lequel s'est présenté comme frère de ladite Sucità, demandant en service qu'un certain agneau « Con Checche »*, dénommé Terra 'e Nisciuno, sardagnuolo, bien que politique, adevienne cousin de chemise, faisant de l'agneau un loup, sous la directe protection de ladite Sucità. Vu que sur cet agneau pèse une nomitation personnelle d'o Re, j'ademande a votre grâce quelle conduite tenir.

La question exige une réflexion soignée, donc donc. Il y a un politique, agneau Con Checche, que le roi ne peut pas le souffrir, il lui a mis une nomination, et ça se comprend aussi, du moment que çui-là et son Masto, Pisacane, il y a mis dans le cul, au roi… Mais sur ce *curdisco*, cet agneau, y'a la main des Siciliens. Tore De Lorenzo, chef sage, pèse le pour et le contre. En ce moment, la Camorra est forte, disons même très forte. Mais Favignana est quand même toujours en terre sicilienne. Et les Siciliens grandissent, ils se font chaque jour plus forts et arrogants. Une politique de bon voisinage est donc souhaitable. D'un autre côté, comme camorriste, don Tore est fidèle à son roi. Et quant aux politiques, au large ! Qu'ils se tiennent loin de nous, pires que la peste bubonique ! Et pourtant, avec tout ce qu'on voit et entend, peut-être que tôt ou tard quelqu'un qui au roi lui donne la miséricorde, c'est-à-dire un bon coup de poignard, ou de *tricche-tracche*, c'est-à-dire de revolver, ça peut toujours se trouver. Et alors, certaines

* Dans l'argot de la Camorra, l'*agnello Con Checche* est la victime désignée d'une entreprise des camorristes.

faveurs pourraient être récompensées. Sans compter que lui, Tore, il peut très bien donner un ordre négatif, mais sans la certitude que son subordonné, Totò 'o Meschiniello, l'exécute ensuite. Il est en terre étrangère… il se sent cerné… peut-être que ce Sicilien, don Salvo Matranga, est habile à mener les négociations… et le commandement de la Camorra ne consent-il pas, peut-être, au subalterne, de faire son chemin dans l'organisation en prenant au besoin des initiatives personnelles ? En somme, le oui l'emporte dans le for intérieur du Masto : et tout au fond, la mettre dans le cul du roi, qui quelquefois a un peu forcé sur le bâton, ça ne lui déplaît pas, à don Tore. Ça peut se faire. Aux conditions de la Société, répond-il de sa main, et le billet deux jours plus tard est à Favignana.

C'est ainsi que Terra di Nessuno reçoit du manchot, escorté par des gardiens inhabituellement respectueux et par le chef des camorristes, le bonjour du baron Michele Liberato et la lettre de Striga. Et la condamnation à mort, qu'il s'attend à recevoir d'un jour à l'autre, tout à coup ne lui fait plus peur.

– Si vous voulez répondre, faites donc, monsieur… lui dit le manchot, et un curieux respect vibre dans sa voix. Salvo Matranga ici présent est à votre service…

Londres, août 1857

Ils prennent Striga au coucher de soleil. Ils sont quatre, quatre braves garçons recrutés dans les bouges de Shoreditch, silencieux, discrets et bien munis d'argent par Turrey. Leurs visages sont couverts de foulards de soie noire et ils apportent avec eux un tapis et des chiffons imprégnés de laudanum. C'est eux qui feront le coup, tandis que Lussardi restera de garde dans la voiture, arrêtée devant le portail de la maisonnette avec jardin de Turnham Green, où Londres disparaît en se confondant avec le vert des faubourgs occidentaux. De temps en temps, pendant qu'il attend, le Toscan se fourre dans le nez une prise de tabac. Il a recommandé la plus grande prudence.

– Ne la laissez pas s'échapper. Immobilisez-la. Enveloppez-la dans le tapis et emportez-la en courant. Et ne la regardez pas dans les yeux, pour rien au monde !

– Oh, l'Italien a peur ! Qu'est-ce que tu crois, que c'est une sorcière ?

Ils ne savent pas à quel point ils sont près de la vérité, ces braves garçons. Ils n'imaginent pas quels ennuis elle peut procurer, cette putain muette. En tout cas, pour lui l'affaire s'arrête là. Il en a assez de Turrey, de son visage difforme et de ses sales vengeances. Il a soutiré tout ce qu'il a pu et il a assez pour rentrer en Italie en grand seigneur. Pour autant qu'il sache, il n'est pas recherché en Italie. Sa dette envers la justice, il l'a payée en Angleterre, et ça suffit largement non pas pour une, mais pour deux, trois vies. Et puis l'Italie est sa terre. Il est de Carrare. Il a la nostalgie des Alpes apuanes et du littoral de Versilia, des rudes blagues des carriers, du doux accent de ses terres. Revenir, et en seigneur. Se trouver une femme, cesser de travailler, ou bien se limiter au minimum indispensable, un petit coup de-ci de-là. De temps en temps, au besoin.

Un léger sifflet d'avertissement, des halètements et des pas qui s'enfoncent dans l'herbe où la rosée nocturne est en train de tomber, les garçons reviennent en portant un pesant butin. Ils sont presque à la sortie quand éclate un chœur de bêlements. Les hommes s'agitent, le tapis, avec sa précieuse charge, leur échappe presque des mains. L'effarement des bêtes semble les avoir contaminés. C'est la contagion de Striga, évidemment. Même Lussardi, qui croyait être immunisé, ressent un instant un frisson de terreur mystérieuse.

– Ouvrez l'étable. Laissez-les libres. Elles se calmeront.

Les hommes refusent d'obéir. Les bêlements augmentent d'intensité, accompagnés d'un grincement de cornes, du battement furieux des sabots. Lussardi court vers l'étable, se débat avec la barre, ouvre la porte. Les bêtes l'assaillent de leur fougue puante. Il est contraint de se mettre sur le côté pour ne pas être renversé. Pendant ce temps, les hommes ont chargé Striga dans la voiture. Lussardi les rejoint, le souffle court. Dans son dos, le concert s'est calmé. Seul un bouc têtu s'obstine encore à bêler sa déception à la lune de mi-août.

– Allons-nous-en, allons-nous-en ! commande le Toscan. Allons-nous-en de cette histoire, de cette ville maudite, allons-nous-en encaisser et ensuite, à la maison, dans la belle et bien aimée Italie. À profiter.

Quand elle reprend connaissance, Striga croit d'abord qu'on l'a ramenée dans la grotte de Calabre, où tant d'années auparavant tout avait commencé. La même odeur d'humidité, le même froid qui pénètre ses os. Mais lentement, imperceptiblement, une autre odeur, plus douce et en même temps plus agressive, s'impose. Odeur d'encens. Striga regarde autour d'elle et son esprit enregistre rapidement les dimensions de la pièce. On l'a enfermée dans une cage. Seize barres de chaque côté. Un bassin avec de l'eau dans un coin, un autre, peut-être pour les aliments mais vide, à côté du premier. La cage est au centre d'une cave, des torches projettent sur les murs des éclats incertains de flamme. Chaque mur a soixante-quatre pierres parfaitement carrées. L'odeur de l'encens vient de huit cuvettes où il brûle. Elles sont placées sur le sol, fait de la même pierre carrée. Cent vingt blocs. Puis son regard se pose sur l'homme. Il est assis sur un fauteuil de velours rouge. Dans la pénombre. Il halète. La moitié de son visage est recouverte d'un masque de fer.

– Qui es-tu ? Pourquoi m'as-tu emmenée ici ? Qu'est-ce que tu veux de moi ?

L'homme ne paraît pas comprendre le langage des sourds-muets. Striga empoigne les barreaux, essaie de les secouer. Ils sont solides, ils résistent. L'homme se lève. Il marche avec difficulté, tirant la partie gauche de son corps comme un poids inerte. Il s'immobilise à deux pas de la cage. Striga cherche ses yeux. L'homme soutient son regard. Striga y lit de la méchanceté. Cet homme n'a pas peur d'elle, cet homme ne craint pas son regard, cet homme est désormais au-delà de toute limite. Il recommence à avancer. La porte de la cage s'ouvre. Striga serre les poings. Le premier coup la prend à la tête. Elle est projetée contre le mur, essaie de se relever, arrive un deuxième coup, puis un troisième. L'homme est sur elle. Striga entame en gémissant la vieille chansonnette, quatre pattes pour chaque chèvre, quatre les cabris…

Accueillie par la quiétude d'une scène champêtre, Lady Violet échange un regard interrogateur avec Tabitha. L'Indienne hausse les épaules. La maison de Striga est en ordre, les bêtes paissent sereines, les petits cherchent avec de rapides coups de museau les mamelles maternelles. Striga est sortie, bizarre, Violet sait avec quelle anxiété elle attend la lettre de Terra di Nessuno. Elles la cherchent pendant le restant de la journée, en vain. Ni Mario, ni Lorenzo, ni les enfants de l'école n'ont eu de ses nouvelles. Ils comprennent, ou croient comprendre, que Striga est partie. Elle n'a pas réussi à supporter le poids de l'attente. Striga est partie. Lady Violet relit la lettre de Terra : ne viens sous aucun prétexte, je ne veux pas que tu me voies dans cet état, je ne veux pas, si cela devait arriver, que tu voies ma tête explosée par un coup de fusil. Mais Striga est partie. Tabitha allume une *puja* à Shiva, le seigneur des mutations, et pose une main sur l'épaule de Lady Violet.

Yorkshire, août 1857

Lord Chatam est à un carrefour. D'un côté le soleil, de l'autre l'abîme. Un bête jeune gars a remis à Clarence le billet de Turrey : j'ai Striga, je t'attends à Londres, toi contre elle. Quel goût littéraire primitif et quelle vilaine écriture !

Sept ans après la salutaire leçon, le bon vieux Crâne Pourri revient en scène. Dommage qu'on n'ait pas achevé la punition. En outre, à bien y penser, une vieille histoire. Quel intérêt peut encore avoir Striga pour lui ?

Sous le regard vide de Clarence, Lord Chatam roule en boule le billet et le jette. Trop tard, Striga, trop tard. Clarence reste à le fixer, inexpressif, immobile.

– Qu'est-ce qu'il y a ? Qu'est-ce que tu as à regarder ? Cette histoire a cessé de me passionner depuis des années.

– Je n'ai rien dit, *my lord.*

– Et tu n'as jamais rien pensé non plus, pas vrai, Clarence ?

– Votre parole a force de loi, *my lord.*

Clarence s'incline, tourne le dos, se retire, courbé par les ans, la démarche voûtée. Clarence l'a jugé. Jugé et condamné. Lord Chatam cherche le réconfort dans l'opium et dans l'alcool. L'opium a un goût répugnant, l'absinthe passe de travers, provoquant un accès de toux incontrôlable. Lord Chatam transpire et c'est normal, vu la saison. Mais Lord Chatam ressent un frisson de froid, et c'est normal, parce que la sueur ne s'arrête pas, elle goutte comme une fontaine, mais les frissons augmentent, et Lord Chatam se retrouve à fixer dans le miroir son visage pâle, couvert de rides et de furoncles, les mains qui n'arrivent pas à arrêter un tremblement insensé. Comme alors, pense Lord Chatam, comme quand j'avais le cou cassé… elle m'appelle et je dois décider. Là, le soleil, ici l'abîme. Clarence réapparaît, l'air absent comme toujours.

– La nouvelle fille est arrivée, *my lord*.

Lord Chatam devrait ordonner de la faire entrer, puis l'observer, la flairer pour décider si elle a besoin d'un bain ou s'il préfère son odeur naturelle. Paysannes et bergères en possèdent une impossible à confondre, musquée, à mi-chemin entre la bête et la paille, les ouvrières sentent la suie et la sueur, quelquefois le mélange est agréable, d'autres fois excessivement âpre. Puis il devra discuter le prix de la prestation, accompagner la sélectionnée dans la chambre à coucher, décider, chemin faisant, entre la cravache et le phallus à crête de caoutchouc arraché à prix d'or à la collection d'un *connaisseur** célèbre. Il se limite à un râle qui meurt sur ses lèvres sèches.

– Renvoie-la.

– Déjà fait, *my lord*.

– Prépare-moi la voiture.

– Elle est prête, *my lord*.

Favignana, août 1857

À l'heure de la promenade, deux gardes encadrent Terra, le séparent de ses compagnons et le portent en poids dans le bureau du greffe où l'attend, assis à la place du directeur, Totò 'o Meschiniello, avec un visage qu'on devine sombre derrière le mielleux respect de circonstance.

– *Trasite*, entrez, don Terra 'e Nisciuno, assoyez-vous ! Ça vous dirait un peu de lait d'amande ?

Terra décline l'offre d'un signe de tête et reste debout, sur ses gardes.

– Comme vous voulez, concède le camorriste en engloutissant un petit verre du dense liquide blanc.

Ils restent à se fixer un petit moment, jusqu'à ce que le camorriste se décide à rompre le silence.

– *'on Terra, com'aggia fa' cu vuje*, don Terra, comment je dois faire avec vous ?

– Je vous l'ai déjà dit. Laissez-moi tranquille.

– Et comment faire ? Vous m'êtes débiteur…

– Je me suis déjà offert de vous payer, mais vous avez refusé.

– Et ça se comprend, ça se comprend !

– Je ne vous comprends pas.

– *'A faccia*, la face ! proclame théâtralement 'o Meschiniello, en se giflant le visage. Celle-là ! *Mo'*, maintenant, ajoute-t-il en se penchant par-dessus le bureau du directeur, ton sérieux, irrité, vous êtes en train de me faire perdre la face ! Pourquoi vous refusez l'aide que je vous offre ?

– Je vous l'ai déjà expliqué, don Totò. Vous et moi sommes deux choses différentes, nous appartenons à deux mondes différents. Vous êtes un homme de votre société, et moi, un soldat.

– Mais *'o* baron Pisacane que vous regrettez toujours, pardon, pour faire la révolution, il s'est appuyé sur mes frères ou je me trompe ?

– Non, vous ne vous trompez pas. Mais nous avons vu tous les deux comment ça s'est terminé.

– Oh, que d'histoires ! Nous sommes des hommes, et moi aussi je suis un homme ! Non ?

– Cela, personne ne le conteste, don Totò. Sauf que je ne peux pas accepter des faveurs alors que mes compagnons sont dans les fers.

– *Vabbuo'*, c'est bon. Vous ne voulez pas comprendre. *Jatevenne*, allez-vous-en !

Et don Totò, dans un ordre qui semble un rugissement, appelle les gardiens et rend le prisonnier puis se termine le broc de lait d'amande en se plongeant dans les plus noires réflexions. Sale affaire, sale affaire. D'un certain point de vue, *'o sardagnuolo* mérite le respect, parce qu'il est fidèle à sa société. Mais un moment ! Il y a Société et société. Celle du *sardagnuolo* est une société politique, et toutes les sociétés politiques sont des sociétés de rien, des sociétés de seigneurs, des sociétés en échec permanent… S'il se trouvait à la place du Sarde, don Totò, le privilège, il se le prendrait tout entier, parce que c'est comme ça que se comporte un vrai homme.

Mais à part ça, il y a toujours la face !

Don Totò est garant d'un accord entre 'o Masto et le Sicilien manchot. Une espèce de ministre des Affaires étrangères en terre de la Société sicilienne. Il a été décidé que le *sardagnuolo* se fera sa sainte prison, tant qu'elle durera. Maintenant, réfléchit don Totò, l'accord peut sauter : si le Masto en a plein le cul, ou si le Manchot déconne. Et alors, tranquilles. Mais tant que ça n'arrive pas, don Totò est tenu d'assurer le privilège. Et comme on n'a jamais vu un privilégié qui refuse le privilège, l'affaire est très vilaine.

Que faire ? On peut recourir à une solution radicale. Mais pas de Saint-Martin, pas de couteau. Un accident, voilà, oui, un bel accident. Les gardes sont maîtres dans l'art de l'accident. *'O sardagnuolo* tombe dans l'escalier, se brise le crâne et rend prématurément son âme au Créateur. Peut-être qu'il était soûl, il a perdu l'équilibre, eh oui, eh oui, c'est exactement comme ça que ça s'est passé… Et puis, 'o Masto, il devrait y croire ? Oui, si ça l'arrange d'y croire. Et si ça ne l'arrange pas, la fois suivante, on sait déjà à qui arrivera *'a cagliosa*, le coup fatal : à don Totò, le garant qui n'a garanti que dalle. Donc, pas de solution radicale. Sale merdier, sale merdier !

Le directeur frappe humblement à la porte.

– J'aurais tout un tas de papiers à signer, don Totò, j'aurais besoin de mon bureau…

Le camorriste se lève avec indolence, toise de haut en bas ce misérable qui a vendu son autorité sur le papier en échange d'une misérable obole mensuelle et s'en va vers sa cellule sans lui accorder un regard.

– Don Totò, pardonnez-moi…

– Qu'est-ce que vous voulez encore ?

– Avec ce politique, qu'est-ce qu'on fait ? Il continue à refuser le supplément de repas et a exigé qu'on lui remette les chaînes.

Le camorriste écarte les bras. Espérons qu'ils ne gagnent jamais, ces révolutionnaires, ou vraiment l'ordre constitué finira dans la merde.

– Faisons du remue-ménage, ordonne don Totò, frappé d'une inspiration, mettez-le seul, séparez-le des autres, demain gardez-le à jeun, et le lendemain apportez-lui une belle poule cuite… Faites du bruit cette nuit et silence demain.

– Et, d'après vous, ça va fonctionner ?

– Et qu'esse j'en sais ?

Et donc, la nuit, on fait du bruit. Mais tant de bruit que même le très lourd sommeil de don Totò en est troublé. Le camorriste cogne sur les barreaux de la cellule et appelle les gardiens. Le planton accourt avec empressement.

– C'est quoi, ce bordel ?

– C'est les politiques, don Totò. Ils ont lancé une protestation…

– Tu parles d'une nouveauté !

– Mais cette fois, c'est différent.

– Et pourquoi, y s'est passé quèque chose, cette fois ?

– Le jugement est tombé. Tous condamnés à mort !

– Merci, *guaglio'*. Comment tu t'appelles ?

– Castaldo Pasquale, d'Afragola, pour vous servir, don Totò.

– C'est bien, c'est bien. Demain passe voir le camorriste de service et donne-lui mon bonjour. Il saura te récompenser.

Don Totò retourne dormir, rasséréné, bercé par les remerciements du planton et par la pensée du gros coup de bol. Condamnés à mort. L'accord saute pour raison de force majeure. Moi, j'ai fait ce que je pouvais, très révérend Masto, et maintenant ne me bouffez plus les couilles !

Londres, août 1857

Rosie Wexingham est de très mauvaise humeur. Marie-France, une stupide *grignotte*[*], créole haïtienne pétrie de superstitions sauvages, menace de raconter à la police que dans le *dungeon* on tient enfermée une femme contre sa volonté.

– Et comment tu fais pour le savoir ?

– J'y ai été.

– C'est interdit !

– J'y ai été parce qu'elle m'appelait.

– Mais elle est muette !

– Elle m'a appelée par l'esprit.

– Tu as fumé beaucoup d'opium, ce matin, Marie-France ?

– Tu dois la laisser partir, Rosie. Ou bien elle t'apportera la mort.

– Tu perds la boule, Marie-France.

– C'est une mambo, madame, une mambo d'Ogun. Tu ne peux pas la garder prisonnière, ou elle nous tuera toutes !

Ça lui a coûté un joli tas de souverains de se débarrasser de cette casse-pied. De l'argent de Lord Turrey, d'accord, mais l'histoire prend des proportions inquiétantes. On avait parlé de deux, trois jours au maximum et la captivité dure depuis plus d'une semaine. Et puis, tout comme Marie-France est venue à le savoir, quelque autre fille, ou que Dieu m'en garde, quelque hôte d'importance pourrait se retrouver dans le *dungeon*. Si la nouvelle devait filtrer, ce serait la fin pour Rosie Wexingham. Les lois sont très sévères, dans la libre Grande-Bretagne. Comme le lui a expliqué une fois un député *whig* en veine de bavardages, l'esclavage est admis pour les Indiens, les prolétaires et les nègres d'Amérique, mais interdit pour les putains. Si la nouvelle devait filtrer, les puissants qui ont fait prospérer le bordel l'abandonneraient tout de suite. Et Rosie Wexingham se retrouverait sur le trottoir. Le vrai. Voilà le problème. Le destin de cette stupide vache italienne sur laquelle Turrey défoule sa fureur de demi-impuissant difforme ne compte pour rien aux yeux de Rosie. Donc, elle a décidé d'affronter Turrey. Le soir même. Elle le relancera. Si Turrey a tant à cœur cette histoire, il ne fera pas d'objections. Le risque a un prix. Rosie Wexingham a repéré une propriété à Eastbourne. Elle l'apportera en dot à quelque baronnet ruiné qui, en échange, l'honorera de son titre. Mme Rosie, baronne du Sang du Diable de Pétaouchnok. Rosie Wexingham descend l'escalier qui mène au hall, salue Percy, le garde du corps et se dirige vers sa voiture, qui attend à quelques pas de la porte de l'immeuble de Mayfair.

Favignana, août 1857

Pour finir, le roi y a repensé et a accordé la grâce aux condamnés à mort. Pas vraiment la grâce, que si c'était le cas, les problèmes de don Totò 'o Mischiniello seraient finis, mais une demi-grâce : c'est-à-dire que la peine capitale est commuée en prison à perpétuité.

– Et ils restent là, à la Favignana ? s'informe-t-il, inquiet, auprès du directeur.

– À ce qu'il paraît, oui.

Malédiction de la mort ! Mais c'est quoi, ce roi qui se ravale sa parole ? Tu les as envoyés au gibet, eh beh pends-les, non ? Ou bien fais-les fusiller, suffit que tu les butes ! Mais c'est quoi, ces repentirs, merde ? Y'a que les cornards qui reviennent sur leurs pas. Un roi qui change d'avis, c'est comme un saint qui ne fait plus de miracles, comme une gonzesse qui se met dans la tronche d'étudier pour faire le docteur, comme un demi-sel qui se prend pour le Masto. 'Ô roi devenu bon ! Mais quelle merde ! Un roi bon, c'est contre l'ordre du monde, donc un roi bon, c'est un roi mort. Et le problème du privilège du *sardagnuolo* revient. Totò convoque Salvo Matranga et lui expose l'affaire.

– Mais don Salvo… on peut aider quelqu'un qui s'en fout de ton aide ?

Salvo Matranga pense que le Sarde serait un excellent Homme dans la Société des Hommes. Loyal, méprisant le danger, courageux… Brave, brave gars. Si don Michele peut compter sur un certain nombre de valeureux de cette trempe, alors la cause est destinée à l'emporter.

– Mais qu'est-ce qu'il demande, au fond, don Totò ? Que les autres aussi aient le même traitement.

– Eh oui, et maintenant, la taule adevient le palais royal de Caserte !

– Nous avons passé un accord, ne l'oubliez pas.

– Un accord pour un, pas pour tous les socialistes du Royaume de Naples.

– Là où on a pu faire pour un, on peut faire pour tous.

– Mais ce n'est pas en mon pouvoir, et vous le savez.

– Et vous, dites-lui ça au Masto : dites-lui que ceux qui aujourd'hui sont des bandits, demain pourraient devenir ministres. Faites une tentative.

Des bandits qui deviennent ministres ! Ou c'est une folie, pense 'o Masto quand on lui remet le nouveau message de la Favignana, ou les Siciliens savent quelque chose que nous ne savons pas… Et alors, ça, c'est pas une folie, mais une prophétie. 'Ô Masto prend deux jours pour décider, et puis il décrète : faites, mais faites-le politiquement. Et, au message, il ajoute des instructions détaillées.

Don Totò reçoit, interprète, discute avec le directeur et finalement, le dernier jour du mois, il fait une entrée triomphale dans la salle des politiques. Il est escorté par le camorriste de service et trois *cumparielli* de dernier rang les bras chargés de paniers remplis de victuailles.

– C'est la fête, *guagliu'* ! proclame le chef de bande, tandis que les *cumparielli* déposent sur la table des colliers de saucisson, des biscuits salés, des miches de pain, des morceaux de fromage, des bocaux d'olives noires, des figues et des flasques de vin.

Les compagnons fixent Terra di Nessuno, perplexes. Les gardiens s'éclipsent, en tirant derrière eux le lourd portail.

– Allez, qu'est-ce que vous attendez ? C'est que de la première qualité ! exhorte 'o Meschiniello.

Terra, d'un geste décidé, arrête ses compagnons, dont les yeux brillent déjà et, traînant sa jambe enchaînée, affronte le camorriste.

– Je vous avais dit que je ne veux pas de favoritisme. Sans vouloir vous offenser, reprenez votre marchandise.

– Pas de favoritisme. C'est pour tout le monde. Allez, servez-vous…

Puis, il prend à part Terra di Nessuno et lui explique – ce sont les paroles suggérées par le Masto et il les rapporte d'un air solennel – que son dévouement à la cause a « profondément impressionné » 'o Masto, qu'il a décidé « en conséquence » d'un nouvel accord. C'est-à-dire le même qu'auparavant, mais pour tous.

– Ça, c'est pour vous, conclut-il en remettant à Terra di Nessuno le mot de Lady Violet qui annonce l'arrivée imminente de Striga.

Et tandis que Terra lit et relit les quelques paroles passionnées, tandis que ses compagnons se jettent sur les victuailles, don Totò se félicite lui-même et félicite le Masto, et loue en silence la grandeur de Mamma Camorra. Puisque les jacobins veulent se sentir égaux aux autres, eh beh, nous, on les fait sentir égaux aux autres. Quant à l'être, ça, c'est une autre histoire. L'important, c'est que la vie puisse reprendre son cours ordinaire. Grâce à Dieu et au Masto, qui pour les argousins est une malédiction divine, mais dans les cœurs simples des camorristes est assis sur la même marche que le Père éternel.

Londres, août 1857

Travailler comme homme de confiance du plus célèbre bordel de Londres a ses avantages et ses inconvénients. Les inconvénients viennent tous des filles : tantôt bavardes et surexcitées, tantôt déprimées et taciturnes, toujours lunatiques, envieuses entre elles, compétitives à l'excès, orgueilleuses de leur habileté dans l'art de Vénus, en somme, des femmes. Les avantages s'appellent sexe gratis, un beau paquet de ronds par semaine, une protection haut placée qui efface certains péchés de jeunesse et, naturellement, Rosie Wexingham. Une brave patronne, généreuse, ponctuelle dans les paiements, jamais excessive dans les exigences et parfois prodigue de délicieux petits travaux de bouche. Percy n'a pas à se plaindre : parmi ses compagnons de jeunesse, il y en a qui ont bien plus mal fini et qui attendent leur dernière aube à Newgate, alors que lui ne doit qu'exécuter les ordres et ne pas poser trop de questions. Donc, rapidement, comme il lui a été ordonné par Rosie en personne, Percy renvoie les filles, surprises et irritées d'être jetées hors de la maison, et rembourse les clients indignés pour cette soudaine interruption des plaisirs.

– *Sorry, sir.* Cette nuit, on ferme plus tôt. Une fête privée… répète-t-il à chacun.

Rosie le reçoit dans son boudoir, en compagnie de trois hommes. L'un est Wesley, le secrétaire de l'estropié Turrey, celui qui garde une esclave dans le *dungeon* : présence encombrante, Percy espère que cette histoire va finir le plus vite possible. Le deuxième est un gentilhomme d'un certain âge, décidément élégant, un galantin vêtu à la dernière mode. Visage connu, mais Percy n'arrive pas à lui associer un nom. Peut-être un client qui ne se montrait plus depuis un moment, peut-être un de ces provinciaux qui s'offrent, de temps à autre, une coûteuse évasion londonienne. Le troisième homme a la boule à zéro et l'air abruti du forçat évadé du bagne.

– C'est fait, annonce Perry.

– Tu peux y aller, ordonne Rosie, la voix atone.

Percy est perplexe. Il y a quelque chose d'étrange entre ces quatre-là. Quelque chose qui ne le convainc pas.

– Tu es sûre que tout va bien ? murmure-t-il en passant à côté de Rosie, en essayant de ne pas être entendu des autres.

– Ça va très bien, bonne nuit, réplique-t-elle sur le même ton plat qu'auparavant.

Percy se dirige vers la sortie, décidé à rester dans les parages, prêt à intervenir si nécessaire. Il est presque arrivé à la porte quand le premier coup de couteau l'atteint dans le dos. À peine parvient-il à se retourner qu'un second coup lui perce le cœur.

Mallory, un aigrefin irlandais engagé avec la promesse d'un faux passeport et de trois cents livres sterling, rentre en essuyant le couteau sur sa manche. Rosie prend sa tête entre ses mains. Lord Chatam fait un signe à Wesley.

– Va me prendre Crâne Pourri.

Wesley se précipite. Mallory le suit. Il a coûté mille livres sterling, Wesley, plus une pièce de terre dans le

Sussex. C'est cher payé, mais sans lui Lord Chatam n'aurait jamais su où Turrey cachait Striga.

Rosie est terrorisée.

– Chatam…

– Oui, ma chère ?

– Mais qu'est-ce qu'il t'avait fait, Percy ? Pourquoi tu l'as tué ?

– Quelle question idiote ! Moi, j'aime infliger des souffrances à mes semblables.

– Prends cette maudite sorcière et emmène-la ! Laisse-moi partir. Je disparaîtrai de Londres, je m'en irai pour toujours, tu n'entendras plus jamais parler de moi…

– J'aurais dû t'abandonner au bourreau, ma chérie…

– Chatam, pour l'amour de Dieu…

– Emmène-moi auprès d'elle, allez. Cette attente m'ennuie.

Tandis qu'ils s'approchent du *dungeon,* Lord Chatam s'efforce de dominer l'émotion qui le ravage. Qu'une couche de chaux blanche efface tout ce que j'ai été et tout ce que je suis, prie-t-il, qu'à partir de cette nuit commence ma nouvelle vie. Que la volonté du destin s'accomplisse.

Rosie ouvre avec une petite clé. Lord Chatam, avec un soupir, passe le seuil.

Striga a senti sa présence avant même de le voir. Elle secoue les barres de la cage avec le peu de force qui lui est resté. Une femme allume les torches aux murs. Lord Chatam s'arrête à côté d'elle. Puis fixe Striga. Striga est assaillie par une vague de glace. Ses mains se détachent des barres.

– Non, trace-t-elle furieusement avec les doigts dans l'air. Ne le fais pas, je t'en prie, ne le fais pas…

Lord Chatam secoue la tête. Non, Striga. Puis, d'un geste foudroyant, il agrippe la tête de la femme et la fait tourner sur elle-même. On entend un coup sec. La femme s'amollit, tombe, le corps grotesquement désarticulé. Striga pleure. Le souffle du mal l'écrase de sa fureur insupportable. Lord Chatam avance à pas calmes, déclenche la serrure, s'approche pour l'embrasser. Striga se plaque contre le fond de la cage, elle le fuit, elle fuit son sauveur, les yeux inondés de larmes, quatre pattes chaque chèvre, quatre les cabris…

La voix de Lord Chatam est une plainte faible mais décidée.

– Il fallait le faire. Tu dois comprendre !

Mais Striga ne veut pas comprendre. Et pourtant les mains de Lord Chatam sont chaudes et ses caresses sont celles du père qu'elle n'a jamais connu, de l'ami qui ne peut lui faire du mal. Lord Chatam chante *Greensleeves*. Ça parle de vallées antiques, de dames et de chevaliers, d'un amour perdu, du regret du passé. Mais dans la bouche de Chatam, ces vers désespérés sentent la chaleur et la bonté. Et Striga sent descendre sur son cœur une sensation de paix. Lord Chatam parcourt ses côtes creusées, essuie les larmes de son visage amaigri. Striga, qu'est-ce qu'ils t'ont fait, Striga, ce monde est pensé seulement pour les gens comme moi, et ceux qui comme toi sont nos victimes, ceci est ma faute, Striga, et ceci est ma grandeur, j'ai interverti le destin de la victime et celui du bourreau, Striga, une complicité nous lie, nous ne sommes rien l'un sans l'autre… C'est ainsi que les trouvent Mallory et Wesley quand ils traînent dans le *dungeon* Turrey, plus mort que vif, couvert de bave, le visage marqué de sillons de sang. Lord Chatam n'accorde pas un regard à son vieil ennemi. Il retire sa veste et la pose sur les épaules de Striga.

– Viens. Nous prendrons ma voiture. C'est fini, Striga, tout est fini.

Elle se laisse faire. Ne pleure plus. Le souffle du mal est toujours là mais son sens a changé, son chiffre a changé. Les signes s'inversent, la dissonance se fait harmonie, une nouvelle vision de l'ordre des nombres s'affirme dans son âme, plus complexe. Lord Chatam la prend dans ses bras, la conduit vers la liberté tandis que dans son dos, se perdent les cris désespérés de Turrey. Mallory et Wesley ont reçu des ordres précis. Crâne Pourri sera attaché et bâillonné à l'intérieur de la cage. Le bordel sera détruit et incendié. Lord Chatam emmène Striga dans son ancienne demeure londonienne. Clarence prépare un bouillon bouillant et un bain chaud. Demain, nous parlerons, demain, nous projetterons le futur, le mien, le tien, celui de ton amour, celui de tous les chiffres éparpillés de cet univers incompréhensible… Moi, je suis un homme possédé par le Mal et je ne réussirai jamais à m'en libérer. Mais je ferai du Mal qui me possède un instrument de rédemption. Et la violence sera mon bras armé. Demain, demain…

Et au cœur de la même nuit, qui, pour la première fois, dans sa vie noire, s'annonçait chargée d'une espérance inattendue, Lord Chatam passe paisiblement du sommeil à la mort.

Île de Favignana, Noël 1857

À la fin de l'heure de promenade, comme il se prépare à retourner dans le dortoir avec ses compagnons, deux surveillants encadrent Terra di Nessuno et lui ordonnent de les suivre. Il esquisse une protestation. Les surveillants échangent un coup d'œil amusé puis, à coups de bourrades et de taloches, ils le font marcher vers la petite porte qui mène aux bureaux de la prison. Terra se retourne pour regarder les siens. Il lit dans leurs regards la même question, le même soupçon insidieux. Ça ne dépend pas de moi, je ne suis pas au courant, voudrait-il hurler, mais les surveillants perdent patience et d'un coup de pied bien ajusté lui font franchir le seuil, et la porte se referme dans son dos. Piégé entre les gardiens, il monte deux étages d'un escalier étroit, traverse un couloir qui lui paraît interminable et, enfin, se retrouve dans les appartements du directeur. Ses accompagnateurs lui indiquent une bassine d'eau fumante.

– C'est pour vous.

– Prenez-vous un bain, que vous puez comme une latrine !

Il se déshabille, encore incrédule, devant leurs regards impassibles, et se plonge dans l'eau qui sent le citron. Pendant un instant, il ferme les yeux, savourant la joie incroyable du liquide qui lave les croûtes de mois de prison, heureux et ignorant comme un enfant. Puis, d'un coup, il se secoue. Qu'est-ce que ça veut dire ? Quel sens a ce traitement spécial ? Il ne veut pas de privilège, voilà des mois qu'il l'a dit clairement à Totò et aux autres camorristes. Tant qu'il s'agit d'échanger des messages avec d'autres comités révolutionnaires et des choses qui concernent le bien commun, l'accord peut tenir. Mais ça… ça, c'est trop. Il se lève d'un bond, nu comme il est, il sort du bassin et affronte les gardiens.

– Qu'est-ce que ça signifie ? Que voulez-vous de moi ?

– Vous posez trop de questions, souffle l'un des deux, ennuyé.

L'autre jette un paquet à ses pieds.

– C'est des vêtements, des vêtements neufs. Mettez-les-vous, qu'on vous attend.

– Ah, je suis attendu ? Et par qui ? Par Sa Majesté le Roi Bombe ? Allez au diable, vous et vos vêtements !

– Vous êtes un homme heureux, vous.

– Oui, vous avez du cul. Mais essayez de ne pas exagérer, monsieur !

Après un dernier coup d'œil entre eux et un haussement d'épaules, les argousins décident qu'ils en ont assez et sortent, le laissant seul, couvert de mousse, gelé. Terra s'essuie comme il peut et passe ses vieux vêtements raides de saleté et de sueur. Il essaie la porte, elle est fermée. Il la prend à coups de pied en hurlant des jurons, jusqu'à ce que, de l'autre côté, on déclenche la serrure. Terra recule, prêt à se battre. Apparaît don Totò 'o Meschiniello, le visage jovial, les mains jointes comme en prière.

– Mais excusez… Moi, je vous amène le cadeau de Noël et, vous, vous faites tout ce bordel !

Le camorriste s'écarte. Derrière lui apparaît Salvo, le manchot.

– Vous êtes prêt ?

– Mais prêt à quoi ? s'insurge Terra, mais moins agressif, plus courtois.

Le Sicilien fronce les sourcils.

– Et ils ne vous ont rien dit ? s'ébahit-il avant de lancer un regard noir au camorriste qui hausse les épaules.

– Ça devait être une surprise !

Et puis apparaît Striga. Terra vacille. Il a du mal à articuler le moindre son, ses oreilles se mettent à bourdonner, il doit s'appuyer au mur pour ne pas s'effondrer. Striga, Striga ! Le Sicilien échange un signe avec le camorriste. Les deux hommes se retirent. Striga s'avance vers lui. Terra a une soudaine pudeur à l'idée de l'embrasser. Il craint que son corps éprouvé par la prison, l'odeur des vêtements, son visage hirsute la repoussent. Striga prend ses mains dans les siennes, se les passe sur le visage, puis dépose un baiser sur ses paupières.

– Maintenant je comprends vraiment qui tu es et maintenant je sais vraiment qui ils sont, disent ses mains.

Ils restent ainsi, main dans la main, tête baissée, les yeux fermés, comme ils avaient l'habitude de faire certains après-midi où il n'était pas besoin de paroles. Puis ils s'assoient l'un à côté de l'autre. Ils restent ainsi, en se passant leur chaleur réciproque, jusqu'à que ce qu'on frappe à la porte, et le Sicilien, l'air désolé, annonce que l'entrevue est terminée. Striga se lève et suit docilement le manchot. Quand elle est sur le seuil, elle se tourne et lui offre son sourire. Les gardiens reviennent, et avec eux don Totò.

– Ce soir, vous êtes mon invité personnel ! proclame le camorriste, en éloignant les argousins qui essaient d'attraper Terra.

Londres, 17 janvier 1858

Bien avant que vous parviennent ces lignes, le télégraphe vous aura annoncé de quelle miraculeuse manière la divine providence qui veille sur les destins des peuples, en préservant hier soir la vie de Napoléon III d'un attentat infernal, a éloigné de la France et de l'Europe entière une terrible catastrophe. Mais ce que le télégraphe ne peut parvenir à vous transmettre, c'est le cadre émouvant qu'offrait notre capitale, hier soir de neuf heures à une heure du matin. La nouvelle de l'exécrable méfait s'étant répandue avec la rapidité de l'éclair à travers tout Paris, on vit d'un coup tous les théâtres se vider, suspendre toutes les réunions et soirées entre amis, abandonner les cafés et les divertissements publics pour descendre dans la rue et accourir au boulevard des Italiens, près duquel se dresse l'Académie impériale de musique, c'est-à-dire l'Opéra français. Au milieu de la foule dense qui se pressait sur les boulevards, on n'entendit d'abord que la question angoissée : « *Est-ce qu'il est arrivé quelque chose à l'empereur ?** » À la réponse négative, chacun de bénir le ciel et de se répandre en imprécations contre les aveugles et vils instruments de la société régicide qui, après s'être formée dans la lie des émigrés politiques de toutes nations résidant à Londres, et tandis qu'elle

cherche à étendre ses trames ténébreuses contre tous les trônes d'Europe, persécute principalement de sa haine implacable l'empereur des français, devenu pierre angulaire de l'ordre social.
Il était aux environs de 8 h 30. En passant sur le boulevard des Italiens, je m'arrêtai par hasard avec un ami au coin de la rue Lepelletier, laquelle conduit à l'Académie impériale de l'Opéra, placée à la distance d'environ cent pas du Café Riche, devant lequel je restai à converser avec un ami. Je vis très bien arriver le carrosse dans lequel leurs deux Majestés impériales, suivies par un peloton de lanciers de la garde impériale, se rendaient à l'opéra pour assister à la soirée au bénéfice du baryton Massol, qui se retirait de la scène. Un des principaux attraits du spectacle était l'éminente Ristori, qui avait consenti à donner une représentation gratuite de la *Marie Stuart*. La société la plus sélecte de Paris remplissait toutes les loges, d'autant plus qu'on savait que LL. MM. avaient décidé de venir écouter et applaudir l'incomparable artiste de notre époque chanter dans la douce langue du Tasse. Comme il est d'usage chaque fois que l'empereur honore l'Opéra de sa présence, l'entrée de la rue Lepelletier était éclairée par deux candélabres en forme de pyramides composées d'une infinité de flammèches à gaz, chiffrés en leur sommet par le nom de Sa Majesté et portant par-dessus la couronne impériale. Quand, tout à coup, les flammèches au gaz s'éteignirent et toute la rue Lepelletier, y compris la façade extérieure de l'Académie, se retrouva dans le noir. Au même instant, deux violentes explosions semblables à la détonation de mortiers se font entendre, auxquelles succède dans l'intervalle d'une minute une autre encore plus puissante. Sur le moment, en voyant s'éteindre le gaz le long de toutes les maisons, chacun songe que la triple détonation provient de quelque fissure de tuyaux gazifères. Mais en moins de trois minutes le gaz est rallumé partout grâce à la sollicitude des pompiers de garde et alors un terrifiant spectacle ne laisse plus douter de l'infâme attentat contre la vie de

l'empereur. L'impératrice avait sa robe aspergée de sang (provenant, comme il s'avéra bientôt, de la blessure du général Roguet, lequel était assis dans le carrosse de Leurs Majestés royales en face de l'empereur) ; l'empereur lui-même avait sur la joue gauche une égratignure d'où perlaient quelques gouttes de sang, son chapeau était percé par une balle d'arquebuse. À terre gisaient deux lanciers de la garde impériale, gravement blessés ; deux laquais de l'empereur et environ une cinquantaine d'autres personnes, qui se trouvaient près du carrosse impérial, furent plus ou moins blessées. Un cheval du carrosse de S.M. fut tué sur le coup, et le carrosse, dont le timon s'était brisé, était perforé en divers endroits. Toutes les vitres du vestibule du théâtre tombèrent en morceaux et le portique couvert qui forme l'entrée principale apparaissait abîmé comme si la mitraille en avait lacéré les murs. Le sol était couvert de projectiles acérés, comme en contiennent les bombes dites fulminantes. L'empereur, en cette terrible circonstance, manifesta tout son calme imperturbable et sa présence d'esprit. Après la deuxième explosion, il descendit aussitôt du carrosse et, prenant l'impératrice par la main, la fit sortir.

Lorenzo finit de lire la correspondance de la *Gazzetta di Milano* et se versa une goutte d'absinthe. Trois jours avaient passé depuis l'attentat de Paris et déjà la police française avait arrêté les responsables : Felice Orsini et trois compagnons d'aventure improvisés, Pieri, un médecin de Lucques, Gomez, marin napolitain sans feu ni lieu, et un jeune noble ruiné, Carlo di Rudio. Ils avaient utilisé des bombes au fulminate de mercure renforcées par des bouts de fer pour en exalter l'effet dévastateur au moment de l'impact. On les appelait déjà les « bombes Orsini ». Avec un mélange d'admiration pour le courage du révolutionnaire romagnol, et de déception pour l'énième échec de la tentative de régicide. Le bilan officiel parlait de huit morts et de plus de cent blessés, plus un nombre indéterminé de chevaux et des dégâts pour plusieurs millions de francs, et pourtant – Lorenzo ajoutait à part lui « naturellement » – l'empereur en était sorti indemne. Non seulement il avait assisté à la représentation, mais quelques heures après, il était apparu à un bal à la cour, accueilli par les ovations des têtes couronnées d'Europe. Une chance éhontée, contraire aux lois du bon sens, protégeait Napoléon III. Ou peut-être que le destin, Dieu ou ce qu'on voudrait, était sans aucun doute du côté des puissants.

Vittorelli l'avait réprimandé. Vittorelli demandait des preuves pour pouvoir accuser Mazzini. « Fût-ce au prix de votre témoignage en personne et au risque de brûler votre couverture », annonçait, en grande alarme, la dépêche chiffrée de son actuel commanditaire. Pauvre Vittorelli ! Il n'y avait pas grand-chose à savoir, et encore moins de munitions à brûler, dans cette histoire. Il n'y avait qu'une seule explication plausible au silence de l'espion : la vérité. Et la vérité était, elle aussi, unique : Mazzini était étranger à l'attentat. Lorenzo avait été le témoin direct de l'effarement du Maestro quand il avait reçu la nouvelle : presque une crise de nerfs que seule la providentielle intervention de ses amies anglaises empressées avait réussi à calmer.

Non, Mazzini n'était pour rien dans cette histoire. Celui qui savait peut-être quelque chose, c'était Francesco Crispi. Lui seul avait encore des rapports avec Orsini. Quelques mois auparavant, Crispi avait pris contact avec un ouvrier qui projetait de miner les fondations de Notre-Dame durant la cérémonie de baptême du petit garçon de Napoléon III. Mais on n'avait rien fait. Crispi était-il vraiment impliqué dans l'attentat d'Orsini ? Il n'y avait pas de preuves. Et en outre, à Turin, ils ne savaient pas quoi faire de lui. C'était la tête de Mazzini qu'ils voulaient.

Lorenzo paya l'absinthe et se dirigea vers le bureau postal de Tottenham. « Il faut du temps pour ce que vous demandez », écrivit-il brièvement dans le télégramme chiffré à Vittorelli. Mais vous ne l'obtiendrez jamais, ajouta-t-il à mi-voix et pour son propre et exclusif bénéfice. Parce que la solitude de l'espion l'empêchait de partager avec quiconque le plaisir intime et pervers qu'il ressentait à ce moment.

Île de Favignana, mars 1858

Depuis la nuit de Noël, Terra avait été associé aux camorristes. Il voyait Striga une fois par semaine. Il vivait dans l'attente de ces brefs moments. Le reste du temps, il projetait sa fuite. Le Sicilien, auquel il avait demandé de l'aide, jugeait le projet irréalisable. Mais il devait bien exister un moyen de fuir de Favignana. Cinquante ans auparavant, de vieux *carbonari* avaient réussi. Pourquoi lui n'y parviendrait-il pas ? Il devait quitter cette prison. Striga l'imposait, Striga l'exigeait. Striga l'appelait à elle. À elle et à la lutte.

Elle lui avait raconté l'enlèvement, la libération, la mort de Lord Chatam. Elle lui avait expliqué le sens de son premier message : même la violence a son nombre. La violence fait partie de l'ordre général parce qu'elle fait partie de nous-même, de notre existence, de la vie de chacun. Maintenant je sais, disait Striga, que ta lutte ne pourra jamais s'en passer. Et maintenant je sais que ta lutte est la mienne. Et qu'elle sera violente.

Terra avait sondé avec précaution les camorristes. En vain. Ni don Totò ni ses hommes n'étaient intéressés par une évasion. Ils vivaient tranquillement leur prison, satisfaits du privilège qui leur permettait de commander à tous les autres « droits communs », loyaux à l'accord stipulé avec Salvo, ils espéraient une amnistie. Ne disait-on pas le roi malade et proche de la mort ? Bien. Il est de tradition que, quand un roi meurt, son successeur se gagne la plèbe avec une amnistie. Donc, les camorristes attendaient. Mais aucune amnistie ne remettrait jamais en liberté les ennemis jurés de la monarchie. Donc, ses compagnons et lui ne pouvaient attendre. Et lui, en plus, il était resté seul. Totò lui avait assuré que ses compagnons avaient été transférés dans une autre prison.

– Et quelques-uns ont demandé leur grâce au roi.

– Ça, je ne peux pas le croire.

– Y sont pas tous têtes dures comme vous !

Totò était un étrange animal. Un mélange d'astuce, de fidélité aux règles et d'absence de préjugés. Ignorant comme une chèvre, il savait à peine gribouiller quatre mots dans le langage chiffré de la Camorra et dépendait du mythique Masto, le grand chef auquel il avait juré une obéissance aveugle « jusqu'à la mort ». Ou jusqu'à ce qu'il réussisse à prendre sa place. Et comme lui, les autres : non pas les bêtes sauvages assoiffées de sang décrites par la propagande. Tout au plus des hommes comme tant d'autres, des hommes chez qui les défauts et les vices, les vertus et les qualités étaient accentués par la réclusion. Non pas des animaux d'une race différente, mais pas non plus des compagnons sur lesquels compter en cas de besoin. Avec l'un d'eux, quand même, Terra avait noué un lien qu'on pouvait dire proche de l'amitié. Il s'appelait Gigginiello. Il était petit et avait les cheveux bouclés. Enfant des quartiers espagnols, sagace, brillant, généreux. Quelquefois il se vantait de ses entreprises, coups de couteau, rixes, vols, d'autres fois on le voyait sombre, plongé dans Dieu sait quelles aigres ruminations. L'étincelle entre eux avait jailli quand Gigginiello s'était présenté à Terra et lui avait demandé la permission de lui préparer sa paillasse.

– Pourquoi, tu penses que je ne suis pas capable de faire mon lit tout seul ?

– C'est une commande de don Totò. Excusez-moi, mais *vuje*, vous, vous êtes un hôte important, et moi j'ai été assigné à *vuje*.

– Beh, remercie don Totò de ma part, mais dis-lui que nous sommes tous égaux. Tous les prisonniers de la même manière.

– Et ça, dont Totò, cette langue, il la comprend pas.

– Désolé, mais moi non plus je ne comprends pas votre langue.

Gigginiello avait un peu réfléchi là-dessus, puis il était revenu à la charge avec une proposition de médiation.

– Faisons comme ça : vous, vous y disez à don Totò que vous le remerciez et que moi je suis un brave gars… et puis vous vous faites le lit, et tout va bien.

Terra avait accepté le compromis. Et Gigginiello lui avait demandé de lui apprendre à lire et à écrire. Terra s'était consacré à cette tâche avec passion, enorgueilli par les progrès de son très vif élève. Jusqu'à ce que, un soir, Gigginiello lui demande de lui expliquer en deux mots pourquoi quelqu'un comme lui, *nu surdato*, un soldat, *nu signore*, un monsieur, s'était retrouvé en prison.

– Pour la révolution, avait répondu fièrement Terra di Nessuno.

– C'est-à-dire pour chasser le roi et pour vous mettre à sa place !

– C'est-à-dire pour chasser le roi et mettre à sa place la république et l'Italie unie.

– Et puis ?

– Ben, c'est déjà un bon début.

– Non, je dis, et puis… cette république, qu'est-ce que ça veut dire ?

– Par exemple, que tous les hommes sont égaux.

Ils en avaient discuté jusqu'à l'heure du couvre-feu, lorsque Terra avait noté du coin de l'œil que Gigginiello avait pris à part don Totò pour s'entretenir avec lui.

Le lendemain matin, le chef de bande se présenta, le sourcil fier.

– Vous devez arrêter de mettre des idioties dans la tête du gars !

– Quelles idioties ?

– Qu'on est tous égaux, des choses comme ça !

– Vous avez parlé avec Gigginiello, eh ?

– Çui-là, c'est un brave petit gars. Il a de la famille, là-dehors. Encore deux ans, si le roi meurt pas avant, et il sera libre. Et quand il sort, il doit reprendre sa vie. Et sa vie, c'est d'être un brave camorriste. Mais si vous lui mettez en tête de mauvaises idées, lui, il cesse d'être un brave camorriste et il adevient un *scunnúto,* un cornard... Vous m'avez compris ?

– Don Totò, moi je n'ai compris qu'une chose. Que c'est vous qui devriez changer votre tête... Vous, pas Gigginiello.

Terra se retrouva étendu au sol, le nez en sang, avant même d'avoir pu hasarder une défense. Le camorriste avait perdu patience. Et quand il essaya de se relever, six, huit, dix mains puissantes le clouèrent dans sa position incommode, le visage à un centimètre des chaussures de don Totò, vaincu, impuissant.

– Vous avez compris ? Ils viennent à faire la révolution, et maintenant ils nous apprennent aussi quoi faire de notre tête ! Relevez-le, ce con !

Ils le remirent debout. Totò 'o Meschiniello était un masque de haine.

– *Vuje*, vous ne pouvez pas me faire la morale à moi. Pasque *vuje*, vous êtes pire que *nuje,* nous. Pire, oui môssieur ! Compagnons, cria-t-il à l'adresse des autres, vous le savez que le petit monsieur, il se croit que ses compagnons sont, je sais pas, à la Vicaria ou au château de Trapani…

Un chœur de rires déchaînés submergea les derniers mots du chef de bande. Le regard voilé de sang et de douleur, Terra entrevit Gigginiello : il se tenait à part, fuyant son regard, les poings serrés.

– Vos compagnons, vous voulez le savoir où ils sont ? Et venez avec moi, que je vous les fasse voir… Allons-y, jacobin !

Les camorristes agissaient comme les doigts d'une seule main. Ils n'avaient pas même besoin que Totò les pousse. Ils savaient exactement quoi faire. À chacun sa tâche, dans la macabre représentation qui suivit.

Ils frappèrent à la porte de bois. Les supérieurs ouvrirent. Totò et deux autres prirent en poids Terra di Nessuno et lui firent dégringoler les marches jusqu'à la cour. Une foule de détenus de droit commun et de gardiens se mirent à la suite de la procession. Ils insultaient, ricanaient, crachaient, entonnaient des chansonnettes tournant en dérision la république et l'Italie unie. De la cour, ils suivirent un chemin que Terra ignorait. Un cri puissant commença à résonner : « À la fosse ! À la fosse ! » Bousculé de tous côtés, les vêtements lacérés, Terra se retrouva en haut d'une énorme citerne fermée par une masse de pierre. Sur un ordre de Totò, la pierre fut déplacée du peu que permettait la vue. Une puanteur inhumaine l'assaillit.

– Regarde, connard, regarde-les, tes compagnons !

Ils étaient là-dessous. Vingt, au moins. Dans sept mètres d'espace, attachés deux par deux par les pieds, enchaînés eux aussi, éclairés par l'unique faible lumière qui pénétrait d'une très haute lucarne. La pierre barrait l'accès qui n'était possible que d'en haut au moyen d'une poulie aux cordages usés.

Terra eut un mouvement de recul. Totò 'o Meschiniello l'agrippa aux épaules, le contraignit à le fixer dans les yeux.

– Ah, ça pue, eh, ça pue la mort ! Écoutez-moi bien : vous, vous êtes pas comme ceux-là, vous êtes pas égal à eux. Vous êtes… plus égal, je me suis fait comprendre ? Et vous devez me dire merci, merci, don Totò, pasque si j'étais pas là… et si y avait pas vos amis siciliens… à cette heure…

Terra toisa le camorriste. Puis il gonfla la poitrine et lui cracha au visage. Et avant que l'autre ait pu se reprendre de sa surprise, il se lança dans la citerne. Striga, pensa-t-il en tombant sur le tas loqueteux de ses compagnons, Striga, je suis revenu à la maison. Tu comprendras et si un jour on se revoit, je ne devrai pas me justifier.

Salvo Matranga apporta personnellement la nouvelle à Striga, et avec tous les égards dont il était capable, il la persuada de retourner à Londres. Il n'y aurait plus de rencontres, Dieu sait pour combien de temps ; les règles avaient changé, par la faute à… la faute à un « tour de vis répressif » du Bourbon qui rendait impossible tout accord avec les politiques à l'intérieur de la Favignana. Puis il lui remit une lettre scellée pour Michele Liberato. « Préparez Striga au pire, était-il écrit, dans les conditions actuelles, je ne peux pas même garantir qu'il puisse survivre à la vengeance des camorristes. » Tandis que Striga s'éloignait en vacillant, Salvo Matranga pensa que oui, le Sarde aurait été un digne membre de la Société, mais qu'entre la société du Sarde et celle de Salvo, il ne pourrait jamais rien y avoir en commun. Alliés, peut-être, mais quelquefois, en vue d'un objectif, puis chacun pour soi. Jamais, comme en ce moment, avec l'écho encore brûlant du sacrifice du Sarde, jamais les règles de la Société ne lui étaient apparues dans toute leur sagesse sacrée. Tout était question de politique. Un Homme ne se serait jamais laissé consumer au nom d'un principe abstrait d'égalité. Il aurait tiré profit du privilège, peut-être pour chercher un bon moyen d'aider les autres et pour se venger de ses geôliers. En cela, conclut-il ses méditations en s'allumant un cigare, en cela tient la différence entre eux et nous : nous, nous savons vraiment faire de la politique.

Londres, avril 1858

– Non coupable !

Une immense clameur accueille le verdict des juges. Des gradins de la grande salle de l'Old Bailey, une marée humaine déferle, bousculant les barrières, les policiers de garde, les greffiers et les officiers judiciaires, et se rue sur le banc des accusés pour serrer dans son étreinte euphorique et brûlante l'homme qui, un instant auparavant, risquait la corde et qui maintenant pourra recommencer, libre et respecté, à semer son verbe révolutionnaire.

Lorenzo sent lui échapper la main de Lady Violet qu'il avait serrée avec une douce fureur et une secrète espérance pendant toute la durée de l'interminable attente du jugement, et il la voit fuir, excitée, triomphante. Son regard croise celui du procureur général. Sir Fitzroy Edward Kelly, masque de stupeur dépitée, replie ses inutiles dossiers avec un coup d'œil de mépris glacial vers les trois juges qui ont absous un des accusés les plus arrogants et coupables qu'il lui ait jamais été donné de clouer au pilori. Les révolutionnaires du monde entier se serrent autour du docteur Simon-François Bernard. Relaxé pour insuffisance de preuves ! Libre ! Bernard est tiraillé, bécoté, des journalistes de la planète entière réclament une déclaration. Mais Bernard se tait. Son visage est pâle, sa veste bleue constellée de pellicules. Il semble plus étonné et réduit au silence que le ministère public.

Lorenzo rejoint la sortie, envahi d'un tumulte de pensées. Bernard ne s'attendait pas à la relaxe. Bernard ne voulait pas la relaxe. Bernard voulait le martyre. Ils le lui ont refusé. Et lui, il a compris qu'il était un homme fini. À quoi bon menacer de mort les agents qui l'ont arrêté ? Pourquoi revendiquer l'attentat d'Orsini, jurer que, s'il se retrouvait libre, il retournerait à Paris pour éliminer personnellement tout tyran qui oserait prendre la place de Napoléon III, pourquoi répondre méprisant à ses avocats, qui lui montraient les crânes dans le formol des condamnés à mort et lui demandaient : « Vous voulez finir ainsi ? », pourquoi répondre : « Eh bien, si c'est le destin… » Pourquoi, pourquoi ? Mais pour la gloire, que diable, pour la trace laissée dans l'infini, pour la vanité !

Lorenzo peut lire dans l'âme de ce révolutionnaire parce qu'il la sent profondément semblable à la sienne. Ils auraient fait de parfaits jumeaux, le docteur Bernard et lui. Orsini et Pieri guillotinés un mois plus tôt à Paris, Bernard le commanditaire, l'inspirateur, libre. Injustice, en apparence. Profonde sagesse de l'Histoire, en réalité. Quel esprit raffiné, sinon un esprit soutenu par le souffle divin, pouvait imaginer pire peine pour l'ambitieux Bernard ?

Le soir, tout le monde dîne chez Lady Violet. Une grande partie des frais judiciaires ont été payés par elle.

Lady Violet est marbre, granit, force et pureté. Elle subit les pires trahisons mais est toujours prête à accorder une seconde chance. À tous. Sauf à lui. Tout à l'heure, en essayant de profiter du feu de la passion révolutionnaire, il a essayé de lui dérober le baiser qu'il attend depuis des années. Elle a éclaté de rire : mais qu'est-ce que tu fais ? Tu trouves que c'est le moment ? À la fin, il s'est senti berné. Exactement comme Bernard. Qui n'a même pas les mots pour décrire ses impressions et maintenant écoute, penaud, taciturne, l'éloge d'un excité polonais, ou peut-être irlandais, et tente de noyer ses mauvaises pensées dans le champagne, tandis que d'une main, il fouille distraitement sous les jupes de sa voisine de table. Une ardente révolutionnaire, *of course*.

Turin, août 1858

Dès qu'il eut reçu la dernière dépêche de Londres, Vittorelli courut au rapport chez Cavour. Il eut droit à une bonne heure d'attente. Dans l'antichambre du cabinet privé du ministre flottaient de délicats effluves féminins. Et lui qui l'avait imaginé plongé dans Dieu sait quelle affaire d'État ! L'attente, en tout cas, en disait long sur l'art amoureux du comte : le roi Victor, pour donner un exemple, était beaucoup plus expéditif avec ses maîtresses, et décidément plus disponible. Légendes et ragots couraient à la cour à ce sujet. Comme pour Cavour, d'ailleurs. La petite histoire la plus vénéneuse avait été mise en circulation par la légendaire comtesse Martini, née Salasco. Cavour se l'était baisée pendant des mois avec la complicité du mari. La Martini se vantait d'avoir convoqué à la même heure et dans les mêmes lieux quatre de ses innombrables amants : l'ambassadeur de France, un lord anglais, Cavour et son neveu. À chacun, elle avait fait savoir que, à un signal convenu, le son d'une clochette, ils devraient abandonner la cachette qui leur avait été assignée – un étroit débarras – pour se manifester et jouir de ses grâces. Sauf que le signal avait été donné en même temps à tous. De sorte que les quatre cocus s'étaient retrouvés ensemble dans le boudoir de la dame. Ils avaient réagi, disait-on, en hommes du monde. Tous, hormis Cavour. Mais, c'était notoire, Cavour détestait perdre…

– Alors ?

Aussi disponible pour l'*ars amandi,* cependant, que pressé d'en venir au fait, le comte.

– Il n'y a pas de preuves d'implication de Mazzini dans l'attentat de Paris, et il n'y en aura jamais. Nous devons nous résigner.

– C'est tout ?

– Si la campagne de presse contre lui ne cesse pas, Mazzini menace de révéler… Laissez-moi vérifier, je veux rapporter les paroles exactes de mon informateur… Voilà, il menace de révéler « la véritable identité de ceux qui ont financé secrètement Orsini, armant en définitive sa main ».

– Prévisible. Poursuivez.

– Mazzini est au courant, pour Plombières.

Les colères de Cavour pouvaient être ahurissantes et pétrifier même ceux qui, comme les intimes, avaient l'habitude de certains spectacles. Le comte, d'ordinaire rubicond, devenait soudain écarlate, puis pâlissait à vue d'œil, comme si son sang avait d'un coup reflué par quelque mystérieuse ouverture, puis se mettait à gifler l'air, presque incapable de respirer, jusqu'à ce que sa respiration devienne un râle, et de ce râle partaient des rafales de phrases incompréhensibles, et avec les mains, entre-temps, Cavour dévastait tout ce qui se trouvait autour : papiers, tableaux, miroirs, tapis, fenêtres, bibelots. Toute forme d'intervention était inutile : c'eût été comme de gifler un épileptique. Il ne restait qu'à se résigner, et à attendre.

De toute manière, il fallait donner la nouvelle et Cavour, quand il se reprenait, était assez sage pour comprendre qu'il était inutile de tuer le porteur de mauvaises nouvelles. Oui, Mazzini savait. Un mois auparavant,

Cavour et Napoléon III s'étaient rencontrés en secret dans la cité thermale et avaient passé un accord, pour ainsi dire, officieux. Le contenu : la guerre contre l'Autriche. L'instrument : une série de petits incidents et de pressions, à mi-chemin entre le diplomatique et le militaire, pour pousser l'Autriche à attaquer le Piémont. À ce moment-là, Napoléon III interviendrait. Et le Piémont et la France combattraient ensemble, côte à côte, contre François Joseph et ses armées qu'on espérait fatiguées. L'enjeu : l'Italie. Bon, peut-être pas toute l'Italie – Napoléon avait ses idées à ce sujet – mais au moins un morceau d'Italie. Ensuite, on verrait. Comme disait Cavour, une fois la première pierre partie, l'éboulement serait inévitable. Cavour était très fier de sa créature et redoutait les fuites. Il n'avait pas été facile de convaincre Napoléon. Pas facile, mais pas impossible non plus. Pour dire les choses franchement, l'empereur avait eu très peur après l'attentat. C'est une chose d'échapper au guet-apens d'un sicaire isolé ou d'un comploteur halluciné, se retrouver au milieu des bombes à mitraille, des chevaux morts et des gendarmes éventrés en est une autre. Surtout si derrière – et cela, rien ne pouvait le lui sortir de la tête, à Napoléon – il y avait l'ombre de la maçonnerie et des Anglais. Les bombes que tout le monde appelait « à la Orsini » n'avaient-elles pas été imaginées et fabriquées par l'ingénieur Thomas Allsop, personne notoirement insérée dans l'establishment londonien, ainsi que, à ce qu'on murmurait, carrément proche de la couronne ?

À raisonner avec lucidité, on devait admettre que la terreur paie : Napoléon ne se serait jamais décidé à changer de politique s'il n'avait pas vu la mort en face. On disait – mais Vittorelli n'en avait pas trouvé la confirmation officielle – que, sorti indemne du carrosse, il s'était exclamé : « *Mon Dieu ! Pourquoi tant de haine ?** » S'il ne l'a pas dit, conclut Vittorelli, il l'a sûrement pensé. Et il a dû penser aussi : donnons-leur un os à ronger, à ces maudits Italiens, ou ils ne me laisseront jamais en paix. Et, à la fin, Cavour raflerait la mise. Comme toujours.

– Il y a autre chose ?

Sa fureur calmée, Cavour redevenait lucide. Dans quelques instants, sa prodigieuse intelligence combinerait quelque machiavélique invention pour arranger tout cela. Mais le coup avait dû être dur. Quelquefois, Vittorelli pensait que Cavour enviait secrètement Mazzini. Peut-être aurait-il voulu être aimé comme lui. Peut-être était-ce pour cela qu'il voulait le détruire à tout prix.

– Il y a autre chose, donc ?

En vérité, il y aurait bel et bien autre chose. Le très efficace service secret de Mazzini avait découvert l'histoire de la duchesse de Castiglione. Virginia Oldoini, dix-huit ans, très belle nièce de D'Azeglio, avait été pratiquement glissée dans le lit de Napoléon III. Sa mission : informer et favoriser *by any means* la cause de l'unité de l'Italie. Génial exemple de politique de l'alcôve, *n'est-ce pas** ? Mais peut-être valait-il mieux ne pas exagérer, pour aujourd'hui.

– C'est tout, Excellence.

– Bien. Vous pouvez disposer.

Après tout, conclut Vittorelli en prenant poliment congé, vu les circonstances, la Castiglione peut attendre.

IX

1859

Guildford (Surrey), avril

Un printemps mélancolique hachure d'ombres ténues la campagne du Surrey. Lady Violet accueille Striga dans son nouveau bureau de Guildford. Une statuette de Ganesh, le dieu éléphant protecteur des commencements, veille sur le livre de comptes qu'un comptable vient de remettre à la patronne.

Une gravure représentant des chiens tachetés constitue l'unique ornement des murs austères. Ils sont huit, calcule Striga, et chacun a six taches parfaitement symétriques. Ils sont imprégnés de la force sereine de la tradition, pense Striga. Tout comme Lady Violet. Et comme les précieuses tasses de porcelaine de Meissen dans lesquelles son amie a insisté pour verser personnellement le thé.

Striga lui tend une liasse de coupures de presse.

– À Londres, on ne parle que de cette fonderie.

Usine modèle, phalanstère, avant-poste du communisme en terre d'Albion… La presse abonde de définitions dans la description de l'« expérience » de Guildford. On décrit la crèche pour les fils des ouvrières, l'école pour les jeunes les plus doués, les dortoirs propres et ordonnés. Ce qui frappe surtout, ce sont les interdictions de travailler pour les jeunes et de nuit. Le

Times considère l'héritière de Lord Cosgrave comme une folle écervelée. Les progressistes sont divisés.

Lady Violet repose les coupures avec un sourire ironique.

– Marx et Engels sont venus me voir, mon amie ! On ne saurait imaginer deux personnages aussi différents. Engels dit que toutes ces attentions envers les ouvriers mèneront l'usine à la faillite. On croirait mon mari. Et Marx a tranché : esclaves et maîtres ne s'assiéront jamais à la même table ! Le prolétariat fera justice de tout cela !

L'accent allemand du professeur Marx, dans la bouche de Violet, est irrésistible. Striga rit comme une enfant.

Plus tard, Lady Violet l'accompagne en visite à l'usine. Devant le portail, une foule affamée et déguenillée attend en file disciplinée l'entretien d'embauche. À l'intérieur des bâtisses, les machines tournent déjà, mises en mouvement par les trente premiers ouvriers, des garçons de l'école italienne de Londres choisis parmi les plus robustes et les moins attirés par le latin et les mathématiques. Les trois enfants de Violet, l'aînée et les jumeaux, galopent dans la verdure des aires libres sous le regard amusé de Tabitha.

– Si ça ne dépendait que de moi, soupire Violet, je les embaucherais tous. Mais ce n'est pas possible, pas encore. Nous sélectionnerons ceux qui sont le plus dans le besoin et nous nous arrangerons pour que chaque famille au moins ait une personne employée. Je crois que pendant quelque temps, je vais déménager ici, dans le Surrey, avec armes et bagages et…

– Et la lutte ? Et la guerre ? la coupe Striga.

Une ombre passe sur le visage de Lady Violet.

– Je ne sais que faire, mon amie. Je me le demande depuis des jours…

Elle se le demande depuis que, le 23 avril, l'Autriche a déclaré la guerre au Piémont et que l'espoir de vaincre, enfin, a fait son chemin dans le cœur des patriotes. Son premier mouvement a été de partir. Confier les enfants à Tabitha et courir vers cette nouvelle aventure. Mais elle ne l'a pas fait. Elle s'est aperçue avec effarement que l'enthousiasme d'autrefois s'était évanoui, laissant la place à une profonde fatigue. C'est mille fois mieux de relever la vieille fonderie et d'en faire un modèle de développement industriel avancé, mille fois mieux d'hiverner dans le Surrey entourée de personnes qui se consacrent à faire et non à détruire, mille fois mieux…

– C'est à cause des enfants, pas vrai ? insiste doucement Striga.

Non, il ne s'agit même pas de cela. La Violet d'autrefois n'aurait pas hésité un instant à les quitter, en se fiant à leur capacité à s'adapter et à sa propre inconscience. La Violet d'aujourd'hui, si elle avait décidé de partir, les aurait peut-être emmenés avec elle. Ce n'est pas la révolutionnaire qui se découvre mère. C'est l'aboutissement d'un parcours tortueux mais au fond prévisible. C'est le besoin d'un « faire » différent, quelque chose qu'on puisse toucher de la main, qui engendre de la gratitude, de la sévérité et aussi de la joie. C'est cela sa guerre, aujourd'hui.

– Il y a beaucoup de travail ici. Je voudrais que tu restes. Tu pourrais t'occuper de l'école, et des logements, et…

Striga lui prend la main et la fixe. Il n'y a pas moyen de fuir son regard inquisiteur. Striga lit la déception dans son cœur, sent l'odeur du renoncement, perçoit le sursaut extrême d'une révolte domptée avant même d'exploser.

– Tu crois qu'il reviendra ? demande-t-elle intensément avec ses doigts.

Violet embrasse son amie. Comme elle voudrait pouvoir lui répondre : oui, il reviendra, nous reviendrons tous, nous recommencerons, et comme elle voudrait effacer ce subtil, perfide sentiment d'envie qu'elle éprouve pour elle, pour son espoir, pour son amour qui ne connaît pas de limites.

Turin, mai

Le club des mazziniens turinois se réunit chez un grand-maître de la maçonnerie. Il y a là des députés, un sénateur, des avocats, le maître de la loge Thaon. C'est la bourgeoisie éclairée et républicaine qui rêve l'Italie de demain, le nerf de la conspiration, le visage noble et beau de la lutte. L'excitation est au maximum. Tout le monde s'attend à la victoire, maintenant que Napoléon III combat aux côtés du Piémont.

Naturellement, il manque le peuple : mais à cette absence, tôt ou tard, même Mazzini finira par s'habituer. Lorenzo expose en quelques mots concis le message de Londres.

– Le Maestro est opposé à la guerre. Et il nous demande de libérer le monde du tyran français.

Les patriotes se regardent, consternés. Leur stupeur est indicible. Est-il possible que Mazzini ne comprenne pas ? Est-ce possible ?

– Pour l'amour de Dieu, conjurez-le de toutes les manières de ne pas donner libre cours à ce projet insensé !

– Maintenant que nous pouvons enfin gagner !

– Sans les Français, nous serions écrasés en une seconde !

– Pour commencer faisons l'unité, le reste on y pensera après !

– C'est comme en 1857, comme avec Pisacane. Il nous a demandé de miner les fondations de l'arsenal de Gênes, d'attaquer les casernes à main armée…

– Mazzini a perdu la tête !

– Il est en train de glisser hors de l'Histoire !

– Arrêtez-le ! Vous devez l'arrêter !

– Je rapporterai vos observations, promet Lorenzo.

La réunion se termine. Le grand-maître prie Lorenzo de rester, en s'efforçant de garder son sang-froid.

– Des bruits courent sur votre compte…

Lorenzo savoure la liqueur, domine le tremblement qui est sur le point de l'envahir, hausse les épaules.

– Et alors ?

– On vous a vu entrer dans le palais… celui que nous appelons le palais des espions de Cavour…

– Je suis autorisé par le Maestro en personne à prendre des contacts aux plus hauts niveaux, rétorque-t-il, séraphique.

Et ça a l'air convaincant. Ne serait-ce que parce que, pour une fois, il dit la vérité.

C'est une étrange guerre, songe Lorenzo, quand, plus tard, il tombe sur un soldat français et un soldat sarde. Tous deux blessés, tous deux plongés dans la lecture à l'ombre d'un hêtre, dans le parc en construction autour des ruines du vieux château du Valentino. Le Français lit Balzac, le Sarde Leopardi. Lorenzo apporte à boire, s'assied à côté d'eux.

– Comment va la guerre ?

– Ni bien ni mal, répond le Français, un grand gaillard blond au bras en bandoulière. Les Autrichiens se défendent avec l'artillerie, mais devant les baïonnettes ils fuient comme des lapins.

– Et nous autres ? demande-t-il au Sarde.

Celui-ci plisse le front.

– Nous autres… les volontaires combattent pour l'Italie, les mercenaires pour la paie ! Et la tragédie, ce sont les officiers… ils nous traitent comme des excréments, sauf votre respect, pour eux nous ne sommes que de la chair à canon. C'est pourquoi, dès qu'on peut, on pense à ramener notre peau à la maison. Pour les Français, c'est différent. Leurs officiers sont des amis, des compagnons, des frères, ils fréquentent les mêmes cafés, s'échangent le ravitaillement et les vêtements, combattent… voilà, ils combattent avec amitié, disons même avec amour, alors que nous…

Oui, conclut Lorenzo, une étrange guerre.

Sicile, mai

– Première fois en Sicile ?

– *Yes.*

Le voyageur est vêtu à l'anglaise, il parle un anglais impeccable, exhibe un passeport avec la couronne de Sa Majesté, un passeport tout neuf au nom de Sir James Allwhorty, commerçant en vins et pistaches. Même si les temps sont plus incertains que jamais, même si plusieurs sources ont signalé la présence d'espions à la solde du terroriste Mazzini et du féroce Garibaldi, il ne faut pas exagérer sur la sécurité. Il en va de la réputation du Royaume, déjà durement compromise par les habiles manœuvres de propagande des conspirateurs. Et les Anglais, en plus, toujours prêts à s'en prendre au roi Ferdinand… Enfin, il n'y a vraiment rien qui cloche, dans ce bourgeois au visage honnête, qui inspire confiance. Le lieutenant de la garde bourbonienne salue le passager en claquant les talons et lui fait signe qu'il peut débarquer.

– *Welcome to the Kingdom of the Two Sicilies!* déclame-t-il en portant une main à son képi.

Michele Liberato remercie d'un signe de tête. À l'instant où ses pieds se posent sur la terre de Sicile, après dix années d'exil, il doit réprimer l'impulsion de se baisser pour baiser le sol de la patrie. Il le fait quelques minutes plus tard, quand le carrosse aux vitres obscurcies le dépose au Baglio. Salvo Matranga l'accueille, les yeux brillants d'émotion, puis le baronnet se relève, les deux hommes s'embrassent, et seule la pudeur et la présence des gars silencieux disposés en haie d'honneur dans la cour de la ferme empêchent les larmes de se donner libre cours.

– Tu fis de grandes choses, Salvo.

Les grappes sont lourdes de grains encore verts, les rangées ordonnées, les paysans appellent Salvo Matranga « don » et « patron » et se découvrent à son passage, respectueux, dévoués.

– Mais je n'oublie pas que le patron, c'est vous, baron.

À cet instant précis, en se mirant dans l'homme qui par fidélité et amitié envers lui a perdu une main, le baronnet Michele comprend que la partie sera gagnée. Peut-être pas aujourd'hui, peut-être pas même demain, mais elle sera gagnée. Ces terres redeviendront siennes, et pas juste formellement. Villagrazia redeviendra sienne, la Sicile redeviendra sienne. Il s'imagine député, peut-être ministre, entouré de l'affection et de la crainte des libres citoyens de Sicile, riche, immensément riche… Puis il est foudroyé par la pensée de son père, ce père qui depuis dix ans lui refuse même le réconfort d'un seul mot, et il sent monter en lui une épouvantable vague de haine. Il se domine à grand-peine, mais sait que cette partie aussi, tôt ou tard, devra être jouée, et jouée jusqu'au bout.

– Quelles nouvelles avons-nous de notre frère qui se trouve à la Favignana ?

Salvo Mantraga soupire, désolé.

– Je ne sais même pas s'il est encore en vie.

Au coucher de soleil, les gars rôtissent un cabri. Salvo Matranga s'attarde, plein d'orgueil, dans la description de ses gars. Quatre-vingts hommes prêts à tout, répartis en huit dizaines, obéissant à ses ordres. Une véritable force armée qui n'attend que le bon signal pour se déchaîner.

– Qu'est-ce qu'on raconte à Palerme, Salvo ?

– Pour le moment, tout est calme. L'aristocratie fidèle au roi est encore forte. Votre père…

– Tu réussirais à m'organiser une rencontre ?

– Avec le baron ? C'est dangereux, don Michele.

– Je dois le voir. Si je réussissais à le convaincre…

– Je verrai ce que je peux faire.

Le soir est une symphonie qui libère des langueurs enterrées au fond de l'âme de l'exilé qui revient. Un gars colle sa bouche au bec du pipeau et entonne une triste complainte. Le vin coule. Tout à coup, un lointain son de cloches, suivi à bref intervalle d'une furieuse harmonie de notes alarmées. Des coups de canon résonnent, lugubres, répétés. Michele et Salvo bondissent sur leurs pieds. Ils pensent à la révolte, ils pensent au signal qu'ils attendent, ils pensent que Crispi et les autres frères envoyés en grand secret par Mazzini en Sicile ont déjà accompli le miracle. Un gars est envoyé à l'avant, pour s'informer. Quelques minutes plus tard, il revient, excité, avec la nouvelle.

Favignana, Naples

– 'Ô roi est mort ! 'Ô roi est mort !

Hurlant la nouvelle, les argousins envahissent la salle des camorristes, qui échangent un coup d'œil et en un instant sont tous vêtus de deuil. Sur un ordre de Totò 'o Meschiniello, ils commencent à pleurer et à se lamenter sur cette perte incommensurable. D'autres gardes-chiourmes descendent dans la fosse et se mettent à frapper dans le tas les politiques qui ont salué d'applaudissements et d'un chœur de moqueries l'adieu à ce monde de Ferdinand II, roi de Naples et des Deux Siciles, bourreau, assassin et tortionnaire. Piqués par les baïonnettes, bousculés et couverts de crachats, les politiques sont traînés sur l'esplanade, où, devant le drapeau à mi-mât, le directeur improvise une commémoration émue en l'honneur du défunt. Les camorristes poursuivent tant et si bien leur concert sanglotant que le directeur est obligé d'imposer le silence. Terra di Nessuno, les pieds ensanglantés par les fers, dévoré par la dysenterie, est resté dans la fosse. Un gardien, qui l'avait cru mort, n'a cessé de le bourrer de coups de pied qu'au moment où un gémissement s'est élevé de ce tas de guenilles malodorantes. La cérémonie se termine. Les gardiens recommencent à frapper systématiquement les politiques, les camorristes retournent dans leur salle. Une demi-heure passe, puis une heure. La prison sombre dans le silence. Don Totò appelle tout le monde au centre de la grande pièce. Il ordonne à un de ses plus proches fidèles d'ouvrir le dépôt secret, un vide creusé dans la roche à côté de la tinette commune, et d'apporter le bon vin. Les camorristes se passent la bouteille, retenant à grand-peine les rires qui leur démangent la gorge, le cri qu'ils lanceraient de toutes les forces de leur corps. Un bourdonnement sourd s'élève de ces criminels endurcis qui entrevoient maintenant, concrète, l'espérance d'une liberté prochaine. L'officier de ronde se manifeste par des coups secs à la porte, puis fait irruption. Les camorristes ont déjà fait disparaître la bouteille.

– C'est quoi ce bordel ?

– Nous prions pour l'âme de Sa Majesté, chevrote, contrit, don Totò.

L'officier se retire.

C'est ça, c'est ça, pense don Totò en dialecte, prions pour l'âme du mort, ce très grand salopard, prions pour que de l'autre côté un diable en chef lui fasse à lui ce qu'il nous a fait à nous… Et, surtout, prions pour que la grâce de Dieu éclaire son successeur.

Un homme sage, ce don Totò. Des hommes avisés, ces camorristes. Le roi est mort, vive le roi. Ce nouveau souverain est un jeunot, il a étudié, il parle les langues, il est maigre et ascétique autant que son père était gras et jouisseur, la guerre lui répugne, il veut conquérir le cœur de ses sujets par sa douceur et ses bonnes œuvres. Mais soit il s'est trompé de métier, soit il s'est trompé de sujets. Amnistie. Tout le monde libre, chez les délinquants. Et pour les politiques aussi, quelques miettes de clémence. Non, il n'est pas taillé pour faire le roi, ce Franceschiello ! Le règlement est adouci. Les nobles transférés dans des prisons plus dignes, la fosse fermée, les salles rouvertes, les fers abolis. Nouvelle vie, air nouveau : comme ça, ceux-là, ils reprennent des forces, et demain, s'ils doivent faire un coup, soyez sûrs qu'ils ne le rateront plus !

Libéré, don Totò s'empresse de retourner à Naples. Son premier acte est l'hommage au Masto. Tore De Lorenzo se laisse baiser la main, puis avertit tout le monde de rester sur ses gardes. On est dans des temps de révolution, on ne sait pas ce que réservera l'avenir, il faut respecter très strictement la loi de la Société, aucune faute n'est admise, le moindre manquement sera puni avec le maximum de sévérité. Totò baisse la tête, et comme lui, tous les autres : criminels, chefs de bande, chefs de zone, *cumparielli*, demi-sels et aspirants. Puis, le sermon fini, qui a une famille y retourne et pendant un moment s'imagine être lui-même 'o roi de son propre petit royaume domestique. Et qui n'a pas de foyer va se vider le bas-ventre avec une femelle à sang chaud. En somme, la vie recommence.

Turin, juin

– Ce sont des malins, ceux-là !

Ces roublards patriotes se sont démontrés plus habiles que prévu. Vittorelli espérait qu'ils sortiraient à découvert, pour en faire un belle rafle. Mais personne n'a réagi à la énième invitation de Mazzini au régicide, et même le Maestro, comme ils l'appellent, est passé à des conseils plus modérés. Ou, pour mieux dire, maintenant il essaie d'étouffer l'entreprise de Cavour. Lorenzo di Vallelaura fait des allers-retours entre Turin et Gênes, il est toujours prodigue d'excellentes informations, mais en ce cas à double sens : Mazzini l'utilise comme son agent, et Vittorelli le soupçonne d'être au courant de son double jeu. Mais, en attendant, il est utile, incomparablement utile. En tous les cas, c'est vraiment une étrange guerre. Prenez les bulletins, pour commencer. Ils se succèdent, monotones dans leur prose emphatique qui se veut rassurante : mais à qui a des oreilles pour entendre, elle a des résonances maladroites, fastidieuses même. La guerre ne va pas bien. La guerre stagne. L'État pontifical reste une forteresse inattaquable. Pérouse s'est soulevée, et les zouaves de Pie IX l'ont domptée en massacrant femmes et enfants : rare exemple de charité chrétienne. La guerre stagne. Même si les petits princes et les petites duchesses se sont empressés de débarrasser le plancher, et que maintenant Modène, Parme, Plaisance, Guastalla et même Florence et Livourne sont terre italienne. Ou peut-être vaudrait-il mieux dire piémontaise… La guerre stagne. Des vrais combattants, on n'en voit pas beaucoup : Garibaldi et ses volontaires, à contenir par tous les moyens, et naturellement les Français. Des gens qui ont l'art de la guerre dans le sang et qui sont insurpassables dans le corps à corps. Chez les Italiens, du reste, les meilleurs restent sous le drapeau autrichien. Et vendent chèrement leur peau. Les Français se moquent ouvertement de l'incompétence de notre armée. Ils n'estiment que Garibaldi. Et, évidemment, le roi. Le roi qui reste impavide, droit sur son cheval blanc, côte à côte avec Napoléon sous la mitraille ennemie, inconscient et excité comme un gamin. Un pour tous, un au-dessus de tous, telle est l'Italie à leurs yeux. Victor Emmanuel vaut plus à lui seul que toute la soldatesque sans ambition que ses généraux, piètres calculateurs plus amateurs du bruissement des jupes que du claquement des baïonnettes, poussent aveuglément au massacre. Le roi aime la guerre autant que Cavour aime l'intrigue. Un beau duo, il n'y a pas à dire. Une fortune unique les soutient, disons même un beau coup de cul : les commandants de l'empereur d'Autriche sont autant des ânes que les nôtres. Et, au lieu d'attaquer Turin dégarnie et de se la prendre en un jour, ils s'entêtent dans une guerre de tranchée qui à la longue les épuisera… La guerre tôt ou tard finira, conclut Vittorelli, et alors on aura de quoi s'amuser.

Sicile, juillet

Ombre pâlie du jeune guerrier d'autrefois, Terra di Nessuno traîne une jambe rendue difforme par des mois de fers.

Les cheveux alourdis de gras et de crasse, les dents gâtées, il a le teint verdâtre de celui qui appartient plus à l'autre monde qu'au nôtre.

– Quelles nouvelles m'apportez-vous de la révolution ? demande-t-il en s'asseyant face à Salvo Matranga dans le parloir de la prison.

Salvo a presque honte de ses vêtements frais et propres, de l'odeur d'après-rasage, des quelques misérables victuailles qu'il a réussi à passer en contrebande.

– La moitié de l'Italie est libérée.

– Et l'autre moitié ?

– Elle sommeille.

– Du sommeil à la mort, la distance est courte.

– Écoutez, on ne m'a accordé que quelques minutes. Le baron de Villagrazia vous envoie ses salutations et vous exhorte à ne pas désespérer.

– Remerciez-le de ma part.

C'est un homme vaincu ? Plié par la prison ? Un moribond ? Ou bien, pour quelque obscure raison, il se méfie de moi ? Il pense que je pourrais être un agent provocateur, un espion ?

– Il faut avoir confiance, l'encourage Salvo. Si vous avez un message pour quelqu'un…

Alors seulement Terra lève les yeux. Il y a encore de la vie, dans ce regard.

– Ne lui dites pas que vous m'avez vu dans cet état. Faites-lui savoir que… qu'elle doit se considérer comme libre de vivre sa vie. Qu'elle ne m'attende pas…

Puis il se lève et, sur un signe d'au revoir, demande aux gardiens de le ramener dans la cellule. Le paquet que Salvo a amené de Marsala, il ne l'a même pas regardé. Une partie de cet homme est résignée, une autre lutte encore pour revoir la lumière.

– Attendez !

Terra s'immobilise, se retourne lentement.

Les gardiens laissent faire : ils ne savent que trop qui est Salvo Matranga.

– Elle m'a chargé de vous dire qu'elle vous attendra toujours. Essayez de ne pas vous laisser gagner par le découragement.

Terra esquisse une grimace d'acquiescement. Salvo retourne au Baglio l'âme plus légère. Il sait reconnaître un homme quand il en rencontre un. Le Sarde est un homme. Il doit vivre. Il vivra.

Au Baglio, Salvo trouve Michele Liberato en proie à une exaltation fébrile. Après de dures négociations, le baron père a accepté de le rencontrer. La nouvelle a été apportée par un des gars de don Calò, qui était chargé de la médiation. Le gars dicte les conditions : Michele Liberato seul d'un côté, et de l'autre don Calò et le baron père. Salvo se méfie immédiatement. Les tractations ont duré un mois entier, et Salvo a deviné qu'elles sont liées à l'issue de la révolte sicilienne. Laquelle n'a pas encore éclaté, bien que le continent entier, de Turin aux Abruzzes, soit en flammes. Une révolte qui n'explosera jamais, conclut-il, en cherchant à convaincre Michele Liberato de renoncer à cette folie.

– C'est un piège.

– Mon père est un homme d'honneur. Il ne se souillerait jamais d'une trahison pareille.

– Votre père peut-être pas, mais don Calò est un serpent. De lui, je m'attends à tout.

– Je dois voir mon père, Salvo. Quelquefois, je me demande si tu comprends vraiment combien cette rencontre est importante pour moi…

Peut-être le baron a-t-il raison, et Salvo qui, de son père ne se rappelle que le bâton et la haine des nuits sans sommeil ponctuées des râles de sa mère battue et de l'odeur acide du vomi, Salvo ne comprend pas. Et peut-être que Michele a tort et que les pères, si ça les arrange, n'hésitent pas à trahir les fils. Don Calò, avec un respect inusité, au cours des deux dernières rencontres, l'a appelé *figghiu miu*, mon fils, et non plus *figghiu*, fils, et s'est réjoui de ce qu'il « se porte magnifiquement », et pas seulement « bien ». Dans leur langage commun, cela revient à une reconnaissance de la nouvelle force de Salvo. Quatre-vingts soldats ne sont pas rien, c'est presque autant que l'armée palermitaine de don Calò. Mais traiter d'égal à égal, employer la politique en abandonnant la force politique, cela n'équivaut pas nécessairement à établir un accord. Une trêve plutôt. Et les trêves, on a vite fait de les rompre. Salvo a caressé pendant quelques jours l'idée d'un coup. Une attaque soudaine, pour se débarrasser une fois pour toutes de don Calò et de son clan. C'est le baronnet qui l'a retenu : il pense, lui a-t-il expliqué, que ces hommes pourraient être utiles en cas de soulèvement. Les comptes, tu les régleras après.

Michele est en train de perdre la tête, conclut Salvo. Il est trop pressé de revoir son père. Et l'homme pressé commet des erreurs.

C'est pourquoi il prend ses précautions. Il prépare deux sacs, avec de l'argent en liquide et des habits de rechange, de faux papiers, des fusils, des pistolets et de la poudre en quantité suffisante pour soutenir un siège. Il ordonne à Sciancatu et à Mezzacoppa de l'escorter en calèche jusqu'à la baraque et de rester cachés à l'intérieur, armés jusqu'aux dents. Il glisse dans sa poche le revolver à poignée modifiée qu'il a appris à utiliser assez bien avec sa main unique, et offre aussi un pistolet à Michele Liberato.

– Tu me demandes d'aller voir mon père armé ?

– Nous ne sommes pas dans une époque de seigneurs, don Michele, mais de soldats. En tout cas, faites ce que vous croyez bon.

Il remet aux gardes du corps deux jumelles.

– Contrôlez tout. Et si vous voyez quelque chose de bizarre, arrivez en courant et tirez.

Enfin, ils descendent de la calèche et s'approchent. C'est un jour de canicule insupportable, les sous-vêtements collent au corps, le concert assourdissant des cigales résonne partout dans la campagne brûlée de soleil. Ils sont à quelques mètres de la baraque quand ils aperçoivent le carrosse du baron, abrité à l'ombre d'une haie de caroubiers.

– Tu as vu ? Il est venu, il n'y a pas de trahison…

Michele Liberato commence à courir, il s'en faut de peu qu'il ne se mette à crier le nom de son père, et, d'un côté, Salvo envie son enthousiasme infantile, d'un autre, il éprouve une obscure fureur, parce que le baron est baron et restera toujours baron, et lui, au contraire… Mais il le suit en forçant le pas, et ce faisant empoigne le pistolet et, juste comme Michele franchit le seuil, du coin de l'œil, il détecte une étincelle, un reflet de lumière sur un canon et comprend que ses pires craintes étaient fondées. Il pousse un cri d'alarme et se jette à terre. Deux, trois balles peut-être sifflent tout près.

Michele entre, sans prendre garde à l'alarme. Du carrosse sortent des hommes armés, qui courent vers lui. Salvo roule sur un flanc puis sur l'autre, tire au hasard, vidant le barillet, il doit s'arrêter pour recharger et, à découvert, continue de rouler, sa main coupée l'empêche de se défendre de la meilleure manière, il devrait fuir mais il ne peut pas abandonner Michele. Un cri dans son dos. Il se retourne. Mezzacoppa tombe, frappé à la gorge. 'U Sciancatu fait encore quelques pas, puis tombe lui aussi. Salvo se lève, son pistolet est déchargé, bon d'accord, il a perdu et s'approche à pas lents de la baraque, regardons-la en face, cette mort, je suis là, venez, tirez, cornards, fumiers, fils de chienne vérolée, il les défie, tandis que les quatre qui lui font face rechargent les fusils et s'apprêtent tirer. Mais entre lui et la ligne de feu s'interpose un homme grand aux cheveux rasés. Sur son ordre rageur, les fusils s'abaissent. L'homme s'approche. Il tient un revolver, mais canon baissé. Salvo le reconnaît. C'est Corrao. Il le croyait partisan de Crispi.

– *Tradituri*, traître ! siffle Salvo.

– Don Calò veut te voir, dit l'autre, ignorant l'insulte.

Michele Liberato est assis, pâle, à la table grossière, surveillé par deux autres hommes armés. Don Calò salue l'entrée de Salvo et de son accompagnateur d'un sourire moqueur.

– Ah, et maintenant on est tous égaux !

Corrao baisse à peine la tête et se place, revolver brandi, dans le dos de Salvo.

– C'était un piège… se lamente Michele Liberato, effondré.

Salvo reste immobile, comme pétrifié. Don Calò écarte les bras.

– Salvuzzu, Salvuzzu… et moi qui avais tant d'espérances pour toi, *figghiu* !

– Allez, tirez-nous dessus et qu'on en finisse !

– Tirer ? Moi, tirer sur le baronnet ? Tu perdis la tête, Salvuzzu ? Le baronnet, on va le remettre à son père et, lui, il le remettra à la justice… Don Michele ici présent fera acte de contrition auprès de Sa Majesté et tout redeviendra comme avant.

– Jamais ! Je ne le ferai jamais !

– Vous le ferez, vous le ferez, assure paisiblement don Calò. Peut-être pas aujourd'hui, ni même demain, mais vous le ferez…

– Et toi, qu'est-ce que t'y gagnes, hein, Judas ?

– Vous savez quoi, baron ? Moi, j'aime le marsala.

– Il se prend le Baglio di Catafratto, traduit Salvo, et il crache par terre de mépris.

Les hommes de don Calò grognent. Capagrossa arme le chien du fusil. Don Calò les calme et, l'air onctueux, s'approche de Salvo, joint les mains, secoue la tête.

– Nous autres, on est pas des seigneurs, Salvuzzu. Nous autres, on est des Hommes, ce qui est mieux que les seigneurs… Mais on est pas encore seigneurs… Nous autres, on est la Société… les seigneurs peuvent changer de bannière, dit-il en dialecte.

– Mais qu'est-ce que tu racontes, vieux ! Nous autres, on est maîtres en changement de bannière !

– Eeeeh, *figghiu* ! Mais seulement si c'est la bannière qui gagne. Nous autres, on est la Société, et la Société, depuis que le monde est monde, est du côté du vainqueur. La révolution ne se fit pas en Sicile. 'U roi a gagné, et nous autres, on est avec le roi… Tu compris, là ?

– *Capìsciu ca oggi tu si' 'u cuteddu e iu 'a carni*, je comprends qu'aujourd'hui c'est toi le couteau et moi la chair… Et que, demain, tout peut changer.

– On a trop parlé, coupe don Calò, puis à Capagrossa : fais ce que tu sais !

Et tandis que le baron pousse un hurlement désespéré, Salvo ferme les yeux en se maudissant de ne pas s'être fait couteau au bon moment.

Soudain résonnent une détonation sèche et un cri.

– Sicile, Italie et Francesco Crispi !

Salvo écarquille les yeux. La tête de Capagrossa a explosé, presque arrachée au tronc par une balle à bout portant, le corps s'agite encore en projetant du sang dans la baraque. Corrao pointe son arme contre don Calò, qui évite le coup en se jetant à terre et renverse la table pour se protéger. Les quatre soldats de don Calò commencent à tirer dans tous les sens. Corrao en foudroie un, puis un autre, il vise mortellement bien. Les survivants rejoignent le don à l'abri de la table. Salvo se jette sur le fusil abandonné mais Corrao lui hurle, furieux :

– Va vite ! Chope-toi *'u baruni* et va !

– Je te demande pardon, dit humblement Salvo.

– Et va-t'en !

Le baronnet est planté hébété au centre de la baraque, le visage pâle, incapable de réagir. Salvo l'agrippe par un bras et le traîne au-dehors : même s'il est clair qu'ils ont l'ordre de l'épargner, une balle perdue peut toujours arriver.

Cris, détonations et jurons les suivent dans leur fuite. Salvo se met aux guides du carrosse du baron. Ils rejoignent la calèche, s'emparent des sacs, détachent les chevaux, en prennent un chacun et laissent libres les autres, pour retarder la poursuite. Quelqu'un sort en courant de la baraque, tire dans leur direction. Adieu, Corrao, pense Salvo en éperonnant sa monture, ton nom s'ajoutera à la liste de ceux qu'il faudra venger un jour.

Turin, juillet

La guerre est finie. Napoléon et François Joseph se sont rencontrés à Villafranca et ont conclu une paix séparée. Milan et la Lombardie sont cédées aux Français, qui les remettent gracieusement à Victor Emmanuel. Venise reste autrichienne, mais avec le statut de « province italienne fédérée ». Rome, on n'y touche pas, et quant au Royaume des Deux Siciles, le jeune roi s'est habilement tenu à l'écart de la mêlée et l'insurrection tant réclamée est restée dans les esprits enténébrés des conspirateurs.

Au fond, pense Vittorelli, une demi-victoire, c'est toujours mieux que rien. Mais tout le monde est mécontent. Les mazziniens relèvent la tête. Garibaldi recueille des fonds pour de nouvelles entreprises. Cavour a démissionné après avoir envoyé le roi au diable. Vraiment tous mécontents, y compris Cavour.

La guerre est finie, et la paix a éclaté.

C'est la paix, l'origine et la cause de tout mal. À part quelques esprits élus, de quoi croyez-vous qu'on parle dans les palais, sur les places et dans les cafés de Turin ? De l'unité ? De Rome et de Venise ? Du dilemme entre monarchie et république ? Allons donc, messieurs ! On parle d'affaires. De rien d'autre que d'affaires. La voilà, l'Italie. La voilà, la paix.

Vittorelli passe la moitié de la journée à enregistrer les rapports des espions, et l'autre moitié à trier les plus invraisemblables requêtes. Il n'y a pas un lieutenant défait, un soi-disant patriote frustré, un capitaine mirliflore qui ne réclame un commandement, une petite étoile, un uniforme ou, au choix, une rente de commandeur, une pension, des dommages et intérêts, une prébende, une source quelconque de revenu. Tous cherchent des charges et de l'argent, chacun craignant d'être exclu du grand banquet. Qu'ils soient nés en Sicile ou dans le Cadore, ce sont tous des vainqueurs. Et ils revendiquent. Patriotes de quatre sous. Attentifs à ne pas se salir les mains, mais prêts à rafler le butin.

Non qu'il soit mal en soi de penser à la reconstruction. La vie doit bien continuer, on ne peut pas vivre éternellement de guerres et de conquêtes. Mais on est en train d'exagérer.

Prenez Farini. Un médecin rapace, et en plus à la réputation de malade : le mal français, murmure-t-on, ou bien la folie à l'état pur. À peine nommé dictateur de Modène, il s'est jeté sur l'argenterie. Sa dame exhibe des toilettes hardies. Le peuple finira par le haïr.

Prenez Bettino Ricasoli, lui aussi dictateur, à Florence. Le peuple l'appelle Bet-Bey parce qu'il s'habille à la turque, avec un tarbouche ridicule et, dans les caricatures, on le représente avec un bâton enfilé dans le cul. Empalez-le ! Il ne se fera pas détester parce que les Florentins sont arrogants et pleins de morgue comme lui et donc, quoique ne l'aimant pas et se moquant de lui, à la fin, ils le reconnaîtront comme un de leurs semblables.

Prenez Milan, ville plus avancée et plus européenne que la grise Turin, la splendide Milan, aujourd'hui aux mains d'une légion de fonctionnaires savoyards obtus et attachés à des règlements obsolètes. Déjà les Lombards grognent contre l'« occupation », et dans certains cercles on regrette ouvertement le je-m'en-fichisme éclairé des Autrichiens.

Elle commence vraiment bien, cette Italie ! Vittorelli, dans ce présent d'exaltation et de fureur, affecte le détachement. Attitude qui s'avérera utile à l'avenir, quand la tempête sera calmée. Et pour la première fois, il se découvre proche de Mazzini : il n'acceptera jamais la folie sanguinaire qui anime ses idées, mais sur la force morale il n'y a rien à redire. Et si, la conquête achevée, les gouvernants de Turin ne sauront pas se montrer à la hauteur, eh ben, le minimum qu'on pourra dire est que l'Italie naît dans le mal, et que Mazzini l'avait prévu. Maintenant il est en Toscane, formellement recherché, en réalité caché et protégé par Bet-Bey, qui l'incite à imaginer des lois et des fédérations républicaines. Ricasoli montre ses muscles au Piémont rendu acéphale par la démission de Cavour. Mais, en sous-main, il neutralise Mazzini, en lui interdisant une quelconque action.

L'agent Elizabeth veille et rapporte. Mazzini sera peut-être bien une noble figure, mais il ne faut jamais baisser la garde. C'est encore lui le seul et vrai danger. Grâce au ciel, ainsi, le travail ne me manquera pas, conclut Vittorelli. Pas même dans la nouvelle Italie.

Florence-Parme, octobre

Lorenzo est à Parme. Double mission : faire un rapport à Vittorelli sur l'état de l'ordre public dans la ville que le Piémont projette de s'annexer, et à Mazzini sur la possibilité de réorganiser les républicains des ex-duchés.

Quand ils se sont dit au revoir, à la gare Leopolda de Florence, deux jours auparavant, le Maestro lui est apparu fatigué et déçu. Il est contraint de retourner à Londres parce que Ricasoli lui a refusé toute protection ultérieure de la part des Piémontais. Quant à Victor Emmanuel, il a proclamé une amnistie sélective : tout le monde libre, sauf Mazzini, le dernier grand exclu. La moitié de l'Italie est faite, aussi grâce à lui, surtout grâce à lui, et le nouveau gouvernement veut encore le pendre.

Lorenzo l'escorte dans le wagon de deuxième classe. Il a les cheveux très courts et a dû sacrifier sa barbe aux exigences de la sécurité. Il voyagera vers Livourne mêlé aux paysans et aux petits-bourgeois, à ce peuple qu'il proclame tant aimer et qu'il n'arrivera jamais à connaître en profondeur. Il est seul, Mazzini, seul et battu. On le dit sanguinaire, et c'est vrai aussi. Mais ces médiocres figurants, ces nouveaux petits maîtres qui ont lâchement abandonné sa Venise, ceux-là lui font horreur.

Parme, donc. Une brève reconnaissance lui suffit pour humer l'atmosphère. « Parme est aux mains de la canaille », rapporte-t-il à Vittorelli dans une dépêche concise. Il ne reçoit pas de réponse. Dans les cafés et les tavernes, il voit se presser les mêmes têtes que celles qui grouillaient dix ans auparavant dans les ruelles d'Ancône. C'est une histoire qu'il connaît trop bien. Dans le désordre postrévolutionnaire, des bandes des rues se répandent, extorquant de l'argent à ceux qui peuvent redouter la vengeance de l'ordre nouveau. De vieilles et de nouvelles cliques commettent des outrages au nom du patriotisme. Les vrais patriotes laissent faire : parce que effrayés, parce que incapables, ou peut-être, pire, complices. Ils prennent le colonel Anviti, défini par la presse libre comme le « célèbre bourreau de l'*Ancien Régime** ». Ils le prennent alors qu'il s'enfuyait en carrosse. Ils le ramènent à Parme, où il est provisoirement enfermé dans la caserne des carabiniers piémontais. Cinq, six hommes au plus pourvoient à sa protection. Une foule surexcitée se concentre devant l'édifice. Les officiers supérieurs se refusent à prendre des mesures. Averti par télégramme, le dictateur Farini ne donne pas signe de vie. La caserne est assiégée. Lorenzo tente de calmer les esprits, explique aux plus exaltés qu'une exécution sommaire souillerait irrémédiablement la conquête, mettrait même en danger l'annexion des duchés au royaume de Sardaigne, véritable objectif politique de la phase présente. Anviti a sûrement été une canaille, argumente-t-il, mais combien d'autres pires que lui se sont dépêchés de se refaire une virginité patriotique ? Lorenzo est isolé, bousculé, tenu aux marges de la vociférante marée humaine. Un grand type assez mal mis tente de lui donner un coup de poing. Lorenzo esquive et, à son tour, lance son poing. Le type toise Lorenzo avec haine, lance un juron en anglais, retourne se plonger dans la mêlée. Des Anglais ? Des Anglais dans la canaille de Parme ? Quelque chose dans la physionomie de son agresseur lui ramène à l'esprit d'anciens souvenirs qu'il croyait enfouis pour toujours. Il a la nette sensation de l'avoir déjà vu, cet homme.

Un anonyme distingué, portant l'habit et le chapeau melon, le prend à part.

– Laissez le peuple résoudre la situation, nous interviendrons au moment opportun.

Est-ce un agent du gouvernement ? Un policier incognito ? Un fidèle de Farini ? Un mazzinien ? Se peut-il que le Maestro soit descendu si bas ? Se peut-il que la fureur se soit à ce point emparée de lui ?

– Qui êtes-vous ?

– Quelqu'un qui fait le même travail que vous.

Lorenzo décide d'entrer dans le jeu.

– Quels sont les ordres ?

– Les mêmes que ceux que vous avez, j'imagine.

Lorenzo montre le présumé Anglais, en train d'inciter une bande de voyous à passer immédiatement à l'action.

– Vous connaissez ce type ?

– Qui ? Lussardi ? Si j'étais vous, je l'éviterais. C'est un de ceux qui peuvent être utiles quand le jeu est sale, mais mieux vaut laisser tomber. Il vendrait sa mère pour un tournois.

Le passé lui souffle sur la nuque. Le passé a les griffes déchirantes d'un oiseau noir et moqueur. Lussardi ! Pendant ce temps, la foule entre dans la caserne. Les carabiniers fuient sans tirer un seul coup de feu. On trouve Anviti, tremblant, caché derrière un meuble. On l'agrippe, on le transporte sur la place publique. On le tue à coups de pied, de poing, de pierre. On traîne son cadavre dans une auberge mal famée, on lui détache la tête du buste, on lui force les mâchoires et on y verse du café.

La tempête se calme au coucher de soleil. Repue de sang, la foule se retire. Sur le terrain restent les bourreaux qui se vantent du massacre. Lussardi tient le crachoir, entouré de coupe-jarrets qui l'applaudissent. Lorenzo est à sa table. Se mêler à la canaille est son métier, à la facilité avec laquelle il réussit à passer pour l'un d'entre eux, on croirait que c'est sa vocation. Il ne cesse de lever son verre, écoute et réécoute le récit des sévices, attend patiemment. À la nuit, quand le Toscan se sépare de la compagnie et, ivre, s'aventure dans la ville déserte et sombre, Lorenzo se glisse derrière lui ; et quand l'autre pénètre sous un portique étroit et obscur, il le dépasse en courant puis se tourne d'un coup et lui bloque le passage.

– J'ai un message pour vous, monsieur Lussardi.

– De la part de qui ? balbutie l'autre, les sens enténébrés par le vin.

– De la part de Striga, dit Lorenzo avec un sourire, et il plonge sa lame dans le cou du tortionnaire.

Il se laisse éclabousser par les giclées de sang, des larmes affleurent, des larmes perdues, les larmes de celui qui ne sera jamais pardonné.

Farini, le dictateur, se manifeste une semaine plus tard. Il joue la comédie d'une noble proclamation, arrête quelques innocents, libère tout le monde en hâte avec des excuses. Les vrais coupables, pendant ce temps, ont été éloignés avec le maximum de discrétion. Et rémunérés, lui explique le mystérieux anonyme quand tout est terminé. Voici la situation : le gouvernement piémontais veut remplacer Farini par le vieux D'Azeglio. Farini tremble d'indignation. Farini a d'excellentes relations dans la canaille. Farini déchaîne la canaille. Meurtre d'Anviti. D'Azeglio est faible. Farini se précipite à Parme, opère quelques arrestations de façade, dans une proclamation enflammée il promet paix et sécurité aux bourgeois terrorisés. Le jeu est élémentaire, et c'est justement pour ça qu'il réussit. Les bourgeois, pressés de reprendre leurs affaires en paix, s'agitent : D'Azeglio est un incapable, pour tenir en respect la canaille, il faut un homme à poigne. Farini est confirmé dans sa charge de dictateur par la voix du peuple.

De retour à Turin, Lorenzo fait son rapport à Vittorelli. À la stupeur du Piémontais, il devine qu'il ignorait la combine. Dans la description que Lorenzo fait de l'anonyme, il croit reconnaître un de ses ex-agents, licencié pour indignité. Lorenzo comprend qu'à Turin aussi une guerre de bandes est en cours. Services secrets pour leur propre compte. Ou au plus offrant.

– Ce genre d'actions renforce ceux que vous combattez, conclut-il, amer. Les réactionnaires en premier lieu, et puis Mazzini. Lui n'a jamais été jusque-là.

Vittorelli encaisse sans ciller.

– On essaiera de tirer des enseignements utiles de l'affaire, concède-t-il, troublé malgré lui.

Et tout est oublié. Dans les jours suivants, le bâillon imposé à la presse fait disparaître la nouvelle des premières pages des journaux. L'attention est détournée sur les préparatifs du plébiscite qui consacrera l'adhésion des duchés au nouvel État. Ce qui compte, ce qui restera dans les livres d'histoire, c'est l'immense entreprise réalisée grâce à l'astuce de Cavour. Les noms de Farini et des gens comme lui seront donnés à des rues, et puis nul ne se souviendra plus d'eux. Les hommes médiocres, et même les voleurs, peuvent être utiles à la cause, en tout cas avec eux on pourra toujours mieux traiter qu'avec les cœurs purs. Avec ces derniers, à la fin, il n'y a que deux issues : ou les laisser vaincre, ou les effacer. Mais que Dieu sauve l'humanité des cœurs purs, pense Vittorelli.

Guildford (Surrey), décembre

Cette scène des patrons et des ouvriers qui dansent la gigue ensemble au son des violons irlandais ne plairait pas à M. Engels, et encore moins au professeur Marx, pense Lady Violet, en goûtant l'excellent champagne offert par don Carlyle en cadeau de fin d'année. Dans une série de téméraires articles dans le *Times*, leur ami réactionnaire a défendu l'expérimentation de Guildford, démontrant jusqu'aux plus sceptiques qu'une usine du genre humanitaire non seulement peut fonctionner, mais parvient même à enrichir ses propriétaires.

– En plus de constituer, cher Joseph, un utile barrage aux folies des socialistes.

Carlyle trinque avec Mazzini, comme toujours vêtu de noir, mais ce soir d'une affabilité insolite. Il s'est repris rapidement de la déception italienne. Et, comme toujours, il s'est remis à l'œuvre. Il a même joué à la guitare deux ou trois chansonnettes populaires, que les gamins de l'école et les filles des mineurs pauvres, néo-prolétaires du Surrey, ont illustrées de leurs grossiers mouvements de danse.

Un mois plus tôt, Lady Violet a aussi inauguré un dispensaire. Résultat : la contagion par la tuberculose s'est effondrée dans toute la zone. L'alimentation saine et les horaires de travail humains ont fait le reste, et la foule de ceux qui cherchent un travail digne dans la fonderie croît chaque jour un peu plus. Dommage, soupire Lady Violet, que tous les bénéfices soient partis avec le marsala du Baglio, quand Sa Majesté le Roi bourbon a confisqué les terrains et la société en Sicile et que Violet a dû intervenir en puisant dans sa propre poche pour réparer les pertes. Un autre semestre de ce genre et Lady Violet sera obligée pour continuer d'entamer le capital. Et peut-être que, si rien ne se passe, d'ici deux mois les travaux d'agrandissement des bâtiments devront être arrêtés.

– Musique !

Le violoniste attaque *Finnegan's Wake*. Janet Corrigan dénoue sa chevelure rousse et s'aventure au centre de la piste improvisée en faisant tournoyer ses jupes. Striga serre fort la main de Michele Liberato. Elle ne se sépare plus du baron depuis que, revenu indemne de sa désastreuse expédition sicilienne, il lui a dit que Terra est vivant, qu'il va bien, qu'il pense toujours à elle. Striga se fait répéter pour la millième fois les paroles prononcées par son homme… Striga amoureuse, Striga riche d'espérance…

– Flûtes, tabac et punch de whisky !

Les Irlandais en rient, de la mort. Tous boivent et chantent à la santé de Tim, qui à la fin de l'histoire resurgira pour réclamer un dernier coup à boire, ou peut-être le premier de sa nouvelle vie.

Mario s'approche de Mazzini et de Carlyle. Depuis qu'il est redevenu pauvre, le goût de la lutte a repris possession de lui sans partage. Pauvre Mario, pense Violet, si affectueux et tellement pris par l'ardeur révolutionnaire ! Il tourmente Mazzini en exigeant une nouvelle expédition. L'Italie est d'un coup la première de ses pensées, pauvre Mario, qui veut retourner reprendre ce qui lui appartient, pauvre Mario, tellement banal et transparent, et pourtant Lady Violet ne peut s'empêcher de penser que les temps changent. La fatigue absolue s'évanouit peu à peu, l'amour physique lui aussi recommence à vivre et peut-être que, après tout, la vie peut encore retrouver la saveur d'autrefois.

Lorenzo doit avoir senti quelque chose. Souvent Lady Violet s'est demandé pourquoi on choisit tel homme et non tel autre, pourquoi la chimie de nos sens nous dirige vers une étreinte et non une autre, pourquoi elle est tombée amoureuse et sent qu'elle recommence à aimer l'homme qu'il ne fallait pas, peut-être, alors que le bon était à portée de main et que si seulement elle voulait, sur un signe d'elle… Janet Corrigan en fait une question de passion, de cœurs brûlés, de sueur qui se glace, d'oreilles grondantes et d'humeurs dégoulinantes. Striga croit que tout est dans l'harmonie des nombres. S'il en est ainsi, un Lorenzo doit être absolument disharmonieux, pense Lady Violet, et en pensant cela, elle éprouve un peu de honte et un peu de fierté parce que, au fond, être désirée, être disputée, comme les princesses d'autrefois, c'est aussi un plaisir.

– Faites vite tourner le verre, que le diable vous emporte, vous croyez que Tim était mort ?

Un éclat de rire, un violent battement de mains saluent la résurrection de Tim Finnegan, le Réveillé. Janet serre contre elle un jeune ouvrier qui tente de se donner une contenance. Mais elle l'agrippe par un bras et l'oblige à danser. Le violoniste attaque *Johnny I Hardly Knew Ye*, une chanson contre la guerre, et la tristesse tombe sur tous. Janet repousse le jeune homme. Lorenzo intercepte le sourire vague de Violet et comprend qu'il ne lui est pas adressé. Indifférent aux humeurs de la compagnie, il s'approche de Mazzini, plongé dans un duel aimable avec Carlyle. Le Maestro est en train de dire à son ami que Garibaldi est furieux.

– Victor Emmanuel a cédé Nice à la France.

– Ah, vous, les Italiens ! dit Carlyle en riant. Vous serez l'unique pays au monde dont le héros national est né à l'étranger.

– Fait qui ne sera pas sans conséquences, soyez-en sûr.

– Ça fait partie des… conséquences, la tentative d'assassiner le roi Victor Emmanuel dont vous accuse le *Times* ?

Mazzini fait entendre l'un de ses rires ambigus. Les mots qu'il prononce, soulignés par le râle sifflant de sa voix profonde de fumeur, justifient la terreur que cet homme réussit à insuffler chez beaucoup de gens.

– Un assassinat totalement inutile n'a jamais été mon style et ne le sera jamais.

Tuer le roi, en somme, ne sert à rien et c'est pourquoi l'entreprise n'est pas envisagée dans le calendrier du conspirateur.

Une voix puissante entonne la *Wexford Carol* et tous, sauf Mazzini, font le signe de la croix. Le Maestro remarque la présence de Lorenzo.

– Ah, vous êtes là… Comment avez-vous trouvé notre vieil ennemi Vittorelli ?

– Ben, répond Lorenzo, surpris, je vous ai déjà rapporté nos rencontres à Turin. C'est vous qui m'avez envoyé à lui…

– Bien sûr, bien sûr… j'oubliais…

Mazzini le fixe, ironique.

Lorenzo pâlit et fuit le regard du Maestro. Mazzini lui pose une main sur l'épaule et soupire, comme pour dire : « Notre destin est inéluctable, mon brave », et puis il lui tourne le dos, recommençant à questionner Carlyle.

Lorenzo se secoue, il voudrait l'affronter, lui demander des explications sur ses paroles. Mais une pression légère l'effleure. Striga est à côté de lui. Ses yeux reflètent une lueur qui évoque la tristesse, la réprobation, mais aussi la compréhension.

– Assez ! proteste Janet Corrigan. C'est quoi cette atmosphère sinistre ? C'est une fête ou des funérailles ?

Les musiciens attaquent un petit refrain joyeux, qui sent les cloches en fête et les matinées de printemps. Les cœurs sont gagnés par un bonheur précaire, insensé peut-être. Des couples se reforment, les danses repartent.

Carlyle prend Mazzini par le bras.

– C'est sûr que comme danseurs, vous autres Italiens, vous n'avez pas de rivaux. Comme révolutionnaires, à l'exception des personnes ici présentes, vous laissez un peu à désirer…

– Dans six mois, rétorque Mazzini, glacial, nous serons en Sicile.

X

1860

Sicile, avril

Le délégué bourbonien prit place derrière le bureau et commença à compulser les documents. Baron de Sant'Anna. Une personne sûre. Passeport tamponné. Il y avait de quoi carrément s'excuser de lui avoir fait perdre tant de temps. Cependant, vu les circonstances…

Lady Violet Cosgrave, grande dame de Londres, de teint un peu sombre pour une Anglaise, et avec ces yeux un peu orientaux, des yeux qui mènent à la perdition…

– La mère de *my lady* était une princesse indienne, laissa tomber le baron, comme s'il avait lu dans ses pensées.

Le délégué tamponna le passeport sans s'attarder davantage.

Item. La *fimmina* rousse. Miss Janet Corrigan, anglaise d'Irlande et là, avec cette chevelure et ce *ciauru*, ce parfum pénétrant dont seules les femmes à poil roux peuvent s'enorgueillir, il n'y a pas de truc et il n'y a pas de tromperie. Dame de compagnie. Passeport tamponné.

Item. Les deux gandins. Esq. Latimore & Esq. Morrison. Commerçants de la City.

– Mes amis sont intéressés par certains domaines de marsala, expliqua le baron.

Le délégué tamponna les derniers passeports en se demandant *cu si futtía a chi*, qui se baisait qui. Peut-être tous ensemble, passionnément, ou peut-être que le baron, heureux homme, avait posé les yeux sur ces femmes et que l'affaire du marsala était toute une comédie… Pourvu qu'il n'y ait pas d'ennuis, parce que, pour les ennuis, ceux que causaient les bandits et les *canazzi di bancata*, la racaille, suffisaient largement.

– Vous pouvez y aller, messieurs. Mais, je vous en prie, faites attention. Les temps sont difficiles. Le bruit court que le célèbre bandit Giuseppe Garibaldi entend débarquer sur l'île pour y semer le désordre et la révolution.

– N'oubliez pas que ces dames et ces messieurs sont mes invités, rappela le baron.

Et le délégué, d'une humble courbette, admit avoir exagéré.

À peine sortie du palais de la délégation, avant même de monter en carrosse, Lady Violet voulut remettre au baron les cinq cents livres sterling reçues de Mazzini au moment du départ. Elles allaient s'ajouter aux sept cents données par les amis anglais. Argent qui servait à financer la nouvelle expédition en Sicile.

– Prenez-les vous, baron. S'il devait se passer quelque chose, durant le voyage…

– Madame, le voyage pour Palerme sera bref et sans danger. Cette terre est la mienne.

Le baron ordonna quand même à un des quatre hommes au teint sombre, trapus et taciturnes, qui ne se séparaient jamais de lui, de charger le sac contenant l'argent dans le carrosse.

– Je n'ai qu'une recommandation à vous faire, à vous deux, ajouta-t-il à l'adresse des soi-disant Latimore & Morrison, rappelez-vous de jouer aux Anglais tant que je vous le dirai.

Moins d'une heure plus tard, dans le domaine de Sant'Anna, Michele Liberato pouvait embrasser de nouveau Salvo Matranga. Sant'Anna montrait ses terres à Lady Violet, à Janet et Mario Tozzi. Et il racontait comment, en se faisant passer pour un réactionnaire, dévot du trône et de l'autel, il avait réussi à tromper les rats, c'est-à-dire les réactionnaires, en organisant une armée de trois cents très fidèles gardes de ses terres pour accueillir Garibaldi à bras ouverts. Lady Violet et Mario s'extasiaient sur la magnificence des murs de pierre sèche, les énormes raquettes des figuiers de barbarie, le jeu d'ombre et de lumière du soleil et des nuages qui rend unique, pensait le baron, la terre de Sicile. Unique dans ses contrastes qui n'admettent pas de moyen terme. La Sicile qui vous oblige à choisir, une fois pour toutes, une seule fois dans la vie, de quel côté vous vous placez. La Sicile profondément italienne au point d'être la quintessence de l'Italie et dans le même temps si éloignée de la mesquinerie des petits bourgs de montagne, porte sur l'Orient, porte sur le monde… Et en regardant les deux époux qui se tenaient par la main, une languide tendresse l'envahissait, tandis qu'il essayait de dérober des perspectives secrètes à la splendide Irlandaise, si seule, si passionnée, peut-être, qui sait, si disponible.

– *Rosa fresca aulentissima ch'apari inver' la state…** déclama-t-il en lui prenant la main.

* « Rose fraîche très parfumée qui apparaît vers l'été… » Premiers vers d'un très célèbre poème en dialecte sicilien de Cielo d'Alcamo (XIIe siècle).

Turin, mai

– Nous sommes arrivés à Gênes quelques heures après le départ de Garibaldi. Du môle, nous avons eu le temps de voir les vapeurs sortir de l'embouchure du port.

Vittorrelli s'alluma une cigarette d'un air ennuyé.

– La capacité de votre Mazzini à échapper à l'appel des armes est stupéfiante ! On dirait qu'il a peur de l'affrontement physique… Bien sûr, il est beaucoup plus facile d'ordonner des assassinats tout en restant entre les bras de quelque belle petite Anglaise plutôt que d'affronter le combat à visage découvert…

– Il avait mal au dos, le défendit Lorenzo, il ne pouvait pas bouger. Je peux en témoigner directement…

– Il était malade et maintenant il est guéri, pas vrai ? *Ch'ël l'é un drit*, çui-là, c'est un malin, je l'ai toujours dit, croyez-moi. Pourquoi ne pas partir tout de suite, pourquoi ne pas rejoindre ces… comment les appelez-vous ? Ah, les Mille… deux bons fusils en plus, en admettant qu'il sache les manier, peuvent toujours servir…

– Mazzini ne part pas parce que l'expédition a un mot d'ordre qui lui déplaît.

– « L'Italie et Victor Emmanuel », ça ne me semble pas si méprisable, vous ne trouvez pas ?

– « L'Italie unie et libre » est un mot d'ordre beaucoup plus attirant à ses yeux…

– Garibaldi et les siens ont joué les passagers, et puis se sont emparés des deux bateaux, le *Piemonte* et le *Lombardo*.

– Même technique que Pisacane. Ça fait partie de l'accord avec l'armateur Rubattino.

– Garibaldi n'est pas Pisacane.

– Heureusement, conclut Lorenzo.

Ou malheureusement ? Non, heureusement, heureusement, convint Vittorelli. On ne peut pas arrêter l'histoire. La fortune, la fortune qui sourit aux audacieux. La fortune à laquelle il convient de donner un petit coup de pouce. Et qui plus que Cavour est versé dans certains arts obscurs et pourtant indispensables ? Voilà des mois que Cavour caresse l'état-major napolitain dans le sens du poil, promettant à tel ou tel charges et prébendes quand ce serait fini. Une résistance molle, voilà ce qu'on attend de l'armée de Franceschiello, comme on appelle le jeune roi inexpert. Et puis, si ça devait tourner mal, ce serait la faute de Mazzini, de Garibaldi, des habituels factieux… Vittorrelli vida d'un coup son verre d'élixir à l'anisette. Lorenzo avait à peine touché à son absinthe. Ils étaient assis depuis quelques minutes à l'habituel café Fiorio. La vie de la capitale se déroulait, paisible et laborieuse, devant leurs yeux, indifférente à la clameur de la guerre, au rêve unitaire. Turin répugnait à ressentir comme sien ce qui ne comportait pas une utilité immédiate. Et pourtant, continuait à penser Vittorelli, il n'y a pas d'utilité, il n'y a pas de bénéfice qui n'ait, quelque part, une racine appelée utopie.

– Je vous vois inhabituellement méditatif, baron di Vallelaura.

– Et si je partais ? Si je me joignais à l'expédition ?

– Vous contreviendriez aux ordres, avec les conséquences que vous connaissez…

– Mazzini doute de moi, admit enfin Lorenzo. Il m'a tenu d'étranges propos.

– Étranges dans quel sens ?

– Je crois qu'il a deviné quelque chose de notre… rapport.

– Mais il vous a emmené avec lui à Gênes.

– Je ne serais pas ici, sinon.

– C'est naturel, étant donné les ordres que lui-même vous avait adressés, de me rencontrer. J'en déduis qu'il a voulu vous mettre à l'épreuve. Jouez un coup d'avance, cette fois. Rapportez-lui vous-même que nous nous sommes vus. Dites-lui que c'est moi qui ai cherché le contact. Faites-lui miroiter la possibilité d'une amnistie quand ce sera terminé…

– Il n'acceptera jamais une amnistie.

– Essayez toujours. Peut-être s'adoucira-t-il un peu. Nous n'avons pas besoin d'un martyr républicain, pas maintenant. En tout cas, vous n'avez aucune raison de vous inquiéter. Il y a autre chose que vous voulez me dire… ?

– Quand ce sera terminé, comme vous dites…

– Eh bien ?

– Je serai libre ?

– Ça, nous le verrons au moment opportun, conclut Vittorelli, en s'éloignant sans lui avoir serré la main.

Sicile, mai

Du côté de Calatafimi, la bande du baron de Sant'Anna se joignit aux Mille. Les gars participèrent aux premiers durs affrontements avec les bourboniens, en se comportant, aux yeux de Salvo, avec honneur. Lui-même, devenu désormais tireur d'élite de sa main valide, sortit d'embarras un lieutenant piémontais, en abattant l'un après l'autre les trois rats qui l'avaient encerclé et voulaient l'abattre au mousqueton. Geste qui lui gagna, de la part de l'officier, une sympathie qui – Salvo avait dû bien vite s'en rendre compte – n'était ni partagée par ses compagnons d'arme en chemise rouge ni étendue au reste des Siciliens. Et pourtant le sang que tous versaient, Siciliens et continentaux, n'avait-il pas la même couleur ?

– Vous nous considérez plus ou moins comme des barbares, s'était-il plaint, au bivouac nocturne, auprès de l'officier, qui tenait une espèce de journal de l'expédition.

– Avant-hier, j'ai vu des chiens qui banquetaient avec les restes de soldats bourboniens rôtis. Ce n'est pas un spectacle qui fait honneur à la prétendue civilisation sicilienne…

– Je suis sicilien moi aussi…

– Mais vous êtes différent.

Et où était-elle, la différence ? Dans la possibilité que lui avait donnée Michele Liberato de s'instruire, de maîtriser la langue italienne, de mettre au service d'une cause la violence qu'il portait en lui depuis l'enfance ? Et alors, les autres, ceux qui n'avaient pas eu les mêmes occasions, qu'est-ce qu'ils étaient, des bêtes ? Officiers et soudards ironisaient sur leurs coutumes, sur la langue qui leur était incompréhensible, sur les femmes qui se terraient dans les maisons au passage de la troupe, et même sur l'habitude millénaire de manger des fèves crues. En fait, ils ne les appelaient pas *fave*, les « fèves », mais *baccelli*, les « cosses », car la fève, avait-il appris d'une canaille de volontaire toscan, la fève désigne l'honneur de l'homme. Mais ne venez pas me parler d'honneur ! À Salemi, profitant d'un moment de distraction du lieutenant piémontais, Salvo avait lorgné sur son journal. Femmes voilées comme des sarrasines… les bergers des environs viennent s'incliner devant Garibaldi… étrange aspect de ces demi-sauvages vêtus de peaux de chèvre… Salemi est un nid à rats sarrasin… ces *picciotti* (gars), et nous leur donnons ce nom parce qu'ils s'appellent ainsi entre eux, aiment la guerre, mais pourvu qu'elle n'attente pas à leur intégrité personnelle… Et des commentaires sur les odeurs, des plaisanteries sur le manque de familiarité des gens de la campagne avec l'eau et le savon… Dire ça aux Siciliens, qui avaient appris des Arabes, comme le lui avait expliqué Michele Liberato, l'art de l'ablution rituelle, et avaient enseigné la propreté au monde entier… Un soir, Salvo fut admis en présence de Garibaldi. Le Général recevait le baron de Sant'Anna, Michele Liberato, la dame anglaise et le mari de celle-ci. Les yeux profonds de cette femme, les éclairs de passion qui les enflammaient rappelaient à Salvo Matranga les femmes de Sicile. Mais aucune femme de Sicile, surtout de haute condition, n'aurait jamais trouvé le courage de se faire guerrière et d'abandonner ses enfants, son aisance et la réserve qui sied au beau sexe. Mais si Lady Violet l'avait fait, alors ça pouvait se faire ! Salvo se dit qu'il aurait fait des folies si Dieu lui avait donné en partage une femme comme elle. Et il lui fut douloureux de chasser un désir aussi inconvenant. Il se concentra sur la conversation de l'illustre table. Le général Garibaldi aimait l'attention des autres, et il en avait peu pour quiconque était admis en sa présence. Il fallait écouter, surtout les récits de guerre et les proclamations tonitruantes. Il fallait approuver, applaudir.

– Ah, ces *picciotti* ! L'autre nuit, ils m'ont volé ma couverture pendant que je dormais.

– Mais c'est inouï ! Dites-moi leurs noms, je prendrai des mesures…

– Du calme, Bixio ! Ce n'était qu'une plaisanterie. Je l'ai trouvée très amusante. Le sang canaille fait la bonne guerre, ne l'oublie pas.

Garibaldi se couchait comme les poules et, quand le Général sortait de scène, Nino Bixio montait en scène. Grand combattant, décidé et généreux, mais sûrement, avait conclu Salvo en le voyant à l'œuvre, avec un esprit un peu dérangé. Le dîner se prolongea fort tard. Ce fut vers minuit que le lieutenant piémontais exposa aux quelques personnes encore éveillées – parmi elles, outre Salvo, Michele Liberato, Lady Violet et son mari – sa théorie sur les « deux Italies ».

– Oui, messieurs, deux Italies. L'une honnête, laborieuse, tenace, composée des peuples qui habitent les montagnes et les plaines du vaste Nord, et l'autre attardée, molle, encline à l'oisiveté, asservie à l'ignorance et au crime, qui va de Rome jusqu'aux rives de cette île magnifique… Magnifique de par sa nature sauvage mais, hélas, tout aussi sauvagement habitée.

Salvo fut déçu par le silence de Michele Liberato. Le baron s'était limité à hausser les épaules, proposant un toast, le énième, à l'unité, qui cicatriserait les blessures historiques entre les diverses populations italiques, en les projetant, toutes, vers un lumineux avenir commun. Ce silence ternissait la grandeur de son mentor. Du reste, le révolutionnaire romain, lui aussi, s'en était tiré par des haussements d'épaules et des blagues de circonstance. Est-ce que Salvo était devenu exagérément susceptible ? Peut-être avait-il lui-même des préjugés envers ses compagnons d'arme ? Est-ce qu'il oubliait que leur sang aussi courait entre les monts et les vallées de Sicile ?

– Ce que vous dites est inacceptable, lieutenant. Vous parlez pire qu'un rat !

C'était Lady Violet qui s'était révoltée. L'officier répliqua, conciliant.

– Mais, ma chère dame ! C'est une donnée historique indiscutable, qui se base sur des acquis scientifiques précis. Je ne parle certes pas des individus et je ne nie pas qu'il y ait des Siciliens évolués, comme le baron Michele, comme mon ami Salvo…

– Évolués ? Les évolués, ce sont les singes qui deviennent des hommes, mon cher monsieur ! hurla Lady Violet.

Nullement troublé par la violence de l'interlocutrice, l'officier soupira, patient.

– C'est l'histoire des peuples qui a produit cela, madame. Le Nord fut la terre des Celtes, des royaumes romano-barbares, et puis des communes et des défenseurs de la liberté. Le Sud, une fois Rome tombée, ne fut plus que latifundia et misère. La conformation physique même de ces gens en dénote la profonde différence. Pensez aux Lombards, aux Gallo-Ligures, aux Toscans, si grands, maigres, ascétiques même, et aux

Méridionaux, le teint sombre, grassouillets, aux yeux et au sang envahis par l'élément sarrasin…

– Je connais plus d'un Sicilien blond, intervint Michele, tranquille.

– Grâce à la domination normande, mon ami.

– Vous m'êtes cordialement odieux, monsieur, siffla Lady Violet.

Le lieutenant perdit son sang-froid. Et, malgré les tentatives de Michele Liberato et de Mario de rétablir la paix, il donna un grand coup de poing sur la table et pointa un doigt menaçant sur la femme.

– Si vous n'étiez pas une dame…

– Je sais tirer autant et mieux que vous !

– Vous ne savez pas ce que vous dites !

– Je le sais très bien !

– Vous êtes anglaise, pas vrai ? Voulons-nous parler de la manière dont votre peuple considère les Irlandais ou bien les Indiens ? Voulons-nous en parler, *my lady* ?

Violet abandonna la table, indignée. Tandis que son mari et le baron s'empressaient d'excuser sa conduite inconvenante, Salvo, impulsivement, la suivit.

– Je vous remercie d'avoir défendu ma terre. Et je suis votre débiteur.

Et il s'enfuit, sans attendre la réponse, le cœur en tumulte.

Deux jours plus tard, Lady Violet, pour le compte de Garibaldi, le chargea de voler à la Favignana et de libérer, sur ordonnance du dictateur, tous les détenus politiques.

– Occupez-vous bien de Terra di Nessuno, vous qui le connaissez. S'il n'est pas en état de se joindre à nous, confiez-le à des mains sûres. Puis revenez auprès de moi. Je m'occuperai moi-même de prévenir Striga.

– Ce sera fait, madame.

– Salvo… avec cela, votre dette est soldée.

– Ma dette ne sera jamais soldée, affirma-t-il, d'un ton décidé.

Lady Violet le fixa, effarée, comme si elle s'apercevait pour la première fois qu'il était là, comme si elle se rendait compte, soudain, du trouble qu'elle avait provoqué chez ce jeune homme compliqué et indéchiffrable.

– Ne dites pas de sottises ! conclut-elle sèchement.

Et il vola à Favignana, le cœur blessé.

Sicile, mai-juillet

Ils avaient combattu à Alcamo, à Partinico et à Misilmeri, au Passo di Renna, au Pioppo et à Gibellina, à San Martino sopra Monreale, à San Giuseppe dei Mortilli, à Corleone et au Parc. Partout affrontements, marches forcées, canons trimbalés, escarmouches, guets-apens, plaintes des blessés, égorgements, héroïsmes, fuites, hardiesses et vilénies. Les bombes Orsini décimaient les rangs de l'armée bourbonienne du général Landi, baïonnettes et poignards faisaient le reste. Et les barons jouaient des coudes pour se joindre à la révolte. Jour après jour, les troupes grossissaient, mais leur guerre était une guerre parallèle, à part. Ils combattaient sous les mêmes drapeaux, ils combattaient comme des frères mais n'étaient pas frères, et ne le deviendraient jamais. Les Piémontais combattaient d'un côté, les Siciliens de l'autre. Ils combattaient en se détestant, jamais en s'aimant.

Aux portes de Palerme, Salvo revit Corrao, qu'il avait cru mort de la main de don Calò.

– J'ai fait semblant d'être mort et, comme ça, je me suis foutu d'eux !

Corrao jouissait d'une grande estime parmi les haut-gradés garibaldiens. C'était un Sicilien de la bonne espèce, lui fit remarquer Salvo avec une certaine amertume.

Corrao devint soudain sérieux.

– Je sais qui tu es et ce que tu représentes, Salvo. La Société nous a été utile. Mais ensuite, quand ce sera fini, vous devrez changer. Toi pour commencer.

– La Société ne changera jamais, tu le sais.

– Et, alors, ça veut dire que tu changeras tout seul. Je te trouverai un emploi.

– J'en ai déjà un, avec le baron.

– Et, alors, fais attention de l'occuper de manière honnête. Vos méthodes sont admises en guerre, mais la paix, c'est autre chose.

Salvo le laissait dire. Il lui devait la vie, et donc le respect. En outre, la guerre de Salvo était temporaire, elle n'avait rien à voir avec la révolution imaginée par son valeureux ami. Si même l'idée d'une vie différente l'avait un bref moment séduit, combattre côte à côte avec ses nouveaux patrons l'avait enraciné dans sa foi en la Société. La Société ne trahit pas et ne peut pas être trahie, la Société ne change pas et ne peut pas être changée. Parce que la Société est la nature même de l'Homme, et seul celui qui est Homme est digne d'en faire partie. C'est pourquoi, si les Siciliens combattaient de leur côté, Salvo combattait pour lui-même et pour la Société.

Ils entrèrent à Palerme le 28 mai. Ils érigèrent des barricades, s'emparèrent de la ville maison par maison, palais par palais. Les bourboniens demandèrent une trêve. Garibaldi s'empressa de la leur accorder. Si les bourboniens avaient attaqué par le sud, prenant la ville en enfilade alors que les garibaldiens étaient encore en train d'organiser les lignes de défense, ils les auraient taillés en pièces. Les Suisses de Von Mechel attaquèrent quand même, violant les accords. Les barricades furent balayées. Ce fut le général Landi qui arrêta les Suisses, les rappelant au respect de la parole donnée. Ou il n'y avait plus de stratèges à Naples, ou bien la trahison régnait.

Ce fut durant ces jours de trêve que Salvo régla ses comptes avec don Calò. Le baron père, fidèle jusqu'au bout à la réaction, était enfermé dans le palais de famille avec quelques fidèles armés. Salvo réactiva un ancien contact avec un gars de don Calò, un certain Cavatorta.

– Le baron veut mourir pour le roi, en maudissant son fils et tous les jacobins, rapporta Cavatorta.

– Je veux voir ça, je veux vraiment voir ça…

– Don Calò, lui, est disposé à trahir. En échange, il veut un sauf-conduit pour lui et ses hommes…

– Et nous le lui donnerons. Organisons une rencontre. À Villagrazia.

Don Calò et les siens, pas plus d'une vingtaine désormais, arrivèrent à Villagrazia à la dérobée, escortés par Cavatorta et certains gars de confiance. Ils furent accueillis par Michele Liberato et Salvo lui-même, vêtu pauvrement, comme aux temps où le don l'avait envoyé pelleter la merde des cochons. Michele Liberato avait donné des instructions pour que la salle des banquets soit prête. Don Calò et les siens furent invités à s'asseoir à une table somptueuse.

– Avant de parler, on mange et boit du bon vin, proclama Salvo, sur un ton de feinte humilité.

Ils mangèrent, ils burent, ils se racontèrent de vieilles histoires de l'ancien temps. À la fin, don Calò avait les larmes aux yeux et, quand il se jeta aux pieds de Salvo, il se vit relever par deux bras aimants et serrer dans une étreinte filiale.

– Sauve-moi, *figghiu miu* !

– Vous avez été comme un père pour moi, don Calò.

C'était le signal. Vingt hommes dégainèrent leurs poignards et se jetèrent sur les « invités ». Ils les égorgèrent comme des chevreaux les uns après les autres, sans s'inquiéter des hurlements, des invocations et des blasphèmes. Salvo se réserva l'honneur d'arracher de sa main unique le cœur du vieux don, le brandissant comme le trophée d'une obscène représentation sacrée. Michele Liberato avait assisté effaré à ce massacre. Salvo, craignant qu'il ne s'y oppose, l'avait tenu dans l'ignorance.

– Croyez-moi : c'était l'unique solution, le réconforta Salvo quand ce fut fini, tandis que ses hommes entassaient les cadavres et se préparaient à les brûler.

Devant ce massacre, le baron s'était demandé quelle était la part de l'humain et quelle était la part de la bête chez Salvo, et dans la Société. Mais il ne se posa pas la même question quand il se retrouva devant son père. Un vieux encore hautain et batailleur qui refusa toute embrassade, toute poignée de main, et se limita à fermer les yeux, dégoûté par la puanteur de chair brûlée qui flottait sur l'esplanade.

D'une voix calme et froide, Michele Liberato communiqua à son père que, dès le lendemain, il serait exilé pour toujours dans le mas de Balestrate, surveillé par des hommes de confiance, avec interdiction de s'éloigner. Puis il lui fit signer l'acte de donation des propriétés et enfin remit le vieux à Cavatorta, en lui ordonnant de l'emmener.

Michele Liberato, désormais nouveau baron de Villagrazia, transféra à Mario Tozzi, à titre de compensation pour le capital initialement versé dans le domaine du Baglio, la propriété d'un petit palais au cœur de l'ancien quartier arabe de la Kalsa. Le pacte sociétaire fut réécrit par un notaire sur la base d'une parité absolue. Le nouvel accord fut fêté par un déjeuner exagéré. Puis les deux associés et amis s'en allèrent pour quelques jours à Marsala, pour remettre sur pied le Baglio après la gestion étourdie de feu don Calò.

La trêve terminée, les bourboniens proposèrent un armistice plus long. Dans son bureau du palais Pretorio, duquel on dominait les décombres de la via Toledo rasée par l'artillerie de Von Mechel, Garibaldi, assisté par le consul anglais, dicta ses conditions. Les Napolitains baissèrent la tête. Palerme était prise. Garibaldi, nommé dictateur par la voix du peuple, pensait déjà à Naples, à la capitale du Royaume. Une foule en fête se déversa dans les rues, tirant des coups de fusil et lançant de gros pétards en signe de jubilation. Les prêtres bénissaient le drapeau italien, les soldats royaux se dépouillaient de l'uniforme bourbonien blanc pour endosser la chemise rouge.

En ce moment précis, Salvo Matranga comprit que sa guerre de libération nationale était finie. Finie par la plus totale, la plus absolue des victoires.

Naples, juin-juillet

'O munno ca va sottoncoppa, le monde qui va à l'envers. Une révolution. D'abord, 'o nouveau roi, déjà bien bon d'avoir donné l'amnistie, concède la constitution et une autre amnistie, élargie cette fois aux libéraux modérés. Puis, il prend les susdits libéraux à bord d'*o govierno*, du gouvernement et des gens qui, la veille encore, étaient en prison ou avaient la frousse dans leur maison, du matin au soir, se mettent à *cummanna'*, à commander. Puis le préfet chef des argousins, une saloperie de tous les diables, est gentiment mis à la retraite et, à sa place, arrive ce don Liborio Romano, qu'on dit cul et chemise avec *Caribardo*, Garibaldi. Dès qu'il a posé son cul sur le fauteuil, ce préfet tout neuf, qu'est-ce qu'y fait ? Rien. Dans la rue, les gardes qui regardent ailleurs, zéro contrôle et couvre-feu la nuit. Et alors, les rues sont libérées pour les *cumparielli*, les poignards sortis et les affaires marchent d'enfer. Avec les libéraux qui se vantent : « *Napule 'a tenimmo nuje*, Naples, c'est nous qui la tenons », et en fait tout le monde sait que dans la rue règne Mater Camorra. Mais la chose ne dure que deux jours. Puis son Essellence le préfet se réveille, mais au lieu de faire comme d'habitude, mitrailles, bâton, exil et prison, il convoque avec mille égards dans

son beau palais don Tore De Lorenzo, 'o Masto, le grand chef, et…

– *Cumpa'*, à partir de maintenant, nous, on adevient la garde royale des Deux Siciles !

Mêlé à l'assemblée des chefs de quartier, chefs de bande et *cumparielli* divers, Totò 'o Meschiniello a vraiment du mal à en croire ses oreilles. Est-ce que, par hasard, don Tore aurait perdu la tête ? Sentiment partagé par la légion des braves garçons rassemblés dans la taverne de Marianna 'a Sangiovannara, qui est cousine et conseillère du grand chef, une femme de sang royal, selon les paramètres de l'association, témoin, dit-on, de l'entretien historique. Tous ont du mal à y croire, tous nourrissent les mêmes doutes sur la santé mentale de leur *duce* aimé et redouté, et tous réclament à grands cris que Masto répète, et dans le détail, l'incroyable récit. Et 'o Masto ne se fait pas prier. Et pour conférer à ce moment encore plus de solennité, il s'offre une excursion sur le territoire, pour le moins peu connu, de la langue italienne.

– J'allai, et je lui baisai la main, à ce grand homme. Lui, il me dit : Salvato', l'heure est grave. 'Ô roi en a plus pour longtemps. Bientôt Caribardo va arriver. Moi, je vous donne une occasion historique, exactement comme ça, il a dit, une occasion historique. Rachetez-vous…

– Et ça veut dire quoi ? demande quelqu'un.

Marianna balance une baffe sur la nuque du perturbateur. Certains rient, d'autres ricanent. Don Tore foudroie l'assemblée d'un de ses regards assassins, tristement connus. Le silence revient. Don Tore reprend le récit.

– *C'amm' addeventa' brave guagliune*, qu'on devient des braves garçons…

– *Ma nuje simme brave guagliune*, mais on est des braves garçons !

Maintenant, personne n'intervient pour réprimer et même, tous rient. Don Tore soupire, en pensant au fond de son cœur qu'ils ont raison, les prêtres chez lesquels il a étudié sans enthousiasme dans sa jeunesse : seul un bon pasteur peut maintenir l'ordre dans un troupeau si sauvage. Et, en bon pasteur, il réattaque son homélie.

– Rachetez-vous. Moi, je fais de vous une garde urbaine et, à partir de demain, vous êtes chargés aussi de maintenir l'ordre dans la ville. En échange, tous, même ceux qui auparavant étaient… en somme, les *cumpari* sans amnistie, maintenant ils l'ont…

– Tous ?

– Tous !

– Même moi qui ai tué…

– Et moi qui suis en cavale depuis cinq ans ?

– Et moi qui…

– J'ai dit tous, putain de merde ! explose don Tore, en abattant son poing sur la table, renversant une carafe de son vin de Salerne bien-aimé.

Pour la dernière fois, le silence se fait. Don Tore se lève en gonflant le torse et, une main sur le cœur, il déclame, inspiré :

– Ce fut alors que je lui dis : Excillence, soyez sûr que tous nos compagnons seront avertis. Notre vie est entre vos mains !

Non, il n'a pas perdu la tête, don Tore. Don Tore est un grand chef, grand et sage. Et sa parole a force de loi. De loi, et de bonne règle de la Camorra. Passque 'o monde, y peut bien être *sottoncoppa,* à l'envers, suffit que la Camorra, elle reste *acoppa*, à l'endroit et qu'il y ait, au-dessous, tout le reste du monde. Dans les jours qui suivent, beaucoup de braves compagnons prennent du galon, et don Totò, cher au cœur du Masto, avec eux. À tout le monde, on donne un uniforme flambant neuf et une cocarde tricolore à arborer accrochée à la poitrine, et à la fin du mois, dans les rangs réguliers de la nouvelle garde, on compte trois cents hommes de don Tore, armés, révérés et respectés.

Et ça, conclut don Totò tandis qu'il encaisse sa part quotidienne de tournois au marché aux fruits, qui n'est plus une extorsion arrachée dans les larmes par des criminels mais un tribut mérité aux défenseurs de l'État, ça, c'est le monde vraiment à l'endroit : c'était avant que lui, 'o monde, il était *sottoncoppa.* Avant, et maintenant, non !

Sicile-Calabre, août

Le gars de garde au palais de Lady Violet vit arriver deux hommes loqueteux, couverts de sang, les yeux pleins d'épouvante. Il les prit pour des bourboniens échappés à la juste colère des nouveaux maîtres et arment leur fusil.

– Allez-vous-en, *nun è postu ppi vuàutri, chistu*, c'est pas un endroit pour vous, ici !

Le plus grand et mieux vêtu exhiba une cocarde tricolore.

– Je suis maître Gangemi. Je dois seulement voir le baron, tout de suite.

– Le baron n'est plus là. C'est la maison d'une dame anglaise et de son mari, explique en dialecte un des gars, avec plus de respect. Maintenant, ils dorment. Si vous voulez, vous pouvez entrer et attendre là.

– Mais c'est une question de vie ou de mort !

Ils se mirent à protester, sur un ton de plus en plus excité, jusqu'à ce que leurs voix réveillent Lady Violet de la torpeur de l'après-midi.

– Nous sommes là pour avoir justice, madame, dirent-ils quand, enfin, après s'être lavés, nourris et rhabillés de pied en cap, ils furent admis en présence de la châtelaine.

– Les bourboniens vous ont fait subir des abus ?

– Les bourboniens n'y sont pour rien, répondit l'avocat.

– Eh bien, allez, racontez donc !

Pour la première fois, Lady Violet entendit parler d'un village dénommé Bronte. Il se trouvait dans les parages de Catane, dans une autre Sicile, un autre monde. À Bronte, Garibaldi avait été accueilli comme le Messie par les juifs. À Bronte, paysans et notables avaient combattu ensemble et versé le sang pour la liberté. Ils attendaient du nouveau *duce* la restitution des *sciarelle*, les terres des latifundia usurpées par les Bourbons. Ces terres qui, pour les pauvres, signifiaient un travail, du pain, la fin de la misère, l'espoir en l'avenir.

Mais Garibaldi était loin. Garibaldi ne savait pas, ou était mal informé. Les chemises rouges étaient venues et étaient reparties, et les *sciarelle* restaient entre les mêmes mains. Ainsi avait éclaté la révolte. Une révolte violente, extrême. Bronte avait été mise à feu et à sang, le théâtre brûlé, les archives dévastées.

– Les fous ont pris le pouvoir, madame !

Il y avait eu des massacres, des gamins égorgés avec leur mère, des prêtres crucifiés sur le portail de l'église. Un officier intelligent avait négocié une trêve. L'ordre était revenu. Puis était arrivé Nino Bixio.

– Un fléau de Dieu, attaqua maître Gangemi. Il lui sortait des flammes par les yeux. Il jurait contre Dieu et les saints à chaque mot. Les vrais coupables avaient déjà fui quand il est arrivé. Il a pris les premiers qu'il trouvait, des gens qui n'y étaient pour rien ou des modérés qui avaient essayé de calmer les choses, et après un procès sommaire il les a condamnés à mort et fusillés.

– Et cent autres pauvres diables innocents sont en prison, intervint l'autre. Nous-mêmes, nous avons réussi à nous échapper par miracle. Il faut que Garibaldi soit mis au courant.

– C'est une question de justice !

Lady Violet éveilla Mario d'un sommeil qui sentait la sueur et le renfermé, et le mit au courant.

– Ah, Bronte… marmonna-t-il, nullement surpris.

– Qu'est-ce que tu sais de cette histoire ?

– C'est une question de propriété.

Une question de propriété, bien sûr. Lady Violet écouta Mario dans un crescendo d'incrédulité. La célèbre question des *sciarelle* concernait le domaine qui avait été donné en 1799 par le roi bourbon à l'amiral Nelson, en remerciement de l'aide prêtée par les Anglais pour anéantir les soulèvements napoléoniens du Sud.

– Tu comprends ? Maintenant ces révolutionnaires… pas tous, disons les communistes… veulent que ces *sciarelle* deviennent propriété commune. Et les Anglais, tes compatriotes, ne veulent pas lâcher. C'est évident, qui renoncerait à ses propriétés ? Parce qu'en plus, il y a les pistaches, là-dedans…

Les célèbres pistaches de Bronte. Produit d'excellence de la magnifique terre de Sicile. Des pistaches, c'est-à-dire du gain, des bénéfices, du profit. Que les héritiers de Nelson n'étaient nullement disposés à abandonner à une masse de paysans pouilleux.

– Donc, le consul anglais a frappé à la porte de Garibaldi, et Garibaldi a envoyé Bixio. C'est clair, maintenant ?

Tandis qu'il lui racontait l'histoire, Mario riait, toujours plus content de lui. L'entreprise de Bixio, à ses yeux, était un chef-d'œuvre de stratégie politique.

– Ils ont massacré des innocents, Mario !

– Des innocents ? Pas tant que ça. Et puis, Violet, Bixio et les siens l'ont fait aussi pour nous…

– *What do you mean?*

– Mais bien sûr ! Si on ne les arrête pas, les communistes prendront ta maison, ce palais et peut-être aussi la fonderie…

Lady Violet sentit monter une colère froide.

– Je veux parler à Garibaldi.

– Mais je viens de te dire que c'est lui qui a envoyé Bixio à Bronte !

– Je veux lui parler quand même.

– Il est parti. Il est allé libérer Naples.

– Et tu le savais ! Et tu ne m'as rien dit… On était d'accord pour partir avec lui !

Mario baissa la tête. La détermination têtue de Violet de suivre Garibaldi jusqu'à Rome avait quelque chose de pathétique. Garibaldi n'arriverait jamais à Rome. Pas cette fois. Et s'il s'y essayait, la tenaille entre Cavour et les Français l'écraserait. Mario avait laissé Violet nourrir son rêve mais, en ce qui le concernait, la guerre était finie. Palerme, c'était la stabilité, c'étaient les affaires qui reprenaient. Palerme était sa nouvelle maison. Du moins pour le moment.

– *So what? Cat got your tongue, darling*?

– Tu sais, maintenant, j'ai télégraphié à Tabitha de nous rejoindre avec les enfants.

– Tu as fait ça ?

– C'est la décision la plus raisonnable, mon amour. Ici, nous pourrons…

Lady Violet courut à ses appartements. Elle prépara un bagage succinct, vérifia son passeport anglais, se coupa les cheveux à coups de ciseaux furieux, passa des habits masculins et se disposa à gagner le port, prête à payer jusqu'au dernier livre sterling un voyage pour le continent.

Elle retrouva Mario effondré sur une chaise, pâle, incrédule. En la voyant traverser le vestibule, il eut un sursaut. Elle s'en allait vraiment ?

– Violet…

Elle hésita, prise d'une soudaine panique.

Autrefois, pour suivre l'idée, elle n'avait pas hésité à abandonner son père. À l'époque aussi, elle avait été tourmentée par le doute mais, enfin, elle avait décidé. Et maintenant ? Pourquoi hésitait-elle, maintenant ? Parce que tu n'es plus seule, Violet. Parce qu'il y a des personnes qui supportent les conséquences de chacun de tes gestes. Mario. Elle avait aimé cet homme, et puis il lui était devenu étranger, et puis elle avait recommencé à l'aimer. Mais l'aimait-elle lui, la personne, le père de ses enfants, le corps que le désir la poussait à explorer, ou aimait-elle ce que Mario avait représenté à ses yeux ? L'aimait-elle seulement quand elle partageait son élan pour la cause, et seulement alors ? Son amour était donc un amour réflexe, égoïste, partial, l'amour vain de Narcisse ?

Les enfants. Elle les imagina débarquant à Palerme, imagina la déception sur leurs visages pleins de confiance, maman n'est pas là, elle est partie à la suite d'un général habillé en rouge, elle l'a choisi lui, manifestement ce monsieur compte plus que ses enfants… Elle maudit sa condition de femme. Pensa à l'ironie impalpable avec laquelle Tabitha avait traité son dévouement à la cause.

« Un jour, vous vous apercevrez de ce que vous êtes, une femme et une mère. »

Et la cause, après tout… Pouvait-elle encore la considérer comme sienne, après Bronte ?

La mallette lui glissa des mains, tomba sur le sol avec un bruit sourd. Lady Violet accueillit, passive, l'étreinte de Mario.

Les enfants arrivèrent une semaine plus tard.

Durant ces journées d'août, un général espagnol qui portait l'uniforme du Bourbon se présenta à la prison de Reggio et convoqua les soixante détenus à perpétuité qui s'y trouvaient. Le général fut concis et convaincant : le roi accordait la grâce à tout le monde, à condition qu'ils acceptent d'entrer dans la nouvelle armée « irrégulière » qui devait mener la « guérilla » contre les Piémontais.

– Pas d'uniforme, double solde, et ce que vous gagnerez avec votre fusil restera à vous, sans que vous ayez à le partager avec personne.

– Mais qu'est-ce qu'on devra faire ? s'informa en dialecte un vieux brigand bigleux qu'on appelait Calabrotto, mais aussi 'u Fitusu, « le pourri », en raison de l'odeur nauséabonde qu'il dégageait.

– Ce que vous avez toujours fait : voler, tuer et vous prendre les femmes, rétorqua sèchement le général. Alors ? Qui vient avec moi ?

– *Viva 'u re*, vive le roi !

Une puissante explosion d'enthousiasme collectif submergea ses derniers mots.

Naples, septembre

Garibaldi est entré triomphalement à Naples le 7 septembre. Mais, avant, il y est arrivé tranquillement, en train, après un voyage nullement épuisant. Et comme l'ombre qui suit sa propre carcasse humaine, dix jours plus tard, Mazzini l'a rejoint. En se promenant sur le *rettifilo*, la grande artère de Naples, par une fraîche fin de journée à peine agitée par une brise bienfaisante, Paolo Vittorelli de la Morgière accable Lorenzo de ses sarcasmes mordants.

– Comment disiez-vous dans votre dépêche d'août ? Je désire tant, avant de mourir, une année de Walham Green ou de Eastbourne, et de longs silences, quelques paroles amies pour adoucir la vie, beaucoup de mouettes et des sommeils placides… C'étaient les mots de Mazzini, n'est-ce pas ? Du moins, c'est ce que vous m'avez écrit.

– Il a changé d'idée, vous savez comment cet homme est fait… Il est à Naples pour rencontrer Garibaldi.

– Et le Général ?

– Il ne l'a pas encore reçu.

– Il faut qu'on le renvoie. Inventez quelque chose.

– Et vous, inventez quelque chose pour moi. Je suis las de ce jeu. Je veux retrouver ma liberté.

– Vous appelez cela un jeu, baron ? Oui, peut-être que oui, peut-être n'est-ce rien d'autre qu'un maudit jeu. Mais tant qu'il dure… Donnez-vous un peu de mal. Et ne regardez pas à la dépense. Vous savez où me trouver.

Vittorelli a un rendez-vous avec une dame américaine. C'est incroyable la quantité d'aventuriers, de rêveurs, d'agitateurs qui accourent chaque jour à Naples, attirés par l'aura de Garibaldi. Il paraît que Mazzini a été rejeté par six hôtels avant de trouver un modeste logement, certainement peu conforme au statut de père de la patrie qui en fin de compte lui reviendrait de droit. La dame en question se déclare enthousiaste de la cause italienne et prête à écrire un livre définitif sur le grand condottiere. Qui, pour le moment, n'a pas encore vaincu les dernières résistances de l'armée bourbonienne. En compensation, la dame, pour le moment, ne dédaigne pas les attentions d'un courageux officier piémontais (c'est ainsi que s'est présenté Vittorelli) accouru à Naples pour mettre son bras et son cœur au service de l'unité d'Italie. En réalité, Vittorelli a des ordres bien différents. Empêcher à tout prix que s'accomplisse cette folle tentative sur Rome. Éviter que Mazzini et Garibaldi redeviennent alliés après dix ans de méfiance réciproque. En dernière extrémité, liquider le Général et ses acolytes. L'unité est devenue une lutte contre le temps. Garibaldi a toujours Rome dans le cœur, et Victor Emmanuel paraît trop fasciné par le condottiere pour calculer les conséquences d'une aventure pour laquelle le temps n'est pas encore venu. Conséquences inimaginables : Napoléon III qui change de bannière et s'allie au Bourbon, une guerre totale avec un éclatant désavantage en hommes, les annexions qui se défont, ducs, petits ducs et princesses qui reviennent en force dans les terres désormais perdues, le progrès qui s'arrête, le chef-d'œuvre de Cavour anéanti par une bande de fous exaltés. C'est pourquoi Cavour a été obligé d'envahir les Marches et l'Ombrie. Il étrangle l'État pontifical pour sauver le pape et Rome. Encore une fois, l'Histoire est maîtresse en ironie et en paradoxe : l'invasion était le plan originel de Mazzini. Cavour l'a repoussé. Il était donc compréhensible qu'à présent, plus que jamais, le Premier ministre veuille la mort du révolutionnaire. Vittorelli traverse la via Toledo. Les vieux quartiers espagnols grouillent d'une humanité aussi fébrile dans l'apparence de trafics innombrables que languide dans la substance d'une oisiveté qu'aucun gouvernement ne réussira jamais à vaincre. Et on appelle ça l'Italie, cette ville en haillons qui sent le gras, l'urine, les femmes grossières, les durs qui font tournoyer leur bâton, ragaillardis par de soudaines cocardes patriotiques, la misère et l'indolence. Et ils appellent ça l'Italie ! Et ils seront contraints de la gouverner, de la remettre en ordre, cette lande de primitifs, ils seront contraints de le faire parce qu'ils l'ont voulue, voulue si fort, et maintenant qu'ils peuvent dire qu'elle est *cosa loro*, « leur chose », il ne reste plus qu'à espérer en tirer le maximum de bénéfices. À condition qu'un jour ou l'autre, on y arrive. Il est arrivé à destination, enfin. Miss Scarlet lui ouvre son boudoir. Une nuée de poudre et de baisers l'enveloppe. Vittorelli dénoue sa tunique et savoure le plaisir à l'avance.

Le capitaine Riario Sforza soupire.

– Demande rejetée.

Terra di Nessuno se révolte.

– On prépare la guerre, et vous le savez bien, capitaine. Un soldat de mon expérience peut vous être utile…

– Je suis désolé, je ne peux vous enrôler parmi mes officiers.

– Alors, prenez-moi comme simple soldat. J'ai combattu en 1848, j'ai été à Rome avec Garibaldi, et puis avec Pisacane à Sapri… Vous connaissez mon histoire.

– Je ne la connais que trop bien, monsieur. Sur votre tête pèse toujours une condamnation à mort, jamais annulée, pour ce déplaisant épisode de Sardaigne. Nul besoin d'ajouter autre chose, je crois…

– Vous qui, jusqu'à hier, étiez avec le Bourbon, vous me dites à moi, qui…

– Un mot de plus et je vous fais arrêter !

Terra di Nessuno est à Naples depuis quinze jours. Il a précédé Garibaldi, est allé l'accueillir à la gare mêlé à la foule en délire, a vainement demandé une audience. Rien à faire. S'il n'avait pas mis si longtemps à se remettre de la « cure » pénitentiaire de Sa Majesté, il aurait combattu à Palerme, à Milazzo, il serait monté sur le vapeur pour la Calabre, aurait, aurait…

– Je suis un soldat sans gloire, confie-t-il, amer, à Striga. La guerre passe à côté de moi et je n'arrive pas à l'agripper…

Striga lui caresse les cheveux, l'étreint, l'embrasse. Terra laisse faire, distrait, vaincu. Il est ailleurs. Il a perdu l'harmonie. Lady Violet a écrit de Palerme : revenez, votre compagnie m'est précieuse. Lady Violet souffre elle aussi, prisonnière de sa nouvelle vie d'épouse et de mère. Lady Violet aussi a perdu l'harmonie. Les nombres tournoient affolés, pense Striga. Au moment de la victoire s'accumulent les minuscules défaites individuelles. Et peut-être la victoire n'est-elle que la résultante de toutes ces défaites. Une équation irrésolue, un théorème indémontrable, une formule bizarre qui ne pourra être soumise à vérification dans aucun laboratoire. Voir son homme ainsi brisé la démolit. Striga, revenue auprès de son amour, se sent seule comme sur les monts de Calabre, seule comme dans le *dungeon* du bordel, seule avec le médaillon que Lord Chatam lui a offert la nuit de sa mort, le médaillon avec le portrait et ces trois mots : « *Be witch forever.* » Sois Striga pour toujours. Mais Naples et la guerre ont effacé toute la magie de Striga. Le toucher de ses mains a perdu tout pouvoir. Et les nombres ne sont plus à leur place.

Totò 'o Meschiniello encaisse une bourse d'argent et la promesse qu'aucun douanier ne viendra contrôler la prochaine cargaison « *pe' zi' Peppe* », c'est-à-dire les chemises de soie et les robustes pantalons de toile importés de Toscane que les camorristes revendent au marché noir, exemptés de taxes, comme propriétés de Garibaldi : affaires d'*o zi' Peppe,* l'oncle Giuseppe. Don Totò ne doute pas que l'agent gouvernemental tiendra parole : ce Lorenzo, un Vénitien à l'air décidé, lui a semblé assez conscient des règles du jeu pour ne pas tenter quelque mauvais tour. Et puis, sans l'appui des *cumparielli*, son plan échouerait misérablement, donc… Lorenzo vient juste de tourner le dos à cette merde d'homme que son sale métier l'oblige à cultiver, quand un cri étouffé l'oblige à revenir sur ses pas. Totò est plaqué au mur de la ruelle de la Reginella, et un homme est en train de le bourrer de coups de poing en le couvrant d'insultes. Lorenzo hésite à intervenir mais, ensuite, son regard croise celui du camorriste, intercepte sa demande d'aide, il agrippe l'inconnu aux épaules et l'éloigne.

– Lorenzo !

– Ah, vous le connaissez, cet assassin !

D'un geste sec, Lorenzo fait taire le camorriste et se jette dans les bras de Terra di Nessuno.

– Ah, et vous êtes même cul et chemise !

Peut-être, pense Totò, peut-être doit-il revoir son jugement sur ce baron d'*a uàllera*, de mes couilles. Et qui me dit qu'il est vraiment du côté de l'ordre et qu'il est pas un de ceux qui veulent remettre le monde comme il était avant, c'est-à-dire à l'envers ? Totò lance un triple coup de sifflet prolongé. Et la nuit de la venelle se peuple d'ombres.

– Moi aussi, je te connais, salopard ! hurle Terra pendant ce temps, en essayant de s'approcher de Totò. Et je n'ai pas oublié ce que tu m'as fait à la Favignana !

Mais il n'a pas le temps de se jeter sur lui une nouvelle fois. Les ombres, en se matérialisant, se transforment en camorristes habillés de l'uniforme de la garde civique. Des mains puissantes agrippent Terra di Nessuno et Lorenzo, les immobilisent, les obligent à s'agenouiller devant don Totò.

– Et maintenant explique-moi ce bordel.

– Deux mots en tête à tête, don Totò, demande Lorenzo.

– Bon, mais faisons vite.

Ils se mettent à l'écart, pendant que les nervis ne relâchent pas leur prise sur Terra.

– C'est un jeune homme valeureux, et comme un frère pour moi.

– Et alors ?

– Laissez-nous aller. Je me porte garant pour lui.

– Et si plutôt je vous emmenais tous les deux à Montefusco ? La prison est toujours là, vous savez…

– Faites-le et vous perdrez cent lires piémontaises.

– Ah oui ? Et où elles sont ces cent lires piémontaises ? *I' nunn' e bbeche*, je les vois pas.

– Demain matin. À dix heures pile. À la taverne de Marianna.

– Moi, je voudrais vous faire confiance, *signuri'*, mais par les temps qui courent… La confiance coûte cher !

– Cent cinquante.

– Et alors, ça voudra dire que, par amour pour vous et pour Victor Emmanuel, je veux faire ce geste de charité. Mais dites-y, à votre frère, que cette fois c'est la première et la dernière… *Guagliu'*, les gars, on s'en va !

Ils restent seuls, mais escortés par cent yeux soupçonneux, jusqu'à ce qu'ils abandonnent la ruelle et se plongent dans la foule du centre.

– Je suis ici avec le Maestro, explique Lorenzo, il espère encore convaincre Garibaldi de prendre Rome.

Terra est sombre, hostile.

– Tu fréquentes ces gens, maintenant ?

– Ces gens nous ont remis Naples sans nous faire verser une goutte de sang.

– Il valait mieux le verser, alors…

Ils arrivent à un vieil immeuble à l'air décadent. Une horrible mégère leur barre le passage. Elle provoque Terra d'un geste sans équivoque du pouce et de l'index.

– *'A pigione, signuri'*, le loyer, monsieur !

– La semaine n'est pas encore passée.

– Les règles ont changé. Si vous voulez rester ici, vous et votre dame, vous devez payer d'avance. Sinon… dégagez !

Lorenzo lui jette au visage une poignée de tournois.

– Il ne fallait pas, proteste Terra.

– Nous sommes frères, dit Lorenzo, et il l'entraîne.

En revoyant son vieil ami, les yeux de Striga s'illuminent de joie. Mais bientôt la tristesse les voile. Encore de la disharmonie, de la confusion, encore le bien et le mal mêlés. Striga a la tête qui tourne. Lorenzo la secourt. Terra verse un verre de vin et révèle à Lorenzo son désir angoissé de partir à la guerre, l'impossibilité de s'engager, la frustration du soldat loin du champ de bataille.

– Tu peux m'aider ?

Lorenzo cherche le regard de Striga. Une question muette : que dois-je faire ?

– Fais que revienne l'harmonie, répond-elle.

Deux jours plus tard, Terra est enrôlé avec le grade de lieutenant dans l'armée garibaldienne. Striga partira avec lui, suivra l'expédition sur les arrières. Terra est un homme revenu à la vie. De son visage irradie une énergie contagieuse. Il embrasse Lorenzo.

– Viens toi aussi !

– Je ne peux pas quitter le Maestro. Il est seul, fatigué, entouré d'opportunistes et de renégats… toi, plutôt, promets-moi que tu reviendras.

– J'essaierai. Mais si je n'y arrivais pas, je te confie Striga…

Lorenzo l'accompagne au campement improvisé, à quelques kilomètres de l'agglomération. Terra ne saura jamais ce qu'il doit à la Camorra et à Vittorelli. Énième prix de la trahison. Pourvu qu'il revienne, pourvu qu'il ne devienne pas le prix de la mort.

Ce soir-là, Lorenzo s'enivre à la taverne, il fait un bras de fer avec Totò 'o Meschiniello, gagne aux dés une putain, se retrouve au lit avec une gamine effrontée qui jure être vierge. Une vague de dégoût le submerge. Il la possède quand même, avec une violence qui l'effraie. La fille voudrait s'enfuir. Il vide ses poches. Elle encaisse et s'enfuit en l'insultant en dialecte. Repu, il retourne boire. Il délire, partageant ses pensées avec le plus improbable des interlocuteurs, don Totò. La trahison peut-elle donner de la volupté ? Être le sauveur d'un homme juste et le bourreau d'un autre, sur quelle échelle numérique tu me mets, Striga ?

– Allez-vous-en, vous avez trop bu, le console 'o Meschiniello. Vous avez une chose mauvaise en vous… N'y pensez pas, laissez tomber, la nuit va passer.

Le dernier jour du mois, Totò et les siens organisent une manifestation sous les fenêtres de la modeste demeure que Giuseppe Mazzini partage avec Carlo Cattaneo. Mort à Mazzini, crient les camorristes, et avec eux les figurants abondamment payés, les agitateurs par passion qui libèrent la bile accumulée dans leurs misérables existences contre quiconque jouit d'une certaine célébrité, les partisans des Bourbons qui relèvent la tête, ceux qui haient Crispi et ceux qui commencent à détester Garibaldi. Tous contre un seul homme. Lorenzo est à côté du Maestro qui observe la foule et hausse les épaules. « *Te n'ia' i'*, tu dois t'en aller », crient-ils en bas. Eh bien, se rend Mazzini, si je ne suis pas le bienvenu… que la volonté du peuple soit faite.

Naples, décembre

– Ne croyez-vous pas, colonel, qu'exclure encore Mazzini de l'amnistie générale soit un geste non seulement dépourvu de générosité envers une figure si éminente, mais aussi contre-productif pour l'image de la nouvelle Italie ?

– Contre-productif pour qui, si je puis demander ?

– La presse anglaise est déchaînée contre le ministre Cavour, colonel. Et chez nous aussi, en Amérique, votre dureté envers les républicains est commentée défavorablement…

Paolo Vittorelli de la Morgière allume sa pipe et d'un geste plein d'attention, éloigne la fumée, l'empêchant de rencontrer les narines broussailleuses de son intervieweur. En sa nouvelle qualité de commissaire extraordinaire à l'information, sous la dépendance directe du lieutenant Farini – les dégâts qu'il a provoqués à Modène et à Parme ne suffisaient pas, il a fallu qu'il se le retrouve dans les pieds, cet âne bâté –, il lui revient d'échanger quelques mots avec M. Griffin McCoy. Un maçon ultraradical lié à Garibaldi dès l'époque de la République romaine et, surtout, ami personnel de l'agent Elizabeth.

– La position du gouvernement que je représente est très claire : Mazzini est un terroriste condamné plusieurs fois à mort et il sera traité comme tel s'il devait finir entre nos mains…

– C'est la position de votre gouvernement, colonel, ou bien celle du comte de Cavour ? On dit que le roi en personne a sollicité le pardon pour Giuseppe Mazzini.

– Je ne sais pas d'où vous est arrivée cette nouvelle, monsieur, mais je sais qu'elle est le fruit de la désinformation habilement organisée par les défaitistes. Mon gouvernement est ferme et uni dans ses positions, du roi jusqu'au dernier des fantassins !

– Alors, prenez-le, jugez-le et pendez-le. Tout le monde sait que Mazzini est à Naples.

– Vraiment ? Je ne crois pas. Je rapporterai ce que vous avez dit à qui de droit.

– Dites la vérité : vous n'osez pas le faire parce que le ridicule et la honte vous submergeraient !

– Écoutez, Mister McCoy : Garibaldi, ce grand homme, a vaincu à Volturno. Les bourboniens ont été battus. Garibaldi a remis l'Italie au roi et il s'en est allé, nouveau Cincinnatus, dans sa belle Caprera. Victor Emmanuel est le roi de tous… de presque tous les Italiens. L'Italie est faite. Vous ne pensez pas que, pour une fois, vos lecteurs pourraient être plus intéressés par cette lumineuse entreprise, plutôt que par des vieilles polémiques désormais oubliées ?

L'entretien laisse Vittorelli irrité. La presse ! Voilà un secteur dans lequel intervenir im-mé-dia-te-ment et sans aucune hésitation. L'Italie est faite, que diable, au moins à quatre-vingt-dix pour cent, il est temps de se mettre à travailler, d'abandonner les vieilles polémiques, de se retrousser les manches. C'est l'heure, en définitive, de cesser de casser les couilles.

Lorenzo se présente quelques minutes après. Il réclame un entretien qui ne lui est pas accordé. Vittorelli lui fait dire par le fidèle inspecteur Blasetti que les ordres n'ont pas changé. Il partira avec Mazzini dès que ce très grand casse-burnes se décidera à lever le camp. Blasetti revient quelques minutes plus tard, passablement embarrassé.

– Excellence…

– Eh bien ?

– Il ne veut pas entendre raison. Il dit qu'il vous a servi loyalement, et qu'à ce point il espérait de votre part un geste de clémence.

De clémence ! Et au nom de quoi, médite amèrement Vittorelli, en caressant sa cicatrice.

– Alors ? Qu'est-ce que je dois lui dire ?

– Rien. Sortez par une porte de derrière et allez fêter l'unité de l'Italie. Quand il sera fatigué d'attendre, qu'il aille donc au diable. Après tout, je ne lui ai rien promis.

Tu peux toujours courir après ta liberté, conclut à part lui Vittorelli, en cognant le fourneau de la pipe contre le talon de ses bottes d'ordonnance. Tu peux courir, espion !

XI

1861-1862

Turin, juin 1861

Fauché, a écrit un journaliste endeuillé, par une encyclopédique fatigue… ainsi serait mort Camillo Benso comte de Cavour. Un accès aussi furieux que rapide d'un mal mystérieux l'a emporté après quelques heures d'agonie lucide. Vittorelli est aussi au Caffè del Cambio, son visage arborant un air de circonstance. Il attend d'un instant à l'autre « l'appel » qui décidera de son destin. Paradis ou enfer. Tout dépend du legs de Cavour. Tandis qu'il sirote la Boisson tricolore aux Agrumes de Sicile imaginée par quelque bel esprit, ne fût-ce que pour démontrer que, au moins sur le terrain alcoolique, l'unité s'est vraiment réalisée, il reçoit, sagement méfiant, les hommages de ceux qui le savaient cher au cœur du défunt et le supposent encore puissant. Avec la même gueule de carême, des *clientes* de tous genres défilent. Chacun d'entre eux amène, à côté de l'espoir d'un imminent bénéfice, sa propre « rumeur » sur la tragédie. En décembre, déjà, Cavour avait affronté et vaincu un mal mystérieux. Mystère destiné à s'épaissir, à se faire légende.

– Empoisonné par des agents mazziniens…

– Un mélange de poisons provenant des Indes lui a été injecté par une dame envoyée personnellement par Napoléon III, jaloux de ses succès…

– « Ah, Mazzini, tu me tues, assassin », s'est-il exclamé sur son lit de mort.

– Non, il a maudit le roi de Naples.

– En fait, Mme Martini…

– Mais qu'est-ce que vous dites ! Les bourboniens sont infiltrés partout. Ce sont les gens de Naples qui ont feint l'enthousiasme pour l'unité et par en dessous, ils manigancent pour qu'elle se désintègre…

Mazzini, les bourboniens, Napoléon… et pourquoi pas La Marmora, alors, ou Rattazzi, ou le roi lui-même ? Combien de gens haïssaient Cavour et en étaient envieux ? Bavardages de femelles. Qu'une femme y soit pour un charmant petit quelque chose, avec la vie que menait le comte, c'est probable. Si tel est le cas, il n'y aura eu besoin ni de poison ni de l'Inde : la chose est bien connue, de tout autres fluides suffisent largement pour transmettre l'inexorable mal français. Et puis, des agents mazziniens, quelle sottise ! Même si Mazzini reste exilé et proscrit, ses hommes sont partout, ils infestent même le Parlement. Ce sont ceux qui s'habillent de noir, avec la tête toujours sombre, et même aujourd'hui, aujourd'hui où ils auraient des raisons de se réjouir de la disparition d'un grand ennemi, même aujourd'hui on ne les voit pas se départir de leur inexorable air funèbre. Tout à fait compréhensible, pense Vittorelli, que les extrémistes ne réjouissent pas de la disparition de Cavour. Grand ennemi, oui, mais surtout ennemi plein de grandeur. Ils savent, comme le sait tout Turin, que dans l'éventail des aspirants dauphins de Benso, il n'en est pas un qui aurait été digne, lui vivant, de lui baiser l'ongle du pied.

Vittorelli a demandé à son agent à Londres un rapport détaillé sur l'état d'esprit de Mazzini. Mais, déjà, il devine la réponse. Vittorelli imagine Mazzini frappé, choqué, ému même par la mort de Cavour. Parce que cette mort ouvre un vide, et il sera difficile de le combler. Donc, pas de mystère, juste le cours naturel des choses. Au fond, le poète-journaliste n'a pas tous les torts. Cavour a vraiment été fauché par l'encyclopédique fatigue de faire l'Italie. S'il est vrai que c'est au coup final qu'on juge un bon joueur de pharaon, Cavour a moins été surpris par la Faucheuse qu'il ne l'a appelée à lui, sortant de scène avec la courbette et la grimace du parfait cabotin. Il a fait l'Italie, l'Italie à sa manière, et qu'est-ce qui lui restait d'autre à faire sinon s'en aller ? Tandis que Mazzini résistera tant qu'il n'aura pas décidé que l'Italie, faite par l'autre, lui ressemble assez pour pouvoir baisser le rideau. Ou bien, vaincu, il se retirera en bon ordre. Très semblables, ces deux-là. Avec une grande différence. Cavour méprisait ses semblables, les trouvant inadaptés, jamais à la hauteur de son intelligence supérieure, intimement pervers, une masse à manœuvrer sans jamais tenir compte de ses désirs, de ses aspirations, de sa volonté. Tant il était clair à son génie dominateur qu'il ne s'agissait que de mesquine avidité et de recherche du profit. Mazzini, au contraire, cette humanité il l'aime d'un amour profond et convaincu, il croit pouvoir l'éperonner vers de plus hauts objectifs. Le moins qu'on puisse dire c'était que Cavour, aveuglé par la haine, perdait même les meilleurs, amalgamés dans sa condamnation irrémédiable de l'humanité tout entière, tandis que, dominé par son amour, Mazzini se prend même les pires. Et, quelquefois, il les prend pour des héros. Tous deux victimes d'une vision distordue de la réalité : Cavour excessivement méchant et pessimiste, Mazzini trop bon et optimiste. Un vrai couillon ! Raison pour laquelle une foule océanique participerait aux funérailles de l'exilé, tandis qu'à celles de Cavour, auxquelles participeraient pourtant, par obligation, notables et notabilités savoyards, plutôt que de regretter l'homme, l'ami, l'amant ou bien l'homme d'État, on se régalera de ragots scabreux et on passera en revue les candidats à la succession. Très semblables, oui, ces deux-là… Si le comte avait vraiment réussi à mettre la main sur « monsieur Strozzi », on pouvait jurer qu'il l'aurait fait pendre et, le jour de l'exécution, on l'aurait vu au premier rang dans le parc de l'Acquasole, à se pavaner. Mais avec componction, comme il convient à l'homme d'État.

Mais à quel point son mentor était un salopard dans l'âme, Vittorelli le réalise quelques semaines plus tard, alors que, le nouveau cabinet présidé par Bet-Bey Ricasoli à peine installé, il se voit *ipso facto* destitué de toute charge et transféré dans un régiment de l'hostile Calabre. Et quand il demande des explications, on lui envoie les originaux de certains rapports écrits durant la guerre de 1859. Ces rapports dans lesquels Vittorelli s'était amusé à ironiser sur le personnage du hautain baron florentin. La vignette où il figure avec un poteau dans le cul n'avait pas dû trop plaire au nouveau Premier ministre. Il va de soi que c'était Cavour en personne qui avait fait parvenir le dossier au principal intéressé. Le voilà, le legs de l'homme qu'il avait servi avec une fidélité adamantine pendant tant d'années. C'est l'enfer qui l'attend, sûrement pas le paradis ! Et s'il se faisait mazzinien ? S'il faisait le grand saut ? S'il devenait, à son tour, espion de l'espionné ?

Du calme, du calme, Vittorelli. Tout n'est pas perdu. Un mentor de perdu, un autre surgira. On ne jette pas aux orties en un instant la sagesse accumulée pendant des années. Du calme, de la résignation, la bourrasque passera.

Les choses changent.

Il paie donc de sa propre poche uniforme et armement flambants neufs, cheval, gîte et couvert à Cosenza. Il choisit la demeure, d'une bonne tenue inattendue, de Saraceni, le juge désormais défunt, en son temps exterminateur des conspirateurs de 1844. Unique concession des nouveaux potentats : le détachement du fidèle commissaire Blasetti qui, péquenaud du Sud, pourra au moins lui être utile comme interprète des cafres crasseux et des Hottentots qu'on l'envoie dompter.

Calabre, hiver 1861

Ammu pusato chitarra e tammure
pecché 'sta musica s'adda cagna'
simmo briganti e facimmo paure
e cu 'a scuppetta vulimmo canta'
hei hei ah ah ah ah
hei hei ah ah ah ah.

Nous avons posé la guitare et le tambour
parce que cette musique doit changer
nous sommes brigands et nous faisons peur
et c'est avec le fusil que nous voulons chanter
hei hei ah ah ah ah
hei hei ah ah ah ah.

À Borgopane, les Piémontais étaient passés et les espions avaient rapporté que le maire et le prêtre s'étaient inclinés devant le capitaine qui commandait la compagnie.

Calabrotto et sa bande arrivèrent à Borgopane au coucher de soleil. Fiordaliso, qui les attendait à deux lieues du village, fit signe que les Piémontais étaient partis et que la voie était libre. Calabrotto ordonna à la colonne de se mettre en marche.

Calabrotto faisait la guerre au nom du roi de Naples et au nom de lui-même. L'uniforme que le général espagnol lui avait remis après sa libération, il l'avait échangé contre une grosse veste en peau de chèvre. Mais il avait conservé les bottes de bonne facture, et intégré à sa tenue le calot et le sabre prélevés sur un lieutenant piémontais. Quand il lui avait arraché les yeux des orbites, l'homme était déjà mort. Des yeux clairs, jeunes. Ils lui auraient bien servi, avec la vue de merde qu'il avait.

Pendant quelque temps, il s'était ligué avec Cipriano et Giona La Gala, princes du Taburno. Ils avaient brûlé et saccagé châteaux et fermes, enlevé des possédants libéraux et outragé leurs femmes, tiré des dîmes de nobles apeurés qu'ils s'étaient amusés à tenir sur le gril jusqu'au moment où leur heure aussi venait. Ils avaient envahi et dévasté des villages, des campements, des champs et des montagnes. Mais du fait, comme on dit, que deux crocodiles ne peuvent tenir dans le même marigot, à un certain moment, quand l'atmosphère s'était alourdie, Calabrotto et une trentaine de fidèles s'étaient repliés vers l'intérieur. Que Cipriano s'amuse donc à manger des oreilles et des intestins de prêtres et de *bersaglieri* ! Lui, Calabrotto, il savait que tôt ou tard la guerre finirait, et il voulait sauver sa peau et rentrer chez lui. Et il y arriverait. Parce qu'un brigand plus astucieux que Calabrotto, ça ne s'était jamais vu et ça ne se verrait jamais. La grosse veste s'était avérée utile quand le ciel s'était assombri et que les gorges de la Silla s'étaient couvertes de neige. Calabrotto faisait la guerre pour lui-même parce que, au fond, du roi, plus personne n'en avait rien à foutre.

E mo' cantammo 'na nova canzona
tutta la gente se l'adda 'mpara'
nuie combattimmo p'o re burbone
e 'a terra nosta nun s'adda tucca'.

Et maintenant nous chantons une nouvelle chanson
tout le monde doit l'apprendre
nous combattons pour le roi bourbon
et notre terre personne ne doit la toucher.

L'accueil de la population l'avait rempli de stupeur. Quand ils entraient dans un village, ce n'était que fêtes, pétards, mairies pavoisées, cloches qui sonnaient à la volée, Gloria et Pater Noster de remerciements. Et c'étaient les mêmes endroits où, à peine deux ou trois ans auparavant, circulaient les avis de recherche avec leurs visages imprimés dessus. Et ceux qui désormais jouaient des coudes pour leur offrir le toit, le couvert, le bain chaud et quelquefois le lit étaient les mêmes qui, à peine deux ou trois ans auparavant, faisaient le signe de la croix en murmurant leur nom, en proie à une terreur mystique. C'est donc vrai que dans la vie, on n'en finit jamais d'apprendre et que, tant qu'il y a de la vie, il y a de l'espoir ? Il était né brigand, il mourrait donc héros ? Cela faisait moins de deux ans que les Piémontais commandaient et déjà les gens réclamaient le retour du roi. Parce que nous sommes deux races différentes, argumentait Calabrotto, nous des hommes, eux des animaux. Nous devrions être au-dessus et eux au-dessous, et c'est le contraire, le monde va à l'envers, et à la fin nous allons perdre, mais on s'est quand même payé quelques satisfactions ! Le général espagnol qui combattait pour le roi avait été pris et fusillé, mais la guerre continuait. Borgopane était un village de traîtres, un village piémontais. Peut-être que, parmi les gens de l'endroit, il y avait quelques braves chrétiens, mais il y penserait le moment venu. S'il y avait le temps.

Chi ha visto 'o lupo e s'è miso paure
nun sape buono qual è 'a verità

'o vero lupo ca magna 'e criature
è 'o piemuntese c'avimm'a caccia'.

Qui a vu le loup et a pris peur
ne sait pas bien la vérité
le vrai loup qui mange les bébés
c'est le Piémontais que nous devons chasser.

Quand ils tombaient sur un peloton de Piémontais, la règle était : c'est eux ou nous. Ils ne faisaient pas de prisonniers. Les Piémontais étaient supérieurs en nombre, mieux armés et équipés, mais ils ne connaissaient pas sa terre et ne parlaient pas sa langue. Dans les affrontements en terrain découvert, les brigands étaient destinés à succomber mais, dans la guérilla, personne ne les surpassait. Donc, Calabrotto évitait la guerre. Et puis, le peuple est avec nous ! Il n'y a pas un village, il n'y a pas un enclos, une ferme qui ne soit fréquenté par nos éclaireurs. Nous avons les noms et les adresses de tous les espions piémontais. Nous allons les prendre de nuit, maison par maison, et quelques-uns, nous les crucifions sur le portail de l'église, et d'autres, nous leurs coupons les couillons et nous les leur fourrons dans la bouche, et il n'est de champ, de gorge ou de vallée où ne résonne la chanson du brigand.

Tutte 'e paise d'a Basilicata
se so' scetate e vonno lutta'
pure 'a Calabria mo' s'è arrevotata
e 'stu nemico o facimmo tremma'.

Tous les villages de la Basilicate
se sont réveillés et veulent lutter
même la Calabre s'est révoltée
et cet ennemi, nous le faisons trembler.

Ils entrèrent à Borgopane au coucher de soleil. Rien ne bougeait, on n'entendait pas une voix. L'église était barricadée, tout comme la mairie. Mais Calabrotto savait que des yeux terrorisés le fixaient des fenêtres aux montants disjoints, des lucarnes des caves, des fissures entre les planches des étables. Il conduisit ses hommes sur la place. Encore aucun mouvement. Tout à coup un cri résonna. Le portail de l'église s'ouvrit en grand et les carabiniers en sortirent en courant et en tirant dans tous les sens. Fiordaliso se jeta à genoux en hurlant qu'il n'était pas au courant, qu'on l'épargne, que ce n'était pas lui le traître. Calabrotto lui flanqua une balle dans l'œil, puis balança un coup de pied au cadavre encore agité des derniers frémissements et dans un cri inhumain commanda la charge. Calabrotto savait que les Piémontais étaient des conscrits, souvent des gamins terrorisés, que seule l'autorité des chefs, les vrais salopards, réussissait à tenir. Avec des menaces de décimations et de toutes sortes de punitions corporelles. C'est pourquoi, sans se soucier des balles qui pleuvaient alentour et des compagnons qui tombaient, il se jeta en grinçant des dents au cœur de la mêlée. Cependant, des fenêtres, on avait commencé à tirer sur eux.

Femmene belle ca date lu core
si lu brigante vulite aiuta'
nunn'o cercate, scurdateve 'o nomme
chice fa guerra e nun tene pietà.

Belles femmes qui donnez votre cœur
si vous voulez aider le brigand
ne le cherchez pas, oubliez le nom
de qui fait la guerre et n'a pas de pitié.

Une balle lui érafla le flanc, mais Calabrotto ne se le tint pas pour dit. Il avait identifié sa cible. Un capitaine.

Bombant le torse dans son uniforme, il se tenait au centre d'un quadrilatère de protection, au beau milieu du parvis, sabre dégainé, et aboyait des ordres dans son parler de pédé. Calabrotto laissa tomber le pistolet et empoigna un court cimeterre. Une arme meurtrière. Il en avait déjà expérimenté la lame sur son légitime propriétaire, un marquis qui des siècles auparavant l'avait pris à un corsaire turc.

Un fendant. Un corps qui roule. Un giclement de sang. Une insulte. Un gémissement. Un blasphème. Une autre insulte. Un nouveau fendant. Une nouvelle victime qui tombe… Calabrotto frappait et frappait, le regard fixé sur la silhouette toujours plus proche du capitaine piémontais. Quand il fut devant lui, dans un miraculeux désert de présences humaines, il s'arrêta et le fixa droit dans les yeux. Il y lut la terreur. La terreur antique de celui qui se retrouve devant une bête indomptée ou un dieu sauvage, la terreur qui paralyse et fait perdre la raison.

Il fut certain d'avoir vaincu cette bataille aussi. D'un geste lent, quasi hiératique, il asséna un coup avec toute la force qu'il avait dans le corps. La tête du capitaine fut détachée du buste. Calabrotto se baissa pour la ramasser et la souleva vers le ciel, lançant son féroce hurlement de triomphe. Les Piémontais se débandèrent. Les brigands se ruèrent sur eux et les mirent en pièces. Puis ils s'occupèrent des gens de Borgopane. Ils entraient sans se presser dans les maisons et en sortaient couverts de sang et de butin. Au maire, ils réservèrent un traitement de faveur. Ils le dénichèrent caché dans une cave. Ils violèrent devant lui sa femme et ses filles, qu'ils décidèrent d'épargner parce que bras, jambes et jeunes tétines pouvaient toujours s'avérer utiles, puis ils l'obligèrent à creuser sa tombe. Chacun son tour, un à la fois, d'abord le chef puis les vingt-cinq qui avaient échappé au feu piémontais, tous lui donnèrent un bon coup de couteau. Ils le jetèrent dans la fosse comme il râlait encore. Ils laissèrent le village à l'aube. Une bande de loups, attirée par l'odeur du sang, se préparait au banquet, s'agitant bruyamment dans l'attente que les brigands laissent le champ libre.

Ommo se nasce, brigante se more
e fine all'urdemo avimm'a spara'
ma si murimmo menate nu sciore
e 'na preghiera pe' sta libertà
hei hei ah ah ah ah
hei hei ah ah ah ah.

On naît homme, on meurt brigand
et jusqu'à la fin on doit tirer
mais si on meurt offrez une fleur
et une prière pour cette liberté
hei hei ah ah ah ah
hei hei ah ah ah ah.

Turin, printemps 1862

À Monsieur le Député Terra di Nessuno, à Turin
De l'île (très triste) de Santo Stefano, le 15 avril 1862

Très estimée Excellence,

Celui qui Vous écrit est Votre vieux compagnon de souffrance Servaddio Antonio, surnommé, et connu de Vous, comme Totò 'o Meschiniello. Au nom du parcours que nous avons traversé ensemble, j'ose m'adresser à Vous sous le nom de bataille que le jour, pour moi inoubliable, où nous nous connûmes, Vous avez eu la complaisance de me communiquer. Comme Vous n'ignorez pas mes piètres dispositions pour les lettres, j'ai prié le lieutenant Federico Filippo Reyes, autrefois au service du roi de Naples, de se faire l'interprète, par écrit, de mes sentiments. Monsieur le lieutenant Reyes est un gentilhomme honnête et loyal qui souffre les peines de l'enfer pour être resté fidèle au serment de loyauté prêté en son temps au souverain déposé. Pour ce seul motif, il est aujourd'hui enchaîné fers aux pieds, et seul un miracle de Notre Seigneur a permis qu'il survive à la funeste plaie du choléra, condition habituelle du détenu ici. Je m'adresse à Vous, que je sais homme honnête et combattant et soldat sans tache, en Votre qualité de Député de l'Excellentissime Parlement italien à Turin. Même si c'est de loin, j'ai de fait appris, pour le grand bruit qu'elle fit à Naples, Votre sublime conduite sur le champ de bataille de Volturno, alors que, par une manœuvre hardie, attaquant seul un avant-poste de l'ennemi et attirant sur Votre personne le feu de la mitraille, Vous récupérâtes le Drapeau, en sauvant, dans le même moment, la vie d'un général et de trois hauts officiers. Et j'ai appris que, en conséquence de Votre geste héroïque, il Vous fut accordé la Croix militaire, et avec elle l'amnistie, grâce à laquelle Vous avez pu participer aux élections, obtenant d'être élu triomphalement par Votre peuple sarde. Monsieur le Député, le Masto, qui est assis à mes côtés, me prie d'unir à mes saluts les siens, et de Vous souhaiter tout le bien et la prospérité possibles.

Monsieur le Député, dans cette forteresse qui fait le déshonneur des hommes et des dieux, en ce lieu de larmes dans lequel chaque jour l'un de nous ferme les yeux pour ne plus jamais les rouvrir et où les cadavres, enfermés dans des sacs, soustraits à la piété qui ne se refuse à aucun défunt, sont abandonnés aux eaux de l'impitoyable mer Tyrrhénienne, ici, Excellence, languissent dans des conditions tristes et indignes du plus misérable des chiens errants plus de cent compagnons d'autrefois, plus un nombre égal d'officiers et de soldats du roi déposé. Et si, Dieu me pardonne ces paroles, ces derniers doivent se considérer ennemis vaincus dans la guerre, nous autres, qui de cette guerre fûmes vainqueurs, nous sommes donc encore plus tristement assujettis à un sort immérité. L'ingratitude du nouveau gouvernement est aussi illimitée qu'insensée. Sans notre œuvre, Naples n'aurait jamais été prise. Si nous avions pris le parti du Bourbon – et nous regrettons mille et mille fois de ne pas l'avoir fait – le sang de Garibaldi et de ses hommes aurait rougi le Vésuve. Et il est de mon devoir de Vous rappeler que si je ne m'étais pas employé, avec les autres Compères, à obtenir la suspension de Votre condamnation, fort du prestige qu'à ce moment-là la cocarde de la Garde civile me conférait, Vous ne seriez jamais parti pour Volturno et aujourd'hui vous ne siégeriez pas au Parlement.

Monsieur le Député, Excellence. Tout ce que nous demandons, comme frères italiens, c'est la justice et la reconnaissance. La justice qu'impose la reconnaissance des lois qui règlent le traitement des prisonniers de guerre, la reconnaissance qui se doit à qui a versé son sang pour une cause qu'aujourd'hui il ne sent plus sienne.

Si ni l'une ni l'autre ne devaient nous être accordées, Monsieur le Député Terra di Nessuno, Naples et le Midi de l'Italie tout entier recommenceraient à prendre les armes, et la prochaine promenade triomphale du roi Victor dans les terres à peine conquises serait le sombre et terrible défilé d'un fossoyeur dans le cimetière de ses frères reniés.

Le lendemain du jour où il reçut la lettre du condamné à perpétuité de Santo Stefano, pour la première fois depuis que, deux mois auparavant, il avait été élu député de la circonscription de Lanusei, Terra di Nessuno prit la parole et prononça un discours devant le Parlement. Il loua comme il se doit la répression de la Camorra, mesure douloureuse mais nécessaire pour que la pureté de l'entreprise garibaldienne ne soit pas polluée par la présence d'agitateurs et de traîtres, et puis lança une attaque très dure et documentée sur la politique gouvernementale dans le Midi. Il accusa les carabiniers et les *bersaglieri* d'exterminer les populations des campagnes et des villes qui étaient hostiles à l'unité non par vocation, mais par déception devant l'avidité et le caractère obtus des fonctionnaires envoyés par Turin. Les brigands, dit-il, sont scélérats dans leurs entreprises mais, au fond, ils réagissent contre une occupation qu'ils sentent injuste et arbitraire, et qui fait regretter à beaucoup la domination du roi déposé. Il fit le tableau d'une possible jonction entre le mécontentement et le ressentiment des peuples et les manœuvres, encore en cours, des nostalgiques de l'ancien régime. Il conjura les états-majors militaires de mettre fin à la répression impitoyable qui ensanglantait le Sud, de mettre fin à l'état de siège. Il parla ensuite de sa Sardaigne, une terre qui d'un moment à l'autre pouvait se soulever, avec son demi-million d'analphabètes confrontés à moins de vingt mille individus cultivés. Et quand il prononça le nom de Mazzini, qui avait défini la Sardaigne comme une « troisième Irlande », une bande de coryphées du gouvernement se rua vers lui poings brandis en agitant des journaux pliés. On ne peut pas évoquer Mazzini, on ne peut pas nommer Mazzini, *damnatio memoriæ* même de son vivant ! L'extrême gauche se révolta, formant le carré autour de l'audacieux orateur. On effleura la rixe, à grand-peine évitée par les députés questeurs.

Il fut suspendu pour deux mois de ses fonctions parlementaires.

Comme il traversait la place Castello, il tomba sur le vieux D'Azeglio. À sa grande surprise, le bizarre marquis s'avança vers lui main tendue, dans un geste très courtois.

– J'ai fait révoquer votre suspension.

– Je ne l'avais pas demandé.

– En effet. Mais c'était un acte de justice. Vous parlez bien, et je me reconnais dans vos paroles.

– Vous ? Seriez-vous par hasard devenu radical ?

– Point du tout. Je pense comme vous qu'on ne peut fonder aucune association humaine sur une série de fourberies, de perfidies, de mensonges…

– Vous parlez comme Mazzini, marquis.

– Et quand bien même. Cavour a unifié un pays qu'il n'avait jamais visité, dont l'âme profonde lui échappait. C'est à partir de là que nous divergeons, cher monsieur. Vous croyez qu'il suffit d'un bon gouvernement pour résoudre les mille problèmes de l'Italie…

– Un bon gouvernement est donc une erreur ?

– Non, certes, mais il ne s'agit pas de cela… C'est que nous, Italiens et Méridionaux, nous ne sommes pas faits les uns pour les autres. Il n'y a pas de bon gouvernement qui tienne quand on est si profondément différents… et hostiles.

– Nous devrions donc nous désunir ? Revenir aux micro-États ? Aux droits d'exportations ? Aux barrières douanières ? Chacun pour soi ?

– Bah ! Non, cela n'arrivera pas. Nous serons contraints de vivre ensemble, malgré tout. Et cela provoquera une infinité de divisions, de deuils, de tragédies… Je crois que s'unir à Naples, c'est comme coucher avec un malade de la variole… Pardonnez-moi, l'expression est forte, mais c'est ainsi que je vois cette ville. Et l'Histoire me donnera raison. Portez-vous bien, et faites attention à vous.

Le soir, il confia à Striga que, ce qui le blessait le plus, c'était d'être redevable de son actuelle condition à la Camorra.

– Pas à la Camorra. À Lorenzo, peut-être, lui rappela-t-elle doucement.

– Alors, disons : aux trafics de Lorenzo.

– Il l'a fait pour toi. Pour que tu sois heureux… pour que nous deux nous soyons heureux…

– Et tu appelles ça du bonheur ?

C'étaient des rêves brisés, des utopies défaites, l'arrogance triomphante, les mesquines querelles de cour de récréation qui allaient s'imprimer, crachats indélébiles et contagieux, sur les plaques resplendissantes par lesquelles la rhétorique du régime célébrait les nouveaux dieux. Crachats qui, à Turin, à Gênes, à Milan, à Naples, à Florence, à Palerme, partout, prenaient la forme du billet de la banque royale. L'Italie du fric. Et Striga n'avait pas été autorisée à ouvrir une école populaire parce qu'elle n'avait jamais obtenu un titre d'étude.

Parce que seul le mariage, célébré selon un rite civil, avait pu lui assurer une identité, un prénom et un nom qu'ils n'utilisaient et n'utiliseraient jamais entre eux.

Efisio Piras, dit Terra di Nessuno.

Rosa Raffaele, dite Striga.

Mais malgré l'état civil, dans l'Italie unie, une femme enseignante « ça ne se fait pas, ça ne lui va pas », car la femme est mère, sœur, épouse ou, si elle est riche de naissance, de la classe des possédants, c'est-à-dire courtisane, et on ne peut imaginer d'autre rôle pour elle.

Et tandis que Mazzini ne cessait d'exhorter à la conspiration et que Garibaldi avait recommencé à s'agiter, et tandis que Striga échangeait des lettres avec Lady Violet, Efisio Piras dit Terra di Nessuno se demandait s'il y avait encore un espoir de changer le cours de l'histoire, et surtout si cela en valait encore la peine.

Calabre, juillet 1862

Vittorelli et sa colonne entrèrent à Borgopane Nuova en début d'après-midi. Rues désertes, portail de l'église barricadé. Des yeux les fixaient derrière des fenêtres aux volets tirés. Des caves, vraisemblablement, remplies de familles terrifiées. Des familles de traîtres. Détruit par les brigands, le village avait été reconstruit à quelques centaines de mètres du lieu du massacre. Les survivants et les nouveaux habitants étaient passés de l'autre côté. Et ils méritaient une leçon. Vittorelli avait sous ses ordres cinquante lanciers : une dotation insuffisante dans un affrontement direct, mais suffisante pour une opération de ratissage. Cinquante braves garçons arrachés à leurs familles pour combattre une guerre sale et infâme. Le manque de sommeil, de nourriture, la pénurie de femmes les transformaient, jour après jour, en bêtes fauves. C'est ce qu'il fallait.

Vittorelli disposa sa troupe sur la place centrale, devant l'église, une baraque de bois avec un crucifix grossier gravé sur le portail. Il attendit quelques minutes puis donna son avis au fidèle Blasetti.

– Il n'y a pas de brigands, s'il y en avait, ils auraient déjà attaqué.

L'ex-inspecteur, promu ordonnance, claqua des talons.

– À vos ordres, colonel !

– Tu sais ce que tu dois faire.

Blasetti lança un ordre. Les soldats descendirent de cheval et se répandirent dans les maisons, baïonnette au canon.

Ils suivaient un schéma consolidé, une technique imaginée par le général Pinelli et le colonel Fumel. En quelques minutes, tout le village était rassemblé sur la place. Vittorelli, sans descendre de cheval, passa en revue cette humanité épouvantée et dolente. Il n'est pas vrai que les Méridionaux puent. Ils ont une odeur différente, voilà tout. Et qui sait, peut-être que la cause de toute cette hostilité est dans la pigmentation…

Cela dit, en effet, ils puaient.

– Celui-là, ces deux-là, celui-là, ce garçon et ces trois autres…

Vittorelli procédait à la sélection sur la base de l'aspect physique. Il y en avait qui avaient une tête de brigand et d'autres une tête de brave homme. Avec les premiers, il devait être inexorable. Pour les autres, on décidait au cas par cas. Bien sûr, après chaque action, s'élevait le chœur humanitaire de la presse libérale et d'extrême gauche. Des aveugles : après tout, c'était aussi dans leur intérêt qu'on nettoyait le territoire. En outre, si on s'était résolu à des mesures exceptionnelles, c'était la faute d'une magistrature pusillanime et asservie à d'obsolètes principes libéraux. Dans la première phase, on s'était limité à des rafles de suspects, traduits en justice et régulièrement jugés. Mais à Naples et à Reggio, on avait pris cinq cents subversifs et on les avait envoyés devant les tribunaux. Relaxés pour manque de preuves. À Turin, ils écumaient de rage à cause de ces chicanes d'avocaillons qui risquaient d'alimenter la plaie du brigandage. Les juges, disait-on, étaient fidèles au vieux roi, qui leur avait concédé tant de privilèges. Ou, plus simplement, ils ne comprenaient pas que les temps avaient changé, que ce n'était plus le temps du fleuret, mais celui du sabre. Les juges s'adapteraient, reprenant la place qui leur revenait à la table des puissants. Dans l'intervalle, mieux valait laisser le champ libre aux militaires. De temps en temps, on commettait quelques erreurs, bien sûr, comme de fusiller des citoyens qui, sur la foi de multiples proclamations, se présentaient spontanément pour remettre leurs armes. C'était en effet arrivé, deux ou trois fois. Puis on avait corrigé le tir. Vittorelli avait su qu'à Turin on discutait pour savoir s'il fallait concéder une pension privilégiée aux veuves de ces victimes innocentes. L'opinion dominante penchait pour le non.

– Disposez-les comme vous savez.

Ceux à tête de brigand contre un mur, le reste contre deux autres. Le quatrième mur était laissé libre. Un garçon, avec une franche tête de brigand, s'avança.

– Monsieur le colonel, il y a une erreur. Je m'appelle Santi Vincenzo, je suis le fils du maire d'Acquascile. Ma famille a toujours été dévouée au gouvernement, je suis étudiant à l'institut de Castrovillari. Je me trouve ici en visite auprès de ma fiancée…

Accent civilisé, nuance dialectale dans les finales, vêtements corrects, mais la tête… la tête ne peut pas tromper, et on sait bien que les brigands sont les rois de la tromperie.

– Très bien, tu vas avec les autres.

– Merci, monsieur le colonel.

Le garçon rejoint le petit groupe des femmes et des vieux. Vittorelli le voit embrasser avec transport une jeune fille aux cheveux noirs et aux seins impertinents. Très mauvais signe, mon garçon. On sait que les brigands exercent une grande séduction sur les jeunettes, et un brigand instruit, en plus…

Vittorelli s'alluma un cigare et ordonna à ceux à tête de brigand de courir vers le mur resté libre. Puis, sur un signe de lui, les soldats ouvrirent le feu. Les brigands tombèrent comme des quilles. Les paysans furent parcourus d'un immense frémissement, de hauts cris s'élevèrent. Les soldats braquèrent leurs fusils. Le silence revint.

– Toi, dit-il, en pointant l'index sur le soi-disant fils du maire, retourne auprès de ton père !

– Merci, Excellence.

Le garçon embrassa la brune à poitrine abondante et se mit en route, peut-être encore incrédule devant sa bonne fortune. Vittorelli échangea un coup d'œil avec Blasetti. L'ordonnance fit mine de ne pas avoir perçu le signal. Vittorelli toussota. Encore rien. Très bien, c'était un sale travail, mais quelqu'un devait pourtant s'en charger.

– Farsini ! hurla Vittorelli.

Un soldat s'avança, pointa la carabine, visa soigneusement, abattit le garçon d'une seule balle dans la nuque. Dans la vie civile, un homme comme Farsini aurait fini bandit. L'uniforme donnait un sens à son goût de tuer. Les paysans survivants recommencèrent à s'agiter bruyamment. La jeune fille s'élança, hurlant comme un animal, sur le corps du soi-disant fils du maire. Blasetti évita le regard de son supérieur.

– Qu'est-ce qu'on fait ? demanda le commandant en second, un lieutenant toscan.

Vittorelli n'avait pas d'ordres précis. Son grade, de toute manière, lui permettait de décider sans appel et sans conséquences. Il y avait, parmi ses collègues officiers supérieurs, des gens qui voulaient rendre encore plus drastiques des mesures déjà extrêmes. Fumel, par exemple, n'aurait pas hésité à passer par les armes la population tout entière, femmes et enfants compris, car derrière chaque jupe et chaque larme pouvait se cacher le piège, et, en tout cas, ce peuple haïssait les Piémontais. Vittorelli avait des idées différentes. Il semait pour l'avenir, du moment qu'il n'avait pas l'intention d'y laisser sa carcasse, dans cette guerre de merde, ni de finir sa carrière en portant un uniforme qui lui était déjà trop étroit.

– Envoyez-moi Burlando.

Le photographe se fraya un chemin, en apportant de l'arrière son lourd équipement. Il fallut une heure pour parvenir à un résultat satisfaisant. Les images de la foule stupéfaite de Borgopane Nuova, les premiers plans des visages des brigands morts, le garçon à la nuque en bouillie, les larmes de sa fiancée. Tout cela finirait dans les premières pages des journaux turinois, en témoignage des succès de la campagne répressive, et dans les cabinets de recherche, pour la joie des savants qui mesuraient la bonté et la méchanceté du genre humain en centimètres de cerveau, de menton, de barbes et de lobes auriculaires.

– Allons-y.

La troupe remonta à cheval. Seul Farsini restait obstinément immobile au centre de la place.

– Et tu ne bouges pas, soldat ?

– Colonel, je demande la permission de me prendre la fille.

– Monte à cheval ou je te casse la figure, animal !

Voleur de jeunes filles en plus, non, ça non, c'était peut-être une guerre sale, mais il y a quand même quelque part une chose qui s'appelle « l'honneur du soldat ». Même si Vittorelli en avait plein le dos du mot « soldat ».

Cette nuit-là, et les suivantes, il eut du mal à s'endormir. La campagne de Calabre était en train de le détruire, c'était clair. Ce n'était pas un endroit pour lui, ça, mais si seulement une certaine affaire avait réussi…

Et l'affaire réussit, enfin. Le même jour, deux dépêches arrivèrent. Dans l'officielle, on affirmait qu'à la suite d'une enquête menée par le parquet du roi, il s'était avéré que le garçon fusillé à Borgopane Nuova était effectivement le fils du maire d'Acquascile. La conduite de Vittorelli était ouvertement stigmatisée, mais on concluait que, vu les circonstances et pour éviter des dégâts encore pires, il n'y aurait aucune poursuite contre lui. Le soldat auteur du méfait, lui, devait être immédiatement traduit en cour martiale.

La seconde dépêche était secrète. Il s'agissait d'une brève phrase nerveuse et elle portait le sceau de la personne la plus importante du Royaume. Vittorelli la lut, jeta le papier au feu et, après des mois d'obscur tourment, Blasetti eut la surprise de voir pointer sur les lèvres de son commandant un franc sourire. Et pourtant la nouvelle que Blasetti apportait, à peine transmise par une estafette, était de celles qui font battre les veines et le poul.

– Colonel ! Garibaldi a déjoué le blocus naval et il s'est enfui de Caprera. On s'attend d'un moment à l'autre à ce qu'il débarque en Sicile… il paraît même qu'il veut se diriger vers Rome… à Turin, on est en train de proclamer l'état de siège… il y a un ordre de mobilisation générale…

– Ah ah ah !

– Colonel Vittorelli, avec tout le respect qui vous est dû, ça vous semble le moment de rire ?

– Non, je pensais seulement… si les autres, là, on les a appelés les Mille, ceux-ci, comment on va les appeler ? Les Dix Mille ? Ou les Cent Mille ? Ah ah ah ! En tout cas, ça ne me concerne pas.

Et, sous les yeux éberlués du pauvre ordonnance, Vittorelli commença à retirer son uniforme.

– Ne reste pas planté là, mon cher ! Moi, je rentre chez moi. Toi, qu'est-ce que tu fais ? Tu viens avec moi ou tu continues à t'amuser avec tes compatriotes ?

Calabre, août 1862

Terra di Nessuno fuyait. Striga montrait le chemin, de temps en temps elle s'arrêtait, elle lisait les signes sur le tronc creux d'un arbre, dans les pierres d'un ruisseau, dans le chant d'un oiseau inconnu, puis elle repartait, fixait le ciel, suivant de rapides mouvements des lèvres l'harmonie secrète de ses nombres, enfin elle prenait Terra par la main et indiquait la bonne direction. Striga connaissait les baies qui nourrissent et celles qui tuent, les herbes qui rafraîchissent et celles qui intoxiquent. Striga savait quand une eau limpide cachait un cœur putride et quand un puits malodorant était en fait inoffensif et sûr. Sans elle, il aurait été perdu cent fois. Terra se jura à lui-même qu'il la ramènerait. Et que sa vie allait encore changer.

La révolte était née, la révolte avait échoué. Avant même de commencer. Sans combattre. Ils remontaient la Calabre directement vers le nord, peut-être vers Salerne, peut-être Naples, pour y trouver un embarquement ou attendre des temps meilleurs. Striga ouvrait la route. Les jours passaient et Striga devenait de plus en plus une partie de sa Calabre. Lui, il l'aimait depuis toujours, mais jamais comme en ces moments. La révolte avait échoué. Tout s'était consumé dans une fusillade convulsive. *Bersaglieri* et carabiniers avaient tiré sur le gros gibier. Garibaldi, blessé à une cuisse et à la malléole, avait donné l'ordre de ne pas répondre au feu. On ne tire pas contre ses frères. Mais les Piémontais avaient-ils jamais été leurs frères ? Terra avait vu le Général hissé au milieu des cordages à bord d'une frégate occupée par des officiers odieux. Un quartier de bœuf soulevé en poids avec un pied pendant qui gouttait de sang. Terra avait pris le maquis sans se fier à l'amnistie, et doutant même que son statut de député suffise à le protéger des généraux savoyards.

Des hommes de vin et de trahison.

Terra avait compris que l'Italie pour laquelle il avait combattu était morte sur l'Aspromonte. Garibaldi ne se serait jamais lancé dans l'aventure si, à Turin, on ne lui avait pas affirmé que la voie était libre. Puis, comme toujours, ils avaient trahi. Et maintenant Terra cherchait seulement à sauver Striga. Striga qui, depuis deux jours, était nerveuse, inquiète. Stiga qui changeait sans cesse de route, revenait sur ses pas pour contourner un ruisseau qu'ils avaient déjà presque franchi à gué. Striga qui flairait le danger et qui la nuit précédente, en l'embrassant, lui avait dit : « Moi je suis née ici et ici ils veulent me faire mourir. Mais tu resteras avec moi, nous ne mourrons pas. » Striga, qu'il croyait connaître et qu'il ne connaîtrait jamais vraiment.

Ils venaient à peine de s'enfoncer dans un fourré quand ils les virent déboucher devant eux. Ils étaient quatre, en haillons, la barbe hirsute, ils répandaient une odeur de bête sauvage et ils étaient armés, surpris eux aussi de trouver devant eux un fuyard avec une carabine et une femme aux cheveux roux en habits d'homme.

Des brigands.

Il agrippa Striga et la tira avec lui derrière le gros tronc d'un grand pin.

– Passez votre chemin, hurla-t-il au quatuor, allez-vous-en, ou je tire !

Mais ce furent les brigands qui ouvrirent le feu les premiers. Ils balayèrent de mitraille le sol devant le tronc, soulevant brindilles, branchages et feuilles tandis que deux lucanes se lançaient dans un vol frénétique pour se mettre à l'abri. Terra visa et blessa à la jambe l'un des brigands. Celui-ci tomba avec un gémissement. Les autres continuèrent à avancer. Terra visa de nouveau. À ce moment, Striga abandonna sa cachette et sortit à découvert.

– Mais qu'est-ce que tu fais ? Tu es devenue folle ! Striga ! hurla Terra, oubliant qu'elle ne pouvait l'entendre.

Il jeta la carabine, sortit de sa poche la *pattadesa* et la suivit, prêt au corps à corps. Striga sentit sa présence et lui fit signe de s'arrêter. Entre elle et les brigands, il y avait quatre, cinq mètres peut-être. Le blessé continuait à gémir. Mais les trois autres encore debout, pour quelque inexplicable raison, au lieu de tirer sur cette cible facile, baissèrent leurs armes.

Striga s'approchait du blessé. Ses mains bougeaient frénétiquement, communiquaient un message que Terra, qui se trouvait dans son dos, ne réussissait pas à déchiffrer. Mais les autres, les brigands, devaient bien comprendre quelque chose. Parce qu'ils commencèrent à se retirer, l'air confus, tandis que les plaintes du blessé laissaient place à une litanie rauque interrompue, çà et là, par des ordres secs.

Maintenant qu'il la voyait venir vers eux, Calabrotto n'avait plus de doute. Déjà, en l'entrevoyant dans l'entrelacement des feuillages, cette crinière rousse lui avait tout de suite fait penser à Striga. Il s'était dit que ces choses n'arrivent que dans les rêves et les imaginations des vieux. Il s'était dit que Striga était morte et enterrée depuis Dieu sait combien d'années. Il s'était dit que, même si c'était un fantôme, lui, il ne croyait pas aux fantômes, et que donc Striga n'avait aucun pouvoir sur lui. Puis la balle lui avait troué la cuisse et le sang avait commencé à gicler partout, et Calabrotto avait pensé que les fantômes n'ont pas d'armes et ne peuvent blesser. Et alors, il avait compris que la blessure était de celles qui ne guérissent pas, et voilà pourquoi Striga était revenue, elle était revenue prendre sa vie. Il était en train de mourir. Et aux trois derniers misérables restés à ses côtés après que la bande eut été exterminée, il avait ordonné de s'en aller, car cette terre était maudite, Striga était maudite, et s'ils lui tiraient dessus, les balles retourneraient en arrière dans le canon du fusil et le canon exploserait et avec le canon eux aussi exploseraient, parce que, avec Striga, il n'y a pas d'échappatoire, parce que Striga était venue prendre son âme, et donc il allait mourir. Striga avait une main fraîche et gentille, et tandis que le sang coulait de sa blessure et que ses forces s'évanouissaient et que sa vue faiblissait, Calabrotto se l'imaginait, Striga, entourée d'une auréole comme celle des saintes dans l'église du village, et sa veste marron de soldat, il se l'imaginait rose et bleu clair comme le manteau de Marie, et il lui semblait même comprendre le sens de ces lèvres muettes, c'était comme si elles chantaient une chanson, toutes les chèvres ont quatre pattes, quatre les cabris, et il sentit qu'une espèce de souffle luttait avec ses viscères et la respiration se faisait haletante, luttait pour trouver l'issue, luttait pour rejoindre la lumière, et il sut que c'était précisément son devoir de l'aider, ce souffle, car la lutte le déchirait et apportait la douleur des chiens, et le feu dans les yeux, et la brûlure du venin, et c'était ce souffle que voulait Striga, et s'il le lui donnait, il serait sauvé, la souffrance cesserait et la paix reviendrait. Ainsi, dans un effort extrême, il le cracha hors de lui, ce souffle maudit, et enfin il fut libre.

Londres, novembre 1862

Le docteur Simon-François Bernard fut enterré à midi le 30 novembre. On s'était rassemblé à mille pour le dernier adieu au petit médecin de Carcassonne qui avait fait trembler les têtes couronnées d'Europe. Lorenzo regardait autour de lui, il se rappelait l'enthousiasme qui avait accueilli, quatre ans auparavant, la relaxe de l'inspirateur du massacre de la rue Lepelletier.

Comme il s'était trompé !

Bernard n'avait pas été oublié, il était encore un mythe pour de nombreux révolutionnaires et conspirateurs, russes, italiens, polonais, irlandais, hongrois, allemands, slaves, qui rêvaient, comme il avait rêvé, la palingénésie de la bombe, la catharsis du sang. Des hallucinés qui avaient transformé un rêve en religion, ou bien des vainqueurs. Après tout, si l'Italie avait été faite, c'était aussi grâce aux Bernard et à leurs bombes. Mais, sur un point, il ne s'était pas trompé. Le crépuscule avait été amer, pour Bernard. Pas de splendide martyre, mais la sordide dégénérescence de la maladie vénérienne.

Un an plus tôt, en plein état confusionnel, Bernard avait fait dix-neuf miles agrippé au marchepied d'un train métropolitain. En mai, il avait perdu l'usage de la parole et on l'avait enfermé à Brooke House, l'asile d'aliénés de Hackney. Les dernières semaines était intervenue une paralysie totale. Les derniers jours, on avait dû lui donner des bouillies à la petite cuillère. Lorenzo regardait autour de lui, il reconnaissait les visages connus et marqués par les années des révolutionnaires ardents d'autrefois, scrutait la physionomie fière des jeunes qui se préparaient à recueillir l'héritage, et pourtant au milieu de tant de gens, il se sentait désespérément seul. Depuis dix-huit mois, Vittorelli ne répondait plus à ses messages. De Turin, personne ne s'était manifesté. L'argent n'arrivait plus. Pour s'en sortir, il s'était mis à donner des leçons d'italien aux filles de Stansfeld. De temps en temps, Terra, ou Striga, ou Lady Violet elle-même, lui écrivaient. Il ne répondait jamais à leurs lettres, mais chaque dimanche, suivant la volonté de Striga, il déposait une fleur sur la tombe de Lord Chatam. Et quand Mazzini, avec son habituel sourire indéchiffrable, lui avait demandé pourquoi il ne rentrait pas lui aussi en Italie, vu qu'il n'était pas recherché, il avait répondu : « Je rentrerai quand ma Venise sera libérée. » Pour ajouter, à mi-voix : « Et puis, ma place est ici… »

En le disant, il s'était senti encore plus seul.

Mazzini, sans commenter, s'était replongé dans un essai sur Bouddha et l'hindouisme qu'il était en train de rédiger sous l'influence de Lady Violet. Est-ce qu'elle l'avait convaincu ? Et qui pouvait savoir ce qui passait vraiment dans cet esprit ? Et même Bouddha, maintenant ! De son côté, Lorenzo avait été en partie sincère, et en partie non. Désormais, même le souvenir de Venise s'était effacé et, pour un sans-patrie, Londres ou un endroit quelconque avaient la même valeur. Et pourtant il ne se décidait pas à s'en détacher. Et il ne se décidait pas à se détacher du Maestro.

L'austère cercueil de Bernard fut descendu dans la fosse commune, dans la zone déconsacrée réservée aux athées. De mille gorges jaillit un cri : « Vive la République, démocratique et sociale ! », et juste après, une puissante Marseillaise s'éleva.

Oui, chantez, chantez…

Ce soir-là, en arrivant en compagnie des Stansfeld chez Mazzini, au 2 de Ouslow Terrace, à Brompton, il en vit sortir, accoutré comme un diplomate de première classe, Vittorelli en personne. Avant qu'il puisse se reprendre de sa stupeur, l'autre le prit par le bras, l'éloignant de la compagnie.

– Ne faisons pas de bruit, baron. Je vous expliquerai tout demain. Maintenant, nous sommes alliés. Ah, à propos, si vous en avez l'occasion… j'ai bien compté quinze chardonnerets qui voletaient dans le bureau de M. Mazzini… moi aussi, j'aime les oiseaux, mais faites-lui savoir que changer l'air, de temps en temps, ça ne serait pas mauvais…

XII

1863-1864

Monreale, février 1863

Les mariées descendirent du carrosse rose et blanc tiré par huit chevaux caparaçonnés de blanc et un applaudissement jaillit de la foule qui occupait le parvis. Janet Corrigan serra fort le bras de Lady Violet.

– Regarde-les, les gentes dames, Violet… tout sourire au-dehors et venin au-dedans.

– Tu leur as ôté un joli pain de la bouche, je dirais, mon amie.

– Ah, ce n'est pas ça. Si je découvre qui a mis en circulation la rumeur, je te jure que je lui tords le cou comme à un poulet.

– Inutile. J'y suis passée aussi. Au bout de peu de temps, on oublie tout. Humilie-les plutôt de ton indifférence. Ris, et elles ne t'atteindront pas. Emiliano t'aime, il te faut autre chose ?

– Comme j'envie ton assurance, Violet.

– Je suis une bougie qui s'éteint, ma chérie.

– Tu es vraiment si triste ?

– Pas aujourd'hui. Aujourd'hui est un jour de fête. Allons, va, les époux nous attendent.

Autres applaudissements, tandis qu'elles montaient, majestueuses, vers la cathédrale. Applaudissements et commentaires.

– Il a essayé la mariée avant l'autel, dit un noble avec un clin d'œil.

– *Mischinu*, le pauvre, il ne voulait pas finir comme Garibaldi qui allait s'épouser une qui était enceinte d'un autre ! fit écho un deuxième noble.

– Mais, *cchi pezzu 'i sticchiu*, quel beau morceau… chuchota, admiratif, un troisième noble, plus jeune et plus fougueux.

Michele Liberato et le baron de Sant'Anna avaient décidé de célébrer ensemble leurs noces respectives. Pour la cérémonie, qui devait être exagérée, mémorable comme l'exigeaient la sainteté du rite et la sicilianité, ils n'auraient pu choisir un cadre mieux adapté que la cathédrale normande de Monreale. La date, en revanche, un dimanche de mi-février, aurait été imposée – suivant la rumeur populaire – par des exigences d'une autre nature : Janet Corrigan, future baronne de Sant'Anna, était dans une douce espérance. Une pure et simple calomnie mais, comme souvent, pour beaucoup c'était une vérité.

Pour tout dire, une anecdote à souligner d'un petit clin d'œil et d'un coup de coude, un petit sourire d'envie bienveillante pour le taureau de chez nous qui s'est baisé la vigoureuse femme anglaise. L'excentricité du choix n'émouvait pas plus que cela une aristocratie habituée à pêcher, pour ainsi dire, dans les mers étrangères : des épouses anglaises, françaises et allemandes, on en avait déjà vu, à Palerme. Même une Turque, une fois, mais de brève durée, parce que trop jalouse, elle, ou trop cornard, lui, va comprendre. Avec les étrangères, il y a toujours des problèmes, et puis, une solution, on la trouve. Dans la ténacité de certaines insistances et allusions malveillantes, c'était plutôt une mauvaise disposition d'esprit qui jouait un rôle de premier plan, dirigée contre le radicalisme inconvenant dont Sant'Anna ne manquait pas une occasion de faire montre.

Il est vrai que l'année précédente, au temps de l'Aspromonte, le baron, comme Palerme tout entière, avait accueilli avec enthousiasme le retour de Garibaldi, et mille et mille jeunes gens, les « nouveaux Mille », s'étaient dit prêts à verser leur sang pour le salut de l'île, et ainsi de suite. Mais c'étaient des manifestations formelles : tout le monde savait que Garibaldi partirait seul, et tout le monde savait que, s'il l'emportait, il se souviendrait d'eux, et que, s'il perdait, comme c'était arrivé, personne ne pourrait s'en prendre à eux.

Sant'Anna, au contraire, avait joué pour de bon le jeu de la réapparition des chemises rouges. Les abondants picaillons ramassés par le Général durant les enthousiasmantes journées palermitaines venaient de son patrimoine personnel, tout comme étaient siens les hommes qui avaient suivi Garibaldi en Calabre, encadrés et gouvernés d'une main de fer par Giovanni Corrao, promu sur-le-champ général pour sa valeur indiscutée par le Héros des Deux Mondes. Corrao qui, murmurait-on, *si futtíu 'a testa*, s'était foutu la tête.

Quant à Michele Liberato, aucune critique, aucun commentaire. Plutôt un chœur unanime d'éloges. Lui, il s'était pris une petite comtesse, de famille plutôt en disgrâce quant aux avoirs mais de haut lignage consolidé. Une femme terne, aux larges hanches de reproductrice, chastement éduquée dans un collège de sœurs, experte dans l'art de la broderie, les yeux baissés et la tête inclinée pour indiquer la conscience du rôle que la tradition lui assignait. En d'autres termes, Sant'Anna épousait l'aventure, Michele Liberato la paix. Quant à l'aventure, s'il lui venait envie d'aller se la chercher ailleurs, personne ne le critiquerait.

Mêlé aux maires, aux délégués du gouvernement, à deux sénateurs du Royaume appartenant aux familles les plus en vue de l'île et au parterre aristocratique au grand complet, Salvo Matranga ne détonnait pas dans une si excellente compagnie. À force d'étudier Michele Liberato, il s'était emparé de certaines de ses manières et avait réussi à se débarrasser de cet air de garçon d'étable qui était la marque originaire de sa condition.

– Je te nomme baron ad honorem par le mérite de ton style ! avait proclamé le baron, appréciant le costume que Mario Tozzi lui avait cousu sur mesure. Mais quand le photographe arrivera, mets-toi au deuxième rang, je ne voudrais pas qu'on te prenne pour le nouveau marié.

De belles paroles, mais l'étable, ça ne s'efface pas. Avec Violet, ils avaient échangé un sommaire salut. Il aurait donné la main qui lui restait pour ôter la tristesse de son regard. Le mari, qui engraissait et riait, trouvait peut-être que la tristesse lui allait bien.

Quand il en eut assez de la cérémonie, Salvo sortit de la cathédrale et s'alluma un cigare sur le parvis. Quelques gars qui avaient eu la même idée que lui le saluèrent avec déférence. Salvo répondit d'un signe. Les gars, enorgueillis, s'inclinèrent et se mirent à décocher des coups d'œil menaçants. Écartez-vous, disaient leurs regards, la Mafia arrive. Depuis quelques mois, pour désigner la Société, dans toute la Sicile, un mot était devenu à la mode : Mafia. Personne ne savait exactement qui l'avait prononcé le premier. Salvo en avait entendu parler par un acteur, un comique de deuxième ordre, un certain Giuseppe Rizzotto. Ce Rizzotto avait écrit un drame, *Li Mafiusi di la Vicaria*, et il disait que le titre lui avait été suggéré par un *mafiusu* en chair et en os, le tavernier Iachinu Funciazza, c'est-à-dire Gioacchino Groin de Porc. La révélation serait advenue dans les jours de la fête de la *santuzza*, Santa Rosalia, la sainte petite patronne de Palerme, au mois de juillet précédent. Quoi qu'il en fût, la chose, à l'évidence, avait plu, et maintenant tout le monde parlait à tort et à travers de cette Mafia. Même si personne ne savait ce que Mafia voulait dire, vu que dans toute la Sicile, *mafiusu* voulait dire, depuis que le monde est monde, beau, vaillant, plein de prestance, et à bien regarder les gars, sur la vaillance et la prestance, on pouvait être d'accord, mais quant à la beauté… Et même si l'origine pouvait être inconnue ou fruit du hasard, ce qu'était la Mafia n'était que trop bien connu. Et quant aux autres, aux ignorants, les gars s'occupaient de le leur expliquer. Les gars…

Les gars, tout à coup, le rendirent tristes. En dépit de leur insolence, engoncés dans des vêtements qui n'appartenaient pas à leur vraie nature, les gars semblaient… voilà, déguisés, comme les acteurs d'un pauvre théâtre. Impatients de finir la représentation et de passer à la caisse pour toucher leur paie. Des acteurs masqués. Était-ce cela que voulait dire le comique Rizzotto ? Que la Mafia était un masque ? Que tôt ou tard quelqu'un arrive qui te l'arrache ?

– Bien le bonjour, dit Corrao.

– Bien le bonjour, répondit Salvo.

– Il se passe des choses dégueulasses, Salvo.

– Pourquoi ? Moi, ça me semble une très belle cérémonie…

– Ne fais pas semblant de ne pas comprendre. La Sicile est en train de plonger à pic. Ceux-là de maintenant, ils sont cent fois pires que les Bourbons.

– Il faut s'adapter, Giuva'…

– Moi, je dis qu'il faut que ça change.

– Et comment ?

– Et c'est moi qui dois te l'expliquer ? Par la force !

Corrao portait le grand uniforme d'une armée qui n'existait plus, celle de Garibaldi. Et ses rêves aussi appartenaient à une autre époque. Corrao avait apporté la Sicile au Général, et il ne comprenait pas que le moment était venu de se retirer.

– Tu es revenu, coupa Salvo, indulgent, et tu fis bien. Les temps ne sont plus à la guerre.

Les mariés sortaient de la cathédrale, précédés par une foule en délire. Les enfants commencèrent à jeter le riz. Les cloches sonnaient à la volée. Lady Violet échangea une tendre embrassade avec Janet. Salvo se tint à l'écart d'elle. Il pressentait le péril et voulait le fuir de toutes ses forces. Le baron avait fait de lui une créature inachevée, un quelque chose à mi-chemin entre passé et présent.

Un rien.

Le baron lui avait appris à rêver au-delà de ses propres limites.

Combien plus heureux étaient les gars, avec leurs femmes soumises et les putes pour calmer la bite.

Londres, printemps 1863

Quatre caisses de fusil, quatre de bombes, seize de munitions, une quantité indéfinie de détonateurs, deux malles pleines à ras bord d'explosifs. Le tout enregistré comme bière et marsala pour le marché italien. Départ prévu de Londres en train dans vingt-cinq minutes. Arrêt du convoi prévu, pour raisons techniques, vingt miles plus loin. Là, une voiture blindée prendra le tout en charge puis le dirigera vers sa destination réelle : l'Est européen. Paolo Vittorelli et Lorenzo supervisaient les opérations d'embarquement par une claire matinée de printemps. Mazzini avait fait un excellent travail. Mazzini avait les bons contacts, et son service secret méritait le respect.

– Mais comment diable faites-vous pour toujours savoir ce qui compte avant les autres ? avait demandé Vittorelli au Maestro lors de l'une de leurs dernières rencontres.

– J'utilise ma cervelle.

– Non, non, là, il ne s'agit pas de cervelle mais d'informations. Prenons Farini, par exemple. Vous avez diagnostiqué sa démence avant même son médecin ! Allons, monsieur Mazzini…

– Disons que je puis compter sur quelques amis fidèles… et que, quelquefois, je sais tirer parti aussi des infidèles.

Il lui semblait entendre Cavour. Incroyable.

Cavour perdu, Vittorelli s'était trouvé un nouveau mentor. Certes pas aussi rusé et clairvoyant que le défunt comte, mais infiniment plus puissant : le roi d'Italie. À trente-cinq ans, Victor Emmanuel en avait assez de vivre de la gloire reflétée par les hommes d'État, les généraux et les révolutionnaires que le peuple d'Italie considérait, selon lui à tort, comme les uniques artisans de l'unité. Qu'on les aime ou qu'on les déteste, le sentiment commun était que Garibaldi, Mazzini et Cavour avaient fait l'Histoire. Et le roi était un bon diable, une espèce de bouseux qui étouffait dans l'uniforme, beaucoup plus à son aise dans la tenue de chasseur que dans les réceptions et les galas, excellent tireur à la carabine, infatigable amant mais, face à l'Histoire, pâle figure, émule affadi, heureux bénéficiaire, par le hasard héréditaire, des entreprises des autres. Même sur ses origines, on ironisait : tellement taurin, viril et sanguin, ce roi, si différent des Savoie exsangues qu'on s'autorisait toutes sortes de ragots. Les uns le disaient fils de boucher, d'autres de paysan, d'autres encore se vantaient d'avoir organisé une substitution de nouveau-né destinée à redonner du nerf à l'agonisante progéniture de Charles Albert… Le roi savait tout, et laissait courir. En public, il était le rude et sympathique bon compagnon de toujours, en privé une aigreur glacée s'emparait progressivement de son âme. Pour lui, décider de mettre fin à cet état de choses et tendre la main à l'habile chef des services secrets de Cavour, tombé en disgrâce, donc également avide de revanche, avait été tout un.

– Que doit faire un roi pour passer à l'Histoire ? avait-il demandé à Vittorelli, dans l'entretien qui devait se révéler décisif pour tous deux. J'ai gagné deux guerres et personne ne s'en est aperçu !

– Avec tout le respect qui vous est dû, Majesté, c'étaient les guerres des autres.

– Et alors ?

– Alors, vous devez vaincre une guerre à vous.

– Personne ne peut vaincre une guerre seul. Même Napoléon… Napoléon le grand, pas le petit neveu, hein… n'a pas réussi !

– Alors, vous devrez vous choisir des alliés moins encombrants.

– Et en admettant que je les trouve, qu'est-ce que nous ferons ?

– Nous prendrons Rome et Venise.

Ainsi était né le projet. Qu'est-ce qui manquait encore à l'Italie ? Rome et Venise. Bien. Victor Emmanuel les prendrait l'une et l'autre. Qui lui donnerait un coup de main ? Mazzini et les républicains. Comment ferait-il ? En déclenchant une série de révoltes nationalistes à la périphérie de l'Empire, en armant les Serbes, les Bulgares, les Roumains et les Slaves, en clignant de l'œil au sultan de Turquie, en provoquant, en semant et, enfin, en attaquant. D'abord Venise et, au bon moment, Rome. L'instrument : une diplomatie parallèle confiée au sagace Vittorelli, officiellement « commerçant », en réalité plénipotentiaire. Le roi payait, Mazzini rassemblait les armes, le roi les expédiait aux quatre coins de l'Empire autrichien, Mazzini échauffait les esprits. Un plan simple, hardi, presque parfait. Lequel mettrait en fureur la politicaillerie tosco-napolitaine qui s'était emparée du Royaume et le rangerait dans l'histoire comme le véritable artisan de l'unité de l'Italie. Vittorelli n'avait pas douté un instant de l'adhésion de Mazzini. L'homme avait fait, en son temps, des démonstrations répétées de son réalisme politique. Pour pouvoir accomplir l'unité, il était prêt à s'allier avec le diable : il l'avait dit et répété, et il n'avait pas reculé maintenant que l'heure sonnait. Quant à Garibaldi, on lui donnerait un grand sabre, un pistolet et quelques soldats, et tout le monde admirerait le spectacle du héros invaincu chevauchant à côté de son roi. Ou, plutôt, quelques pas derrière.

– C'est fait. Nous pouvons partir.

Et quel retour exaltant au seul jeu qu'il aimait jouer ! Vittorelli entrevoyait déjà géométriquement les lignes de développement. L'alliance ne pouvait être qu'instable. L'ego des protagonistes exigeait l'affrontement, puis le règlement de comptes. Le roi essaierait de tromper Mazzini sur la tête de qui, au fond, pesaient deux ou trois condamnations à mort ; Mazzini essayait déjà de tromper le roi et s'employait à susciter des soulèvements républicains un peu partout, y compris dans la molle Rome, beaucoup plus soumise à son pape dominateur que ne l'imaginaient les conspirateurs excités. À la fin, qu'il y eût ou non la guerre, peu importait à Vittorelli. Avec les trois pour cent qu'il s'était réservés sur chaque cargaison d'armes, il était déjà, après trois expéditions, largement bénéficiaire. Le temps pressait, l'âge se faisait sentir, il devait penser à l'avenir : le jeu était exaltant, oui, mais une vieillesse riche et sereine, ce n'était pas non plus à rejeter. Sans compter que l'entreprise avait ragaillardi le toujours ombreux agent Elizabeth. Vittorelli avait travaillé Lorenzo avec une habileté consommée, alternant les flatteries éhontées et les menaces voilées. Maintenant que lui, Vittorelli, n'était plus un « homme public », leur rapport ne pouvait que se poursuivre sous forme de collaboration à égalité. Tous tireraient bénéfice de la libération de Venise. Lorenzo rentrerait dans sa patrie chargé d'honneurs. Nous sommes tous alliés, maintenant, pensa Vittorelli. Et le bénéfice est réciproque.

Précédé d'un sifflement déchirant, le train approchait lentement. Enfoncé dans le confort d'un wagon de première classe, Vittorelli observait d'un air ennuyé l'expression excitée de Lorenzo. Il lui avait lâché la bride, il le laissait savourer le parfum de la liberté. N'eût été l'élancement de la cicatrice sur son visage, eh ben, lui-même y aurait cru. Nous sommes alliés. Pour le moment.

Sicile, août 1863

Six gars en uniforme de carabiniers surveillaient le carrefour qui, à la hauteur de la Montagnola Santa Rosalia, conduit du village de Capaci à Palerme. D'un moment à l'autre, du côté de l'Isola delle Femmine, surgiraient Salvo Matranga et Giovanni Corrao. Les deux hommes avançaient d'un pas lent vers le guet-apens. Depuis qu'ils étaient partis, quelques heures auparavant, Salvo avait tenté sans relâche de convaincre le vieux compagnon de renoncer à son projet insensé.

– Suffit. Le temps des parlotes est fini. C'est l'heure de se bouger.

Corrao pensait à une vaste insurrection. L'objectif : chasser de l'île les Piémontais, offrir la dictature à Garibaldi, se séparer de l'Italie ingrate, se proclamer république indépendante, ou bien, suivant les cas, demander une fédération aux Français, aux Anglais ou même aux Américains, un peuple de durs qui a su conquérir sa liberté par la poudre et la baïonnette.

– Sant'Anna est avec moi, les mazziniens sont avec moi, les vieux bourboniens déçus sont avec moi, même une partie de la Société est avec moi. Et toi, Salvo Matranga, de quel côté es-tu ?

– Moi, je suis du côté de mon baron.

– Et ton baron, de quel côté est-il ?

Le ressentiment contre le gouvernement piémontais était palpable. Le service militaire obligatoire décimait les familles. Les nouveaux barons s'étaient transformés, l'espace d'un matin, de libéraux qu'ils étaient en tortionnaires pires que leurs pères. Les fonctionnaires débarqués du continent volaient à tire-larigot. L'état de siège était la règle. Pour ceux qui protestaient, il y avait la liberté surveillée, l'assignation à résidence, la prison. L'écho de Bronte était encore vivant dans les campagnes. Les légitimistes reprenaient leur souffle. Mais tout cela ne concernait pas Michele Liberato. Michele Liberato était resté un libéral et, comme patron, on ne pouvait rien lui reprocher. Il faisait ses affaires, il n'opprimait personne, il payait correctement. Par une série d'habiles manœuvres dilatoires, il avait obtenu, jusqu'au mois précédent, l'exemption du service militaire pour ses hommes. Michele Liberato vivait et prospérait. Mais c'était, et il était le premier à le savoir, une prospérité précaire. Loyauté et honnêteté n'étaient pas des valeurs particulièrement appréciées des nouveaux gouvernants. Le destin de tout homme, qu'il fût honnête ou corrompu, était ancré dans les caprices d'un roi lointain et de ses rapaces représentants. Michele Liberato, quand on lui parla du projet de Corrao, fut tenté d'adhérer.

– Si nous perdons, ils nous bouffent tous pareil, avait objecté Salvo.

– Mais si rien ne change, ils nous bouffent aussi !

– Peut-être qu'il y aurait un moyen…

Ils avaient débattu, mais à la fin le bon sens de Salvo l'avait emporté. Turin avait été informé des projets de Corrao. La réponse était vite arrivée : résolvez la question.

À moins d'une lieue du carrefour, Salvo se planta au centre de la route et agrippa Corrao par les épaules.

– Rentre chez toi, Giovanni.

– Encore avec cette histoire ! Moi, je veux l'entendre dire par Michele Liberato, qu'il n'est pas de mon côté. Et toi, tu m'as promis de me conduire à lui. Qu'est-ce qu'il y a, t'as la frousse, Salvo Matranga ?

– La Société ne te suivra pas, Giovanni.

– La Société d'autrefois, peut-être. Mais la Société de maintenant a changé. Nous avons déjà combattu ensemble et nous le ferons encore. Mais il ne vous a rien appris, Garibaldi ? Avant, vous n'étiez que des voleurs et des malandrins, des parasites, des pauvres qui suciez le sang de plus pauvres que vous… Garibaldi vous a donné un drapeau, un honneur…

– Tu te fais des illusions, Corrao. La Mafia ne change pas.

– Allons-y, va, que ça me met de mauvaise humeur de parler avec toi…

Ils reprirent la route. Pauvre ami plein d'illusions ! La Mafia ne change pas. La Mafia est toujours avec le vainqueur. Salvo n'aimait pas ce qu'il devait faire, mais c'était une chose qu'il fallait faire. Et tout le monde en tirerait profit.

– Des carabiniers ! Ben, nous n'avons rien à cacher, pas vrai, Salvo ? s'exclama Corrao, et il avança résolument vers les faux militaires.

Ce fut seulement quand la première balle le toucha à l'épaule qu'il comprit et que son regard éperdu chercha les yeux du traître. Mais Salvo hocha lentement la tête et le massacre s'accomplit.

Une semaine plus tard, par décret royal, le baron Michele Liberato di Villagrazia obtint pour lui-même l'exemption spéciale des contributions et, pour tous les employés de ses entreprises et les familles inscrites sur un registre spécial, la dispense perpétuelle du service militaire obligatoire.

Paris-Londres, janvier 1864

Le 3 janvier, au milieu de l'après-midi, un groupe de gendarmes parisiens fait irruption dans une chambre de l'Hôtel de Naples. À l'intérieur, deux musiciens italiens, Raffaele Trabucco et Pasquale Greco. Les gendarmes procèdent à une méticuleuse perquisition, qui fait découvrir des bombes Orsini avec leurs systèmes de détonation, des explosifs, des carabines, des poignards et des pistolets. Quelques heures plus tard, deux autres Italiens, complices des susdits, sont arrêtés pendant qu'ils boivent du cognac de quatre sous dans un bistrot du quartier Latin. Pasquale Greco, interrogé, exhibe des lettres écrites – selon ses dires – par Giuseppe Mazzini. Et il avoue : je suis venu à Paris pour tuer Napoléon III. Le commanditaire : Mazzini, *ça va sans dire** ! Foudroyé par cette révélation, Vittorelli se précipite à Londres et secoue Lorenzo.

– Nous étions alliés ! Nous sommes alliés ! Et regardez comment se comporte votre chef.

– Nous ne savons rien du tout de cette histoire. Ni Mazzini ni moi. Et puis, ce n'est pas mon chef.

Mazzini dément. Le démenti semble sincère. Les lettres en possession de Pasquale Greco, inconciliables avec le style soigné mais direct de Mazzini, s'avèrent des faux grossiers. Vittorelli réfléchit : s'il a compris quelque chose durant toutes ces années, c'est que Mazzini n'est jamais commanditaire. Il n'envoie jamais personne tuer : s'il commande, c'est surtout aux hommes et aux idéaux, il suggère, il agite, il propose. Et, au moment opportun, il dispose. Prenons un Greco : vétéran, quoique très jeune, des Mille, il se présente avec le projet de régicide. Mazzini ne l'encourage pas et ne le retient pas. Il se limite à le suivre, peut-être l'aide-t-il financièrement, assurément il ne le dénonce pas et, en tout cas, il l'admet dans la grande famille des révolutionnaires. Mais ce n'est pas lui qui l'a envoyé, ça, c'est certain. Vittorelli acquiert des éléments. Le plan semble le fruit de l'esprit d'un débile et, de Mazzini, on peut tout dire, sauf qu'il ne possède pas un esprit très raffiné. Greco et ses hommes se sont vantés en public de vouloir tuer l'empereur. Greco et les siens ont disséminé tant de traces que même un aveugle les aurait déchiffrées.

L'affaire pue. Vittorelli retourne à Turin et met en mouvement certaines connaissances. Parmi tant d'autres, l'ordonnance Blasetti. Il est redevenu commissaire de la sécurité publique et n'a pas voulu le suivre dans la diplomatie parallèle, mais il lui est resté fidèle. C'est lui qui lui donne le bon renseignement. Vittorelli pose des questions, laisse tomber des allusions, renoue de vieux contacts. À la fin, le tableau est clair. Greco est un agent du gouvernement piémontais. Pour coincer Mazzini, ils lui ont promis un salaire de six mille francs par an. Mazzini n'a pas essayé de tromper le roi, et le roi n'a pas essayé de tromper Mazzini. Est intervenue, dans le jeu, une variable dont Vittorelli n'avait pas tenu compte. On n'a jamais fini d'apprendre, dans la vie. Quelqu'un a informé les Rattazzi, Depretis, Gualtiero, les rats qui boulottent Turin, de l'existence de la diplomatie parallèle du roi. Et ils ont couru aux abris. Greco qui coince Mazzini signifie le crépuscule des rêves de

Victor Emmanuel. Pas de guerre personnelle, donc. Un complot. Donc.

Et pourtant Londres est en tumulte. Et pourtant Mazzini est inhabituellement agité. Pas seulement parce que les accusations d'assassinat et de terrorisme reviennent.

Le fait est que Mazzini semble craindre vraiment les révélations de Pasquale Greco.

– Peut-être qu'il n'est pas tout à fait étranger à l'intrigue, confie Lorenzo à Vittorelli.

– Curieux ! C'est moi qui le défends et vous qui en doutez… En tout cas, ajoute Vittorelli en écartant les bras, j'ai déjà fait jouer mes leviers à Turin. Crispi est encore lié à son ancien Maestro. Et moi, je l'ai informé.

Au Parlement, de fait, on commence à murmurer sur un désaccord entre le roi et son gouvernement. Le scandale est à deux doigts d'exploser puis, d'un tacite accord, se dégonfle. Le roi cède et renonce à la guerre projetée. Les courtisans poussent un soupir de soulagement. Ils ont vaincu.

– Des homoncules. Des traficoteurs, enrage Vittorelli. Ils s'imaginaient imiter la politique de Cavour et ils foutront l'Italie dans la merde !

– Et, comme toujours, le seul à payer ce sera Mazzini, conclut Lorenzo, amer.

Vittorelli s'allume un cigare. Ils sont à la Victoria Station. C'est un matin brumeux, hostile.

– J'ai tout perdu dans cette affaire, souffle Vittorelli.

– Vous n'allez pas me demander de vous consoler…

– Vous, au contraire, vous vous en sortez bien, baron. Je ne peux plus rien contre vous maintenant, vous êtes libre.

Lorenzo le voit partir par l'express de 9 h 40.

Ainsi, il est vraiment libre. Libre ! Libre grâce à l'absurdité de l'histoire, aux projets ratés, aux rêves qui ne se réalisent pas, aux erreurs d'un espion qui se croyait rusé, à l'ambiguïté d'un révolutionnaire, à la vanité d'un roi, au travail de médiocres courtisans.

Mais qu'en faire, de cette liberté ? Avec qui la partager ?

Tout est en ruine. La terre est désolée.

La paix. Ou bien l'oubli. Opium. Absinthe.

Surrey-Londres, printemps 1864

Ma chère Striga,

Je vous écris du village de Stevanstiapol, par une froide nuit d'octobre. Demain, je vais rencontrer M. Kucinski. C'est un frère polonais, il m'a garanti un important financement pour la cause. Je compte, avec cette somme, implanter une première colonie en Amérique du Sud. Le premier pas pour des établissements plus vastes. Ils devraient préluder, dans mon esprit, à la fondation d'une série de communautés juives qui pourraient ensuite se raccorder entre elles, jusqu'à devenir un véritable État. La patrie que nous cherchons depuis des millénaires semble être aujourd'hui un rêve réalisable. Puisqu'on dit que nous autres, juifs, sommes particulièrement versés dans les affaires, cette terre qui nous a été arrachée par la violence voilà mille ans, nous la rachèterons avec de l'argent et nous l'entretiendrons à la sueur de notre front. Mais juste quand le rêve est près de se réaliser, je sens descendre sur mon cœur un manteau de glace. Et je me demande si c'est le bon rêve. Je me demande si, agissant dans la conviction de seconder un dessein divin, je ne suis pas au contraire dans les bras du démon. Mon obsession, Striga, est la vérité. Cette vérité que vous cherchez dans le Nombre est la même que celle que je cherche dans mes éternels vagabondages. Nous sommes très semblables, Striga. Vous cherchez dans la mathématique ce que je cherche dans la nature humaine et en Dieu. Ce Dieu qui, un jour, nous a abandonnés à notre destin, en se cachant je ne sais où, et que ni les formules de notre kabbale, ni l'exercice quotidien de la prière, ni la plus stricte observance des préceptes, ni, enfin, le vacarme assourdissant de notre douleur ne sont encore arrivés à rappeler… Et pourtant, moi je crois qu'un lien beaucoup plus profond lie votre recherche à la mienne. Depuis que je suis parti pour ce voyage de l'espoir, j'ai rencontré une grande quantité de frères. Certains avaient le cœur pur, et c'étaient les moins nombreux. Beaucoup d'autres, et ils étaient les plus nombreux, étaient tellement intoxiqués par l'avidité, par la soif de pouvoir, par la misère et par la violence qu'ils en avaient perdu le sentiment même d'être humains. Je me suis souvent demandé, en leur présence : qu'en penserait Striga ? Est-ce qu'elle leur trouverait une place dans l'harmonie de son univers de nombres ? Existe-t-il une place pour eux ? Je ne sais pourquoi je me suis résolu à vous écrire cette lettre. Peut-être parce que la pensée dangereuse de la vanité est en train de s'emparer de ma conscience. Ce voyage ne serait-il pas vain ? N'est-il pas vain qu'un jour mon peuple trouve sa terre promise, ici, en ce monde, en cette époque ou dans un avenir proche ? Ne vous ditesvous pas vous-même déçue, vous qui, pourtant, avez conquis une patrie ? Enfin, vous, Striga, vous qui un jour m'avez avoué ne pas croire aux frontières et aux nations, n'êtes-vous pas déjà au-delà de tout cela, dans un monde où aucune tribu n'aura besoin de mesurer en empans de terre la distance avec ses semblables, et où toutes les tribus se fondront en un peuple unique, goûteront les mêmes joies, honoreront l'unique Dieu, parleront la même langue ? Peut-être celle des nombres ? Esther se réveille. Je dois avoir fait trop de bruit. Il est l'heure qu'au corps éprouvé soit concédé un repos mérité. J'espère que les cauchemars ne me tourmenteront pas encore cette nuit.

Esther vous salue avec affection.

Votre rabbin Solomon

Le pli, qui portait le timbre du tsar de toutes les Russies, contenait une coupure de journal en cyrillique. Striga se la fit traduire par une ouvrière fille d'immigrés de la Baltique. Dans les campagnes autour de Stevanstiapol, un enfant chrétien avait disparu. La population avait accusé les juifs de l'avoir enlevé pour un rite sanglant. Une foule furieuse avait attaqué et dévasté les maisons des juifs, déchaînant un pogrom. Le rabbin Solomon et Esther avaient été brûlés vifs en même temps qu'une cinquantaine de personnes, hommes, femmes et enfants. Les assassins s'étaient partagé l'argent que le rabbin Solomon avait recueilli pour la nouvelle Israël. Le petit chrétien avait été retrouvé, sain et sauf, une fois tout terminé : il avait fui, raconta-t-il, parce qu'il était fatigué d'être continuellement battu à coups de pied et de poing par un père ivrogne.

Striga prit le premier train et se précipita à Londres. Après l'Aspromonte, Terra di Nessuno avait démissionné du Parlement, et Striga et lui étaient retournés en Angleterre. Ils se partageaient entre le phalanstère de Guildford et Londres, où Terra s'était mis à la disposition de Mazzini, « non plus pour les nations, auxquelles j'ai cessé de croire », dit-il, « mais pour travailler avec vous au développement de la conscience de l'homme ». La formule, passablement rhétorique, avait été accueillie par un sourire ironique du Maestro, mais l'offre avait été acceptée. Maintenant Terra lui aussi, comme Striga, enseignait aux jeunes : il leur apprenait la valeur de la liberté, de l'égalité et de la justice, il leur apprenait à se rebeller contre les abus de pouvoir, il essayait de les éduquer pour un avenir plus juste.

On était fin mars.

Le même jour Garibaldi débarquait à Londres, accueilli, de façon inattendue, par une foule en délire. Striga voulait remettre à Lorenzo la lettre du rabbin Solomon. Mais ni Terra ni Mazzini lui-même n'avaient plus, depuis des jours, des semaines, de nouvelles de Lorenzo. Tantôt on le disait parti pour l'Italie, tantôt pour l'Amérique, tantôt en compagnie d'un nouvel amour, tantôt même suicidé de douleur pour sa Venise. Mais Striga sentait sa présence, Striga sentait la force de son désespoir. Où était-il ? Comment se perdait-il ?

« Dieu même ne parvient pas à suivre la trace de tous les moineaux qui tombent », lui avait dit, un jour, le rabbin Solomon.

Mais Striga sentait qu'elle devait suivre cette trace. Tant d'autres s'étaient déjà perdues, en ces années héroïques et terribles. Se pouvait-il que l'harmonie eût abandonné le monde ? N'était-ce pas son devoir de se battre pour la ramener entre nous ?

Tandis que Garibaldi passait d'une réception à une autre, d'un palais à un théâtre, d'un dîner d'aristocrates à une assemblée ouvrière, d'une réunion de loge maçonnique à un conciliabule avec Mazzini, Striga parcourait vainement et sans trêve les quartiers riches et les zones malfamées, inspectait hôtels lépreux et demeures luxueuses, payait voituriers et taverniers. Un soir, elle crut reconnaître Lorenzo dans la silhouette d'un passant ivre. Une autre fois, dans un galantin qui montait à bord d'une voiture en compagnie d'une courtisane. Mais c'étaient des erreurs, des illusions. Lorenzo avait été englouti dans le ventre noir de Londres.

Striga alla déposer une fleur sur la tombe de Lord Chatam. Lord Chatam qui vivait, quelque part en elle, en compagnie de tous ceux qui s'étaient perdus, de tous ceux qui se perdraient encore. Elle était agenouillée devant le sépulcre, quand elle sentit le contact d'une main douce. Elle se retourna lentement et se retrouva face à face avec Lady Violet.

– Tu es revenue.

– Je repars bientôt.

Striga parcourut du bout des doigts le visage de son amie. Elle lut la fatigue, la torpeur, le malheur.

Ce soir-là, Lady Violet réussit à leur procurer, à elle et à Terra, une invitation à une réception que la duchesse de Shaftesbury avait organisée, en l'honneur du condottiere, dans le prestigieux Fishmonger's Hall. Garibaldi semblait aimable mais détaché. Quand il vit Terra, il lui fit signe de s'approcher. Ils s'entretinrent longtemps puis Terra retourna auprès des deux femmes.

– Il repart bientôt. Il m'a dit que, entre tant de nobles et de bourgeois, il se sent comme un lion en cage…

– C'était une exhibition, commenta Lady Violet, une exhibition en parfait style anglais… Avec les *Garibaldi biscuits*, des chemises roses qu'ils appellent *Garibaldies*… des orchestres, des musiquettes, des Écossais en jupette, des dames pleines de soupirs… tous courtois, tous excités et tous s'en fichant éperdument. Comme disait Shakespeare, beaucoup de bruit pour rien…

– Le président Lincoln lui a offert une armée.

– Et il a répondu qu'il accepterait quand l'Amérique deviendra socialiste ! Allons, on m'a raconté qu'il s'est mis à baptiser au nom de la Nouvelle Religion du Christ et de Garibaldi… je le préférais presque battu. Le succès lui est monté à la tête.

– Que d'amertume ! observa Terra, conciliant.

Lady Violet lui caressa une joue.

– Tu ne peux pas comprendre.

Puis un lord décrépit, qui avait été ami de son père, l'emmena. Tout à coup, Striga comprit que Violet aussi était au bord de la perdition. Et elle comprit que Lorenzo et elle étaient les deux moitiés d'un corps uni que de mystérieuses raisons avaient, un jour, divisé. Ces deux moitiés ne retrouveraient la paix que lorsqu'elles se seraient réunies. Elle devait l'expliquer à Lady Violet. Elle ne parvint plus à lui parler.

– Elle est rentrée en Italie, lui dit-on.

Milan-Turin, septembre-novembre 1864

Ils se présentèrent à deux au rendez-vous des Navigli*. Un Milanais d'âge moyen et un jeune Vénitien aux longues boucles blondes et aux yeux très bleus.

– Il y a un cabaret à côté, proposa le Milanais.

Vittorelli accepta avec enthousiasme. Il fallait se montrer disponible. Du moins tant que l'affaire ne serait pas conclue.

En fait de cabaret, c'était un bouge. Un repaire de radicaux, du genre que Vittorelli, quand il était encore en service, ne manquait jamais de tenir sous stricte surveillance. Il recourait, à l'époque, à des agents en civil et à de soi-disant révolutionnaires stipendiés. Tandis qu'il prenait place à une table d'angle, il ne put s'empêcher de se demander qui, parmi les présents, était un patriote sincère et qui était un espion. Devant un verre de rouge robuste au point de paraître boueux, le Milanais se présenta comme un « capitaine » de la Phalange armée, la nouvelle association que l'éternel Mazzini avait fondée à Londres.

* Quartier milanais qui prend son nom du réseau de canaux qui le parcourent.

– Je vous ai dit mon grade, insista le Milanais, un quinquagénaire massif et glabre, d'évidente origine populaire.

Et déjà sur la défensive.

Quant au garçon vénitien, sa main avait couru au justaucorps, où était sûrement dissimulée une arme, peut-être un poignard. Vittorelli comprit que quelque chose avait dû lui échapper. Peut-être un signal convenu, ou un mot de passe. Il s'empressa donc de proposer au Milanais le salut maçonnique. Le conspirateur le lui rendit et l'ombre de la méfiance s'effaça de son regard. Le garçon plaça ses mains bien en vue sur la table.

– Combien d'armes avez-vous ? demanda le Milanais.

– Il y a six caisses de carabines et six de munitions. En ce moment, elles sont au dépôt.

– Ici, à Milan ?

– À Turin, répondit Vittorelli avec un soupir.

Le Milanais laissa échapper un juron sonore.

– En sûreté ? Turin serait sûre ? Avec tout ce qui se passe…

Vittorelli écarta les bras. Le vieux conspirateur n'avait pas tous les torts. Moins d'une semaine auparavant, quand s'était répandu le bruit que, en vertu d'un accord avec les Français, la capitale du Royaume allait être transportée à Florence, Turin s'était soulevée. Les troupes du général Della Rocca, digne épigone de la tradition d'incompétence de ses prédécesseurs, avaient ouvert le feu sur la foule qui avait envahi la place du Castello et la place San Carlo. Résultat de ce brillant coup de génie : cinquante-deux morts et cent soixante-sept blessés, une épidémie de démissions chez les politiciens et bureaucrates de haut rang, l'exil temporaire de Sa Majesté, toujours prête à jouer à cache-cache aux premières odeurs d'impopularité. L'énième chef-d'œuvre politique des petits-enfants dégénérés de

Cavour avait conduit l'Italie au bord d'une crise sans retour.

– Cher ami, faire venir de Turin clandestinement une cargaison de douze caisses n'était pas non plus un summum de la sécurité, avec ce qui est en train de se passer… remarqua Vittorelli.

– Et alors ?

– Il s'agit seulement de prendre patience quelques jours, puis ça se calmera. Vous me versez ce que nous avons fixé et, dans une semaine, vous recevrez le matériel.

Le Milanais claqua la langue.

– Pas question. Ce n'était pas ça, les accords. L'échange doit avoir lieu au même moment.

– Vous ne me faites pas confiance ?

– Pour ce que j'en sais, vous pourriez être un espion.

– Vous savez bien qui m'envoie.

– Qui me garantit que, une fois l'argent empoché, vous ne filerez pas, nous laissant le bec dans l'eau ?

– Puisque c'est comme ça, cherchez-vous quelqu'un d'autre.

Vittorelli se leva d'un bond.

– Attendez ! le freina le jeune Vénitien puis, tourné vers son compagnon : je pourrais aller à Turin avec lui… comme ça, nous serons sûrs qu'il ne nous trahira pas.

– Ça pourrait être une ruse, Guido, se rebiffa le Milanais. Il n'était jamais arrivé avant qu'un… qu'un de nos courriers nous demande les picaillons à l'avance !

– Le problème, soupira Vittorelli, et il se rassit, c'est que je ne suis pas seulement un courrier. Je suis le seul qui peut trouver les armes dont vous avez… dont nous avons besoin ! Voyez-vous, mon cher ami, les choses ont beaucoup changé à Londres… parce que vous savez que c'est de là que viennent les carabines… La sympathie que suscitait autrefois notre cause s'est un peu affaiblie.

– Ou peut-être que les Anglais ont leurs propres problèmes avec l'Irlande et l'Inde…

– C'est possible. Mais j'entends dire de plus en plus souvent : ah, ces Italiens, maintenant, ils l'ont, leur patrie, qu'est-ce qu'ils veulent de plus ? La popularité même du Maestro est en déclin. Ceux qui, autrefois, nous fournissaient parce qu'ils étaient nos alliés, aujourd'hui exigent d'être payés rubis sur l'ongle… Vous pensez que je vous demande de l'argent pour m'offrir la belle vie ? Allons ! Je ne serais pas ici avec vous, à risquer une arrestation, si c'était le cas… Avec cet argent, je solderai la dette résiduelle et j'achèterai une nouvelle quantité de matériel… L'idée est claire ?

Ils scellèrent le pacte d'une poignée de mains. Vittorelli se félicita lui-même. Il était encore bon dans le métier. Le meilleur, pour tout dire. Ces caisses d'armes étaient les derniers restes de la malheureuse entreprise de Victor Emmanuel. Il avait réussi à revendre un peu de marchandises aux Hongrois et aux Monténégrins. Mais ces gens payaient une misère. Il avait été contraint de reprendre contact avec les mazziniens. Il avait dû tout faire seul, vu que l'agent Elizabeth était désormais perdu. Mais qu'il aille se faire pendre ! Ce qui compte, en ces temps de renégats et d'imbéciles, c'est uniquement le profit personnel. Et comme les seuls à être encore intéressés par des fusils et des balles, ce sont les irréductibles rêveurs, c'est avec eux qu'il faut conclure l'affaire.

Ils en étaient à la troisième tournée de rouge quand un vieux avec une guitare entra dans le cabaret. Le Milanais se leva pour le saluer, puis l'invita à leur table.

– Monsieur, je vous présente Toni el Ciaparàt…

– « Le chasseur de rats » ? Je ne comprends pas… hasarda le garçon vénitien.

Le vieux éclata de rire.

– Des rats, tu parles ! C'étaient de bons gros rats bien gras, avec des moustaches et l'uniforme autrichien…

Le visage du garçon s'illumina.

– Vous êtes un ancien combattant de 1848 !

Le vieux rougit de plaisir et se lança dans une description grandiloquente de guets-apens, de fusillades, de corps à corps avec l'ennemi… Ce devait être un personnage populaire, ce Ciaparàt, car les autres clients avaient cessé de bavarder et un silence chargé de ferveur régnait dans le bouge. Vittorelli, qui en avait assez, cherchait un prétexte pour lâcher la compagnie, bien entendu en emmenant avec lui le garçon, sa garantie personnelle. Mais Ciaparàt était inépuisable. Une heure plus tard, il était toujours là à se vanter, et les ennemis tués étaient maintenant deux cents. Quelqu'un lui demanda de prendre sa guitare. Le *miles gloriosus* ne se fit pas prier et attaqua une brillante petite marche.

Se vorrii fà l'Italia per de bon
mandèe in galera il re e Napoleon
vun l'ha imparàa dal zio a fa' el robott
l'alter dal pà a vess traditor, bigott.
Ma el zio lè andàa a Sant'Elena a crepà
e a Oporto, de rabbia, è mort el pà…
Sperem che i discendenti, coi istess vizzi,
vaghen anca for istess a precipizzi.
Oh sí, la nostra Italia desgraziada,
passà la ciocca, la dervirà i œucc…

Si vous voulez faire l'Italie pour de bon
envoyez en prison le roi et Napoléon
l'un a appris de l'oncle à faire le voleur
l'autre du père le traître et le bigot.
mais l'oncle s'en est allé crever à Sainte-Hélène
et, à Porto, de rage est mort le père…
Espérons que les descendants, avec les mêmes vices,
aillent eux aussi finir dans les précipices.
Oh oui, notre pays malheureux
une fois débourré ouvrira les yeux…

Un applaudissement frénétique salua la fin du numéro.

– Mais vous n'applaudissez pas ? demanda le Milanais à Vittorelli qui avait du mal à cacher son ennui.

– Je vous avoue que je n'ai pas compris un mot.

Le Milanais traduisit. Vittorelli hocha la tête.

– Ainsi, une fois la cuite passée, notre malheureuse Italie devrait ouvrir les yeux... Vous le croyez vraiment ? Vous croyez que nous ouvrirons les yeux ?

Puis, vu que le cabot, arrosé du vin généreusement offert par les radicaux abusés, allait passer au second acte, il agrippa par un bras le Vénitien et l'entraîna.

Vittorelli hébergea le garçon une semaine dans son domaine de Moncalieri. Comme il l'avait prévu, la situation s'apaisait peu à peu. Le garçon, Guido Toso, avait dix-neuf ans. Il appartenait à une antique dynastie de verriers de Murano. Il était fils et frère de patriotes morts du choléra durant le siège de 1849. Sauver la patrie était sa raison de vivre. On eût dit l'agent Elizabeth jeune, songea Vittorelli, avec une certaine ironie.

– Commencez par vous procurer un passeport plus décent.

– Qu'est-ce qu'il a qui ne va pas ? Ce sont les frères milanais qui me l'ont remis. Ils disent que...

– Il éveillerait les soupçons d'un Croate bourré, voilà ce qui ne va pas. Demain, je vous en apporterai un fait comme il faut.

Pendant ces jours passés en contact forcé, Vittorelli lui raconta une série de mensonges habilement confectionnés. Et quand, le couvre-feu levé, l'armée rentrée dans ses casernes, Turin fut de nouveau sûre, le garçon avait une confiance absolue en lui. Ils conclurent l'affaire de bon matin, à la lumière du soleil. Après un moment d'hésitation, le garçon avait renoncé à contrôler la marchandise. Vittorelli, dans un geste de magnanime fraternité, refusa de compter l'argent. En échange d'une modeste compensation, Blasetti, accompagné de quatre gendarmes ignares, veillait aux opérations de chargement. Les douze caisses, officiellement des « instruments optiques », finirent dans une voiture louée au nom d'un chevalier Selva di Coddè inexistant. Au moment de prendre congé, Guido Toso avait les larmes aux yeux. Vittorelli était impatient de s'en débarrasser. Après tout, avec cette dernière vente, il avait assez accumulé pour changer de branche. Il se reconvertirait dans le marché immobilier. Informé à temps du transfert de la capitale, il avait déjà investi à Florence. Un jour, Venise et Rome deviendraient aussi d'excellents terrains à explorer… Mais le garçon ne se décidait pas à prendre congé.

– Alors, tout est réglé…

Le garçon, dans un élan soudain, lui agrippa le bras.

– Vous qui avez été à Londres… vous avez peut-être connu Lorenzo di Vallelaura…

– Pourquoi tu me demandes ça ? rétorqua Vittorelli en se raidissant.

– Parce que c'est notre héros ! Dites-lui, je vous prie, que le jour où Venise sera enfin libre, nous autres, les jeunes Vénitiens, nous la lui remettrons. Dites-lui que son exemple éclatant nous a tous maintenus en vie pendant toutes ces années… dites-lui que nous combattons pour lui !

Cette nuit-là, Vittorelli ne parvint pas à trouver le sommeil. Il se tournait et se retournait dans le lit du vieil Hôtel de l'Europe, entre la via Roma et la place du Castello. Peut-être dans le lit même où avait dormi ce bizarre mulâtre Dumas. Encore un qui voulait changer le monde. Mais il avait été inutile d'essayer de trouver la paix entre les bras de la joyeuse modiste qui, de temps en temps, remplissait avec zèle la tâche dévolue aux épouses de réchauffer la couche.

– Tu ne veux pas te confier à moi, mon chéri ?

– Laisse-moi tranquille, Doretta !

Une brave fille, mais ignorante comme une chèvre. Comment quelqu'un comme elle aurait-il pu pénétrer les abîmes d'amertume dans lesquels Vittorelli se sentait plonger ? Toute sa vie, il avait cultivé avec diligence, plus encore avec une concentration méticuleuse, avec une intelligence souveraine, l'art du mensonge et du masque. Il s'était fait l'instrument conscient d'abus et d'abjections, et le paradoxe de l'Histoire avait abouti à ce que, de ces abus et de ces abjections, naquît une nation nouvelle. Une nation peut-être bancale, imparfaite, mais quand même une nation. Maintenant, il se trouvait aux prises avec un nouveau et, à ses yeux, douloureux paradoxe : Lorenzo qui avait été entraîné malgré lui dans le jeu, Lorenzo dont la vie avait été ruinée par ce jeu, Lorenzo s'avérait, tout compte fait, meilleur joueur que lui. Lorenzo, le plus sale traître qui devient le phare de ces blancs-becs d'apprentis conspirateurs. Guido Toso l'avait assommé pendant une heure avec la geste du mythique baron di Vallelaura, de la première expédition en Calabre aux vingt ans d'exil londonien. Mais va te faire enculer !

Ce fut seulement à l'aube qu'il réussit à s'endormir. Grâce à une petite idée qui avait lentement fait son chemin, se substituant à la frustration, à la haine, et même aux projets extrêmes qu'il avait caressés. S'il en était ainsi, fidèle aux enseignements du seul maître qu'il eût jamais eu, Cavour, eh bien, ce paradoxe, il le transformerait en une force pour lui.

Deux mois plus tard, le roi Victor Emmanuel réapparut et, comme si de rien n'était, ordonna de reprendre les contacts avec Mazzini. Vittorelli accepta de bon gré, en posant, comme unique condition, une réévaluation sensible de ses commissions.

XIII

1866-1867

Londres, été 1866

Le remède contre le désespoir, la voie maîtresse vers la fin : deux mesures d'absinthe, une d'alcool pur, une boulette d'opium effritée et dissoute dans la boisson. Les dents branlantes, les pupilles réduites à des pointes d'épingle, Lorenzo en est arrivé à peser soixante kilos. Même en ce mois de juin exceptionnellement chaud, des frissons de froid le secouent. Le Chinois est en retard. Ses mains commencent à trembler. Des accès de vomissement sec remontent dans son œsophage. Il passe son manteau, le seul qu'il possède, et allume la cheminée. Il s'étend sur une mauvaise paillasse devant les flammes et observe les mouvements des figures monstrueuses qui ne lui laissent aucun répit : un dragon qui montre les crocs et menace de l'engloutir, Lady Violet dans un domino rouge, puis nue, des pendus qui ressemblent au Trévisan, à er Berva, à Lussardi et aux autres hommes sans nom dans le sang desquels il s'est souillé, Mazzini, diable cornu qui joue de la guitare et rit de lui. Puis lui apparaît sa propre tête de mort, des vers vomis par les orbites rampent sur les murs, et toujours, toujours, le son moqueur d'une cloche. On frappe à la porte. Lorenzo se traîne pour ouvrir. Feng Li lui a apporté l'opium, mais il demande à être payé. Lorenzo fouille ses poches. Elles sont vides. Le Chinois se raidit. Lorenzo l'implore de lui faire crédit une dernière fois.

– Trois mois sans payer.

– Je vais me reprendre.

– Vous dites tous la même chose. Je regrette. Pas d'argent, pas d'opium.

Il ne peut rester sans. Pas maintenant. Demain, peut-être, demain, quand tout changera… Il se jette sur le Chinois, il ne croyait pas en avoir encore la force. Feng Li est petit et agile. Sain, surtout. Il sait comment se traitent les opiomanes, il est dans le secteur depuis vingt ans. Il connaît les trucs, les astuces, les misères de ces malheureux qui le font vivre. Lorenzo est renversé avant même d'avoir frappé. Les mains du Chinois lui serrent la gorge.

– Je peux tuer !

– Fais-le alors, râle Lorenzo, étrangle-moi et finissons-en !

La prise se relâche. Lorenzo aspire l'air malsain du galetas de Clapham Commons. Le dernier refuge, après, il n'y en aura plus d'autres. La semaine arrive à échéance. Après, les ponts l'attendent.

– C'est beau, ça !

Lorenzo se remet sur pied en toussant. Feng Li a repéré le bâton animé que Lorenzo a volé dans le bureau de Mazzini. Le Chinois joue avec le mécanisme, fait jailli la lame et la rengaine, rit, extasié. Puis il extrait de sa poche une barrette d'opium, la tend à Lorenzo, agite le bâton.

– Donner et avoir ?

Lorenzo hoche la tête. Feng laisse tomber l'opium. Lorenzo se précipite pour le ramasser. Feng Li l'éloigne d'un coup de pied. Lorenzo rampe derrière le précieux fragment, l'agrippe, en détache une boulette, l'avale. Le Chinois rit. L'opium commence sa lente descente. Lorenzo ferme les yeux. Imperceptiblement, le tremblement se calme, la nausée disparaît, survient un silence chargé de paix.

Au bout d'un temps indéterminé, il est de nouveau debout. Suant, fébrile, le cœur en tumulte. La dose qui tuerait n'importe qui d'autre a été à peine suffisante pour un instant d'oubli. Il avale encore de l'opium. Rien ne se passe. Il regarde autour de lui. Le Chinois s'en est allé. Le feu agonise dans la cheminée. Dans un sursaut rageur, Lorenzo met en pièces la seule chaise survivante et la jette dans les flammes. Mais quelque chose a dû obstruer le conduit. Une fumée dense envahit la pièce. La nausée le prend à la gorge. Il vomit, tombe, se relève, vomit encore. La fumée se concentre en une brume épaisse, la vue lui manque. Lorenzo sait qu'à quelques pas il y a la porte, la vie sauve. Mais il est fatigué. La voie principale vers la fin : toux, fumée, les poumons en lambeaux. J'ai pitié de moi, pense-t-il, et un instant plus tard il se corrige : je ne mérite pas la pitié. Il s'approche du cœur des flammes, qui maintenant crépitent sauvagement. Il aspire furieusement la fumée, pour que tout soit fini. Il s'écroule. Un bruit lointain lui parvient. Une bouffée d'air frais l'effleure. Une main fraîche lui caresse le front. Il perçoit autour de lui des bruits de voix confus. Il a la sensation de voler, il est tard, il voudrait crier, mais de sa bouche ne sortent que des râles et des grumeaux de matière immonde. Une autre caresse sur le front, puis un jet d'eau glacée, qui l'oblige à tousser. Il ouvre les yeux. Il est dans la rue. Penchée sur lui, Striga, le toucher douloureux de ses doigts qui semble lui restituer le goût désormais oublié de la vie.

Palerme, septembre 1866

Sentu friscura d'ariu
lu celu è picurinu :
'nca c'è spiranza, populi,
la burrasca è vicinu !

On sent la fraîcheur dans l'air
le ciel moutonne :
là-dedans il y a l'espoir, peuple,
la bourrasque est proche !

Deux jours avant la date fixée pour les Nouvelles Vêpres, Salvo Matranga accompagne Lady Violet et les enfants au port. Il a été convenu que ces derniers seront expédiés, par sécurité, à Londres. Tabitha les accompagne. Cristina Devi, qui, à quatorze ans, commence à rivaliser de beauté avec sa mère, lui serre la main, lui offrant un éclair de ses yeux rêveurs. Salvo les voit partir la mort dans l'âme, envahi par le regret d'une vie qui aurait pu exister et qui n'existera jamais.

Depuis deux ans, Lady Violet et son mari ne se parlent plus. Violet ouvre chaque après-midi son palais aux enfants de la rue, les couvre de cadeaux, leur apprend à lire et à écrire. Le soir, mari et femme dînent aux deux bouts d'une grande table, en feignant l'harmonie devant les enfants. Mario est une légende chez les putes de Palerme. Salvo a vu Lady Violet se consumer jour après jour dans une inertie sombre et furieuse. Tandis qu'ils rentrent à pied au palais, il note certaines petites rides sur son très pur visage, et la trouve encore plus désirable, et se demande si un bon coup de stylet dans le cœur de son inutile mari ne pourrait pas…

– Pourquoi n'es-tu pas avec les rebelles, Salvo ?

La demande le cueille par surprise. Puis il se rend compte qu'elle l'a tutoyé et il rougit violemment.

– Parce que je suis avec le gouvernement, répond-il, incertain.

– Le gouvernement de la faim, de la misère, de l'oppression, Salvo ?

– Nous, nous n'avons pas ces problèmes.

– Qui ça, nous ?

– Moi, le baron, M. Mario… vous, Lady Violet… de quoi vous plaignez-vous ?

– Et pour toi, les autres n'existent pas, pas vrai ? Ils ne comptent pour rien ! Les enfants que vous envoyez mourir à sept ans dans les mines de soufre, ceux qui naissent, grandissent et vieillissent au milieu des chèvres… et les fillettes que les mères, poussées par la misère, vendent aux nobles… et les paysans qui relèvent la tête, une tête qu'on retrouve le lendemain séparée du reste du corps… tout cela ne compte pas, pas vrai ?

– C'est facile de parler quand on est né dans la richesse, comme vous. Mais la Sicile…

– La Sicile, la Sicile… vous aussi, vous êtes italiens. Une grande déception, mon ami, crois-moi, la plus grande déception de ma vie.

Les paroles de Violet creusent, descendent dans les profondeurs, émettent des éclairs, déchaînent des explosions exaltantes. Salvo court à Marsala et réunit ses lieutenants.

Le 15 septembre, cent gars en armes, guidés par le baron Michele Pasciuta di Ribera, entrent en chantant dans Palerme. La garde civique et la préfecture, prises par surprise, se rendent aux insurgés sans tirer un seul coup de feu. Dans les rues de la ville arabe, on improvise des barricades. Prêtres, avocats, paysans, barons, médecins, bourgeois et mazziniens ; charretiers, déserteurs et bergers ; malandrins, gens du peuple, vieux bourboniens et garibaldiens. Cette fois, ils sont tous d'accord. Le comité secret s'est prononcé. Palerme s'est soulevée. Les campagnes se sont soulevées. La mort de Corrao a seulement ralenti et non annulé cette énième folie sicilienne.

Les objectifs sont confus : démocratie, séparatisme, restauration, Garibaldi dictateur, le retour du roi, abolition de la taxe sur les récoltes, autonomie insulaire, non au service militaire obligatoire, vive Mazzini. Tout pourvu qu'on jette à la mer le Piémontais haï. La Sicile est lasse de souffrir. La Sicile a envie de sang, désir de vengeance, soif de liberté.

Une colonne improvisée se dirige vers la Vicaria. Attaquer les prisons, libérer les prisonniers, politiques ou de droit commun peu importe, créer une force de résistance, mettre Florence, la nouvelle capitale, devant le fait accompli, et puis négocier. Mais la Vicaria résiste. De même que le gros des troupes retranché dans les casernes. Cette fois, tout le monde est d'accord. Mais pas Michele Liberato. Informé par un message laconique du baron, le major général Gabriele Camozzi, commandant de la place et vétéran garibaldien, a renforcé à temps les prisons de la Vicaria et, plus important encore, auparavant, il a réussi à prévenir le gouvernement de Florence.

Quand arrive l'ordre de couper les fils du télégraphe, il est déjà trop tard. Dix, cent hommes du peuple se jettent sur les poteaux, les abattent à coups de hache, décrochent les fils, se les approprient : ils seront utiles pour étrangler les *bersaglieri* et les carabiniers, fils de chien, assassins, violeurs de femmes. Mais il est déjà trop tard. Il ne reste que la rue. Tous d'accord, même la Mafia. De tous les barons, seul Michele Liberato est resté fidèle au gouvernement. Ses hommes, les hommes de Salvo, avec lui. Mais pas tous. Quelques-uns ont trahi et sont passés du côté des révoltés. Quand Salvo lui révèle qu'à Marsala et à Villagrazia ils sont passés à l'autre bord, Michele Liberato crache feux et flammes.

– Ceux que nous avons suffisent largement. Et ce sont les plus décidés, le rassure Salvo.

– Tu le garantis, toi ?

– Comme je l'ai toujours fait.

Quarante gars fidèles veillent sur le palais de Michele Liberato, quarante autres protègent Mario Tozzi. Ils ont assez de ravitaillement pour soutenir des mois de siège, des lames, des pistolets et des carabines à revendre. Ils ont l'arme la plus puissante : le désespoir. C'est un voyage sans retour. Ou de ce côté, ou de l'autre. Si la révolte doit être écrasée, ils auront en main la Sicile. Si la révolte doit l'emporter, ils perdront tout.

Mais la révolte ne peut triompher.

Michele Liberato voit loin. Les autres barons le haïssent. Les affaires vont à merveille, sa famille est protégée et respectée. Que la Mafia, pour le moment, soit de l'autre bord, ça ne pose pas problème. Salvo Matranga et ses meilleurs hommes restent fidèles. Michele Liberato est en position de force. En ce qui le concerne, la révolte peut même durer des mois. Et s'il devait s'ensuivre l'assassinat d'un de ses rivaux, alors, ce serait tout bénéfice. Les gars les moins connus font la navette entre les barricades et les palais. Ils racontent des massacres, des fusillades en masse, des pillages et des violences. Tout Palerme est avec eux, les autres.

Même Lady Violet.

– Elle s'est enfuie ! Elle a rejoint la révolte !

Mario se tord les mains.

– Cette folle ! Elle est capable de se faire flinguer ! Faut qu'on la trouve, Michele.

– Vas-y, ne te gêne pas, rétorque, glacial, Michele Liberato, mais ne t'imagine pas que tu vas soustraire un seul homme à la défense des palais.

– Moi ? Et qu'est-ce que je peux faire, tout seul ? Là-dehors, y'a l'enfer.

Les gars toisent Mario, l'un d'eux crache par terre en signe de mépris. Si c'était un homme, il irait se la reprendre, sa femme. Si c'était un homme, plutôt, elle n'aurait pas bougé, même en rêve. Si c'était un homme… Mais ce Romain est homme de putes et de poils : un putanier. Ce Romain est un homme de rien.

Salvo reste à l'écart, en apparence peu intéressé. Mario croise son regard sarcastique. Le baron débouche une bouteille de marsala vieilli.

Plus tard, Salvo convoque Cusumanno et Buscemi, deux gars qui se feraient brûler vifs pour lui. Ils se présentent à la porte de l'immeuble vêtus de noir, fusil et cartouchière en bandoulière, poignards à la ceinture, munis d'une paire de bombes Orsini et de gros sacs pleins de vivres. Pas besoin de parler, avec eux. Sur un signe de Salvo, ils s'enfoncent dans la nuit.

Brookwood (Surrey)-Londres, septembre 1866

– Merci.

Ce sont les premiers mots de Lorenzo, dans le wagon qui, du Surrey, les emmène à Londres. Terra di Nessuno hasarde un sourire, Striga prend la main de Lorenzo et la sent froide, inerte. Peut-on vivre contre son propre désir de mourir ? Peut-on céder ainsi à la disharmonie ? Terra fouille dans le sac de voyage et remet un passeport à son ami. Lorenzo hoche la tête et empoche le document sans lui accorder un regard. Terra cherche vainement dans son expression absente la moindre trace d'intérêt.

– C'est Mazzini qui t'a trouvé, explique-t-il.

Le service secret du Maestro, auquel rien n'échappe. Mazzini, puis Carlyle, qui a payé de sa poche les trois mois de séjour à l'Asylum de Brookwood, la coûteuse, angoissante désintoxication qui a reconstruit un esprit bouleversé par les cauchemars. Rats, squelettes et fantômes ont disparu.

– Pourquoi ? demande enfin Lorenzo, aphone, résigné.

– Mazzini te veut à Venise.

– À Venise ? Qu'est-ce qui se passe, à Venise ?

– Qu'est-ce qui s'est passé, tu veux dire…

Le train traverse imperturbablement la campagne, déjà teintée des couleurs de l'automne. Lorenzo frissonne dans un paletot trop large pour son épouvantable maigreur. De rares sursauts, c'est tout ce qui lui reste des deux dernières années. Les sursauts, et cette douloureuse envie effrénée d'opium qui ne l'abandonnera jamais.

Qu'est-ce que Terra est en train de dire ?

L'Autriche et la Prusse partent en guerre l'un contre l'autre. L'Autriche offre Venise à l'Italie en échange de sa neutralité. Victor Emmanuel repousse l'offre avec indignation et déclare la guerre à l'Autriche. Il veut sa place dans l'histoire, le tyran, et peu lui importe quelle quantité de sang lui coûtera la conquête. L'armée italienne est bien armée et bien entraînée, et l'envie de réunir Venise à la mère patrie devrait déchaîner des instincts de bêtes fauves chez les combattants.

– Eh oui, mais il y a les généraux, par bonheur pour l'ennemi ! souligne Terra, sarcastique.

Les généraux La Marmora et Cialdini, et puis, comme si ça ne suffisait pas, l'amiral Persano. Vétérans de cent défaites, maîtres insurpassables en intrigues. Nous perdons à Custoza, la flotte est bloquée à Lissa, les campagnes vénètes restent inertes, ils se battent comme des lions, les Italiens, oui, mais ce sont ceux du camp impérial. Seul le vieux Garibaldi, rongé par l'arthrite, sait encore comment on combat. Il massacre l'ennemi à Bezzecca et s'ouvre la route vers le Trentin autrichien. Il avance, irrésistible. Il est à un pas de Vienne quand Sa Majesté le rappelle à l'ordre.

– Il a répondu par un télégramme : « J'obéis ! » Et la guerre est finie ! Et voilà !

Le train entre dans Paddington. Lorenzo se passe une main dans les cheveux. Quelques-unes de ses rares boucles lui restent entre les doigts. Le médecin l'avait prévu : chute des cheveux, faiblesse des dents, difficultés de digestion, prédisposition aux infections. On ne plaisante pas avec l'opium.

– Qu'est-ce que tu essaies de me dire, Terra ? murmure enfin Lorenzo, en s'arrachant à sa torpeur.

– Tu rentres chez toi, dit l'autre en riant, tu ne l'as pas encore compris ? Regarde ce bon Dieu de passeport, Lorenzo…

Lorenzo feuillette le document. Il y a son nom, son vrai nom, et les tampons du Royaume d'Italie.

– Le Maestro a toujours su y faire, avec les faux.

– Le passeport est vrai. Venise est italienne. Tu es un homme libre !

Lorenzo reste froid.

– On me l'a déjà faite, cette blague, dit-il à part lui.

De toute façon, ils ne comprendront pas et, même s'ils comprenaient, au point où il en est…

– Tu sais, ce n'est pas une blague. Venise est italienne.

– Mais si nous avons perdu la guerre…

– Et qu'est-ce que ça veut dire ? Napoléon nous l'a offerte ! Allez, tu rentres chez toi, mon ami. Un tas de travail t'attend là-bas…

– Retourne auprès de Violet, lui dit lentement Striga avec ses doigts.

Palerme, septembre 1866

Fusillades, incendies, détonations, pleurs, puanteur de cadavres. Salvo sort toutes les nuits. Il arpente les quartiers, pénètre dans les palais, escalade les barricades. Cusumanno et Buscemi, fidèles, charitables, meurtriers, sont à ses côtés.

Il n'y a pas eu de trahison dans la Société de Salvo Matranga. C'est lui qui place ses hommes dans les deux camps. Un pacte qui ne peut être dissous lie la Société. Le vainqueur fera monter le vaincu à bord de son char. Personne ne pourra dire, quel que soit le vainqueur, que la Société a fait le mauvais choix. La Société est des deux côtés, il est juste qu'elle le soit. La Société se barricade dans le palais du gouverneur et attend les canonnières de Florence, et la Société est sur les barricades avec son peuple.

Lu populu si jeva rivutannu
ma si rivutirà tuttu lu Regnu
aspittamu 'stu jornu e (cu sa quannu ?)
vinnitta si farrà sangu ppi sangu !

Le peuple se révolte
mais tout le royaume se révoltera

nous attendons ce jour et (qui sait quand ?)
quand il viendra, on rendra sang pour sang !

Des révoltés entrent dans les maisons, ils distribuent pain, vin, huile, fromage, sucre, farine et fruits volés chez le baron. De vieux paysans leur baisent les mains. Des jeunes impatients demandent à être affiliés. Pour tous, Salvo Matranga a une bonne parole, pour tous une espérance. De temps en temps, ils tombent sur un *bersagliere* qui a perdu le contact avec sa compagnie, sur un bourgeois qui cherche un refuge auprès des légitimistes. Salvo et ses hommes les égorgent comme des chevreaux. Les nobles légitimistes frémissent d'indignation. Des rumeurs de cannibalisme se répandent : demain, à la Vucciria*, on vendra de la fressure de Piémontais, du foie de misérable : c'est un mensonge colossal, mais c'est un mensonge utile. On doit être terrorisé par la colère populaire. On doit écraser la tête du peuple en colère. Chez un savetier, ils ont un lieutenant de carabinier. Il est blessé, ils ne savent pas quoi faire de lui. Salvo s'approche de la tête du lit. C'est un garçon du Nord, il tremble de peur. Salvo se montre affable, gentil.

– Qu'est-ce que tu pourrais me dire de la femme du Romain, une dame anglaise qui est de notre bord ?

Le lieutenant n'en a pas entendu parler. Salvo hoche la tête. Il donne des instructions. Le lieutenant est traîné dans la rue. On le cloue à la porte d'une église, on lui arrache les yeux. Pas de coup de grâce. Il meurt au bout de trois heures. Ils laissent le corps sans sépulture, comme avertissement aux infâmes. On doit être terrorisé par la colère du peuple. On doit négocier avec le peuple en colère.

* Célèbre marché de Palerme, qui tire son nom du français « boucherie ».

Chaque soir une mission, chaque soir un triomphe et un échec. Salvo cherche Lady Violet, mais elle est invisible, engloutie dans le ventre en tumulte de Palerme. On l'appelle l'*Anglisi*, elle vole comme un ange sur les barricades, assiste les misérables, soigne les blessés, procure des sauf-conduits aux désespérés. Elle est avec la révolte et elle est avec la paix. Lady Violet aussi sait qu'il est juste d'être des deux côtés. Mais c'est un jeu dangereux. S'il ne réussit pas à la trouver, pour elle, ce sera la fin.

Les jours et les nuits se succèdent. Salvo tue et apaise, pleure, égorge et guérit. Les canonnières entrent dans le port. Une dernière charge des rebelles contre la prison est repoussée avec de fortes pertes. Les canonnières ouvrent le feu. Palerme est un amas de ruines. Le comité des révoltés propose une trêve. La trêve est refusée. Les canonnières continuent de se déchaîner. Des ruines s'élève une puanteur de décomposition. À la Vucciria, les têtes coupées du peuple de Palerme pleurent. Les gars de la campagne regagnent leurs mas, leurs étables et leurs fermes. Salvo ordonne à Marsala et Villagrazia de changer de drapeau. Les canonnières martèlent sans pitié. Les chefs se rendent, invoquant la clémence des Piémontais. Les rafles commencent. Salvo et les siens s'unissent aux exécutants de la rafle, pour se reconnaître ils utilisent des cocardes royales et des signes conventionnels. Les proies de Salvo sont conduites en silence à la périphérie et laissées libres. Salvo arpente les rues à la recherche de Lady Violet, mais Lady Violet est une ombre, Lady Violet n'est plus là.

Un capitaine débarqué du *Rosalino Pilo*, ivre de vin et peut-être de sang, fait fusiller sans procès quatre-vingts prisonniers. Le bruit court que parmi eux il y avait une femme de l'aristocratie. Salvo se précipite pour vérifier. Le capitaine lui barre le passage. Salvo lui pointe le revolver sur la tempe. Le capitaine se retire. Salvo fouille parmi les cadavres, agite des corps en désordre, plonge les mains dans le sang encore frais qui forme des gribouillages dépourvus de sens sur des visages inconnus. Lady Violet n'est pas parmi les morts. Salvo prend à part le capitaine. Quand il est certain de ne pas être vu, il lui tranche la gorge. Essuie la lame sur sa veste. Les arrestations se succèdent. On instaure en toute hâte une cour martiale. Michele Liberato et Mario Tozzi sont invités comme observateurs pour veiller à la régularité des procès. La cour est convoquée sur une esplanade, devant le port. Quinze malheureux attendent, résignés, l'issue évidente de cette farce. Le major qui préside le tribunal joue avec un collier d'émeraudes. Salvo reconnaît le joyau. Il l'a vu au cou de Lady Violet. Le procès dure le temps d'un amen. Les exécutions sont encore plus rapides. Le soir, Salvo se présente au major. Il loue sa détermination, lui propose à boire : une, deux, trois bouteilles du meilleur marsala sont vidées. Salvo lui dit qu'une certaine dame, très belle et très discrète, a assisté au procès et a été frappée par son aspect. Elle propose une rencontre réservée. Quand ? Maintenant, tout de suite, demain pourrait être trop tard. Le major se relève avec peine, rote, le suit plein d'espérance et d'excitation dans les ruelles derrière la Vucciria. Quand ils sont loin des bruits de la nuit, il lui plante un couteau sur la gorge et l'enfonce doucement.

– Le collier.

– Je te le donne, ne me tue pas, je t'en prie !

– Je m'en fous de ton collier. Je veux savoir comment tu l'as eu.

– Une femme… nous l'avons prise ce matin…

– Et alors ?

– Elle m'a donné le collier et je l'ai laissée partir.

– Où ?

– En bas, au port.

– Merci.

Salvo exécute le major et court au port. Des gars de confiance le saluent. Des gars malins l'envoient auprès d'un vieux contrebandier. Salvo n'a pas besoin de parler beaucoup. Tout le monde à Palerme sait qu'il cherche l'Anglisi. Tous sont prêts à donner leur vie pour le nouveau chef de la Mafia.

– Elle est partie, révèle le contrebandier, sec. Elle est saine et sauve.

Salvo rentre au palais, rasséréné et pourtant mélancolique. Il aurait voulu la sauver dans un geste héroïque, offrir sa poitrine au feu pour elle, il aurait voulu…

C'est peut-être mieux ainsi.

Le baron lui donne à boire et à fumer. Mario Tozzi parle de nouveaux projets, d'ouvrir une succursale à Venise, de reprendre l'idée d'un atelier d'habits de mariage. Lady Violet est ignorée, oubliée. Le baron est affectueux comme jamais.

– J'ai de grands projets pour nous, Salvuzzu ! L'esprit et le bras, quel beau couple, hein ?

Il dort d'un sommeil de plomb, sans images, sans mémoire.

À l'aube, on vient l'arrêter. L'accusation : sédition, appartenance à l'association criminelle dénommée Mafia, meurtre d'un officier de l'armée royale.

Tandis qu'on l'emmène, il croise le baron. Michele Liberato feint de ne pas le connaître et continue tout droit dans sa voiture. C'est lui qui l'a dénoncé. Cette idée folle de « répartir les forces » risquait de le compromettre, et le baron a dû prendre des mesures. Et puis, Salvo commençait à lui faire de l'ombre. Il doit être remis à sa place. Il recommandera ensuite à la délégation de Florence de ne pas taper trop fort. Quelques années de prison seront plus que suffisantes pour lui rabattre le caquet.

Cette nuit-là, dans les cellules de la Vicaria, s'élève haut et dolent un chant :

Ju di tutti canusciu la mancanza:
cu ha vinti tarí vulissi 'n' unza;
ogni omu si nutrisci di spiranza
e assuppa, assuppa, megghiu di 'na sponza.
'U Quarantottu fu la cuntradanza
lu 'ncugna e scugna, lu conza e lu sconza
Sigilia dissi: arrísicu la panza;
quanno si sburdi 'na cosa, si conza.
A lu Sissanta Sigilia chi accanza?
Li cani grossi mancianu la sponza.

Moi de tous je connus le manque:
qui a gagné des tari veut une once;
tout homme se nourrit d'espérance
et s'imprègne, s'imprègne, pire qu'une éponge.
Quarante-huit fut la contredanse
l'installe et le détale, le prépare et le délabre,
Sicile dit: j'ai risqué ma peau;
quand on renverse une chose, on l'arrange.
Les Soixante Sicile qui les remet en selle?
Les gros chiens ont mangé l'éponge.

Venise, octobre 1866

Brume, pluie fine, et en arrière-plan le chant des gondoliers, les cris évanescents des mouettes. Venise était et n'était plus sa ville.

Un officier autrichien avait habité l'ancienne demeure de Lorenzo. Partout, des traces d'une fuite précipitée. Un portrait de famille : le gentilhomme, en grand uniforme, des moustaches épaisses et l'épée au côté ; sa femme, austère, une lueur lasse dans le regard ; deux grands fils blonds, des chiens tachetés, un horizon de lagune immergé dans le brouillard du premier soleil. Pas sa famille. D'elle, seuls quelques rares souvenirs entassés dans le vaste grenier. La vieille robe de chambre de son père. Un portrait de Lorenzo enfant, les yeux pleins de foi et d'affection qui examinent l'imposante figure du lieutenant-général. Un bureau forcé. Dedans, le fossile d'un cafard, une boucle de cheveux noirs avec l'odeur de la maman. Piétinement dans les interstices : surgit la forme inquiète d'un museau. Homme et rat restèrent à se fixer un bref moment, immobiles, curieux l'un de l'autre. Puis la bête rassemble son courage, fait quelques pas. Lorenzo fouille ses poches, y trouve une miette de pain, l'offre au rat. La bestiole s'approche, circonspecte. Renifle. Se retire, glissant dans son trou inatteignable.

C'était, et ce n'était plus sa maison.

Depuis trois jours à Venise.

Vingt-trois ans après. Aucune émotion. Et une pensée faisait son chemin, obsessionnelle : où se procurer de l'opium ? À Mestre, peut-être ? Ou auprès d'un gondolier ?

Giacinto, un valet recruté à Dorsoduro, plus ou moins de sa taille. Il l'avait expédié avec ses dernières économies pour renouveler sa garde-robe. Peu de choses, et pratiques. Le voilà de retour avec deux apprentis du tailleur le plus renommé des Schiavoni.

– C'est pour prendre les mesures, *sior barone.*

– Je n'ai pas l'argent pour le payer, Giacinto.

– Il a dit que, pour vous, il n'est pas question d'argent. Ils ne se font pas payer, sior Lorenzo.

Mais va au diable ! La perplexité des apprentis. Il se laisse prendre les mesures. Leur laisse deux pièces anglaises en guise de pourboire.

– Celles-là, on va les encadrer, baron !

Ils l'insultaient ? Se moquaient de lui ? Et pourtant…

– Il y a des gens qui veulent vous voir, baron.

– Qui ?

– Deux hommes, un plus âgé, l'autre jeunot.

– Renvoie-les. Il est resté du vin ?

– Une bouteille, sior. La dernière.

Boire, vu qu'il n'a droit à rien d'autre. Pourquoi diable Striga et Terra s'étaient-ils donné tant de peine pour son âme damnée ? Pourquoi ne l'avaient-ils pas laissé mourir ? Et s'ils avaient décidé, pour quelque mystérieuse raison, qu'il était digne de rester en vie, pourquoi le priver d'opium, maudits soient-ils ?

Une explosion de voix, presque un chœur, et des accords de guitare. Une sérénade sous ses fenêtres. Des amants perdus, peut-être ? Sa pensée courait vers Lady

Violet. Le dernier message de Striga : retourne auprès d'elle, ne la laisse pas seule… Quelle folie ! Quel inutile gaspillage ! Trouverait-il jamais le courage d'en finir ?

– Sior barone ! Sior barone ! Venez, venez, mettez-vous à la fenêtre.

La soirée était froide et sombre. Il faudrait attendre encore quelques jours avant que la nouvelle administration, les nouveaux maîtres donnent l'ordre de rallumer les lampadaires. Avant, avait ironisé Giacinto, ils doivent se mettre d'accord sur la répartition des commandes publiques. Giacinto, nostalgique de l'empereur et de 1848 en même temps. Mais sous ses fenêtres des lanternes, des lampes agitées jetaient des taches lumineuses sur la silhouette obscure de San Marco.

– Le voilà !

– C'est lui !

– Vivat !

– Vive Lorenzo di Vallelaura !

– Vive le baron ! Vive le héros !

– Mazzini ! Mazzini !

– Garibaldi ! Garibaldi !

Et enfin, le chœur, puissant : *Fratelli d'Italia, l'Italia s'è desta…*

Un coup de pistolet. Non, des pétards. Et des feux d'artifice. Une vraie fête.

– Qu'est-ce que c'est, cette bouffonnerie, Giacinto ?

– Ce n'est pas une bouffonnerie, mon ami. C'est le juste tribut que la ville réserve au retour du héros invaincu.

Dans son dos était apparu Vittorelli. Une courbette moqueuse, une vigoureuse poignée de main et même une embrassade que Lorenzo toléra sans bouger un muscle.

En quelques instants, il se retrouve la maison pleine de monde. Des laquais apportent des plateaux débordant de fruits de mer, des corbeilles de pain, des caisses de bouteilles.

Il y a le Peintre, quelques fils gris dans les cheveux, qui évoque l'entreprise de 1844 en Calabre et réserve des séances pour un portait « avec la lagune et l'allégorie de l'Italie qui traverse en gondole le Grand Canal ». Il y a Griffin McCoy, porteur d'un message personnel de l'ambassadeur américain et d'une offre d'affiliation à la maçonnerie.

– Directement au trente-sixième grade, un honneur réservé à peu de gens !

Il y a un jeune homme blond, aux yeux très bleus, qui se jette à ses pieds et lui embrasse les genoux, et dans un élan d'éloquence mêlé de larmes et de sanglots le proclame « le plus pur parmi les purs, l'élu parmi les élus, drapeau et espérance de la Nouvelle Sérénissime d'Italie ».

– Il s'appelle Guido Toso. Il a perdu sa famille en 1848. Un exalté, mais il nous sera utile, explique Vittorelli en tirant Lorenzo à part. Laissez-le parler, donnez-lui cette satisfaction ou bien renvoyez-le, pensez à vous amuser, le reste on verra demain…

Et des femmes. Des jeunes filles de familles autrefois éminentes, dans les visages desquelles Lorenzo reconnaissait les traits rajeunis de leurs mères aimées avant l'exil, et des courtisanes inconnues aux rires aigus et aux seins arrogants, des musiciens, et du vin, et de l'allégresse. Et Vittorelli qui insiste…

– Allez, qu'attendez-vous ? Vous n'avez qu'à choisir celle qui vous agrée le plus.

– Mais oui, après tout, pourquoi pas…

Il s'éveilla à l'aube. Une forme féminine en travers de son lit, des cheveux châtains répandus sur des épaules couvertes de taches de rousseur, dans l'air des parfums doux et des odeurs âcres de sexe.

Vittorelli, collet défait, arrosait d'un fond de bouteille de blanc une cuisse de poulet froid.

– L'aujourd'hui nous appartient, mon ami. Vous voulez vous servir ?

– Je voudrais comprendre.

– Asseyez-vous à côté de moi. Comprendre ? Il n'y a rien à comprendre. Il faut juste saisir au vol. Vous êtes l'homme du jour, Lorenzo. Vingt-trois ans d'exil, vingt-trois ans aux côtés de Mazzini, font de vous l'idole des républicains et des garibaldiens. Votre carrière exemplaire, immaculée… sur laquelle, prenez-y bien garde, je ne songe pas un instant à ironiser… votre carrière fait de vous le candidat idéal pour les projets futurs de ces gens.

– Mais je n'ai même pas combattu pour Venise !

– Parce qu'une grave maladie nerveuse vous retenait à Londres. Elle a surgi aux premières manifestations des intentions de Victor Emmanuel. La hâte de verser votre sang pour la patrie a vaincu votre constitution, déjà mise à rude épreuve par l'exil… Vous vouliez partir, vous le vouliez de toutes vos forces, ce sont les médecins qui vous en ont empêché. Vous avez même essayé de fuir, et ils ont dû vous enfermer dans cette clinique pour éviter que la fatigue et l'angoisse du retour vous tuent.

– Mais tout est faux !

– Ben, je me suis inspiré de Mazzini. Sa réticence à se retrouver sur la ligne de front est connue, ce n'est pas moi qui dois vous rappeler combien de fièvres cérébrales et de tabès dorsaux l'ont toujours tenu prudemment à l'écart du cœur de la mêlée. Donc, de ce point de vue, vous êtes couvert.

– Couvert ! Mais comment parlez-vous ?

– Écoutez-moi un peu. D'ici peu, il y aura des élections. Vous vous porterez candidat. Les républicains, qui sont très forts, voteront pour vous en masse. Et moi, modestement, je vous amènerai aussi les modérés.

Il suffira de les rassurer sur votre… disponibilité pour certaines opérations auxquelles ils tiennent.

Des affaires immobilières, expliqua Vittorelli. Recenser des terrains et les rendre constructibles. Implanter des hôtels et des salles de jeux. Accorder des licences, obtenir des concessions, lancer une ligne de *vaporetti* avec la terre ferme.

– Je ne ferai rien de tout cela, Vittorelli.

Une stupeur sincère se peint sur le visage du Turinois. Sa cicatrice envoie des étincelles.

– Mais pourquoi ?

– Parce que je suis revenu à Venise pour un unique motif : mourir en paix.

Vittorelli soupira.

– Ah, quel romantisme ! Bien, je ne veux pas me disputer avec vous. Vous avez le temps d'y repenser…

– J'ai déjà décidé.

– Allons, allons, ne précipitons pas les choses ! Après tout, si je voulais, je pourrais vous couvrir de honte à n'importe quel moment…

– Faites-le.

Solitude. Il envoya Giacinto congédier la fille dont il ne se rappelait même pas le nom. Durant toute la journée, serviteurs et laquais nettoyèrent la maison. Arrivèrent des meubles neufs et anciens, des bureaux, des tableaux, du papier à lettre, des fauteuils. Tout en cadeau au héros. Quand le soir tomba, il s'aventura sur San Marco. Partout, sur son passage, des applaudissements, des demandes d'entretien confidentiel, des coups d'œil complices, des offres de libations.

Et s'il acceptait ? Il pouvait essayer de jouer avec Vittorelli, se risquer à le jouer. Intriguer, oui, mais pour construire des écoles, ouvrir des usines, lancer un programme de réformes sociales. Rappeler Mazzini de l'exil, lui offrir la citoyenneté, corrompre des fonctionnaires gouvernementaux pour leur extorquer en sa faveur la grâce toujours niée. Il pouvait recomposer la ligne droite de l'existence en revenant au point où elle s'était brisée. S'agripper au Pouvoir pour faire plier le Pouvoir. Vittorelli le massacrerait. Il était fatigué. Peut-être valait-il mieux mourir en héros, vu qu'ils y tenaient tant.

Il se faufila dans des venelles oubliées, côtoya des canaux périphériques, s'attarda sous d'antiques palais pavoisés pour les fêtes. Un jeune juif de l'arsenal le bénit. Il savoura la puanteur douçâtre des eaux. Se mira dans les ondes tremblantes, se trouvant vieux, pâli, vain.

Quand il rentra chez lui, en pleine nuit, Lady Violet était là à l'attendre.

Venise, novembre 1866

Elle endormie, par un matin clair. Par touches légères, presque apeurées, il explorait ce visage si longtemps désiré et maintenant, enfin, possédé. Le temps n'avait pas abîmé les yeux noirs, il les avait enrichis au contraire d'une nuance douloureuse qui se réverbérait dans les paillettes iridescentes. Les hautes pommettes, que l'âge avait adoucies, le cou élancé qui résistait encore à l'avancée des marques et des rides. La carnation, qui s'était faite plus sombre ; les cheveux, toujours très noirs mais exaltés çà et là par l'apparition d'un fil blanc rebelle. En ce premier mois passé ensemble, elle avait changé. Les signes de la métamorphose étaient continus, tumultueux. Jour après jour, Violet ressemblait de plus en plus à une antique divinité hindoue. Violet était Devi. Une Grande Mère dispensatrice de tendresse, gardienne du feu et de l'air, origine et cause première de toute forme vivante. Violet retournait à la mère patrie après avoir combattu pour une patrie étrangère et vaine. Est-ce de l'amour, chez elle ? Lorenzo ne saurait le dire. Quelquefois, il trouve ses baisers pleins d'abandon, d'autres fois absents. Elle ne se refuse jamais mais, quand elle s'offre, il y a une indéchiffrable suspension, une vigilance retenue. Peut-être n'est-ce qu'une question de temps, et peut-être que ce ne sera jamais de l'amour. D'autres fois, le profil de Devi semble se muer en masque de fureur. Ce sont des brefs instants, imperceptibles à tout autre que lui. Devi est, en même temps, principe et fin, vie et mort, paix et fureur. Devi est feu, refuge et aussi dévastation.

– Je t'aime, murmura doucement Lorenzo, je t'aime et en même temps j'ai peur de toi.

Et lui, pauvre homme écrasé par le poids de la culpabilité, gardien d'un secret inconfessable… Lui dire la vérité ? Et la perdre ? Il ne trouverait jamais un courage pareil. S'il l'avait eu, il se serait laissé écrabouiller le crâne dans quelque cellule calabraise. Si même l'opium ne l'avait pas tué, alors il ne pouvait y avoir qu'un seul et unique sens à tous ses vagabondages. Il devait vivre. Et vivre pour Violet. Comme l'avait prédit Striga. Ils avaient discuté de l'offre de Vittorelli. Lorenzo traînait. Il avait vaguement fait allusion à un départ.

– Venise te fait peur ?

– Pourquoi me demandes-tu ça, Violet ?

– Parce qu'on dirait que tu veux fuir quelque chose, ou quelqu'un.

Devi voyait loin. Il ne devait pas éveiller ses soupçons. Il avait demandé du temps. Le temps était ce dont il avait le plus besoin pour lui apprendre à l'aimer. Pour renaître, ailleurs. Abandonner l'Italie, patrie impure et étrangère. Rappeler les enfants. Construire une nouvelle famille. Se réfugier à Madras, ou à Bénarès.

Violet soupira. Lorenzo s'écarta, dans un mouvement trop précipité.

– Continue. J'aime ça.

– Je ne voulais pas te réveiller.

– À quoi penses-tu ?

– À tout le temps perdu et à tout le temps qui viendra.

Violet ferma les yeux. Parfois, elle se sentait la proie d'une fureur qu'elle ne savait pas dominer. Elle devait mettre de l'ordre dans sa vie. Conclure la partie avec Mario. Tôt ou tard, il accepterait le divorce. Lorenzo voulait partir. Se disait attiré par l'Inde. Le faisait-il pour lui complaire ? Parce qu'il savait qu'elle, Violet, appartenait à l'Inde et qu'un jour elle reviendrait auprès de sa vraie mère ? Ou était-il vraiment en fuite ? De qui, de quoi ? Aimait-elle Lorenzo ? L'avait-elle toujours aimé, sans jamais s'en rendre compte ? Ou tout ce qu'elle cherchait en lui, était-ce la certitude qu'on pouvait encore remédier aux erreurs du passé ?

Elle ne savait le dire, ne pouvait le dire. Peut-être, avec le temps… Mais quel amour était-ce donc, cet amour de baisers froids, d'étreintes forcées, cette complicité de naufragés, cette énième illusion, qu'est-ce que c'était, à la fin ? Elle s'était précipitée dans ses bras en proie au désespoir. Palerme avait été la dernière étape vers l'abîme. Elle s'était retirée un instant avant de s'y précipiter. Tout ce en quoi elle avait cru s'était mué en sang et en trahison. Lorenzo était le dernier point ferme. Lorenzo était une brume gentille qui protégeait son cœur tourmenté et lui apportait la paix. Mais il ne s'en contenterait jamais. Il la vénérait comme une antique déesse, mais en échange, bientôt, il réclamerait l'amour. Et si l'amour, l'amour de l'extase, l'amour qui ignore les conditions, si l'amour n'avait jamais existé ? Se haïraient-ils, un jour ?

Venise, décembre 1866

Chefs et militants du Parti d'action se réunissent au coucher de soleil dans l'entrepôt en face de l'église de San Moisè. L'opuscule que, la nuit précédente, des inconnus ont fait parvenir, en trente exemplaires, au jeune Guido Toso passe de main en main.

La vérité sur le Baron di Vallelaura
Ou comment on transforme un traître en héros

L'auteur se déclare « un patriote anonyme ». Il revendique la solidarité des « hommes sérieux qui, étudiant l'histoire de leur époque, veulent pénétrer au plus profond des choses et ne pas se contenter d'en connaître la surface ». Il se plaint de la souffrance que lui impose le lourd devoir d'infliger une si brûlante désillusion aux âmes des patriotes purs. Il évoque consciemment le risque de scandale, pour aussitôt ajouter, avec l'orgueil d'un espion rompu à toutes les infamies : « Ceux qui me liront et qui voudront rendre justice à la modération de mon langage reconnaîtront que, s'il y a scandale, ce n'est point ma faute, mais celle des faits. » Lorenzo di Vallelaura serait donc un espion depuis fort longtemps. Recruté par les Autrichiens en 1844 en échange de l'annulation d'une condamnation à mort pour les événements de Calabre, chargé de surveiller et, à l'occasion, de calomnier Mazzini ; assassin de compagnons ; chef de bandes criminelles à Ancône ; auteur d'un coup de poignard dans le dos de la République romaine ; responsable de la capture de Felice Orsini et de l'échec des soulèvements milanais de 1853 ; par la suite, vendu, oui, vendu, parce qu'on ne peut user d'autre terme, aux Piémontais en conséquence d'une sordide intrigue de diplomates adonnés aux amours inverties ; complice de trafics illicites avec d'autres espions de la cour de Cavour ; chargé de faire arrêter Mazzini durant ses voyages en Italie en 1856 et 1857, arrestation manquée seulement grâce à la prévoyance du Maestro ; agitateur des émeutes et meurtres politiques dans les duchés en 1859 ; artisan, avec la pire lie des camorristes, de l'expulsion de Mazzini en 1860 hors de Naples ; enfin, toxicomane adonné à l'opium et alcoolique voué à l'absinthe ; hospitalisé dans un asile d'aliénés à la suite d'une crise aiguë, d'où sa non-participation à la bataille de 1866 : de là, et non de la pseudo, pitoyable et tellement opportune « fièvre cérébrale » que la légende lui attribue…

Mensonges, hurlent-ils tous, mensonges bien manigancés, mais mensonges quand même.

Manœuvre des modérés pour discréditer Lorenzo, hurlent-ils en chœur.

Manœuvre productive, s'il est vrai que, informé de l'opuscule, le baron a déclaré renoncer à sa candidature et vouloir quitter Venise pour toujours.

– S'il nous abandonne, nous sommes faits. Nous perdrons les élections. Les modérés vont dévorer la ville !

– Le dernier mot n'est pas dit. Vittorelli est encore en train d'essayer de le convaincre.

Guido Toso assiste à la dispute enfermé dans un sombre mutisme. Il se demande pourquoi l'anonyme l'a choisi, lui précisément, comme destinataire du message.

Il est allé trouver Lorenzo. Celui-ci n'a pas voulu le recevoir. Il a laissé la brochure entre les mains de Lady Violet. Le palais était encombré de malles. Le couple se prépare à partir, à cette heure peut-être il a déjà quitté Venise. Lorenzo ne se défendra pas. Un doute tourmente Guido Toso. Et si c'était vrai ? Si Lorenzo était un traître ? Peut-être certains se posent-ils aussi la même question, mais personne n'osera la formuler ouvertement.

Vittorelli se présente. Tous vont à sa rencontre, avides de nouvelles. Vittorelli fait un signe négatif de la tête. La consternation se répand. Vittorelli tire des bouffées de fumée nerveuses de sa pipe. Il a fait croire aux autres qu'il a tenté un dernier assaut désespéré auprès de Lorenzo. En réalité, il est resté enfermé chez lui à méditer. Et s'il avait commis la plus grande erreur de sa vie ? Depuis qu'il s'est installé à Venise, sa popularité parmi les radicaux ne cesse de croître. Avec la garantie de Guido Toso, il a bientôt assumé le rôle de ministre des Finances des républicains. Ce qui l'a poussé vers la gauche des partis politiques, c'est un simple calcul : il y a trop de modérés, et ils sont tous trop affamés. Pour concrétiser des affaires lucratives, il faut travailler dans la niche des purs et durs, se creuser une tanière, attraper les premières miettes et de là, miette après miette, monter jusqu'à la table royale et s'assurer le poste d'honneur au grand banquet. Lorenzo était l'homme qu'il lui fallait. Mais Lorenzo est perdu. Quand il lui a annoncé qu'il allait partir pour l'Inde avec Violet, Vittorelli a eu une réaction… puérile, oui, puérile. Oui, l'opuscule a été une erreur. Une mesquine vengeance tardive pour la cicatrice infligée tant d'années auparavant. Une erreur catastrophique. Il n'a pas compris que les patriotes ont faim de rêves, que la réalité n'est pas leur territoire. Il a sous-évalué leur besoin impérieux d'utopie. Ils ignoreront la vérité, même si elle est documentée et inexpugnable. Il faut se mettre à l'abri. Vittorelli réclame l'attention en s'éclaircissant la voix.

– Compagnons ! Frères ! Ne perdons pas de temps en bavardages. La fourberie des agents gouvernementaux est connue. Des gens qui ne s'arrêtent devant rien. Même exclu de la compétition électorale, Lorenzo di Vallelaura reste une figure immaculée de notre parti. Les modérés ont tout intérêt à le calomnier. La calomnie sert à répandre la perplexité, la peur. La calomnie nous pousse à nous demander : et si c'était vrai ?

Il s'accorde une savante pause. Tire sur sa pipe, fixe les autres un à un, s'arrête un instant de plus que le nécessaire sur Guido, qui baisse les yeux. Écarte théâtralement les bras, laisse partir un ricanement amer.

– Oui, c'est ainsi, inutile de nous abuser nous-mêmes ! Aujourd'hui, trop d'entre nous doutent. Trop sentent vaciller la foi... J'entends dire que nous ne devrions pas nous présenter aux élections. J'entends dire que nous devrions unir nos votes sur un modéré acceptable. J'entends dire que, sans Lorenzo di Vallelaura, notre bataille est perdue. Sornettes ! Moi, je vous dis que nous devons réagir. Même contre la volonté de l'intéressé, si nécessaire. Lorenzo di Vallelaura est un homme qui a beaucoup souffert, au point d'y laisser la santé. Maintenant, il ne désire plus que la paix. Et nous devons respecter son désir. Laissons-le donc partir. Mais nous ne pouvons permettre que son abandon anéantisse notre cause !

Il a capturé leur attention, il le sent. Il voit s'allumer de nouveau l'enthousiasme sur des visages jusque-là éteints, il perçoit leur frémissement, est en symbiose avec les réactions primitives que sa rhétorique déchaîne.

– Envoyons un message à Mazzini. Invoquons son autorité, demandons-lui une prise de position en faveur de Lorenzo. Imprimons une affiche publique en défense de Vallelaura. Crions que, oui, un héros se retire indigné par l'ingratitude de ses compatriotes. Mais d'autres relèveront le défi. Choisissons pour les élections une personne digne de se présenter comme le continuateur de sa bataille, comme celui qui a ramassé le drapeau que, dans un instant d'amertume compréhensible, Lorenzo a laissé tomber !

L'assemblée éclate en une ovation pleine de conviction. Des applaudissements frénétiques s'élèvent. Vittorelli se place à côté de Guido Toso, l'agrippe par un bras, le traîne au centre de la salle.

– Guido courra pour nous et pour Lorenzo. Guido vaincra pour nous et pour Lorenzo. Guido Toso sera le porte-drapeau de la Nouvelle Venise !

Guido se dégage. Les cris s'éteignent. Tous fixent le champion désigné, attendent un signe, un mot de lui. Le regard éperdu du jeune homme cherche celui de Vittorelli. Voilà, en ce moment, tout se décide. Ils se fixent et, sans qu'il soit besoin de paroles, en un instant, tout est dit. Oui, l'anonyme, c'est moi. Oui, Lorenzo est un traître. Et oui, mon garçon, ceci est ta grande occasion.

– C'est un honneur pour moi, s'exclame Guido, ému, j'espère seulement être à la hauteur…

Lorenzo et Violet se disent tout dans un seul regard eux aussi. Cela arrive quand elle le rejoint dans le bureau et lui tend, les traits tirés, la brochure. Lorenzo baisse la tête.

– Regarde-moi, Lorenzo.

Mais il lui manque la force de le faire. Elle se prend la tête entre les mains et laisse échapper une plainte prolongée, un soupir d'animal blessé. Violet s'approche de la cheminée, jette dans les flammes ces pages maudites, les regarde se rétracter et crépiter jusqu'à ce qu'elles se dissolvent en un tapis de cendres.

Une caresse sur les cheveux de Lorenzo, l'écho d'un rire amer, et elle sort pour toujours de sa vie.

Rome, octobre 1867

Ou Rome, ou la mort !

Au 16, via delle Quattro Fontane. Maison de Pippo et Amalia Spada. Le quartier général des insurgés. Lorenzo se présente avec ses vrais papiers. Pippo Spada l'embrasse chaleureusement.

– Maintenant, je comprends pourquoi tu es parti de Venise. Pour donner un coup de main à la libération de Rome.

Personne, pas même un instant, n'a pris au sérieux le libelle diffamatoire. Les cercles révolutionnaires ont serré les rangs, avec une affection indignée, autour du frère calomnié. Mazzini a abattu l'as avec une noble lettre de soutien. Personne n'a cru à la vérité. Sauf Violet. Violet perdue pour toujours. C'est pour cela que Lorenzo est à Rome. Pour chercher une belle mort. Les compagnons lui en seront reconnaissants. Et lui l'attend comme une libération. Dans la maison, un va-et-vient excessif de conspirateurs et de conjurés. Lorenzo sent que ça pue l'espion. Le député Francesco Cucchi conspire au grand jour. Il se répand contre le comité national, inspiré par le roi et en apparence voué à la libération, en le définissant comme un repaire d'espions et d'infiltrés. Il soutient qu'il existe un pacte secret entre

Victor Emmanuel et Napoléon III : ensemble ils envahiront Rome, ils massacreront les garibaldiens.

Un célèbre banquier aussi conspire au grand jour. Fidèle à Victor Emmanuel, il calomnie les mazziniens, des terroristes sanguinaires. Il soutient que le projet de Mazzini prévoit l'arrestation et la déportation du pape. Il ne s'étonnerait pas si ces fous fanatiques allaient jusqu'à ordonner le peloton d'exécution pour le pape. Ce qui est sûr, c'est que pour le moment ils préparent des viols de religieuses et des martyres de prêtres.

Lorenzo remet à Cucchi une belle somme rassemblée par Mazzini. Des jeunes qui, de toute l'Italie, devraient accourir vers la Dominante (c'est ainsi que les ultraréactionnaires en soutane appellent Rome), frémissants d'ardeur révolutionnaire, on ne voit pas l'ombre. Sous une bruine fastidieuse, la ville apparaît somnolente et ennuyée comme ses célèbres chats. La puanteur d'espions se fait infectieuse.

Lorenzo rencontre au ghetto un couple de conspirateurs. Ils projettent de faire sauter la sainte barbe papale et la caserne des zouaves, les plus féroces dans la répression. Des dépêches de Naples et de Florence rapportent l'attitude fluctuante du roi. Si Garibaldi triomphe, ils se rangeront derrière lui ; si Napoléon continue à défendre le pape, ils se retireront ; si Rome se soulève, ils réfléchiront. Les jours s'écoulent en rencontres, colloques, rendez-vous secrets qui de secret n'ont que le sens des gestes exhibés sous l'œil omniprésent des inévitables mouchards. Mazzini, malade à Lugano, envoie en rafales des ordres incitant à l'insurrection.

Lorenzo s'installe à l'Hôtel d'Angleterre. Un fonctionnaire courtois appose un visa sur son passeport italien avec un sourire ironique. Le bagage, qui contient des pistolets et une carabine, est ignoré.

La nuit du 22 octobre, Lorenzo di Vallelaura endosse un manteau et rejoint les jeunes gens du général Cairoli.

Le matin, il est à villa Glori. Ils combattent à quatre-vingts, les renforts attendus n'arriveront jamais. Il voit tomber ses compagnons, l'un après l'autre. Il s'expose constamment en première ligne, mais les balles ont de la répugnance pour sa poitrine. Ils se retirent quand les estafettes communiquent que la trahison a fait découvrir les dépôts d'armes.

Ils attaquent le Capitole et villa Matteini, et sont repoussés.

Au Forum Boario, les combats sont acharnés, mais là aussi c'est un feu de paille.

Partout, Lorenzo se lance au cœur de la mêlée. Beaucoup le suivent, gagnés par son exemple. Beaucoup tombent, tandis que lui esquive tous les coups. Tirez-moi dessus, je suis là, l'entendent-ils hurler. On le retient, on lui donne à boire, on le transporte amoureusement vers l'arrière.

Les deux conspirateurs qu'il avait rencontrés au ghetto font exploser la caserne Serristori au Borgo. Trente-six zouaves meurent, presque tous musiciens de l'orchestre. Le pape bénit les barricades.

À la fin de la journée, la paix règne sur Rome. Dans le centre, on danse, les églises sont ouvertes et les soutanes entonnent le *Te Deum*. Le 23, le 24, le 25. Journées irréelles. Conspirateurs et espions, nobles et gens du peuple, bras dessus, bras dessous dans les rues désormais dégagées des rares barricades. À Rome, simplement, il ne s'est rien passé.

Garibaldi l'emporte à Monterotondo, les Français expérimentent les nouveaux fusils Chassepot et prennent leur revanche à Mentana. Garibaldi est arrêté, mais tout le monde doute que le roi trouvera le courage de le juger. Cucchi continue à errer sans contrôle, défiant les mouchards et les flicards. Dans le hall de l'Hôtel d'Angleterre, Lorenzo tombe sur deux officiers en grand uniforme : il est convaincu qu'ils sont venus l'arrêter et met la main au pistolet. Les deux officiers passent à sa hauteur, ils l'ignorent, ils font la cour à une dame en velours rouge.

Un garçon passe en courant sur le Pincio. Il crie à gorge déployée qu'on combat encore au Trastevere. Lorenzo s'y précipite. Les insurgés sont retranchés dans la lainerie Tavani, chez Aiani. Ce sont des ouvriers et des républicains. À leur tête, Giuditta, une combattante courageuse. Les zouaves se préparent à une entrée en force, encore furieux pour les camarades mis en pièces par l'attentat contre la caserne Serristori.

Ils sont fous, fous et désespérés, s'ils pensent résister encore quand tout est fini. Fous et désespérés : ses semblables.

Lorenzo attaque les zouaves par-derrière. Il en abat deux, se fraie un chemin en courant au milieu des autres, surpris par sa folie, tire encore quelques coups de feu au hasard, on lui ouvre de l'intérieur, il pénètre dans l'édifice, monte sur la terrasse. On se passe fusils et pistolets de main en main, on tire, on recharge, on se protège de la mitraille ennemie. On tire, on recharge, l'un tombe, un autre, déjà blessé, se tranche la gorge pour ne pas finir aux mains des tortionnaires du pape. Les zouaves défoncent la grande porte. Les munitions se font rares. Lorenzo se jette contre l'avant-garde qui se hisse dans l'escalier de la lainerie. Un vieil ouvrier, il s'appelle Orazio, partage avec lui un sac plein de bombes. Ils les lancent une à une contre le gros de l'ennemi. Ils font un massacre. Ils prennent des coups, en rendent tout autant. Les zouaves redoublent d'ardeur. Lorenzo reçoit un coup sur la tête et perd conscience. On le réveille à coups de pied. Il est sur un tas de cadavres. Femmes, vieux, gamins, personne n'a été épargné. Giuditta a la gorge tranchée, à côté d'elle, son fils de treize ans, le front réduit en bouillie par le plomb. Des chairs lacérées par les baïonnettes coulent des humeurs à l'odeur douçâtre. Des mains robustes le saisissent, quelqu'un lui masse les côtes à coups de pied, un officier ordonne de l'attacher et de le mettre avec les autres.

À la nuit, on le conduit à la prison de San Michele.

Encore vivant.

ÉPILOGUE

Paolo Vittorelli de la Morgière

Rome, octobre 1870

Deux coups de canon, une demi-douzaine de coups d'escopette, et nous avons pris Rome. Tarattata ta tara tattera tarattata taratarattata et les *bersaglieri* arrivent. Jamais conquête ne fut plus simple et plus indolore. Tu parles d'un « Ou Rome ou la mort ! » Une comédie, pas une tragédie : ça, c'est l'Italie ! Prodigieusement affaibli par les Prussiens, Napoléon le petit, dont on peut enfin dire librement qu'il est petit de taille et aussi d'esprit, a perdu en un éclair la dignité, l'honneur et, ce qui compte le plus, son empire de carton-pâte. Une fois la capitale débarrassée des troupes françaises, le reste a été un jeu d'enfant. Les *bersaglieri* sont entrés dans Rome au pas de charge, comme à leur habitude, *n'est-ce pas**, tarattata. La troupe ordinaire défilait dans les rues désertes, balcons fermés, boutiques closes. Habitués à l'accueil triomphal de Modène, Parme, Naples, les officiers faisaient la grimace, tandis que la soldatesque lorgnait sur les ruelles et les anfractuosités en quête de jeunes filles disponibles. Ou, au moins, des putains, dites ici *mignotte*, qui jouissent d'une réputation universelle, amplifiée par la mémoire des exilés. Nous vérifierons cela dans les prochains jours.

Personnellement, j'ai gagné la future capitale du Royaume en train, en toute commodité, quelques jours après la brèche tant célébrée de Porta Pia : une escarmouche mise en scène au profit des photographes et des journalistes payés par les Savoie. Descendu à l'Hôtel d'Angleterre, j'ai commencé mes explorations, fort d'une expérience désormais solide, de la protection que Sa Majesté m'accorde par moments (cela dépend du taux d'escompte et des commissions, en dernière analyse) et d'un projet qui s'est avéré gagnant à Venise, à Turin, à Florence et à Naples. Depuis des années, je m'appuie alternativement sur la droite et sur la gauche : au fond, les deux extrêmes se ressemblent. Gouverner semble être un art difficile aux yeux des profanes mais quand on est inséré dans les mécanismes, tout est beaucoup, beaucoup plus simple. Droite et gauche se relayent à la barre. Elles fournissent des dirigeants sélectionnés sur la base d'un dur *cursus honorum*. Le pouvoir dans le parti correspond au pouvoir dans l'État. L'ascension est rendue ardue par les appétits d'une pléthore d'aspirants. Mais celui qui vainc n'est pas seulement celui qui a le plus d'appétit. Celui qui l'emporte, c'est celui qui a le plus de souffle, parce que le souffle signifie le temps. Le temps signifie des fonds. En définitive, tout est question de ronds. Recueillir de l'argent et le mettre à disposition des concurrents est la mission que je me suis assignée depuis ce jour lointain – presque dix ans ont passé – où la mort emporta le comte de Cavour, l'unique aigle de ce ciel rempli d'inutiles moineaux. C'est une mission fascinante à bien des égards. Comme je ne suis pas mû par un esprit humanitaire et que je considère la politique comme une saleté, le but final de l'entreprise ne peut se trouver que dans le bénéfice personnel. Entendons-nous : je ne parle pas exclusivement des commissions qui grossissent mes réserves bancaires ni de mes acquisitions immobilières. Je suis devenu un homme riche, aussi bien en liquide que dans la pierre, mais là n'est pas la question. L'accumulation est peu de chose, à côté de l'enivrante sensation de puissance que me procure le rôle d'arbitre de tant de destins. L'artisan, le démiurge si vous préférez, de vertigineuses ascensions et de catastrophiques naufrages. Je travaille sur la médiocrité humaine, ce qui m'assure de vastes disponibilités de matière première et me garantit une liberté de choix maximale. Je mène des incursions dans la plaine, en fuyant tout ce qui sent dangereusement l'air très pur des sommets ; je fais du cabotage, habile à capturer le moindre souffle de vent et à changer de direction quand il en change. Je choisis des individus sans qualité, des minables dévorés d'ambition, des fanatiques prompts à trahir à la première occasion, des incendiaires qui rêvent au jet d'eau qui éteindra leur ardeur, des membres des classes subalternes qui se font passer pour de nouveaux Masanielli et menacent de mettre le feu à la poudrière du château quand dans leur cœur ils meurent d'envie d'être invités dans le boudoir de la châtelaine. Je choisis, je repère, je sélectionne, je me présente, je fournis la qualité à ceux qui en manquent, je les implique dans une ou plusieurs affaires, j'en deviens l'ombre inséparable et, à la fin, je les mets en piste. Certains obtiennent d'éclatants succès, d'autres font naufrage, vu qu'on ne parvient pas toujours à donner une forme à des bois inadaptés. Dans l'ensemble, toutefois, le solde est positif. Et mon pouvoir augmente. Je contrôle des députés à Venise, à Turin, à Florence, à Naples ; je manœuvre mes créatures en Sardaigne et en Sicile, en Romagne et dans les Marches. J'ai créé un réseau destiné à durer dans le temps. Si quelqu'un (et c'est même arrivé) ose relever la tête, désireux de s'affranchir, je le ramène à la raison. S'il insiste, je le pulvérise. Il suffit de mettre en circulation certaines rumeurs… de divulguer certaines informations… de pointer l'index contre le vice privé ou la malversation publique, en fournissant, au besoin, les preuves à l'adversaire du jour… et le danger s'évanouit à l'horizon. L'activité de collecte des informations, que je dois à Cavour, est le vrai moteur d'un État moderne. Qui la contrôle, contrôle l'État. Et il est absolument sans intérêt, et cela peut même provoquer des dégâts, que ce dernier revendique un rôle public. De même que ça n'a aucun sens d'occuper en personne un fauteuil prestigieux. Avec cohérence, j'ai toujours refusé toutes les charges qu'on me proposait : pourquoi se fatiguer à faire un travail sale quand quelqu'un le fait pour vous, en s'exposant avec une docile résignation aux jeux changeants du destin ? Si j'ai commis moi aussi des erreurs ? Oui, certes ; par exemple, miser sur l'agent Elizabeth. Mais je m'en suis sorti brillamment.

Et maintenant je suis à Rome.

L'homme qu'il me faut devrait être un certain Mario Tozzi. Je l'ai déjà rencontré, et il me paraît assez malléable et couillon pour entrer dans le jeu. Il a un passé de révolutionnaire, vrai ou présumé, peu importe dans l'Italie d'aujourd'hui. Il est propriétaire, *iure hæreditatis*, d'un atelier avec magasin de tailleur dans le quartier du Borgo. L'établissement, que nous avons visité ensemble, est en ruine, abandonné après la mort de son père, un irréductible papiste. Ce qui entraînera le déboursement initial d'une somme considérable : une partie sera mise à disposition par Tozzi lui-même, et une partie sera puisée dans des fonds sur mes comptes de Lugano. Le prestige de l'homme et mon habileté feront le reste. Mario Tozzi sera député, peut-être un jour ministre. Sa place idéale est chez les modérés : de toute façon, j'ai déjà sous mon contrôle trop d'hommes de gauche, un rééquilibrage est nécessaire. Sur l'avidité de l'individu, je ne me prononce pas encore. J'attends de mieux le connaître. S'il devait s'avérer, comme on dit ici, un *gargarozzone,* un glouton, je le changerai de parti. Rome est une terre vierge. La négligence avec laquelle les papes qui se sont succédé sur le trône et les nobles qui leur ont prêté la main ont mené à la dégradation de cette merveille de l'univers est incroyable. Il y a beaucoup de travail à faire, à Rome. Travail au sens physique et au sens moral : des rues et des immeubles à construire, de vieux faubourgs à éventrer, des quartiers à inventer. Il faudra nettoyer l'âme jouisseuse de la ville des incrustations moralisatrices imposées par des siècles de domination ecclésiastique ; et, en même temps, il faut tendre une main au pape, parce qu'il est impensable que saint Pierre reste éternellement à la fenêtre, et donc mieux vaut récupérer les prêtres pour l'Italie que leur permettre de la reprendre en profitant de toutes nos querelles.

Un couchant incendiaire descend sur les sept collines de l'Urbs. J'entrevois dans le lointain les cimes des pins de la via Appia qui rougeoient. S'il y a une zone d'ombre dans ma vie, elle s'appelle Cavour. La nostalgie pour ce gros salopard ne me lâche pas. Je me demande comment serait le présent s'il n'avait pas décidé de quitter si tôt la scène. Curieusement, quand je pense à Cavour, je ne puis m'empêcher d'associer à son image celle de Mazzini. Le seul autre grand rapace, l'unique qui puisse être à sa hauteur. Mais si, de Cavour, je peux dire que je sais presque tout, Mazzini reste un mystère. J'ai toujours cru, je me suis toujours fait un point d'honneur de croire que l'essence de la vie est dans le changement. Seul celui qui change, et qui change sans cesse, est vivant. Celui qui reste immobile, arrêté dans ses convictions, est un mort. Ou un idiot. Mazzini est le seul Homme qui, sans changer, en restant toujours fidèle à lui-même, n'est pas mort et n'a jamais été un idiot. Par chance, il est unique en son genre. S'il y en avait beaucoup dans son genre, ma vision entière de l'existence serait spectaculairement, tragiquement démentie. Et l'idiot, à la fin, ce serait moi. Mais si Cavour et Mazzini avaient mis la haine de côté… s'ils avaient trouvé un accord sur quoi faire de cette Italie… eh bien, c'est simple : pour quelqu'un comme moi, il n'y aurait pas eu d'avenir.

Ou peut-être que si ? Mieux vaut laisser tomber.

Dans l'élégant café de la place Colonna, j'ai demandé un vermouth. Ils ne savent pas ce que c'est. Ils n'en ont jamais entendu parler. Il y a vraiment beaucoup, beaucoup de travail à faire, à Rome.

Lady Violet Cosgrave

Londres, février 1871

Nous sommes réunis chez Mazzini à Fulham Road. Les canaris, que le Maestro aime laisser libres, sont exceptionnellement mis en cages. Nous sommes réunis chez Mazzini. Et c'est la dernière fois.

Le Maestro a le dos rond et la barbe blanche. Il tousse à chaque phrase, mais ne se sépare jamais de son cigare. Le médecin italien qui le soigne est résigné à l'intempérance de son illustre patient. Mazzini verse à boire aux invités et écarte les bras : je vis, mon ami, une vie bien misérable, laissez-moi au moins me consoler avec la pensée que je l'envoie en fumée ! Il a décidé de rentrer en Italie pour prendre part à la dernière bataille. Je m'imaginais construire l'Italie, a-t-il dit, je me trouve devant son cadavre. Il fondera un journal, il combattra les idées de Karl Marx, dépensera ses dernières forces en luttant pour le droit de vote des femmes. Nul plus que lui n'a tant cru dans les femmes. Et maintenant il rentre en Italie pour mourir. Le poète Swinburne déclame ses *Vœux à Giuseppe Mazzini pour le nouvel an.* Swinburne se sent beau, comme se sentit beau autrefois Dante Gabriel Rossetti, désormais grisonnant et alourdi par le vice. Mais Swinburne est petit, gauche, sa voix évoque le crissement d'une scie sur une bûche de bois. Ce sont ses proches qui ont demandé à Mazzini de s'occuper du jeune poète inquiet et dangereusement engagé sur la route des mœurs dissolues. Après la première rencontre, Swinburne se fit républicain, révolutionnaire et franc-maçon. Je le préférais, sincèrement, quand il écrivait des poèmes d'amour.

Moi aussi, je vieillis, tandis que Cristina Devi me tend à boire et s'éloigne en flottant, légère et gracieuse, entre ces barbes grisonnantes et ces manteaux qui puent la fumée ; sa beauté lumineuse va se placer à côté d'un rebelle irlandais aux yeux profonds et séduisants. Je vieillis, aigre, chargée d'échecs et de désillusions. L'ironie est devenue la loupe avec laquelle je regarde, juge et condamne le monde. Sans appel. La passion n'est qu'un souvenir de la tromperie des jours enfuis. Voilà pourquoi je voudrais pouvoir dire à ma fille : « Arrête-toi ! » Mais je sais que si j'osais prononcer un seul mot, je la perdrais pour toujours. Il est juste que Cristina Devi vive sa vie. Qu'elle aille même dilapider sa fragrance innocente avec un patriote fauché qui la marchandera contre un siège au Parlement. Qu'elle avance donc, aveugle comme je le fus, entre des misères travesties en grandeurs, escroqueries déguisées en héroïsme. Elle aura aussi ses moments de bonheur, comme je les ai eus, moi. Chaque mot de trop, à ce point, ne serait que l'expression de l'envie d'une vieille pour le sang jeune.

Carlyle loue Mazzini pour ses études sur Byron. Oui, oui, ricane le Maestro, et puis il ajoute, après avoir surmonté un accès de toux : quel grand critique j'aurais été, peut-être que l'Italie en aurait tiré un avantage, ne croyez-vous pas, mon ami ? Carlyle s'empresse de démentir, feint l'indignation. Striga et Terra di Nessuno entrent. Je bois un autre verre. Terra perd ses cheveux, mais Striga semble défier le temps. Avec eux, il y a une enfant à l'air hautain. C'est la fille d'une ouvrière, mère célibataire, morte de phtisie. Comme dans le roman de Victor Hugo : Terra en a obtenu la garde, il l'a arrachée au curé qui la destinait à quelque couvent perdu d'outre-océan. C'est la fille qu'ils ont toujours désirée. Ils l'ont rebaptisée Liberty. À l'état civil, elle s'appelait Mary Ann. Durs à mourir, les rêves !

Terra et Striga s'aperçoivent de ma présence. Ils me montrent à la fillette, qui esquisse une révérence. Ils viennent à ma rencontre, avec sur leurs visages, dans leurs yeux, la sublime, immuable affection de toujours. Je bois encore. J'ai laissé à Striga le phalanstère du Surrey. Ils ont fait entrer les ouvriers dans la gestion. Ils vivent de peu, comme ils l'ont toujours fait. La force de leur amour inaltérable m'offense. Je bois encore. Je veux m'en aller d'ici. Je ne veux plus être touchée par leur bonheur obtus : il me blesse. Je veux les blesser, moi. Je veux arracher le masque de leur bienveillance. Je veux… suis-je devenue une femme méchante ?

Mazzini voit Terra, lui fait signe d'approcher. Le robuste petit soldat hésite, puis s'avance, tête baissée, vers le Maestro. La fillette agrippe au vol une bouchée au chocolat, retire l'enveloppe, l'avale avec une joyeuse avidité. Terra ne voulait pas venir, m'explique Striga tandis qu'une veine pulse sur son front inquiet, il a peur que Mazzini le réprimande, il ne veut pas discuter avec lui, le socialisme les a séparés…

Terra : encore un qui est tombé sous le charme de Marx !

Mazzini dit quelque chose, tousse, puis ouvre les bras. Terra répond à l'invite. C'est l'étreinte du père à un fils dissipé, mais de grand cœur. Carlyle esquisse un ironique applaudissement : c'est vrai, donc, que Joseph Mazzini est aussi l'âme noire des communistes ! Mélasse révolutionnaire. Dégoûtante. Je bois encore. J'intercepte le regard étonné de Striga. Et alors ? Qu'est-ce que tu as lu maintenant dans mes yeux, pauvre folle italienne, génie présumé jamais épanoui ? Désir de fuite ? Fantasmes de mort ? Quel autre bobard mystique vas-tu me proposer ? J'ai découvert un algorithme qui pourrait compléter les recherches de Babbage, dit Striga avec les doigts, et le gouvernement de Londres m'a demandé de prendre une charge. Tu accepteras ? Striga fait signe que non. Il est probable qu'ils en fassent un usage militaire et, pour moi, ça ne va pas. Je lui demande si elle rêve encore de Lord Chatam. Je n'ai pas besoin de rêver de lui, il est toujours avec moi, comme tous ceux que nous avons aimés… même quand nous ne savions pas que nous les aimions, ajoute-t-elle, et elle me prend la main. Striga, Striga… le vertige qui me fait vaciller est l'effet de l'excès de vin, mais je ne puis éviter de m'abandonner au flux qui m'envahit. Une douceur étrange, que je ne croyais plus éprouver ni mériter. Striga laisse ma main. La fillette a les lèvres souillées de chocolat, elle montre, un peu honteuse, les trous entre ses dents. Une vague de pitié me submerge. Merci, Striga, merci, Ce sera beau, dit-elle avec une assurance d'acier, quoi, je demande, l'Inde, ta maison, peut-être qu'un jour je viendrai te trouver. Je devrais lui demander : comment fais-tu pour le savoir ? Personne ne le sait, je n'en ai pas parlé avec âme qui vive, pas même à mes enfants, pas même avec Tabitha…

Mais il est inutile de le lui demander. Je le sais parce que je suis Striga, répondrait-elle avec simplicité.

Swinburne se jette sur moi quand je suis déjà près de la sortie. Mon ode ne vous a pas plu. Écoutez-moi ça. Le vilain petit poète réclame l'attention. Mazzini impose le silence. Swinburne s'éclaircit la voix et prend la pose du poète décadent, certes plus adaptée à lui que celle de conspirateur.

Dans la mutation des années, dans la spirale des choses
dans la clameur, dans la rumeur de la vie qui viendra,
nous, buvant l'amour aux plus lointaines sources
soignés comme un arbre par l'amour,
nous pouvions devenir semblables aux anges là-haut,
pleins d'amour du cœur aux lèvres,
serrés dans sa main, dans la chaleur de ses ailes,
ô amour, mon amour, si tu m'avais aimé !

Swinburne s'accorde une pause. Mazzini semble apprécier le rythme. Mon cœur est en tumulte. Je sens sur moi le regard de Lorenzo. Pâle et amaigri comme jamais, il est l'ombre inséparable du Maestro, l'icône vivante de l'expiation.

Immobiles comme les étoiles nous aurions été
et nous nous serions mus comme se meut la lune
qui aime le monde, nous aurions vu
la douleur disparaître comme chose refusée
et la mort se consumer comme une bien misérable chose.
Deux moitiés d'un cœur parfait, une âme
serrée contre l'autre devant les ruines du temps
si une fois tu m'avais aimé, mais tu ne m'as jamais aimé
si nous avions eu de la chance, mais nous n'en avons pas eu.

Terra serre Striga contre lui, et elle, de ses yeux enchantés, regarde et étreint le tout et le rien. Quelqu'un esquisse un applaudissement. Mécontent, Swinburne s'éclaircit la voix.

J'irai ma route, j'irai mon chemin
je remplirai les jours de mon souffle de chaque jour
avec de vaines choses dont je ne ferai pas trésor ;
je ferai comme fait le monde, je dirai ce qu'il dit
mais si nous nous étions aimés…
Si tu avais senti sous tes pieds
mon cœur piétiner fort de plaisir
et piétiné devenir poussière et mourir
je n'aurais pas accepté ma vie et donné
tout ce que concèdent et les années et la vie
le vin et le miel, le baume et le levain
les très grands rêves et les espoirs brisés.
Viens, vie, mort, viens, assez de paroles !
Devrais-je te perdre en vivant, et mort te tourmenter ?
Je ne te le dirai pas sur la terre, jamais ; et au ciel
si alors je te crie, tu m'entendras, tu sauras ?

Je m'approche de Lorenzo. Regarde-moi, je lui ordonne, comme cette ultime fois, regarde-moi et, si tu peux, pardonne-moi.

Demain je partirai pour Bénarès. Seule. Je ne reviendrai pas en arrière.

SALVO MATRANGA

Palerme, août 1871

Le bâtiment larguera les amarres dans moins d'une heure. Je suis assis sur le pont de troisième classe, écrasé contre un paysan qui porte une drôle de chemise à carreaux et qui m'offre un morceau de fromage de Raguse. Comment vous vous êtes fait ça, me demande-t-il en montrant le moignon, après que j'ai décliné son offre. Un accident de travail, je réponds, indifférent. Et quel travail faisiez-vous ? Un travail comme un autre, je le coupe court. Quelque chose dans mon ton, ou peut-être dans mon aspect, l'intimide. Il hasarde un mot d'excuse, se plonge dans le fromage, lance une calotte à un garnement, peut-être son fils, peut-être son petit-fils, en train d'importuner un vieux qui s'est étendu non loin de nous et qui ronfle, un filet de bave blanche coulant de sa bouche entrouverte. Quelques minutes passent, le temps que la fuite n'apparaisse pas comme un manque de respect inconvenant, et le paysan va s'installer sur le côté opposé du pont. Il a compris qui je suis et ne s'est pas demandé un instant ce que je fais au milieu de ces misérables. En revanche, Nino Provenzano, lui, il se le demande. Les sirènes du *Regina Margherita* ont à peine lancé leur premier appel de basse profonde dans l'étouffant après-midi palermitain qu'il apparaît devant moi, engoncé dans un grotesque costume de couleur verte enrichi d'une improbable petite cravate d'un rouge éclatant. Puuuuutain, on m'a dit que t'étais là aussi et moi je voulus pas y croire, puuuuutain, et qu'est-ce que tu fais au milieu des miséreux, puuuutain, et ça te fait pas peur, toute cette puanteur de merde ? Deux gros bras l'escortent, Nisimeri et Musujancu, des vieux gars survivants des coups de couteau et de la prison.

Ils s'ouvrent un chemin dans la foule en distribuant coups de pied et bourrades, et il y a des femmes qui s'accrochent à leurs pantalons en leur demandant une lire ou un bout de pain, et des enfants qui les dévorent de leurs yeux admiratifs, rêvant d'être un jour craints et respectés comme eux. Nino Provenzano, au temps du « sept et demi », la révolte de Palerme, était du côté de la révolution. Ces dernières années, ses affaires ont dû prospérer, il peut se permettre une cabine de première classe et une garde-robe fournie dans laquelle il m'invite à choisir quelque vêtement plus conforme à mon statut d'homme d'honneur. *L'onore si futtíu, Ninuzzu beddu*, l'honneur est allé se faire foutre, mon beau petit Nino, je laisse échapper, et lui, il me regarde interdit et en même temps il ne peut s'empêcher de rire. Apparaissent marsala, olives, aubergines et artichauts, un robuste saucisson, du pain frais du jour. Tu ne te refuses rien, Nino. On fait ce qu'on peut, répond-il. Les gars rient. Il me demande de raconter mon histoire. Il n'y a pas grand-chose à dire. Le baron me fit arrêter, le baron me fit libérer. Il s'est présenté hier à l'aube à la Vicaria, avec l'ordre de libération et quatre gars armés en renfort. Les Piémontais voulaient te condamner à mort, Salvuzzu, et moi j'intercédai pour toi. Maintenant, un homme libre tu es. Mais comme tu as toujours été une tête folle, je ne voudrais pas qu'il te vienne d'autres idées dangereuses comme celle de la « Mafia disséminée ». Un homme dans ma position, devant un homme comme toi, a deux possibilités : *o ti cunsuma o ti nni manna*, ou il te tue, ou il t'envoie ailleurs. Peut-être qu'un autre aurait choisi la première voie, qui est plus sûre et plus définitive, parce que les hommes peuvent toujours nuire, mais les cadavres non, paix à leur âme. Mais moi je suis un patron sincère et un ami fidèle, et je n'oublie pas ce qu'est la reconnaissance, et j'ai décidé que tu te méritais une chance. Donc, voilà pour toi un habit neuf, cinquante lires et un billet de troisième classe pour l'Amérique. Il y a aussi une lettre de présentation pour un ami à moi à la Nouvelle York. Elle te servira à accélérer les démarches d'immigration et à trouver du travail. Ces braves garçons te surveilleront jusqu'à ce que tu embarques. S'il te prend une envie de femme, après toutes ces années de prison, j'ai ouvert une nouvelle maison aux Bastions. Tu peux y aller à mon nom, et à crédit. Tu vois, tu vois que je suis ton ami, Salvuzzu ? À la Nouvelle York, dit Nino Provenzano en riant, et il se donne de violentes claques sur les cuisses. Les gars rient avec lui. Mais à la Nouvelle York, c'est les miséreux qui y vont, les miséreux qui veulent vraiment du travail. Non, non, Salvo, tu es un frère, tu es un Homme de la Société, laissons-le aux autres, le travail, aux misérables. Et alors, si on voulait travailler, on se serait fait Hommes ? Tu viendras avec nous à la Nouvelle-Orléans. Oui, c'est vrai, c'est un endroit étrange, plein de nègres qui font des trucs étranges, mais c'est aussi l'endroit où c'est qu'il y a mon frère Bernardino, qui s'en est allé en 1859, il a déjà trois magasins de fruits. Nous allons le rejoindre – les gars hochent la tête – et, toi, tu viens avec nous. Tu la vois, cette cabine ? Tu les vois, toutes ces victuailles ? C'est Bernardino Provenzano qui paie, un toast au meilleur frère de ce monde ! Et tu viendras avec nous, Salvo Matranga. Nous avons de grands projets. Les magasins, il y en aura cinq, six, sept. Pour celui qui voudra être avec nous, bien, et pour les autres, du plomb et du *cuteddu*, du couteau ! Très bien, très bien, j'acquiesce, tandis que le vapeur largue les amarres et que les sirènes, maintenant joyeuses, accompagnent les rêves d'espérance de tant d'immigrants, maintenant je m'en retourne sur le pont, j'ai sommeil. Toi sur le pont ? Un Homme comme toi sur le pont ? Mais, quoi, *'u carciru ti fici jarrusu*, la prison t'a rendu pédé ? Tu restes avec moi, ma maison est ta maison, et putain, quoi ! Bon, les gars, maintenant qu'on a une bouche de plus à nourrir… Les gars saluent et moi, d'instinct, je les suis, ignorant les appels de Nino Provenzano. Nous descendons sur le pont de seconde. Ici, il y a les petites familles, les employés, l'air est plus digne, moins puant. Les gars arpentent, scrutent, repèrent, choisissent, avancent. Ils s'approchent d'un type à chapeau melon, parlent quelques instants, lui fait non de la tête, les gars le poussent contre le parapet, l'homme met la main au portefeuille, extrait quelques billets. Les gars remercient et passent au suivant. La scène se répète six, sept fois. Nous descendons sur le pont de troisième. Ils nous reconnaissent tout de suite. Le paysan à chemise à carreaux est le premier à offrir spontanément quelques piécettes. Nous revenons à la cabine. Nous buvons encore. Nous mangeons. Nino Provenzano me cligne de l'œil. Il y a une dame dans une cabine pas très loin. Elle coûte peu et elle est propre. Nino l'a embarquée en accord avec le capitaine. Elle coûte peu mais, pour un Homme, elle est gratis. Nous sommes la Force et la Force politique, je pense tandis que je frappe à la porte de cette inconnue, le gros poisson qui mange le petit, nous sommes la Société, en Italie ou en Amérique, ça ne fait pas de différence, nous sommes la vie digne d'être vécue.

Plus tard, je chercherai en vain, dans ce corps vulgaire qui sent le parfum de quatre sous, le profil noble et déchirant de Lady Violet.

LORENZO DI VALLELAURA

Pise, 10 mars 1872

Quand on me laisse entrer dans la pièce au premier étage des Nathan, je comprends que le Maestro va mourir. Une odeur à la fois acide et douçâtre imprègne les murs, un rideau léger maintient les lieux austères dans une pénombre faiblement éclairée par les flammes d'un lourd candélabre à sept branches. Je m'approche du lit. Mazzini râle, blanc comme la cire, la barbe hérissée et rebelle.

Nous fûmes libérés le même jour, moi de San Michele, lui de la forteresse de Gaeta, où on l'avait enfermé de crainte qu'il prenne Rome avant le roi. Nous sommes restés dans la nouvelle capitale, la capitale de l'Italie enfin unie, une seule nuit. Nous avons partagé un dîner frugal et la mansarde d'une misérable auberge. Le Maestro n'a pas voulu revenir sur les lieux de la République romaine. Il était taciturne et sombre comme jamais. Il fumait cigare sur cigare, incertain de l'avenir, désespéré par le présent.

Pendant deux ans, j'ai été son ombre, son gardien, son ami, son confident. Je l'ai suivi sur la tombe de sa mère au cimetière de Staglieno. J'étais à ses côtés quand sa dernière sœur, très catholique et pieuse, le conjurait de ne pas se présenter à je ne sais quelle cérémonie de famille, pour éviter des polémiques avec les prêtres. J'ai salué avec lui les amis anglais – mais de cela je ne veux pas parler, c'est trop douloureux. J'ai assisté à sa rencontre, dans un train en direction de Lugano, avec un jeune philosophe allemand dénommé Friedrich Nietzsche et avec sa sœur insupportable et tyrannique. Ils ont discuté de l'abîme et de la fascination qu'il exerce sur les hommes, de la vie comme mission, du pouvoir comme représentation. Nietzsche était ébahi par l'acuité des vues de Mazzini. Il lui demandait d'exposer son point de vue sur la violence. Je n'oublierai jamais le sourire que je vis affleurer aux lèvres du Maestro quand il entendit ce mot. Violence.

Amnistié, il a refusé l'amnistie. Nous avons toujours voyagé avec de faux documents, et toujours sous les yeux de toutes sortes d'espions. L'affection, l'adoration qui l'entourent sont de beaucoup supérieures à la peur que son nom inspire encore à qui a l'âme damnée. Les enfants aiment Mazzini. Les femmes aiment Mazzini. Les humbles aiment Mazzini. Des gens qui n'ont pas lu une ligne de ses œuvres aiment Mazzini. Même les chiens et tous les autres petits animaux l'aiment. On se trompe quand on dit que Mazzini est tout en intelligence. Mazzini est surtout un cœur. L'Italie d'aujourd'hui le dégoûte. À moi, qui ai contribué peut-être plus que quiconque à la rendre comme elle est, revient le devoir d'un aveu.

Je ne sais pas s'il est encore conscient. Je ne sais s'il pourra me comprendre, mais je m'approche de lui, je me penche vers lui et je dis, enfin, ce qui doit être dit : je vous ai trahi. Depuis le premier moment, je vous ai trahi.

Est-ce le jeu des ombres qui excite mon imagination, ou bien Mazzini sourit vraiment ? Est-ce la conscience de ma faute qui déchaîne ce fantasme, ou bien ses lèvres bougent et s'efforcent d'articuler une réponse ? Je le sais, je l'ai toujours su, c'était ce qui devait être fait, continuez mon œuvre. Est-ce qu'elle est réelle la main qui agrippe la mienne, ou est-ce que je rêve ? Sont-ce ses yeux qui, brusquement écarquillés, scrutent les miens et semblent vouloir me transmettre l'énergie qui abandonne son corps ?

Et encore ces mots, continuez mon œuvre…

La réalité est la mort. La réalité est la vie. L'œuvre ne peut s'interrompre. J'ai été investi d'une mission. Je lui consacrerai ce qui me restera de vie.

GIUSEPPE MAZZINI À LADY COSGRAVE
LE JOUR DE LA MORT DE SON ENFANT

L'onde de la mer est salée et amère : les lèvres refusent de s'en désaltérer. Mais quand le vent souffle sur elle et la soulève haut dans l'atmosphère, elle retombe douce et fécondatrice. Et la vie est comme l'onde : elle se dépouille de l'amertume qui l'envahit, en s'élevant vers le haut. Ne demande pas le bonheur à la vie : tu pécherais, et sans motif, par égoïsme. Ne désespère pas de la vie : le désespoir est l'athéisme de l'âme. La vie est un devoir. Souvent, pour qui l'accomplit sereinement résigné, Dieu envoie, dans les affections, un rayon de bonheur, comme le soleil, symbole de Dieu sur la terre, envoie un de ses rayons entre les nuages ou diffracte sa lumière, après la tempête, en arc-en-ciel. Et là où même le rayon ne descendrait pas pour réjouir ta vie, conserve la foi, ô jeune fille : l'espérance est sa compagne inséparable, et l'espérance est le fruit en germe. Comme la fleur a ses racines sous la terre et se fait beauté et parfum en passant dans un autre élément, les aspirations, les saints concepts de ta vie, sont des promesses de bonheur et se développeront en fleurs de vérité à un autre stade de ton être, celui-ci est pour toi une escale et une préparation.

Merci à Tiziana, Severino, Paolo, Valentina, Guglielmo Muntoni, Davide Morganti, Luigi Biscardi, Giuseppe Galzerano, Michael Gregorio, Mario Martone, Daniele Sanzone, Gaetano Savatteri, Alberto Toso Fei, Vincenzo Roselli, Mimmo Gangemi.

G.D.C.

RÉALISATION : IGS-CP À L'ISLE-D'ESPAGNAC
IMPRESSION : CPI BRODARD ET TAUPIN À LA FLÈCHE
DÉPÔT LÉGAL : MARS 2013. N° 110903 (72051)
IMPRIMÉ EN FRANCE